先唐文学十九讲

李旭 著

上海古籍出版社

图书在版编目(CIP)数据

先唐文学十九讲/李旭著. —上海：上海古籍出版社，2012.7

ISBN 978-7-5325-6507-8

Ⅰ.①先… Ⅱ.①李… Ⅲ.①古典文学研究—中国 Ⅳ.①I206.2

中国版本图书馆 CIP 数据核字(2012)第 110679 号

先唐文学十九讲

李 旭 著

上海世纪出版股份有限公司

上 海 古 籍 出 版 社 出版

(上海瑞金二路272号　邮政编码200020)

(1)网址：www.guji.com.cn

(2)E-mail：gujil@guji.com.cn

(3)易文网网址：www.ewen.cc

上海世纪出版股份有限公司发行中心发行经销

上海展强印刷有限公司印刷

开本 787×1092　1/18　印张 22　插页 4　字数 390,000

2012 年 7 月第 1 版　2012 年 7 月第 1 次印刷

印数：1—1,800

ISBN 978-7-5325-6507-8

I·2590　定价：68.00 元

如有质量问题，请与承印公司联系

内 容 提 要

　　本书讲述先秦汉魏六朝文学,内容的处理与一般文学史多有不同。注重作品内容、作家事迹及文学史知识的叙述,以及重点对象的深入评论、文学发展轨迹的简要概括。由于本段历史为中国传统文化诸多元素生成奠基时期,故也相应作了一些相关文化内容的叙述。

　　本书结合教学实际,在详略处理和格式安排上极有特色。对引文随文加注,为读者阅读提供了方便。

　　本书是作者教授先唐文学二十年的结晶,对高校教学和读者阅读均有参考价值。

编 例 说 明

　　本书作为讲义,为方便同学使用和读者阅读,采用了一些比较独特的格式与体例,说明如下:

　　一、采用多种形式的注释:凡随文加注用小号字,为了简洁,所注解的字词不重出,即在需解释的字、词或短语后面直接加注音和义;编码加注用脚注。

　　1. 引文中难解的字句加注音义。

　　　　a 诗歌引文,注释在一韵诗句_{本书引诗大体按韵分行}之后,例如:

谷则异室,死则同穴。_{活着不能同居,死了也要同穴。谷 gǔ:生。}

谓予不信,有如曒日!_{指日为誓。谓予不信:说我不诚。曒:同皎,明亮。}

　　　　b 散文和随文所引,注释在行间,例如:

　　"若颜斶 chù 答应,则'食必太牢_{牛羊豕全备},出必乘车,妻子衣服丽都_{漂亮}',但颜斶还是辞绝了。"

　　2. 说明、补充和知识性的注文。

　　　　a 文字不长的注于行间,例如:

　　"孔子_{前551—前479}名丘,字仲尼_{尼山人家的老二。仲:排行第二;尼:曲阜东南尼山},身高1.90米_{《史记》:九尺有六寸}。"

　　　　b 文字较长的一般用脚注,如荀子"在稷下学宫三为祭酒"所注"祭酒"、"稷下学宫",如贾谊建议"易服色"所注五行与五色、四季等的关联。

　　3. 引文、引述等出处的注释。

　　　　a 引古代典籍用行间注。

　　　　b 引今人著述一般用脚注_{少数无关宏论者或重复引述同一书籍者则注于行间},

以省篇幅。

　　c 涉及"教材"选文的用行间注标明页码<small>小字加粗以醒目</small>——"教材"指朱东润主编的"高等学校文科教材"《中国历代文学作品选》<small>上海古籍出版社 1979 年版，2002 年新一版页码同</small>。例如：

　　"女娲还曾在天崩地裂的灾难中补苍天、止洪水，赈救善良的人民<small>教材 p. 284</small>。另《诗经·大雅·生民》<small>教材 p. 42</small> 叙述姜嫄因踩到天帝足拇指印迹而受孕生下稷"。

　　另：有些部分以"讲读"加作品在教材的页码，提示直接讲读作品。这样做是为了方便教学，同时也减少抄录和评述作品所占的篇幅。

　　二、讲完每个对象后列出"阅读书目"：书目主要是作品集，以便于本科生读懂为起点，所以不像权威教材只录权威书目，而是照顾易读和权威两方面。同学不易见的版本一般不录。特别重要或今人整理成果较多的作品集，书目列举得多一些。有关研究著作以其太多，原则上不录<small>如李长之《司马迁之人格与风格》、朱光潜《陶渊明》等杰作例外</small>。设置这部分的目的是方便同学找到较好的版本进行学习。<small>近年有不少"译注"本，如贵州人民出版社"中国历代名著全译丛书"、上海古籍出版社"中华古籍译注丛书"、中华书局"中华经典名著全本全注全译丛书"、台湾商务印书馆"古籍今注今译系列"（近重庆、新世界出版社等有印，新世界所出几种版式极便阅读），以及各地出版社出版的各种译注丛书，从增加"易读性"、帮助同学读懂来说都是很好的。惟所译白话水准不一，且译文求信达雅诚为至难，为对译原文难免语多迁就，语文欠佳。这样的文章极易对同学形成不良影响，降低中文水准，故有一利有一害。同学读此类书当"舍筏登岸"，心注原文，不可如读翻译小说，置原文如外国文于不顾。古文修养对提高中文表达水平至关重要！</small>

　　三、述、论与详、略的处理：注重作家生平、作品内容的叙述，一是为了同学对有些内容作稍微详细一点的了解<small>如《诗经》中的史诗、大作家的生平等</small>，一是课堂来不及细讲的内容让同学了解个大概<small>如对《天问》、辞赋、小说等的概述和列举</small>。但讲课还需要有深入的分析，所以在重点章节加强评论<small>如《离骚》《史记》等</small>。这使得本书详略对比很突出——这是由本科教学的实际情况决定的，当然也有我个人的主观倾向。同时，"汉赋"、"汉代的议论散文"、"宫体诗"、"散文、骈文和抒情小赋"等几讲采取概括叙述，而不按作家一一详加列述，则是为了节约篇幅与课时。

　　四、注重讲述方式：本书许多章节的讲述方式是从教学实践中摸索出来的，如《诗经》按主题和艺术等分为九个小节容易了解的略,不易了解的详,《离骚》的浪漫主义方法概括成"一""二""三""四",用"飞""怒""谲"三个字概括庄子的文章,以《斤竹涧》一首诗说明谢灵运诗歌工艺技术的三个方面,借冯友兰总结的"玄心"、"洞见"、"妙想"、"深情"四个方面分析《世说新语》的特色等等。另外,课堂讲述不同于写论文,内容要直观,层次不能太复杂,转折不能太多,思路要尽量简捷。本书尽量保留讲义的这种特性,但有些需要讲深,有些需要兼顾其复杂性,尤其加工改写为出版物,有些不必写出的课堂讲述内容,不得不写出,使得思路的简捷损失了很多。这真是不得已的遗憾。

五、注重文化元素和文学发展两个方面:先秦至六朝是中国文化诸多基本元素生成的时期,这构成了本段中国文学的特色,像历史和诸子散文中的社会人伦范畴,像楚辞中的人格精神,像汉魏诗的生命情怀,像玄学的风流意韵,以及陶渊明等对田园耕读模式的建构和山水自然的亲近,南朝宫庭对诗歌乐舞和女性美的爱好等等,可以说都是构成中国文化特色的关键所在。所以本讲义注意对这些内容给予适当的表述。尤其"诸子散文"一讲,讲了所有文学史都不讲的各家最基本的思想。因为一个中文系的毕业生只知《论语》是语录体的文章和《庄子》的奇特想象与精彩寓言,而对孔子和庄周的思想不知所以,怎么能够以中国文化的精神来了解中国文学呢? 同时,本阶段中国文学走的是从文化混一中独立出来的道路,体裁、主题、题材、风格、修辞、音韵、表现方法等等,都有其长足的发展。就诗歌而论,不仅四言、骚体、乐府、五言、七言以及绝句小诗诸体成就,而且由汉语声韵建立诗歌格律,推动了律诗的产生。在主题题材上,从汉魏的社会关怀,到正始的个人苦闷;从建安正始的深情执着,到晋宋之后的力求超脱;从政治状况、人生际遇,到田园、山水,到女色玩赏,等等,越来越走向实际和细腻的人生了。对此本书都给予了重视。在艺术风格上,汉魏风骨兴寄,齐梁辞华声色,本书皆表达了喜爱、欣赏引录重辞华的诗篇及宫体、民歌、美丽的骈文、小赋较多。

六、注重士人精神的表现:我认为中国文学的根本在于人的精神的表现,具体说是士人精神的表现——因为那个时代人的精神自觉主要是通过士人实现的,而文学恰恰是士人的作品底层民众的创作毕竟极少。中国古代的士人,既承担着他们个体的生命情感,更担负着家国政治的社会责任,和人伦道义的良知准则。他们既是良好社会的建设者和维护者,又是社会问题的批判者和抗争者。

既帮忙,又顶牛! 所以他们和统治者的意识形态有间距,每高踞于统治者的意识形态之上,而成为社会责任和道义良知的代表前几十年曾对士气杀之特甚,这样的知识分子难得了。像司马迁,对一代雄主秦始皇、汉高祖、汉武帝等及其时代的叙述观点,是最典型的表现。本讲义之所以特别重视重要作家事迹的介绍,也是要通过他们的生平及作品,揭示这一点。读者从先秦诸子、屈原、贾谊、司马迁、嵇康、张华、左思、陶渊明等大作家部分不难看出。了解和继承中国士人的这种精神传统,是古代文学史教学的崇高使命。

目　　录

开 讲 片 言

两千多年的中国古典文学由我来开讲,我很高兴因此有说这样一段话的机会:

人类最杰出的天才、最崇高的灵魂、最美的对象,将要和我们倾情交流。大圣孔子,"怒而飞"的庄子,深情执着的屈原,通古今之变的司马迁,开创田园牧歌的陶渊明,才思风举的李白,仁民爱物的杜甫,以及像关羽、李逵那样的英雄,莺莺、黛玉一般的美人,都将向我们敞开怀抱,吟述心曲。那都是人类中第一、二流的,而三等的天才、英雄与美人我们只能认识个面孔,没有过多的时间和他们相处,三等以下连与之打个照面都比较困难了。我们交流的圈子一下子提高到如此境界,这是读中文系、读中国古典文学的莫大自豪和至上乐境。

当然这也是一种挑战。与世上杰出的天才、英雄、美人交流为伴,不是一件容易的事情,你自己没有点样子,不精神凝定、俯首北窗下一番工夫,是不行的。

但我们毕竟进入了一个上上流的交流圈!

我们的心灵与人生要因此走向高贵!

先　秦　文　学

历史年代

先秦时代,起自鸿蒙,以迄上古文明之全盛。故有出于传说之史,有出于载记之史,还有出于现代考古发现之史。

考古发现的早期历史,被定为旧、新石器时代,因有物件工具、用具、装饰品,如陶、铜、玉器及其纹饰出现,因而与艺术史有关,而此时文字尚未产生仅有少量的刻画符号,与文学史关系不大。

出于传说的历史,有燧人氏钻燧取火,教民熟食、伏羲氏因夫妇,定人道,画八卦以治天下、神农氏因天时,制耒耜,教民农作;有炎帝古羌族一支,姓姜,号神农氏,以牛为图腾①、黄帝姓姬,号有熊氏,又号轩辕氏,以熊为图腾,打败炎帝氏族遂南下定居黄河流域,被认为是华族始祖、颛顼黄帝之子昌意的后裔,号高阳氏、帝喾黄帝之子玄嚣的后裔,号高辛氏,尧帝喾之子,名曰放勋,号陶唐氏,受其异母兄挚禅位为帝、舜颛顼后裔,名曰重华,号有虞氏,受尧禅位为帝、禹号夏后氏,改姓姒,结束禅让制,传位于子启,开帝位世袭之始等。司马迁说“自黄帝至舜、禹,皆同姓而异其国号”,所谓同姓即出于同一部落族系。炎帝则为另一部落族系。两者通过战争兼并融合,成为中华民族的祖先②。

有可靠载记的历史最早为夏《尚书》《诗经》等都有关于夏代的记录。本来禹年老时部落会议先后推选了皋陶、伯夷接任,但禹死后,其子启夺取帝位,建立夏朝,

---

① 以上据《白虎通》及《尚书大传》等。
② 据《史记·五帝本纪》及范文澜《中国通史》第一册第一章第三、四节。

成为中国历史上第一个"家天下"的王朝。禹、启、太康、仲康、相、少康等至桀,共17传,历四百多年前21世纪—前16世纪。传说禹臣仪狄开始造旨酒,少康又发明了秫酒,启则获得了《九韶》的乐舞,加上禹铸"九鼎"夏朝有良好的冶制青铜器的技术,这都是夏朝文化上的大事件。启靠强夺登帝位,本无长德,而又沉溺于美酒、歌舞和田猎,其子太康比之更荒淫,遂被东夷酋长后羿夺取安邑,经过数十乃至百年直到少康才重建夏朝。少康、杼、槐、芒、泄几代是夏朝的兴盛时期,胤甲时又开始衰落,孔甲及其重孙桀都极其淫滥,其时商人在东方兴起,终于取代了夏。

商汤太乙在伊尹辅佐下通过战争鸣条之战打败夏桀,建立商朝,传31王,约六百年前16世纪—前11世纪。他用兄终弟及再转长兄之子的制度,造成混乱。第五王太甲复位,进入稳定发展时期。至11王仲丁后又因王位纷争出现衰落。14王祖乙中宗平服外部叛乱。23王武丁高宗北伐鬼方、南征荆楚,扩大了版图和影响;又任用傅说等励精图治,达到商王朝的鼎盛时期。其后方国不断反叛,商朝不断征战,最后被周人联合西方部落将其推翻。从出土实物和甲骨卜辞等来看,商代极其重视农业,可能已发明牛耕卜辞中常见"犁"字,粮食有了大量的剩余和仓储。饮酒更加普遍。铜器技术进步,锻铁开始出现,并在陶器的基础上发展出高温烧制的瓷器China由此诞生。文化上,商人崇天信鬼,重视占卜,现存于世的甲骨约10万余片多碎片,大多为晚商时期,计有3000多不同的单字能确切辨认的约三分之一。

牧野一战,周武王灭纣,建立西周,历12王,三百年前11世纪—前771年。周初大封诸侯,《荀子·儒效》说"立七十一国,姬姓独居五十三人焉"。由此进一步建立了完善的**宗法制度**:嫡长子为天子,是大宗;余子封为诸侯封国,是小宗诸侯嫡长子相对其余子弟又是大宗,余类推;诸侯国又封卿大夫以采邑;采邑主分小块土地给同姓庶民禄田;庶民长子为户主,诸子称余夫余夫或分田或不分田。这样血缘宗系与土地封建合一,构成了稳定的政治经济等级秩序。由此周人发展了殷商祖先崇拜,以此确立宗法制度的精神生命。在完善的宗法制度和祖先崇拜中,宗庙的祭祀尊祖敬宗和亲戚的宴享教亲睦族是最基本的活动,而祭祀与宴享中歌乐舞仪不可或缺如《诗·周颂》为祭祀乐歌,《诗·小雅》多宴享乐歌,且不同等级有不同规格,因而形成了完善的**礼乐制度**。所谓周公制礼作乐,就是在前代文化基础上,完善和强化了这样一套宗法礼乐制度。周人崇天之外,又敬德"德"从值[直]从心,故把心放端正为德,这是接受殷商的教训,而亦开中国人重德之源。

周幽王嬖爱褒姒,废申后与太子,于是申侯联合犬戎等攻杀幽王,又与秦、晋、许、郑等共立平王即太子宜臼,助其东迁洛邑,建立东周。东周历 25 王,500 余年前 770—前 256。这一段,一般又被分为春秋、战国两个时期,但各家在具体划分年份上并不一致。"春秋时期":得名于鲁国史《春秋》,其起、讫为前 772—前 481 年;"战国时期":《资治通鉴》以前 403 年"三家分晋"即晋国韩、赵、魏三家世卿立为诸侯为起点与《春秋》讫点相差近 80 年,范文澜等因之以为战国之始别家如郭沫若以前 476 为战国起始,钱穆以前 466 为战国起始。

"春秋"三个半世纪前 770—前 403 可说是东周之第一段落。此时代最大特点,一是"王纲解纽",即周室衰微,天子之命不行;诸侯兼并,互相攻伐顾栋高《春秋大事表》楚并国 42,晋并国 18,鲁并国 9,宋并国 6,等等;二是霸主政治,齐桓、晋文先后成就霸业,尊王攘夷、主持会盟、禁抑篡弑、裁制兼并,成为变相的封建诸侯国家中心,在一百多年里维持了一种新的但仍带有宗法名分的"国际"秩序。

战国近二个世纪前 403—前 221,是东周名存实亡的时期前 256 年秦灭周,其名亦亡。前 403 年"三家分晋",前 386 年"田氏篡齐",加之鲁君受制于三桓,卫势日削,陈、蔡、郑被楚、韩所灭,姬、姜血缘宗姓之"封建"国家观念与制度已破坏殆尽,宗法联盟的链条完全断裂。各国纷纷"变法"前 356 秦用商鞅变法、同年齐用邹忌改革、前 355 韩申不害改革、前 318 燕王哙改革等,其实质是黜世爵而首事功。内废公族如晋,外务兼并晋、楚等,逐渐以郡县代封建;开阡陌,废井田,履亩而税;及以战阵军功得官,以自由经商致富等,都说明战国时之"各国",已不是西周封建意义的国家,而是一种新的政治军事集团形式的国家,钱穆将之概括为"从春秋以前之宗法封建,转移到战国时代之新军国"①,国家似乎只为战争争雄而存在才有价值。与此相关,是学术的大解放,从春秋王纲解纽开始,王官之学散落到各地,诸侯纷纷养士,更加私家讲学兴起,就形成了战国百家争鸣的奇观——这是战国时代永恒的荣光!

---

① 钱穆:《国史大纲》第 82 页,商务印书馆 1994 年版。

第一讲　古代歌谣与神话

一、口传文学

　　文学是语言的艺术。语言包括口头的和文字的。在文字形成以前，先民口头表达、口口相传不乏艺术的成分——此是后世滔滔漭漭文学大河之滥觞。这种口头文学，今天可见的，为歌谣和神话传说那时人们有多少美丽动人、机智俏皮的话语及表述，今都不可见了。歌谣语言精炼押韵，神话传说有故事情节，都便于记忆和流传，此为口传文学的条件与特征，亦种下后世文学的基因。

二、古代歌谣

　　先民歌唱自己的劳作与生活，或随兴，或事后狂欢，或祭祀献诚，产生了上古歌谣。文献记载而为今天文学史所引述者如：

　　候等待人兮猗！《吕氏春秋·音初篇》。涂山氏之女待禹于涂山之阳所歌，或为遗文，说者以为南音之始。

　　断竹，续竹，飞土，逐宍古肉字。《吴越春秋》卷九。此为原始猎歌，或说为黄帝时作品。表现砍竹加工成工具(如梭镖、箭)，或通过投掷，来获取猎物。

　　土，反其宅！水，归其壑！昆虫，勿作！草木，归其泽！《礼记·郊特牲》。此为农事祭歌，当为祭祀中的祝词，是祷 dǎo 告，亦是要求，反映了敬畏自然和改造自然的合一。土反其宅：土地待在原处，不要崩陷垮塌。

　　风萧萧兮易水寒，壮士一去兮不复还！《战国策·燕策三》。公元前 227 年荆轲为燕太子丹刺秦王，行前祖伐，高渐离击筑，荆轲和筑声而歌此词，士皆垂涕瞑目，发尽上指冠。张玉谷《古诗赏析》:"妙在上句写景,助得声势起,故读之愈觉悲壮。"

传说为尧舜时期的《击壤歌》、《卿云歌》、《南风歌》,及周穆王时西王母所歌《白云谣》等,学术界已断为后人伪托,但情词甚美,天籁自成,人力莫及,堪称中国文学中的杰作,不介绍大家一见亦甚可惜:

日出而作,日入而息,凿井而饮,耕田而食——帝力于我何有哉!《击壤歌》

卿云彩云,卿通庆,祥瑞烂兮,糺 jiū 会集缦缦兮,日月光华,旦复旦兮!《卿云歌》

南风之熏兮,可以解吾民之愠 yùn 怨气兮!南风之时兮,可以阜吾民之财兮!《南风歌》

白云在天,丘陵自出。道里悠远,山川间之。将子无死,尚复能来!《白云谣》。陶渊明《读山海经》二咏西王母此唱"高酣发新谣,宁效俗中言",说仙谣与俗曲就是不同。

阅读书目:[清]沈德潜《古诗源》,中华书局 1963 年版。卷一从古书中抄录古谣谚一百余则。

三、古代神话和传说

1. 何为神话、传说

神话是先民以想象的方式理解世界所产生的故事和传说①,主题为人与世界的起源、各种自然现象、神祇之功和英雄业绩等,具有神异、超凡、诡奇的特性。它是与从理性出发理解世界不同的一种思想方式的产物,大都是部族群体的创造,是贮藏部族历史记忆的宝库,是民族总体信仰的叙述和独特宇宙观的体现,包含着由潜意识所形成的价值取向,因而常常在一种极其天真简单的形态中透

---

① "昔者初民,见天地万物,变异不常,见诸现象,又出于人力所能以上,则自造众说以解释之:凡所解释,今谓之神话。"(鲁迅《中国小说史略》,《鲁迅全集》第九卷第 17 页,人民文学出版社 1981 年版。同样的意思见茅盾《神话研究》第 63 页引安德烈·兰语,百花文艺出版社 1981 年版)。

出深沉幽玄的真理之光。

神话是一种特殊的故事和传说。一般的故事是说来娱乐的,不强调部族的文化根基;传说则深深扎根在部族生活的源头里面,世代相传;神话所叙述的是与巫术、宗教及天地万物相关的荒古源发事件,构成部族最重要的文化形成力量,原则上历史背景较少,而超自然现象较多。①

2. 中国古代神话的主要内容

(1) 始祖神话　最著名者为女娲的故事。女娲之事见于《楚辞·天问》及《淮南子·览冥训》等。女娲抟土造人,抟黄土不及,乃引绳絚 gēng 粗绳于泥中,举以为人。故富贵者,黄土人也;贫贱凡庸者,絚人也《风俗通义》。

又:宇宙初开之时,只有女娲与伏羲兄妹二人,住在昆仑山中,结为夫妻,遂为人类之祖李冗《独异志》。汉代武梁祠石室画像、汉代画像砖都有女娲、伏羲交尾图,常任侠等证明他们是以兄妹为夫妇的一对人类始祖。

又:女娲还曾在天崩地裂的灾难中补苍天、止洪水,赈救善良的人民教材 p. 284。

此外,《诗经·大雅·生民》教材 p.42 叙述姜嫄因踩到天帝足拇指印迹而受孕生下稷,姜嫄以为不祥,先后将之弃于窄巷、树林、寒冰等处,分别受到牛羊、樵夫、鸟的救助,使稷成活长大,并养成善于种植的本领,成为周人的始祖。

(2) 洪水神话　最著名者为鲧禹治水教材 p. 282:洪水滔天,鲧未得天帝允许,窃息壤以堙 yīn 堵塞洪水,被杀。他的儿子禹继承他的工作,"布 fū 同敷,铺填土以定九州"。鲧之生禹甚奇诡,据说鲧被杀在羽山上,尸体三年不腐。天帝又派神拿"吴刀"来解剖鲧。在鲧的肚子被剖开时,从里面跳出一条长着尖利的双角的虬龙,就是禹②。鲧真有点像希腊神话中盗天火给人类的普罗米修斯。看来地球上大概经历了一次大洪水,所以《旧约·创世纪》第六章也有耶和华使洪水泛滥以毁灭堕落的人类的事。

鲧禹治水还有一种"历史化"的叙述:说鲧是"崇伯"崇在今陕西鄠县境,尧派他治水,他固执独断,用"堙"和"障"的方法,失败被杀,后来舜派其子禹用疏导的

---

① 参见[英]马林诺夫斯基《巫术科学宗教与神话》127 页,中国民间文艺出版社 1986 年版;[日]大林太良《神话学入门》31—32 页,中国民间文艺出版社 1989 年版。

② 参见袁珂《中国古代神话》(中华书局 1960 年版)据《山海经》等的叙述。

方法,才平息了洪水①。

又:大禹治水"八年于外,三过其门而不入。"《孟子·滕文公上》"股无胈 bá 大腿上的毛,胫无毛,手足胼胝 pián zhī 老茧,面目黧黑,遂死于外。"《史记·李斯列传》这已基本上是人类自身意志坚定、公而忘私的英雄典型了。

(3)战争神话 最著名的是黄帝对蚩尤的战争。蚩尤有兄弟 81 人一说72,"兽身人语,铜头铁额一说耳鬓如剑戟,头有角,食沙、石子",随便杀人,残暴无道,黄帝用仁义之术,不能禁止他们作恶一说蚩尤与轩辕[黄帝]斗,以角觝人,人不能向。天帝派玄女授黄帝兵信神符,才制服了蚩尤《太平御览》卷 79 引《龙鱼河图》。

又:蚩尤兴兵进攻黄帝教材 p.283 ,"请风伯雨师,纵大风雨",黄帝请来天女即旱神"魃",止住了大风雨,擒杀了蚩尤。

有人解释说:蚩尤本是南方炎帝的子孙,逐走炎帝,夺了帝号,又追到涿鹿今属河北,老炎帝请黄帝出兵,战胜了假冒的炎帝蚩尤,人们把黄帝和假炎帝之战"当做是黄帝和炎帝的战争,其实是弄错了"②。

(4)英雄神话 如精卫填海教材 p.281 、夸父逐日教材 p.282 、后羿射日教材 p.285 等。

中国神话的主人公,不少是辛劳勇毅的英雄,他们与凶恶的自然抗争、为无助的人类造福,崇高而悲壮。这与希腊神话有极大不同。奥林匹亚诸神是追求快活和荣誉的享乐主义者,他们勇敢、杰出,但好色、嫉妒而且贪婪。宙斯奥林匹斯山主神喜欢一个少女就化作天鹅去与她交合;阿伽门农攻打特洛亚的希腊联军主帅强夺部下的战利品,并宁肯让部下遭受瘟疫也不愿归还;阿喀琉斯攻打特洛亚 9 年功勋卓著的英雄为了一个美丽的女俘大闹情绪,使己方大败。神话中所表现的精神不同甚至可以说奠定了民族性格差异的基础。所以我们说在神话中"包含着由潜意识所形成的价值取向",在天真简单中透着深刻与幽玄。

附:创世神话 创造世界的神话在中国出现较晚,因而不属于先秦文学的范畴——盘古神话不见于先秦、西汉的一切记载。但创世神话有其独特的重要意义,故附述于此。

---

① 参见袁珂《中国古代神话》据《尚书》《左传》《国语》等的叙述。
② 参见袁珂《中国古代神话》据《逸周书·尝麦解》及蒋观云《中国人种考》的叙述。

传说天地原本混沌,如一鸡蛋,盘古生其中,万八千岁,天地开辟,阳青为天,阴浊为地《三五历记》。他死后,呼吸变为风云,声音变为雷霆,两眼变为日月,肢体变为山岳,血液变为江河,发髭变为星辰,皮毛变为草木《五运历年记》。

这样的故事最早见于汉献帝时益州学馆壁画,最早的文献则是三国·吴徐整的《三五历记》全书已佚,佚文见《艺文类聚》,后梁·任昉《述异记》也有记载。有学者认为:"盘古"又作"槃瓠","伏羲与槃瓠为双声,伏羲、庖 páo 羲、盘古、槃瓠,声训可通,殆属一词。"所以槃瓠与伏羲神话,同出于一源①。但也有学者认为该书:盘古神话最早出现在中国南方和西南方,是在东汉中叶以后取道西南流传到中国的西亚、印度神话影响下产生的。"盘古"与亚述古巴比伦创世史诗中的"Bau"及佛教的"梵天"读音相近,有渊源关系②。

3. 中国古代神话文献及神话的特征

与希腊、罗马及世界上其他民族的神话不同,中国神话缺乏集中系统的文献记载没有《伊利亚特》、《奥德赛》那样的作品,而是零星地分散在古代一些典籍中。如:《山海经》③、《庄子》、《列子》、《淮南子》,及屈原的《天问》、《离骚》等。鲁迅、茅盾都曾论述过造成中国古代神话不发达、记载零碎的原因:

中国神话之所以仅存零星者,说者谓有二故④:

一者华土之民,先居黄河流域,颇乏天惠,故重实际而黜玄想,不能集古传以成大文。

二者孔子出,以修身齐家治国平天下等实用为教,不欲言鬼神,太古荒

---

① 参见常任侠《沙坪坝出土之石棺画像研究》;闻一多《伏羲考》。
② 何新《盘古、梵天与 BAU 神》,见《诸神的起源》,三联书店 1986 年版。
③ 《山海经》书名最早见于《史记·大宛列传》。刘歆认为该书"出于唐虞之际",所谓"禹别九州,任土作贡;而益等类物善恶,著《山海经》。"(王充、颜之推也主此说)现代学者多认为成于战国之世。最集中地保留了我国的神话材料(尤其"海经"部分)。但它以"山"、"海"为名,包括"山经"5 卷、"海经"("海经"含"大荒经")13 卷,历来认为它像《禹贡》、《河渠书》等一样,是古代地理学著作。只不过它不是现代科学意义上的地理学,而是包含着经过真实认识的地理现象和未经真实认识(包括看到的异象和目不能及的想象)的地理现象。它记载了 500 座山、300 条河。经研究,其中天山、阴山、北岳、太行等 300 多座山现能大致探明其方位,河、渭、江、汉、淮、湘等 200 多条河至今仍在流淌;它还包括 40 多方国、100 多神话历史人物、400 多种神异动物。因而它是真实中有想象,想象中有真实,是地理学和神话学的混沌不分。
④ 日人盐谷温解释中国古代神话很少的两个原因,见其《中国文学概论讲话》第六章(孙俍工译)。开明书店 1930 年版。

唐之说,俱为儒家所不道,故其后不特无所光大,而又有散亡。

　　然详案之,其故殆尤在神鬼之不别。天神地祇 qí 地神人鬼,古者虽若有辨,而人鬼亦得为神祇。人神淆杂,则原始信仰无由蜕尽;原始信仰存则类于传说之言日出而不已,而旧有者于是僵死,新出者亦更无光焰也①。

　　这三点理由,第一点是**"由地域生活条件所形成的民族性"**的问题。茅盾发挥说:"自武王以至平王东迁,中国北方人民过的是'散文'的生活,不是'史诗'的生活。民间流传的神话得不到新刺激以为光大之资,结果自然是渐就僵死。到了春秋战国,社会生活已经是写实主义的,离神话时代太远了,而当时的战乱,又迫人'重实际而黜玄想'"②,这就造成了神话的衰萎。

　　第二点是**"理性早熟"**问题。茅盾说"孔子的'实用为教',在战国时亦未有绝对权威,则又不像是北方神话的致命伤",其实"实用为教"不是孔子一己的主观意志,而是他对商周以来人生与政治观念的总结,本身就说明了实用理性悠久而广泛的历史与社会基础茅盾所谓与"史诗"生活相对的"散文"生活其实即与此相关。重实用的理性观念成熟早,当然就限制了种种不切实际的奇异幻想,神话也就受到了抑制。

　　"中国古代北方民族曾有丰富的神话,大概是无疑的"。但替我们保留传播神话的,却主要是南方民族,"现存古籍之保留神话材料最多者,几乎全是南方人的作品"③。这与北方民族理性早熟,而南方民族较多地保留了原始野性思维"楚人善淫祀"也是其表现,是分不开的。

　　第三点是**"神话历史化"**④问题。"神话历史化"为茅盾引述和重视。理性成熟的过程中,神的事迹渐渐与人的事迹相接,神人化,人神话,但总体是以历史传说逐渐代替天神地祇故事。由荒诞的奇人异事变为历史时空中的合理存

---

① 鲁迅《中国小说史略》,见《鲁迅全集》第九卷第 21—22 页,人民文学出版社 1981 年版。茅盾《神话杂论》曾引之以证己说(见《神话研究》第 27 页,百花文艺出版社 1981 年版)。
② 茅盾《神话研究》第 130 页,百花文艺出版社 1981 年版。
③ 茅盾《神话研究》第 27 页。
④ "神话历史化"是许多民族都有的一种普遍现象。公元四世纪希腊哲学家爱凡麦(Euhemerus)认为:神话是英雄事迹的夸大叙述,神话中的人物原来都是历史上的帝王或英雄。这一主张被称为爱凡麦主义。因而"神话历史化"又称为"爱凡麦化"。

在。如：

《山海经》卷14说："夔一足。"孔子答鲁哀公问说：像夔那样的人，有一个就足够了，可以做乐正教化人民。《韩非子·外储说左上》

又：古称"黄帝四面"，孔子对子贡说："黄帝取合己者四人，使治四方，不计而耦，不日而成，此之谓'四面'也。"《太平御览》卷79引《尸子》

前一则是将山怪变为治国大臣，后一则是将四张脸的神迹变为政治用人之道，都可以帮助我们理解神话历史化的进程。神话历史化是与理性思维的进步直接相关的。

中国神话记载零碎，其原因是很复杂的，上述不过是人们寻求解释的主要观点而已。

4. 神话与文学

神话是文化初起、尚混沌为一时期的现象，其中有知识因素，有宗教因素，有道德因素，有文学因素。所以我们可以把神话作为文学来对待。

神话作为文学，具有特殊的意义，有些是后世文学也难以企及的。

其中最根本的，是神话中超越理性的原始活力与奇特想象。理性是人类文明进步的产物，它使世界、使人自身包括生命、情感和思想等一切的一切都秩序化、规范化，变得明明白白、可以把握，排斥神秘、奇异与怪诞，这样就失去了神话时代人类未受理性驯化的野性与活力、认识世界的原始想象、以及由以神性的方式理解世界而造成的人、神、物混一不分的神奇。所以，这三个东西，即

> 生命的原始活力
> 认识世界的原始想象
> 人与世界的神性与神奇

是神话文学性与美学价值的独特与宝贵所在。这三个东西在具体作品中体现为特异超凡的情感与形象生命的原始活力与神性崇高一体，"精卫女娲填海"、"夸父逐日"、"女娲补天"、"后羿射日"等等，就是我们文学世界中高山仰止的永恒憧憬对象——2008北京奥运会开幕式曾以"夸父逐日"作为重要的一场进行了长期的排演后因技术与艺术处理不理想改为书画，可以帮助我们认识这种文化与审美憧憬

的奇观性。

　　古代神话对于后世文学具有巨大影响。神话精神、思维与题材的运用,极大地丰富了作家的创作思想与艺术表现力,庄子、屈原、李白是最突出的例子,《红楼梦》中大荒山无稽崖青埂峰下顽石与绛珠草的故事,也具有非凡异彩。

　　阅读书目: 1. 袁珂《古神话选释》,人民文学出版社,1982 年版。

　　　　　　 2. 袁珂《中国古代神话》,中华书局 1960 年版。

　　　　　　 3. 袁珂《山海经校注》,上海古籍出版社 1980 年版。

　　　　　　 4.《山海经》(图文本),李润英、陈焕良注译,岳麓书社 2006 年版。

　　　　　　 5. 茅盾《神话研究》,百花文艺出版社 1981 年版。

　　　　　　 6. [日]大林太良《神话学入门》,中国民间文艺出版社 1989 年版。

　　　　　　 7. [英]马林诺夫斯基《原始心理与神话》,中国民间文艺出版社 1986 年版。

第二讲 《诗 经》

一、《诗经》及其体例

《诗经》本称《诗》、《诗三百》。"经"是文明发展早期最基本的文化典籍《庄子·天运》:"六经先王之陈迹"已出现"六经"一词。这些典籍的形成和整理主要是经早期儒家学者之手完成的,"经"遂成为以孔子为代表的儒家整理传述的书籍的通称。汉武帝设立经学博士后,"经"又成为国家意识形态"教材"。我们今天仍然保留《诗经》的称谓,但已无官方教材的意义,而仍具有作为中国文化基本典籍的意义"六经"、"五经"、"十三经"等莫不如此。《文心雕龙·宗经》:"经也者,恒久之至道,不刊之鸿教也。"。

《诗经》是我国第一部诗歌总集,本来是乐歌,不是徒诗。文字编定成书,约在春秋后期,距今已有 2500 多年,收录了西周初至春秋中叶前 11 世纪至前 7 世纪约 500 年间的作品,共有 305 篇《毛诗》311 篇,其中《小雅》《南陔》等六篇笙诗有声无词,不计。三家诗无此六篇。一般分为十五国风 160 篇、大小二雅 105 篇、周鲁商三颂 40 篇①。风、雅、颂在音调、词采、作者、产生地域等方面皆有区别。

风:地方民歌,歌咏食色劳作等的抒情之作,多比兴和重章叠句,语句浅近。其中"二南"产生的地域约当今甘肃重庆东部与陕西河南南部至湖北大部这一片

---

① 也有主张分为南、风、雅、颂四类的(参见梁启超《中国之美文及其历史》第二章第一节"附释'四诗'各义",东方出版社 1996 年版;及游国恩《中国文学史讲义》第二篇第三至八章,天津古籍出版社 2005 年版)。

地方,其音乐与北方不同①。其余十三国风均产生于从陕西到山东的黄河流域。

雅,士大夫所作的关于国政大事的作品,是典礼宴会之歌。产生地是王畿天子都城。雅有"正"的意思,王畿之声被目为正声,又称夏声——盖周人称王畿之地为夏,雅、夏古通。大、小雅之分,众说不同,有从音乐特点上分的游国恩引惠栋:"大小二雅,当自音乐别之,不以政之大小论也。知律有大小吕,诗有大小明。",有从应用场合与作用分的朱熹《诗集传》:"正小雅,燕飨之乐也;正大雅,会朝之乐、受厘[整理、治理]陈戒之辞也。",有从文辞风格上分的游国恩引严粲等:"明白正大,直言其事者雅之体。纯乎雅之体者为雅之大,杂乎风之体者为雅之小。小雅非复风之体,然亦间有重复,未至浑厚大醇;大雅则浑厚大醇矣。",各有其理,可以综合起来理解。

颂,宗庙祭祀之歌,所谓"美盛德之形容,以其成功告于神明者"。颂有二义:一是赞颂先王盛德;二是朗诵文辞,故颂即"诵"因此讽刺箴谏亦得为颂。颂既然关乎神明、祖宗,所以无论声音、形象都要从容庄重,不敢艺言琐言所以前人多释颂为"容",并认为"颂之声较风雅为缓"。三颂实以周颂为主,有31篇之多游国恩分为祭歌15,舞歌7,农歌4,警诗5,"鲁颂4篇,商颂5篇,亦因以类附焉"②。

从时间上说,《周颂》产生于西周前期,《大雅》中从西周初到西周末的作品都有,《小雅》批判现实的诗多数为幽王时代产品。"因此文学史家按时代排列《诗经》中各部时总是先《周颂》,次《大雅》,次《小雅》,次《商颂》、《鲁颂》。这自然是大致的排法。"许多作品我们不能知道它产生的时间,对民歌更不能完全按照时代顺序③。

二、爱情诗《溱洧》、《伯兮》等

爱情是民歌主要的一个主题,加之周代文明礼教尚未周密僵化,人性自然的

---

① "其称为周南、召(shào)南者,盖成王之世周公与召(shào)公分治,各采风谣以入乐章。周公所采南方之诗,则谓之周南;召公所采南方之诗,则谓之召南耳。……自陕以东,周公主之;自陕以西,召公主之。……故周南之诗……其境东北至汝,南至江,北至汉也;召南之诗……其境(由)西北至蜀,东南至南郡也。"(游国恩《中国文学史讲义》第35页)

② 周成王以鲁地封周公长子伯禽,且"以周公有大勋劳于天下,故赐伯禽以天子之礼乐,鲁于是有颂,以为庙乐"。周武王灭商,封纣子武庚子于宋,修其礼乐以奉商后,由于政治日益衰微,礼乐随之散佚。后来正考甫在周太师处得到商颂12篇归祀先王,但再度散佚只剩下5篇(见朱熹《诗集传》)。又一说:商颂语句多袭周诗,决非商之旧章,应是后世子孙眷怀追讽先人的作品,时间不早于周中叶(见游国恩《中国文学史讲义》,天津古籍出版社2005年版)。

③ 参见余冠英《诗经选·前言》,人民文学出版社1979年版。

表现或有较多自由如《周礼·媒氏》:"仲春三月,令会男女,于是时也,奔者不禁。",所以《诗经》中爱情篇章十分突出,几乎爱情的方方面面、各种情景与情态都写到了。如:

倾情一人的专一:

出其东门,有女如云。

虽则如云,匪我思存。不是我放在心中想念的。匪:非。

缟衣綦巾,聊乐我员。缟衣:未染色之白衣。綦巾:墨绿色的围裙。聊:且。员:云,语助词。

——《郑风·出其东门》

欢乐的嬉戏:

溱与洧,方涣涣兮……溱 zhēn 洧 wěi:郑国二水名,在郑城西南。涣涣:水势盛大壮观。

女曰"观乎?"士曰"既且。"且:徂 cú 之借字,往,去过。

"且往观乎? 洧之外,洵訏且乐。"《郑笺》:女情急,劝男同游。洵:实在。訏xū:广大。

维士与女,伊其相谑,赠之以勺药。男女调笑好合后赠芍药以结恩情①。谑 xuè:调笑。

——《郑风·溱洧》

两情互动的美好:

投我以木瓜,报之以琼琚。琼琚:佩玉。"木瓜"后二段为木桃,木李;"琼琚"为琼瑶,琼玖。

---

① 朱东润说:"《诗》三百五篇中女恋男之作,反较男恋女之作为多",而"女子恋男之词,见于《郑风》者独多。"因此知"在吾先代社会,女子之地位绝不逊于男子,有所歆羡,有所恋慕,自可发为诗歌,矢口而出……不妨为'青青子佩,悠悠我思'之词,此其自信之强,为何如哉。"(《诗三百篇探微·诗心论发凡》p.112,上海古籍出版社 1981 年版)

匪报也,永以为好也。

——《卫风·木瓜》

等待成功后互赠礼品的情意绵绵:

静女其姝,俟我于城隅。静:靖的借字,善。姝:美。俟 sì:等待。城隅:城上的角楼。

爱而不见,搔首踟蹰。 爱:薆的借字,隐藏。踟蹰:彷徨不宁。

静女其娈,贻我彤管……娈:美。彤管:红色管状礼物,或说笔,或说笛等,朱注:未详。

匪女之美也,美人之贻!女:同汝,指美人送的礼物。贻:赠送。

——《邶风·静女》

新婚之夜的喜不自胜:

绸缪束薪,三星在天。绸缪:缠绵。束薪:捆在一起的柴,喻娶妻,古代嫁娶必燎炬为烛。

今夕何夕,见此良人! 良人:古代女子称夫为良人,今称"郎",一声之转。

子兮子兮,如此良人何!"庆幸巧遇如此良人。可译为:你呀你呀,拿这好人儿怎么办呀!

——《唐风·绸缪》

野合的浪漫:

丘中有麻,彼留子嗟。首句写山坡麻丛中环境兼起兴。留:刘。子嗟为古代美男子通名。

彼留子嗟,将其来施。闻一多则认为施即施行云雨,做爱施精。原作施施,喜悦的情态。

——《王风·丘中有麻》

有女怀春,吉士诱之……吉士:好小伙。

舒而脱脱兮，无感我帨兮，舒：慢慢地。脱脱 tuì：轻轻地。感：通撼，扯下。帨
shuì：围裙。

无使尨也吠！尨 máng：长毛狗。无感我帨，闻一多《诗经通义》"焉知戒之非即
所以动之哉！"

——《召南·野有死麕 jūn》

不得相见的思念：

一日不见，如三秋兮。

——《王风·采葛》

青青子衿，悠悠我心。衿 jīn：衣领，代所思念的男子。悠悠：思念绵长。
纵我不往，子宁不嗣音？宁：岂，难道。嗣：通诒，致。嗣音即致信。
青青子佩，悠悠我思。佩：佩玉，代所思念的男子。
纵我不往，子宁不来？

——《郑风·子衿》

闹别扭的烦恼：

彼狡童兮，不与我言兮。狡童：狡猾难搞掂的家伙。一说美貌小伙子，狡，通姣。
维子之故，使我不能餐兮。

——《郑风·狡童》

子惠我思，褰裳涉溱；褰 qiān：提起。裳：下衣，裙子。溱：郑国河流，在郑城
西南。
子不我思，岂无他人？
狂童之狂也且 jū！狂童：犹言呆子。童，痴狂。也且：语尾助词。

——《郑风·褰裳》

以生命为誓的坚决：

穀则异室,死则同穴。活着不能同居,死了也要同穴。穀 gǔ:生。

谓予不信,有如皦日！指日为誓。谓予不信:说我不诚。皦:同皎,明亮。

——《王风·大车》

讲读《周南·关雎》教材 p. 1 、《卫风·伯兮》教材 p. 13 、《君子于役》教材 p. 15 。

三、农事诗《七月》、《载芟》等

中国是古代农业文明的代表,《诗经》中这方面的作品具有很高的文化价值。

《七月》教材 p. 21 是一首很奇特的诗,它记录了当时一年的劳作和生活。春天修好农具,下田播种,忙碌得妇儿一齐上阵,饭都送到田头吃。庄稼成熟,九月筑好晒谷场,十月粮食进仓。农事完毕,又要为官家修宫室。然后得抓紧修理自家的房屋,白天割草,夜晚搓绳;冬天赶着收拾屋子,熏鼠、塞牖,开春一年的忙碌就又开始了。同时妇女春天忙着采桑喂蚕,到七八月收获蚕茧,纺丝,染色,接着就是缝制衣服。到了下雪的冬月和腊月,则是上山打猎的好季节,打得狐狸皮给"公子"做袄子,小野兽可以自留,大野兽则献给公家。一年将尽,得赶紧储藏冰块,然后酿酒杀羊,参加在"公堂"举行的宴饮。

这首诗反映的人民生活是艰苦的。除了劳动的艰苦,粮食也很匮乏,一年到头都要靠瓜果充饥,第六章作了充分描写,最后说:"采荼 tú 苦菜薪樗 chū 臭椿,食我农夫。"袁愈安翻译说:"挖些苦菜打些柴,农夫才能把锅开。"

当代学者解释这首诗,还常常看到其中反映的阶级压迫和剥削。如第二章采桑择菜的女子暗自悲伤,因为害怕"公子"来抢她回家"女心伤悲,殆及公子同归"。第三章纺了丝、第四章打了狐,都是给"公子"做衣服。而猎获的大野猪,要献给公家,只有小野猪,才归自己"言私其豵 zōng,献豜 jiān 于公"。

《七月》也是《国风》里最长的一首诗,共 8 章 88 行。其中包含着很丰富的文化价值,如当时的社会情况、生活景况、阶级状况等。在艺术上,仅仅胶着于章句,很有难度,精彩之处也似乎不多,但跳出章句,用头脑作整体把握,则有难得的神韵。对此孙鑛说得好:"衣食为经,月令为纬,草木禽兽为色……固是叙忧勤,然即事感物,兴趣更自有余……真是无上神品。"那是生活真实的滋味:辛苦中还有不平等,但仍然有意义,仍然是用不息的力量在奋斗着,仍然透出热烘烘的希望的气息如教材 p.22 "六月" 一段。因而后世画家爱据此而作《豳风图》:男耕女织,夏农冬猎,辛苦但丰实的人生!

　　《诗经》反映古代农业情况和农民生活的,还有《大雅·生民》后半篇,《周颂》中的《噫嘻》教材 p.46、《丰年》教材 p.47、《载芟 shān》、《良耜 sì》,《小雅》中的《楚茨》、《信南山》、《大田》、《甫田》等。我们通过余冠英的译文给大家介绍《载芟》:

　　　　除草又除杂树,接着耕田松土。
　　　　千双农夫锄草,走向低田小路。
　　　　家主和他的长男①,跟着许多子弟,
　　　　——个个都是好汉。
　　　　送饭的说说笑笑,妇女人人美好。
　　　　男子干劲旺盛,犁锹锋利有刃。
　　　　开始耕种南亩,播下各种禾谷。
　　　　种子生气内蓄,苗儿连续出土。
　　　　杰出的苗儿特美,一般的整整齐齐。
　　　　褥草频繁细密,收获累累众多。
　　　　众多粮食堆积,堆积千亿万亿。
　　　　用来酿造酒醴——
　　　　奉祭先祖先妣 bǐ 死去的母亲,供应各种祭礼。
　　　　祭宴酒气芬芳,邦家光大盛昌。
　　　　酒香伴着椒香,老人长寿安康。
　　　　这景象超过希望,有今天何曾料想。
　　　　——自古以来就是这样!

四、怨刺诗《黍离》、《伐檀》、《采薇》等

　　"《诗》可以怨",是孔子对《诗经》价值一个方面的概括。《诗经》中的怨刺诗

---

　　①　这句和下句周振甫译作 "国君和他的长子,国君次子和其他众子都来耕"。

内容比较广泛,有针砭朝政的如《大雅·荡》,有揭露丑行的如《邶风·新台》《齐风·南山》,有哀感劬劳的如《小雅·鸿雁》,有不堪徭役的如《唐风·鸨羽》,有厌倦战争的如《豳风·东山》,等等。

《黍离》教材 p.14 抒发哀怨,《毛诗序》说是周大夫见故都镐 hào 京今陕西长安县西北。镐又称"宗周"宫室颓为田地的哀怨。郭沫若《中国古代社会研究》:"王风的《黍离》是周室遭了犬戎的蹂躏,平王东迁以后的丰镐丰在今陕西长安西南沣河西岸,周文王居此,武王迁镐,但丰、镐同盛,都是西周京都的情形。相传周室东迁以后,所有旧时的宗庙宫室尽为禾黍。周的旧臣行役过旧都,便不禁心中悲怆 chuàng,连连地呼天不止。""黍离"后来成为感慨国家兴亡的常用典故,如张戒评杜甫《哀江头》:"黍离麦秀之悲,寄于言外。"《岁寒堂诗话》《黍离》情绪很浓厚,音调每章都由平缓而至激越;手法上由描写客观景象和主观心理,再假托旁人评价自己,最后昂首问天,很有艺术表现力;章法上回环叠咏,"三章只换六字,而一往情深,低徊无限。此专以描摹虚神擅长,凭吊诗中绝唱也"。方玉润《诗经原始》

《伐檀》教材 p.16 有很出色的现实描写,如伐木的声音、河水的涟漪,尤其是不劳而获的统治者取三百户收获的谷子,家里满仓满囷,院子里悬挂着各种风干的野味貆 xuān[猪獾]、特[三岁小兽]、鹑 chún[鹌鹑]等。"彼君子兮,不素餐兮不白吃饭。反语"!面对极度的不平等,作者的口气不是刻骨仇恨,而是调侃讽刺,此种文体风格值得重视和学习。

《硕鼠》教材 p.17 用比喻构思即通篇喻体,表明不劳而获的统治者蚕食人民的劳动成果,就像大老鼠。对一直奉养他的人,毫不顾惜。"逝将去女 rǔ,适彼乐土。乐土乐土,爰得我所"。那个统治者虽坏,但统治力还不是无所不至,人民可以逃离。也可以解释为是对美好生活的向往,但"逝将去女,适彼乐土"恐怕也有现实基础,不是纯粹的想象。这首诗表现了对统治者弃之不顾而追求自己生活的决绝,思想意义值得借鉴。

《采薇》教材 p.28 、《黄鸟》教材 p.30 、《节高峻南山》教材 p.31 、《雨无正失常》教材 p.34 、《何草不黄》教材 p.37 等都是怨刺诗。朱东润《作品选》编成于 1960 年前后,比较重视批判性的作品,于此可见一个时代的文学观念。《采薇》末章:

昔我往矣,杨柳依依;

　　　　今我来思，雨雪霏霏。

　　　　行道迟迟，载渴载饥。迟迟:行路艰难而缓慢。载:又;或作语词。

　　　　我心伤悲，莫知我哀。

与猃 xiǎn 狁① yǔn 的战争经年不断，诗中主人公征戍一年才能回家，而路途又充满了泥泞和饥渴，唱出来的歌真情动人。这样的章句必须背诵。

五、史诗《生民》、《公刘》、《緜》、《大明》等

　　《大雅》中《生民》、《公刘》、《緜》、《大明》等篇叙述歌颂周人兴起乃至伐灭殷商的历史，从神话式的传说到现实业绩，多为后来《史记·周本纪》所取材。

　　《生民》教材 p.42 为周族史诗之首，记载周人始祖后稷在唐虞时代的神奇传说和不朽业绩。他的母亲姜嫄是有邰氏古氏族之女，在禋祀 yīnsì 野祭，以火烧牲,烟气上升,致祭于天求子仪式上，"履帝武敏"踩着上帝脚拇指印，感到很快乐"履帝武敏歆"，而怀孕生下后稷②。孩子来得这样异常，姜嫄不敢抚养。把他扔在小巷里，牛羊经过充满爱护地避开他；把他扔在树林里，伐木工人救了他；把他扔在寒冰上，很多鸟飞来展开翅膀温暖他；鸟飞走后，后稷的哭声大路上都听得见。姜嫄只有将他养在身边。后稷从小聪明，刚会爬就能自己找到食物。长大后种豆菽麦麻瓜果都很成功。"**后稷之穑，有相之道**"，他善于选择适合的土地来种某种植物；"**茀** fú 除掉**厥丰草，种之黄** 嘉谷**茂**美"，把荒地上的草除尽，种上优良的种子。"**实**是,代词**方**开始**实苞**选择饱满的种子，**实种**下种**实褎**发芽出土，**实发**长高**实秀**抽穗，**实坚实好**谷粒饱满，**实颖**［谷穗长大］**实栗**栗栗,谷穗多而密"，在作物生长成熟的每一个阶段，都要悉心照料。丰收之后，把粮食舂、簸、淘、蒸，做成米饭，取来香蒿和油脂，杀头公羊，把火烧得旺旺的，让食物的香气升上天庭，让"上帝"愉快地享受，保佑来年也有好收成。"**后稷肇**始**祀，庶无罪悔，以迄于今**"，他在丰收之后祭祀神灵，不做冒犯上天和令人后悔的事，开了感恩和敬畏自然的风气。后来"稷"成

----

　　① 北方少数民族:殷商时为猃狁,春秋时为戎狄,秦汉时为匈奴,隋唐时为突厥。

　　② 《史记·周本纪》说姜嫄为帝喾元妃，又说姜嫄在野外快乐地践巨人迹而受孕生稷。前说出古文经学家，以后稷为帝喾之子；后说出今文经学家，后稷不知其父。皮锡瑞《经学通论》说，在这点上，"古文似正而非，今文似奇而是"。因为当时"是一野合的杂交时代或血族群婚的母系社会"（郭沫若《中国古代社会研究·导论》）。

为一种粮食的名称,被称为"五谷之长"《说文》;"社稷"见《周礼·春官》即土地和粮食之神成为国家的象征,都说明华夏民族重农重粮的传统,早由周先祖所奠定。

后稷在获得农业成功之后,"即有邰家室"邰:古邑名,在今陕西武功县西南,在邰地安居下来,后人在此延续了几百年。到公刘时,完成了从邰到豳的迁徙①豳、邰相距百余里。《公刘》对此进行了描写和歌颂。诗从公刘继承后稷农耕传统写起:"**笃**诚厚**公刘,匪居匪康**不敢享受安康,**迺乃场**yì 田间小埂**迺疆**田间大的疆界**,迺积迺仓**"。在丰收之年带上行装和武器,"**于胥**相中**斯原**豳地,在今陕西彬县,彬亦作邠,邠同豳",北上向他看中的泾河流域那片土地进发。跟随他搬迁的人"即庶即繁",人人心情舒畅。公刘在各处查看泉水、考察广大的平原,登上南岗,选中了京地,于是长住的安了身,寄居的有了房,到处有说笑,到处是欢语。族众庄敬安详、趋行有节。公刘预备几筵招待大家,众宾依尊卑次序入席。从猪圈抓出猪来杀,用葫芦瓢斟酒,让大家有吃有喝,成为大家的君主和族长"饮之食之,君之宗之。"

> 笃公刘,既溥既长 cháng,既溥既长:度量其长宽范围。溥 pǔ,宽。
>
> 既景迺冈,相其阴阳。景:影。迺:乃。相:观测。
>
> 观其流泉,其军三单②shàn。单:禅,更替,即军民多次轮替。
>
> 度其隰原,彻田为粮。度:测量。隰 xí:低湿地。彻:治,翻耕。
>
> 度其夕阳。豳居允荒③。度其夕阳:测量山的西面。允:实在。荒:广大。

诚厚的公刘带领大家获得了广阔的家园,在山冈测量日影把握时间、节气,观察土地的阴阳冷暖干湿,探寻泉水与溪流,建立军队轮流换班,规划那些便于取水保墒的低地平野,开发出来种植粮食。"爰众人口多爰有物产丰","豳居允荒"。夹皇涧两岸,上溯到过涧,弯曲的水边都住满了人"止旅迺密,芮 ruì 鞫 jū 之即"[河流弯曲凹的一边为芮,凸的一边为鞫]。诗中所写表明:公刘时代社会和人口都有所发展;农业技术比后稷有了一系列的进步——上面所引的一段尤其珍贵:测量日影、阴

---

① 《史记·刘敬叔孙通列传》:"周之先,自后稷,尧封之于邰,积德累善十有余世,公刘避桀居豳。"

② 姚际恒、方玉润都说是"寓兵于农"、"民即兵,兵即民"。褚斌杰等《先秦文学史》说:公刘时代的周民族具有农业军事部落的性质,族人皆兵,按军事组织从事生产。

③ 陈子展《诗经直解》:"尔时公刘之国,其封域广(宽,横向,东西)轮(纵向,南北)殆及五六百里之远,兼有今甘肃泾渭漆沮 jǔ 之间,庆阳至武功邠州一带之地。"

阳、水源、地势,为农业生产和生活所用,可称最早的科技探测;"**取厉**厉石**取锻**锻石,通过锻厉而成铁的石头"的描写被认为与冶铁制器有关;"**止基乃理**清理定居的基础"、"**于豳斯馆**宫室",又是周人建立城邑之始《诗经直解》p. 942。

　　周人在豳地生活了数百年,在古公亶dǎn父率领下,举族向西南迁往岐山下的周原今陕西岐山县。《**緜**》教材 p. 38 记述了古公亶父的业绩。古公是称号,犹言故豳公;亶父是名。古公亶父就是周大太王——周文王的祖父。周人在豳地受到狄人侵扰①,古公亶父趋马和妃子姜氏寻找新的安居之处,发现岐山之下"**周原膴膴**wǔ 肥美,**堇**jǐn**茶**tú**如饴**",连本来应该苦的野菜都带甜味,实在是一片适于生存的好地方。"**爰契**凿刻**我龟**②,**曰止曰时**时地均宜,**筑室于兹**cí",通过占卜,最后决定马上在此安居。然后按左右四方,规划建设,开垦农田,疏通沟渠,族人个个都有一份生计。安排司空管营建、司徒管徒役具体负责,用绳索决定直和正,用版筑墙,大家齐心协力,铲土声、筑墙声、削平声,热闹非凡。庙宇建得庄严,城邑的郭门建得高峻,王宫的正门建得堂皇。建好祭祀土地神的社坛,召集众兵祭坛誓师,不忘夷狄之仇,一定要努力发展树立威望。然后拔柞zuò 棫yù,除草莱,修通了各方道路。于是混夷望风而逃,虞、芮相争则找周人来评判。周在岐山下果然树立了威名。到周文王时代,有大臣在四方引导民众亲附,有大臣在朝堂辅佐国事,兴作有文臣建功,御辱有武将退敌,开创了周朝盛世。《緜》表明周在岐下有了进一步的发展。古公亶父"陶挖掘复穴中之穴陶穴,未有室家",由穴居而处,到建立宫室、庙宇,并建立社坛、开始祭社;司空、司徒及各种事务的官制被着重叙述了。这都是《公刘》篇所没有的。古公在周原建立家天下的周王国,表明周至大王时已完成国家建构,已非先前的农业军事部落了。这样的业绩表明,古公实为一有远见、有魄力的部落国家的杰出英雄和伟大元首。

　　古公亶父迁族人于周原,其子王季娶得殷商藩属挚国国君的次女,她是"维德之行"的贤明妻子,生下了周文王。文王"小心翼翼,昭事上帝",不违背道德,

---

① 《孟子·梁惠王下》:"昔者大王居邠,狄人侵之。事之以皮币,不得免焉;事之以犬马,不得免焉;事之以珠玉,不得免焉。乃属其耆老而告之曰:'狄人之所欲者,吾土地也。吾闻之也:君子不以所以养人者害人。二三子何患乎无君?我将去之。'去邠,踰梁山,邑于岐山之下居焉。邠人曰:'仁人也,不可失也。'从之者如归[趋]市。"

② 用龟甲占卜,先钻凿龟甲,再于钻凿处用火烧灼,然后根据烧灼产生的裂纹断定吉凶,并将断辞刻于龟甲上。"契"指凿龟或刻断辞于龟。

获得很多福泽,受到各国信任;他在即位之初,与当时大邦莘 shēn 国如天仙一般的女儿太姒 sì 成就"天作之合",迎亲的队伍跨过渭河,将船连接起来作为桥梁,婚礼辉煌无比。太姒生下了周武王。"有命自天":命文王改国号为周,改邑名为京;令他娶得"大邦有子,倪 qiàn 像天之妹"的太姒;又使太姒生下武王,联合诸国之力来讨伐殷商。《大明》接着又写道:

> 殷商之旅,其会如林。
>
> 矢于牧野:"维予侯兴,矢:誓师。牧野:在商都朝歌南 70 里。予:我们。维、侯:皆助词。
>
> 上帝临女,无二尔心!"女:汝、尔。
>
> 牧野洋洋,檀车煌煌,驷騵彭彭。洋洋:广阔。煌煌:高大。騵:赤色马。彭彭:奔驰貌。
>
> 维师尚父①,时维鹰扬,师:太师。尚父:吕尚。时:是,这。鹰扬:勇猛如鹰之飞扬。
>
> 凉彼武王,肆伐大商,会朝清明②。凉:辅佐。肆:疾,猛力。会朝清明:适会早晨晴朗。

商失掉了江山,周得到了江山,这是为什么? 就在于"天难忱相信斯,不易维王不易做的是君王。即《文王》"天命靡常"、"上天之载,无声无臭"。《大明》一诗强调天命,认为是天生纣王与殷的江山为敌,使殷人不能继续统治四方。周人汲取教训,文王"**小心翼翼,昭事上帝**",武王假天之名,肆伐大商,才获得成功。天命之力如此昭然,根据何在? 在于人之德行。大任嫁王季,二人德行相配"及于王季,维德之行[háng 并列]";文王则不敢做违背道德的事,才获得四方诸侯的信任"厥德不回[违],以受方国[四方诸侯国]"。《文王》"无念尔祖,聿[yù 语气词]修厥德",即不要躺在祖宗的福荫上,要勤修其德。因此,诗的开篇:"**明明在下,赫赫在上**明明、赫赫同义。此犹言人在做,天在看,明白难欺",是两句令人触目惊心的话,说地上有良心,天上有神

---

① 尚父:其祖先封于吕,故称吕尚;姓姜氏,又称姜尚、姜太公。"父"同"甫",是古代男子的美称。周文王尊称吕尚为尚父。

② 《国语·周语》冷州鸠言:"武王伐周,以二月癸亥陈未毕而雨。"夜间誓师布阵下着雨,早晨进攻却天气晴朗,真是天命天佑。一场改朝换代的大战,以天气结,诗意倍出。

明，洞若观火，你做什么事都无法隐匿，都为光亮透彻地照知。所以，天命、德行与光明照彻人或政治的所有行为，是《大明》一诗杰出的三大主题，因此"大明"[亦名"明明"]是极妙的题目："明"人人了然；"大明"则深意无穷。诗中有四节写及王季和文王的婚事，程俊英等《诗经注析》说是"铺叙闲文的笔法"，也不尽然，其中涉及德行成大事者贤明内助之重要、势力特别重复"大邦有子"一句、接班人特特点明大任"生此文王"、太姒"笃[语助词]生武王"，意义重大，并非闲笔，但在艺术上，这四节确实增加了不少意趣。

周朝开国的伟大人物，依次有后稷、公刘、太王、王季、文王、武王六人；作为周人自述的开国史诗，则有《生民》、《公刘》、《緜》、《皇矣》、《文王》、《大明》六篇。我们讲述四篇，六王的主要业绩大体可见。可补充的是，《文王》"思皇天多士，生此王国……济济多士，文王以宁"，强调贤能的人才之重要。《皇矣》记载王季友于兄弟，笃于亲情，修德明智，区分是非善恶，顺民心，从善行，能正确领导族人。文王继承王季，"予怀明德，不大声号令的声音以与色严厉的脸色，不长夏夏楚，教刑用以革皮鞭，官刑用"，受到上帝保佑，成功地战胜密国、攻克崇国。

六、赋比兴与《关雎》等

赋、比、兴是《诗经》的三种表现方法，也是形成《诗经》艺术美的重要因素，历来受到重视。乃至有学者说："《诗经》对后世文坛的影响，主要在赋、比、兴的运用与发展。"①关于赋比兴的解释很多，这里主要用朱熹《诗集传》的解释，但大家要注意，朱熹的解释也不那么简单，其中包含着矛盾和理解上的麻烦。

"赋者，敷陈其事而直言之者也"。《诗经》第二篇《葛覃》："葛之覃 tán 延伸兮，施 yì 蔓延于谷中，维叶萋萋茂盛。黄鸟于语助词飞，集于灌木，其鸣喈喈 jiē。"这是第一章，描写山谷中葛藤蔓延而茂盛，黄莺——说黄雀时飞时落，相互鸣和。第二章写茂盛的葛，割下来，用大锅煮，而后取出其纤维，织成或细或粗的夏布，穿在身上很舒服。第三章写女子告诉保姆她已告假归宁宁：问父母安否，洗完内衣外衣，整理好该洗的不该洗的，就要回娘家。

朱熹在每一章后都注曰："赋也"，并说"赋者，敷陈其事而直言之者也。盖后

---

① 程俊英、蒋见元《诗经注析》第 2 页，中华书局 1992 年版。

妃既成絺 chī 细葛布绤 xì 粗葛布而赋其事,追叙初夏之时,葛叶方盛,而有黄鸟鸣于其上也"。这说明,朱熹是将全诗所写作为一个整体看到谷中景物、加工葛的劳动、要回娘家是一体的,来表现"后妃"自赋其事故其注亦言"此诗后妃所自作……于此可以见其已贵而能勤、已富而能俭、已长而敬不弛于师傅、已嫁而孝不衰于父母"。

今人程俊英、余冠英等都说:第一章是兴。认为全诗"本写归宁父母一事,因归宁而澣 huǎn 衣、因澣衣而及絺绤、因絺绤而念刈 yì 割濩 huò 锅,作动词煮之劳、因刈濩而追叙山谷蔓生的葛,及集于灌木的喈喈黄鸟所触起的归思"程俊英等《诗经注析》,因为葛藤一本蔓延与黄鸟群集鸣和,都能引起个体生命来源和亲人团聚的联想,所以对"葛之覃兮"的描写就是"触物以兴情"宋·李仲蒙《困学纪闻》:"触物以起情谓之兴,物动情也。"

为何有这种分歧呢?关键在朱熹将《葛覃》看作"后妃追叙",将所写作为一个叙事整体;而今人没有这种"后妃追叙"的意识,只看作一般人劳动的环境、过程及其引发的情思,所以环境的描写就成为"兴",而劳动过程的叙述才是赋。按朱熹定义的字面意义,**赋就是直接进行描写、叙述、抒情的表现方法**。但他尚未完全"就诗论诗",还要牵扯"小序"后妃之德,所以出现了具体认识与自己下的定义有矛盾的情况。

"比者,以彼物比此物也"。《诗经》第五篇《螽 zhōng 斯》:"螽斯螽虫羽,诜诜 shēn 众多兮。宜尔子孙,振振昌盛兮。"以蝗虫成群飞翔作比喻,比喻子孙众多,生生不息。朱熹注曰:"比也",并说"比者,以彼物比此物也。后妃不嫉妒而子孙众多,故众妾以螽斯之群处和集而子孙众多比之,言其有是德而宜有是福也。"这样讲是以螽斯比众妾多子,在比喻的修辞表现上附加了政治寄托的内容,与"比兴"思维相关了。

"兴者,先言他物以引起所咏之词也"。《诗经》首篇《关雎》教材 p.1,朱熹分为三章,都注曰:"兴也",并说"兴者,先言他物以引起所咏之词也。周之文王生有盛德,又得圣女姒氏以为之配。宫中之人,于其始至,见其有幽闲贞静之德,故作是诗"。这样解释,是以整首《关雎》兴发对文王太姒的赞美,兴也与政治兴寄相关,不简单是修辞表现方法了。

现代多不能同意这样的解释。闻一多说:"《关雎》,女子采荇于河滨,君子见而悦之。"按照这样理解,"关关雎鸠,在河之洲"两句,才是兴起全诗所咏君子追求采荇淑女之事的兴句①。而"窈窕淑女,君子好逑"、"窈窕淑女,寤寐求之"、"窈窕淑女,琴瑟友之"、"窈窕淑女,钟鼓乐之",都是叙述,属于赋。"求之不得,寤寐思服。优哉游哉,辗转反侧"!是直接抒情,也属于赋。只有"参差荇菜,左右流之"、"参差荇菜,左右采之"、"参差荇菜,左右芼之",作为君子看到的景象,是兴情之物,可以看作兴;但若作为淑女劳作的活动,是叙事,又是赋。

这说明兴和赋的区分不是截然划界的。现代人的理解,才是符合朱熹定义的逻辑内涵的。按照该定义的逻辑内涵,兴常用在诗的开头;但中国诗歌在结尾处常见的"以景结情"手法,也可看作兴;诗歌中间插入几句景物描写,也有兴的功能。

兴对于中国古典诗歌的审美价值具有十分重要的意义,它实际上是人即景生情、情景交融,人与自然情景浑然一体,"景中全是情,情具象而为景"而生成诗意世界方式。它给诗带来了形象描写的美丽,和令人情感兴发无尽、言有尽而意无穷的效果钟嵘《诗品序》:"文有尽而意有余,兴也。"诗歌之所以离不开"风花雪月",即是由兴是诗歌的本质决定的。因而兴在诗中是手法、功能与本质的合一。

我们可以从现代文学方法出发,简直地将赋看作是直接进行叙述、描写和抒情,将比看作是打比方,将兴看作是以景物兴发情感。此即吕思勉所谓"赋者,叙事;比者,寄意于物;兴者,触物而动"②。联系现代歌词,纯粹的抒情歌曲常多用比兴如在海外有中国第二国歌之称的《茉莉花》③;歌颂功德的歌曲,则多用赋如《社会主义好》④;当然也有两者浑然结合的如北京奥运会开幕式主题歌《你和我》⑤。

七、重章叠句、俭于意尽于辞与《芣苢》、《月出》等

《诗经》本为乐歌,是唱的。歌词各段常有不少句子重复,这是音乐旋律的需

---

① 《淮南子·泰族》:"关雎兴于鸟……为其雌雄不乖居也",不乖居即不乱居。《韩诗章句》(《后汉书》注引):"雎鸠贞洁慎匹",《素问》:"雎鸠不再匹。"如此则兴中有比。
② 吕思勉《经子解题》第18页,上海文艺出版社1999年版。
③ 好一朵茉莉花,好一朵茉莉花,满园花草香也香不过它。我有心采一朵戴,看花的人儿要将我骂。……
④ 社会主义好,社会主义好,社会主义国家人民地位高,反动派,被打倒,帝国主义夹着尾巴逃跑了。……
⑤ 我和你,心连心,同住地球村。为梦想,千里行,相会在北京。来吧,朋友,伸出你的手。我和你,心连心,永远一家人。

要,也是为了便于记忆,这就是所谓"重章叠句"。《诗经》重章叠句共有 182 篇,其中风诗 133 篇本为 160,小雅 42 篇本为 72,大雅 5 篇本为 31,颂诗 2 篇①本为 40。最典型的如《周南·芣 fú 苢 yǐ》教材 p.4,三段语句只有六个动词变化,其他词句完全是相同的重复,若作为诗来看,未免过于简单单调,但作为歌曲,则不受此责备,而另有奇妙意境。方玉润说:"读者试平心静气,涵泳此诗,**恍听田家妇女,三三五五、于平原绣野、风和日丽中,群歌互答,余音袅袅**,若远若近,**忽断忽续**,不知其情之何以移而神之何以旷。"方玉润《诗经原始》卷1 那些采芣苢的女子**自鸣天籁,互相娱乐,一片好音**,真令人听之而低徊无限。

《诗经》是唱的,故"声情"是第一位的。一首歌受不受欢迎,歌词的意思固然重要,但起决定作用的还是声、词相合的音乐美——现代歌曲仍然如此。所以歌词的好,主要不在于它能告诉人们多么多、多么重要的意思,而在于修辞与声情之美。

王夫之对此有深透的把握。他认为诗、书文有别:从书说,"意必尽而俭于辞";从诗说,"**辞必尽而俭于意**"《诗广传》卷五。"尽"是尽力、花力气,"俭"是俭省、省力。文章重在表意意必尽,文辞要尽量简练俭于词;诗歌重点不在表意俭于意,文辞必须讲究、有力辞必尽。所以俭于意、尽于辞是诗歌的审美本质所在。王夫之反复说明这一点:"**一时一事一意,约之只一两句,长言永叹,以写缠绵悱恻之情,诗本教也。**"《夕堂永日绪论》内编"**意亦可一言而竟,往复郑重,乃以曲感人心。诗乐之用,正在于斯。**"《古诗评选》卷一这都是说:诗歌叙事不能详尽、议论不能深奥,写事、写人、表达哲理,常常是可以用一两句话概括的,但篇中说来说去、反复缠绵、长言永叹一大篇,那是什么呢? 是语言的表演,或辞采的舞蹈,是文字形象的美,所以今天仍然以"诗歌是语言的艺术"作为定义。

王夫之进一步举例说:"**诗之深远广大,与夫舍旧趋新,俱不在意……'关关雎鸠,在河之洲,窈窕淑女,君子好逑',岂有入微翻新、人所不到之意哉!**"——"**乃声色动人。故知'以意为主'之说真腐儒也。'诗言志',岂志即诗乎?**"《古诗评选》卷四诗歌犹如天上的月亮,之所以使人常看常新,不因为月亮之新,而是看的情景万变。《关雎》写的意思,不过男人看上美女、平常得不能再平常的那么一

---

① 青木正儿:《中国文学概说》第 62 页,重庆出版社 1982 年版。

点意思俭于意，但其中用兴、用赋，写关雎、写河洲、写荇菜、写采荇的各种动作姿态、写琴瑟钟鼓之乐、写白天黑夜辗转反侧之思，用尽修辞描绘的手段，尽现语言形象的美好尽于辞，才是《关雎》诗美的根本所在。

我们再看一首《陈风·月出》教材 p.20：还是男子思念他心上的美人那点意思，但"月出皎兮，佼人僚兮，舒窈纠兮，劳心悄兮。"通过修辞传达出月下意境之美、美人身段窈窕之美、还有其生动调皮风姿绰约之美佼、僚都含有此义、以及思念者的情意之美，令人体味不尽。

宋朝人"以意为诗"，铲去风花雪月，要求诗明义理、存史实，而忽视诗歌的文辞形象之美，这种诗学的曲折，也是帮助王夫之认识诗歌需俭于意、尽于辞的原因之一。同时，俭于意、尽于辞，与中国诗学历来重视"兴象"的传统也是互相关联的。

八、意境与《蒹葭》等

意境的理论认识是后起的，但意境的艺术表现则产生甚早。传为夏禹时涂山氏之女所歌之"候人兮猗"已经意境宛然。《诗经》中以意境取胜的作品更是不少，如上面讲到的《关雎》、《月出》、《苤苢》、《君子于役》及《采薇》末章等，都是意境绝佳之作。《秦风·蒹葭》教材 p.18 是以意境美取胜的典型。程俊英《诗经注析》说："这首诗意境飘逸，神韵悠长，从文学角度来说实在是不可多得的佳作。"

什么是"意境"呢？简单说，**意境是情与景相融相生而形成的向无限敞开的艺术境界**。宗白华说："**在一个艺术表现里情和景交融互渗，因而发掘出最深的情，一层比一层更深的情，同时也透入了最深的景，一层比一层更晶莹的景；景中全是情，情具象而为景，因而涌现了一个独特的宇宙，崭新的意象，替世界开辟了新境。正如恽南田所说'皆灵想之所独辟，总非人间所有！'这就是我的所谓意境。**"①

《蒹葭》中抒情主人公对所爱所求的对象可望而不可即的绵绵情意，和蒹葭白露、远水伊人的动人景象交合相生，成就了使人低徊绵绵、追索不尽的境界。我们从具体文字中来看这一点：如"蒹葭苍苍，白露为霜"、"蒹葭萋萋，白露未

---

① 宗白华：《美学与意境》，第 211 页，人民出版社 1987 年版。

晞"、"蒹葭采采,白露未已"三句,一为秋晨阳光未出,露寒霜重,远望蒹葭是颜色深浓的一片苍苍,一为旭日初升,霜露渐融,蒹葭相倚摇曳之状已明萋萋,一为阳光普照,霜露渐收,茂密的蒹葭放出浓绿的光彩采采,其景象何其生动! 再如三四句。"细玩'所谓'二字,意中之人难向人说;而'在水一方',亦想象之辞——若有一定之方,即是人迹可到,何以上下求之而不得哉!"黄中松语接下来四句,"重加'溯洄'、'溯游'两番模拟,所以写其深企愿见之状,于是于下一'在'字上加一'宛'字,遂觉点睛欲飞——入神之笔!"姚际恒语陈子展说其"诗境颇似象征主义,而含有神秘意味"。《诗经直解》宗白华说:介乎学术所求的"真"的境界,与宗教所求的"神"的境界中间,而化实为虚,又使心灵具象化,"就是艺术境界"。"真"带来美的形象,"神"带来无法执实和穷尽的意味,这就是意境的魅力所在,《蒹葭》最好地表现了这一点。

九、《诗经》解释的古今变化

《诗经》作为华夏文明最基本的文化典籍,作为儒家文化的经典,作为诗体文学作品,它有多重身份,多种价值。我们讲文学史,当然要落脚在文学价值上,但也不能将《诗经》简单地看作现代意义上的审美文学——唯美是需要的,但不是全部。即使在今天,我们也仍然可以在多种意义上来认识《诗经》的功能。

这里只简要描述《诗经》在历史上被认识和接受的几个主要方面:

1. 《国语》等书《春秋公羊传》、《汉书·艺文志》及其《食货志》都有"列士献诗"、"行人采诗",俾王者"观风俗,知得失,自考证"的记载,可见周代《诗》主要是作为认识政治得失以为鉴戒,而被收集、被重视的。柳诒徵讲中国文化史说:周代重视民意,"其盛时,公卿大夫固恒以勤恤民隐诏告其君主;即至衰世,亦时时代表民意,作为诗歌,以刺其上。"

2. 《诗经》又是周代礼乐制度的组成部分,是各种典礼、宴会时必须演唱的节目,尤其是雅、颂部分。如《诗》毛氏序:"《鹿鸣》,燕群臣嘉宾也。""《皇矣》,美周也。""《生民》,尊祖也。"

3. 《诗经》是周代学校的教科书。《礼记·王制》:"乐正崇四术,立四教四术四教指诗书礼乐,術本义是道路,诗书礼乐是先王之道路,顺先王《诗》、《书》、《礼》、《乐》以造士,春秋教以《礼》、《乐》,冬夏教以《诗》、《书》。""古者教以《诗》、

《乐》,诵之,歌之,弦之,舞之。"《毛诗故训传》

4.《诗经》还借作外交公关的表达辞令,即所谓"赋诗言志"。孔子说:"诵诗三百,授之以政,不达;使于四方,不能专对_{受命不受辞,应对随机自专},虽多,亦奚以为?"《论语·子路》《汉书·艺文志》:"古者诸侯卿大夫交接邻国,以微言相感,当揖让之时,必称《诗》以谕其志。"《左传》记载列国君卿间赋诗相酬答凡 67 次,如《文公十三年》郑大夫子家赋《鸿雁》、《载驰》请鲁文公代郑向晋说情,鲁大夫季文子先赋《四月》拒绝,后又赋《采薇》应允。由此可知我国古代诗学之盛况,与列国士夫雍容之尚雅相关。

5. 汉人解释《诗经》,专重美刺教化,尤以《毛诗》为代表。《毛诗序》:"《关雎》,后妃之德也,风之始也,所以风天下而正夫妇也……先王以是经夫妇,成孝敬,厚人伦,美教化,移风俗……上以风化下,下以风刺上,主文而谲谏。"虽也讲情动于言,手舞足蹈,但落脚在"发乎情,止乎礼义"。

6. 宋人跳出汉学窠臼,常就诗论诗,注重文本性情义理所在,《诗经》开始步入文学本位。《朱子语类》:"大率古人作诗,与今人作诗一般,其间亦自有感物道情、吟咏情性,几时尽是讥刺他人。"_{卷八十}《诗集传序》以"人心之感物而形于言"为诗之根本,作为儒家学者,虽也强调所感之情的邪正善恶,强调以诗教正人心,但认识诗的基点毕竟有了变化,尤其对风诗的认识:"凡诗之所谓《风》者,多出于里巷歌谣之作,所谓男女相与咏歌,各言其情者也。"讲《静女》《木瓜》,以为"男女赠答之词",不避"淫奔期会"、美色动人、互相赠物以结殷勤等,发前人所未发,与今天主要以爱情诗看《国风》的思路已然一致——只是我们现在不以"淫"来讲《风》诗所写的男女期会了。《毛诗序》讲"风",是"风以动之,教以化之";朱子讲"风","盖据风马牛之风为说","风字谓男女风情之风",故"牝牡相诱之事,男女相悦之词,皆可谓之风"①。所以说朱子论诗的认识基点变了,为文学化理解奠定了基础。沿袭朱子思路谈论《诗经》文学艺术者,时有精采之论,如前面所引方玉润论《芣苢》。

7. 朱熹虽倡导"诗学革命",但仍重视联系政教。至"五四"新文学运动前后,引入西方审美文学观念,并以之说《诗》,完全将之作为文学作品_{纯文学}。梁启

---

① 陈子展《诗经直解·关于诗经》注6,复旦大学出版社 1983 年版。

超说:"治《诗》者宜以全《诗》作文学品读,专从其抒写情感处注意而赏玩之,则《诗》之真价值乃见也。"并力攻汉人说《诗》:"信如彼说,则《三百篇》之作者乃举如一黄蜂,终日以蜇人为事,自身复有性情否耶?"《要籍题解及读法》余冠英《诗经选》,程俊英、蒋见元《诗经注析》等,都是作为文学读本而作的。

不过,三百篇,亦诗亦经,这是已然融入中华民族成长血脉之中的历史事实,每一种诗学功能和诗学观念的存在,都有其历史的价值与合理性,即如汉人政教诗学,对诗歌的政治功能作了有力的强调,对于提高诗的社会价值,是起过重要作用的。同时,每一种诗学功能和诗学观念有都有其局限,即如纯文学的诗观,若与社会实际功能完全分离,诗歌就会失重,成为纯粹的赏玩之物,这对诗歌文学也未尝就是好事。当然文学联系政教得有个"度",要不即不离,如此才有好作品、伟大作品的产生,屈陶李杜都是好例。

阅读书目:1.《诗经选》,余冠英注译,人民文学出版社 1979 年版。

2.《诗经注析》,程俊英、蒋见元著,中华书局 1991 年版。

3.《诗经新注》,聂石樵主编,齐鲁书社 2000 年版。

4.《诗经直解》,陈子展撰述,复旦大学出版社 1983 年版。

5.《诗集传》,朱熹著,上海古籍出版社 1980 年版。

6.《诗经原始》,方玉润撰,中华书局 1986 年版。

7.《毛诗正义》,毛公传、郑玄笺,孔颖达正义,上海古籍出版社 1990 年版。

第三讲 《左传》等历史散文

一、史官文化传统

散文的产生,起于文字记事。早在**殷商**时代,就有**甲骨卜辞、钟鼎铭文**,是当时记事文的真迹,确然无疑。《尚书》中的虞、夏、商书,是经后人追叙或加工过的,不是殷商时代文章的原貌。

中国古代形成了重视历史记载的传统。"维殷先人,有典有册"《尚书·多士》。典册可能多属记事档案。周代建立礼制,史官名目有太史、小史、内史、外史、左史、右史之类例如"外史……掌四方之志,掌三皇五帝之书。"见《周礼·春官》。"志"、"书"或即《左传》所言"三坟五典八索九丘"之类。"史,记事者也"《说文》,所以"史载笔:大事书于册编串好的竹简,小事简竹简牍木简而已"《曲礼》。春秋时代各国都有史官及其历史记载,如《墨子》中说到宋之《春秋》、周之《春秋》、燕之《春秋》、"百国《春秋》",《孟子》中说到"晋之《乘》、楚之《梼 táo 杌 wù》。鲁之《春秋》"等。《汉书·艺文志》总结说:"古之王者,世有史官,君举必书……**左史记言,右史记事**。事为《春秋》,言为《尚书》。"正是这一传统,使两千多年的中国代代有史,留下了"二十四史"或"二十五史"加《清史稿》完整的历史记载——此为世界仅有之文明奇观。

史官文化的根本特点是**秉笔直书**。《说文》解释"史":"从又,持中。中,正也。""又"即"手"字,手里一支笔,要秉中正之心而书,不能偏心、偏向而书,尤其不能诱于利害、慑于威权,即不顾事实,或只作对当权者有利的记载。文天祥《正气歌》说"在齐太史简,在晋董狐笔",二人都是秉笔直书的典型。齐庄公与崔武子妻私通,并将其冠上朝戴的官帽赐人,崔氏怀恨,趁机杀死庄公。太史记载:"崔杼弑其君。"被杀;他的两个弟弟接着照样写,又先后被杀;第三个弟弟还是写"崔杼弑其君",崔武子才没有再杀。而南史氏听说太史都被害了,拿着写好的竹简前去,听到写上了才罢《左传·襄公25年》。晋灵公无道为装饰房屋而厚敛、从台上弹人而观其避丸、把烧熊掌未熟的厨子杀了装在畚箕里展示等,赵盾劝谏,欲杀之,赵盾逃至边境,其族人杀灵公,赵盾回来重为正卿。太史董狐记载:"赵盾弑其君。"被孔子称为"法书不隐"《左传·宣公2年》。后来唐朝张说,私下许诺张昌宗诬魏元忠谋反后来在武后前对质时依实言"昌宗逼臣使诬证耳",吴兢在《武后实录》中加以记载,张说做了宰相后"阴乞兢改数字",吴兢回答:"徇公之情,何名**实录**?"时人称为"今董狐"《新唐书》卷132。中国的史官文化传统,正是这种秉笔实录的精神,才流传不断,具有不朽的价值包括文学价值。如果不是这样,没有原则,隐瞒、说一边倒的话、一味歌功颂德,乃至造假等,就不仅没有史的价值,也失去了文心。**失却文心,其文自不足道。**中国历史悠久的史官文化,其中有不朽的文心一线相传,所以留下了许多千古感人的篇章——这就是"历史散文"。

二、《尚书》

《尚书》古称《书》,汉时始称《尚书》尚通上,意为"上古帝王之书",又称《书经》因是中国文化发轫的基本典籍,又是儒家传习的基本经典,汉代列入学官。《尚书》是现存我国第一部历史文献总集,包括虞、夏、商、周至秦穆公各代的一些誓词、文诰、讲演及片段史实的记载。

据说《尚书》有100篇见《论衡》《汉书·艺文志》,原本不传。今传本有两个来源:

一是今文本:济南伏生在秦嬴氏焚书时私藏一部于夹壁,汉初发壁,只剩28篇一说29篇,见《文选·移书让太常博士》李善注。汉文帝一说景帝派晁错从伏生受学,晁错用汉代通行的文字隶书把它抄写出来,就是《今文尚书》。

二是古文本:西汉刘歆说,鲁恭王扩充王邸,拆孔子故宅《论衡·案书》说是"教授堂",得到用先秦篆写的《尚书》16篇,称为《古文尚书》。孔子11世孙孔安国把它献给朝廷,后在汉末战乱中亡佚。到东晋初年,梅赜zé向朝廷献上一部有孔安国序的《古文尚书》,它比存世的《今文尚书》多出25篇,又有从《今文尚书》中分出的5篇,共计58篇28+25+5。但《古文尚书》来历不明,研究者认为它是一部伪书。因为唐初孔颖达据以修《五经正义》，并由朝廷颁行，所以影响很大。

司马迁说"《书》纪先王之事，故长于政"《太史公自序》。政治是其基本主题。"**敬天保民**"、"**明德慎罚**"等一套思想，开创了其后二千年中华民族基本的政治原则。夏启征讨有扈氏，以"代天行命"为理由《甘誓》："有扈氏威侮五行[金木水火土]，怠弃三正[周正、殷正、夏正①。岁首一月为正，月首一日为朔，怠弃三正即忽视正朔即历法]，天用剿绝其命。今予惟恭行天之罚。"；殷高宗武丁认为：上天是一直监视着人的，人的一切包括寿夭都是上天根据其行为的好坏施于的，因而也是自己造成的《高宗肜日》："惟天监下民，典[考察]厥义，降年有永有不永。非天夭民，民中绝命。"；周武王封其弟康叔，谆谆教导，要他发扬文王之德，"**明德慎罚，不敢侮鳏寡**，**庸庸**用其所当用，**祗祗**敬其所当敬，**威威**威其所当威，**显民**重视人民"；周公教成王，以"**君子所其**居其**位无逸**"为主旨，要他接受纣王等"弗知稼穑之艰"，"弗闻小人之劳，惟湛耽乐之从"，乃至以迷乱酗酒为美德的教训，要他像先代明王那样，"**治民祗**zhī 敬**惧，不敢荒宁**"；听到"小人怨女汝詈女，皇自更加敬德"教材 p.49 。

《尚书》作为我国第一部"散文集"，在文章方面也值得重视。一是讲究命意谋篇，有了比较完整的结构。如《无逸》教材 p.48 ，第一句就提出"君子所其无逸"的论点，下面从正反两方面引述前代君王的事迹作对比论证，非常有力。二是文章的表现方法运用很有成就，如《金縢》叙述周公的一个神奇故事，简练生动；《顾命》描写康王继位仪式，细致铺张又井井有条；《秦誓》教材 p.54 写秦穆公不听蹇叔之劝，伐郑失败后悔过，沉痛低徊，很善于抒情"民讫[尽]自若[善]，是多般[邪僻]。责人，斯无难；惟受责俾[使]如流，是惟难哉！——我心之忧，日月逾迈，若弗员[转]来[日月流逝，时机一过就不会再来]。"。三是语言有很多警句，如"**人惟求旧，器非求旧，惟新**"；也常用形象化语句，如描写："洪水滔天，浩浩怀山襄陵"；如比喻：盘庚

---

① 作为岁首的一个月叫"正"（平声）。周正建子、殷正建丑、夏正建寅——"建"是"斗建"，即北斗所指的时辰。子、丑、寅、卯、辰、巳、午、未、申、酉、戌、亥 12 时辰，每月迁一辰，以通常冬至所在的 11 月配"子"，称为建子之月，由此顺推。

  周正建子，以 11 月为岁首；
  殷正建丑，以 12 月为岁首；
  夏正建寅，以 1 月为岁首；
  （秦正建亥，以 10 月为岁首）

汉初沿袭秦正，后改为夏正，沿用至今——因夏正是以春季开始的第一个月为岁首，最合四季运行和农事规律。

动员迁殷说,听命迁都是"若网在纲,有条而不紊;若农夫服田力穑,乃亦有秋",煽动人民反对迁都是"若火之燎于原,不可向迩"。

《尚书》是用当时的口头白话写的,语言的历史变化致使后世难读,刘勰已说它"训诂茫昧"《文心雕龙·宗经》,韩愈也说它"诘屈聱牙"《进学解》。但它是文章之祖,《文心雕龙》论述诏策、章奏一类文体,都溯源于它;唐代古文运动十分重视《尚书》,它的文体对苏绰、韩、柳的文体变革发生了重要作用。

> 阅读书目:1.《书经集传》,宋·沈蔡注,中国书店 1994 年版。
> 　　　　　2.《尚书今注今译》,屈万里注译,台湾商务印书馆 1969 年版。

三、《左传》

《左传》司马迁称为《左氏〈春秋〉》,刘歆刘向少子、班固称为《〈春秋〉左氏传》。这都反映了**古文经学**家的意见司马迁曾从古文经学家孔安国受学,而班固说得最明白:"孔子因鲁史记而作《春秋》,而左丘明论辑其事,以为之传。"**今文经学**家则认为"《左氏》不传《春秋》"。他们重视《〈春秋〉公羊传》,所以要把《左传》排斥在"依经立传"之外。两种意见从西汉末"今古文之争"①,一直延续到现代。梁启超说:"《左传》全是单行的、独立的、有价值的史书,绝对不传《春秋》","现在通称《左传》,其实绝对不是原名……《左传》这个名词是假的。"《古书真伪及其年代》而专门研究《春秋》、《左传》的杨伯峻引东汉桓谭"《左传》于《经》,犹衣之表里,相得而成",并作了各种细致的分析《春秋左传注·前言》。文学史则折中两说:"《左传》以《春秋》的记事为纲,增加了大量的历史事实和传说……把《春秋》中的简短记事,发展成完整的叙事散文。《左传》发展了《春秋》笔法,不再以事件的简略排比或个别字的褒贬来体现作者的思想倾向,而主要是通过对事件过程的生动叙述、人物言行举止的展开描写,来体现其道德评价。"②这其实是说:若依"注解阐发经义"来理解"传"字,《左传》不传《春秋》吸收今文派意见,若在《左

---

① 西汉末刘歆请立《左氏春秋》、《毛诗》、《逸礼》、《古文尚书》博士,遭今文经学家强烈反对,争议遂起(参见《文选》卷 43 刘子骏《移书让太常博士》)。

② 袁行霈主编《中国文学史》第 90 页。此延续游国恩等《中国文学史》的观点。

传》写作以《春秋》为基本线索，有所依凭、有所发展、有所订补的意义上理解"传"，则《左传》亦传《春秋》吸收古文学派意见。总之，《左传》传不传《春秋》这个问题现在没有过去那么重要了没有学术法席可争了，我们需看到它与《春秋》既有联系又有区别。

《左传》是与《古文尚书》一同从孔子故宅夹壁中出土的。它的作者，司马迁、班固都说是左丘明，也有人认为是战国时卫国军事家吴起①，还有人认为是刘歆取各种书史编出来的今文学家如此说。文学史一般依第一说。

《左传》记事从鲁隐公元年前722至鲁哀公27年前468，共255年，比《春秋》多13年《春秋》止于前481。详于后而略于前襄、昭63年就几乎占了全书一半篇幅，地域上则详于晋、楚、鲁、郑诸国。

《左传》在中国散文史上地位崇高，何焯称："《左氏》之文，史之**极**也。文采若云月，高深若山海。"刘知几说它："工侔造化，思涉鬼神，**著述罕闻，古今卓绝**。"《史通·杂说上》《古文观止》共收文222篇，《左传》就有34篇司马迁15，韩愈24，苏轼17，占了将近六分之一。金圣叹《天下才子必读书》选《左传》46篇，居全书第二第一为被金氏称为中国"六才子"之一的司马迁，99篇。开创近代"新文体"的梁启超说："《左传》文章优美，其记事文……情节叙述得极委曲而简洁，可谓极技术之能事；其记言文渊懿美茂，而生气勃勃，后此亦殆未有其比……故专以学文为目的，《左氏》亦应在精读之列也。"《要籍解题及其读法》下面我们讲三点：

1. 善于写战争。《左传》善于描写战争为讲文学者所共称，但其可为借鉴的成就究竟何在，则不可拘泥于文字描写技术，需放开眼光来看。

第一，《左传》全书写战争占的份量大，写到的战争达483次之多，占了《左传》最大比重。教材选《左传》10篇，8篇是写战争的，只有《子产相国》1篇无关于战争，《重耳之亡》1篇主要不是写战争，这至少说明《左传》写战争好文章多。

第二，注重在道义上占上风，讲究"师直"、"以德攻"。《晋楚城濮之战》教材p.74，楚北上争霸，攻打宋国。晋宋交好，晋欲趁机与楚一战，并做好了准备。楚

---

① 卫聚贤在清华研究院考证"左氏"不是人名或姓氏，而是地名（《韩非子·外储说》说吴起是卫国左氏人），受到导师梁启超表扬。章炳麟、钱穆等亦主此说。

成王知道后，就要攻打宋国的子玉撤军，说晋文公是"允当则归"公平得当，故宋国归顺。按宋此时背离楚国而与晋交好、"有德不可敌"。但子玉不听君命，派宛春向晋军提出苛刻的条件：恢复卫侯的地位和重立曹国卫、曹此时已为晋所占，我就解除对宋的围攻。晋大夫子犯认为"君晋文公取一，臣子玉取二"，子玉太无礼了。先轸则主张答应子玉的要求，说子玉一句话就安定的曹、卫、宋三国，若拒绝，这三国就都与我们离心，弄成我们无礼，仗就难打了。于是晋恢复曹、卫，而扣留了宛春。子玉愤怒，逼近晋军，晋军退避三舍——舍 30 里。子犯说，这一方面报答了当年楚君对重耳的恩惠，另一方面若楚因而撤军，我们救宋的目的也达到了；若楚不撤军，"君退臣犯，曲在彼矣"，我们就在道义上占了上风。写这次战争，正面作战只是一小部分，大部分是战前估量决断、战后秩序的建立晋献俘敬事周天子、与卫结盟等和子玉为人的补充描写。细想一下，晋在这次战争中收获太大了：不仅打败了楚国，使强敌子玉自杀接替子玉做楚令尹的只是个"奉己奉己，不在民矣"的庸人，而且将曹、卫、宋都纳入了自己的范围，这是成就晋文公霸业的关键一战，有人认为是"春秋大战第一"浦起龙说，《古文眉诠》。晋国获得这样胜利的原因是什么？就是不是以战争的观点谋战争，而是以占据道义制高点的观点谋战争。在尚力争霸的时代，《左传》描写这一点，不仅揭示了战争本身的胜败之理，而且表现了高于战争的人类关系的基本原则，意义是很重大的。

第三，注重从战略上谋划战争，不能为眼前一点利诱打仗，而要在更大的范围作利害考量。烛之武说服与晋国一起围攻郑国的秦国撤军，就是唤醒了秦国的战略考量教材 p. 85 。晋地理位置在秦、郑之间，灭掉郑，秦"越国以鄙远"，捞不到好处，徒然扩大了晋国的势力范围；秦、晋接壤，晋强对秦有害无益。这一战略思维打动了秦穆公，不仅使秦撤军，而且留下三位将领帮助郑国加强防卫。但后来秦却没能坚持这一战略方针。留下来帮助郑国防卫的杞子报告说教材 p. 87：郑国北门的防守大权在我手上，秦军可以很容易地攻破郑国。秦穆公利令智昏，要远师袭郑。蹇叔劝告说：这么远去奔袭，对方不可能不知道，所以是达不到袭击的目的的。穆公不听，果然路上碰到郑国商人弦高，弦高一面假意慰劳秦军，一面派人速报郑国。郑国有了准备，秦军打不下来，只有撤军，但却受到晋国的袭击，损失惨重。秦穆公的失败就是由于贪眼前不意之利，不作全盘考虑，犯了战略错误。《晋楚城濮之战》晋先要宋去贿赂秦、齐，让秦、齐站在自己一边，又"私许复曹、卫以携之" 携:离间曹卫和楚,在外交上把秦、齐、曹、卫都争取过来了,这种战略谋划是取得胜利的根本。

第四,注重战术的运用。具体每一战怎样打,都要有讲究,有方法。一个好的指挥官,战必有术。《曹刿论战》教材 p.57 中,齐国攻击鲁国,鲁国在长勺组织抗击。军队布置好后,鲁庄公就要擂鼓进军,被曹刿制止,等到齐军擂过三通进军鼓后,曹刿才下令鲁军擂鼓进攻。齐军打败了,鲁庄公要下令追击,曹刿从车上下来,察看地上的车辙,又登车远望齐军的旗帜,然后才下令追击。战后曹刿给鲁庄公分析说:"一鼓作气,再而衰,三而竭。彼竭我盈,故克之。夫大国难测也,惧其有伏焉。吾视其辙乱,望其旗靡,故逐之。"这就是战术。《子鱼论战》僖公二十二年中宋襄公"不鼓不成列" 因楚军正在渡泓水,结果打了败仗。子鱼说"君未知战。……三军以利用也",就是要抓住有利时机用兵。"君未知战"就是不讲战术。

第五,注重人尤其是战争决策者和主帅的作用。这里只讲两个方面:

首先,决策者、主帅临战时的性情与心理状态十分重要。《晋楚城濮之战》,楚成王派令尹子玉攻宋,谆谆告诫他"无从晋师",道理讲得很透彻。但子玉还要派人来请求向晋挑战,成王很生气,却没有制止,只是少给了他兵力。两个人的心理状态都很不好。子玉更是糟糕,他的动机就不纯:攻晋是为了"间执 趁机杜塞 谗慝 tè 播弄是非者之口";整个过程中又表现得骄躁粗莽 与晋文公等的谨慎机变恰成对照,这样的性情状态如何不败!子玉在当时非泛泛之辈,他死后晋文公喜不自胜,认为去了一个强敌。所以即使真有本事的人,缺乏好的性情与心理状态,也是无法打好仗的 《艺概》:"左氏叙战之将胜者,必先有戒惧之意……不胜者反此。观指睹 归,故文贵于所以然处著笔"。

其次,上了前线,指挥员的勇气与胆略十分重要。著名的《齐晋鞌之战》成公二年晋帅郤 xì 克等人的英勇坚强,对胜利起了决定作用:

> 癸酉成公 2 年 6 月 17 日,师陈于鞌今济南附近。邴夏御齐侯,逢丑父为右。
> 晋解 xiè 张御郤 xì 克,郑丘缓为右。
> 齐侯曰:"余姑翦灭此而朝食!"不介马马不披甲,介:铠甲,作动词而驰之。
> 郤克伤于足,流血及屦 jù 鞋,未绝鼓音,曰:"余病伤势很重矣!"张侯曰:

"自始合,而矢贯余手及肘,余折以御,左轮朱殷。岂敢言病,吾子忍之!"缓曰:"自始合,苟有险,余必下推车,子岂识之? 然子病矣!"张侯曰:"师之耳目,在吾旗鼓。此车一人殿之坐镇,可以集事成事,若之何其以病败君之大事也? 擐 guān 穿甲执兵,固即死也,病未及死,吾子勉之!"左并辔,右援枹 fú 鼓槌而鼓,马逸奔不能止。师从之。

齐师败绩。逐之,三周华不 fū 注山名,在山东济南东北。

2. 表现人物卓有成就。历史的主体是人,把人写好了,历史才真正获得艺术的生动性。

《左传》作为一部编年体的史书,叙事是以时间为线索,很难以人物为中心来组织叙述,一个人的各种表现,常常是分散在不同的时间和事件之中的《史记》的纪传体才把这种情况改变了,所以我们要把不同片段中的描写综合起来,才能把握一个人的整体面貌。

以著名的重耳即晋文公为例,"僖公二十三、二十四年"写《晋公子重耳之亡》教材p.65 笔墨算是比较集中的了,但写他年轻任性,行为不妥之事三件在卫乞食,野人与之块,欲鞭之;在齐娶桓公女为妻后安于享乐;秦穆公把女儿嫁给他,他却不能以礼相待;在卫国、曹国、郑国受到无礼的待遇三次写明具体事情的是曹共公观其裸;因秦国的帮助回国即位后知过能改之事三件对寺人披、竖头须、介子推,后两方面对表现他作为春秋五霸之一的性格基础,很有意义,但还不完全。《晋楚城濮之战》写他与楚军对阵,实现他当初受楚成王帮助时许下的诺言,大军"退避三舍",然后还击楚军的进攻。《烛之武退秦师》写秦军放弃攻打郑国撤退时,子犯重耳之舅、大夫狐偃要趁机攻打秦军,他认为秦对自己有大恩,又与晋是同盟国、是一个整体,趁人撤军攻打是"不仁"、"不知"智、"不武"不是英雄所为,这样,**一个经受了长期艰难的历练、知过能改、不忘道义恩德、明智识大体的杰出君主的形象**就比较全面地凸显出来了。我们若把他早年流亡生活中对卫之野人和子犯的态度对比,就会发现他性格有一个发展、成熟的过程,连楚成王都说:"晋侯在外十九年……险阻艰难备尝之矣,民之情伪尽知之矣,天假之年回国即位已66岁,而除其害除去其敌人"教材 p.75,是有过人之处、难以对敌的。

重耳晋文公之外,像郑庄公、秦穆公、楚灵王、子产郑穆公之孙、晏婴齐大夫、叔向_{晋大夫}、孔子_{鲁下大夫}等,都是表现得比较充分的重要人物。何新文《左传人物论稿》对他们的事迹进行了梳理和分析,并对《左传》中的周天子、霸主与明君、大夫与名臣、庸君昏主与佞臣谗人、勇士与平民,以及女性、行人等加以评述①,对读《左传》有一定参考价值。

也有不少短章中寥寥数笔就把人物的某种个性表现出来了,如《晋公子重耳之亡》中的姜氏见识高远而行事果决,堪称女中豪杰_{教材 p.65};赵姬仁厚之德如大地载人,令人敬仰_{教材 p.68}。何新文《左传人物论稿》中"女性形象"一节,就以姜氏、赵姬、僖负羁之妻,及楚武王夫人邓曼等作为具有德识与才能的女性人物的代表。另《郑败宋师获华元》_{教材 p.93},把华元愚憨懵懂的形象表现得活灵活现,尤其与修理城墙的役夫的对话,场面富于喜剧性,表现了华元如漫画般的滑稽形象。

3. 雍容尔雅的气象。《左传》的文体_{语言风格},历来颇受推崇。刘熙载称赞其"气象所长在雍容尔雅"、"辞气不迫"、"无矜无躁"。说"文得元气便厚。左氏虽说衰世事,却尚有许多元气在"。又说"以左氏之才之学,而文必范我驰驱,其识虑远矣"!《艺概·文概》而钱穆认为:春秋时的中国贵族文化"发展到一种极优美、极高尚、极细腻雅致的时代","常为后世所想慕与敬重","外交上的文雅风流……往往有赋一首诗,写一封信,而解决了政治上之绝大纠纷问题者。《左传》所载列国交涉辞令之妙,更为后世艳称。即在战争中,犹能不失他们重人道、讲礼貌、守信让之素养,而有时则成为一种当时独有的幽默。一披读当时诸大战役之记载,随处可见。"②这可以说揭示了《左传》文体的文化根源。总之,《左传》文体符合古典美的要求,没有剑拔弩张之气、奇奇怪怪之文,辞气从容端庄,字句简洁精当,文有法度,不弛不荡。

以《曹刿论战》_{教材 p.57}为例,从战前关于鲁国治国措施的对话,到决定与齐决战,到战场的战斗情况,到战后总结致胜的经验,章法井然;而从治国措施写起,既增加了文章的思想深度,又使文章具有蜿蜒的姿态。在法度中有灵动,端庄中有内涵。整个文章以对话组成,内容排列而下,文字则整饬与散行结合_{如后}

---

① 参见何新文《左传人物论稿》第四章、第五章,中国科学出版社 2004 年版。
② 钱穆《国史大纲》(修订本)第 68、71 页,商务印书馆 1994 年版。

两段,简练中具足力量毫无简而干涩之病,很能代表古文美的风格。

《左传》记事,亦突出记言,"记言的成就,比记事还要突出"①。尤其令现代读者称奇的,是大量委婉有致的外交辞令,如《齐晋鞌之战》:

> 六月,壬申,晋师至于靡笄丨齐地,今济南附近之下齐攻鲁卫,晋出师救援。
>
> 齐侯使请战,曰:"子以君师辱屈尊于敝邑。不腆 tiǎn 多敝无力的,谦称赋军队,诘朝明早请见开战。"
>
> 郤克对曰:"晋与鲁、卫,兄弟也都是姬姓之国,来告鲁卫来求救曰:'大国指齐朝夕释憾泄忿于敝邑之地。'寡君不忍,使群臣请于大国,无令舆师淹于君地不让晋军停留在齐地;能进不能退,君无所辱命您不降低身份要我们打我们也会打的。"
>
> 齐侯曰:"大夫指晋帅郤克之许,寡人之愿也。若其不许,亦将见也。"

两军交兵下战书与应战,竟是这样说话!这是一种文化表达方式:兵不失礼。僖公二十二年《子鱼论战》宋襄公"不鼓不成列",并说"君子不重伤,不禽擒二毛。古之为军也,不以阻隘也"。虽然迂腐,但反映了更早时代的战争规矩,更具有仁道与礼义的实质;而此时战争中只剩下委婉的表达了。所以这种委婉的辞气代表着一种文化状态的余留。刘熙载的上述评论,是最符合这种文化表述方式的。从艺术表达的角度看,大战前说这样的话真是值得玩味!

古典辞令美与古典人格风度的结合,也表现了《左传》文字元气浑厚、雍容尔雅的特色,如晋军打败齐军后:

> 晋师归,范文子后入。武子文子父曰:"无为吾望尔也乎?"
>
> 对曰:"师有功,国人喜以逆迎接之。先入,必属耳目焉,是代帅受名也,故不敢。"武子曰:"吾知免矣能免祸。"
>
> 郤伯郤克见。公晋景公曰:"子之力也夫!"
>
> 对曰:"君之训也,二三子之力也,臣何力之有焉!"

① 郭预衡《中国散文史》(上)第 95 页,上海古籍出版社 1986 年版。

范叔见。劳读去声之如郤伯。

对曰:"庚荀庚为范文子上级,此次未参战,由范代理所命也,克郤克之制也,燮士燮,即范文子何力之有焉!"

栾伯栾书见。公亦如之。

对曰:"燮之诏指示也,士用命也;书何力之有焉!"

这样的文字,《战国策》中少有——因为策士只讲成功,缺乏这种元气氤氲、雍容尔雅的风度。故讲《左传》的文字风格,与《战国策》对比,表现得最为鲜明。

　　阅读书目: 1.《春秋左传注》,杨伯峻注,中华书局 1981 年版。

　　　　　　 2.《左传译文》,沈玉成译,中华书局 1981 年版。

　　　　　　 3.《先秦文学史参考资料》选注 22 篇,中华书局 1962 年版。

　　　　　　 4.《古文观止》选注 34 篇文法批注极佳,中华书局 1959 年版。

　　　　　　 5.《天下才子必读书》选注 46 篇文法批注极佳,安徽文艺出版社 1991 年版有注解便读。

四、《国语》

　　"左丘失明,厥有《国语》"《史记·太史公自序》,司马迁这句话肯定了书名和作者两项内容。后来班固又称《〈春秋〉外传》《汉书·律历志》。王充《论衡》、韦昭《国语解序》皆袭其说,认为《左传》是《春秋》内传,《国语》是《春秋》外传。这些说法后人多有异议。《国语》记事远起周穆王时代约前 1000 年左右,比《春秋》经、传均起前 722 年早二三百年,截止时间也在《左传》之后,所叙事实多与《春秋》无关,不少内容与《左传》重复或抵牾,文笔也不统一。一般认为它非出一人之手,而是先秦各国史料的汇集,汇集者做过一些整理删存的工作傅庚生《国语选·前言》。

　　《国语》缺乏贯穿全书的中心思想。《鲁语》记孔子则近儒,《齐语》记管仲则近霸,《越语》写范蠡谈天地、尚阴柔、功成身退,则与道家无二。《国语》写周、鲁、齐、晋、郑、楚、吴、越 8 国历史,篇幅极不平衡。以今本上海古籍出版社 1988 年版韦昭注本来论,《晋语》多达 9 篇 250 多页,其次是《周语》3 篇 150 页,《齐语》《越语》都只 30 页,《郑语》仅 20 页。除《周语》外,其余各国都偏重在某一时段或某几个人物,如《楚语》着重在灵王与昭王,《齐语》重在管仲相国,《晋语》重在重耳争霸。**体例也不一致**,《周语》、《晋语》、《越语》有简略纪年,其他则无。**风格差异也很大**,"周鲁多平衍,晋楚多尖颖,吴越多恣放"崔述《洙泗考信录·余录》。因此,人们一般认为,从总体上说,《国语》文章或文学水平不如《左传》。但就单篇而论,《国语》也有十分出色的大好文章,像《勾践灭吴》教材 p.104 这样的篇章,《左传》中也不易得。所以《艺概》说"其文有甚厚甚精处,亦有剪裁疏漏处"。用体育运动队打比方,《国语》队伍不太整齐,但中间不乏菲尔普斯08 北京 27 届奥运会 8 块游泳金牌得主那样的选手。

与《左传》相比,《左传》文章的优点《国语》都有,只是没有那样突出、整齐,对此我们不作重复分析。此外,《国语》还有自己的特点:**一是**不少片段记事比《左传》详尽,像《晋语》记献公与骊姬的故事、吴越之争的叙述等,这就使得描写更加细致也难免繁重①,情节更加跌宕,更多后世小说的因素了,如《勾践灭吴》教材 p.104 和《范蠡佐勾践灭吴》。**二是**更着重记言和哲理表现,产生了很多杰出的篇章,如《邵公谏弭谤》(教材 p.101)、《叔向贺贫》、《王孙圉论楚宝》后二见《古文观止》等。《董叔娶于范氏》则是一篇绝妙的讽刺哲理小品。

阅读书目:1.《国语选》,傅庚生选注,人民文学出版社 1959 年版。
　　　　　 2.《国语》(韦昭注本),吴绍烈、徐光烈等点校,上海古籍出版社 1988 年版。

五、《战国策》

西汉成帝时,刘向奉命校理经传、诸子、诗赋。他根据多种战国纵横游士的材料,编成一书,定名为《战国策》。"策"是"策谋",刘向说:"战国时游士辅所用之国,为之策谋,宜为《战国策》。"后王国维等提出策当为"简策"②,可备一说。另"战国"只是基本的时间范畴,其中也有不少战国前的事被叙述。《战国策》的

---

① 陈柱列表对比分析《重耳之亡》之繁简,见《中国散文史》第 34—43 页,商务印书馆 1937 年版。

② 刘向:"战国时游士辅所用之国,为之策谋,宜为《战国策》。"(《战国策》书录)叶德辉:"当时以一国之事为一策,而其策有长有短,故又谓之《短长》。刘向又谓为游士策谋,盖不知为简策之意。"(《书林清话》卷一)王国维亦说"以'策'为策谋之策,盖已非此书命名之本义"。似应以刘向为准。

资料来源,刘向说国家馆藏的有多种残书即所谓"中书余卷":"或曰《国策》,或曰《国事》,或曰《短长》,或曰《事语》,或曰《长书》,或曰《修书》",及按国别记录的八篇两种系统。这些书很多都是游士们学习纵横术的教材或参考书,作者或编者已无法知晓①。刘向把它们汇集在一起,按东周、西周、秦、齐、楚、赵、韩、魏、燕、宋、卫、中山十二国划分,计 33 卷,490 章。

《战国策》在中国古代文学中是一部奇书。这首先是由它所反映的纵横家的思想意识与人生观决定的。战国时代礼坏乐崩,崇尚的是霸力,传统价值观受到重创,于是社会上产生了一批投合统治者争霸需求的纵横游士。他们大多以追求个人名利为唯一目标,不受任何观念束缚,也没有任何高尚的信念,只崇尚权谋与成功,纵横捭阖,兴风作雨。《战国策》描写、表扬他们,思想堪称大胆和露骨。所谓**"仁义者,自完之道也,非进取之术也"**《燕策一》,**"圣人从事,必借于权而务兴于时"**《齐策五》,**"人生在世,势位富贵,盖可忽乎哉"**《秦策一》,教材 p.113!但这样的纵横游士确有才能说服人主如齐策一《邹忌讽齐王纳谏》,教材 p.117,为人释难解纷如齐策四《冯谖客孟尝君》,教材 p.118,在当时的历史中发挥了重要作用。

《战国策》也有一种难得的价值,就是反映了当时具有特殊知识与能力的一批士人对自我价值的认识,体现了"士"作为一个阶层的崛起,与"百家争鸣"属于同一历史现象。

颜斶 chù 是齐国隐士,齐宣王接见他,说:"斶前!"他却说:"王前!"齐宣王质问他:士贵呢还是王贵?他明确回答:**"士贵耳,王者不贵!"**并说"明主是以明乎士之贵也"。迫使齐宣王承认"君子焉可侮哉,寡人自取病耳",并表示"愿请受为弟子"。若颜斶答应,则"食必太牢牛羊豕全备,出必乘车,妻子衣服丽都漂亮",但颜斶还是辞绝了,宁愿过**"晚食以当肉,安步以当车,无罪以当贵,清静贞正以自虞**娱",而有独立人格的生活见《古文观止》卷 4。

秦嬴政在灭韩亡魏之后,还剩下魏国境内一个小邑安陵。嬴政拿 500 里土地去换,遭拒绝。唐且 jū 为安陵君说秦王,秦王以"天子之怒,伏尸百万,流血千

---

① 1973 年 12 月,湖南长沙马王堆三号墓出土的帛书中有一种没有题名但与《战国策》相似、且内容有不少重合的材料,被定名为《战国纵横家书》,共 27 章,多与苏秦有关。据考:这些帛书,和刘向所据的"中书余卷"与"国别者八篇"都属于有关《战国策》的原始材料。参见何晋《战国策研究》,北京大学出版社 2001 年版。

里"相威胁,唐且以"布衣之怒"相抗击,说"若士必怒,伏尸二人,流血五步,天下缟素,今日是也"。使不可一世的嬴政为之慑服教材 p.138 。

另:范雎说秦昭王,始则"秦王跪而进,曰:'先生何以教寡人。'"终则"寡人得受命于先生,此天所以幸先生,而不弃其孤也。"《古文观止》卷 4 都表明了士的气势很盛、地位很高。

士人地位的崛起和对自我价值的张扬,除了历史的因素之外,和担当干事的才能,与独立自尊的人格,是紧密相关的。

在文学艺术上,《战国策》最突出的两点是:说辞艺术与说客形象。

说客为了打动所要说服的对象,就要**善于设理论辩、修饰言辞**,这被采入文章,**丰富了文章的表现技巧,促进了文章趋于文采焕发**。孟尝君派冯谖到薛地收债教材 p.119 ,冯谖"矫命:以债赐诸民,因烧其券"。这事办得太大胆、太离谱了!他回去见孟尝君时,其严重情形可想而知,如何交代呢? 他讲了一番"市义"的道理,说你家里珍宝、狗马、美人多的是,"所寡有者以义耳"。言下之意,只有对食邑的人民施以恩义,才能以防后患,长享富贵。这当时虽未完全消除孟尝君的愤怒,但他的一番道理孟尝君也奈何不得,不能把他怎么样,而且后来果然证明了他这番道理的实际作用。这是善于设理论辩的好例。刘熙载说:"战国说士之言,其用意类能先立地步,故得以善攻者使人不能守,善守者使人不能攻也。不然,专于措词求奇,虽复可惊可喜,不免脆而易败。"《艺概·文概》

说客的修辞更是不凡,有的"**敷张扬厉,变其本而加恢奇焉**"章学诚《文史通义·诗教上》;有的"**委折而入情,微婉而善讽**"同上。前者如苏秦以连横说秦惠王,夸张秦国地利、物产、兵力等强盛,如同"天府"教材 p.111 ;后者如《邹忌讽齐王纳谏》,设邹忌自美为寓言《战国策》用寓言为说辞,是一大特色①,让齐威王认识到自己容易自是和被蒙蔽,而采取纳谏措施教材 p.117 。《庄辛说楚襄王》教材 p.124 ,用蜻蜓、黄雀、黄鹄、蔡灵侯等四重比喻,"自小至大,从物及人,宽宽说来,渐渐逼入",典型地体现了"《国策》多以比喻动君"的特色见《古文观止》卷 4 。

《战国策》写出了很多栩栩如生的说客形象,如:纵横捭阖的苏秦、张仪,释难

---

① 著名的"画蛇添足"(《齐策二》)、"狐假虎威"(《楚策一》)、"南辕北辙"(《魏策四》)、"鹬蚌相争"(《燕策二》)等,都出自《战国策》。《战国策》亦是先秦寓言的宝库。

解纷的冯谖、范雎,胆识节操具高的鲁仲连、颜斶等。《苏秦始将连横》教材p.111、《冯谖客孟尝君》教材 p.118 两篇,以人物描写为主来组织材料,颇似善于塑造人物形象的小说。《战国策》这一特点在文学史上具有重要意义:它继承《国语》相对集中编排同一人物故事的方法,而又有所发展,创造了把一个人物如冯谖的事迹集中写在一篇中的文章,为以人物为中心的纪传体开了先河,显示了由《左传》"编年体"向《史记》"纪传体"的过渡。

最后,《战国策》作为一部奇书,除了思想奇之外,所写情景亦多奇诡。像冯谖"弹铗而歌"教材 p.118 ,苏秦两次回家教材 p.112—3,唐且与嬴政争"天子之怒"与"布衣之怒"教材 p.138 等。前人说:"《国策》之章法笔法奇矣"《艺概》,"子长爱奇"扬雄《法言·君子》,《史记》之奇显然有承于《国策》,故司马迁写鲁仲连和荆轲传,大段照录《战国策》中的描写。

《战国策》中敷张奇恣的描写,多有夸大和虚构,不尽为历史真实。如首篇《秦兴师临周》,秦发兵到东周要强取九鼎,周派颜率使齐,愿将鼎给齐国,请齐国赶走秦兵。秦兵既退,求取九鼎,颜率说周愿献鼎,但齐国与周不接界,无论假道梁或楚,都可能被其所夺,因为这两个国家早就想得到九鼎了;而且每个鼎要 9万、九鼎共要 81 万人搬运。既没有路,又不好运。请齐国尽快想办法吧,我们已准备好迁移鼎了。前人评论说:"此游士虚饰之言,殆类小说。"黄震《黄氏日抄》卷51"《战国》首载此事,盖以为奇谋,予谓此特儿童之见尔。争战虽急,要当有信。今一给骗齐可也,独不计后日诸侯来伐,谁复肯救我乎?疑必无是事,好事者饰之耳。故《史记》《通鉴》皆不取。"洪迈《容斋随笔》卷9 有人认为《战国策》为子书,编这样的故事来说明谋策、说辞的重要是可以的,但这样叙事,不但不真实,而且幼稚。《战国策》中这样的笔墨绝非仅见。所以它作为历史叙事,也多有不足。

阅读书目:1.《战国策》,刘向集录、高诱注,上海古籍出版社 1978 年版。

2.《战国策笺证》,范祥雍著,上海古籍出版社 2006 年版。

3. 马王堆汉墓帛书:《战国纵横家书》,文物出版社 1976 年版。

第四讲　《庄子》等诸子散文

一、诸子散文兴盛的背景：百家争鸣

诸子百家的学术争鸣，对中国文化发展是意义最为重大的一个事件。中华民族的许多精神原质，中国人的许多情感意识，都由此而奠定下来。其中许多精神贯注到历代作家的艺术创造之中，所以百家学术也是文学艺术的精神法乳，其意义也至关重要。春秋战国因此被认为"属于全民族的'基本时代'"①。

《庄子·天下篇》提出了"百家之学"的概念，认为"天下大乱，圣贤不明，道德不一"，"其数散于天下而设于中国者，百家之学，时或称而道之"。"犹百家众技也，皆有所长，时有所用。虽然，不该不遍，一曲之士也。"②按照他的意思，百家争鸣是由人间争夺、混一的道术分裂散落所产生的。用现在的话来说是，商周以来旧的社会体制和观念遭到破坏，"一统"不复存在，于是在社会层面上诸侯纷争，在思想层面上百家争鸣。传统体制的丧失造成社会混乱，观念一统的丧失则导致思想解放。社会由乱而治要经历一个很长的过程因而破坏性突出，而观念、学术则经由解放的当下就获得了创造的良机因而创建性突出。乱世常常成为文化创造最繁荣、大师辈出的时代，春秋战国是最突出的。

春秋战国天下大乱、思想解放导致百家争鸣的文化创造，有多种渠道。如：周天子的制度、官守人才分散到各国各地所谓"礼坏乐崩"、诸侯卿大夫互相僭越，王官国学变为师弟家学"孔墨显学"学派传授是其代表，诸侯延揽人才与卿大夫养士造成

---

① 杨义《老子还原》，见《文学评论》2011 年第 1 期。
② 《汉书·艺文志》承袭庄子："诸子十家，其可观者九家而已。皆起于王道既微，诸侯力政，时君世主，好恶殊方。是以九家之术，蜂出并作，各引一端，崇其所善，以此驰说，取合诸侯。"

人才的流动、聚集、辩难、竞争孔孟周游列国、魏赵齐楚四公子养士、齐国稷下学官的学术云集、纵横家往来求售于诸侯间等。没有这些渠道,就不会有广大具有相当独立地位的士人自由生存,和个性、才能发展的空间,也就不会有百家争鸣的文化创造。

　　但是,百家争鸣所造就的超级大师和文化奇观,并不仅仅是由于乱世造成的一统瓦解和思想解放,也与前此思想文化的积累直接相关。像儒家讲的天命、尚贤、民本、重孝、贵中庸、崇礼乐等等,就都来自于殷周文化传统,只是激于时变而加以空前的发扬光大了;老子的学说,与他做周朝"守藏史"熟悉前代文献有直接关系;法家的思想,"盖出于理官"《汉书·艺文志》,即来源于殷周法律制度的积累。柳诒徵说:"不必以春秋时始有专家学术,遂谓从前毫无学术可言。一若学有来历,便失其价值者。此则治史者所当知也。"①所以,诸子百家的学术争鸣,又是中华民族文化初创时期的总结性创造,是中华民族文化原质与文化性格的伟大奠基。之所以不可逾越、不可取消、不可替代,就在于它是民族文化原质与性格的奠定。没有它,中华民族就不是中华民族了,中国人就不是中国人了,中国文学也就不是中国文学了性质和特色都没有了。所以,学习春秋战国的百家之学,是学习中国文化最简直的一个环节。

二、孔丘和《论语》

　　孔子前551—前479名丘,字仲尼尼山人家的老二。仲:排行第二;尼:曲阜东南尼山,身高1.90米《史记》:九尺有六寸。为殷纣王之庶兄微子之后,武王灭商,封微子于宋。至孔父嘉别为公族,姓孔氏。其后为华氏所逼,奔鲁,遂为鲁人。

　　孔子自己说:"吾少也贱,故多能鄙事。""吾不试用,故艺。"他幼年丧父,为谋生做过许多工作,如做委吏会计、乘田畜牧等据《孟子》。约30岁依《史记》是17岁就不断有弟子投师求教。

　　51岁后,孔子先后被用为"中都宰"、"司空"、"大司寇",曾"行摄相事"。把首都治理得很好,还做了两件很有名的大事:辅助鲁定公取得齐鲁"夹谷之会"的胜利、"堕三都"。但堕三都以后,掌握鲁国大权的季氏渐渐疏远孔子,加上齐国害怕鲁国强大,送女乐与鲁,季氏沉溺女乐,三日不朝,祭祀时又不送膰 fán 肉祭祀用的烤

---

　　①　柳诒徵《中国文化史》(上)第218页,中国大百科全书出版社1988年版。

肉给孔子。他觉得在鲁国待不下去了,于是率领弟子出国求用。时年55岁。

孔子先后在卫、宋、陈、蔡、齐、郑诸国之间奔波,但大部分时间是停留在卫国。卫灵公、卫出公对他还算有礼,虽未能任用他,但尊敬他,并送他很优厚的俸禄。

到68岁,鲁国送礼请他回国,孔子自己也想回去教导家乡子弟,于是结束长达14年周游列国的生活,回国从事教学和整理文献的工作,有时也对鲁国政治提建议,但再未为官,到73岁去世。

总括孔子一生,**在政治上他做了三件事:治理中都、取得夹谷之会的胜利、堕三都**。但由于没有实现他改造社会的目标,所以他只是一个失败的政治家。

他真正的成功是私人授徒、办教育。"弟子三千,贤人七十有二",为各国培养了大量人才,如:

冉雍仲弓、冉求子有、冉有、仲由子路、季路都曾为季氏宰;

宰予子我、宰我多次出使齐国,后任齐国临菑大夫;

端木赐子贡长于经商和外交,多次为鲁出使齐、晋、吴、越等国,多有功绩;

言偃子游曾为鲁国武城宰;

卜商子夏曾为莒父宰,孔子死后又为魏文侯师;等等。

言偃、卜商、颛孙师子张、曾参子舆、澹台灭明子羽等则发扬孔子事业,成为学术宗师。

其中有些人,如闵损子骞家境贫寒,从小随父从事体力劳动;卜商穷得体无完衣;冉耕伯牛、冉雍、冉求出身微贱;仲由、端木赐早年身为"鄙人",仲由至以野菜野果充饥;颛孙师早年是马贩子;等等。这些人如不是孔子兴私学,"有教无类"地加以教导培养,他们是很难取得留名青史的功名事业和文化成就的闵损、冉耕、冉雍、冉求、仲由、端木赐成为"孔门十哲",分别在德行、政事、学问等方面建树非凡。所以说孔子是伟大的教育家,中国教育传统的开创者。

孔子也是**中华文化经典的伟大传述者**。古称他修《春秋》、正《诗》《乐》、作《易传》虽不足信,但这些文献都经过他的整理,并以之作为教材,使之传述于后世,功绩也十分伟大。

孔子在政治上是不得志的、是失败者,在事业上却取得了千古不朽的成就。当时他的学生把他比作"日月",同时代人把他比作"木铎"木舌的铃。司马迁作《史记》,认为孔子的事业世代流传不衰,功比诸侯,以"世家"写之,并赞扬说:

《诗》有之:"高山仰止语助词,景远大行háng路行止。"《小雅·车辖》虽不能至,然心乡向往之。余读孔氏书,想见其为人。适鲁,观仲尼庙堂车服礼器,诸生以时习礼其家,余低回留之不能去云。天下君主至于贤人众矣,当时则荣,没则已焉;孔子布衣,传十余世,学者宗之,自天子王侯,中国言"六艺"诗书礼乐易春秋者,折中去掉各种偏颇而取其正解于夫子,可谓至圣矣!

自司马迁以"至圣"称孔子,宋真宗谥孔子为"至圣文宣王",明世宗、清顺治又改称"至圣先师",各代崇奉孔子者,历久不绝。但后世学者的儒学,已与孔子有出入;而统治者推崇的孔子,更是为了制度化的集权政治而加以利用了——这应和真实的孔子及其学说区别开来。

《论语》,意思是"论集其语"。《卫灵公》篇载子张向孔子请教,子张书诸绅腰间宽大的系带,可知当时弟子对孔子的言行,都有记载。孔子死后,经汇集、讨论编订成册,故称《论语》。书中独有若、曾参称"子",而子贡、子夏等都称字,因而学者认为系有子、曾子门人所编。《论语》与《尚书》等一起出孔子壁是为《古论》,21篇,两《子张》,汉有齐22篇、鲁20篇两种传承系统。今本《论语》20篇,是西汉末年张禹根据《鲁论》而参订《齐论》编定的。东汉列入"七经"余六为"五经"加孝经,唐列入"十二经"诗、书、易、三礼、三传之"九经",加论语、孝经、尔雅,此即唐文宗"开成石经"。宋加孟子成"十三经",南宋朱熹从《礼记》中抽出《大学》、《中庸》与论、孟并称"四书",元明以后科举考试题目都来自四书文句,所以《论语》等四书为学子所熟诵。

另:《左传》、《礼记》、《孟子》等书中都记有孔子的言行;《孔子集语》清孙星衍编,汇集《论语》《左传》以外先秦至汉所有书中孔子的言论,《孔子家语》《汉书·艺文志》著录古本20卷,今本为三国魏王肃伪造,杂取"春秋内外传"、《韩诗外传》、"三礼"、《说苑》等,大都有所依据,亦可作参考。

孔子的思想,一般以《论语》为据。作为儒家学派的宗师,在中国繁衍二千多年的儒家思想的重要范畴,如仁、礼、忠、信、义、勇、孝、慈、友、弟、恕、让、敬、庄、勤、敏、知、行,以及天、命、道、德、和、中庸等,孔子都有所论述,但其核心是"仁"、"礼"及"中庸"。

"仁" 在《论语》中出现109次,其中以仁为主题的问答至少有8次,可见当时孔门师弟间对仁的讨论之勤。仁德随处流行，至大无穷，非定义之可局限。故孔子对症施药，因人作解，对仁作出了方方面面的揭示，我们归纳成五个方面来理解：

首先，**仁是生之德**。"民之于仁也，甚于水火"《论语·卫灵公第十五》，下只注篇名。人以水火养生，无水火则人无以生，孔子用水火作比喻说明仁是生命的源泉。又："仁者寿。"《雍也第六》"仁人之所以多寿者，外无贪而内清净，心和平而不失中正，取天地之美以养其身"董仲舒《春秋繁露·循天之道》。果实的核心叫做"仁"如杏仁，"仁"是生命的种子，所以仁的基本含义是"生"周敦颐《通书》："生，仁也。"他留得窗前草不锄，以观万物之生意。程颢《语录》："切脉最可体仁。""手足风顽，谓之四体不仁"。

第二，**仁者爱人**。"樊迟问仁。子曰：'爱人'"《颜渊第十二》。《大戴礼记·主言》述孔子语亦有："仁者莫大于爱人。"仁者爱生命，同样就爱人。爱人首先是爱亲。所以"有子曰：孝弟也者，其为仁之本与"？《学而第一》爱人就是将心比心，视人如己："夫仁者，己欲立而立人，己欲达而达人。"《雍也第六》"己所不欲，勿施于人。"《颜渊第十二》爱人的最大功效在政治领域，孔子虽未提出"仁政"概念，但他有这方面的思想，所以：

第三，**仁者，民受其赐**。即"博施于民而能济众"《雍也第六》。肯定"桓公九合诸侯，不以兵车，管仲之力也。如其仁！如其仁！"《宪问第十四》主张薄赋敛："哀公问于有若曰：'年饥，用不足，如之何？'有若对曰：'盍彻十分取一为彻乎？'曰：'二十分取二，吾犹不足，如之何其彻也？'对曰：'百姓足，君孰与不足？百姓不足，君孰与足？'"《颜渊第十二》孟子后来发展为"施仁政于民，省刑罚，薄税敛，深耕易耨。壮者以暇日修其孝悌忠信"《梁惠王上》等一套思想。

第四，**仁是朴实厚道之情**。"子夏门人问交于子张。子张曰：'子夏云何？'曰：'可者与之，其不可者拒之。'子张曰：'异乎吾所闻：君子尊贤而容众，嘉善而矜不能。我之大贤与，于人何所不容？我之不贤与，人将拒我，如之何其拒人也？'"对人厚道，就会"乐道人之善"《季氏第十六》、"恶 wù 称人之恶"、"恶居下流流字衍文而讪毁谤上"《阳化第十七》。并且同情别人犯错误或罪过，"如得其情，则哀矜悯而勿喜"《子张第十九》。厚道的人，与人真诚相交，所以"唯仁者能好人，能恶人"《里仁第四》。厚道的人，待己严，待人宽，"躬自厚而薄责于人"《卫灵公第十五》。

厚道的人，绝不是行为取巧、言语尖利之徒，所以"仁者，其言也讱。"《颜渊第十二》"敏于事而慎于言"《学而第一》，"刚、毅、木、讷近仁。"《子路第十三》"巧言令色，鲜矣仁。"《学而第一》，又《阳货第十七》这是仁者的天地境界："子曰：'予欲无言。'子贡曰：'子如不言，则小子何述焉？'子曰：'天何言哉？四时行焉，百物生焉，天何言哉！'"《阳货第十七》

第五，**行仁以勇**。"无求生以害仁，有杀生以成仁"《卫灵公第十五》。仁本为生之德，重仁必重生。但人的生命有其神圣不可侵犯、崇高不容侮辱的价值。孔子和儒家都重视人之如何生，因此确立了在关键的时刻，不惜牺牲生命来捍卫生命的尊严的原则，这是大仁，是仁、义、智、勇合一。

"礼"在《论语》中出现了 74 次。此外还有一些讲孝悌丧祭、生活艺术与各种场合的行为仪式的《乡党第十》，也都是"礼"。

首先，**礼奠基于仁**。"子曰：人而不仁，如礼何！人而不仁，如乐何"《八佾第三》！"礼云礼云，玉帛礼物云乎哉"《阳货第十七》！更著名的是，"宰我问：'三年之丧，期jī一年已久矣……旧谷既没，新谷既升，钻燧改火打火用的燧木经过了一个轮回〔古代钻木取火四季用不同的木〕，期可矣。'子曰：'食夫稻，衣夫锦，于女汝安乎？'曰：'安。''女安，则为之。'……宰我出。子曰：'予宰我又名宰予之不仁也。子生三年，然后免于父母之怀……予也有三年之爱于其父母乎'"《阳货第十七》！这段话讲丧礼及其情感基础，是孔子用"仁"为"礼"奠基、以仁释礼最典型的材料。

第二，**礼是一种"人文"风度，是良好的教养和优雅的行为规范，是人生的艺术**辜鸿铭将礼译作"Art"。"子路问成人。子曰：若臧武仲之知，公绰之不欲，卞庄子之勇，冉求之艺，文之以礼乐，亦可以为成人矣"《宪问第十四》。智者、勇者、多艺能者，若缺乏人文修养，为人无礼，以至落入矜张、粗鄙、残忍，就不能算是已成之人。所以"容貌态度进退趋行，由礼则雅，不由礼则夷固僻违夷、僻：鄙远不开化；固：固陋；违：违背文明之道庸众俗而野粗鲁、野蛮。"《荀子·修身》。孔子"问人于他邦，再拜而送之"。"升车，必正立，执绥。车中不内顾回头张望，不疾言，不亲指不用手指指画画"《乡党第十》。这都是礼的文明与优雅。"食不厌精，脍不厌细"。"肉虽多，不使胜食气。惟酒无量，不及乱"。"当暑，袗zhěn单穿絺chī细葛布绤xì粗葛布，必表而出出门外面必加上衣"。"去丧丧期已满，无所不佩佩带装饰品"。这都是礼的生活带来的艺术化享受。后来荀子发挥礼义"养人之欲"，如"黼黻古代礼服上所绣的花纹文章文采,章:花纹,所以养情也"《荀子·礼论》。

第三,**礼是对人的贪欲、苟且的节制和约束**。"礼之用,和为贵……知和而和,不以礼节之,亦不可行也"《学而第一》。礼具有"和"与"节"两方面的功用。和与节是统一的:"君使臣以礼,臣事君以忠"《八佾第三》,"君君、臣臣、父父、子子"《颜渊第十二》。礼的施行,以尽对等的职份为贵,不以强调单方面主要是尊、长一方的地位和特权为贵,要在地位的区分中双方各尽对对方的职责而又各得其所,这样才能达到"和"与"节"的统一。只不过人常常由贪欲而至僭越,所以需要"礼节"。"孔子谓季氏八佾舞于庭:'是可忍也,孰不可忍也!'"《八佾第三》发展到荀子,就提出了"礼法"一词,礼具有法的意义了。"礼者,法之大分,群类之纲纪也"《荀子·劝学》。"非礼是无法也"《荀子·修身》。

"**中庸**"是孔子和儒家最高的道德标准。"子曰:'中庸之为德也,其至矣乎!民鲜缺乏久矣"《雍也第六》。《礼记·中庸》中孔子说:"天下国家可均平治也,爵禄可辞也,白刃可蹈也,中庸不可能也。"完全实现中庸之德,谓之"中行":"不得中行而与之,必也狂狷乎!狂者进取,狷者有所不为也"《子路第十三》。中庸的意思,不是首鼠两端、中不拉叽,而是无过无不及,恰到好处。中者,不偏之谓;庸者,常行不偏之谓——就像射箭,一箭射中十环谓之中 zhòng,箭箭射中十环才是中庸。所以,在动词的意义上理解中庸最好,如所谓"言中伦","身中清"《微子第十八》。矫枉过正、偏胜、极端境界也自有其价值,但那是权,是变道,而不是常道,不是"庸"。所以,狂者、狷者每有过人之处和独到魅力,但他们只能是社会上的极少数,若人人都成为狂者狷者,社会就不太正常了。所以狂、狷不是人类和平生存的普遍、久长之道。

《论语》向称为"**语录体**"著作。这种文体经过《世说新语》等轶事琐语和唐宋后禅宗语录、宋明道学语录的发扬,成了中国散文的一种重要体裁。"语录"并非仅录其语,而是说话的环境、参与者的表情态度等细节,以至其性格,都有所表现,所以实际上是一种"散文小品"。中国古代"散文小品"发达,钱穆认为"应可远溯至《论语》"。他举例说:

> 子曰:"岁寒,然后知松柏之后彫也。"《子罕第九》
> 子在川上曰:"逝者如斯夫,不舍昼夜。"《子罕第九》

两章全用比兴写出，富于诗意，"是一种散文诗"。而：

> 饭疏食，饮水，曲肱 gōng 胳膊而枕之，乐亦在其中矣。不义而富且贵，于
> 我如浮云。《述而第七》

先用赋笔，在生活细节中写出颜回的高节，"多好的神韵"！再以比兴永叹，如画
龙点睛，使全章境界更加强化。

> 子曰："贤哉，回也！一箪食，一瓢饮，在陋巷，人不堪其忧，回也不改其
> 乐。贤哉，回也！"《雍也第六》

如用刘知几《史通》"点烦"法，则 28 字中应可圈去 11 字，改为"一箪食，一瓢饮，
在陋巷，不改其乐，贤哉回也"。但"正为多了 11 字，便就富了文学性。此所谓永
叹淫泆，充分表达出孔子称赞颜回之一番心情来"。又：

> 颜渊死，子哭之恸 tòng 极度悲哀，程度超过"痛"。从者曰："子恸矣。"子
> 曰："有恸乎？非夫人之为恸而谁为？"《先进第十一》

写得既曲折，又沉著。"子曰有恸乎"问得妙。孔子哭得悲伤还不自知，旁人提醒
他，孔子还是模糊如在梦中，一片痴情，更见其悲伤之真挚。"文学最高境界，在
能表现人之内心情感，更贵能表达到细致深处。如是则人生即文学，文学即人
生，二者融凝，成为文学中最上佳作"。所以这"真可说是中国散文小品中一篇极
顶上乘的作品了"。

> 子曰："道不行，乘桴 fú 竹木筏之小者为桴浮于海。从跟随我者，其由与！"
> 子路闻之，喜。子曰："由也，好勇过我。无所取材无处获得做筏的材料。或曰材
> 通'裁'。"《公冶长第五》

孔子感叹"吾道不行"，不仅无所凭借以行道于世，即乘桴浮海也找不到造筏的材

料。"从诙谐中更见其感慨之深重"①。

《论语》的文学性受人重视的另一个重要方面,是人物性格、情趣、精神风貌的表现②。其方法是通过人物语言独白、对话来揭示,并通过场景、动作、表情、语态等细节来点染烘托。《论语》中颜渊、子路、子贡、曾点等,都有很生动的个性表现。这里只讲孔子。孔子的性格、情趣、精神风貌在《论语》中有丰富的表现,这里只讲两方面。一是近人情,有趣味,能幽默。这是周作人和林语堂用新文化的观点读孔子的收获。"孔子这个人温而厉,恭而安,无适 不僵化。适者从也,无必不绝对化。《宪问》:"疾固";《子罕》:绝四:意必固我,无可无不可既能执着又能超脱的智慧,见《微子》,近于真正的幽默态度。"林语堂《我的话·论幽默》例如燕居时"恂恂如也"真诚自在,见《乡党》,失败时能自我打趣不讳言如丧家之犬,见《韩诗外传》《史记》,被批评博学而无所成名时说我专一于驾车吧见《子罕》,唱歌唱得高兴"必使反之"要求再来一遍,见《述而》,专注音乐以至"三月不知肉味"《述而》,碰到自己喜欢的人倾盖如故在路边从上午聊到太阳偏西《孔子家语·致思》,出《韩诗外传》《说苑·尊贤》,对人生也能赞同向往曾点那种狂放潇洒的气象见《先进》,公冶长有异才受污坐牢出来后能把女儿嫁给他见《公冶长》等等。这种幽默,是大智大慧透彻了解人生后的自然表现,而不仅是抖包袱,耍滑稽是智者的幽默而非才子的幽默。

孔子性格的另一重要方面是执着和超脱的统一:**进则执着,退则超脱。进在功利境界,知成事之不易;退在天地境界,知得失之无谓**。孔子周游列国,汲汲救世,长沮、桀溺那样的隐者劝告他:世事混乱如洪水滔滔,谁能改变呢? 不如避世隐居吧! 孔子说:"鸟兽不可与同群,吾非斯人之徒与而谁与! 天下有道,丘不与易变革也。"教材 p. 145 荷蓧丈人批评他不能隐居躬耕,子路代答道:"不仕无义,长幼之节,不可废也;君臣之义,如之何其废之、欲洁其身而乱大伦! 君子之仕也,行其义也。道之不行,已知之矣。"教材 p. 146 这些都突出表现了孔子为实现政治理想道,勇于担当、不计成败的奋斗精神。而"与点",潇洒于"暮春者,春服既成,

---

① 钱穆《中国文学讲演集·中国文学中的散文小品》第 50—54 页,巴蜀书社 1987 年版。
② "《论语》之美究竟何在? 其美便在孔夫子的人品性格"。"孔子的门墙之内无所不包,各式各样的学生都有":颜回"沉静而富有深思",子路"时常对夫子大人的行为也会质疑问难",子贡"能言善辩",曾子"恬静明达",子夏"文学气质最重",冉求"最为实际"(林语堂《中国人的智慧》p. 110、111,中国广播电视出版社 1991 年版)。

冠者五六人,童子六七人,浴乎沂,风乎舞雩,咏而归"①的境界_{教材 p.142};赞扬颜回"一箪食,一瓢饮,在陋巷,不改其乐"的精神;乃至于"道不行,乘桴浮于海"《公冶长》和"知天命"《为政》《季氏》、"从吾所好"《述而》、"游于艺"《述而》等,都表明**孔子胸襟博大,不以进取成功为人生唯一追求,而有多向的精神拓展和丰富的人格内蕴,所以能超脱于现实作为,体验天赋我身的独立与快乐。**这一方面后世儒家多有发扬,"穷则独善其身,达则兼善天下"《孟子·尽心上》,"通则一天下,穷则独立贵名,天不能死,地不能埋,桀跖之世不能污"《荀子·效儒》,乃至"会得此_{天地合一之道,}**虽尧舜事业,只如一点浮云过目**"陈白沙《与林郡博》,都是孔子上述人格精神的一脉承传。

　　读《论语》和《孟子》,明显感到两位先贤性格不同。程子做过一个很有意思的比较:**孔子似玉,孟子似水晶**。说:"孟子有些英气。才有英气,便有圭角。英气甚害事。如颜子便浑厚不同。颜子去圣人只毫发间。孟子大贤,亚圣之次也。或曰:英气见于甚处? 曰:但以孔子之言比之,便可见。且如冰与水晶,非不光。比之玉,自是有温润含蓄气象,无许多光耀也。"朱熹《孟子集注·孟子序说》引

　　《论语》语言简练,含义丰厚,辞气醇和,婉直得宜,有一种独特的文体风格。其中有大量的格言警句,像"学而时习之"、"温故而知新"、"忧道不忧贫"、"三人行必有我师"、"人无远虑,必有近忧"等,已汇入到汉语基本语汇之中②。

　　阅读书目:1.《论语译注》,杨伯峻译注,中华书局 1960 年版。

　　2.《论语新解》,钱穆著,三联书店 2002 年版。

　　3.《论语今读》,李泽厚著,安徽文艺出版社 1998 年版。

　　4.《论语疏证》,杨树达著,上海古籍出版社 1986 年版。

　　5.《论语集注》,朱熹著,见《四书章句集注》,中华书局 1983 年版。

　　6.《论语正义》,刘宝楠著,中华书局 1990 年版。

---

①　黄仁宇说:"孔子令门人言志,只有曾晳得到他的赞许。而曾晳所说的,大致等于我们今天的郊游和野餐。"(《赫逊河畔谈中国历史·孔孟》,三联书店 1992 年版)

②　有学者统计,《论语》全部词语一千六百个左右,至今仍有生命力的双音节实词有一百多个,被各类词典作成语收录的约六十个,常备征引的短语、警句有好几十条。(马汉彦《〈论语〉的语言价值》,《学术论坛》1982.2.)

三、孟轲和《孟子》

孟子前372—前289,名轲,鲁国邹今山东邹县人。相传为孟孙氏之后,早年丧父,由母亲教导成人。为子思孔子之孙孔伋jí再传弟子,创立"思孟学派"。他崇尚孔子,也像孔子一样游说诸侯,先后到过齐、梁、邹、滕、薛、宋等国。齐宣王很尊敬他,待为客卿,但终不用;梁惠王则认为他的主张"迂远而阔于事情"。《史记》本传说:"当是之时,秦用商君,富国强兵;楚用吴起,战胜弱敌;齐威王、宣王用孙子、田忌之徒,而诸侯东面朝齐。天下方务合从纵连衡,以攻伐为贤,而孟轲乃述唐、虞、三代之德,是以所如者去拜访的不合。"后归而述孔子之道,以教弟子,作《孟子》七篇。

东汉赵岐称孟子为"命世亚圣大才",元文宗封孟子为"邹国亚圣公",明世宗嘉靖时除去封爵,径称"亚圣"。汉文帝时,设立博士官传授《论语》、《孝经》、《孟子》、《尔雅》,以之为"五经"之传 zhuàn 注解或阐释经义的文字称"传"(如《毛诗故训传》、《诗集传》)。以《论语》等为"传"者,盖以为《论语》等是帮助理解"五经"的,具有阐释、发扬"五经"的意义,叫做"传记博士"此"传记"字非人物传记之"传记"。五代后蜀孟昶列《孟子》为"十一经"之一并刻石。南宋以后,《孟子》列入"十三经"和"四书"。

孟子发展了孔子的思想①。**首先,建立了人本性善的学说**,对人何以能做君子、圣贤作出证明。孟子并非不知人性中除善的成分外,还有其他成分,但其他成分是人与动物共有的,而善是人所特有的。《孟子·公孙丑上》中,他用"四端"来证明性善:

> 恻隐之心——"仁"之端;

---

① 朱熹从《孟子》260 章中选出 85 章,编成《孟子要略》,使之体系显明,即"性—仁义—心—孝弟—义利—出处—王道"组成的完整系统。真德秀概括其要领云:"盖性者义理之本源,学者必明乎此而后知天下万善皆由此出,非有假乎外也。故此编之首,曰'**性善**'焉——性果何物哉? 曰五常而已矣。'**仁义**'者,五常之纲领也——故论性之次,曰仁义焉。'**心**'者性之主,不可以无操存持养之功——故论心为仁义之次。'**事亲从兄**',天性之自然,而本心发见之尤切者也——故孝弟为论心之次。仁义者,人心之所同,而所以贼之者利也,学者必审乎'**义利**'之分,然后不失其本心之正——故义利为孝弟之次。义利明矣,推之于'**出处**',则修吾天爵而不诱于人爵;推之于政事,则纯乎'**王道**'而不杂乎霸功——故义利之次,二者继之。……先后次第之别,其指岂不甚明也哉!"(《真西山文集》卷29)这也可以代表儒学体系的一般情况,同学留心焉。

羞恶之心——“义”之端；

辞让之心——“礼”之端；

是非之心——“智”之端。

“端”本义为苗头、起始处“如火之始然，泉之始达”，指善的成份、种子。这是人人皆有、没有人缺乏的。重要的是“扩而充之”，形成仁、义、礼、智四种“常德”。“人之所以异于禽兽者几希，庶民去之，君子存之”《离娄下》。置善端不顾，不加培养，就是一般人，乃至小人、恶人；将善端扩充为常德，就能成君子、圣贤。“舜何人也，我何人也”！勉力而行，“人皆可以为尧舜”。

　　其次，提出了“仁政”范畴和“民本”思想。墨子讲没有等差的“兼爱”，孟子加以反对而讲“推爱”：“老吾老以及人之老，幼吾幼以及人之幼”《梁惠王上》，“亲亲而仁民，仁民而爱物”《尽心上》，这样“善推其所为”，就能够建立以德服人的仁政①《孟子》用仁政一词十余次。如梁惠王见杀牛为牺牲，“不忍其觳觫”，推之于人事就是仁政；统治者好货好色，推之于人民，就是仁政。“仁政必自经界始”《滕文公上》，实行“井田制”②；“省刑法，薄赋敛”，让老百姓“有恒产”，有“五亩之宅”，种桑，养畜，老人可以衣帛食肉；进而办好学校，搞好教育，使大家懂礼义。这就是“王道”与以力服人的霸道相对③。

　　政治领袖应该是扩充四端的仁德之人，不然同于庶人乃至禽兽，就不堪为领袖，按孔子君君臣臣的“正名”学说，他就只是“一夫”，人民推翻他是合情合理的。当齐宣王提出“臣弑君可乎”的问题时，孟子说：“贼仁谓之贼，贼义谓之残，残贼之人谓之一夫。闻诛一夫纣矣，未闻弑君也！”《梁惠王下》孟子认为对于不得人心的统治者，应该予以讨灭，说“诛其君而吊其民，若时雨降，民大悦”。同上。按《荀子·正论》也说“诛暴国之君若诛独夫”，汤武革命是“除天下之同害”，并说“以桀纣为

---

① “善推其所为正是行忠恕之道。在这里我们看出孟子如何发展了孔子的思想。孔子阐明忠恕之道时，还只限于应用到自我修养方面，而孟子则将其应用范围推广到政治方面。在孔子那里，忠恕还只是‘内圣’之道；经过孟子的扩展，忠恕又成为‘外王’之道。”（冯友兰《中国哲学简史》p.92，北京大学出版社1985年版）

② 每平方里土地分成九个方块，每块100亩：周围八块是8家的私田，各家自种，收成归己；中央的一块是“公田”，8家合种，收成交给国家。九个方块合起来像个“井”字，故称“井田制”。

③ “用现代的政治术语来说，民主政治就是王道，因为它代表着人民的自由结合；而法西斯政治就是霸道，因为它的统治是靠恐怖和暴力。”（冯友兰《中国哲学简史》p.90）

常[尝]有天下之籍[位]则然……天下谓在桀纣则不然"。可见这是儒家共同的基本思想。人民是国家的根本,"民为贵,社稷次之,君为轻"。君和社稷不能使人民生活好,可以"变置"教材 p.166。《尽心下》。孟子的政治思想是"保民而王",保民与为王互为因果,不保民就不堪为王。

黄仁宇在美国讲中国历史,十分重视孟子。《中国大历史》第二章以"亚圣与始皇"为题,其中包含这样的意思:孟子的仁政与秦嬴的暴政,恰为同一历史情景之两面。正因为战国中后期兼并战争和政治的残酷,所以孟子提倡仁道是具有历史意义的。"由此也可以看出为什么孟子提倡全国慈悲为怀这种平平之论,足以在如此的长时间内,得到如此热烈的支持"①。

"善于辩论"是《孟子》文章的最大特色。其中采用欲擒故纵、引人入彀 gòu 圈套、譬喻举例、比较、归谬、以其矛攻其盾等方法,造成一种雄辩滔滔的气势。《齐桓晋文之事章》教材 p.148、《有为神农之言许行章》教材 p.155、《鱼我所欲也章》教材 p.164 等都很好地反映了上述特色。我们举《齐桓晋文之事章》为例:

齐宣王问齐桓、晋文**称霸之术**,孟子用**称王之术**来引导,说"保民而王,莫之能御"。

齐宣王说我可以保民而王吗? 孟子说可以。

齐宣王说何以见得我可以? 孟子反问:你不忍见牺牛之觳 hú 觫 sù 恐惧战栗 而以羊易之,百姓以为你吝啬,有这事吗? 齐宣王赶忙辩解:齐国虽不大,"何爱一牛! 即不忍其觳觫,若无罪而就死地,故以羊易之"。孟子逼问:那牛羊有何区别? 使齐宣王自己都难以理解自己为何以羊易牛了。孟子说:你是在行"仁术",不过见牛未见羊罢了。言下之意,你既有仁心,就可以保民而王。

齐宣王说有此不忍之心为何就可行王道? 孟子又反问:"吾力足以举百钧,而不足以举一羽;明足以察秋毫之末,而不见舆薪,则王许之乎?"逼出"今恩足以及禽兽,而功不至于百姓者……不为也,非不能也"。然后继续反问:"抑王兴甲兵,危士臣,构怨于诸侯,然后快于心与?"

这样,逼齐宣王说出:我哪里是高兴让士臣去送死,我是要"求吾大欲也"。孟子佯装不知其大欲所在,举出肥甘轻暖便嬖 bì 身边宠信的人等,齐宣王断然否定;孟

---

① 黄仁宇《中国大历史》第 25 页,三联书店 2008 年版。

子顺理提出"辟土地,朝秦楚,莅中国,而抚四夷"之大欲,指出这是"缘木而求鱼"。

　　齐宣王说:错得这么利害么? 孟子说:"缘木求鱼,虽不得鱼,无后灾;以若所为,求若所欲,尽心力而为之,后必有灾。"并问:邹人与楚人战,孰胜? 宣王答楚人胜。孟子进逼说:齐兴兵争天下,是"以一服八,何以异于邹敌楚哉!"

　　于是引导齐宣王"反其本",即一开始提出的问题"保民而王",以仁政富民教民,以德服天下。

　　整个谈话辩论的过程,孟子是一步步诱导,一层层紧逼,让齐宣王不觉间进入自己的思路,认识求霸道的危害,明确行王道的意义,成功地运用了欲擒故纵用反问让对方说出想法,然后顺着对方的思路推出危害、引人入彀 gòu 使对方顺着自己的逻辑思考,不得不承认自己的观点。的方法,具有很强的逻辑力量①。《王顾左右而言他章》《梁惠王下》、《许行章》等,都是孟子善于辩论的好例。

　　用形象的比喻、事例、寓言说理,是《孟子》文章的另一特色。孔子常常称赞水说"水哉! 水哉"! 涂辟不解孔子何以有取于水,孟子说:

　　　　源泉混混古读滚,盛满之流,不舍昼夜,盈科坎而后进,放乎四海奔向海洋。有本者如是,是之取耳。苟为无本,七八月之间雨集,沟浍 kuài 田间小水沟皆盈;其涸也,可立而待也。故声闻过情实,君子耻之。《离娄下》

再如上文"力足以举百钧,而不足以举一羽"、"挟泰山以超北海"与"为长者折枝"的比喻论证;"以羊易牛"的事例论证;齐以一敌八就像邹人挑战楚人的类比论证等,都十分形象有力。《孟子》也很善于用寓言说理,如《齐人有一妻一妾》《离娄下》、《揠苗助长》《公孙丑上》、《弈秋诲弈》《告子上》等,与庄子寓言常取自然事物、多用浪漫想象不同,孟子寓言多取材于社会生活,用现实笔法写出。

---

① 孟子好辩、善辩,与孔子风格不同,盖亦由时代变化所决定。吴小如讲这一章说:"孟子谓'仲尼之徒无道桓文之事者,是以后世无传焉',亦不尽然。《论语·宪问》明载仲尼之言,所谓'晋文公谲而不正,齐桓公正而不谲',且于管仲有褒有贬,岂得径以'无道桓文之事'、'后世无传'之语搪塞之。是孟子亦有以谲而求成其正处。故仆每谓孔孟不得相提并论。盖孟子已染战国之士诡辩习气,即如借以牛易羊事说齐王,亦有为齐宣王圆谎与开脱之嫌,终近于当时辩士之风。此作风孟子亦知之,故坦率自承'予岂好辩哉,予不得已也'。"(《吴小如讲〈孟子〉》p. 11,天津古籍出版社 2008 年版)

《孟子》文章有很强的**社会批判精神**，他对梁惠王说："庖有肥肉，厩有肥马，民有饥色，野有饿莩 piǎo 通殍，饿死的人，此率兽而食人也。兽相食且恶之，为民父母，行政不免于率兽而食人，恶 wū 哪里在其为民父母也！"《梁惠王上》他对齐宣王说："君之视臣如手足，则臣视君如腹心；君之视臣如犬马，则臣视君如国人；君之视臣如土芥 小草，则臣视君如寇仇。"《离娄下》这样的话，使尹焞 tūn 在宋高宗面前要说"此非孟子之言"见《四书集注大成》。而朱元璋在做了皇帝后下令删孟子有关民贵君轻和行仁政的言论 80 余条见黄廷美《双槐岁抄·尊孔卫孟篇》，也说明孟子的批评锋芒戳到了统治者的痛处。

《孟子》文章突出了**主体精神的崇高美**。孟子发明了"浩然之气"一词，浩然之气是人的生命本质同"义与道"配合，所形成的"至大至刚，塞于天地之间"的力量，"是关系到人和宇宙的东西，因而是一种超道德的价值，是与宇宙同一的人的气"①。获得这种气，一是"反身而诚"，即体会自己和天地万物共有的生生之仁，努力实行；二是在穷困挫折中磨炼："天将降大任于斯人也，必先苦其心志，劳其筋骨，饿其体肤，空穷乏绝其身，行拂乱背戾其所为即所为不遂，所以动心忍性，曾增益其所不能"《告子下》。文天祥《正气歌》所歌咏的，就是这种气。有了这种气，就是"大丈夫"，"富贵不能淫，贫贱不能移，威武不能屈"，"说大人则藐之，勿视其巍巍然"，"虽千万人，吾往矣"，"舍生取义"。他为此提出了一种很高明的哲学证明："有天爵者，有人爵者。仁义忠信，乐善不倦，此天爵也；公卿大夫，此人爵也"《告子上》。天爵是担当宇宙精神所赋命，人爵是担当世俗权力所赋命，其大小久暂有限无限是不可同日而语的。

《孟子》文章表现了**仁政的理想社会之美**。如其反复描写的"明君制民之产，必使仰足以事父母，俯足以畜妻子，乐岁终身饱，凶年免于死亡"，与"五亩之宅，树之以桑"云云教材 p.151。

阅读书目：1.《孟子译注》，杨伯峻译注，中华书局 1960 年版。

2.《孟子集注》，朱熹著，见《四书章句集注》，中华书局 1983 年版。

3.《孟子正义》，焦循著，中华书局 1987 年版。

① 冯友兰《中国哲学简史》第 95 页，北京大学出版社 1985 年版。

四、荀况和《荀子》

　　荀子约前298—前238，名况，号荀卿卿者尊号也，一名孙卿汉人避宣帝刘询讳改荀为孙，赵国人。荀子籍贯不具体，生卒年难确考，有人认为他活到了秦统一后，寿数约120岁。他作为先秦大儒，有几件事倒是很突出，一是长期游学齐国，在稷下学宫三为祭酒①，门下出了韩非、李斯两个法家代表人物；二是打破了儒士不入秦的惯例，到秦国会见秦昭王及其宰相，称赞秦国"山林川谷美"，政治、风俗有古范，推许秦国"威强于汤武"《强国》，并提出"力术止，义术行"的建议此答李斯问，《强国》杨倞注引刘向《新序》。他还做过楚兰陵在今山东枣庄东南令。

　　今本《荀子》为刘向编定，32篇。荀子离孔子去世近两个世纪，生于孟子去世前20余年，已至战国晚期。司马迁说他：有感于浊世之政，祝巫迷信，鄙儒小拘，庄周滑稽，著《荀子》数万言。他的思想继承孔孟又与孔孟有很大不同，是"儒学在先秦后期的新说"②。在许多方面，他是孟子的对立面，孟子代表儒家的左翼，强调个人自由；荀子代表儒家的右翼，强调社会对个人的控制。但孟子重视超道德价值，接近宗教；荀子重视自然主义，主张人定胜天，与任何宗教观念都不相容③，缺乏对任何超越力量的认同和敬畏。

　　孟子认为人本性善，荀子认为**人本性恶**。他的证明是："人之性恶，其善者伪也。"先看"性恶"：

> 生而有好利焉，顺是，故争夺生而辞让亡；
>
> 生而有疾恶，顺是，故残贼生而忠信亡焉；
>
> 生而有耳目之欲声色之好焉，顺是，故淫乱生而礼义文理条文规章亡焉。
>
> 故：从人之性，顺人之情，必出于争夺、合于犯分乱理而归于暴。

---

① 祭酒：本为古代飨宴时酹酒祭神的长者，亦泛称年长或位尊者；汉代博士祭酒为学官，为博士之首；唐称国子监祭酒，清改为学部尚书。　稷下学宫：稷下是齐国都城临淄(今山东淄博)稷门(西门)附近地区。齐宣王(前320—前301)继其祖田齐桓公、父威王而在此扩置学宫，招致游学之士数千人，任其议论、传学，为古代学术史之奇观。

② 劳思光《中国哲学史》第277页，台湾三民书局中华民国七十一年版。同页概括荀子学说的基本问题是"如何建立一成就礼义之客观轨道，……于主体殊无所见，故其精神落在客观秩序上"；又因主体无根，故从性恶着手。

③ 冯友兰《中国哲学简史》第172页，北京大学出版社1985年版。

再看"其善者伪":

> 枸 gōu 曲木必将待隐括矫揉曲木使直的工具烝烝之使柔矫矫之使直然后直;
> 钝金必将待砻 lóng 磨厉砺,磨刀石然后利;
> 人化师法,积文学,道礼义者为君子①纵性情、安恣睢而违礼义者为小人。
> 《性恶》

荀子的"性"与"伪"是一对概念:"性"是天生的、不学而成、感而自然的本能如"饥而欲饱、寒而欲暖、劳而欲休","目好色、耳好声、口好味、心好利、骨体肤理好愉佚";"伪"是人为,包括人的自我努力、所受的教养、社会对人的塑造等,是"感而不能然"、"成之在人"的,是人的本性的对立面,所以杨倞注:"凡非天性而人作为者,皆谓之伪。"冯友兰说:"荀子的哲学可以说是教养的哲学……凡是善的、有价值的东西都是人努力的产物,价值来自文化。"②就"性"言,"尧与桀、跖,其性一也;君子小人,其性一也";就"伪"言,圣人积思虑,"化性而起伪"矫化本性之恶兴起人为之善,见《性恶》。《儒效》"性也者,吾所不能为也,然而可化也。",以自身没有而求之于外,所以性恶无善而求善《性恶》:"今人之性,固无礼义,故强学而求有之也……然则性而已,则人无礼义。",建立起一套人伦礼义制度。

除了"因无而求有"这种从"性"上对求善的证明荀子一带而过,似未着意,主要是以"知能"来为人之求善证明:"涂途之人,皆有可以知仁、义、法、正之质资质,指认识能力,皆有可以能仁、义、法、正之具能力,指实践能力,然则其可以为禹,明矣。"还是与孟子有别:孟子说人皆可以为尧舜,是因为人本来是善的;荀子论证涂之人可以为禹,是因为人本来是智的。不过,荀子认为人性一样、没有差别,智能确不一样、有等差:"有圣人之知,有士君子之知,有小人之知,有役夫之知。"上未注者均引自《性恶》。圣人、君子只知道义不可或缺;小人则知谄媚、越规而行以获利;役夫则唯知有利即行、投机取巧,不论曲直,只求胜人。所以涂之人可以为禹而

---

① 荀子的性恶论与告子相似。告子认为:"性犹湍水",哪里决口就往哪里流,没有固定方向;"性犹杞柳",必待矫揉而后成器。朱熹:"告子言人性本无仁义……如荀子性恶之说也。"(《孟子·告子章句上》)

② 冯友兰《中国哲学简史》第172页,北京大学出版社1985年版。

未能为禹者,既由行有未加,亦由所知不高,在"知"和"行"上都受到限制。荀子批评孟子"性本善"和老子"不离其朴而美",可谓有得有失。

人本性恶,礼义化性起伪的作用就更其重要,所以荀子**在儒家中最重礼**。孔子的礼要以仁为基础,不能离开仁而讲礼,礼就不能不是从属性的;荀子的礼是使人做好人和使社会成为好社会的保障,离开了礼,人类的一切如夫妇父子君臣友朋等都完蛋,礼是根本性的。所以荀子隆礼是由性恶推出来的。

荀子说:"礼起于何也? 曰:人生而有欲,欲而不得则不能无求,求而无度量分界则不能无争。争则乱,乱则穷。先王恶其乱也,故制礼义以分之,以养人之欲,给人之求,使欲必不穷乎物,物必不屈于欲,两者相持相长。是礼之所起也。"荀子的思想非常现实:人的欲望无穷,好东西人人想要,这必然发生争斗,弄到你死我活。因此需对欲望定出"度量",划出"分界":既有所满足,又不是无限制地满足;哪些人满足哪些,又不能满足哪些,这就是"礼"。所以礼具有保障人欲与限制人欲双重功能。从保障说,"礼者,养也":"五味调香,所以养口也";"椒兰芬苾,所以养鼻也";"齰黻文章,所以养目也";"琴瑟竽笙,所以养耳也";"礼义文理,之所以养情也"《礼论》。从节制说,礼是习俗法。"夫禽兽有父子而无父子之亲,有牝牡而无男女之别,故人道莫不有辨,辨莫大于分,分莫大于礼"《非相》。儒家讲礼的节制,都立足于"分",即得应得的一份而不僭越多得。按照这个原则,父慈子孝,互相照顾,无论幼时老时,都有一份给养;男女相配,牝牡互得,无论贵贱美丑,都有一份快乐。没有这个原则,就成了动物世界,像雄狮打败了现有的狮王,咬死它所生的所有幼子,独霸所有母狮,别的雄狮皆无牝牡之缘,自己几年之后再被别的雄狮打败,被赶出曾为它妻妾子女的狮群,在孤独中慢慢死去。礼限制人类狮王的产生,对父子男女的关系作出规定,使之不能乱来。这种规定是一种约束,像法律一样,只不过法律是建立在对惩罚的畏惧的基础上,礼是建立在良知的自我约束的基础上。荀子论礼重点落在由"度量分界"对人的定位和约束,礼具有了法的意义。所以他提出了"礼法"一词,说:"礼者,法之大分,群类之纲纪也。"《劝学》"非礼是无法也。"《修身》这一点可以与法家思想相接,所以他的学生韩非、李斯成了法家代表人物。

当然,荀子也看重礼使人文雅,使情感和行为美化。"容貌、态度、进退、趋行,由礼则雅,不由礼则夷固僻违庸众而野"《修身》。古人"慎终追远",丧祭二礼特别重要。"夫厚其生而薄其死,是敬其有知而慢其无知也,是奸人之道而背叛之心也……死之为道也,一而不可得再复也,臣之所以致重其君,子之所以致重其亲,于是尽矣。""祭者,志意思慕之情也,忠信爱敬之至也,礼节文貌之盛也……其在君子,以为人道也;其在百姓,以为鬼事也"《礼论》。冯友兰说,"照这样解释,丧礼、祭礼的意义都完全是诗的,而不是宗教的。"人心有理智和情感两方面,亲爱的人死了,"之死而致死之,不仁,而不可为也;之死而致生之,不智,而不可为也"《礼记》。人死如灯灭,一了百了,这是理性的事实,但不合我们的情感;人死灵魂不灭,活在另外一个世界,这是情感的希望,但不合我们的理性。在荀子看来,丧礼、祭礼是折中二者,既不失理性态度,又照顾情感需求。因为理性是重要的,但人不能光靠理性生活,还需要情感的满足①。

《荀子》**基本标示了单篇议论文的成熟**。再不是像《论》《孟》那样的言行、对话记载,而是专门构思写成的论文。如《天论》一开始就提出全文论点:"天行有常,不为尧存,不为桀亡。应之以治则吉,应之以乱则凶治、乱指合理、不合理的措施。"下逐层展开论述:先讲天"不为而成,不求而得"的运行规律;再讲人世"治乱非天",需做好自己的事,遵道循礼;同时分析星坠木鸣、日月之蚀是天地之变产生的异象,雩求雨的祭祷而雨是人们表达愿望的形式"文"。最后得出结论:"大天而思之,孰与物畜而制之;从天而颂之,孰与制天命而用之;望时而待之,孰与应时而使之"。像《不苟》、《性恶》等,都是结构比较严谨的单篇论文。

《荀子》**善于引物连类、譬喻说理**。《劝学》教材 p.167 多半用比喻行文,尤其前半几乎全是比喻句。"木受绳则直,金就砺则利""蓬生麻中,不扶而直;白沙在涅黑土,与之俱黑""登高而招,臂非加长也,而见者远"、"假舆马者,非利足也,而致千里"、"不积跬步半步,无以至千里;不积小流,无以成江河"等等,十分形象地说明了学习的意义,增加了文章的美感。当然《荀子》也不是篇篇如此。而且它只是简单比况说理,很少用寓言,文学性不能和《孟》《庄》《韩》相比。

郭预衡说:"荀子的文章,虽然善辩,却不但和《战国策》那纵横之辩不同,也和《孟子》的高谈阔论不同,和《韩非子·说难》也不一样。别人都不免纵横之

---

① 参见冯友兰《中国哲学简史》第 177 页,北京大学出版社 1985 年版。

气,而荀子则始终不失其为儒者。"①其实荀子有点像现在中学老师或家长向孩子谆谆讲道理,有很多至理名言,格言警句。《荀子》文章主要以理性的头脑胜,而非以纵横的想象和情感胜,非以文胜。所以《荀子》既标示了单篇论文的成熟,对议论文的发展作出了重要贡献,又表明了与文学分道扬镳。后世子书难入文学,《荀子》是分界岭。

阅读书目:1.《荀子》(选12篇),王天海注译,长春出版社2011年版。

　　　　2.《荀子校释》,王天海校释,上海古籍出版社2005年版。

　　　　3.《荀子简释》,梁启雄简释,中华书局1983年版。

　　　　4.《荀子集解》,王先谦集解,中华书局1988年版

　　　　5.《荀子》,杨惊注,上海古籍出版社1996年版。

五、老聃和《老子》

老子其人,司马迁说他是楚国苦县今河南鹿邑的李耳,字聃,曾为周守藏 zàng 史管理书籍档案,比孔子年长,所以写孔子"问礼于老子"②;但最后又说"或曰儋即老子,或曰非也,世莫知其然否"。太史儋在孔子死后百余年游说秦献公,与孟子同时;加上传世本《老子》中有一些战国乃至秦汉间的词语,所以很多人认为老子晚出,或曰战国中罗根泽等,或曰战国末梁启超等,或曰秦汉间顾颉 xié 刚等。上世纪二三十年代古史辨派掀起热烈讨论,老子晚出成为压倒性意见。但由于1973年长沙马王堆出土了两种帛书《老子》,墓主为战国中期人,认为老子为战国晚期以下的意见就不攻自破了;1993年荆门郭店一号墓又出土了三种竹简《老子》,墓主不会晚于公元前300年、略当孟子末年孟死于前305,《老子》的著作当比这更早。李学勤认为像"儒分为八"一样,老子以后道家在战国也有若干支派如黄老或河上公一派、庄子一派,郭店《老子》"可能系关尹一派传承之本"③。这些出土材料

---

① 郭预衡《中国散文史》第147页,上海古籍出版社1986年版。

② 《史记》之《孔子世家》《老子列传》《仲尼弟子列传》,《礼记·曾子问》,《说苑·反质》,《孔子家语·观周》,《庄子》之《天运》《田子方》《知北游》,都记有孔子就老子请教或讨论的话,江竹虚说:"崔述以为庄列之徒所伪托,未必然也。"(《孔子事迹考》211页,上海古籍出版社2008年版)

③ 李学勤《郭店一号墓概述》,见[美]艾兰[英]魏克彬编:《郭店老子》,学苑出版社2002年版。

都还不能直接说明老子年长于孔子,但无一与司马迁为难,所以我们不如接受《史记》的说法。至少老子不会晚于公元前 5 世纪前后,即当在前 400 年之先①。

老子其人之所以如此恍惚难知,司马迁说因为他是"隐君子"。道家都是隐士,老子出函谷关,被关守尹喜留住写下了《道德经》以后,就避世隐居,所以事迹不传。

传世本《老子》分道经、德经上下两篇帛书本则德经在前,道经在后,所以又名《道德经》,81 章,5 千余言。

老子的思想,最根本的是论"道"。他说:

> 有物混成,先天地生,寂兮寥兮,独立而不改,周行而不殆,可以为天下母。吾不知其名,字之曰道。强名之曰大,大曰逝,逝曰远,远曰反……人法地,地法天,天法道,道法自然。25 章

这段话提纲挈领,关联着老子的诸多思想,可以系统地加以理解。首先,他认为:有一个东西,"周行而不殆",永远在奔逝,由逝而远,由远而反,这个东西叫做"道"。用现代哲学的话说:道是万物的运动"行"、"逝"、"远",运动是循环的"周行",循环就是物极必反"反"②。

---

① 最近杨义根据荆门郭店竹简和有关文献,推断《老子》从关中传入齐鲁再传入楚国,认为"如此曲折漫长的传播过程大概不用上五六代人、二百年左右的时间,是很难做到的。因此如果认定郭店楚简随葬的时间是在公元前 300 年左右,那么《老子》原书的写作时间非上推到公元前 500 年左右不可。"(《老子还原》,见《文学评论》2011 年第 1 期)

② 这是老子论道最重要的一段话。"道"本义为道路,道路的意思是"人之所行";万物莫不生、长、衰、灭,由有至无,由无至有,所以万物都是"在路上"(《庄子·天地》:"行于万物者,道也")。"周行"是螺旋式循环不已的运行。由此产生万物,所以"为天下母";遍于一切,所以"名之曰大";不断地发展,所以"曰逝"、"曰远";逝和远必然回到起点,就是"反";远而反,就是周行,就是道。

　　但具体人与物的存在之"道"又是"寂兮寥兮"的:寂者无声,寥者无形,不可闻,不可见(40 章"道隐"、21 章"道之为物惟恍惟惚"、62 章"道者万物之奥")。"道"超越一切,所以"先天地生"。这个"先"是逻辑而非时间上的先,是"决定"的意思,即万物莫不由道、莫能离道。在这个意义上,道是"独立而不改"的,"独立"者在具体事物坏灭中断之外,"不改"者万物生灭而道永远周行不息。"有物""独立",很容易使人想到一个在万物之上的超越者(犹如佛、上帝),其实它只是一种使万物决定性地不停运行、不可能不在路上的力量。用现代哲学术语说,就是存在和发展的"规律"。上述思想可图示如下:

　　道(道路)——周行 →遍行/环行→ 规律(生长衰灭之道) ←寂寥(不可见不可闻)/独立(不随万物生灭)

老子讲了很多物极必反、相反相成的话：

> 天下皆知美之为美，斯恶矣；皆知善之为善，斯不善矣。故有无相生，难易相成，长短相形，高下相倾。2 章
>
> 大成若缺，大盈若冲，大直若屈，大巧若拙，大辩若讷。45 章
>
> 自见者不明，自是者不彰，自伐夸耀者无功，自矜者不长长进。22 章
>
> 故物或损之而益，或益之而损。42 章

由此就有了忌"盈"《老子》无"满"字、居"下"、守"雌"、贵"虚"、尚"柔"等一套思想①：

> 保此道者不欲盈满。15 章　大盈若冲虚。45 章
>
> 江海所以能为百谷王者，以其善下之。66 章　善用人者为之下。68 章
>
> 知其雄，守其雌，为天下谿山洞。28 章　牝常以静不冲动胜牡。61 章
>
> 谷神不死。6 章　虚而不屈 jué，竭。知其荣，守其辱，为天下谷。28 章
>
> 柔弱胜刚强。36 章　天下莫柔弱于水，而攻坚强，莫之能胜。78 章　坚强者死之徒，柔弱者生之徒。76 章　守柔曰强。52 章

"道"的另一个意思是："道法自然"25 章，而自然无为而无不为，故：

> 道常无为而无不为，侯王若守之，万物将自化。化而欲作，吾将镇之以无名之朴……不欲以而静，天下将自定。37 章

"无为而无不为"的思想自然、玄妙，而又可以给人新的启发。蔡元培曾说："罗素佩服老子'为而不有'一语，他的学说，重在减少占有的冲动，扩展创造的冲动。"②由此，就有了讲"无知"、"无欲"、"无名"、"无事"、"无味"、"不争"，崇尚

---

① 《易传·彖 tuàn》也有此思想："天道亏盈而益谦，地道变盈而流谦，鬼神害盈而福谦，人道恶盈而好谦。"故知变动不居，则当低调抱朴。

② 《蔡元培美学文选》第 147 页，北京大学出版社 1983 年版。

"自然"与"素朴"等一套思想：

> 圣人之道为而不争。81 章 善为士者不武，善战者不怒，善胜敌者不与如
> 孙子"不战而屈人之兵"，善用人者为之下。是谓不争之德。68 章
> 圣人欲不欲，不贵难得之货……辅万物之自然而不敢为。64 章
> 敦兮，其若朴。15 章 见素抱朴，少私寡欲，绝学无忧。19 章

因此老子成为文明的深刻的批判者：

> 大道废，有仁义；智慧出，有大伪；六亲不和，有孝慈；国家昏乱，有忠臣。8 章
> 绝圣弃智，民利百倍；绝仁弃义，民复孝慈；绝巧弃利，盗贼无有。19 章

由此，在社会政治层面，就是主张"无为而治"。《老子》3、37、57、58 等章，都
表明了"为无为，则无不治"3 章的思想。

> 我无为而民自化，我好静而民自正，我无事而民自富，我无欲而民自朴。
> 57 章

这构成了中国文化的一份极宝贵的资源。相对来说，儒家重视教导化育，法
家重视刑赏管制，都是上层决定下层，社会主宰个人；而老子主张"无为而治"，庄
子又强调万物平等《人间世》："天子之与己，皆天之子"，从而形成了道家重视个性自
然自为的传统，具有淳朴的平等、自由和以个人为本的观念，悬置甚至颠覆了意
识形态与法术威权的控制，赋予每个人自己与芸芸众生以社会之主体和根本的
地位，揭橥社会在统治者"无为"、役赋征收较轻、管制比较宽松、人们作为比较自
由的情况下，每个人都可以自谋自力，发挥其创造才能，成就人生和积累财富。
汉初实行"黄老无为政治"，使社会活力迅速恢复，财富急遽增加；以及近 30 年解
除要人画地而趋的禁锢，实行"开放搞活"，所取得的社会经济的巨大发展不强制
农民怎样种地，粮食收获得更多；不强制工人怎样生产，产品制造得更好；不强制市场怎样经
营，商人更能创造财富，都可以说明这一点。

老子的文章,具有突出特点:

第一是极富个性的形象表达:用形象化手法描绘道和得道者。如用"川"、"谷"、"牝"、"母"等来形容"道",如第15章等写得道者:

古之善为士者,微妙玄通;择妙求通者众多,由微而妙、以玄为通者稀少。

深不可识——夫唯不可识,故强为之容:

豫兮若冬涉川;河上公:举事辄加慎重。《说文》:犹、豫二兽进退多疑。

犹兮若畏四邻;畏四邻知之;或曰:警觉像提防四邻进攻。

俨兮其若客;俨:端庄敬慎。

涣兮其若释;融和像冰之融化于万物。

敦兮其若朴;敦:诚实厚道,朴:不雕琢、无巧饰。

旷兮其若谷;深广宽容像山谷。

混兮其若浊;混沌不区分;浊者不昭然。谓和同浑然而不独显。

孰能浊以止,静之徐清;以水澄清为喻。止:水静。

孰能安以久,动之徐生。此二句从顾炎武《唐韵正》卷5引老子文。

保此道者,不欲盈。

夫唯不欲盈,故能蔽而新成。蔽:通敝。谓去旧更新。20章:"敝而新"。

老子描绘的得道者,是凝静敦朴、谨严审慎的形象;后来庄子所描绘的则是高迈凌越、任性自适的形象;老子描写用的材料,都是就日常生活和自然事物加以直接表现;庄子则是通过浪漫主义的幻想方法,选用神奇怪谲的表现。

第20章写的得道者独立而苍凉的形象,堪称不朽的文学典型:

众人熙熙——熙熙:追逐荣利不胜欢欣鼓舞的样子。

如享太牢,如登春台。太牢:此指祭肉。祭祀以牛羊豕称太牢。登台望春景而怡然。

我独泊兮——泊:淡然、恬静。

其未兆,如婴儿之未孩。未兆:形容深静平淡,不炫耀。孩:同咳,笑。形容婴儿情识未成。

儽儽兮——儽儽:落落不群。

若无所归。无所依傍。即不党不群，不分别、趋附以取势。

众人皆有余，而我独若遗。众人余财以为奢，余智以为诈，而我偏偏失去了这些。

我愚人之心哉也！愚：质朴天真，与精明、机诈相反。

沌沌兮——沌沌 dùn：浑沌不分，即上质朴天真。

俗人昭昭，我独昏昏；昭昭：精明无比。释德清：“谓智巧现于外也。”昏昏：同沌沌。

俗人察察，我独闷闷。察察：明辨貌。所谓斤斤计较、丝毫不饶人。闷闷：同沌沌。

澹兮——澹：淡然、恬静。

其若海，心像宁静深广的大海。

飂兮——飂：高空的风，形容飘逸。

若无止。不固执一隅，没有止境。

众人皆有以，而我独顽且鄙。有以：有用、有为。顽：愚。鄙：荒远未开化。

我独异于人，而贵食母。食母：吸取道的精华。母是生命的本原，道是人生的本原。

“在这首第一人称的抒情短章中，七用‘我’字，六用‘独’字……又用了三个‘众人’、两个‘俗人’，而自称‘愚人’”，在一系列对比修辞中，唱出了“一曲幽光明灭的灵魂咏叹调”①，主人公的独立苍凉与幽默调侃融为一体，情感深刻而不失智者的洞达。把得道之人天真若孩、质朴如愚，淡泊恬静，不以知识来作分别计较的工具，与世俗价值取向不同的精神给予了充分表现。

“道”还被表现为一种伟大而神奇的境界。如第 34 章：

大道氾兮，其可左右。氾：同泛。广泛无限。

万物恃之以生而不辞，功成而不有，衣被万物而不为主。衣被：动词，保护。

---

① 杨义《老子还原》，《文学评论》2011 年第 1 期。

> 常无欲,可名于小;万物归焉而不知主,可名于大。不知主:无为而治。
>
> 以其终不自为大,故能成其大。

陈鼓应说:本章"借道来阐扬顺任自然而'不为主'的精神。反观基督耶和华的作风则大不相同,耶和华创造万物之后,长而宰之,视若囊中之物。老子所发挥的'不辞'、'不有'、'不为主'的精神,消解领导者的占有欲与支配欲,从'衣养万物'中,我们还可以呼吸到爱与温暖的空气。"①

第二是词约旨奥,五千言论尽天道人事,从最深玄的世界本体问题,到最具体的为人、治国之道。因而既被西方哲学所看重——像海德格尔这样深刻的当代思想家都对他推崇有加②;又被当作阴谋术、驭人术——《韩非子》中有《解老》《喻老》发挥其法理权术思想,《汉书·艺文志·诸子略》则揭示其作为"人君南面之术"的"全体大用"③。

第三是文体似诗。《老子》对偶最多,"谓为骈文之祖可耳"陈柱《中国散文史》p. 32。81 章大都押韵④,如上引第 15 章,1—3 行"通"、"容"为韵东部,4—5 行"川"、"邻"为韵文、真通韵,川音春,6—7 行"客"、"释"为韵鱼部,8—10 行"朴"、"谷"、"浊"为韵侯部,浊读 zhu,11—14 行"清"、"生"、"盈"、"成"为韵耕部。韵是诗的外形,而对"道"和得道者形象与意境的描绘,往往也有诗的内质。人类有一种诗化哲学家,创造了诗化哲学,中国老子是最早、最典型的代表。所以《老子》是当之无愧的"哲学诗"。

阅读书目:1.《老子今注今译》,陈鼓应注译,商务印书馆 2003 年版。

---

① 陈鼓应《老子今注今译》第 204 页,商务印书馆 2003 年版。

② "海德格尔曾在《何谓思维?》等著作之中屡次提到,他的'存在思维'十分契接老子的道家思想,战后也靠萧师畅教授的帮助,共同试译《道德经》,虽未完成,却可看出他对老子思想的爱慕远胜于他所批判过的西方传统形上学。"(傅伟勋《生命的学问》p. 64—65,浙江人民出版社 1996.)"在它(道)那里,我们才第一次能够思索什么是理性、精神、意义、逻各斯这些词所真正切身地要说出的东西。……今天在方法的统治中存在的令人费解的力量可能和正是来自这样一个事实:即这些方法不管其如何有效,也只是一个隐蔽着的巨大湍流的分支而已;此湍流驱动并创造一切,并作为此湍急之道为一切开出它们的路径——一切都是道(道路)。"(张祥龙《海德格尔思想与中国天道》p. 425—426,三联书店 1996.)

③ 参见张舜徽《周秦道论发微》第 8 页,中华书局 1982 年版。

④ 朱谦之《老子校释》于每章后专论其"音韵",又于全书后附《老子韵例》,极便参考。

2.《老子释义》附重要概念索引,卢育三著,天津古籍出版社 1987 年版。

3.《老子校释》,朱谦之撰,中华书局 1984 年版。

4.《老子道德经注》,见《王弼集校释》上册,中华书局 1980 年版。

5.《老子道德经河上公章句》,中华书局 1993 年版。

六、庄周和《庄子》

1. 庄子其人其书

庄子虽不完全属于文学,但他在文学上却是一个奇观,甚至是一个绝响。他的深情与想象力,深刻的思想与批判精神,行文的恣放与奇谲,都达到了极致。这么多的极致,使他在中国文学史上成为空前绝后、孤峰耸峙的存在。司马迁有他的深刻与批判精神,阮籍有他的苦闷,李白有他的想象力,曹雪芹、鲁迅……这些超越时代的作家,都只是在有些部分达到极致,在综合文学的所有方面都达到极致上,是无法和庄子相比的。苏轼是一个可以和庄子相比的天才,但他在深情、深刻、想象力与批判精神上却全面地逊色于庄子!他把庄子的巨大超越力用于生存智慧旷而不悲,而失去了庄子那种深刻的绝望。在中国文学史上,庄子是比第一流的文学家还要高三等的文学家。我在读《庄子》的时候,常常这样想:中国居然有一个庄子,就像有些人相信有上帝一样,在相当程度上,这是超越人的理解力的。

但中国就是有一个庄子,虽然他的身世十分恍惚。按司马迁的说法,他是蒙人,名周。《史记》裴骃南朝宋人集解说"蒙县属梁国"此梁乃汉之梁,非战国之梁,而唐·司马贞索引据刘向说是"宋之蒙"。宋国蒙县在今河南商丘市东北河南东部靠近山东。战国之宋与汉之梁地域有重合,故有学者认为两说实异名同指。也有人说蒙即今安徽亳州蒙城县在徽北,其地有遗址,北宋时在那里建有庄子祠 cí,苏轼、王安石都写有文章《庄子祠记》、《蒙城清燕堂》。司马迁说庄子与梁惠王、齐宣王同时两君前369—前300在位。这样庄子比孔子晚近200年,比孟子略小。闻一多定庄子生卒为前375—前295,曾为蒙漆园吏漆园是地名,因产漆而得名。其学无所不窥,批评儒墨之学,"虽当世宿学不能自解免也"。楚威王派人"厚币迎之,许以为相",被庄子拒绝。他说金钱、尊位虽好,但人得到它们后,就会像祭祀上用的牺牛,被漂漂亮亮地供在神台上,付出的是生命与自由的代价。表示自己"宁游戏乎污渎 dū 小水沟之中,无为有国者所羁,终身不仕,以快吾志焉"。所以他大概是一个"就薮泽,处闲旷,钓鱼闲处,无为而已矣"《刻意》的人,甘于贫穷,不愿为了名利混迹于污世,曾"贷粟于监河侯"《外物》,"衣大布而补之……过魏王"《山木》,像他那么有学问和名声的人,把自己弄到如此地步,也甘于处如此地步,是很不容易的,可见他为人的风格。他把人的自由、品格看得很重,又太多情、太多才,所以翱翔在尘俗的上空,以一种放达、揶揄、忿懑、鄙视的眼光打量人世的种种把戏,这又使他的文章十分特别。

今传世《庄子》一书,共 33 篇,分为内、外、杂三部分,其中内篇 7,外篇 15,杂篇 11,包括了庄子本人及其后学的著作。许多学者认为内 7 篇和《天下篇》为庄子自著,其余为庄子后学所著,但这种说法不一定就对。司马迁说庄子"作《渔父》、《盗跖》、《胠箧》",三篇就都在外、杂篇中。

庄子在汉代经历了短暂的沉寂汉代多称黄老,不称老庄,但从《淮南子》暗用《庄子》触篇皆是看,《庄子》在汉代至少为不少学者所熟悉,在魏晋玄学以《易》、《老》、《庄》三玄而得名的鼓荡下大行于世,"占据了那全时代的身心……生活、思想、文艺——整个文明的核心是庄子"①。中唐以后,禅学盛行,其思想、风格都与庄子相近,庄禅一体,在士大夫文人中发生了深广的影响。"中国人的文化上永远留着庄子的烙印"同上,"秦汉以来的一部中国文学史差不多大半是在他的影响之下发展"《庄子与鲁迅》,见《沫若文集》第 12 卷。尤其宋明以后,注庄说庄者甚多,陈鼓应《庄子今注今译》引录其主要者,即达 65 种包括 2 种日人著作。

2.《庄子》的基本思想

庄子的思想深玄复杂,开首《逍遥游》教材 p.185《齐物论》两篇是其全部思想的核心。

"逍遥游"从经验层面说是一无挂碍,优游自在;从哲学层面说是无条件的绝对自由。人是有条件的存在,怎能达到无条件的绝对自由呢?

方法就是篇中讲的"三无":"至人无己,神人无功,圣人无名"。无己、无功、无名,就能为神、为圣、成为至极之人——绝对的人人们说某人"绝对的哥们"也就是说他绝对地够男人,可见"绝对人"的观念其实是存在的。"绝对",既不会受相对的羁

---

① 闻一多《庄子》,见《古典新义》第 279 页,古籍出版社 1956 年版。

缚,也没有相对的不足,当然是完全自由了。从经验上说,没有功名利禄的烦扰,人就比较优游自在。

那怎样才能实现"三无"呢? **一是要绝对待** 待:依靠、凭借。待与佛教的"缘"、有待与"缘起不实"颇相似,**解决对"大"的迷惑**。鲲鹏展翅,横绝万里,但须"抟扶摇羊角而上……去以六月息者也",没有夏季台风它就无法飞行 所谓"风之积也不厚,则其负大翼也无力"。"列子御风而行,泠然善也",虽不用走路,而"犹有所待也",须有风可驾。庄子通过鲲鹏、彭祖 长寿八百岁、列子等形象,夸写"大"的辉煌气势,似乎令人艳羡,其实是要人看得"大"的气势破。人莫不贪多求大,但"大有大的难处",难处就是凭借多、条件高,一旦不能满足其凭借和条件,"大"就完了。凭借、条件既是"大"的支撑,也是"大"的羁缚。所以居"大"者 如鲲鹏、列子难得逍遥游! **二是要去自矜,解决"小"的盲目**。"小"不用多少凭借和条件,常常自以为逍遥而自矜,所以蜩、学鸠、斥鴳 ān 以为"腾跃而上,不过数仞而下,翱翔蓬蒿之间,此亦飞之至也",而笑大鹏"奚以九万里而南为"! 庄子说:"之二虫,又何知!"狭隘可怜,亦难得逍遥。"知效 胜任 一官、行比 合 一乡、德合一君、而徵信一国者",看待自己也像学鸠、斥鴳一样。"大"者有待,是被外物束缚;"小"者自矜,是被自己束缚,所以都不是逍遥游。**三是要任自然,真正自足而逍遥**。"自然" 自己是自己是庄子哲学的核心概念之一,《逍遥游》未出现这两个字,而用的是形象表述:"乘顺着天地之正性,郭象说此句意即"顺万物之性",以御顺应六气阴阳风雨晦明之辩变"。这就是《应帝王》说的:"有虞氏不及泰氏。有虞氏其犹藏仁以要人,亦得人矣,而未始出于非人。泰氏其卧徐徐,其觉于于从容自得,一以己为马,一以己为牛,其知情实信,其德甚真,而未始入于非人异化。""一以己为马,一以己为牛"——自然把你造成什么,就安心做什么。你就是你,你不用比;一比心就不安,就不甘做自己,就违反"自然" 自己不是自己了。泰氏安然接受自然对自己的造就 为马、为牛、为张三、李四无一不可,所以"其卧徐徐,其觉于于"——逍遥游。有虞氏有功名之心,"藏仁以要 讨好人",虽然成功 亦得人矣,但却不甘于做自然的自己,所以"未始出于非人",即没超出非人人的异化的范围,未能实现做真正的人,当然就不能得逍遥游。所以逍遥游有自然无为、不过求、不勉强、任性自安的意思。

《逍遥游》全文的论点放在中间,下面还讲了 4 个故事:尧让天下于许由继续讲"无名"、肩吾与连叔关于接舆境界的对话主要讲"无功"、庄子给惠子讲如何"用大"大瓠、不龟手之药、不中绳墨的大樗则讲"三无"所得的境界：

> 今子有五石 dàn 之瓠葫芦，何不虑以为大樽腰舟而浮于江湖逍遥游，而忧其瓠落大无所容无处可甾，则夫子犹有蓬受尘俗之见鼓荡之心也夫！
>
> 今子有大树即樗 chū，患其无用，何不树之于无何有虚寂之乡，广莫之野，彷徨乎无为其侧，逍遥乎寝卧其下。不夭摧折斤斧，物无害者。无所可用，安所困苦哉无用之用即为大用！

上面是庄子"逍遥游"——无条件的绝对自由的哲学思路。读书必须先正确理解作者的思路，读《庄子》尤其需探究每篇的思路。

《逍遥游》的思想，不是太容易理解，我们还需加点评论，供大家借鉴。

庄子的逍遥游是违反世俗常识理性的。"不食五谷，吸风饮露，乘云气，御飞龙，而游乎四海之外"，想象出这种超自然的"神人"，是要彻底解除一切物质现实的束缚限制。但一般人事实上又不可能，所以要"其神凝"，即精神凝固不为一切外物所动。**逍遥游的功夫，全在"其神凝"三字。因为逍遥游不是人的物质社会的自由，而是人的主观精神的自由**；不是从建立现实的自由环境上说的，而是从建立心灵的高超意境上说的；从而**使人在纷争污浊的世事中保持独立自由的本性**。违反世俗常识理性中有心灵生活的真实，也只有违反世俗的常识、常理才能真正逍遥游。不过庄子逍遥游的思想，仍有深刻的现实基础："庄子宁安贫贱，独贵无用，卓然超脱'功'、'名'与'己'之外，而游其精神于一种海阔天空、毫无所待之境，此乃当时政治混乱及士人不能忘情一切之反动也。本篇末段……因欲避斤斧之害，而求无所可用；又因无所可用，而求彷徨逍遥。庄子之逍遥游，其外面虽似超脱无累，其内心固极悲苦也。"①

"齐物论"即齐一万物齐物和泯除是非齐论。万物不齐又多是由于人的是非区别之心；从而肯定一切人、物的独立自性与价值。以此观点看："物固有所然，物固有所可，无物不然，无物不可。故为是举莛草茎与楹房柱，厉癞与西施，恢诡谲怪，道

---

① 蒋锡昌《庄子哲学》第 60 页，商务印书馆 1935 年版。

通为一。""天下莫大于秋毫之末,而泰山为小;莫寿于殇子,而彭祖为夭"。由此就顺理成章地提出"以隶奴隶为尊"。这种观点看到任何事物作为一个独特的世界,都有它天然的自性,无论其大小尊卑美丑,都是绝对齐一平等的《人间世》:"天子之与己,皆天之子"。但人在世俗社会中养成了是非区别之心,是此非彼、媚尊骄卑、贪多嫌少、逐美避丑……"是非之彰也,道之所以亏也"。从一般人的私爱私见,到儒墨自以为是的争辩,都不过是从既定的成见来看事物"夫随其成心而师之,谁独岂无师乎",犹如"毛嫱丽姬,人之所美也,鱼见之深入,鸟见之高飞,麋鹿见之决骤,四者孰知天下之正色哉!",并不是事物天然就像它们所看的那样。你有你的成见,我有我的成见,造成的结果不过是"仁义之端,是非之途,樊然纷杂淆乱"。而从齐物论角度看,"此亦一是非,彼亦一是非",万物彼此都有自己的是非,都有自己的充足理由,所以正确的态度不是是此非彼,而是"和之以是非而休止乎天均均:钧之借字;钧:制陶的转轮。天钧:自然的运作"。庄子的理想是返璞归真,同于"天籁",反对以心机与世界相搏。他固执地在心机知辩之外为人的精神生活保留和开拓地盘。他描写竭智尽虑之人是"其杀也若秋冬",而齐万物、黜是非之人"大泽焚而不能热,河汉冱 hù 冰冻而不能寒,疾雷破山而不能伤,飘风振海而不能惊,乘云气,御飞龙,骑日月,而游瓠四海之外"。"齐物论"实是"逍遥游"的哲学基础。

《齐物论》思路结构是:开篇写南郭子綦"嗒焉似丧其耦"和讨论天地人"三籁",为全篇意旨作一象征性缩写。然后对"物"与"物论"之不齐进行描写和反复辩驳,最后用"啮缺问王倪"、"罔两问景影"、"庄周梦蝶"等5个寓言说明"物论"知识、观念之不可靠,和一彼我、绝对待、同于"物化"的道理。

3.《庄子》的文学价值

《庄子》的文学价值,一般文学史都讲寓言、形象化说理、夸张手法等,这些都是一看就明白的问题。我们从刘熙载的一句话讲起:"文之神妙,莫过于能飞。庄子言鹏曰'怒而飞',今观其文,无端而来,无端而去,殆得'飞'之机者。"《艺概·文概》用"怒而飞"来概括庄子的文学特色,精绝无比,但刘熙载重在"飞",其实"怒"也很突出,我们还加上一个方面:"谲"。

"飞"——瑰奇的想象。一本《庄子》,和我们一般人写文章,和我们所见过的所有文章,都截然不同。我们一般人在理性框架内,有事实说事实,有道理说道理,理性化了,理性把我们"化"了,只会"有话好好说"。庄子不管理性的框架,有话就不好好说,偏要"胡说乱说"刘熙载语,说诡说怪,猖狂而言,令人错愕不已①。他写的"妙姑射之山"的神人教材 p.187,岂止肩吾以为"狂诞而不信",我们一般人都很难相信,但庄子就是要这样想、这样说,以此来表明人的精神"其神凝"超越一切的巨大力量我们则在理性上说:这怎么可能!庄子恰恰是超越理性,用想象建立一个世界,而站在那个世界里说话。《逍遥游》中,"其翼若垂天之云……水击三千里,抟扶摇羊角而上者九万里,去以六月息者也"的鲲鹏,"御风而行,泠然善也,旬有五日而后返"的列子,"树之于无何有之乡,广漠之野",臃肿卷曲的大椿,等等,整篇文章就是由六段想象瑰奇的故事构成的,只在文章中部提到全文的论点:"至人无己,神人无功,圣人无名"。无己、无功、无名才能超越现实理性的思路,屏除大与小、有用与无用等区别,获得无条件的绝对自由——逍遥游。庄子就是这样写文章的,所以他的瑰奇的想象寓目皆是。像运斤成风的巧匠《徐无鬼》,凿窍而亡的混沌《应帝王》,蹲乎会 huì 稽投竿 gān 东海的钓者《外物》等。庄子把人类的想象力、把文学的想象力张扬到极致,所以刘熙载说他的文章,"殆得'飞'之机者"!

"怒"——沉痛的批判。庄子生活在战国晚期,那是一个公理与道义衰微,而只靠强权与暴力说话的时代。对于种种无道的争夺与战争,《左传》等书中有很好的反映;统治者对人民的残忍,《孟子》等书中也有侧面的反映。但对于整个社会的黑暗、恐怖、邪恶当道,先秦其他文献反映的是不充分的。我们读《庄子》就不同了,它真正深刻地表现了那是一个恐怖和绝望的时代。《人间世》一开篇就写了3个"伴君如伴虎"的寓言故事:卫君残暴,其民"死者以国,量满乎泽,若蕉通"樵",柴草,民其无如矣"!颜回想去辅佐他,"端虚勉一"正直谦虚勤勉一贯不行,"内直外曲"内心正直而外表恭敬不行,连"成而上比"打打比方借古喻今都不行,唯一可行的就是"一宅宅:指心。一:指混然未分的状态。一宅:处心混然,不作分辨,不逞聪明而寓于不得已不得不听之任之",即去掉一切态度,不闻不问,任其所为。颜阖作卫灵公的师傅,更是迁就不得,劝诱不得,只有战战栗栗,唯命是从。叶公子高使

---

①　钱基博:"孔老之文,雍容浑穆,如天闲良骥,鱼鱼雅雅,自中节度;而孟庄则神锋四出,如千金骏足,飞腾飘瞥,蓦涧跃波。"这一比较很有意义,但孟庄之间,异多同少,归为一类实在勉强,所以又说:"孟文开阖变化,庄更益以缥缈;孟文光辉发越,庄又出以诙诡;庄生玄而入幻,孟子正而不谲。"(《中国文学史》p.34,中华书局1993年版)

齐,事成与不成,都没有好结果。这样的"人间世",要人如何生存! 所以在全文结尾,庄子借楚狂接舆之口狂歌以当哭:

> 天下有道,圣人成焉;成:完成事业。
>
> 天下无道,圣人生焉;生:仅仅活命。
>
> 方今之世,仅免刑焉!
>
> 福轻乎羽,莫之知载;载:承受。
>
> 祸重乎地,莫之知避!
>
> ……
>
> 殆乎殆乎,画地而趋;殆乎:危险啊。
>
> 迷阳迷阳,无伤吾行;迷阳迷阳:荆棘丛丛。
>
> 郤曲郤曲,无伤吾足! 郤曲:绕弯走。

这是一个逼得圣人也只能苟活或圣人生存不了、一般人无路可走的时代。《胠箧》教材 p.196 则揭露了"窃钩者诛,窃国者为诸侯,诸侯之门,仁义存焉"这样一种残酷的现实。他举齐国的例子说:齐国渔、耕面积"方二千余里","立宗庙社稷,治邑屋州闾乡曲者,何尝不法圣人哉? 然而田成子田常,杀齐简公而立平公,专国,其曾孙田和杀康公自立为齐侯一旦杀齐君而盗其国,所盗者,岂独其国邪? 并与其圣知之法而盗之。故田成子有乎盗贼之名,而身处尧舜之安,小国不敢非,大国不敢诛,十二世有齐国,则是不乃窃齐国并与其圣知之法,以守其盗贼之身乎"! 正因为如此,庄子批判圣知之法和仁义道德的虚伪,说"绝圣弃知,大盗乃止……殚 dān 灭残毁天下之圣法,而民始可与议论……攘除弃仁义,而天下之德始玄同矣"。

"谲"——丑的美学表现。

《庄子》在中国文学史上又一个伟大贡献,就是开创了怪谲和丑的美学表现。"昔者庄周梦为蝴蝶,栩栩生动活泼然蝴蝶也,不知周也。俄然觉,则蘧蘧 qú 清清楚楚然周也。不知周之梦为蝴蝶与? 蝴蝶之梦为周与"《齐物论》? 人生如梦的典故,大概就源于此。但奇怪的是人一梦醒来,不知自己究竟是谁、是什么。自己是蝴蝶做梦变的么? 这样一个怪问题却真是发人深思。这对人类的僭妄或僭妄的人,都是一记警钟:你是什么? 你能是什么?

有一次,庄子在路上看见一副髑髅,用马鞭敲着骷髅说:你是淫贪过度、是死于疆场,还是犯罪被杀的呢? 髑髅回答:你所说的都是阳世间的一套烂事,死界没有这些东西。"死,无君于上,无臣于下,亦无四时之事,从纵,完全放开、毫无拘束然以天地为春秋,虽南面王乐,不能过也"。庄子要为髑髅恢复人形,使之骨健肌丰、妻子团聚、知识聪慧,令髑髅深为不安,说"吾安能弃南面王乐而复为人间之劳乎"《至乐》? 这大概是对生不如死最早的沉思。用髑髅告诉我们死那一边的事,这种奇怪的表现方式,表达了对人生的反思和对苦难现实的批判。

"闉跂支离无脤肢体畸形、伛偻、无唇之人说卫灵公,灵公说之,而视全人:其脰颈肩肩羸细,皮包骨。瓮盎大瘿说齐桓公,桓公说之,而视全人:其脰肩肩"。"卫有恶丑得可怕人焉,曰哀骀它。丈夫与之处者,思而不能去也;妇人见之,请于父母曰:'与人为妻,宁为夫子妾者',十数而未止也"。鲁哀公感到奇怪而召见他,"果以恶骇天下",但相处不久就由喜欢而信任,最后把鲁国的管理大权交给了他;不久他辞别哀公,使哀公"若有所亡,若无与乐是国者"。《德充符》写这些形体伤残、外表难看之人的故事,是要说明"德有所长 cháng 而形有所忘忽略,无意",突出一种精神、道德的魅力。由此,丑的形象就获得了美学的表现价值。

"阳子之宋,宿于逆旅。逆旅人有妾二人:其一人美,其一人恶丑。恶者贵而美者贱。阳子问其故,逆旅小子对曰:'其美者自美,吾不知其美也;其恶者自恶,吾不知其恶也。'阳子曰:'弟子记之:行贤而去自贤之行,安往而不爱哉!'"《山木》美丑其实没有固定的标准,人们以己之所美而夸耀林希逸《南华真经口义》"美者自美:自矜夸也。",适足引以为戒。只有忘掉美丑,无所谓美丑,才能使人亲而爱之。撤出固定僵化的美丑标准,从另一方面成就了丑的形象的美学表现价值①。

阅读书目:1.《庄子今注今译》,陈鼓应注译,中华书局1983年版。

2.《庄子诠评》,方勇、陆永品著,巴蜀书社1998年版。

---

① 闻一多说:"文中之支离疏,画中的达摩,是中国艺术里最特色的两个产品……诚然《易经》的'载鬼一车',《诗经》的'牂 zāng 羊坟首'(母羊瘦成大脑袋),早已开创了一种荒怪丑恶的趣味,但没有庄子用得多而且精",所以"以丑为美兴趣"的"开创者推庄子"。(闻一多《古典新义·庄子》,古籍出版社1956年版 p.289)

3. 《庄子集释》，郭庆藩辑，中华书局 1961 年版。

4. 《南华真经口义》，林希逸著，中华书局 1997 年版；云南人民出版社 2002 年版。

5. 《庄子序跋论评辑要》，谢祥皓等辑校，湖北教育出版社 2001 年版。

6. 《庄子》，见闻一多《古典新义》，古籍出版社 1956 年版。

七、韩非和《韩非子》

韩非约前280—233，是韩国王子之一因其生年有前336、313、280 等诸说，其间包括四位韩王，故不知是哪位韩王之子。最近杨义推论是韩釐王之子（见《韩非子还原》第十节），曾与李斯同学于荀子。当时韩国削弱，韩非多次上书，主张修明法度，富国强兵，得不到重视，于是发愤著书十余万言。这些著述流传到秦国，秦始皇看了《孤愤》、《五蠹》等，感叹"寡人得见此人，与之游，终不恨矣"！当得知是韩人后，发兵攻韩，韩在紧急状态下派韩非出使秦国。据《战国策·秦策五》，韩非入秦后，曾在秦王面前诋毁姚贾，遭到报复，被害《史记》说是被李斯毒死。司马迁因为反映李陵的情况，被汉武帝认为是"沮贰师"攻击武帝小舅子贰师将军李广利，至受宫刑，对《说难》别具会心，全文录于《史记》，对韩非不无同情，在传记中两次说："韩非知'说'之难，为《说难》书甚具，终死于秦，不能自脱。"司马迁没有记载韩非向秦王攻击姚贾、李斯的事，但从说他"为《说难》而不能自脱"即自己也以言而得祸，说他"引绳墨，切事情，明是非，其极惨礉 hé 同刻少恩"看，他对韩非也有批评①。

韩非集先秦法家思想之大成。在他之前，法家有三派：

> 商　鞅——强调"法"法者编之图籍、设于官府、布之百姓之条文；
>
> 申不害——强调"术"术者藏于胸中灵活运用之权谋；

---

① 法家长处在"切事情"，即善用手段解决问题；短处在过于功利主义，无人情、道义之可言（钱穆《国史大纲》称之为"尚权力的反人道主义"）。司马迁对后者很反感，所以《史记》说商鞅"其天资刻薄人也"，说吴起"刻暴少恩"，说晁错"峭直刻深"，此皆儒家仁爱厚道反面，法家学说和法家人物本性如此，并非司马迁加以恶名。法家人物常立大功而难得善终，固然各有委曲，但不无个人刻薄寡恩的原因。《商君列传》："商君亡（逃）至关（函谷关）下，欲舍（住）客舍，客人（店主人）不知其是商君也，曰：'商君之法，舍人无验（证件）者坐之'（牵连获罪）。按二十世纪六七十年代中国曾出现与此相似的情况。毛泽东曾说"共产党是马克思加秦始皇"，七十年代还兴起了一场评法批儒运动，有以也。），商君喟然曰：'为法之敝一至此哉！'"这是他们自己的认识。司马迁感叹说："余读商君开塞、耕战书，与其人行事相类（即学说与为人相似）。卒受恶名于秦，有以（原因）也夫！"

慎　到——强调"势"势者最高统治者之权力、权威。

韩非全面综合了三者。他重"**法**"：君主不能"任心治"、"妄意度"《韩非子·用人》，群臣百姓"不游意于法之外"《难三》，所有人的言行、思想都要固定在法律范围之内。国家要"以法为教"、"以吏为师"《五蠹》。这样除了法术，没有学问可言；除了法术之士，没有人才可言。百家之学不过是"邦之蠹"，所以要"燔焚诗书而明法令"《和氏》，做到"太上禁其言，其次禁其心，其次禁其事"《五蠹》，"无二心私学，听吏从教"《诡使》。钱穆说韩非的思想是有激于当时游士气焰之高张，代表贵族意识，解决"政治界如何对付学术界之问题，即思想智识之统治问题。"[①]韩非讲"**术**"最多，他改造老子虚静无为之学，主张君主深藏不露，高深莫测，"行制也天，用人也鬼"天、鬼都指神秘莫测，见《八经》，无为而无不为；又主张"以一国目视，以一国耳听"《定法》，广设耳目监视检举；以及"众端参观"、"必罚明威"、"信赏尽能"、"一听同样听取各种意见责下"、"疑诏发不代表真实意见的诏令诡使"、"挟知而问"、"倒言反事"之"七术"《七术》和伺察臣下"利异利益与君主异外借借外国力量获取自己的利益"等"六微"微：伺察。见《六微》。"**势**"主要体现在赏、罚之权，韩非称为"二柄"权柄。赏、罚不能阿私："近爱必诛，疏贱必赏"《主道》；要说一不二，"严刑重罚"。这样才能使人畏惮，才有权威。赏、罚的原则是"因名责实"，方法是"参验"根据其职位或承诺来检验。事不称职、行不如言者罚，相反则赏。甚至"其言小而功大者亦罚"《二柄》。《二柄》中有一个很典型的故事：

> 昔者韩昭侯醉而寝，典主管冠者见君之寒也，故加衣于君之上。觉寝而说悦，问左右曰："谁加衣者？"左右对曰："典冠。"君因兼罪典衣与典冠。其罪典衣，以为失其事也；其罪典冠，以为越其职也。非不恶寒也，以为侵官之害甚于寒。故明主之畜 xù 牧养臣：臣不得越官而有功，不得陈言而不当；越官则死，不当则罪。

这些思想有很实际、很有用的一面，也有很可怕、反人道的一面。两方面都与集

---

①　钱穆《国史大纲》第111页，商务印书馆1994年版。

权专制政治相适应。所以韩非说出了集权专制政治的真相与真理。最近有人讲韩非，认为不应该称法家，而应该称"权家"，说他们的思想就是"绳子"与"刀子"两个东西，这样讲有点片面_{下引《难势》有韩非假儒墨之口对慎到唯权论的批驳，不利于}借鉴韩非和法家思想中_{一些有价值的东西}①。

"道家与法家代表中国思想的两个极端。道家认为，人本来完全是天真的；法家认为，人本来完全是邪恶的。道家主张完全的个人自由；法家主张绝对的社会控制"。与儒家相比，荀子要变恶为善来建立礼教政治，韩非要利用人的恶来建立法术政治。冯友兰说："儒家要求不仅治贵族以礼，而且治平民也应当以礼而不以刑，这实际上是要求以更高的行为标准用之于平民……法家不是把平民的行为标准提高到用礼的水平，而是把贵族的行为标准降低到用刑的水平，以至将礼抛弃，只靠刑罚。""儒家的观念是理想主义的，法家的观念是现世主义的。正由于这个原故，所以在中国历史上，儒家总是指责法家卑鄙、粗野，法家总是指责儒家迂腐、空谈"②。

《韩非子》文章的魅力也由此而生。**在深入剖析和展示社会与人心的丑恶方**面，韩非真是伟大的自然主义作家和心理学家。对于自私且不可改变的人性、只有利害争夺而毫无情义可言的人际关系、统治者的种种权术和只能做不能说的事情，他具有深入的了解，并且言之唯恐不尽，道人所不敢道。他说"主卖官爵，臣卖智力"，君臣关系只是一种互市互利的买卖关系_{《外储说右下》}。就连父母生育子女，也是"虑其后变，计其长利"，所以生男则受贺，生女则杀之_{《六反》}。越是权力大的地方，越是集中了丑恶之徒、充满了丑恶之事。君主周围，都是"虎"、"贼"、"猛狗"、"社鼠"，无时无刻不在探测窥视君主的好恶长短，以便加以利用_{《主道》}，我们且看《备内》篇的几段：

> 人主之患，在于信人，信人则制于人。人臣之于其君，非有骨肉之亲也，缚迫于势而不得不事奉事，为……做事也。故为人臣者，窥觇 chān 侦察其君心

---

① 法家有价值的思想，除上述韩非君主不能"任心治"、"妄意度"等外，如商鞅讲"一刑"："所谓一刑者，刑无等级，自卿相将军以至大夫庶人，有不从王令乱上制者，罪死不赦。有功于前，有败于后，不为损刑；有善于前，有过于后，不为亏法。"（《商君书·刑赏》）又讲普法："故天下吏民无不知法者。吏明知民知法令也……故吏不敢以非法遇民，民又不敢犯法也。"（《商君书·定分》）

② 本段引文均见冯友兰《中国哲学简史》第 193、195—196 页，北京大学出版社 1985 年版。

也,无须臾之休停止,而人主怠傲处其上,此世所以有劫君弑主也。为人主而大信其子,则奸臣得乘于子以成其私,故李兑傅辅佐赵王主父之子,名何而饿主父赵武灵王传位后自号;为人主而大信其妻,则奸臣得乘于妻以成其私,故优施傅骊姬晋献公妾杀申生晋献公太子而立奚齐骊姬之子。夫以妻之近与子之亲,而犹不可信,则其余无可信者矣!

夫妻者,非有骨肉之恩也,爱则亲,不爱则疏……丈夫年五十而好色未解也,妇人年三十而美色衰矣。以衰美之妇人事好色之丈夫,则身死见被疏贱,而子疑不为后其子被怀疑不能继位。此后妃夫人之所以冀其君之死者也。

王良爱马,越王勾践爱人如鼓励生育、抚养孤儿鳏寡等,为战与驰。医善吮人之伤,含人之血,非骨肉之亲也,利所加也。故舆人成舆车,则欲人之富贵;匠人成棺,则欲人之夭死也。非舆人仁而匠人贼也,人不贵则舆不售,人不死则棺不买,情非憎人也,利在人之死也。

韩非"不惮以最大的恶意来揣度人",所以他的笔下,人都不是好种,既不可信又不能信,谁信人谁倒霉。韩昭侯在与近臣讨论事情后,"必独卧,唯恐梦言泄于妻妾"《外储说右上》,**人是用来防备的,而不是用来信任的**,即使妻子也不例外。明人对这种"论事入髓,为文刺心"《刻韩子迂评跋》的文风多有称赞:说他"文机鼓舞,笔端有舌,老于人情世故,一切病根利害,都被说破"汤宾尹《历子品粹·读韩非子》。"人情曲折,不啻隔垣而洞五脏"陈深《韩子迂评序》。郭沫若赞叹他"对于人情世故的心理分析是怎样的精密"!说:"韩非是绝顶聪明的人,他的头脑异常犀利,有时犀利得令人可怕","所以他的文章,你拿到手里只感觉到他的犀利,真是其锋不可当"《十批判书·韩非子批判》。而像"贤智未足以服众,而势位足以御贤者"《难势》这样的概括,与现代诗"高尚是高尚者的墓志铭,卑鄙是卑鄙者的通行证"同样深刻地揭示了人生与政治丑陋的一面。

《韩非子》**发展了驳论的艺术**,开创了"难"这样一种文体。《难一》《难二》《难三》是设立靶子,一层相难;《难四》《难势》是难而复难,即"先立一义以难古人,又立一义以自难前说"王先慎《韩非子集解》。我们举《难势》为例:

慎到重权之威势:"贤人而诎 qū 屈服于不肖者,则权轻位卑也;不肖而能服于贤者,则权重位尊也。"所以"尧为匹夫,不能治三人,而桀为天子,能乱天下"。结论是"势位之足恃,而贤智不足慕"。

韩非拟儒墨之口气驳难说:"夫势,便治而利乱。"肯定势的作用的同时,指出"以势乱天下者多矣","夫乘不肖人于势,是为虎傅翼也",所以不能"释贤而专任势",最重要的还是人要"贤能"按荀子《解蔽》已批评慎到"蔽于法而不知贤"。"以国位为车,以势为马,以号令为辔,以刑罚为鞭策,使尧舜御之则天下治,桀纣御之则天下乱"。

韩非自己进一步驳难儒墨之说:"必待贤乃治"不能成立,因为尧舜这样的大贤是"千世一出",大部分时候是中人在位,他们"抱法处势则治,背法去势则乱"。如果"废势背法而待尧舜",将是"千世乱而一世治"。当然韩非也承认:"抱法处势而待桀纣,桀纣至乃乱。"

文章先驳"专任势",而尚贤;再驳"专任贤",而尚势。固然是通过"难而复难"的方法来肯定崇法任势,但在两个极端中做思维的游戏,也表现了论难的艺术,很像今天的"辩论赛"。这种文体对后世有深远影响,如东方朔《答客难》、王充《论衡》之《问孔》《非韩》《刺孟》、柳宗元《非国语》等。

《韩非子》也是先秦诸子散文**运用寓言、故事进行形象说理的代表**。如用"守株待兔"说明"今欲以先王之政,治当时之民,皆守株之类也"《五蠹》,教材 p. 209,用关其思谏郑武公伐胡被杀说明"非知之难,处知之难也"《说难》,用弥子瑕"色衰爱弛,得罪于君,君曰:'是固尝矫驾吾车,又尝啖我以余桃给我吃他吃剩的桃子'",说明"有爱于主,则智当而加亲;有憎于主,则智不当,见罪而加疏"同上。《韩非子》中的六篇"储说",是先秦寓言、故事的宝库,如"南郭处士吹竽"教材 p. 204《内储说上》、"买椟 dú 还珠"教材 p. 205、"郑人买履"教材 p. 206《外储说左上》等。

《韩非子》讲的很多历史故事已与历史事实无关,如孔子以法家面貌出现见《内储说上》《外储说右上》,商汤、文王、叔向成了玩弄权术的老手,这样用想象编造故事,和《庄子》中的许多故事一样,标志着历史故事向小说转化的起步。不过庄子的寓言多夸张,韩非的寓言则显得实际;庄子以自然事物为寓言比较多,韩非则主要用社会人事为寓言,二者风格不同。

阅读书目:1.《韩非子校注》,周勋初修订,凤凰出版社 2009 年版。

2.《韩非子校疏》,张觉撰,上海古籍出版社 2010 年版。

3.《韩非子集释》,陈奇猷著,上海人民出版社1974年版。

4.《韩子浅解》,梁启雄著,中华书局1960年版。

八、其他诸子

先秦诸子散文重要者还有:

《墨子》53篇,墨翟约前468—前376,鲁国人,或说宋人及其后学著作汇编,其编定成书或在《孟子》后。主张"尚贤"、"兼爱"教材p.177、"非攻"教材p.179、"非乐yuè"、"节用"、"节葬"。文章"意显而语直"《文心雕龙·诸子》。《公输》教材p.181写公输盘为楚设云梯攻宋,墨子前来劝阻,叙事曲折,为很多散文选本必选如郭预衡《中国历代散文选》。有孙诒让《墨子闲诂》、吴毓江《墨子校注》等。

《管子》86篇实存76,相传为春秋中前期管仲?—前645年,齐人,辅佐桓公40年所撰,实为齐国稷下学者以前320—前283齐宣王时代为中心著作集,一些篇章反映了管仲的思想和事迹,刘向编定。一切事情都必须依据于"法",而法的根据和标准则在于"道",中心是黄老政治学,亦有名、兵、阴阳及儒、墨诸家思想,堪称先秦学术宝库。其中多治道良言,如著名的"仓廪实则知礼节,衣食足则知荣辱"。文章言之无文,不乏艰奥难读之篇,对散文影响不大,但《牧民》篇常被后世称道。有郭沫若、闻一多、许维遹《管子校释》,颜昌峣《管子校释》等。

《商君书》24篇,商鞅约前390—前338,秦孝公封于商,故称学派著作汇编,编定或在秦昭王晚年前251左右。记载商鞅在秦国变法的基本理论与政策。文章简峻质朴。有高亨《商君书注释》等。另慎到、申不害大体与孟子同时,《慎子》、《申子》书皆不传,只存零篇。

《孙子兵法》13篇,记录孙武约与孔子同时,春秋末齐人,齐乱逃吴,为阖闾所用军事思想,崇尚"不战而屈人之兵",影响远及全世界拿破仑、蒙哥马利等。文章喜用比喻,如"静如处子,动若脱兔"、"兵无常势,水无常形"。有郭化若《孙子译注》等。另,1972年山东临沂银雀山西汉墓出土了《孙膑兵法》竹简,计16篇。孙膑为孙武后代,约与孟子同时,被同学庞涓骗至魏,处以膑刑去膝盖骨,后逃回齐国,曾用"围魏救赵"、"添兵减灶"等法打败魏军,于马陵活捉庞涓。有邓泽宗《孙膑兵法注释》等。

《晏子春秋》8 篇，晏婴齐人，年长于孔子言行故事集，大约编成于战国中期。其"民本"、"爱民"思想最为重要。文章多小故事，晏婴这个辅政 50 余年的三朝元老形象表现得比较出色，具有子、史合一的性质。以"春秋"为名而作为传记文学尚不成熟，但堪为"传记之祖"《四库总目提要》，文学性、可读性较强，应该为文学史所重视。有吴则虞《晏子春秋集释》等。

《吕氏春秋》26 卷，吕不韦前290？—前235，在秦执政 13 年主持编撰，是一部"集众为一"的杂家著作，具有以儒家思想为基础总结先秦学术，为政治统一作准备的性质。有学者认为与韩非的独断之学"正相反对"①。全书分为春夏秋冬"十二纪"、"八览"、"六论"，"它的整个论述是安放在'天人同气'的结构中的，以春夏秋冬四季总摄一切人事"②，系统俨然，在我国著作中少见西汉《淮南子》却后来居上。也常用寓言故事，如"人有亡斧者"《去尤》、"伯牙鼓琴"《本味篇》，《察今》教材 p.224 常为散文选本选录。有陈奇猷《吕氏春秋集释》等。

《礼记》《小戴礼记》49 篇，汉宣帝时戴圣辑，多数出于战国学者之手，亦有秦汉间所增益。《檀弓》一篇多故事，其中《苛政猛于虎》、《曾子易箦》、《不食嗟来之食》等甚为有名。《礼运》"天下大同"的思想十分美好③，故前段常单独成篇选入各种散文选。《中庸》、《大学》入选"四书"，文字富于概括性、理论性。《学记》、《乐记》有很大的文化影响。有孙希旦《礼记集解》、王梦鸥《礼记今注今译》等。另《大戴礼记》85 篇实存 39，为戴圣叔父戴德辑。由于《小戴礼记》唐以后与《周礼》其中《考工记》一篇文字颇为后世称道、《仪礼》合称"三礼"同列"十二经"、"十三经"，而《大戴礼记》渐受冷落，至其大半佚失。有王聘珍《大戴礼记解诂》等。

《孝经》18 章，作者其说不一，或为曾子后学所编，成书时代在《论》《孟》之间。全书不足二千字，其文简直，不若其他经典所论深宏，便于童竖诵记。汉文帝已置"《孝经》博士"，唐以后列入"十二经"、"十三经"，清代成为科考出题基本来源。它在历史上影响至大，如北魏苏威说："臣先人每戒臣云'唯读《孝经》一卷，足可立身经国'。"有唐玄宗李隆基《孝经注》。

---

① 冯契《中国古代哲学的逻辑发展》（上）第 316 页，上海人民出版社 1983 年版。
② 龚鹏程《中国文学批评史论》第 47 页，北京大学出版社 2008 年版。
③ "大同"思想对康有为、毛泽东都有重要影响，康 1887 年写了《大同书》，毛在 1950 年代搞人民公社，"一大二公"就来源于"大道之行也，天下为公"。见徐中约《中国近代史》第 292、530 页，世界图书出版公司北京公司 2008 年版。

《**周易**》经文卦爻辞,成书在西周,而其中有殷商王亥、武乙、帝乙之事,来源古久。《易传》文章甚有特色,尤其是《系辞》上下篇,常举天地宇宙、动静阴阳等论事,形成一套独特的话语,气势磅礴,是一种有独特风格的文章。如:

> 在天成象,在地成形,变化见矣……鼓激励之以雷霆,润滋养之以风雨,日月运行,一寒一暑。

> 一阴一阳之谓道……显诸仁,藏诸用,鼓万物而不与圣人同忧,盛德大业至矣哉! 富有之谓大业,日新之谓盛德,生生之谓"易";成象之谓乾天,效法之谓坤地;极数用数字推算命运知来之谓占占卜,神变之谓事,阴阳不测之谓神。

> 夫《易》,圣人之所以极深奥秘而研几隐微也。唯深也,故能通天下之志人心;唯几也,故能成天下之务事业;唯神也,故不疾而速、不行而至。

> 法象,莫大乎天地;变通,莫大乎四时;县[悬]象著明,莫大乎日月;崇高,莫大乎富贵;备物致用、立成器以为天下利,莫大乎圣人。

> 天地之大德,曰生;圣人之大宝,曰位;何以守位,曰仁;何以聚人,曰财;理财正辞、禁民为非,曰义。

《周易》经、传中有很多警句,如:

> 天行健,君子以自强不息;地势坤,君子以厚德载物。
> 积善之家,必有余庆;积不善之家,必有余殃。
> 刚中而柔外。
> 中行无咎过失。
> 君子以独立不惧,遁隐世无闷不乐。
> 言行,君子之枢机,枢机之发,荣辱之主也……可不慎乎!
> 吉人之辞寡,躁人之辞多。 默而成之,不言而信,存乎德行。
> 凡益之道,与时偕行。
> 穷则变,变则通,通则久。

有朱熹《周易本义》、黄寿祺等《周易译注》等。

第五讲　屈原与《楚辞》

一、何为"楚辞"

　　楚辞是屈原等人创作的、与《诗经》体式完全不同、有着浓厚的楚文化色彩的一种新诗体。

　　楚辞是一种新诗体。《诗经》以四言为主语句比较整齐,间有三言和五言等,也有极少长句,篇幅较短,少用语气词;楚辞则是杂言体,而以五言、六言、七言为主偶有九字、十字长句如"余故知謇謇之为患兮"、"苟余情其信姱以练要兮",在句末《离骚》《九章》或句中《九歌》大量用"兮"字,有的则用"些suō"字《招魂》、"只"字《大招》,偶有散文句式如"名余曰正则兮,字余曰灵均"。《诗经》产生在公元前7—11世纪左右,楚辞产生在前3—4世纪之间,晚了至少三至八百年。楚辞体现了中国古代诗体新的发展。

　　楚辞是有着浓厚的楚文化色彩的新诗体。《诗经》是中原文化的产物,比较简洁,不失质朴,多与礼乐一体。楚辞是南楚荆蛮文化的产物。楚文化虽受发达的中原周文化的影响楚先人季连一支曾服事周文王、周成王,又成王封熊绎男爵,居丹阳,殷商势力也很早就进入了荆蛮之地《商颂·殷武》写到"奋伐荆楚,深入其阻",又说成汤时"自彼氐羌,莫敢不来享[进贡],莫敢不来王[朝拜]",荆楚氐羌等已奉殷为君长,但楚地"九夷八蛮",苗、巴、羌、氐等各少数族丰富绚烂的文化在楚文化中占重要地位,使楚文化形成了不同于以周为代表的中原文化的特色今天仍可在苗、羌文化中看到鲜明强烈的个性,这对理解楚文化的特色是重要借鉴。这一特色既是楚辞特色的来源,也为楚辞特色所表现。我们今天看到楚地出土的色彩绚烂、想象神奇的帛画、漆画与楚辞绚烂的词采和奇思异想之间;楚地出土的凤鸟飞腾图案、雕塑与楚辞大量的神游升天的描写之间《离骚》"驷玉虬以乘鹥兮,溘埃风余上征。";"楚人善淫祀"与楚辞中神鬼同祀、神话独多、喜称灵异等之间,都是有"同种同文"的紧密关系的。从出土发现的金甲文看,楚与华夏语言文字属同一体系,但楚辞中却充满了自己的方音与名物。最后是音乐,无论是从"西南海之外"的夏后开启从天上偷得《九辩》《九歌》的记载看,从《招魂》等所写"竽瑟狂会,搷 tián 击鸣鼓些;宫廷震惊,发《激楚》些"的歌舞场面看,从出土的编钟等看,还是从今天荆楚苗羌音乐看,楚乐与周乐是很不一样的宋黄伯思《翼骚序》:"悲壮顿挫,或韵或否,楚声也",应该较多地保存了原始音乐元素《国风》不乏地域特性,如郑卫之声淫靡,秦声雄大,但原始音乐成份或已不多。总之,楚文化有比较浓厚的原始信仰万物有灵、飞腾想象、原始生命精神理性节制较弱、崇尚绚烂色彩、原始音乐意趣发泄激情、娱乐性的特色,这些都融入到楚辞中,就出现了与《诗经》精神、风格、章句等都很不相同的一种新诗体①。宋·黄伯思:"屈原诸骚皆书楚语、作楚声、纪楚地、名楚物,故谓之楚辞。"说得虽好,但尚未考虑总的文化精神、宗教、艺术等重要内容,其定义还显得单薄。

楚辞是屈原等人创作的一种新诗体。《左传·成公九年》和《吕氏春秋·音初》都有"南音"的记载。《音初》说涂山氏女等待禹时,歌"'候人兮猗',实始作为南音",后项、刘"力拔山兮气盖世"、"大风起兮云飞扬"云云,都是直接取楚地歌调,即兴抒怀二人皆楚人,刘邦本好楚调而善歌,项羽闻"四面楚歌"而作悲歌,故都是用他们喜欢和熟悉的调子。屈原的作品与它们调子一样,同时也惯用"兮"字,说明也是本于南音楚歌,而进行创作的,即"采楚地之声调,将民间祭歌加工、修润成《九歌》,又由《九歌》演变成《离骚》、《天问》等宏篇巨幅"②。他因此成为借鉴土风创造一种新诗体的伟大作家。

西汉刘向校理群书,编《楚辞》16 卷,"楚辞"遂成为专名《四库总目提要》:"屈宋诸赋定名《楚辞》,自刘向始也。"。其后或称"楚骚"、"屈骚"、"屈赋"、"屈辞"不一。又《汉书·朱买臣传》写作"楚词",刘师培说:"'词'为古文,'辞'系传写妄

---

① 蒋善国《三百篇演论》比较《诗经》与《楚辞》:"由诗的性质看,《三百篇》实为写实的文学,而无浪漫色彩,皆言人生事实……《楚辞》没有一篇不是感想极远,趋于虚幻神秘,美人香草,极其艳丽的寓言。"(商务印书馆,中华民国二十二年版,第 319—320 页。)

② 参见聂石樵《先秦两汉文学史》456—458 页,中华书局 2007 年版。

更之字","然秦汉以降,始演'词'为'辞'。"《古文辞辨》

二、屈原的生平与作品

　　楚辞这一新诗体为屈原所创造。屈原是楚辞最主要的作家;又是三千年中国文学史屈指可数的最伟大的诗人;同时他又不只是一般所谓大作家,而是**中华文化的灵魂人物**①——因为**他把人对信念与爱的执着高扬到神圣的境界,不可稍加含糊,成为对人生价值不懈追求的象征**。连日本学者也说:"屈原的灵魂的确徘徊在神祇的世界里"②。因而"**在中国把我们的灵魂提到最高又掘到最深的是屈原**"③。惟其高、深、不可企及,所以激发我们的精神憧憬——"高山仰止,景行行止,虽不能至,心向往之。"我讲楚辞十数年,虽然读屈原的作品仍然感到滞重困难,但却常常为屈原作品的意念而激动、而起莫名的感慨与思念,我的一个体会是:屈原不是能带给我们浅层的阅读快感的对象,他是引发我们绵绵不断的审美思念的对象。就像初恋那样——**屈原激发我永远的憧憬**。

　　1. 屈原的生平,今可据材料只有《史记·屈原列传》、《新序·节士篇》及屈原自己的作品《离骚》、《九章》等。先秦其他典籍没有关于屈原的记载,今天可见的材料都出于汉代,而且记载并不完整,也有不少模糊牴牾之处,因而引起不同的理解,产生了不少分歧。如屈原的年岁就有多种说法,举如:

　　　蒋天枢考为 78 岁 -339 — -262;

　　　何　新考为 76 岁 -353 — -277;

　　　游国恩考为 67 岁 -343 — -277;

　　　郭沫若考为 63 岁 -340 — -278;

　　　姜亮夫考为 61 岁 -343 — -283;

　　　浦江清考为 60 岁 -339 — -280;

　　　刘永济考为 56 岁 -343 — -288;

---

① 1972 年 9 月 27 日,毛泽东会见日本内阁总理田中角荣,以线装本《楚辞集注》相赠,可见屈原在中国文化中的代表意义。

② 吉川幸次郎《中国诗史》第 25 页,复旦大学出版社 2001 年版。

③ 梁宗岱《屈原》,见《宗岱的世界·诗文》卷第 270 页,广东人民出版社 2003 年版。

林　　庚考为 40 岁 −335 —— −296。[①]

这还不是关于屈原年岁的全部意见。初学楚辞,对很多考证性的问题,包括作品文句的解释,不宜为莫衷一是的纷争所困,应遵循知识的简炼性原则,从一书一说而入,揭其要,通其大,不然就会为细节所困。我们下面所讲的,只是现在能知道的屈原生平中的一些基本事实。

屈原名平,字原。古人以名字表德,名与字意思是相应的。高的平地叫做"原"《公羊传》昭公元年:"上平曰原";"平"有正、不歪斜的意思如今建筑中必用之"水平尺",所以屈原在《离骚》中说他诞生之初被赐予嘉名:"名余曰**正则**兮,字余曰**灵均**均亦有平义:平才能均。灵均:像神一样平正。"讲的虽是作品中的化名,但也寄托了屈原的精神:即平正有则,守正不阿。

"帝高阳之苗裔兮,朕皇考曰伯庸"。《离骚》这两句交待了屈原的出身。他是古帝颛顼高阳的后裔,《史记·楚世家》说:高阳是黄帝之孙。高阳的重孙吴回,有子六人,其一曰**季连**,得姓"**芈**mǐ"。在周成王时,季连的后代出了个熊绎,因功封于楚地,遂以熊为氏,居丹阳。后楚武王熊通有个儿子**屈瑕**被封在屈地,以地为氏,得姓屈,成为屈原一支的祖先。严格地说,"熊"、"屈"都是氏,不是姓;从姓来说,楚王族各支都姓芈"姓"者统其祖考之所自出,"氏"者别其子孙之所自分。在这个意义上,屈原与楚王同宗同姓。后世姓、氏不分,氏就成为姓了。"熊"是王族,其他各支是公族。战国时,屈氏比较兴盛,与景氏、昭氏成为三大公族,或楚王室三大姓,分别居住在"三闾"。

"摄提贞于孟陬兮,惟庚寅吾以降"。意思是说"我生于摄提格之年、孟陬之月、庚寅之日"。这是各家确定屈原生年的依据。因为战国时代是用岁星木星,一名摄提,是我们见到的行星中最亮的一颗纪年木星在天空绕行一周,约需 12 年,若今年在正月和太阳交会,明年便在 2 月,后年便在 3 月……12 年后又轮到在正月和太阳交会;当时人把

① 蒋天枢《楚辞论文集·屈原年表初稿》,陕西人民出版社 1982 年版;　何新《圣灵之歌——楚辞新考·屈原年谱》,中国民主法制出版社 2008 年版;　游国恩《游国恩学术论文集·论屈原之放死及楚辞地理(附年表)》,中华书局 1989 年版;　郭沫若《中国史稿》,人民出版社 1979 年版;　姜亮夫《屈原赋校注·史记屈原传疏证》,人民文学出版社 1957 年版,又《屈原与楚辞》(附年表),安徽教育出版社 1996 年版;　浦江清《浦江清文录·屈原》,人民文学出版社 1958 年版;　刘永济《屈赋通笺·序论·屈子时事》(附年表),中华书局 2007 年版;　林庚《诗人屈原及其作品研究·屈原生卒年考》,棠棣出版社 1952 年版。

木星在正月与太阳交会叫做"摄提格",而不是用干支即六十甲子纪年。浦江清通盘考虑了战国秦汉之间岁星纪年的情况,并利用现代天文学家的表格,推定公元前339年为摄提格之年,屈原生于是年见《浦江清文录·屈原生年月日的推算问题》,比孟子、庄子小约30岁,比荀子大近30岁。这个观点,被较多的文学史采用。屈原出生于"三寅"寅年寅月寅日,大吉而不凡,所以《离骚》说"皇览揆余于初度兮,肇锡余以嘉名"。

《史记·屈贾列传》说屈原"博闻强识,明于治乱,娴于辞令",即知识广博、有政治眼光、擅长文学修辞和外交沟通。20多岁楚怀王就让他担任"左徒",相当于"王室的秘书长"浦江清语。这是一个与他的才能相称的职位。这时他受到怀王的信任,"入则与王图议国事,以出号令;出则接遇宾客,应对诸侯"。但越是权力核心所在,矛盾越是尖锐,小人也不会少。青年屈原很快遭到同僚的嫉妒谗害。《史记》说"怀王使屈原造为宪令,屈平属草稿未定,上官大夫见而欲夺之,屈平不与。因谗之曰:'王使屈平为令,众莫不知,每一令出,平伐其功,以为非我莫能为也。'王怒而疏屈平。"这说明屈原遭嫉妒谗害而致政治上失败,"造为宪令"是一大关键。其中不简单是人事斗争,更重要的是政治斗争,即关系到楚国的治国方针、政治改革和由此必然产生的权力和利益冲突。屈原起草的改革"宪令"的内容,已不可知,但从《离骚》、《九章》等作品看,至少包括:效法古代贤君,举贤授能,明法度之嫌疑、循绳墨而不颇,等等,这些都必然会打破既有的权力格局,对垄断权力和利益的贵族们是不利的。

屈原遭谗害,还牵涉到当时的"国际"斗争和楚国的外交政策。刘向《新序·节士》:"秦欲吞并诸侯,并兼天下,屈原为楚东使于齐,以结强党。秦国患之,使张仪之楚,货楚贵臣上官大夫、靳尚之属,上及令尹子兰、司马子椒,内赂夫人郑袖,共谗屈原。屈原遂放于外。"从这段记载看,屈原在受怀王信任时曾出使齐国,推行"联齐抗秦"的外交路线;并与为秦国效力的张仪发生严重冲突。张仪在秦王指使下,贿赂楚国朝廷与宫廷,力图除去屈原。这也说明楚国"联齐抗秦"的外交路线以屈原为代表,所以屈原成为秦国和张仪的心头之患。此事《史记》无载。

屈原被放逐之后,张仪佯许送给楚国商、於之地六百里约当今湖北郧西之北、陕西商洛至河南内乡一带,要楚国与齐国断交。怀王身边的人都已被张仪贿赂,怀王自己又被六百里土地所诱惑,"遂绝强齐之大辅",而后派人跟张仪到秦国接受土地。张仪竟然说："仪与王约六里，不闻六百里。"楚国受到如此戏弄，怀王大怒，"大兴师伐秦"，战于丹、浙约当今河南西南之淅川一带，大败，楚将屈匄 gài 被虏，几万士兵被杀，汉中之地楚国汉中郡约当今湖北西北之房县、竹山一带被秦占领。不久怀王又"悉发国中兵以深入击秦，战于蓝田秦蓝田关在今陕西西安市蓝田县西南"；魏国乘机袭击楚国；齐国怨恨楚国绝交，坐视不救，楚国两面受敌未占到任何便宜，而国力消耗殆尽。这说明屈原制定的"联齐抗秦"路线，是楚国强国致胜的根本国策，放弃这一国策，就会被秦国玩弄于股掌之间，走向衰亡。

秦国得了好处，以胜利者的高姿态又来拉拢楚国，愿归还侵占的汉中之地与楚讲和。怀王余恨未消，"不愿得地，愿得张仪而甘心焉"，张仪竟然自己来到楚国，用重金贿赂和巧辩迷惑的办法，使当权的靳尚和宠姬郑袖在怀王面前为他开脱，而怀王又竟然把他放了！

楚国绝齐交秦后，连连上当，一败再败，"于是复用屈原，使于齐"。屈原从齐国回来，谏怀王：何不杀张仪？怀王后悔，派人去追，已经追不上了。

屈原第二次使齐，大概没有什么效果。因为很快秦国嫁女于楚，"与怀王欢"，又用糖饵把楚怀王迷惑住了。秦又约怀王在蓝田盟会。屈原以为秦为虎狼之国，不可信，不能去。怀王幼子子兰及亲秦的大臣认为不能失去与秦国的欢好，要怀王去。结果怀王一入武关故址在今陕西东南丹凤县城东 40 公里，即被拘留，要求割地。怀王不屈服，被囚居数年中途逃亡至赵，赵不肯接纳，最终死在秦国。

子兰等劝怀王入秦的人受到国人的批评议论，于是迁怒于反对怀王入秦的屈原，在顷襄王面前攻击屈原，屈原第二次被放逐。"屈原至于江滨，被发行吟泽畔"，最后投汨罗江而死。以上数段事实《史记》、《新序》均载，大体相同。

屈原两次流放的地点，史书无明确记载。第一次放逐的地点，可由屈原《九章·抽思》来确定：

> 有鸟自南兮，来集汉北。鸟：屈原自喻，《离骚》"鸷鸟之不群"。汉北：汉水之北。
>
> 好姱佳丽兮，胖独处此异域。姱：美，四字屈原自喻。胖 pàn：分，即离开了楚国政治舞台。
>
> 既惸独而不群兮，又无良媒在其侧。惸 qióng：孤。良媒：可向楚王说话的人；

其:楚王。

道卓远而日忘兮,愿自申而不得。卓:远。申:陈说、说明。

望北山而流涕兮,临流水而太息。

望孟夏之短夜兮,何晦明之若岁? 晦明:一昼夜。

惟郢路之辽远兮,魂一夕而九逝! 郢路:回郢都的路。辽:遥远。逝:往来于郢路。

"汉北"即汉水上游,今陨、襄一带,在郢都正北。诗中所写,反映了屈原被放逐到汉北的孤独、委曲、痛苦,和对国君与国都的思念。

第二次放逐的地点,可根据《哀郢》、《涉江》等来确定。《哀郢》:

去故乡而就远兮,遵江夏以流亡。……去:离。遵:沿着。夏:夏水,会汉水而入长江。

过夏首而西浮兮,顾龙门而不见。……夏首:夏水与长江交接处。龙门:郢都东门。

将运舟而下浮兮,上洞庭而下江。下浮:指顺长江而下。上洞庭句:谓在此几度徘徊。

去终古之所居兮,今逍遥而来东。……逍遥:没有目标,飘荡流落。

当陵阳之焉至兮,淼南渡之焉如。……当:面对。陵阳:在今安徽安庆东南长江附近。

忽若去不信兮,至今九年而不复! 信:信宿,指两晚。《左传·庄公三年》"再宿为信"。

说的是顺着夏、汉、江水流亡,经过汉口夏首漂浮向西,入洞庭,下长江,再向东行,到达陵阳,不知遭"弃逐"漂荡到何处,恍惚间已历九年或多年。浦江清《屈原》认为他在陵阳"至少住满了九年"。《涉江》:

乘舲船余上沅兮,齐吴榜以击汰。……舲船:有窗的船。上沅:逆沅水而上。榜:桨。

　　朝发枉陼兮,夕宿辰阳。……枉陼 zhǔ、辰阳:均在今湖南西北。

　　入溆浦余僤佪兮,迷不知吾所如。溆浦:溆水沿岸。僤 chán 佪 huái:徘徊。
如:往。

说的是屈原后来又逆沅水而上,到达辰阳、溆浦一带。综合两诗,屈原第二次放
逐,是在江南,即《怀沙》所说"伤怀永哀,汨 yù 水急徂 cú 往南土"。其具体地点,
不出徽南湘北,即陵阳与辰溆之地。这次放逐,屈原再未回到郢都,直至最后沉
江而死。《怀沙》最后说:

　　知死不可让,愿勿爱兮。

　　明告君子,吾将以为类兮! 君子:即死去的贤人。类:既指贤人,更指死人。

这可与刘向、马迁的记载相印证或者刘向马迁的记载就是根据于此。

　　游国恩《屈原》中有"楚辞地理略图",十分简明,可以直观上面的叙述。

　　2. 屈原的作品,其作者问题尚有不少争议,情况如下:

　　(1)《离骚》1 篇屈原作,古今无人怀疑。但否定屈原其人存在者不与论列;

　　(2)《九章》9 篇王逸以下怀疑者不多。宋·魏了翁始疑《悲回风》《惜往日》,曾国藩、
吴汝纶、陈钟凡、陆侃如、刘永济等相继置疑,涉及《怀沙》以下 5 篇,以及《惜诵》《涉江》;

　　(3)《天问》1 篇司马迁、王逸以下疑者盖少,宋·罗蘋首先致疑,后又有王邦采、胡适、
陈钟凡等;

　　(4)《九歌》11 篇王逸以下疑者甚少。胡适首先提出怀疑,认为《九歌》是屈作的前
躯,陈钟凡、游国恩附和;何天行、孙楷第则认为是汉代作品;

　　(5)《招魂》1 篇司马迁举为屈原,王逸指为宋玉,其后肯定为屈原作者有刘勰、黄文
焕、林云铭、蒋骥、梁启超、郭沫若、游国恩、王泗原、汤炳正等;否定为屈原作者有陆侃如、胡念
贻、刘永济等,也有先致疑后肯定的,如姜亮夫;

　　(6)《大招》1 篇王逸题为屈原,又说"或曰景差,疑不能明也",后肯定为屈原的有晁
补之、朱熹、林云铭、蒋骥、陈本礼等;否定为屈原的有桑悦、贺贻孙、李陈玉、梁启超、游国恩、
郭沫若、汤炳正等,其所指作者不一,如宋玉、无名氏、或汉人;

　　(7)《远游》1 篇王逸题为屈原。清·胡濬源首先质疑,吴汝纶、陆侃如、刘永济、马茂

元、胡念贻等否定为屈原作;而朱熹、汪瑗、梁启超、姜亮夫、陈子展、汤炳正等肯定为屈作;游国恩等则先否定后肯定;

(8)《卜居》1篇王逸题为屈原,朱熹、汪瑗、蒋骥、汤炳正亦肯定;否定者最早是明·张京元,其后有崔述、胡适、陆侃如、郑振铎、郭沫若、马茂元等;

(9)《渔父》1篇略同《卜居》。胡适以为《卜居》《渔父》代表楚辞更高发展阶段;

(10)《九辩》1篇王逸题为宋玉,朱熹、马茂元、陈子展、王泗原、汤炳正等赞同;明·焦竑始指为屈原,后陈第、张京元、吴汝纶、刘永济等赞同。

大体说:《九歌》以上,争议较少;《大招》以下,争议较多;《招魂》肯定者多,否定者也不少。这些争议论证颇繁,且目前尚无定论。我们初学文学史者可暂不予涉入。有关注本如马茂元主编的《楚辞注释》各篇解题有简明而又比较齐备的概述,可以参看。

三、《离骚》述评

"离骚"二字的含义,有多种解释。班固《离骚赞序》说:"离,犹遭也;骚,忧也。"王逸《离骚经序》说:"离,别也;骚,愁也。"一解为"遭受忧愁",一解为"离别的忧愁",都可通。《离骚》教材 p.228 373 句、2400 多字,是中国文学史上第一首抒情长诗,其地位无人可及。中文系本科学生不读这篇作品实在说不过去,但我们却实在没有课时来逐句讲读,只能分纵横两条线索介绍其主要内容:

屈原开篇写自己是古帝高阳氏颛顼之后,出生在一个特别吉祥的时刻"三寅",受赐嘉名正则、灵均,具有内美外修的美好品质,并时不我待地修养与发展自己的美质:

　　汩余若将不及兮,恐年岁之不吾与。汩 yù:急流,形容词置于句首为屈原特有的修辞。

　　朝搴阰之木兰兮,夕揽洲之宿莽。搴 qiān:取。阰 pí:土山。宿莽:经冬不死的草。

　　日月忽其不淹兮,春与秋其代序。淹:停留。代序:季节轮换。序,四序,季节。

　　惟草木之零落兮,恐美人之迟暮! 美人:喻怀王;一说美人自喻。

他从历史经验中看到,楚国必需及时变法图强:

> 不抚壮而弃秽兮,何不改乎此度? 不:何不。抚:依持。秽:秽恶之行径,指佞臣荒政。度:旧的法度。
>
> 乘骐骥以驰骋兮,来吾道夫先路。骐骥:骏马。后句为屈特殊句式,通常为"吾来道"。

但当时楚国党人成群,向楚王进谗言,使楚王愤怒,放弃变法图强的承诺,疏远屈原。在这样的情况下,屈原培养的人才,原来共事的同志,都发生了变化。楚国的政治环境恶劣已极:

> 众皆竞进以贪婪兮,凭不厌乎求索。竞进:竞相钻营。凭:满。不厌:不满足。
>
> 羌内恕己以量人兮,各兴心而嫉妒。羌:楚人发语词。恕己量人:对己宽恕对人严苛。

> 故时俗之工巧兮,偭规矩而改错。工巧:善于巧诈。偭:违背。错:同措,正确措施。
>
> 背绳墨以追曲兮,竞周容以为度。绳墨:喻法度。追曲:随意曲直;周容:百般献媚。

屈原心里痛苦已极,但不忍放弃变法图强的信念,表现了坚贞的人格操守:

> 余故知謇謇之为患兮,忍而不能舍也! 謇謇 jiǎn:尽忠直言。
>
> 指九天以为正兮,夫唯灵修之故也。正:通"证"。灵修:神圣,指怀王。

> 长太息以掩涕兮,哀民生之多艰。掩涕:掩面流泪。民:人,亦有解作人民者。
>
> 余虽好修姱以鞿羁兮,謇朝谇而夕替。鞿羁:自我约束。謇:发语词。谇:进谏。替:废弃。

既替余以蕙纕兮，又申之以揽茝。蕙纕：蕙草做的佩带。申：重。茝：一种香
草，即白芷。

亦余心之所善兮，虽九死其犹未悔！所善：所好、所爱。

民生各有所乐兮，余独好修以为常。民生：人生。所乐：所喜欢的。修：美，内
外兼指。

虽体解吾犹未变兮，岂余心之可惩！体解：粉身碎骨。惩：古训"恐"，一释为
摧毁。

为了揭示内心的激烈冲突与不平，作品又假设女媭劝戒之辞，举出"鲧婞直
以亡身兮，终然殀乎羽之野鲧窃帝之息壤以治水，被杀于羽山"这样惊心动魄的事实
来劝他：

汝何博謇而好修兮，纷独有此姱节？博謇：多才而忠直。纷：众多。姱节：美
好的节操。

薋菉葹以盈室兮，判独离而不服？薋：草聚集很多。菉、葹：皆恶草。判：分辨。
离：弃。不服：不佩带。

众不可户说兮，孰云察余之中情？户说：一户户去说明。中情：内心的真情。

世并举而好朋兮，夫何茕独而不予听！并举：互相抬举。茕 qióng 独：孤独。

这是一个严峻的考验。于是他渡沅、湘南征，向古帝重华舜陈辞，诉说自己
的心声。通过回顾历史：夏启康娱自纵、羿淫游以佚田、浇纵欲而不忍、桀残害忠
臣，都走向了灭亡；而

汤禹俨而祗敬兮，周论道而莫差。祗 zhī：敬。论道：讲究治国之道。差：差错。

举贤而授能兮，循绳墨而不颇。绳墨：喻法度。颇：偏颇。

皇天无私阿兮，览民德焉错辅。私阿：徇私偏爱。错辅：施行辅佐。错：同措，
安置。

夫维圣哲以茂行兮，苟得用此下土。茂行：美好的德行。苟得：乃能。下土：

国土。

他的治国理想既得到历史和天理的支撑,信念也就更加坚定,只是哀叹自己"时之不当",且"不量凿榫孔而正枘 ruì 榫头",因而心里仍然充满了痛苦。于是,屈原乘风远行,寻求美满的合作者。诗至此以高度的浪漫主义手法,表现了作者的不懈追求、在心理和外部矛盾中探索出路的绚烂场景:

> 吾令羲和弭节兮,望崦嵫而勿迫。羲和弭节:日神停车。崦嵫:日落之山。迫:近。
> 路曼曼其修远兮,吾将上下而求索。曼曼:或作漫漫,遥远。修远:长远。

他让四匹玉龙拉车,日神羲和执驾,月神望舒开路,风神飞廉随从,雷师丰隆驾驭云彩,凤凰左右飞腾,飘风率领云霓在前面迎接。这样一支远征的队伍离合上下,极辉煌陆离之至。他首先来到天庭想直接接近天帝,但被帝阍守门人所阻挡。他又四处"求女",希望"两美必合",有所成就;宓妃、有娀之佚女、有虞之二姚,不是淫骄无礼,就是"媒拙"无由相通。又一次的追求失败了。这是一种满怀理想和深情,但在一个污浊腐朽的世界里没有媒人可以成就良缘、无路可走,而又不甘放弃的沉哀深痛:

> 理弱而媒拙兮,恐导言之不固。理:提婚使者。弱:无能。导言:传话说合。不固:不可靠。
> 世溷浊而嫉贤兮,好蔽美而称恶。溷浊:浑浊。蔽美称恶:掩善扬恶,坏人名声。
> 闺中既已邃远兮,哲王又不寤。闺中:喻宫廷。邃远:幽远。哲王:指怀王。寤:醒悟。
> 怀朕情而不发兮,余焉能忍与此终古!朕:我。发:表现。终古:犹永远。

在大舜那里得到质正的真理,上下求索都行不通,屈原怎么办?他还要通过占卜来寻找答案。先请来古代神巫灵氛,灵氛告诉他:九州博大,何处无芳草?

何怀乎故宇居，宇本指屋檐？世道幽昧，善恶莫辨，萧艾盈腰，粪壤充帏香囊，出国另求所用吧！灵氛所占，最无情地揭示了真实。但屈原仍然"心犹豫而狐疑"，不忍去国，又请巫咸降神，再问究竟。巫咸举出傅说做泥瓦工用于武丁殷高宗、吕尚屠牛卖肉举于周文、宁戚贩牛被齐桓发现等名臣际遇的例子，要他留待时机。这似乎给他带来了信心：

> 及年岁之未晏兮，时亦犹其未央。晏：晚。央：尽。
>
> 恐鹈鴂之先鸣兮，使夫百草为之不芳！鹈鴂：即子规，杜鹃，立夏一鸣百花谢，喻党人。

但楚国的现实是：党人当道，专佞慢慆 tāo 荒废政事，香草化茅，时俗流从，留下是没有希望的，他只能采纳灵氛的意见，高飞远举，聊以逍遥自娱。他从昆仑出发，周游八方：朝发天津，夕宿西极，飞渡流沙，容与赤水，路经不周，以西海为目的地。在驾八龙之婉婉，载云旗之委蛇，奏《九歌》而舞《韶》，神驰邈邈之际，楚国呈现在眼前：

> 陟升皇之赫戏兮，忽临睨夫旧乡。陟升：上升。皇：皇天。赫戏：辉煌。临睨 nì：俯视。
>
> 仆夫悲余马怀兮，蜷局顾而不行。仆夫：车夫。蜷局：身体弯曲，不肯前行。顾：回顾。
>
> 已矣哉！
>
> 国无人莫我知兮，又何怀乎故都？莫我知：莫知我。故都，即上"旧乡"，指郢都。
>
> 既莫足与为美政兮，吾将从彭咸之所居！彭咸：殷贤大夫，谏君不听而投水死。

在内心与外界的矛盾交织中，一次又一次地反复探索，似乎找到了可以远逝而去的道路，"聊假日以媮乐"，但**一情所系，其志难移，"有路可走，卒归于无路可走"**刘熙载《艺概·文概》，只有以死明志！对楚国和"美政"的深情，使屈原最终用生命以殉！若干年后，这一诗中抒写的结局，竟成为屈原生命真实发生的事实！

上面是按作品顺序作的纵向陈述，下面再作横向归纳，便于大家对《离骚》这部杰作有一个立体掌握长篇作品不但需从头至尾读，还需按各种内容分别读：

1.《离骚》表达了屈原注重"内美"与"修能"，不断用各种美好的事物秋菊、芙蓉、兰、茝、蕙等装饰自己，"好修以为常"，坚持人格的完美；绝不会为了一己的利益作出种种丑态"余不忍为此态也"的高洁人格。

2.《离骚》表达了屈原探求真理，"上下求索"，要抓住时机，"若将不及"的进取精神；和在打击、曲折、甚至绝望的情况下，"体解未变"、"九死未悔"的坚强与执着。"岂余身之惮殃兮"、"余故知謇謇之为患兮"、"余既不难夫离别兮"、"长顑颔kǎn hàn憔悴亦何伤"、"宁溘kè忽然死以流亡"、"伏清白以死直"、"愿依彭咸之遗则"。屈原为了信念而矢志不变，表现了愿用生命来承受的无所畏惧的精神。

3.《离骚》表达了屈原与楚国社会腐朽势力的冲突，和他内心经历的强烈的矛盾与痛苦。"非世俗之所服"、"不周于今之人"、"世溷浊而嫉贤兮，好蔽美而称恶"、"众女嫉余之蛾眉兮，谣诼谓余以善淫"，他的美好高洁、正直不阿、信念坚定，就是楚国腐朽势力的攻击迫害对象；正邪不能两立，"何方圆之能周兮，夫孰异道而相安"！屈原的心里承受了巨大的失落、委曲、痛苦、困惑和矛盾的煎熬："忳愁闷郁邑抑郁余侘chà傺chì失意貌兮，吾独穷困乎此时也"，"屈心而抑志兮，忍尤而攘诟"，"悔相道之不察兮，延伫乎吾将反"，"何离心之可同兮，吾将远逝以自疏"。《离骚》中出现了大量的伤心困苦的词汇《九章》同而更强烈，如：恐、哀、怨、悔、唶、悲、怀、顑颔、太息、掩涕、郁邑、侘傺、靰羁、穷困、屈心、抑志、忍尤、攘诟、离忧、凭心、歔欷、流涕、犹豫、狐疑等等，标题"离骚"表明诗的重要主题就是伤心困苦。以前有一种片面地注重和强调屈原坚定坚强的倾向，那样就难以进入屈原深刻的内心世界了。

4.《离骚》表达的屈原的政治思想是："举贤授能"，"循绳墨而不颇"，对国家民生大事，必需"俨而祗敬"。帝尧、夏禹、商汤、周文这些历史上的贤明之君，以及圣君贤臣互相倚重，是政治的理想。面对楚国当时的现实，他"哀民生之多艰"《九章·哀郢》："皇天之不纯[纯正]命兮，何百姓之震愆！民离散而相失兮，方仲春而东迁"，是具体说明，他要积极推动楚国改革、建立法度，走向强大："不抚趁壮而弃秽兮，何不改乎此度？乘骐骥以驰骋兮，来吾道夫先路。"《惜往日》："国富强而法立兮，属贞臣而日娭 xī[嬉戏]。"反对"背法度而心治"。

5.《离骚》表达了对楚国由党人操控政治、是非善恶颠倒的猛烈批判。他揭露了"党人偷乐"，要把楚国带进一条"幽昧以险隘"的危险道路，最后必将招致"皇舆之败绩"从楚两度绝齐，放走张仪，怀王入秦被拘等可以直接看到这一点。党人的特性是一方面工巧，贪婪，"干进务入"，"竞周容以为度"，为了利益不顾公理与法规，"背绳墨以追曲"，"偭规距而改错"；另一方面是"好蔽美而嫉妒"，进谗言，打击贤能。"户服艾以盈要兮，谓幽兰其不可佩"，"苏取粪土以充帏香囊兮，谓申椒其不芳"，正常的价值观完全被破坏了，风气一片溷浊①。

6.《离骚》开创了香草美人的象征手法。

"香草"喻有三种：一是表现屈原美好的形象，并象征其芳洁坚贞的品格。"纷吾既有此内美兮，又重之以修能。扈江离与辟芷兮，纫秋兰以为佩"。前人解释说："扈者，被服在身，以喻德美。"李光地《离骚解义》"佩，饰也，所以象德。故行洁者佩芳，德仁者佩玉……（屈原）言己修身清洁，乃取江离辟芷以为衣被，纫索秋兰以为佩饰，博采众善，以自约束也。"王逸《楚辞章句》"离、芷、兰皆香草，以喻善行，所谓'重之以修能'者也。"林云铭《楚辞灯》又"朝搴阰之木兰兮，夕揽洲之宿莽。"王逸说"木兰去皮不死，宿莽遇冬不枯，以喻谗人虽欲困己，己受天性，终不可变易也"。刘永济说："木兰宿莽，取其至死不变也。"《屈赋通笺》

二是比喻贤才。"昔三后之纯粹兮，故众芳之所在。杂申椒与菌桂兮，岂维纫夫蕙茝"。王逸："众芳喻群贤。言往古夏禹殷汤、周之文王，所以能纯美其德，而有圣明之称者，皆举用众贤，使居显职，故化道兴而万国宁也。"林云铭还说："椒桂带辣气，以其香，犹用之，不但用纯香之蕙茝而已。"

三是比喻变质的人才。"余即滋兰之九畹兮，又树蕙之百亩。畦留夷与揭车兮，杂杜蘅与芳芷。冀枝叶之峻茂兮，愿竢时乎吾将刈收割。虽萎绝亦何伤兮，哀众芳之芜秽"。又："兰芷变而不芳兮，荃蕙化而为茅。何昔日之芳草兮，今直为此萧艾也？岂其有他故兮，莫好修之害也。"李光地解释最好："我昔者有志于

---

① 刘永济《屈赋多斥谗邪之证》（见《笺屈余义》，中华书局 2007 年版），集谗人为非、庸君信谗之句二十余条。

为国培植,冀其及时收用;今则不伤其萎绝,而哀其芜秽——虽萎绝,芳性犹在也,芜秽则将化而为萧艾。"

"美人"或喻君,或喻臣,或喻同心之士。"恐美人之迟暮",王逸:"美人**喻怀王也**。"朱熹:"盖托词而寄意于君……唯恐其君之迟暮,将不得及其盛时而事之也。"屈原天上地下所求之佚女,有说是"以女**喻臣**",或是比喻"**与己同心**"之贤士王逸、洪兴祖等说;有说是"盖以比君也……求宓妃、见佚女、留二姚,皆求贤君之意也"朱熹《楚辞集注》。"两美其必合兮"开创了**以男女喻君臣**的传统。

7.《离骚》表现了神话般的浪漫主义风格。

《离骚》前半篇主要是就作者的现实经历抒情,后半篇则以浪漫主义手法,运用神话思维与材料,极尽神奇想象之能事,来表现屈原在现实困苦面前探求出路的心理历程。后半篇的这种表现,可以概括为:

一次见舜。女嬃关切地责备屈原:别人薋菉、葹 皆臭草以盈室,你却辨别香臭不肯取用;举世结党营私,你却孤独地正直。为何这样?屈原要为自己的行为找到根据。"济沅湘以南征兮,就重华而陈词"。重华舜是屈原心目中的古代贤君①,巡狩南方时死于职守②;女嬃的责备中提到鲧"婞 刚直以亡身 婞直:刚愎自用。",而据说鲧是因治水失败《天问》"鲧何所营,禹何所成?"被舜杀于羽山的。所以屈原要向舜陈述心迹,求得理解。他"跪敷衽以陈辞"长达36行,从三代的历史经验启、羿、浇、桀之亡,汤、禹之贤,推出皇天无私,唯德是辅,得出"夫孰非义而可用兮,孰非善而可服"的结论,然后表明"阽 diàn 面临余身而危死兮,览余初其犹未悔"。这样就理由充足地回复了女嬃的责备,为坚持自己宁肯忍受打击与孤独也不能放弃正义同流合污的行为找到了根据。虽仍然充满痛苦,但那是"哀朕时之不当"、"不量凿而正枘",而不是自己走错了路。

二次问卜。屈原"就重华而陈词",为坚持正义的行为找到了根据,就乘风远征,上下求索,希望能找到与自己结合的人,共同完成大业,但数次"求女"都失败了。一个人品质优良又满怀深情,却找不到对象,这究竟是为什么?于是就有了两次占卜。一次是让**灵氛**用蓍 shī 草、竹片占卜,卜辞的结论是"思九州之博大

---

① 《离骚》:"彼尧舜之耿介兮。"按屈赋言舜十余次,"引用古帝王事迹者莫详于舜,而赞叹欣赏亦莫高于舜"。(见姜亮夫《楚辞通故》第二辑 p.11,云南人民出版社 1999 年版)
② 据《史记》舜巡狩南方时已百岁。一说舜为征三苗,道死于苍梧。

兮,岂唯是其有女?……何处独无芳草兮,尔何怀乎故宇"?并说楚国世道幽昧,党人当道,美丑不分,留下毫无希望。屈原想要听从灵氛,但心里拿不定主意,于是又找**巫咸**,让他用椒糈 xǔ 美食降神。巫咸举历史上傅说遇武丁等君臣遇合的事例,要他留下等待时机。走与留,两次占卜,两种结果,实际上是屈原内心矛盾的反映,也是屈原抒写自己无法直接表达的情感的文体策略。

三次"飞行"。第一次是就重华陈词后飞翔于天地之间"求女"。屈原早晨从重华灵地苍梧出发,晚上到达昆仑顶端的县圃 神话中此处可以登天①,他命令日轮慢行,自己在太阳沐浴的咸池饮马,然后把马拴在太阳做窝的扶桑树上,折下青枝红叶的若木拂试太阳 使之明亮而不要昏暗下去。在暂事休整之后,他驱遣月神、风伯、雷师、凤凰、云霓,簇拥飞腾,来到天门之前,但受到"帝阍"hūn 天门守卫的阻拦,他手持"幽兰",却无法献给天女。于是,他渡过饮之可以不死的白水,爬上登之可以不亡的阆 láng 风,在此神山之高丘也无女可求。于是,他开始了**第二次**飞行:"相下女之可诒 yí 通贻,赠予",到地上去"求女"。"令丰隆乘云","欲远集而无所止",先后求宓妃、有娀之佚女、有虞之二姚,又都以失败告终。**第三次**是在两次占卜之后,面对楚国的黑暗,他决定听从灵氛,高飞远举。驾驭飞龙所拉、象牙装饰的车,以遮天蔽日的云霓为旌旗,敲响玉制的车铃,凤凰伴着云旗翱翔,早晨从中央的天河出发,晚上到西极住宿。后来又跨过能吞没生命的流沙,沿着赤水慢慢漂流,指挥蛟龙搭桥,路过不周山向左转,最后以西海为目标。一路上本来是很开心的,但回头看到了故乡,飞行悲伤地结束。三次飞行表现的仍然是屈原探求出路的过程。

四(或五)次求女。第一次是欲进入天庭求女。"吾令帝阍开关",帝阍不理,屈原只有"结幽兰而延伫"。闻一多说:"楚俗男女相慕,欲致其意,则解其所佩之芳草,束结为记,以诒 yí 赠其人。"《离骚解诂》马茂元说:"由于他所追求的女子是在天国之中,而天门阻隔,寄意难通,只得空结幽兰,在闾阖外面延伫着。"《楚辞选》**第二次**是在昆仑阆风灵界求女,"哀高丘之无女",亦不成功。**第三次**是求宓妃 伏羲之女,为洛水女神,因她依仗自己美丽,既骄傲又淫佚而放弃。**第四次**是

---

① 神话中昆仑有三重:"昆仑之丘,或上倍之,是谓**凉风**(即阆风)之山,登之而不死;或上倍之,是谓**县圃**之山,登之乃灵,能使风雨;或上倍之,乃维上天,登之乃神,是谓太帝之居。"(洪兴祖注引《淮南子》)

求有娀之佚女即简狄,帝喾高辛之妃。佚,美也。**第五次**是求有虞之二姚有虞国君长之女,嫁夏中兴之君少康。这两次都因为"理提婚人弱而媒拙"失败①。求女是一种寄托抒情的方法。马茂元说:"借求爱的炽烈和失恋的痛苦来象征自己对理想的追求……这种发自内心而不可抑制的强烈感情,亦惟有爱情的追求能仿佛其万一,因而就产生了以'求女'为中心的幻想境界,并形成这种上天入地驰骋幻想的表现形式。"②

四、屈原其他作品

《离骚》之外,我们介绍《九章》、《九歌》和《天问》。

1.《九章》及《涉江》讲读

《九章》和《离骚》同类,都是屈原抒忧发愤之作。因为其中大多是屈原晚期的作品,近于"临绝之音",所以"尤愤懑而极悲哀"朱熹《楚辞集注》,"其词意激烈慷慨"蒋之翘语,在情感的强烈和深刻上,超过《离骚》。可与《离骚》相发明,加深对屈原的理解。

像《惜诵》等辞意就与《离骚》多有一致,"昔余梦登天兮,魂中道而无杭航。吾使厉严正神占之兮,曰'有志极而无旁傍,依靠,或榜'",即明言与《离骚》相承。

《哀郢》"遵顺江夏以流亡",写其经长江、夏口、洞庭、陵阳一路流放九年之久的历程;《涉江》"乘舲船余上沅兮",则详述其流放沅、湘、辰、溆一带的情景;《怀沙》"知死不可让,愿勿爱兮。明告君子已死的先贤,吾将以为类兮",把《离骚》"将从彭咸之所居"变成了必死的决定。这些都是对《离骚》内容的增添和加强。

《九章》情感的表达之强烈深刻,如批判楚国当时的谗邪之人,比《离骚》话说得更重,用鸡、鸭、犬之类来和他们相比:

> 变白为黑兮,倒上以为下。
>
> 凤凰在笯兮,鸡鹜翔舞……笯:鸡笼,楚语。鹜:鸭子。

---

① 也有学者认为是三次求女,但"哀高丘之无女"明确说出了一次求女不得,故直接言明求女的为四次;"吾令帝阍开关"依姰、马解释亦是求女,计这一次是五次;但因未明言求女,有学者认为是"将入见帝,更陈己志"(朱熹《楚辞集注》),故若不计此次则为四次。

② 马茂元《楚辞选》第40页,人民文学出版社1958年版。

　　邑犬之群吠兮,吠所怪也。所怪:与它们不同的,即下句之"俊杰"。

　　非俊疑杰兮,固庸态也! 非:非难。固庸态也:他们一贯是这样啊。庸,常。

——《怀沙》

　　如直指楚王为"庸君",反复责备他"聪不明而蔽壅兮,使谄谀而日得",与《离骚》中还有所希冀和留有余地不同:

　　信谄谀之溷浊兮,盛志气而过之……溷浊:污浊。盛志气:盛怒不讲理。过:加我罪责。

　　卒没身而绝名兮,惜庸君之不昭。惜:只可惜。庸君:昏君。本篇两用"庸君"。

　　君无度而弗察兮,使芳草为薮幽! 无度:政令行为不依法度。为薮幽:被丛莽所蔽。

——《惜往日》

　　如表现自己的哀怨悲痛,比《离骚》更加直露而强烈:

　　曾歔欷之嗟嗟兮,独隐伏而思虑。曾:增,一次又一次,不停地。隐伏:隐居蛰伏。

　　涕泣交而凄凄兮,思不眠以至曙……思:思来想去。

　　存仿佛而无见兮,心踊跃其若汤! 踊跃:沸腾。除了痛苦的煎熬,心里什么都没有了!

——《悲回风》

　　如表现在那个是非颠倒、价值失据的时代,坚持真理与正义的寂寞与孤独,写得真是深刻无比:

　　登石峦以远望兮,路眇眇之默默。登上不毛之山遥望远方,只见漫漫长途一片静寂。

　　入景响之无应兮,闻省想而不可得! 景:即影。站着没有影子,叫喊没有回声、视、听、反省想象中什么都抓不住,孤独之极致!

穆眇眇之无垠兮,莽芒芒之无仪。……穆:静穆。仪:匹。漫漫无边之静,空旷无匹之孤。

愁悄悄之常悲兮,翳冥冥之不可娱! 悲愁无声无形相伴,就像飞行在幽暗无人的冥界。

——《悲回风》

《怀沙》又说"眴 shùn 注视兮杳杳 昏暗,什么也看不到,孔极静幽深默",屈原把寂寞孤独体验到了极致,写到了极致:面对黑暗没有一点亮光、静寂得没有一点声响,连自己的影子都没有了、思想中什么都抓不住了后来阮籍《咏怀》,又约略写过类似情景。

《九章》的名称,与《九歌》、《九辩》借用古乐曲名为名不同,它是由实际篇数而得名的,意思就是九篇诗歌。朱熹说:"屈原既放,思君念国,随事感触,辄形于声。后人辑之,得其九章,合为一卷。"《楚辞集注》这个"后人",一般认为是西汉刘向。他辑得屈原的九篇诗歌编在一起,给它加了《九章》这个名称。此外,王逸对《九章》含义的解释是:"章者,著也,明也。言己所陈忠信之道甚著明也。"《楚辞章句》王逸没有解释"九",但按照他对"章"的解释,"九"应该是一再、反复的意思。"九章"就是反复抒发忠而怨的情感。论者或认为王逸这是过求深解,但作为一种主题标题法的解释,也是成立的。

《九章》的创作时间、编次乃至作者,历来有不同意见。总体上,"非必出于一时之言"朱熹语是大家都肯定的。有些作于怀王时期《惜诵》《抽思》《思美人》等,有些作于襄王时期《涉江》《哀郢》等,有些作于自沉前不久《怀沙》《惜往日》《悲回风》等。《橘颂》一篇,不少人认为是屈原青年时的作品。至于具体编次和作者认定,众说纷纭,为可据的资料所限,很难取得一致意见,初学者不必细求。

《九章》的总体风格,是和《离骚》相类而又有不同,前面已有说明。概括地说,《九章》更加直述其情,像《离骚》中那样的浪漫主义描写,只不时以短的片段出现,没有那样多的铺展。在抒情方面,"直而激,明而无讳"宋·洪兴祖《楚辞补注》,更能深入、多方面地传达屈原的哀怨愤慨。语言精警传神多警句,结构回旋起伏,艺术上自有胜景。

《涉江》讲读教材 p. 257。

　　《涉江》在《九章》中篇幅较短，内容与《离骚》有相似性，好奇服、驾青虬、就重华、登昆仑，但实际写的是被流放到辰、溆今湘西北途中经历与情思。情绪比《离骚》更为激动，语气也更加愤激。如"哀南夷莫吾知兮，且余济乎江湘"，以"南夷""斥楚人"蒋骥语，实承王逸，洪兴祖，朱熹。而王夫之以为指"武陵西南蛮夷，今辰沅苗种"，姜亮夫等承之。从全诗抒情结构和后两段对价值倒错的揭示看，王说以辞害意，不可取，说"鸾鸟凤凰，日以远兮；燕雀乌鹊，巢堂坛_{喻朝庭兮}。露申辛夷，死林薄_{丛木曰林，草木交错曰薄}兮。腥臊并御_用，芳不得薄_{靠近}兮"，他看到楚国政治混乱已极，不能不让人绝望了。

　　按：《怀沙》亦极有代表性，且为《史记》所录，但教材未选；《悲回风》极为郭沫若所推，其用叠音词和双声叠韵联绵词极为出色，最好加以阅读。

2.《九歌》及《山鬼》讲读

　　《九歌》里有中国最美的抒情诗。新会梁宗岱说："从纯诗底观点而言，《九歌》底造诣，不独空前绝后，并且超过屈原自己的《离骚》。宋玉得其绵邈，却没有那么幽深；曹子建得其绮丽，却没有那么峻洁；温、李得其芳馥，却没有那么飘举；姜白石得其纯粹，却没有那么浑厚。"[①]梁氏认为：《九歌》是优美纯粹，《离骚》是伟大_{在美与艺术的领域有美的境界，有超美的境界。最高的常常是超过美的。}闻一多也说：从意象之美来看，"《九歌》的文艺价值超过《离骚》"《怎样读〈九歌〉》。总之，《九歌》的美丽动人，是无与伦比的。下面分项略加介绍：

　　以物兴情，并通过心理与细节的描写，使人一唱三叹。如《湘夫人》：

　　　　沅有茝兮澧有兰，思公子兮未敢言。沅、澧：今湖南西北部的河流。茝、兰：两种香草。

　　　　荒忽兮远望，观流水兮潺湲。荒忽：仿佛不明。一说恍惚，神思迷惘。潺湲：缓缓不停地流。

明·胡应麟说："唐人绝句千万，不能出此范围，亦不能入此阃域。"其中"思"_{心理}"望"_远"观"_近三个动词写出约会时湘君未到所引起的湘夫人的惆怅情态。用

---

　　①　梁宗岱《屈原》，见《梁宗岱批评文集》第 173 页，珠海出版社 1998 年版。

"茝"、"兰"等香草起兴,使此多情湘女的一片芳心更加美丽动人朱熹谓"沅有茝"两句"起兴之例,正如《越人歌》'山有木兮木有枝,心悦君兮君不知'。"清·林云铭《楚辞灯》说:"写情之妙,其中皆有情景相生,意中会得口中说不得之妙。"

写新结相好却又不能不分离的悲欢交集之情。如《少司命》:

> 秋兰兮青青,绿叶兮紫茎。
>
> 满堂兮美人,忽独与余兮目成。美人:指伴舞的巫女。目成:以目光传意定情。
>
> 入不言兮出不辞,乘回风兮载云旗。少司命上场没说一句话,已乘旋风载云旗而去。
>
> 悲莫悲兮生别离,乐莫乐兮新相知。生别离、新相知,即目成之人,即扮少司命的女巫。

"目成"可说是心有灵犀、一见钟情,无需中中反复表白。此种感情际遇纯乎天赐,超乎人力所能追求的美好之上,而屈原为我等无缘众生写出之。明·杨慎评"目成"两句:"曲尽丽情,深入冶态。裴铏《传奇》、元氏《会真》均唐代爱情小说,又瞠 chēng 乎其后矣。"《升庵诗话》"入不言"两句写与余目成之美丽女神乘风云默默来去之状,重在去,如风云之飘逝,不可执留。所以当事人方乐"新相知",旋复悲"生别离"。末二句概括写出男女之间悲欢之极致,故明·王世贞评为"千古言情之祖"《楚辞评林》引。林云铭分析说:"死离别乃一暂痛,生离别则历久弥思,故尤悲;旧相知乃视为固然,新相知则喜出望外,故尤乐。"《楚辞灯》"悲、乐"二句说的是一次宝贵的情感遇合的相得之乐和分离之悲,不可把"生别离"看作一回事,而把"新相知"看作又一回事。

写神灵的非凡。《大司命》:

> 灵衣兮被被,玉佩兮陆离。被被:同披披,长长的样子。陆离:光彩闪耀。
>
> 一阴兮一阳,众莫知兮余所为。阴阳:男女,即扮神的巫觋。莫知余所为:不知我在做什么。

"一阴兮一阳"诸斌杰释为"隐指男女交合之事"《楚辞选评》。

还有英雄豪迈气概之礼赞。《国殇》：

带长剑兮挟秦弓，首身离兮心不惩。秦弓:良弓,当时秦弓精良。惩:恐惧,
悔恨。

诚既勇兮又以武，终刚强兮不可陵。勇:指气概。武:指武艺。陵:欺凌。

身既死兮神以灵，魂魄毅兮为鬼雄！毅:坚定、果敢。

先以"带长剑挟秦弓"状其英姿；再以"勇"写气、以"武"写艺、以"刚强"写志，表现全面的英雄人格；最后画"魂"：身虽死而雄毅之气仍令人震慑。"非关云长辈，不足以当之！"清·孙梅《闻话录》引《四六丛话》语

《九歌》的来源与含义。据传说，《九歌》本是天上的仙乐。《山海经·大荒西经》："开即夏启，汉避景帝刘启讳 huì 改启为开上三嫔 pín 于天三次上天做客。嫔同宾。郭璞以"上三嫔"为"献美女"，郝懿行正之，得《九辩》与《九歌》以下。"《九辩》《九歌》，"皆天帝乐也，开登天而窃以下用之也。"《山海经》郭璞注传说都有以神其事的意思，但它同时告诉我们：此乐只合天上有，美好非凡。《九歌》即九大之乐传说天有九重。《山海经》说开得到天乐后，在高二千仞的天穆之野演奏它，可见其洋洋壮观。这是《九歌》神话来源的意义。

《九歌》还有音乐与祭祀的含义。《周礼·大司乐》："《九德》之歌，《九磬》之舞，于宗庙中奏之。若乐九变，则人鬼可得而礼也。""九变"即九次变化，或亦相应祭九位神祇。在这个意义上，《九辩》《九歌》都是祭祀的音乐。

《九歌》的创作。王逸说："昔楚国南郢之邑，沅湘之间，其俗信鬼而好祠。其祠必作歌乐鼓舞以乐诸神。屈原放逐，窜伏其域，怀忧苦毒，愁思沸郁。出见俗人祭祀之礼，歌舞之乐，其词鄙陋，因为作《九歌》之曲，上陈事神之敬，下见己之冤结，托之以风谏。"《楚辞章句·九歌章句》

关于楚人"信鬼而好祠"，宋·洪兴祖《楚辞章句补注》引《汉书》"楚地信巫鬼，好淫祀"和《隋志》"荆州尤重祠祀"说："屈原制《九歌》，盖由此也。"就是说，屈原的《九歌》创作，与荆楚特定的宗教民俗有关。这提示了我们读《九歌》的一种最基本的思路。

关于"其词鄙陋"，朱熹《楚辞集注》发挥说："荆蛮陋俗，词既鄙俚，而阴女阳

男人鬼_{巫觋}之间,又或不能无亵慢淫荒之杂。原既放逐,见而感之,故颇为更定其词,去其泰_太甚,是以其言不能无嫌于燕昵_{私情亲昵}。"这提示了我们读《九歌》的另一种基本思路:它离不开男女间亲密的情事。

关于"托之以风谏",朱熹具体说是"因彼事神之心,以寄吾忠君爱国眷恋不忘之意"。这提示了读《九歌》的又一种基本方法:注意其中的政治寄寓内涵_{对此又有不同层次的理解}。

《九歌》的篇数与名称。现存《九歌》分为 11 篇,何以称为"九歌"呢?这是一个麻烦问题,各家说法不同,莫衷一是。统计起来,大致有四种思路:

一为祭祀九神说,即祭祀的是九种神灵。汉·王逸注《礼魂》已提出"祠祀九神"说,但所言未详。清·蒋骥发挥说:"《九歌》本十一章,言其九者,盖以神之类有九而名。"他主张二湘、二司命各合为一种,这样恰得九之数。"两司命,类也;湘君与湘夫人,亦类也。神之同类者,所祭之时与地亦同,故其歌合言之"_{《山带阁注楚辞·余论》卷上}。这种说法的思想方法是很好的,就是《礼魂》这一篇有点麻烦。蒋骥以为《礼魂》是祭祀"礼法之士,如先贤之类"_{《山带阁注楚辞》卷二},但细读《礼魂》5 句:"成礼兮会鼓,传芭兮代舞,姱女倡兮容与。春兰兮秋菊,长无绝兮终古。"蒋说似太勉强。歌词明言"成礼会鼓",而很难找到祭祀"礼法之士,如先贤之类"的影子。

二为送迎神说,即最后一篇《礼魂》为送神曲,开始一篇《东皇太一》为迎神曲,两篇都是祭祀时通用的序曲和尾声,剩下的恰为九篇_{实亦九祭}。明·汪瑗最先提出《礼魂》是前十篇之"乱辞"_{《楚辞集解》},王夫之承其后,以为"此章乃前十祀所通用"_{《楚辞通释》}。王闿运也说:"《礼魂》者,每篇之乱也。"即前面每种祭祀后,都演奏《礼魂》,构成一种固定的仪式和音乐结构。郑振铎又提出:"《礼魂》为送神之曲","《东皇太一》为迎神之曲",言下之意,《东皇太一》也是每次祭祀迎神都要演奏的,不该独立。所以《礼魂》、《东皇太一》两篇"不该计入篇数之内",故"《九歌》实只九篇"_{《插图本中国文学史》}。不过《东皇太一》祭祀天之尊神,将之作为迎神曲亦有未安。

三为合篇说。合篇说的思想方法实是依据所祭祀的神的类别。蒋骥有二湘、二司命合之说,黄文焕则主张《山鬼》、《国殇》、《礼魂》合一,"盖《山鬼》与正神不同,《国殇》、《礼魂》乃人之新死为鬼者,物以类聚,虽三篇而实止一篇,合前共得九"《楚辞听直》。以《礼魂》为祀新死为鬼者,难免武断。

四为错附说。宋·晁补之等主张《国殇》、《礼魂》是错附在《九歌》之后的,不应计入"九"之数。明·陆时雍:"《国殇》、《礼魂》不属《九歌》,想当时所作不止此,后遂以附歌末。"清王闿运:"《国殇》旧祀所无,兵兴以来增之,故不在数。"《楚辞释》若考虑到民间《九歌》由来已久,此说有一定道理,所以得到一些学者的赞同。

另:清·钱澄之主张去掉《河伯》、《山鬼》两篇:"楚祀不经,如河,非楚所及;山鬼涉于妖邪,皆不宜祀。屈原仍其名,改为之词,而黜其祀,故无赞神之语、歌舞之事,则祀神之歌,正得九章。"《庄屈合诂·礼魂》

关于《九歌》之"九",历来众说纷纭,非上述概括所能尽。近年诸斌杰《楚辞选评》把二湘合一,径直用(一)、(二)标示,并反对湘君、湘夫人为配偶神的成说,认为"写的只是同一主人公——湘夫人的活动和思绪……从情节上看,前章写主人公湘夫人经过一天的追寻而驻足于'北渚'夕次于北渚;后章则写她降临于'北渚'后帝子降兮北渚渴望相会相聚的心情,可见两章是相连递进的"。同时主张《礼魂》为《九歌》各篇之乱词。这样所得"九"之数,是合篇与乱词两种思路的结合。

对《九歌》之"九"还有另一种理解,即看作"阳数之极",而不是具体的数目。这又有两种理解:

一是看重"九"的象征意义,如王逸说:"九者,阳之数,道纲纪也。故天有九星,以正机衡;地有九州,以成万邦;人有九窍,以通精明;屈原……作《九歌》《九章》之颂,以讽谏怀王,明己所言,与天地合度,可履而行也。"《楚辞章句·九辩序》

一是从"九"表多数的意义理解,如《四库全书总目提要》:"古人以'九'纪数,其实'大凡'之名。"马其昶《屈赋微》:"九者数之极,故凡甚多之数皆可以九约简化代替,其文不限于九也。"马茂元《楚辞选》:"九只是表示多数的概念,并非实指。""《九歌》系袭用远古乐章的旧名,它之所以标名为'九',只是说由多篇歌词而组合成为一套完整的乐章。"

《九歌》所祀神祇分类。《九歌》是祭祀歌舞曲,出于楚国深厚的巫风与艺术的文化传统。这一套歌词按所祀神祇的性质可分为三类:

一天神:东皇太一天神之最尊贵者;云中君云神;大司命主管寿命的神;少司命主管子嗣的神;东君太阳神;

二地祇:湘君湘水之神、湘夫人湘水之神;河伯黄河之神;山鬼山神;

三人鬼:国殇阵亡将士之魂。

《山鬼》讲读教材 p.253。

(1)楚人"信巫鬼,重淫祀"《汉书·地理志》。《山鬼》正是在这样的文化背景下,塑造的一位美丽动人、追求爱情的少女形象题曰"山鬼",而开首就说"若有人"。可能是在祭祀山鬼的活动中,作为山鬼附体的女巫,窈窕婀娜,屈原就以之作为描写对象。汤炳正、聂石樵都认为头四句为迎神男巫所唱,其后为扮山鬼的女巫所唱,意甚清顺;古代朱熹、蒋骥等过于拘执抒情主人公为屈原本人,故于歌唱的人称划分颇难理顺。

(2)《山鬼》可以代表中国最美丽的抒情诗,艺术上有几点很突出:

一是山鬼的形象十分美丽、特别:她的形态极其生动,"含睇"、"宜笑"、"善窈窕"等,超过了"美"而达到了"媚"。她的穿戴、装饰十分特别:以薜荔、石兰等香草为衣,以女萝、杜衡等香草为带,乘着赤豹拉的辛夷木的香车,打着桂树枝编结成的旗帜,带着文狸的仪仗,去与情人约会。她的心理特别的善良,总是从好的方面去体贴人:怨公子不来,即为他解释——"君思我兮不得闲",并安然地等待他。她热爱生命,对爱情的追求强烈而缠绵:希望爱情使她的生命像花一样开放,盘桓在与情人约会的地方,爱情充满于云雨风雷、山坡树木。但丁《神曲》说:"美丽的女性,引领我们飞升!"屈原的山鬼就是引领我们体验对美丽的憧憬、从而升华人生的美丽的女性。

二是用独特的景物描写渲染情绪,意境特别有感染力本篇描写之句独多。杨义分析说:"她风姿独标地高立在山头,山下面溶溶流动的湿云就是她心头的云,杳冥黯淡的天气就是她的心理情调,东风飘下雨点也是她的心在流泪。"《楚辞诗学》诗的后半以浓重的笔触,描写奇崛而强烈的画面,其实就是"山鬼"内心情感的外化,景就是情。

三是音调特别有表现力。全篇七字句而第四字用"兮"字,刘熙载说:"《九歌》以'兮'字为句腰"《艺概·赋概》,与《离骚》《九章》"兮"字用于句尾的语气效果不同。"亦余心之所善兮,虽九死其犹未悔!"抒情更多点陈述,"思公子**兮**徒离忧",抒情更多是慨叹。连"山中人**兮**芳杜若,饮石泉**兮**荫松柏"这样的描写句,都包含一种慨叹的调子,很能表现绵长的情思。真犹如女子柳腰纤柔,最善动人之情也。加上"腰上一字与句末一字平仄异为谐调 diào,平仄同为拗调"同上,声情更形摇曳变化，如"表独**立**仄兮山之上仄，云容**容**平兮而在**下**仄。杳冥**冥**平兮羌昼**晦**仄，东风**飘**平兮神灵**雨**仄。"音调由高扬而低落，很好地表现了山鬼见不到爱人情绪由激动的高潮而落于晦暗的低沉。篇中九处叠音词也特别具有表现力。另外，"留灵修"两句才说安"澹"，却接一句不安；"怨公子"两句才说怨，却接一句宽解，跌荡顿挫，表现了山鬼心理的游移无着和忐忑不宁。

唐·沈亚之《屈原外传》："原因栖玉笥山，作《九歌》，托以讽谏"王逸《楚辞章句》以为"山中人，屈原自谓"；"灵修，谓怀王"等，至《山鬼》篇成，四山忽啾啾若啼啸，声闻十里外，草木莫不萎死。"可见其惊天地、泣鬼神的感染力。刘永济举《涉江》"山峻高以蔽日兮，下幽晦以多雨……哀吾生之无乐兮，幽独处乎山中"等皆与山鬼的处境和情感相同，而认为"山鬼为屈原自己写影"《屈赋音注详解》。正是屈原把自己非同寻常的情感投射到山鬼的形象上，这首诗的情感才如此深刻悠长。

（3）以寄托来解释屈原的作品，是古代的传统，朱熹认为本篇盖"讬意君臣之间者言之"。"言其被服之芳者，自明其志行之洁也；言其容色之美者，自见其才能之高也；子慕予之善窈窕者，言怀王之始珍之也；折芳馨而遗所思者，言持善道而效之君也。处幽篁而不见天、路险难又昼晦者，言见弃远而遭障蔽也；欲留灵修而卒不至者，言未有以致君之寤而俗之改也；知公子之思我而然疑作者，又知君之初未忘我，而卒困于谗也；至于思公子而徒离忧，则穷极愁怨，而终不能忘君臣之义也"《楚辞集注》。蒋骥不同意如此坐实，认为"《九歌》之作，本以祭神；其于事君，特隐喻其意"。所谓"隐喻其意"，指屈原"迁谪穷山，羁孤臲 niè 卼 wù 不安貌，而自托于山灵，因为歌，以道其缱绻之意"《山带阁注楚辞·余论》卷上。

附：近年有一项关于《山鬼》的新成果，认为山鬼是能"庇佑一方的高山神灵"。篇中含睇宜笑善窈窕的女子，"乃祭山神时扮演山神情人的女巫。《山鬼》篇乃是通过女巫对山神的相爱、相思、相怨的表演，而达到娱神的目的，以求得神灵护佑"。整首诗中，"出场表演的是位女郎，她所面对的是代表山神的'表'，是祭祀山神而迎来的'神灵雨'，是迟迟未有到场的'灵修'，显然山神与这位女郎不是一人"①。这是一种很有创意、又能自圆其说有较详细的考证证明的审美阅读，

---

① 刘毓庆《山鬼考》，见《中国楚辞学》第五辑，学苑出版社 2004 年版。

是我们文学教学应该提倡的。

3.《天问》介绍

《天问》是一首十分奇特的长诗,共 376 句,一连提出了 167 个疑问,是诗中古今无二之作。全诗可分为三部分:

第一部分 112 句,是关于自然现象的,包括天地开辟、日月运行、大地形状、川流走向及鲧禹治水等,表明了对神话传说的求解、对古代信仰的疑问、对宏观宇宙的思考。

遂古之初,谁传道之? 遂古:远古。一说遂作邃,远也。传道:传述。

上下未形,何由考之? 上下未形:天地未分开。形:动词。考:查考,弄明。

冥昭瞢暗,谁能极之? 冥昭:昼夜。瞢暗:昏暗,指昼夜未分。极:穷究,与上"考"字同义。

冯 píng 翼惟像,何以识之? 冯 píng 翼:无形元气①。像:超越具体形象的样子,《老子》"大象无形"②。

又:

应龙何画,河海何历? 禹治水,有神龙以尾画地导泄洪路线。一说应龙是治水之官。历:流经。

鲧何所营,禹何所成? 鲧是怎样治水的、禹是怎样成功的? 为何一成一败? 营:经营,治理。

康回冯怒,地何故以东南倾? 康回:共工,与颛顼争帝怒触不周山断天柱地维,使地倾东南③。冯 píng:大、盛。

九州安错,川谷何洿? 禹治水后分天下为九州。错:设置,划分。洿 wū:挖掘。

---

① 《淮南子·天文训》:"天地未形,冯冯翼翼,洞洞灟灟。"高诱注:"冯、翼、洞、灟,无形之貌。"《广雅·示训》:"冯冯翼翼,元气也。"
② 像亦作象。古代形、象所指不同:形指具体的形状,象指超越具体形状的样子,如《老子》"无物之象,是为惚恍"。
③ 见《淮南子·天文训》。夏大霖:"地倾东南,乃自然形势,岂有康回一触能使地倾之理? 故作诙谐之问。"但屈原此问,正是对神话认识方式的探寻。

东流不溢,孰知其故?　溢:漫出。《庄》《列》皆谓:万川之水东归于海,而海水不见增减。

东西南北,其修孰多?　东西与南北,哪一方更长。修:长,远。

南北顺椭,其衍几何?　椭 tuǒ:狭长。衍:广,一说:余。顺着南北向呈椭圆形,比东西长多少①?

第二部分246句,是关于历史问题的。从禹、稷到夏、商、周的治乱兴衰一一发问,其中包括许多历史细节。叙述了商汤用伊尹、武王得吕望而致兴盛的成功经验,和后羿、夏桀、殷纣王、周幽王任用奸佞、杀害忠良、迷恋女色、耽于游乐而致败亡的历史教训。后者是重点,用了较多的笔墨这部分或因错简,或因文献缺失,有难以索解之处,但总体次序尚可理清。我们先看商、周用贤:

初汤臣挚,后兹承辅。　当初商汤以伊尹为臣,后来伊尹又承担辅佐重任。挚:伊尹。兹:指伊尹。

何卒官汤,尊食宗绪。　因何伊尹最终相于汤,死后庙祀世代延续?　官:为相。宗绪:子孙延绵。

师望在肆,昌何识?　师望:吕望,周武王以之为师。在肆:在市场卖肉。昌:周文王姬昌。

鼓刀扬声,后何喜?　鼓刀扬声:敲着刀高声叫卖。周文王因何听到了就欢喜?　后:指文王。

再看种种败亡的教训:夏后启乃神禹之子,代伯益而有国,偷天乐而耽于享受,终被后羿取代:

帝降夷羿,革孽夏民。　天帝派遣东夷族的羿下降,革除夏民的灾祸(指射日)。

---

① 古人认为东西与南北长短不同,多谓东西长,南北短,如《管子·地员》:“地之东西二万八千里,南北二万六千里。”也有认为南北长东西短的,如《博物志》引《河图》:天地南北三亿三万五千五百里,东西二亿三万三千里。此用后说。王夫之:“椭,圆而长也。衍,余也。谓南北长于东西,凡几许也。”

孽:灾。

胡射夫河伯,而妻彼雒嫔? 妻:动词,娶。雒嫔:洛水女神,河伯之妻,羿射河伯而夺之为妻。

冯珧利决,封豨是射。强弓巧决。冯:本弸字,强。珧:装饰弓的贝壳。决:搬指。封豨:大野猪。

何献蒸肉之膏,而后帝不若? 蒸:烧肉蒸气上升。膏:肥肉。不若:不答应。若,诺的借字。

"羿好射猎,不恤政事法度,浞 zhuó 交接联络国中,布恩施德,而吞灭之也"王逸注。浞传其子浇 áo,浇淫佚其嫂,又被少康所杀。其后夏桀的灭亡也是因为迷恋女色,肆意妄为:

桀伐蒙山,何所得焉? 夏桀伐蒙山国,得美女妹嬉为妃。

妹嬉何肆,汤何殛焉? 肆:放荡,妄为。汤:商汤。殛 jí:诛杀。

缘鹄饰玉,后帝是飨。夏用雕饰天鹅和装饰玉石的祭器崇奉上帝。缘:雕饰。飨:用……来供奉。

何承谋夏桀,终以灭丧? 为什么夏桀继承谋划专制于国,最终却国灭身亡?

胡作非为,即使有祖宗遗传的媚神之道,也是得不到护佑的。殷纣王下场也是一样:

彼王纣之躬,孰使乱惑? 纣:商纣王。躬:身。乱惑:宠幸妲姬,淫乱迷惑。

何恶辅弼,谗谄是服? 为什么憎恶辅弼良臣,而用谗谄小人? 服:用。

比干何逆,而抑沉之? 比干:纣王叔父,因谏被挖心。逆:不顺从。抑:压制。沉:沉没,使丧命。

雷开阿顺,而赐封之? 雷开:纣王奸臣。

纣宠惑妇、信谗臣、杀忠良,终于断送了殷商的天下。所以答案其实就在提问当中。屈原不过是以致疑追问这种特殊的文体形式,来表达他对历史教训的反思与概括罢了,是一种文体策略。

> 天命反侧,何罚何佑? 反侧:反复无常。天命惩罚和保佑都没有固定对象。
> 齐桓九会,卒然身杀? 齐桓公为盟主九会诸侯,最后却因任用易牙、竖刁而饿死。

天命不可见,见之于人之行事所引起的效果。所以问天就是问人。欲知天命之"罚"与"佑",只有关注人自身之所行:是为善还是为恶、是得当还是乖谬? 王逸、朱熹都解释说:"齐桓公任管仲,九合诸侯,一正天下;任竖刁、易牙,诸子相攻,死不得敛,虫流出户,与见杀无异。一人之身,一善一恶,天命反侧,罚佑不常,皆其所自取也。"《楚辞集注》这可说是《天问》最重要的一个主题。

当然,历史也并非都是善恶报应不爽的:

> 舜服厥弟,终然为害。 服:照顾。舜照顾异母弟象,始终被象加害。厥 jué:其。为:被。
> 何肆犬体,而身不危败? 犬体:指象放肆胡为猪狗不如,却其身未遭危败。犬体、身:指象。

这种情形,增加了历史的幽昧、天命的难测,同时也增加了人对命运的深度理解。

屈原也不是在所有历史现象上都要寻出一番大道理来的学究,有的时候,他只是提出一些颇为调皮和好玩的问题,颇能表现一种趣味:

> 登立为帝,孰道尚之? 女娲登上帝位,是谁提出和尊奉的?
> 女娲有体,孰制匠之? 女娲造人,她的身体又是谁制造的?

> 禹之力献功,降省下土四方。 禹治水有力向上帝献功。当初他奉命治水自天而降察看四方。

焉得彼涂山女,而通之于台桑?　怎么就遇到那个涂山女子,而与她在山坡的桑林交合?

闵妃匹合,厥身是继。　喜爱涂山女而与之交合,生出后代继承自己。闵:怜,爱。

胡维嗜不同味,而快朝饱?　嗜不同味:其爱好并不一样。快朝饱:快意于一时之欢,饱:喻情欲满足。传说禹与涂山女交合后几天即离去。

《天问》第三部分18句,着落到屈原当时所面临的情景和楚国的危机形势:

薄暮雷电,归何忧?　归:即屈原在楚先王祠堂壁画前提出问题后归去。何忧:实指忧国。

这是屈原写罢《天问》时的情景。王逸《章句》说:"屈原放逐,忧心愁悴,彷徨山泽,经历陵陆,嗟号昊旻 mín 天空,仰天叹息。见楚有先王之庙及公卿祠 cí 堂,图画天地山川神灵,琦玮谲诡,及古贤圣怪物行事,周流罢 pí 通疲 倦休息其下,仰见图画,因书其壁,呵而问之,以渫 xiè 忿懑,舒泄愁思。""屈原书壁,所问略讫,日暮欲去,时天大雨雷电,思念复至,自解曰:归何忧乎?"洪兴祖说:"何忧哉?正忧国耳。"夜幕将临,雷震电骇,风雨如晦,这也是一种象征,楚国的最后危机已经来临:

厥严不奉,帝何求?　天命的威严不奉行,向上帝求什么呢?

荆勋作师,夫何长?　楚国那些人为立功而兴师打仗,国运怎能长久?

吾告堵敖,以不长。　堵敖:楚先王。不长:国运不久。

他虽然还希望楚国有"悔过更改"的机会,不愿意自己的批评告诫竟成为事实,以国家悲剧来证明自己的正确,但事实恰巧是向屈原所不愿其实现的预见发展。天命反侧,何罚何佑,皆其所自取耳!虞夏商周之兴亡者然,楚国之兴亡者亦然。林云铭说:《天问》一篇,"以三代之兴亡作骨,其所以兴,在贤臣;所以亡,在惑妇。惟其在惑妇,所以贤臣被斥,谗佞益张。末段转入楚事,一字一泪,以抒胸中不平之恨。"《楚辞灯》

《天问》文体之奇,诗中仅见。蒋骥说它"宏览_观千古,仗气爱奇,广集遐异之谈,以成瑰奇之制"_{《山带阁注楚辞·余论》}。夏大霖说它"创格奇,设问奇,穷幽极渺奇,不伦不类奇,不经不典奇。……就它讲帝王的正道,推寻去,却好是一篇道德广崇_{于道德大而高}、治乱条贯_{于治乱条理通达}的平正文字……观其神联意会,如龙变云蒸,奇气纵横,独步千古,今而后识其奇也"_{《屈骚心印·发凡》}。就是说,它的"志意所归",在治乱之道,立意平正,意不奇而思奇;细绎起来,思亦"神联意会",思不奇而文奇。让读者只见"龙变云蒸"、"穷幽极渺","没寻绪处",任何一种解读都不能尽得其解。但反过来,读者面对"龙变云蒸"、不可尽解之奇文,认真寻绪,则见"篇内事虽杂举,而自天地山川,次及人事,追述往古,终之以楚先,未尝无次序焉"_{王夫之《楚辞通释》}。可是读者虽可寻绪神联意会之次序,在屈子本身却出于"错综衬贴,反击旁敲,原不分其事迹之先后"_{林云铭《楚辞灯》}。"无首无尾,无伦无次,无断无案,倏而问此,倏而问彼,倏而问可解,倏而问不可解。盖烦懑已极,触目伤心,人间天上,无非疑端,既以自广,实自伤也"_{贺孙贻《骚筏》}。

《天问》诗型与楚辞其他篇章完全不同,通篇不用"兮"、"些"、"只"等语助词。以四言为主,基本是四句一节,每节一韵。但也间杂三、五、六、七言句式,整齐中有变化。全诗一问到底,而具体行文有一句一问,二句一问,三句一问,四句一问多种形式。疑问词则"谁"、"何"、"胡"、"孰"、"焉"、"安"、"几"等交替使用,读起来有参差抑扬、圆转灵活、一气直下之感,而没有些四言诗的呆滞感。前人评论说:"或长言,或短言,或错综,或对偶,或一事而累累反复,或数事而熔成一片。其文或陗 qiào _{通峭}险,或淡宕。或佶屈,或流利,诸法尽备,可谓极文章之变态。"_{蒋之翘《七十二家评楚辞》引孙矿语。}

五、屈原作品接受的几种模式

诗人的作品,并不是以客观固定的形式在历史中存在的,而是通过不同时代的读者对它的理解和接受而存在的。读者把它作为什么来理解和接受,它就是什么;读者不去理解和接受它,它就什么也不是。作品是作者的孩子;她固然有来自于作者的生命基因,但她从诞生之日起,就是独立的生命个体;她进入社会后担任什么样的角色,主要是由社会而不是由原来的孕育者决定的。钟惺说:"诗,活物也。"后世欣赏讨论诗,不必与诗本身的意义相合——正因为如此,才使大家都可以欣赏讨论诗;大家都可以欣赏讨论诗,就在于不必与诗本身的意义相合。这种情况,不是欣赏讨论诗的人造成的,而是由诗本身的性质决定的《论诗》。王夫之说:"作者用一致之思,读者各以其情而自得……人情之游也无涯,而各以其情遇。"《姜斋诗话》这其实就是当代接受美学和读者反映批评的意思。

1. 高洁与光辉的屈原

对屈原作高度赞扬的评价,有文献可征者,最早为西汉刘安。刘安作《离骚传》已佚,推崇《离骚》兼《风》、《雅》之长,美丽而不过分,怨责而不失拳拳之忠,对其形式与内容两方面都极力赞赏,并且特别表扬屈原于污世特立独行、高洁辉煌的人格光彩,比之于与日月同辉。

司马迁在《史记·屈原贾生列传》中直录刘安之语,继续肯定屈原"其志洁,其行廉",并且引渔父与屈原的对话表明其不能"以浩浩之白而蒙世俗之温蠖 huò 昏愦,王逸作"尘埃""的品格。

晋·谢万《八贤颂·屈原》:"皎皎屈原,玉莹冰鲜。舒彩翡林玉树林,摛舒展光虬川蛟龙潜藏的河流。"

2. 怨愤孤独的屈原

以不平之怨解读屈原,是司马迁屈原批评最突出的特色,《史记·屈原贾生列传》:

> 屈平疾王听之不聪也,谗谄之蔽明也,邪曲之害公也,方正之不容也,故忧愁幽思而作《离骚》。……屈平正道直行,竭忠尽智以事其君,谗人间之……信而见疑,忠而被谤,能无怨乎? 屈平之作《离骚》,盖自怨生也。

司马迁描述了楚国主昏昧、臣奸谗的现实,肯定屈原"眷眷的异体字,恋慕顾楚国,系心怀王"的忠诚,和不愿同流合污的高洁,必然为现实所不容的剧烈冲突,并进一步挖掘现实冲突在屈原内心产生的剧烈震荡,将之概括为一个"怨"字,可以说是中国最早的心理学文艺批评。

王逸《楚辞章句·序》:"屈原履忠被谮,忧悲愁思……不胜忿懑 mèn。"

胡寅《向芗林〈酒边集〉后序》:"《离骚》者……怨而迫,哀而伤者也。"

朱熹一生专心注解儒家经典,不及其他,而唯独破例注解了《楚辞》以至有人疑为"后人伪托"、"决非紫阳所集"。周密《齐东野语》谓:"赵汝愚永州安置,至衡州而卒。朱熹为注《离骚》,以寄意焉。"盖朱熹有感于绍熙间宗臣之贬,故旧之悲,有为而作,对屈原之怨愤孤独深有会心。又在《楚辞后语》目录之下指出:"盖屈子者,穷而呼天、疾痛呼父母之词也。故今所欲取学习而使继继承之者,必其出于幽忧穷蹙怨慕凄凉之意,乃为得其余韵。"与司马迁、王逸评屈一致。

至现代,闻一多否定忧国说而肯定泄愤说,突出强调屈原"愤怼不容"、孤独至极、精神痛苦的一面。确实,《离骚》《九章》中出现了大量的伤心困苦的词汇,如:恐、哀、怨、悔、喟、悲、怀、颠顿、太息、掩涕、郁邑、侘傺、轸羁、穷困、屈心、抑志、忍尤、攘诟、离忧、凭心、欷歔、流涕、犹豫、狐疑等等①,标题"离骚"表明诗的重要主题就是伤心困苦。以前有种片面地注重和强调屈原坚定坚强的倾向,那样就难以进入屈原深刻的内心世界了。

3. 露才扬己、狂狷景行的屈原

班固生在已无多少生气的东汉集权专制时代,以完全世俗化了的中庸之道看待屈原,对刘安推崇屈原"可与日月争光"颇不以为然,其《离骚序》:

> 《大雅》曰:"既明且哲,以保其身。"斯为贵矣。今若屈原,露才扬己,竞乎危国群小之间,以离遭谗贼。然责数怀王,怨恶椒、兰,愁神苦思,强非其人,忿怼不容,沉江而死,亦贬批判絜 jié 通洁,清高狂狷景大行之士。多称昆仑冥婚宓妃之语,皆非法度之政,经义所载。谓之兼《诗》风、雅,而与日月争光,过矣。

班固之前,扬雄已用"独善其身"等思想对屈原表示遗憾,以为"君子得时则大行,不得时则龙蛇,遇不遇命也,何必湛身哉"《汉书·扬雄传》!作《反离骚》,以为"芳酷烈而莫闻兮,不如襞 bì 折叠衣服而幽之离房存之于别的房间","知众嫭 hù 美女之嫉妒兮,何必扬累之蛾眉"?班固更进一步,不仅对屈原不能"独善其身"、"明哲保身"表示遗憾,而且责备他显露才能、表现自己、志向太高"狂"、"景行"、持节太

---

① 屈原的这种心理词语意象是很突出的。黄显凤《屈辞体研究》专章论述"屈辞意象"而未及此,留有研究空间。

严"絜"、"狷"、斗争精神太强"贬",批评的话出语很重,故后人认为"无异妾妇儿童之见"洪兴祖《离骚补注》,"殊损志士之气"《艺概·赋概》。班固对屈原的浪漫主义创作方法也提出了批评。他对屈原确实是格格不入当然他也说过"灵均纳忠,终于沈身",其篇章"万世归善"的话,也肯定屈原为"妙才"。

与扬雄、班固持相似观点者,后世不乏其人,如魏之李康、晋之挚虞等,而颜之推发挥班氏"露才扬己"说,至谓"自古文人,多陷轻薄;屈原露才扬己,显暴 pù 君过……文章之体,标举兴会,发引性灵,使人矜伐,故忽于持操,果于进取"《颜氏家训·文章》。以屈原为文人无行、忽于持操之例列举,与屈原的实际性质,可谓南辕北辙了!难怪郑振铎说他难免一副"平庸"的"老官僚的形象"①。

而北魏刘献之至谓:"观屈原《离骚》之作,自是狂人,死其宜矣,何足惜也!"《北史》卷三十一

唐代诗人孟郊也非难屈原,说他"名参君子场,行为小人儒……三黜有愠 yùn 怨色,即非贤哲模……胸襟积忧愁,容鬓复凋枯。死为不吊鬼,生作猜谤徒。吟泽洁其身,忠节宁见输?怀沙灭其性,孝行焉能俱"《旅次湘沅有怀灵均》?对屈原的态度十分偏激,至出语相骂孟郊亦有诗同情屈原,《楚怨》:"秋入楚江水,独照泪罗魂。手把绿荷泣,意愁珠泪翻。九门不可入,一犬吠千门。"。

4. 忠正坚贞的屈原贞:忠于自己的原则

东汉王逸评屈原,特重其忠贞品格,其《离骚叙》曰:

> 人臣之义,以忠正为高,以伏节为贤。故有危言以存国,杀身以存仁……若夫怀道以迷国,详佯愚而不言,颠则不能扶,危则不能安,婉娈柔顺以顺上,逡 qūn 退让巡以避患,虽保黄耇 gou 高寿,终寿百年,盖志士之所耻,愚夫之所贱也。今若屈原,膺秉持忠贞之质,体怀抱清洁之性,直若砥矢,言若丹青,进不隐其谋,退不顺其命,此诚绝世之行,俊彦之英也。

班固从处理世俗人际关系、自谋其身的角度,批评屈原不善做人,未能与群小周旋、"全命避害","非明智之器"。王逸则持恰相反对的态度,赞扬屈原的品

---

① 《插图本中国文学史》(二)第264页,人民文学出版社1957年版。

格和节操。在关系国家安危、事业成败的问题上,不是为自己考虑,一味地柔顺、迟疑,而是以志士自期,为道义、为自己的理想,忠贞执着,正道直行,履危犯难也在所不辞。刘熙载说:"**有路可走,卒归于无路可走**,如屈子所谓登高吾不说,入下吾不能是也。"《艺概·文概》说得真好!

5. 忠君爱国的屈原

司马迁《屈原贾生列传》:"屈平正道直行,竭忠尽智以事其君","虽流放,睠眷顾楚国,系心怀王",对屈原忠君爱国的事实作了客观叙述。班固也肯定过屈原的"纳忠"和"忧国"。其后,李世民将屈原"子身而执节,孤直而自毁"与易牙、宰嚭等的谄顺相较,表扬屈原的忠臣之节《金镜》。到北宋神宗元丰五年,屈原被封为"忠洁侯",元代又提升一级被封为"忠洁清烈公"。

但西汉至北宋,没有人直接用"爱国"二字评论屈原。忠于君国,其中包含有爱国精神,但和爱国毕竟不是一回事。忠于君国主要是从君臣关系、臣民与国家的关系上讲的,立足于国家内部的关系;爱国则是从本国与他国发生关系时的主体选择上讲的,立足于国与国之间的关系状况。所以,屈原及其作品中爱国精神被发现和凸显,都与中华民族几次危亡境遇有关:

南宋时,由于民族矛盾加剧,爱国成为最重要的道德标准。屈原的爱国精神被特别揭示,朱熹第一次以"爱国"这一范畴评论屈原:

> 原之为人,其志行虽或过于中庸而不可以为法,然皆出于忠君爱国之诚心。《楚辞集注·序》

朱熹对屈原不合儒家风格的种种表现,并不认同,但对其忠君爱国之忧,则予以高度评价,以为可以感民心、善人伦,"而不敢以'辞人之赋'视之也"。秉此观点,在《离骚序》中,朱熹说屈原"不忍见宗国将遂危亡,遂赴汨罗之渊自沈而死"。认为屈原之死是以身殉国,这从屈原自己的作品、从《史记》等历史记载中都找不到直接根据,是朱熹因为强调屈原的爱国精神而作出的过度诠释。但屈原的作品中,对君国的深情确实至为浓烈,因此每当一定的历史关头,朱熹所揭橥 zhū 的爱国、殉国之论就会获得强烈反响,如明末清初之王夫之:

（《思美人》）述其所为国谋之深远，前后一致，要以固本自强，报秦仇而免于败亡。忠谋章著，而顷襄不察，誓以必死。非婞婞 xìng 倔强固执报愤，乃以己之用舍，系国之存亡。不忍见宗邦之沦没，故必死而无疑焉。

迨抗日战争起，屈原爱国精神受到空前关注和热烈阐释，并一直影响到当代屈原研究。1935 年沪难三周年纪念日 32 年 1 月 28 日日军进攻上海，19 路军英勇抵抗，6 月签订"淞沪停战协定"，郭沫若发表《屈原》，称屈原为"爱国者"。同年开明书店出版其著作《屈原》，明确提出屈原是"爱国诗人"。郭沫若、汤炳正等就是因为特殊的时代背景而开始研究屈原和成为楚辞专家的。郭在 42 岁才开始研究屈原及其作品，并迅速成为抗战时期楚辞研究最有影响的人物。汤炳正乃章太炎弟子，本攻语言文字之学，但"抗战事起，转徙流浪，自受民族危亡之苦，遂与屈原思想感情产生共鸣。在贵阳，曾以《楚辞》教诸生于上庠 xiáng。由此研习屈赋至今未尝辍后成《楚辞类稿》、《楚辞今注》等，并任中国屈原学会会长"。终身从事楚辞学研究的姜亮夫先生，遂提出"在我们整个国家民族里的所谓民族气节，恐怕受屈子的影响比受儒家的影响大得多"。"我们历史著名人物表现的民族气节与屈原作品有很大关系"①。林庚先生也说：屈原开创的"爱国主义精神，到了汉代就形成为更进一步的国家观念……我们直到今天还自称汉族。这统一的国家观念与民族观念，与屈原的爱国主义精神正是分不开的。"②

按：闻一多反对朱熹、王夫之等人关于屈原忠君爱国和殉国而死的观点，认为"专制时代的忠的观念，决不是战国时代的屈原所能有的。伍子胥便是一个有力的反证。为了家仇，伍子胥是如何对待他的国和君——而他正是楚国人"。他认为历来解释屈原自杀的动机，可分为三种："泄愤说"班固《离骚序》："愤恚不容，沉江而死。"、"洁身说"《渔父》："宁赴湘流葬于鱼之腹中，安能以皓皓之白而蒙世俗之尘埃乎！"、"忧国说"近人王树枬"尸谏"说是极峰，"三说之中，泄愤最合事实，洁身也不悖情理，忧国则最不可信"。因为屈原"自杀的基因确是个人的遭遇不幸所酿成的，说他是受了宗社倾危的刺激而沉江的，毫无根据"③。这种解释包含了"五四"以

① 《楚辞今绎讲录》第 107 页，北京出版社 1983 年版。
② 《中国文学简史》第 75—76 页，北京大学出版社 1995 年版。
③ 《闻一多集外集·读骚杂记》，教育科学出版社 1989 年版。

后新的时代精神。

6. 辞赋之英杰的屈原

刘勰有专篇《辨骚》,对屈原的创作从文学角度给予了高度的评价和深入的论述。《辨骚》与"原道"、"征圣"、"宗经"等一起列于《文心雕龙》总论之中,而不与诗、赋同伦。他在班固肯定屈原"文辞丽雅,为辞赋之宗"的基础上,称赞屈原为"辞赋之英杰","气往轹lì压倒古,辞来切今,惊采绝艳,难与并能",称赞屈原"惊才风逸,壮采烟高",称赞其创作"金相玉式,艳溢锱zī毫","衣被词人,非一代也"。不是使人读了不留印象的泛泛之作,而是使人如冷水浇背陡然一惊的作品,是才华和文采若烟翔云翻的绝世奇珍,每一个细部都充满了动人的美。

刘勰对屈原的创作,进行了具体深入的分析:

> 陈尧舜之耿介,称禹汤之祗敬,典诰之体也如《尧典》《汤诰》一样的内容;
> 讥桀纣之猖披,伤羿浇之颠陨,规讽之旨也规劝讽刺的旨趣;
> 虬龙以喻君子,云霓以譬谗邪,比兴之义也托物寓意的手法;
> 每一顾而掩涕,叹君门之九重,忠怨之辞也忠而致怨的文辞。
> 至于托云龙,说迂怪,丰隆求宓妃,鸩鸟媒娀女,诡异怪异之辞也;
> 康回倾地,夷羿弹日,木夫九首,土伯三目,谲怪神奇之谈也;
> 依彭咸之遗则,从子胥以自适,狷狭之志也偏狭的思想;
> 士女杂坐,乱而不分,指以为乐,娱酒不废,沉湎日夜,举以为欢,荒淫之意也荒淫的行为。
> 《骚经》《九章》,朗丽以哀志以明亮艳丽的文辞写出哀怨的情思;
> 《九歌》《九辩》,绮靡以伤情以美丽细腻的笔法写出哀伤的情感;
> 《远游》《天问》,瑰诡而慧巧瑰丽奇异而文思机巧;
> 《招魂》《大招》,耀艳而深华文辞华艳而内涵深沉;
> 《卜居》标放言之致高旷不羁的意旨;
> 《渔父》寄独往之才不同流合污的才具。

六、楚辞其他作家

按《史记·屈原贾生列传》的叙述,"屈原既死之后,楚有宋玉、唐勒、景差之徒,皆好辞而以赋见称"。屈、宋、唐、景,当是先秦《楚辞》四大作家。

屈原是中华民族的灵魂人物,不只是一般作家。这一点宋玉无法与之相比。但刘勰"屈宋"并称"屈平联藻于日月,宋玉交彩于风云";又说"屈宋逸步,莫之能追"《文心雕龙·辨骚》,宋玉在文学上方驾屈原,后来的辞赋作家都在他之下,具有杰出的地位。

宋玉是楚国鄢都今湖北宜城人,生卒不可确考约前319—前262,出身低微,曾师事屈原,后为顷襄王文学小臣,晚年受谗离开宫廷,生活困顿,而不忘君国。

宋玉的作品,《汉书·艺文志》著录16篇,《隋书》和新旧《唐书》都有记载,《宋史》失载,大概亡佚在宋代。今各种总集题名宋玉者计有14篇:

《**九辩**》、《招魂》见王逸《楚辞章句》;

《**风赋**》、《**高唐赋**》、《**神女赋**》、《**登徒子好色赋**》、《**对楚王问**》、《招魂》见萧统《文选》;

《大言赋》、《小言赋》、《讽赋》、《钓赋》、《笛赋》、《舞赋》见无名氏《古文苑》;

《高唐对》见严可均《全上古三代秦汉三国六朝文》。

《招魂》司马迁已记在屈原名下,《古文苑》6篇怀疑者也多,《九辩》和《文选》四赋,大概可确定为宋玉作品,《对楚王问》或为后人对宋玉辞令的记录,仿诸子文例大体也可归在宋玉名下故用加粗字体以示区别。

《九辩》教材 p.276 是楚辞体作品,其名与《九歌》一样,源自当时流传在楚地的古乐曲。"辩"即"遍",乐曲一阕为一遍。《九辩》9章成文,共255行,是模仿《离骚》的长篇政治抒情诗。它的最大特点是在浓浓的秋天背景中抒情,泠洌哀伤,透人肌骨,被称为"千古言秋之祖",鲁迅也说它"虽驰神逞想不如《离骚》,而凄怨之情独绝"《汉文学史纲要》。开篇数行尤其有名:

> 悲哉秋之为气也! 萧瑟兮草木摇落而变衰。
>
> 憭慄兮若在远行;登山临水送将归。憭 liáo 慄 lì:悲凉凄怆。
>
> 泬寥兮天高而气清,寂寥兮收潦而水清。泬 xuè 寥:空旷。收潦:水退落。
>
> 惨悽增欷兮薄寒中人,怆怳懭悢兮去故而就新。怆怳懭悢:惆怅凄惶。
>
> 坎廪兮贫士失职而志不平! 坎廪:不平坦、坎坷。
>
> 廓落兮羁旅而无友生,惆怅兮而私自怜。廓落:孤独空寂。

中间多次用秋冬景象穿插,情景相生,如:

> 霜露惨悽而交下兮,心尚幸而弗济。指盼望亲近而无法做到。
>
> 霰雪雰糅其增加兮,乃知遭命之将至。雰糅:碎散飘落。雰,纷。环境把人逼入绝境。
>
> 愿徼倖而有待兮,泊莽莽与野草同死。徼倖:侥幸。泊莽莽:停在空旷中。

诗中"专思君"、疾壅蔽,用香草美人喻,和"游志云中"的想象,以及反复陈情的手法,都与《离骚》相似。其中也表现了高洁坚定的志向:

> 处浊世而显荣兮,非余心之所乐。
>
> 与其无义而有名兮,宁穷处而守高。高:清高的人格。
>
> 食不媮而为饱兮,衣不苟而为温。媮:同偷,苟且。
>
> 窃慕诗人之遗风兮,愿托志乎素餐! 诗人:指《诗经·伐檀》的作者。素餐:犹言白吃饭不干活。素,空,白。语出《诗经·伐檀》。餐一本作飧 sūn。

这对于加强屈原不受世俗污染、矢志不移的伟大精神的传播,起了很好的作用。

宋玉"是我国赋体文学的开创者"[1],留下的几篇赋都堪称杰作。《风赋》通过"大王之雄风"与"庶人之雌风"的对比描写,暗喻统治者的豪奢和人民的困穷,可谓滑稽善讽。《登徒子好色赋》的美丑对比描写十分出色,并构成一种难得的喜剧效果。《高唐赋》《神女赋》写的是男女相爱的神话境界,因其缥缈而格外深沉美好。楚人有奇想、有至情,这两篇作品作了很好的传达。"**且为朝云,暮为行雨,朝朝暮暮,阳台之下**"——"巫山云雨"成为千古以来男女好合的美丽典故沿用不绝,即可见其魅力。其描写技术对汉赋、曹植《洛神赋》等也有直接影响。

唐勒、景差之赋皆不传班《志》著录唐勒 4 篇,已无景差。1972 年山东临沂银雀山西汉早期墓葬出土了唐勒赋残简 20 余枚,有学者主张定名《御赋》。能成句读的不多,但像"**轻车乐进,骋若飞龙,免若归风**",形象飘逸,可谓善赋。这是一篇

---

[1]　诸斌杰等《先秦文学史》第 509 页,人民文学出版社 1998 年版。

散文体的赋。战国会不会出现散体赋,曾是判断宋玉赋真伪问题的关键,唐勒赋残简的发现,为宋玉赋的真实性提供了佐证。

阅读书目: 1.《楚辞选评》,诸斌杰注评,三秦出版社 2004 年版。

2.《楚辞注释》,马茂元主编,湖北人民出版社 1985 年版。

3.《楚辞今注》,汤炳正等注,上海古籍出版社 1996 年版。

4.《屈原赋校注》,姜亮夫校注,人民文学出版社 1957 年版。

5.《楚辞校释》,王泗原著,人民教育出版社 1990 年版。

6.《楚辞补注》,王逸章句,洪兴祖补注,中华书局 1983 年版。

7.《楚辞集注》,朱熹集注,上海古籍出版社 1979 年版。

8.《山带阁注楚辞》,蒋骥撰,中华书局上海编辑所 1958 年版。

9.《屈赋新笺》(《离骚篇》《九章篇》),[台湾]杨胤宗,中国友谊出版社 1985 年版。

10.《楚辞通故》,姜亮夫著,云南人民出版社 1999 年版。

11.《楚辞评论资料选》,杨金鼎主编,湖北人民出版社 1985 年版。

又《楚辞论》,周殿富选编,吉林人民出版社 2003 年版。

两 汉 文 学

历史年代

两汉指西汉都长安、东汉都洛阳。

西汉从公元前 206 到公元 24 年,共 230 年,历 12 朝高祖刘邦、惠帝刘盈、高后吕雉、文帝刘恒、景帝刘启、武帝刘彻、昭帝刘弗陵、宣帝刘询、元帝刘奭、成帝刘骜、哀帝刘欣、平帝刘衎,其后还有孺子婴、新王莽、淮阳王刘玄等近 20 年的权力更迭动荡期。

东汉从公元 25 到 220 年,共 195 年,历 10 朝光武帝刘秀、明帝刘庄、章帝刘炟、和帝刘肇、安帝刘祜、顺帝刘保、桓帝刘志、灵帝刘宏、少帝刘辩、献帝刘协,中间有三个不到一年的短命皇帝不算。

两汉共计 426 年,与后来大一统的唐 289、宋 319、元 97、明 276、清 267 相比,统治时间是最长久的。

第六讲　汉　　赋

一、汉代文学创体之功与古典高峰境界

汉代文学,创体之功至巨。一般文学史对此重视不够,惟柳诒徵《中国文化史》予以点破:"**汉人之诗、文、辞赋,多创为新体**。枚乘、苏武为五言诗[①],武帝及诸臣为七言诗,而乐府之三言、四言诗体,亦于三百篇之外,别成一格……而《孔雀东南飞》……凡千七百四十五字,实为叙事诗之绝唱,虽不知作者之名,然可见**汉人之诗,实多开创,无所谓定格成法也**。诗之外,创制之体,如《答客难》、《封禅书》、《七发》之类,亦多新格。"[②]另司马迁创为纪传体史书,可谓旷古绝今。而赵晔《吴越春秋》,及《燕子丹》等,也开拓了后来历史演义和英雄传奇的发展趋势。刘向《列女传》集中专为女性立传,在题材上颇有开创之功。

汉代文学的许多成就,更为后世极力推崇。俗语有所谓"唐诗、宋词、汉赋",或"唐诗、宋词、汉文章"的说法,明代又有"文必秦汉,诗必盛唐"明代前后七子的文学主张,语见《明史》李梦阳、王世贞传之说,可见辞赋和散文是汉代一个时代的文学代表。而汉代诗歌,也受到从陆机、严羽到明代前后七子等极高的推崇。如胡应麟说:"汉人诗,质中有文,文中有质,浑然天成,绝无痕迹,所以冠绝古今。"《诗薮》卷二

陈中凡说:汉代政治和学说,多受秦人影响,而文学"则不能祧 tiāo 祖庙,作动词:宗法秦人,而取法于周楚"[③]。具体说:汉赋是由屈、荀之作和纵横家的文辞而

---

① 枚乘、苏武为五言诗问题颇有争议,详后。
② 《中国文化史》第327页,中国大百科全书出版社1988年版。
③ 《中国大文学史·汉代文学》第143页,上海书店出版社2001年版。

发展,结合汉代统治者崇尚奢华宏大的趣尚,而造成的一种体物肆情的极至之作;汉文章是在先秦史官纪事和士人议论的基础上,而成就司马迁、贾谊等在体例、识见、规模、气势上旷古绝伦的杰作;汉诗则是经由楚声的过渡,对胡、狄音乐的吸收,加上文人的创作,而获得了"遒深劲绝"的乐府及语浅情深的五言古,其中流动着楚人的极情深衷和汉人朴茂的元气。这些都是**后世难以企及、而无限神往的古典美的高峰境界**。

汉赋最能体现汉代文学创体之功和高峰境界。虽然汉赋现在被阅读的时候并不是很多了,但它在中国文学史上占有极重要的地位。中国文化若没有汉朝,是不可想象的。汉朝的精神,从汉赋中可以得到一种独特的理解。同时,中国审美文学观念的发展,汉赋也是发轫第一步。因此,汉赋对我们来说是一份非常重要的文学资源。它现在的认识功能远较阅读价值为大当然要认识总要阅读。

二、赋的文体性质

赋和词等一样,是中国文学所特有的一种体裁,所以翻译时最可靠的做法是:音译为"Fu"。但音译虽然可靠,却除了表示其独特性外,对这一概念内涵的把握毫无帮助。

赋究竟是一种什么样的文体呢? 一个现代定义是需要的,曹道衡说:

> 赋这种介于诗和散文之间的文体,也许是我国古代所特有的一种文学现象。它基本上是韵文,每句的字数虽无严格的限制,但一般比较整齐。这些特点似乎较近于诗。然而在不少赋中,却也有不叶韵的散句,甚至可以有议论,这些又近似于散文①。

赋的主要源头是《楚辞》,《楚辞》亦诗亦赋,而多数更近诗;张衡《归田赋》以下的抒情小赋,也有不少于诗为近;而沈约《八咏诗》之《岁暮悯衰草》,《艺文类聚》卷81作《衰草赋》,可见赋与诗有相当部分体裁重叠互属曾国藩《经史百家杂钞》及其《简编》分11类选文,而以诗骚赋颂箴铭歌赞等为一类。但在诗与散文中间,从总体上

---

① 《汉魏六朝辞赋》第1页,上海古籍出版社2011年版。

说赋毕竟于文更近,所以常被收入文章选本如姚鼐《古文辞类纂》就专收辞赋一类,刘盼遂、郭预衡《中国历代散文选》也收录《子虚》《归田》等典型的赋作,《古文观止》是出于极强的纯正文体观念的选本,也仍然选了《卜居》《阿房》《秋声》《赤壁》等赋。不过要真正认识赋,还是要立足于它的独特性,即它自身独特的文体源流和文体特征。

三、汉赋文体源流

赋的源流,即其来源和发展。赋的来源,现在公认的,一是屈原等的《楚辞》,一是荀子的《赋篇》,一是战国策士敷张扬厉的作风①。赋有不少是押韵的,说明它与《诗》也有关系。"汉赋的文体来源是多方面的,是一种综合型的文学样式"②。

赋的发展,**汉初更近楚骚**。今存汉代辞赋,以贾谊为最早。其《吊屈原赋》、《鹏鸟赋》教材 p.287 ,纯是牢骚抒情之作。比贾谊大 40 岁的陆贾,据《汉书·艺文志》亦有赋作,但未传世。陆贾是楚人,在文体上或许更近屈赋参见曹道衡《汉魏六朝辞赋》第 20 页。文、景不好辞赋。文帝朝作者寥寥今仅知一贾谊。景帝时诸侯国作者不少,如梁国邹阳、枚乘,淮南国刘安及小山。虽然许多作品今已不存,但存世的作品多接近《楚辞》。小山的《招隐士》即为骚体,王逸收入《楚辞章句》。枚乘《七发》教材 p.293 ,假"楚太子"、"吴客"问答,与极写"天下之靡丽、皓侈、广博之乐"的手法,和《楚辞》中的《招魂》一脉相传。

汉武帝好大喜奢,极爱辞赋③,加之文、景时以"推恩"等方法削抑诸侯,平定"七国之乱",中央集权大为加强,辞赋作家于是聚到朝廷,成为除了依附集权政治别无其它人生发达途径的文学侍从。在中国历史上,这是文人命运一次巨大的变化。战国士人独立甚至强势的地位及汉初可以在诸侯国间作选择的自由,至此在制度上被抽空了。因此,赋的内容与风格随之发生了巨大的变化,成为**以**

---

① 自章学赋《文史通义·诗教上》:"京都诸赋,苏、张纵横六国,侈陈形势之遗也",其后汉赋与战国纵横家的密切关系遂成为研究者之通识。

② 袁行霈等《中国文学史》第 166 页,高等教育出版社 1999 年版。

③ 武帝喜辞赋,慕枚乘之名,甫即位,遣安车蒲轮(用蒲草裹轮,使车行平稳)迎之(不幸乘年老,死于道途)。偶读司马相如《子虚赋》,称赏不已,曰:"朕独不得与此人同时哉!"恰狗监杨得意在侧,说作者就是他同乡,遂召相如。一时之间,重要赋家大都集合在他左右,如司马相如、东方朔、枚皋、严助、刘安、吾丘寿王、朱买臣等。武帝自己亦作赋,《汉书·艺文志》著录"上所自造赋 2 篇"。

侈陈广大富有而归于歌功颂德为主要内容,以铺排、夸饰、巨丽为主要风格的作品。这就是以司马相如《子虚赋》《上林赋》教材 p.314、324 为代表的苑猎、京都大赋。这是汉赋的典范作品。这样的创作一时很繁荣。后经短期沉寂约 30 年,至宣、成之世,重文之风再盛,出现了像《洞箫赋》这样的名作①,和扬雄这样的大家以《甘泉》、《河东》、《羽猎》、《长杨》四大赋著名。到东汉,光武定都洛阳,赋开始关注京都题材,班固写了著名的东、西《两都赋》,后张衡又写了《二京赋》,把汉大赋的风景展现得淋漓尽致。

东汉中期以后,赋的创作趣味发生变化,**抒情小赋蔚为大观**②。刘大杰说就是"由长篇巨制的形式,变为短短的篇章;由描写京殿游猎而只以帝王贵族为赏玩的对象的古典作品,变为表现个人的胸怀情趣的言志的作品了"③。这是在新的社会背景下回归屈、贾传统。一时间作家甚多,像张衡、马融、赵壹、蔡邕等,其中张衡《归田赋》教材 p.354 、赵壹《刺世嫉邪赋》教材 p.357 尤为知名。

四、赋的分类

可以有多种方法,比如:

按作家分。扬雄《法言》:"诗人之赋丽以则,辞人之赋丽以淫。""诗人之赋",就是在屈原的影响下,贾谊至张衡等以抒情为主的赋;"辞人之赋",就是由荀子《赋篇》开端、以司马相如、班固的苑猎、京都等为主要题材的大赋。

按题材分。有苑猎、京都、咏物、述怀、纪行如班彪《北征》、班昭《东征》、蔡邕《述行》诸赋。

按文体分。比较简明的一种做法,是分为五种:**辞赋**,以《楚辞》为主要形式写成的赋。汉代贾谊《吊屈原》、《鵩鸟》、淮南小山《招隐士》、司马相如《长门》、

---

① 王褒是宣、元时代最重要的赋家,曾先后侍从宣、元二帝,《洞箫赋》是其最重要的赋作(还有一篇俗赋《僮约》亦很特别)。元帝为太子时,曾"令宫贵人左右皆诵读之"。此赋从竹子、竹林种种环境和天精地气的滋养,写到音声的种种动人。描摹物情,穷形变相。

② 文学史常把汉赋的发展分为四个时期:汉初以贾谊为代表的受**《楚辞》直接影响**时期;武帝后以司马相如为代表的**苑猎大赋**成熟期;宣、成之世以班固**京都大赋**为代表的沿袭期;东汉后期以张衡等的**抒情小赋**为主的转变期。(参见陈中凡《汉魏六朝文学》、刘大杰《中国文学发展史》)我们认为:武帝至宣、成都是汉大赋繁荣发展的时期,虽京都赋在主题上有开拓而非简单沿袭,但大赋体式未变,因此分三期似好些。

③ 刘大杰《中国文学发展史》(上)131 页,百花文艺出版社 1999 年版。

蔡邕《述行》等都可归为这一类。最简明的特征是用语辞"兮"字。**大赋**,有苑猎、京都、江海等题材,司马相如,班固等是其代表。**骈赋**,又称俳赋。句用骈偶,并且有较整齐的韵脚,这是魏晋以后骈文影响的结果,像谢庄的《月赋》、鲍照的《芜城赋》教材 p.202 、江淹的《恨赋》、《别赋》教材 p.207 、庾信的《哀江南赋》教材 p.224 等。**律赋**,是骈赋再加形式规定,为唐宋考试文体,好作品极少,有王棨《江南春赋》、黄滔《馆娃宫赋》等。**文赋**,以散文为主体,用韵比较自由。这是受唐宋古文运动影响的产物,有杜牧《阿房宫赋》、欧阳修《秋声赋》、苏轼前后《赤壁赋》等①。

　　需要说明的是,《汉书·艺文志》著录赋 78 家,1004 篇,计分四类,前三类以屈原、陆贾、孙卿打头,第四类则列"杂赋"之名。章太炎说:"屈原言情,孙卿效物,陆贾赋不可见,其属有朱建、严助、朱买臣诸家,盖纵横之变化。"《国故论衡·辨诗》刘师培则以为:屈原以下 20 家为"写怀之赋",陆贾以下 21 家为"骋辞之赋",荀卿以下 25 家为"阐理之赋",至于主客赋以下 12 家即杂赋,则"皆汉代之总集类也"②。这些解释,还并不能完全让我们明白《汉书·艺文志》的分类理由,像司马相如列在屈原类下,刘师培只举其《大人赋》有讽谏,而不及其最有代表性的《子虚赋》《上林赋》;扬雄列在陆贾类下,刘氏举其《羽猎》、《长杨》聘词富丽,但相如《子虚》等为骋词富丽的代表作,而扬雄《羽猎》等又何尝不讽谏?加上《汉书·艺文志》所列亡佚大半,现在要按它的办法分类,实在不便于理解。

五、汉赋文体特征

　　1. 铺陈夸张的表现方法。"'赋'训为'铺',义取铺张"刘师培《论文杂记》。此为赋最重要之特征。汉代辞赋家对此有明确的认识。《西京杂记》卷二载盛览向司马相如问作赋方法,相如回答:

　　　　合纂 zuǎn 赤色丝带组丝带以成文,列锦有彩色花纹的丝织品绣而为质,一经一纬,一官一商,此赋之迹也。赋家之心,包括宇宙,总揽人物。

---

① 参见程千帆《古代辞赋》前言,辽宁少年儿童出版社 1992 年版,及刘大杰《中国文学发展史》第六章,百花文艺出版社 1999 年版。
② 《论文杂记》第 115—116 页,人民文学出版社 1959 年版。

同书又说相如作赋，"控拉引天地，错综古今"。又扬雄《自叙传》："雄以为赋者……必推类而言，极丽靡之辞，闳侈巨丽，竟于使人不能加也。"这都可见赋家**想象之博，取材之富，词藻之奢，写境之大**。所以赋的铺陈夸张，即是指所写之物，又是指所用之词，也是指所构之境。由此而形成了汉赋独有的审美特色，即具有"巨丽之美"①、"以大为美"②的景观。《子虚赋》、《上林赋》、《七发》等所写使天子都发感叹的"大奢侈"和"天下之靡丽、皓浩侈排场大而奢侈、广博四方种种乐舞俱全之乐"《七发》。"左东苍梧_{本在广西}，右西西极_{泛言极西}，丹水_{由陕西流入河南}更其上林苑南，紫渊_{在长安北}径经其北。终始灞浐_{二水由蓝田入渭河}唯其始与终都在上林苑中，出入泾渭_{二水穿流苑中}"《上林赋》。"若吞云梦_{在今湖北监利南，跨长江南北}者八九于心中，曾不蒂芥_{细小的梗塞物，此作动词：一点不梗塞}。若乃俶傥 tiǎng _{卓越非凡}瑰纬_{宏伟奇特}，异方殊类，珍怪鸟兽，万端鳞崪_{如鱼鳞般聚集，崪同萃}，充牣 rèn _满其中，不可胜记"《子虚赋》。**确实表现了汉人想象的博大非凡、欲望的强烈丰富，折射了其理解世界的方式与心胸都是那样豪放！** 班固《两都赋序》概括为"大汉之文章"，辞赋确乎有与大汉同大的精神③。德国汉学家顾彬说："国家的统一兴盛，以征服异族并使其汉化为目的的对外扩张，导致了一种新的自我意识的产生……新意识的表现便是占汉代文学主体的辞赋，它们是一个自我意识极强的时代的象征。这是一个充满信心的时代，一切都可以解释、驾驭：人和自然，天和地，人类社会和人的精神，事实上的整个宇宙。"④

2. 对话行文的结构方式。《战国策》借回答君主之问，敷张文辞，以骋其说；《楚辞·招魂》亦以帝与巫阳的对话引出巫阳长篇招魂词。这影响到汉赋，对问成为一种比较普遍的行文方式。枚乘《七发》是楚太子与吴客对问，《子虚赋》、《上林赋》是子虚、乌有先生、亡是公对问。当然也有不用对问体的，如淮南小山的《招隐士》等。

3. 奢侈与讽谏的双重主题。《七发》写音乐、饮食、车马、游观、田猎、观涛等种种"靡丽、皓侈、广博之乐"，而又说像"越女侍前，齐姬奉后，往来游宴，纵恣于

---

① 见刘斯翰《汉赋：唯美文学之潮》，其节选本见《史与诗》，广东人民出版社 1997 年版。
② 何新文《辞赋散论》第 49 页，东方出版社 2000 年版。
③ 参见拙著《中国美学主干思想》122—123 页，中国社会科学出版社 1999 年版。
④ 顾彬《中国文人的自然观》第 53 页，上海人民出版社 1990 年版。

曲房隐间之中”，是“甘餐毒药，戏猛兽之爪牙也”。说是“纵耳目之欲，恣支体之安者，伤血脉之和。且夫出舆入辇，命曰蹶痿瘫痪之机先兆，洞房清宫，命曰寒热之媒；皓齿娥眉，命曰伐性之斧；甘脆肥脓，命曰腐肠之药”。两种主题集于一体。

　　由于大赋铺排奢侈生活的篇幅多，而揭示奢侈之为害的篇幅少。于是扬雄开始重点关注赋的意义问题。《法言·吾子》篇：“或曰：‘赋可以讽乎？’曰：‘讽乎！讽则已；不已，吾恐不免于劝也。”班固、王充都注意到了“讽”与“劝”的矛盾。《论衡·谴告》篇：“孝武皇帝好仙，司马长卿献《大人赋》，上乃仙仙有凌云之气。孝成皇帝好广宫室，扬子云上《甘泉颂》，妙称神怪，若曰非人力所能为，鬼神力乃可成。皇帝不觉，为之不止。”①《汉书·司马相如传赞》：“扬雄以靡丽为赋，劝百而讽一，犹骋郑卫之声，曲终而奏雅，不已戏乎？”在赋的思想教育功能上，这种矛盾是不可否认的。

　　4. 审美文学的主导价值。古人执着于作品的思想教育功能，常导向对赋的价值的否定。如扬雄，早年为辞赋，对司马相如的宏丽之作，“雄扬雄心壮之，每作赋常拟之以为式”，但后来颇生悔意，认为辞赋不过“童子雕虫篆刻”，而“壮夫不为也”。但是，汉代对于辞赋的爱好，主要是将之作为“辩丽可喜”的审美文学。汉宣帝的一段话十分重要：

　　　　辞赋，大者与《诗》同义，小者辩如子虚、乌有二人之辩丽可喜。譬如女工纺
　　织有绮縠，音乐有郑卫，今世俗犹皆以此虞通娱说耳目；辞赋比之，为有仁义
　　风谕草木多闻之观，贤于倡优博弈多矣。《汉书·王褒传》

这段话，似乎只把辞赋当作“玩意儿”，但它毕竟是使人愉快、令人十分喜爱的玩意儿！这是它的审美价值。“仁义风谕草木多闻”云云，都只是附带的。当然，汉宣帝还没有审美文学的思想认识，所以只能把它与玩意儿相比，说它“贤于倡优博弈多矣”。现代学者则从审美文学的高度，认为**汉赋是中国“文学自觉”的第一步跃进**，与汉代以“风教说”为主的经学文学观截然相反。中国“文学自觉”早于

---

① 《汉书·扬雄传》谓其上《甘泉》、《河东》、《校猎》、《长杨》诸赋，旨在对皇帝的作为“以风”、“以劝”，可以帮助理解这里所说的问题。

汉魏六朝,而需上溯两汉,就因为有汉赋这样一种文学形式存在①。从审美文学出发认识汉赋,现在已有很好的成绩。如李蹊认为:汉赋奢侈铺陈与讽谏尾巴并不矛盾,只是"情"与"理"矛盾张力空间的表现②。邓乔彬也指出:汉赋将诗骚重在内心的感发,变为对外部世界的赞美;将关注社会以求善,变为关注自然以求美。表现出对客观美的强烈追求③。日本学者吉川幸次郎也指出:赋是中国"美文的中心",它张扬了"那些阐述意识形态之作、论理之作以外的专门夸示韵律之美的言语有其存在的理由",于是它"便成了文学史的正式开幕"④。

需要强调指出:辞赋这种文体在古代是特别受重视的,枚乘、司马相如、陆机、左思等皆以辞赋取名,《文选》和许多文集如《汉魏六朝百三家集》中所有作家的别集⑤都以赋压卷。这种现象是我们应该注意的。

附带说一句:刘熙载《艺概·赋概》有云:"赋兼才学","才弱者往往能为诗,不能为赋。积学以广才,可不豫乎?"读赋广才,是学文方式之一,可以启发想象力,开拓辞藻运用的空间和构思的气魄,期能熟读数篇。

六、《七发》、《子虚赋》、《上林赋》介绍

1. 枚乘《七发》教材 p.293 是西汉大赋的第一篇重要作品,也是西汉大赋的代表作之一。刘勰说它"腴辞云构,夸丽风骇"《文心雕龙·杂文》。它假托楚太子有疾,吴客用七件事来启发,使其病退,故名《七发》。

首先吴客分析太子的病是由于"久耽安乐,日夜无极,邪气袭逆"所致,并说明"贵人之子,必宫居而闺处",食肥浓,衣轻暖,出舆入辇,皓齿蛾眉……纵恣于侈靡淫逸,其病"所从来者至深远"。因而非扁鹊那样的神医所能治,而需"博见强识"的君子,"常无离侧,以为羽翼",使"淹沈沉溺之乐,浩唐放荡之心,遁佚纵恣之志"不能产生,方可离开疾病。

---

① 龚克昌就认为汉赋是"文学自觉时代的起点",见《汉赋研究》,山东文艺出版社 1990 年版。
② 参见李蹊《论汉赋结尾的审美意味》,《社会科学辑刊》1991 年第 1 期。
③ 邓乔彬《汉赋的美学特征》,《文史知识》1989 年第 4 期。
④ 吉川幸次郎著、章培恒等译《中国诗史》第 7 页,复旦大学出版社 2001 年版。
⑤ 《隋书·经籍志》:"别集之名,盖汉东京之所创也。自灵均以降,属文之士众矣,然其志尚不同,风流殊别,后之君子欲观其体势而见其心灵,故别而聚焉,名之为集。"又列《荀况集》《宋玉集》《汉武帝集》以下 437 部,皆个人作品集(大多亡佚)。

接着提出太子之病"无药石针刺灸疗"之方,而"可以要言妙道说而去之"。太子表示"仆愿闻之"。于是吴客开始了七个方面的陈说。

一说音乐之美:龙门之桐为琴,师堂师襄,孔子曾向他学琴操弹奏《畅》尧时琴曲,伯牙古琴师为歌,使飞鸟走兽虫蚁都被吸引和感动。太子表示:自己生病无法欣赏。

二说饮食之美:雏牛肥狗,熊掌豹胎,山珍海味,"使伊尹长于烹调,引起汤的重视,用为大臣煎熬,易牙因善调味受齐桓公宠信调和",并有美酒和饮料相佐,太子表示:自己生病无法享用。

三说车马之美:用河套一代的良马驾车,使王良古善驾车者、造父曾驾八骏载周穆王西游为御,秦缺古勇士、楼季力大善跳跃为右,以万金打赌,"争千里之逐",太子仍表示:自己生病不能乘坐。

四说宫苑之美:"登景夷即京台之台,南望荆山,北望汝海汝水,从河南入淮,夸张为海,左江长江右湖洞庭,其乐无有不可加",并使博辩之士陈说山川草木的起源与名目,然后"置酒于虞怀宫名之宫",在连廊层台、辇道纡池、桑柳夹岸、梧桐成林、鸟鸣鳞跃、众芳芬郁的环境下,"列坐纵酒,荡乐娱心","滋味杂陈,肴糅杂错该备",加上各地好听的音乐,和满堂的美人,"目窕挑心与……嬿便服而御侍奉",这种"天下之靡丽皓浩大侈广博之乐",太子还是表示:自己生病无法享受。

五说田猎之美:宝马快车,劲箭雕弓,"周驰乎兰泽,弥节乎江浔……逐狡兽,集轻禽"。太子虽然表示不能参加,"然阳气见于眉宇之间"。于是吴客进一步发挥说:"榛林深泽,烟云闇莫幽暗,兕虎并作","冥夜火薄天,兵车雷运,旍旗偃蹇高而多,羽毛旌旗上的装饰肃整齐纷众多……白刃硠硠硇硇,矛戟交错",一番驰骋角逐,"收获掌记录功,赏赐金帛"。然后以猎物款待宾客,"旨酒佳肴,羞美味炰焖煮脍细切炙煎烤","涌溢出觞并起,动心惊耳……高歌陈唱,万岁经久无斁yì厌",达到狂欢之境,大家并在音乐之中体会到"诚必"说一不二与"贞信"。太子表示愿意参加,只恐成为大家的拖累,精神已有起色。

六说观涛之美:"以八月之望15日,与诸侯远方交游兄弟,并往观涛于广陵之曲江",只见:"其始起也,洪淋淋焉,若白鹭之下翔;其少进也,浩浩皓澄澄白,如素车白马帷盖之张。其波涌而云乱,扰扰焉如三军之腾装各种装备的兵种并进;其旁作而奔起也,飘飘焉如轻车之勒兵轻兵疾行嘎然而止。六驾蛟龙,附从太白河伯,纯屯驰浩蜺霓,屯和驰绵延如彩虹,前后骆驿,颙颙卬卬高大,椐椐强强波折,莘莘将将激荡,壁垒重坚,沓杂似军行……陵赤岸地名,篲 huì 扫扶桑太阳栖息的神树,横奔似雷行,诚奋厥武,如振如怒……鸟不及飞,鱼不及廻,兽不及走……"这样壮观的景象①,太子还是不能起来观赏。这段描写最为敷张扬厉,极尽铺排、夸饰、渲染之能事,文字占全文近三分之一,历来谈赋的特征都以之为例,同学可熟读之,见教材 p.297—298 。

七说要言妙道:"若庄周、魏牟、杨朱、墨翟、便蜎、詹何之伦。使之论天下之精微,理万物之是非。孔、老览观审订,孟子筹之筹划施行,万不失一……太子岂欲闻之乎? 于是太子据几而起曰:'涣乎若一听圣人辩士之言。'涊 niǎn 然汗出,霍然病已!"

《汉书·王褒传》说:"太子体不安,忽忽善忘不乐,诏使褒等皆至太子宫,虞娱侍太子,朝夕诵读奇文及所自造作,疾平复,乃归。"王褒晚于枚乘约百年,但也说明汉代实存在朗诵文学作品作为引起精神愉乐和治疗萎靡不振的事情。

《七发》铺写七事,用笔颇有变化,而无后来一般大赋的平板;描写每见精彩,而不只是一味铺陈。它对后世影响巨大,产生了"七"这一赋的特殊体式。梁·萧统《文选》在"骚"之后有"七"两卷卷34,35,录"枚乘《七发》八首"、"曹子建《七启》八首"、"张景阳《七命》八首";另傅毅有《七激》、张衡有《七辩》、王粲《七释》等。刘勰说:"自桓鳞《七说》已残缺,见《全后汉文》以下,左思《七讽》已佚以上,枝附影从,十有余家。"《文心雕龙·杂文》这些都是依照《七发》体式,用七方面的事来说服人的。

2. 司马相如《子虚赋》《上林赋》教材 p.314、324 在《史记》和《汉书》的司马相如传中都作为 1 篇《子虚上林赋》,《文选》始分为《子虚赋》《上林赋》2 篇。

《子虚赋》开篇先写楚子虚使齐齐楚均指汉代所封诸侯国,齐王发车骑与之出猎,问:"楚亦有平原广泽、游猎之地,饶乐若此者乎? 楚王之猎,孰若寡人?"猎罢,子虚过访乌有先生,恰好亡是公在坐。乌有先生问及打猎的情况,子虚叙述他与齐王的对话,夸示楚王在云梦泽游猎的盛况非齐王所及:

---

① 现代技术提供了记录和传播八月中秋钱塘潮实况的条件,这十余年来中央和浙江电视台每有此类节目,可以让我们直观《七发·观涛》所写的情景,尤其是航拍镜头,场面巨大,视角处理灵活,能很好地再现潮水的各种宏伟奇丽澎湃逶迤的情景。看后再读会增加感受和收获。

云梦泽地域广大、蕴藏丰富。方圆九百里，其中有山："盘纡弗郁逶迤，隆崇聿崒高危"，"上干青云……下属江河"。土有各色，石多美玉。"众物居之，不可胜图"：如珍木丛林，梨栗橘柚，鹓雏孔鸾，龟蛟鼋鼍，白虎玄豹，蟃蜒大兽貙犴hàn猛兽等等。

楚王带着专诸为吴公子光（阖闾）刺杀吴王僚者那样的勇士，驾着花色的马，乘着玉饰的车，挥动鱼须装饰的旗，雄戟雕弓，流星霆击，"获若雨兽，揜掩草蔽地"。又有一班穿着纤罗雾縠的美女，簇拥着楚王，"乃相与獠猎于蕙圃"，"微矰短矢出，纤缴箭上细绳施，弋用带绳的箭射白鹄，连连带驾鹅，双鸧下坠落，玄鹤加射中"如此带一群美女猎禽真韵煞也，随后又与她们到清池游玩。然后登上云阳之台，淡泊悠闲地进用五味调和的美食。

这就是楚国之地与楚王之猎，不像齐王那样"终日驰骋，曾不下舆"，饭都是在车子上割鲜染轮而食。齐王听了子虚的话无以应对。

乌有先生听了子虚的叙述说：齐王率境内之士与你出猎，戮力致获，乃以娱左右，并非夸耀。"问楚地之有无者，愿闻大国之风风俗烈业绩。"你"不称楚王之厚德，而盛推云梦以为高，奢言淫乐，而显侈靡"，乃"轻于齐而累于楚"。且齐国拥山面海，疆域辽阔，"若吞云梦者八九于心中，曾不蒂dì芥刺鲠，喻小；若乃俶tì傥瑰玮，异方殊类，珍怪鸟兽，万端鳞崪鳞集，充牣满其中，不可胜记"。只是齐王身为诸侯，"不敢言游戏之乐，苑囿yòu之大；先生又见客当客待，是以王辞不复答"，并非无以应对。

《上林赋》写亡是公批评子虚、乌有二人，"徒事争于游戏之乐，苑囿之大，欲以奢侈相尚，荒淫相越。此不可以扬名发誉，而适足以贬君自损也"。并说："齐楚之事，又乌足道乎"，天子的上林苑那才是了得：

"左苍梧本在广西，右西极极西，丹水由陕西流入河南更其上林苑南，紫渊在长安北径经其北。终始灞浐二水由蓝田入渭河而始与终都在上林苑，出入泾渭二水穿流苑中，酆、镐、潦、潏四条河，纡余委蛇，经营乎其内。荡荡乎八川指上八水分流，相背而异态"。水里有龙螭鱼鳖，明珠玉石；水面多鸿鹔鹄鸨，交精烦鹜。水是如此，山更不凡。崇岭峡谷，深林巨木，红花金果。……

天子校猎其中，骑象驾蚪，"生生擒貔豹，搏豻狼，手手搏熊罴，足足踢野羊……箭不苟害……弓不虚发"，猎获物"他他籍籍横竖堆叠，填阬满谷，掩平弥泽"。

于是置酒作乐:"撞千石 dàn 之钟,立万石之虡 jù 悬钟磬的木架,建翠华之旗,树灵鼍之鼓,奏陶唐氏之舞,听葛天氏之歌,千人唱,万人和,山陵为之震动,川谷为之荡波。……靡曼美色,若夫青琴神女名宓妃之徒,绝殊离俗,妖冶娴娴雅都美丽,靓妆刻饰,便嬛轻巧伶俐绰约,柔桡身段柔软嫚嫚曲线婀娜,妩媚纤弱……芬芳沤郁浓,酷烈淑郁暖,皓齿灿烂,宜笑的皪ll鲜亮,长眉连娟,微睇绵藐含情不尽,色授心与,心愉于侧。于是酒中乐酣,天子曰:'嗟乎,此大奢侈!朕以览听余闲,无事弃日,顺天道以杀伐大肆秋猎,时休息于此。'"

天子至此而"恐后叶靡丽,遂往而不返,非所以继嗣创业垂统也",于是乃解酒罢猎而命有司:废上林苑,山可伐猎,水可网渔,地可垦辟,并开仓振贫恤孤,省刑罚,改制度,"与天下为更始新开端"。斋戒严妆,"游乎六艺之囿,驰乎诗书之途,览观《春秋》之林,射《狸首》古逸诗,兼《驺 zōu 虞》《诗·召南》中的篇名,弋玄鹤舜和伯之乐,奏时玄鹤起舞,舞干戚舜舞干(盾)戚(斧)"。此与猎禽逐兽对比。

于是"天下大悦……随流而化,卉勃然然兴道而迁化,刑错置而不用",臻于仁政之境。亡是公总结说:"从此观之,齐楚之事,岂不哀哉!地方不过千里,而囿苑囿居九百,是草木不得垦辟而人无所食也。夫以诸侯之细,而乐万乘之侈,仆恐百姓被其尤过失也"!

子虚、乌有"愀然改容,超若自失,逡 qūn 巡退缩避席",自觉固陋,谨受教诲。

《子虚赋》《上林赋》比《七发》篇幅更宏大,结构更复杂。虽然铺张游猎女乐而后归于罢苑恤民仍难辞"劝百讽一"之讥,但作者心存讽谏的意旨还是突出的。《汉书·司马相如传》载:相如"尝从上至长杨猎,是时天子方好自击熊豕,驰逐野兽,相如因上疏谏"。虽然《子虚赋》在相如早年游梁时已成当时武帝未立,《上林赋》才是武帝读了《子虚赋》后慕名召来京城后所续,但他针对的是当时统治阶级的一种普遍风尚,作者是自觉地在发表他的讽谏所以鲁迅说他"往往托辞讽谏,于游猎信谗之事,皆有微词"。文中乌有批评子虚而也像子虚那样夸陈,亡是公批评子虚、乌有又如二人一样敷张,**自露马脚**,也是**一种近乎反讽的文体策略**。文章还以夸张的形式,反映了汉帝国地大物博,富庶强盛,以及汉人想象的富丽与占有物质世界欲望的强烈。王世贞说:"《子虚上林》材极富,辞极丽,而运笔极古雅,精神极流动,意极高,所以不可及也。长沙贾谊有其意而无其材,班固、张衡、潘岳有其材而无其笔,子云扬雄有其笔而不得其精神流动处。"《艺苑卮言》卷 2 鲁迅说:"广博宏丽,卓绝汉代"《汉文学史纲要》第十篇。

阅读书目: 1.《汉魏六朝辞赋与骈文精品》,曹道衡主编,时代文艺出版社1995年版。

2.《全汉赋》,费振刚等编,北京大学出版社1993年版。

第七讲　乐　府　诗

一、关于乐府和乐府诗歌

　　"乐府是官署之名……后人乃以乐府所采之诗名之曰'乐府'"顾亭林《日知录》卷28。"乐府"从官署名称变为诗体名称之后，又有广狭两义：狭义的乐府指汉以下配合音乐演唱的诗；广义则连宋元之后的词曲也可称乐府。唐代还出现了"新乐府"或"系乐府"，指的是和音乐无关，仅是袭用乐府旧题或摹仿乐府体式的作品。我们这里讲的是汉乐府，是狭义的，而且限定了时代。

　　1977年秦始皇陵附近出土的编钟上，铸有"乐府"二字。可知官方乐署与"乐府"之名，远在汉代之前就有，汉初也有乐府令①，但真正促成乐府繁荣，并对中国古代诗歌发展发生重大影响，是在汉武帝时。《汉书·艺文志》："自孝武立乐府而采风谣，于是有赵、代之讴，秦、楚之风，皆感于哀乐，缘事而发。"《汉书·礼乐志》："至武帝定郊祀之礼，乃立乐府。采诗夜诵，有赵、代、秦、楚之讴，以李延年为协律都尉，多举司马相如等数十人造为诗赋，略论律吕，以合八音之调，作十九章之歌。以正月上辛用事用以演奏于甘泉官名，在陕西淳化县西北甘泉山圜丘祭天的圆形高坛，使童男女七十人俱歌，昏祠至明。"

　　这说明武帝时乐府有三大职能：一是采诗，即搜集各地民歌余冠英《乐府诗选·前言》说"武帝以前纵然有乐府，也不过是另一种规模的乐府，那时决没有采诗制度。"；二是组织文人创作，并讨论音律；三是组织演员排练演出。对中国文学史来说，最重要的是采诗其实采诗亦包括乐，所谓"有赵、代、秦、楚之讴"也。但乐未保存下来，故今

---

　　① 《汉书·礼乐志》："孝惠二年使乐府令夏侯宽备其箫管。"

天无法讲了。由此而引入民间创作的源头活水,不仅为文学史留下了最为独特的珍宝,而且促进了中国诗歌从形式、内容到风格的一次大发展。

武帝以后乐府不断扩充,到成帝末年人员多达八百余人。后哀帝不好俗乐,看不惯上下"争女乐",争好"郑卫之声",裁革乐员四百多人,罢乐府而归之太乐署主管郊庙用的雅颂古乐。东汉乐府是否恢复虽不可知①文献无载,《后汉书》虽有光武帝"广求民瘼,观纳风谣"《循吏传叙》、和帝"分遣使者⋯⋯观采风谣"《李郃传》的记载,但这或也只是偶一为之吧。

《汉书·艺文志》著录西汉诗歌 28 家 314 篇按实际统计是 316 篇,基本都是乐府诗,但大多亡佚。《汉书·礼乐志》所录《安世房中歌》17 章、《郊祀歌》19 章,《宋书·乐志》所录《铙歌》18 首,及《史记》等所录刘邦《大风歌》、项羽《虞兮歌》等,这些加起来共几十篇,可确指为西汉作品。东汉乐府已衰,流传的乐府诗多为汉末五言诗兴盛时的作品不少已入建安,大多也都是五言,著名者有辛延年《羽林郎》教材 p.392、宋子侯《董娇娆》、张衡《同声歌》此诗入郭茂倩《乐府诗集》、黄节《汉魏乐府风笺》,章培恒等视作五言古诗及《饮马长城窟行》教材 p.369 此诗或作蔡邕、《焦仲卿妻》教材 p.376 此诗章培恒等《中国文学史新著》断为从汉末起经不断加工至南朝时写定的作品,可备一说等。两汉乐府诗大都收录在宋代郭茂倩编的《乐府诗集》"郊庙歌辞"、"鼓吹曲辞"、"相和歌辞"、"杂曲歌辞"里面。"郊庙"一类是由文人制作的朝廷典礼乐章,后三类则是来自各地的民歌。其中鼓吹曲是汉初传入的"北狄乐"歌辞今存《铙歌》18 篇;相和歌是各地俗乐,以楚声为主;杂曲是乐调不知所起而无可归类者。余冠英说:相和歌辞和杂曲歌辞"同为汉乐府的菁华之菁华"②。

二、乐府诗的艺术与风格

《文选》在诗、骚之外,另立乐府一类;《文心雕龙》则在《辨骚》《明诗》以下,再加《乐府》一篇。可见乐府与后来的词曲一样,是独特的诗体。因此它也就有了与一般文人诗歌不同的特性。

一是反映生活特别有深度,深入到社会底层民众生活的艰辛与惨烈,写出了

---

① 据王运熙《汉魏两晋南北朝乐府官署沿革考略》,东汉承华令(典黄门鼓吹署)"即为乐府令的后身"(《乐府诗论丛》第 2 页,中华书局 1962 年版)。
② 《乐府诗选·前言》第 8 页,人民文学出版社 1954 年版。

不少震撼人心的画面。如《东门行》教材 p.368、《妇病行》教材 p.370、《孤儿行》教材 p.371、《平陵东》教材 p.364、《战城南》教材 p.361、《十五从军征》教材 p.375、《焦仲卿妻》教材 p.376 等。中外学者都曾将这类作品与四百年前的《诗经》《楚辞》进行对比，认为在具体深入地反映下层民众艰难痛苦生活的独特情景上，《国风》还是缺乏的，是不能与之相比的①；而比之《九歌·国殇》，"从点出尸骸上飞舞的鸦群的情景来比较，《战城南》的炽烈程度更进一层。"②

二是抒发感情强烈而直露，体现了情感表达方式的解放，有一种淋漓痛快的风格。以爱情诗为例，像《有所思》教材 p.362、《上邪》教材 p.363，都是用决绝的语言说决绝的情感。《江南》教材 p.364 有人认为是写男女鱼水之欢，透过比喻构思，真把交欢的缠绵写到了十分。《陌上桑》则把情感夸张到漫画的程度。中国以"温柔敦厚"为《诗》教《礼记·经解》，汉代的《毛诗序》也主张诗需"主文而谲谏"，"发乎情，止乎礼义"，因而情感表现需有所节制，讲究含蓄。汉乐府民歌几乎恰与此相反。吉川幸次郎说："它们表现出的，是直向的、不顾一切的爱情的燃烧。""中国诗歌的感情，到汉代歌谣开始得到充分的解放。"同注②总之，汉乐府有一种特别深刻、强烈的风格，带来令人震撼的审美感受。张萧亭说："诗贵温裕纯雅，乐府贵**遒深劲绝**。"钟惺说："乐府之妙，在能**使人惊**。"

这一点除与汉乐府民歌所表现的社会底层惨烈的生活内容有关，也与老百姓表现情感粗犷直率有关，或许更为重要的还和与之配合的音乐的风格有关。吉川幸次郎说："汉《铙歌》十八曲所具有的炽烈的内容，在中国诗歌史上，划出了一个新的时期……这些歌曲的伴奏音乐，可以想象是炽烈的。"乐府诗的"乐"，在和平雍穆的雅乐古乐之外，是另一类音乐。其中又可分为两种：一是以秦楚之声为主的地方民间音乐，一是汉初传入的胡乐。刘永济《十四朝文学史要略》讲汉乐府一节，就以"汉乐府三声之消长"作为标题"三声"指雅声乐，楚声乐，新声乐即胡曲，认为其时雅乐衰而俗乐盛。所以从音乐方面说，"**汉代乐府……实启魏晋新声，固古今诗歌之枢纽也**"③。这当中有一个重要方面，就是风格。鼓吹乐为军中乐，用鼓角、箫等演奏，应该是比较激壮、能激发感情的。相和曲是各地采集来的

---

① 参见余冠英《乐府诗选·前言》第13—14页；章培恒主编《中国文学史》第225—226页。
② 吉川幸次郎《关于短箫铙歌》，见《中国诗史》第109页，复旦大学出版社2001年版。
③ 刘永济《十四朝文学史要略》第97页，黑龙江人民出版社1987年版。

俗乐,即所谓赵、代、秦、楚之讴,"大约以楚声为主"①,其总的特点,大概也是具有较强的感性刺激力,能动人的。这从后来哀帝罢乐府的理由是"郑卫之声兴"或"郑声尤盛"《汉书·礼乐志》。按郑卫之声即俗乐之代称,可以得到反证。楚声的深情动人汉以后虽不见记载,但我们从《九歌》的风格及《招魂》、《大招》等对乐舞之会的描述也可以有所体会。虽然由于当时的乐曲全部失传,我们不可能了解详细具体的情况,但结合音乐来理解汉乐府民歌的风格,是可以深化我们的认识的。沈德潜说:"乐府之妙全在繁音促节,其来于于悠长动人,其去徐徐,往往能于回翔曲折处感人。"《说诗晬语》可谓联系音乐读乐府民歌有得矣。

　　三是缘事而发,通过叙事来抒情,创作出了中国叙事诗的杰作。萧涤非说:"古诗主言情,而乐府主记功叙事。"并引徐祯卿《谈艺录》等:"乐府往往叙事,故与诗殊。"乐府多叙事,可能与民众直接反映自身的生活经历这种创作情形有关,所谓"饥者歌其食,劳者歌其事","感于哀乐,缘事而发","事"都是根本。乐府叙事,有多种多样的艺术方式。如《战城南》叙述的是一个场景;《上山采蘼芜》教材376、《陌上桑》教材365、《艳歌行》等叙述的是很典型的戏剧冲突场面;《十五从军征》、《焦仲卿妻》等则有相当完整的情节发展过程;《妇病行》、《孤儿行》运用的是多个事象的纵列贯串,等等。与《诗经·大雅》中的史诗不同,汉乐府这些叙事诗都有很强的艺术感染力,可以说它们把中国诗歌的叙事功能推向了高峰,而《焦仲卿妻》这样的作品则成了中国叙事诗空前绝后的杰作——后来北朝民歌《木兰诗》差可与之相当,但篇幅却远不及。

　　四是语言质朴,结构自然,而构思出奇,想象生动。汉乐府句式不固定,有杂言和五言,像《江南》"鱼戏"重复五句、《战城南》"为我谓乌:'且为客豪!野死谅不葬,腐肉安能去子逃"等纯用口语散文句式②,都表现了一种极本色、极质朴的民歌风致。在诗歌的表达形式上,还有生拙、不成熟之处,但却又具有极强的表现力,这是与文人诗的雕琢精工很不相同的。

　　汉乐府的结构,常常就是所写事件本身的一个自然过程。如《东门行》就是

①　余冠英《乐府诗选·前言》第8页,人民文学出版社1954年版。
②　胡应麟:"诗与文判不相入,乐府乃时近之。《安世房中歌》多用实字,如慈、考、肃、雍之类,语之近文者也。《鼓吹曲》多用虚字,如者、哉、而、以之类,句之近文者也。《相和》诸曲,《雁门》、《折扬柳》篇,则纯是文句,去诗反远矣。"(《诗薮》)

丈夫回家看到无米无衣、难以生存而发怒,要出去铤而走险,妻子劝留不住的自然展示;《十五从军征》也是以自然的时间顺序,叙述一个老兵回家时的所见所为所感。

但汉乐府构思立意常很奇妙:《上山采蘼芜》用被抛弃的妻子与前夫巧遇,来写男人喜新厌旧往往得不偿失;《艳歌行》用好心的女主人为游子缝补衣服时恰被丈夫回家看见发生猜忌,来写谋生在外的委曲和艰难。

汉乐府的想象十分灵活生动:如《上邪》一连五个比喻;《枯鱼过河泣》用鱼干写信给同伴要它们"慎出入",免遭祸患;《咄喈 zé 叹歌》用枣熟时人四面而至,无枣时则无人会看一眼写人情冷暖,都是生动巧妙的构思。民歌在这方面常特别出色,汉乐府也不例外。

三、乐府新声与诗体演变

中国古代诗型的发展有三大关键,一是从《诗经》体发展到古体诗,二是从古体诗发展到律诗,三是从古、律诗再发展到词曲。也就是从相对整齐的四言,发展到杂言与五、七言,再发展到讲四声和对偶的整齐的律体,由整齐的律体再回到参差不齐的杂言体——但加上严格的格律。汉代是中国诗型第一步发展的关键时期,杂言诗大量涌现,五言诗趋于成熟。而这和乐府新声有直接关系①。

首先是楚声乐对诗体发展的影响。楚人发动和完成了抗秦、灭秦的运动,所以秦汉之际和汉初流行楚声,《古诗源》中我们可以看到项羽的《垓下歌》、刘邦的《大风歌》、武帝的《瓠子歌》、《秋风辞》②、《蒲梢天马歌》、乌孙公主的《悲愁歌》③、李陵的《别歌》等。如《大风歌》:

大风起兮云飞扬,

---

① 袁行霈主编《中国文学史》第二编第四章第四节对这个问题讲得比较好,可以参看。
② 秋风起兮云飞扬,草木黄落兮雁南翔。兰有秀兮菊有芳,怀佳人兮不能忘。泛楼船兮济汾河,横中流兮扬素波,箫鼓鸣兮发棹歌,欢乐极兮哀情多——少壮几时兮奈老何!(此诗出《汉武故事》,是否武帝所作难定,但确是一首好诗)
③ 吾家嫁我兮天一方,远托异国兮乌孙王。穹庐为室兮毡为墙,以肉为食兮酪为浆。常思汉土兮心内伤!(《汉书·西域传》。元封中,遣江都王女细君为公主,以妻乌孙昆莫,昆莫年老,言语不通,悲而作歌。)

> 威加海内兮归故乡，
> 安得猛士兮守四方。

若去掉语气词"兮"字，可得到六言句、七言句或两个三言句。而计算"兮"字，又分别是一个七言句和两个八言句。《楚辞》的句式，本来就是富于灵活的变化的。像《湘夫人》首四句：

> 帝子降兮北渚，目眇眇兮愁予。北渚 zhǔ：北岸。渚，水边。眇眇：远视不明。
> 袅袅兮秋风，洞庭波兮木叶下。袅袅：微风吹拂。

去掉或者计算兮字，可以分别得到五字句、六字句、七字句。林庚分析了《楚辞》给诗歌形式带来的各种变化，如把"兮"字放在句尾，造成了把两个四言重叠成一句的效果。《橘颂》：

> 深固难徙更壹志兮，徙：迁移。
> 绿叶素荣纷其可喜兮。纷：多。

这样就"把句子放长了一倍"。再如以三字分节来取代《诗经》二字分节的节奏形式。"使得文学语言在节奏上的变化更为多样"①，这样就突破了《诗经》稳定而单调的二二分节的四言句式，使得诗句的文字与节奏趋于灵活和解放，有了多种组合的可能，乃至赋予散文语言以诗的节奏。如：

> 兰芷变而不芳兮荃蕙化而为茅！《离骚》
> 憍吾以其美好兮览余以其修姱。《抽思》憍 jiāo：同"骄"。览：向屈原显示。

这样，在楚声的环境里，诗歌可以根据乐曲的需要灵活自由地安排文字和节奏，二言、三言、四言、五言、六言、七言，乃至化散文句为诗句。汉乐府"相和歌

---

① 林庚《中国文学简史》第69、72页，北京大学出版社1995年版。

辞"中的《东门行》、《孤儿行》、《雁门太守行》等,都是句式、节奏灵活多变的杂言,而《东门行》结尾和《雁门太守行》开头,更是口语散句而加以节奏:

> 孝和帝在时,洛阳令王君,王君:王涣。
>
> 本自益州广汉民。益州广汉:在今四川。
>
> 少行宦,学通五经、论。
>
> 明知法令,历世衣冠,从温补洛阳令。《雁门太守行》末句:从河南温县令至洛阳令。

这很像是说唱的口吻了。有学者怀疑《焦仲卿妻》唱法即为说唱,因为三百数十句的长篇要用一般歌曲的唱法,比较困难。这又可以使我们联系《楚辞》中《离骚》及《招魂》曲的歌法,与后来辞赋不歌而诵的"诵"。楚声的艺术形式确实为诗歌的形式发展提供了一种自由的空间。

其次是胡曲即新声乐对诗型发展的影响。乐府鼓吹曲辞和横吹曲辞皆为胡狄之曲①。其声当甚参差跌宕,所以今存"鼓吹曲辞铙歌 18 首"无一例外为杂言体。萧涤非说:"吾国诗歌之有杂言,当断自汉《铙歌》始,以十八曲者无一而非长短句,其格调实为前此诗歌之所未有也。"②查《乐府诗集》"相和歌辞",如上所举之《东门行》等长短参差,亦为杂言。但一者"相和歌辞"中趋于整齐的较多,不似《铙歌》"无一而非长短句"。一者"相和歌辞"多为东汉作品,而《铙歌》十八首全为西汉作品,时代较早。所以萧氏断我国杂言诗歌自《铙歌》始,是合理的。如果跳出具体作品的考证,从宏观上说,则**胡曲鼓吹乐和楚调乐**其实即赵、代、秦、楚之讴共同影响了诗歌向杂言体发展。

这当中有一个三、五、七奇言句式问题。《诗经》四言偶数句,常规为二二分节,汉乐府中的六言基本都是四言延长一个节拍,为二、二、二分节如《上邪》"我欲|与君|相知"。这可以说是诗歌的传统节奏。但汉代是杂言和五言诗成熟、七言诗

---

① 郭茂倩《乐府诗集》卷十六:"鼓吹……汉班壹雄朔野而有之矣。"(按《汉书·叙传》:"始皇之末,班壹避地于楼烦,致牛马羊数千群。值汉初定,与民无禁。当孝惠、高后时,以财雄边,出入弋猎,旌旗鼓吹。"古楼烦在山西北部宁武附近)又卷二十一:"横吹曲,其始亦谓之鼓吹……北狄诸国,皆马上乐作,故自汉以来,北狄乐总归鼓吹署。"

② 萧涤非《汉魏六朝乐府文学史》第 52—53 页,人民文学出版社 1984 年版。

萌生的时代,**奇字句取代偶字句,奇数字和偶数字节拍交织取代单一的偶数字节拍,从而使诗体获得一次解放,句式趋于灵活自由,节奏更多变化**,所有这些,合起来**构成了中国诗型的第一次大发展**。考虑到五、七言尤其是五言诗是中国古代最主要的诗型,汉乐府奇言句和奇数字节拍的奠定,对于中国古代诗歌发展就更加具有一种内在的作用和深远的意义三言总可以加字扩展为五言或七言,或者说五、七言句中必然包括三言节拍。故三言在后世诗歌发展中融入到五、七言中。

第三,**汉乐府诸曲中都有相当数量的五言句和整齐的五言诗,这直接造成了五言诗取代四言诗**。文学史认为:民歌的兴盛和广泛演唱,引起文人的浓厚兴趣,于是都来仿作、创造,产生大量的优秀作品,于是,五言诗就取得了"居文词之要,是众作之有滋味者,故云会合于流俗流行的时尚"钟嵘《诗品序》的地位。

四、讲读《陌上桑》、《焦仲卿妻》

1.《陌上桑》是一篇具有一种特殊的喜剧意味、脍炙人口的作品。

这首诗写的是一个由美女引起的故事,情节很简单:第一段描写罗敷之美,第二段写路过的使君汉之太守、刺史称使君想要将她带回家,第三段写罗敷拒绝并夸自己的丈夫。

表现罗敷之美最精彩的是侧面描写,即从看到罗敷的人的反映来写她:

> 行者见罗敷,下担捋髭须。
>
> 少年见罗敷,脱帽著帩头。帩头:包发的纱巾。古代男子先以头巾束发,然后著帽。
>
> 耕者忘其犁,锄者忘其锄。
>
> 来归相怨怒,但坐观罗敷。互相埋怨因看罗敷耽误了农活。但:仅,只顾。

这真是美得惊人——把人都惊呆了!《红楼梦》表现黛玉之美,最得力的也是这种侧面描写。它甚至没有对宝钗那样的"肌肤丰泽……脸似银盆,眼似水杏,唇不点而红,眉不画而翠"简练的形象描写。黛玉怎样个美法,最有力的一笔是借薛蟠之眼告诉我们的:在宝玉凤姐中魔魔法之后,薛蟠正跟着贾府上下忙乱,"忽一眼瞥见了林黛玉——风流婉转,已酥倒在那里"庚辰本第25回。黛玉并非惊艳型，倒是"意态由来画不成"的。薛蟠那样一个粗人居然都被一种意态美惊得动弹不得，可见黛玉之美打动和征服人的力量。这就是侧面描写的作用，它比正面直接描写还要有力。

使君的行为极其鲁莽唐突。本来见到罗敷这样惊人的美女，"五马立踟蹰"，与前面"但坐观罗敷"一样，也是人之常情，但接下来盘问身家、姓名、年庚，并要罗敷上自己的车将她带回家去，真是荒唐粗野！前面行者、少年、耕者都只是欣赏，使君一出场就要占有，一下子把审美对象变成了欲望对象。这显然是他的身份地位使他自大发昏，所以罗敷针锋相对地以夸夫来回击。

罗敷说自己的丈夫是千万人中最出色的一个，骑名骥，带宝剑，主政一方，既白皙，又有派，进退趋行风度翩翩，所有人都夸他非凡。对一见面就要带自己回家的粗野的使君，罗敷不是咬碎银牙怒目斥责，而是以喜剧的夸张，亦讽亦正地表明立场，令其自形尴尬，知难而退。这不仅表现了罗敷的机智，而且使使君的自大贪婪显得荒唐可笑，将他变成了一幅漫画中的人物，悬挂于历史笑料的长廊上。

关于罗敷的形象，她既是亲自提篮采桑的养蚕女，又是一方大员"专城居"的夫人，究竟是劳动者还是贵妇？人们曾为此纠结过。其实她是与整首诗的喜剧氛围相适应的、寄托当时人们理想的一个想象的形象，是采桑女与贵妇的合一。民间想象的人物常有这种情况如孙猴子要当齐天大圣、猪八戒是天蓬元帅下凡，不必做拘泥的解释。

西汉刘向《列女传》有"鲁秋洁妇"一则，记秋胡新婚五日即外出为官，五年后回家，见路旁采桑女而悦之，于是就邀请她与自己吃饭，并解下行李要与她一起休息。采桑女不理，他又表示自己是大官，并拿出金子要送她，终遭拒绝。秋胡回到家，发现采桑女就是自己的结发之妻。其妻不愿与不孝以金予人，忘母不孝不义好色淫佚，忘妻不义之人共处，愤而投河。《陌上桑》当是从"鲁秋洁妇"故事演化而来。刘向是儒家学者，《列女传》旨在劝诫，所以采桑女是一个严格的道德楷模。民间对这种男人无理的调戏行为，态度要幽默得多，所以卸掉了调戏者丈夫的身份，采桑的罗敷就不必那样沉重，可以亦讽亦正地对待无理的调戏，变悲剧为喜剧了。这种改造体现了民间创作和人民智慧的优越。

2.《焦仲卿妻》在中国文学中具有突出的重要性。就美学价值说，它具有震撼人心的巨大感染力,越两千年仍令人读之泪下;就诗体艺术说,它是中国诗歌史上结构最宏伟的叙事诗,又是戏剧冲突最深刻的悲剧诗。因此,王世贞说它是"长篇之圣"《艺苑卮言》卷2,文学史家常用"伟大"这样极少用的词来评价它如刘大杰、游国恩、文研所文学史。

这首诗353句,1765字,写刘兰芝与焦仲卿的爱情悲剧,全诗可分为三部分:

第一部分写被迫遣归,包括请遣、求情、话别、辞归、共誓5个层次;

第二部分写被逼改嫁,包括还家、谢媒、逼婚、催妆、誓死5个层次;

第三部分写双双殉情,包括别母、自尽、合葬3个层次。教材即按上述层次分为13段。

这三个部分构成跌宕动人的情节。其中可分为多种人物关系或戏剧冲突:

一是刘兰芝与焦仲卿。他们有请遣、话别、共誓、誓死四场戏,表现了互相之间情感的深厚、对爱情的坚贞、对抗外力逼迫的决心。起初焦仲卿希望能说服其母,重新迎回兰芝,并把这种希望传递给兰芝;兰芝虽然对双方家庭的阻力看得很清楚,但出于对丈夫和自己感情的信心,在心理保留了希望的种子:

君既若见录,不久望君来。若:同偌 ruò,如此。见:加以,表示他人行为及于己。录:取。

君当作磐石,妾当作蒲苇。磐石体大厚重,以喻坚定不移;蒲苇柔韧不断,以喻百折不挠。

蒲苇纫如丝,磐石无转移!

最后希望破灭,只能双双赴死!

二是刘兰芝与婆婆即焦母。她们只有"辞归"一场戏。她们的矛盾是这场爱情悲剧的第一原因,作品却没有多写。在"辞归"这场戏里,焦母一语未发,文本中她与兰芝没有正面冲突,冲突都被放在文字背后。这样处理更表现了她力量的强大——无需与兰芝对面锣鼓地冲突,要你走人你就得走人——因为她的威权来自不平等的封建家族专制制度。这样,刘兰芝的爱情悲剧就不简单是她和婆婆的冲突造成的,而是有其更深刻的社会原因。

三是刘兰芝与太守家。她们之间只有"逼婚"一场戏。这场戏出场人物众多,情景辉煌热闹,多种关系集于一体,大有玄机。"逼婚"是刘兰芝爱情悲剧的直接原因,而太守一方却没有直接出场,仿佛刘兰芝的死不是他们直接造成的。但他们"遣丞为媒人,主簿通语言",通过公权人员办事;"交语速装束交相传话速办婚礼用物,络绎如浮云人员来往不断如云彩飘飞……从人四五百,郁郁盛而多登郡门",可见其人事力量之大;"青雀白鹄舫"、"金车玉作轮"、"赍门送钱三百万"、"杂彩三百匹",可见其财富力量之强。太守没有直接出场,但他的势力在场上却表现得如此淋漓!这又是一种社会和制度的力量。这种力量传递给刘兰芝的兄长,兄长直接出面逼迫兰芝:"先嫁得府吏焦仲卿,后嫁得郎君太守第五郎。否pǐ坏泰好如天地,足以荣汝身。不嫁义郎体好郎身,其往今后欲何云要干什么!"权威与财富通过倾慕权威与财富的社会意识沉重猛烈地压制到兰芝头上,孤独柔弱的刘兰芝岂有他路可走!太守家"逼婚"是一场主戏,为了突出它,作者写了"谢媒"即县令欲娶芝兰为三儿媳一场戏作为铺垫和陪衬,从侧面烘托了太守娶兰芝的势力不可抗拒。

这是三种主要的人物关系和戏剧冲突。此外还有兰芝与自己的母、兄,焦仲卿与其母亲等。仲卿与其母的冲突比较重要,有"求情"、"别母"两场戏,篇幅不少。通过这两场戏,一者对婆媳之间的矛盾作间接表现,二者直接表现了婆婆的专横心硬,三也表现了仲卿与兰芝的感情深厚和对爱情的执著。

诗篇正是通过如此多重人物关系和戏剧冲突的交织扭结,构成了跌宕曲折、震撼人心的大悲剧。

这首诗在塑造人物形象上有极高的成就,沈德潜说它"杂述十数人口中语,而各肖其声音面目,岂非化工之笔"《古诗源》卷4。这里主要谈刘兰芝形象的塑造。

兰芝形象根本点,要从她的悲剧性看。即在封建家族专制、儿女个人缺乏自主与自由的环境下,刘兰芝是个具有追求自主与自由,追求两情相悦的爱情,不愿成为被动地被驱使、命运由他人决定的人。她缺少专制时代的奴性意识,所以与专制势力相冲突,为专制的环境所毁灭。这标示了刘兰芝形象的精神高度,是这一形象穿透历史、照耀人性的辉煌的光亮所在。诗中她对丈夫说:

妾不堪驱使,徒留无所施。"不堪驱使"即不能忍受完全不能自主的生活。"无所施"即在这样的环境下不知该做、怎么活。

何不白公姥,及时相遣归。姥 mǔ:此指婆婆。

她是被遣归,又是主动要求遣归;她与焦仲卿恩爱,却主动要求焦家休妻。这一矛盾表示的是:在人格的尊严与媳妇的身份不能兼顾的时候,她宁愿放弃媳妇的身份,也不能放弃人格的尊严,这在女性必须依附男性及其家族的时代,是多么艰难看她被遣回家"入门上家堂,进退无颜仪"、"谢家事夫婿,中道还家门。处分适兄意,那得自任专"可知,多么可贵!另外,从焦母指责她"举动自专由"、警告仲卿"汝岂得自由",可以看出冲突双方的焦点即在这对小夫妻能否可有自由、自专的权力——由兰芝对丈夫辩解"奉事循公姥,进止岂自专",可知兰芝之"自专"并非日常生活之"进止"等具体事物,在具体事物上她是"奉事循公姥"的,她之"自专"是争自己生活的自主权——而这恰是封建家族专制所不能允许的。她后来被逼答应兄长应允太守家的亲事而实际另有打算,也可见她强烈的人生自主意识。如果没有这种自主意识,就不会有她的人生悲剧。这就是刘熙载评屈原说的"有路可走,而终归无路可走"!

兰芝的形象,具有多侧面的丰富性。**德**丈夫说她"女行无偏邪",她对公婆"供养卒大恩"。"妾有绣腰襦,葳蕤自生光"则可看作屈骚似的以妆饰象征人格,**容**"腰若流纨素,耳著明月珰。指如削葱根,口如含丹朱。纤纤作细步,精妙世无双"、**勤**"鸡鸣入织机,夜夜不得息"、"昼夜勤作息,伶俜(孤独)萦辛苦"、**能**"十三能织素,十四学裁衣,十五弹箜篌,十六诵诗书","朝成绣夹裙,晚成单罗衫"皆不缺少。她有**见识**当仲卿要她等待自己迎她回来时,她实已认清不可能"复来还";同时也知道自己回家后不可能"任我意"与仲卿来往,**与仲卿情意相报**"君当作磐石,妾当作蒲苇",直至"君尔妾亦然,黄泉下相见"。她也不缺乏中国女性所秉有的**温柔敦厚**的性情如与婆婆、小姑辞别一段。无论从哪方面说,她都是一个很好的妻子和儿媳,所以出身贵家、已为府吏的仲卿说自己"幸复得此妇","誓天不相负"!

围绕兰芝形象的塑造,有许多精彩之笔。如写其与小姑相别:

却与小姑别,泪落如珠子。
"新妇初来时,小姑始扶床。始扶床:需扶床而立,泛指年幼。

今日被驱遣,小姑如我长。

勤心养公姥,好自相扶将。扶将:扶持、照顾。

初七及下九,嬉戏莫相忘。"初七:7 月 7 日供祭乞巧。下九:每月 19 日,妇女置酒集会。

出门登车去,涕落百余行。

又如:

府吏闻此变,因求假暂归。闻此变:即兰芝被迫嫁太守家的变故。

未至二三里,摧藏马悲哀。摧藏:凄怆、悲伤。

新妇识马声,蹑履相逢迎。蹑履:穿上鞋。蹑,穿。

怅然遥相望,知是故人来。

举手拍马鞍,嗟叹使心伤……

焦仲卿的形象,在追求人生自主、忠于爱情方面与兰芝是一致的。作者在他的身上更赋予了一些委曲求全,但委屈却不能求全情节。他向母亲求情,结果是"阿母得闻之,槌床便大怒:'小子无所畏,何敢助妇语! 吾已失恩义,会不相从许!'"仲卿形象的这一方面对深化主题起了特殊作用:更加有力地表现了追求人生自主和情投意合的爱情,与封建家族专制矛盾的不可调和性。同时,也把婆婆形象的专制残忍衬托得更加突出。

《焦仲卿妻》情节跌宕,人物众多,内容十分丰富。如"辞归"之"鸡鸣外欲曙,新妇起严妆。著我绣夹裙,事事四五通"一段描写,过去有评论说是表现兰芝想要以华艳之色打动焦母、固结府吏陈祚明《采菽堂古诗选》、张玉毂《古诗赏析》,识见低下。聂石樵举曹丕、曹植等《出妇赋》"被入门之初服,出登车而就路"等说,它实际是汉代弃妇出门礼俗的体现①,极好。但我认为,兰芝严妆而出,也是她端庄自重,表现其人格尊严的一种方式。总之,这首诗内容丰富,含量很大,绝非浅尝所能尽。我们无法一一分析,同学要自己下工夫体会。

———————————

① 聂石樵《先秦两汉文学史》第 1061 页,中华书局 2007 年版。

在表现方法上，这首诗人物语言、行为和人物关系的描写都很突出人物语言占了大半篇幅，是表现人物、推进情节的主要手法，这也是乐府民歌的一贯方法。结构上前后照应也用得很出色如开篇兰芝自述"十三能织素……"，被遣回家后其母说"十三教汝织……"，前后照应说明兰芝的家教与素质；磐石蒲苇比喻与"东家有贤女"均两次出现，在勾连中表现了刘、焦爱情的坚贞；兰芝对其兄"性行暴如雷"的交代和后来果然以"其往欲何云"相逼，则表现了兰芝的见识和逼迫势力的专横。不少地方也运用了铺排和夸张。

这首诗时代的确定有点麻烦。它最早见于梁·萧纲做太子时令徐陵编著的《玉台新咏》题为《古诗为焦仲卿妻作》，后来宋·郭茂倩《乐府诗集》题为《焦仲卿妻》收入。诗前小序说汉末建安中，庐江府小吏焦仲卿与其妻刘氏被逼殉情，"时伤之，为诗云尔"，所以《玉台》作汉代"古诗"，文学史因此而多放在汉乐府中讲。但此诗不见于《文选》、《诗品》和《文心雕龙》，宋·刘克庄始疑其非汉人作，1924年梁启超发表讲演，认为它是"起于六朝，前此却无有"，并说是因《佛本行赞》译本被广泛阅读，"那种热烈的情感和丰富的想象，输入我们诗人的心灵"以后的产物《印度与中国文化之亲属关系》，这激起了激烈的争论。近年章培恒等《中国文学史新著》将之放在梁代文学中讲，但多数文学史和诗选都仍是将之作为汉代乐府诗之一。聂石樵认为《焦仲卿妻》之题材，是韩冯、陈东美、华山畿等历代传说、故事分别见《搜神记》、《述异记》、《古今乐录》丰富发展的结果，"最后写定当在徐陵编《玉台新咏》之时"。但聂氏引《太平寰宇记》宋·乐史撰等记载："淮南道·庐州·合肥县·小吏港，即汉建安中焦仲卿妻刘氏为姑所出，自誓不嫁，其家逼之，乃投水死；仲卿闻之，亦自缢。时人怜之，后以为名"，还是将之作为汉末的作品[①]。中国文学创作中有一种由民间流传累积、最后经文人修饰写定的传统，后代小说《三国》《水浒》是这样，唐前诗歌《焦仲卿妻》《木兰诗》等也是这样。

阅读书目：1.《乐府诗选》，余冠英著，人民文学出版社1954年版。

2.《汉魏乐府风笺》，黄节撰，中华书局2008年版。

3.《乐府诗集》，郭茂倩编撰，上海古籍出版社1998年版。

---

① 聂石樵《先秦两汉文学史》第1058、1064页，中华书局2007年版。

第八讲　五言诗与古诗十九首

一、五言诗的兴起和发展

　　诗歌中的五言句由来甚久。《诗经》已有数句和一段为五言者,如《行露》、《北山》。春秋末楚国的《孺子歌》和秦始皇时的《长城歌》,已有整篇五言的雏形。到西汉,五言歌谣越来越多,比较著名的有李延年的《佳人歌》、武帝时采录的"吴楚汝南歌诗"《江南》。成帝时的童谣"邪径败良田"隔句押韵,表明五言诗的形式已基本成熟。又有《怨歌行》一首,对后世宫怨影响甚大,《文选》、《玉台新咏》均题成帝妃嫔班婕妤作,而李善文选注引《歌录》说:"怨歌行古辞"。余冠英《乐府诗选》和游国恩《中国文学史》第 180 页赞同后说,而章培恒《中国文学史》第 243 页赞同前说,故其时代难以确定。现存乐府诗中通篇五言的不少见《乐府诗集·相和曲辞》,但以汉末作品为多。总之,汉代五言诗是在乐府民歌中孕育兴盛起来的。

　　最早的文人五言诗创作现多认为是东汉前期班固的《咏史》歌咏孝女缇萦上书救父的故事。虽作为历史学家开咏史主题之先河,但叙事平稳,质木无文,缺乏诗的感染力。同时期梁鸿的《五噫歌》教材 p.388 ,为五言骚体加"噫"字。诗中痛感洛阳宫阙之壮与民之劬劳,是难得的名篇。但引起汉章帝不满,作者不得不改名隐居。东汉中期,最大的诗人是张衡。五言 24 句的《同声歌》①,以少女的口吻大

---

① 诗曰:"邂逅承际会,得充君后房。情好新交接,恐栗若探汤。不才勉自竭,贱妾职所当。绸缪主中馈,奉礼助烝尝。思为宛蒻席,在下蔽匡床。愿为罗衾帱,在上卫风霜。洒扫清枕席,鞮芬以狄香[鞮 dī 芬即狄香,产于西域]。重户结金扃,高下华灯光。衣解巾粉御,列图陈枕张[帐]。素女为我师,仪态盈万方。众夫所希见,天老教轩皇[素女、天姥、黄帝皆房中术假借的人物,这几句所写是以实际体态为"图"]。乐莫斯夜乐,没齿焉可忘。"(见《玉台新咏》、《乐府诗集》)

胆述说新婚之夜"情好新交接,恐栗若探汤"的心理,和"缱绻枕席"、"仪态万方"的情形,为受民歌影响而创作的很有特色的作品,也可以说是中国第一首正面反映男女性爱的诗歌《乐府诗集》说是"以喻臣子之事君也"。张衡尚有七言《四愁诗》亦为名篇,见教材 p. 389 。其后辛延年《羽林郎》教材 p. 392 、宋子侯《董娇娆》、秦嘉《赠妇诗》三首、赵壹《疾邪诗》二首,也都是汉五言名篇。

此外还有李陵与苏武诗三首,苏武诗四首,皆为《文选》所录。《诗品》列李陵于上品而无苏武,但他又说"古诗眇邈,人世难详。推其文体,固是炎汉汉承周,以火德王,故称炎汉①之制",留有余地。《文心雕龙·明诗》:"成帝品录三百余篇,朝章国采,亦云周备;而辞人遗翰,莫见五言。所以李陵、班婕好见疑于后代也。"其怀疑的态度近于否定。颜延之则说:李陵诗"总杂不类,是假托,非尽陵制"《庭诰》,见《太平御览》卷 586。后苏轼以为苏武诗之"俯观江汉流",不是赠别地所应有见《答刘沔书》及《东坡志林》。洪迈说李陵诗"独有盈觞酒",犯惠帝刘盈讳。"汉法触讳者有罪,不应陵敢用之"《容斋随笔》。对于苏、李诗的著作权,古人疑之者很多。但也有为之辩解的,如许学夷《诗源辨体》。刘永济《十四朝文学史要略》对此问题引述资料颇详,可参考。古人讲诗的传统,动称苏、李,成为一种习惯,如杜甫"李陵苏武是吾师"《解闷》五首之二,苏轼"苏李之天成"《跋黄子思诗》。而称"五言始于李陵苏武"者,亦往往有之如皎然《诗式》、严羽《沧浪诗话》等。近代以来,虽有鲁迅《汉文学史纲要》等肯定苏、李诗,但一般都认为是后人伪托,如梁启超《中国之美文及其历史》,陆侃如、冯沅君《中国诗史》及通行的几种文学史。也有学者像范文澜、曹道衡等认为难以确断,可存而不议,采取慎重态度较好②。

与此相关还有枚乘诗的问题。南朝·陈·徐陵《玉台新咏》卷一有"枚乘杂诗九首",其中《西北有高楼》、《东城高且长》、《行行重行行》、《庭前有奇树》、《涉江采芙蓉》、《青青河畔草》、《迢迢牵牛星》、《明月何皎皎》八首见于《文选》之"古诗十九首",《兰若生春阳》一首《文选》未收。《文心雕龙·明诗》:"古诗佳丽,或称枚叔。"刘勰转述自来传说之语,徐陵于是做成实案。《诗品》:"自王褒、

---

① 依邹衍的"五德转移"说:虞土,夏木,殷金,周火。故秦始皇自认水德(水胜火)。汉高祖本自认水德,经多人建议,改为土德(土胜水)。后王莽改制,自为土德,而以汉为火德(火生土)。刘秀利用这一点,宣称自己以火德主天下。后世遂有炎汉、炎刘之称。

② 后起的文献,如《艺文类聚》(唐高祖时)、《初学记》(唐玄宗时)、《古文苑》(唐宋)等又出了一批苏、李诗,除去与《文选》相同者,共有十首。

扬雄、枚乘、马相如之徒,词赋竞爽,而吟咏靡闻。"表示未听说枚乘有诗作。历来否定枚乘著作权者甚多。仍然是从避讳中有三处用"盈"字等来论证。陆侃如等《中国诗史》指出:《玉台新咏》收陆机"拟古七首",只题"拟古",不题"拟枚乘",可见陆机也不以所拟"西北有高楼"等为枚叔之作。

总之,对苏、李诗,枚叔诗,现代学术界虽有不同意见,但一般都受梁启超观点的影响,认为《行行重行行》《携手上河梁》等,"指陈婉曲,寄兴深微","句法调法皆略有一定,音节流畅。凡此,皆与西汉其它作品绝不相类"。所以"西汉景、武间未必能发生这种诗风、这种诗体",而应是东汉末年、建安以前的作品①。

还有《白头吟》"皑如山上雪",《宋书·乐志》录其文,作乐府古辞;《西京杂记》说司马相如将聘茂陵女为妾,卓文君作《白头吟》以自决,而未录词。宋人黄鹤注杜诗,以乐府古辞坐实卓文君词,造成淆乱,现代学者多斥其非。

又唐·张守节《史记正义》引《楚汉春秋》载虞姬和项羽之歌"汉兵已略地,四面楚歌声,大王意气尽,贱妾何聊生。",亦绝非楚汉之交所能有,只能是六朝以下的伪作。

所以我们说最早的文人五言诗创作现多认为是东汉前期班固的《咏史》。

二、古诗十九首

1. 名称、作者、时代

"古诗"是个专有名词,包括时间和文体两个含义。从时间上说,六朝唐宋以后称汉人的诗为古诗;从文体上说,齐梁至唐产生了格律诗,被称为"今体"或"近体",非格律诗与之相对,就称为古体诗或古诗唐时亦称"往体"。从文体意义上讲"古诗",就没有时间范围了,一切非律体的诗都是古诗。清人沈德潜编《古诗源》,就收录上古至隋的作品。李白诗集中所谓"古风",也是这样的古体诗概念。

"古诗十九首"这个名称出自南朝·梁·萧统的《文选》。他把汉代传下来的,作者不明、风格相近、连题目也失传了的一组作品编在一起,题为"古诗十九首"。由于这一组诗十分杰出,意义重大,这个名称就和"诗三百"、"楚辞"一样,

---

① 梁启超《中国之美文及其历史》第 123、129 页,东方出版社 1996 年版(此书讲五、七言诗在汉代的发展,及有争议作品的时代辨析,极具体简明,可参看)。

成为具有中国文学经典意义的作品名称了。《古诗十九首》与《诗经》、《楚辞》鼎足而三,是五言诗的经典①,由于五言诗在魏晋以后取代四言诗成为中国诗歌最主要的诗型,因而文学史家认为"《古诗十九首》在中国诗歌史上的地位,以及他们对于后诗歌的影响",实远在《诗经》以上②。需要说明的是,第十二首"东城高且长"十句后,接"燕赵多佳人"十句,《文选》和《玉台新咏》作一整篇。《玉台》所录陆机《拟古七首》所拟之"东城高且长"亦为二十句一整篇,且第十一句亦特起"京洛多妖丽,玉颜侔琼蕤"。而张凤翼《文选纂注》提出:"荡涤放情志,何为自结束""以上是一首,下'燕赵'另一首"。方东树《昭昧詹言》亦以为"燕赵多佳人""断为另一首"。张玉谷《古诗赏析》看到"此诗前后不连属。分为两首,则又皆无结构"。但刘大櫆《历朝诗约选》、余冠英《汉魏六朝诗选》都分为二首。余氏说:作一首"文义不联贯,情调不一致"。"乐府歌辞有时以两诗并合为一辞,疑此诗原是乐府歌辞,所以有此现象"。此诗分为二,就成了"古诗二十首"了。纪昀、吴汝纶,及现代马茂元、叶嘉莹等皆不主张分开,认为作一首看更见其妙。吴汝纶说:"燕赵以下乃承'荡涤放情志'为文"。朱筠发挥说:"荡情之事,莫过佳人;佳人之多,莫过燕赵",故接"燕赵多佳人申发出去"。张庚则认为"张氏以为燕赵以下另是一首……细玩词意亦是;但从前都作一首,陆平原《拟古》亦作一首拟,仍其旧可也"③。

《古诗十九首》在《文选》中是无主名的作品,《玉台新咏》将其中八首归之枚乘;《文心雕龙》又提到《冉冉孤生竹》一篇传为汉初"傅毅之词";《诗品》又谓第十四首《去者日以疏》等"旧疑是建安中曹、王所制"。其实这都难以确定。所以钟嵘说《客从远方来》、《橘柚垂华实》等,"亦为惊绝矣!人代冥灭,而清音独远,悲夫!"梁启超说:东汉"明、章之际似尚未有此体。安、顺、桓、灵以后,张衡、秦嘉、蔡邕、郦炎、赵壹、孔融,各有五言作品传世。音节日趋谐畅,格律日趋严整,

_____

① "《十九首》,五言之诗经也"(许学夷《诗源辨体》卷三引王世懋)。王世贞引钟嵘"文温以丽,意悲而远,惊心动魄,可谓一字千金"之说,亦说它是"千古五言之祖"(《艺苑卮言》)。最先给它以高度推崇的是刘勰:"古诗佳丽……结体散文,直而不野;婉转附物,怊怅切情,实五言之冠冕也。"(《文心雕龙·明诗》)

② 刘大杰《中国文学发展史》(上)第 164 页,百花文艺出版社 1999 年版。

③ 参考隋树森《古诗十九首集释》,中华书局香港分局 1958 年版;《朱自清、马茂元说古诗十九首》,上海古籍出版社 1999 年版;余冠英《汉魏六朝诗选》,人民文学出版社 1978 年版;叶嘉莹《汉魏六朝诗讲录》,河北教育出版社 1997 年版。

其时五言体制已经通行,造诣已经纯熟,非常杰作,理合应时出现。我据此中消息以估定《十九首》之年代,大概在西纪 **120 至 170 约五十年间。比建安黄初略先**一期,而紧相衔接。"①其作者当有相当的文化修养,所以又被称为"文人五言诗",是"文人仿乐府作的诗"②。不过"这种作品文人化的程度虽然已经很高,题材还是民间的,如人生不常、及时行乐、离别、相思、客愁等等。这时代作诗人的个性还见不出"③。所写"也并不是纯粹个人的生活体验、生活情感,而是表现着社会中相当一部分人共同的心理"④。

2.《古诗十九首》的杰出价值

《古诗十九首》令人感受**最突出的是它强烈的生命意识**。这在乐府《薤露》《蒿里》等中出现过,而在建安正始诗歌里继续流行只不过加进了大量时代政治的内容,生命本身的意识不是那样纯粹了。它和枚、马赋中的肆情及《史记》的感慨顿挫,颇有相通之处,都有一种原始生命情愫的激活、人对生命难以持有的本质悲情的觉醒,表现了汉人的一种特殊的精神体验和情感内涵⑤。

这种强烈的人生意识的直接表现是:**强烈意识到人生的短暂和有限**。有学者说:"汉魏以来不断高涨的生命意识,使自然的运化总是呈现为很夸张的急遽感"⑥:

---

① 《中国之美文及其历史》129 页,东方出版社 1996 年版。
② 古诗多被乐府入乐表演,故乐府与古诗实难截然区分。如:《古诗十九首》之八(冉冉孤生竹)、之十四(驱车上东门),收入《乐府诗集》"杂曲歌词";之三(青青陵上柏)、之十(迢迢牵牛星),分别在《北堂书钞》、《玉烛宝典》中引作"古乐府";《上山采蘼芜》、《孔雀东南飞》《玉台新咏》均题作"古诗",前者《太平御览》作"古乐府",后者收入《乐府诗集》"杂曲歌词";《十五从军征》《玉台新咏》收入"梁鼓角横吹曲",题作"紫骝马歌辞"(但在前面增加了 8 句),而题下注引《古今乐录》:"'十五从军征'以下是古诗。"惟《长歌行》(青青园中葵),《文选》作"乐府三首"之三,《乐府诗集》亦收(《玉台》不载)。既为歌行,前人又皆入乐府,而朱东润《中国历代文学作品选》作古诗,原因不明。或者其不似民歌,为文人之作乎? 这也说明乐府、古诗区分复杂,难以一定。
③ 朱自清《古诗十九首释》第 6 页,上海古籍出版社 1999 年版。
④ 章培恒《中国文学史》第 279 页,复旦大学出版社 1996 年版。
⑤ 最近有学者指出:"从主题上说,十九首是'欲望'之歌。此种'欲望'表达与赵音之风行、赵女之'奔富厚',均体现了汉武帝时代'以欲忘道'的社会心理和文化精神。"(杨合林《古诗十九首的音乐和主题》,见《文学评论》2011.1.)汉人强烈的拥抱、拥有世界以实现生命价值的追求中,包含着欲望的强烈,这是没有问题。但若仅用欲望来概括,难免把问题简单化了;而用"欲望"主题来读十九首,则更把这组诗的理解浅表化了。所以还是应该从更深厚、更丰富的内涵来理解十九首所表现的汉人的精神(如下引马茂元的论述就比简单用欲望来概括要深入得多。这也是我们理解汉赋中对欲望的表现时应十分注意的)。
⑥ 蒋寅《超越之场:山水对于谢灵运的意义》,见《文学评论》2010 第 2 期 95 页。

> 四时更变化,岁暮一何速!
>
> ——《东城高且长》
>
> 人生天地间,忽如远行客。
>
> ——《青青陵上柏》
>
> 生年不满百,常怀千岁忧。
>
> ——《生年不满百》

时间是漫长无限的"千岁",但人生却是短暂倏忽的。这个世界和世界上的美好事物无穷都有,而你的生命却转眼即无。这给人的刺激太大了,使人觉得一年四季流逝不停,数十年"不满百"如朝露耳。人,包括圣贤,对此居然一点办法都没有。所以,**死亡带给生命强烈的震撼:**

> 驱车上东门,遥望郭北墓。上东门:洛阳东北的门。郭北:城郭的北边,北邙山墓地。
>
> 白杨何萧萧,松柏夹广路。
>
> 下有陈死人,杳杳即长暮。陈:死去已久。杳杳:幽暗。即:动词,就。长暮:长夜。
>
> 潜寐黄泉下,千载永不寤。潜寐:深睡在。寤:醒。
>
> 浩浩阴阳移,年命如朝露。浩浩:无尽貌。阴阳移:四季变换。春夏为阳,秋冬为阴。
>
> 人生忽如寄,寿无金石固。
>
> 万岁更相送,贤圣莫能度。
>
> ——《驱车上东门》

现代西方存在主义哲学说,人是向死而生的。对于活着的生命来说,死是人生不能继续存在于这个世界上的可能性。这个可能性悬临在生命之前,使生命最敏锐地感到其最本己的自身,和反抗死亡的幽冥所产生的生命释放与激发①。《古

---

① 参见海德格尔《存在与时间》第 50 节《死亡所显现的生存论结构》,三联书店 1987 年版。

诗十九首》正是通过死亡的主题,而使人唏嘘动情地感受生命。生命的华章、生命中最美好的东西,都是永逝不停的。宴会、游戏之欢乐的同时,人们体会到的是欢乐的难留,所以"极宴娱心意,戚戚何所迫"《青青陵上柏》? 青春像鲜花一样美丽而使人更感到像鲜花一样容易凋谢! 所以"伤彼蕙兰花,含英扬光辉,过时而不采,将随秋草萎"《冉冉孤生竹》①。

于是**要人珍重生命**,对人生不如意,"弃捐勿复道,努力加餐饭"《行行复行行》,保重、健康,回归生命最基本、最简单的事实。**人要追求富贵**,那可以达到生命的现实实现,所以说"何不策高足,先据要路津"《今日良宴会》? 人需及早立身,以荣名为宝《回车驾言迈》。**男人和女人必须及时结合,享有生命旺盛的快乐:**"菟丝生有时,夫妇会有宜"《冉冉孤生竹》。男女结合,就像"以胶投漆中",在合欢共乐中实现生命。夫妻离别,"独宿累长夜"《凛凛岁云暮》、"空床难独守"《青青河畔草》,只是生命的折磨和虚度。因而,**把生命感性快乐的享有作为人生第一原则,公开提倡及时行乐:**

> 生年不满百,常怀千岁忧。
>
> 昼短苦夜长,何不秉烛游?
>
> 为乐当及时,何能待来兹? 来兹:来年。兹,本义为新生草,一年一生,引申为"年"。
>
> 愚者爱惜费,但为后世嗤。费:指钱财。嗤:轻蔑地笑。
>
> 仙人王子乔,难可与等期。王子乔:古代传说中著名的仙人。等:等同。期:期待。
>
> ——《生年不满百》

如果我们想到连汉武帝求仙人长生术也不过连连受骗并留下愚蠢的笑料,秦汉时服药炼丹②,结果只是伤身短命等,就可以理解古诗中"服食求神仙,多为药所误"《驱车上东门》,看透神仙长生术,而求在当下的感性欢乐愉快中享有生命这种

---

① 乐府古辞《东飞伯劳歌》:"女儿年几十五六,窈窕无双颜如玉。三春已暮花从飞,空留可怜谁与同。"(《乐府诗集》卷68)可资比较。

② 秦始皇、汉武帝时所求"不死药"都是自然的植物或矿物,东汉时始有合成烧炼的丹药。

及时行乐思想的意义了。饮美酒、服纨素、居豪宅、拥佳偶、据高位、享荣名，等等，古诗中这些情感和观念，一般地看似乎太物质化了，太世俗了，前人就说它"性情未必皆正"①，缺乏高情远想，"没有什么过高的陈义"。王国维甚至说："空床难独守"、"先据要路津"云云，"可谓淫鄙之尤"《人间词话》。但正如马茂元所说：确实"这类思想是庸俗而粗野的，它的气质是浪漫而颓废的，但其中的却蕴藏着一种现实的，积极的因素"，"真实生活的向往，已经突破了钻营奔竞的浮嚣"，"赤裸裸地唱出了明朗而深沉的人生调子"，使人感到"它充满最浓厚的生活气息"，而且"不是生活现象的叙述，而是表现了人生的某些最动人的感觉和经验"②。所以，王国维又说，那些淫鄙之尤的意思"无视为淫词鄙词者，以其真也"，说写情必如古诗那样，"方为不隔"。所谓"真"、"不隔"，就是**最敏锐地抓住了生命最本已的存在和最基本、最单纯的事实**。沈用济等《汉诗说》："十九首中如'弃捐勿复道，努力加餐饭'；'空床难独守'；'无为守贫贱，轗轲长苦辛'；'忧伤以终老'；'荡涤放情志，何为自结束'；'不如饮美酒，被服纨与素'；**皆透过人情物理，立言不朽……其语万古不可易，万古不可到，乃为至诗也**"。所谓"至诗"，即生命本真实实在在无可退避之诗也③。

　　强烈的人生意识的另外一种形式，是**通过别离的相思感怀体现出来**。这包括男女、朋友间的离别相思感怀，如《行行重行行》教材 p.394、《冉冉孤生竹》教材 p.399、《迢迢牵牛星》教材 p.400、《凛凛岁云暮》、《孟冬寒气至》教材 p.402、《客从远方来》教材 p.403；和游子对家乡、家人的思念，如《涉江采芙蓉》教材 p.397、《去者日以疏》、《明月何皎皎》教材 p.403 等。这实际**是由于生命的幸福与价值实现受阻，而凸显生命意识**。一对人儿生生分别，"相去万余里，各在天一涯"，不知能否再见，留下的是绵绵思念带给人精神的折磨"思君令人老"和身体的伤害"衣带日已缓"。痛苦来源于生命中有一种坚挺的力量，因为一切随顺就无复有痛苦。这样，痛苦越是强烈，痛苦的伤害越是深重，说明生命不随顺的坚挺的力量越是强大。所以尽管是在岁月流逝的思念中加速变老，身体的丰满也随之一天天消减

---

① "如'何不策高足，先据要路津？无为守穷贱，坎坷长苦辛'、'燕赵多佳人，美者颜如玉。思为双飞燕，衔泥巢君屋'，其性情实未为正。"（许学夷《诗源辩体》卷三）

② 《古诗十九首探索》第 66—69 页，上海古籍出版社 1999 年版。

③ 《诗薮》："意愈浅愈深，词愈近愈远。""胡氏之说，盖感赏于《古诗十九首》之真挚也"（陈延杰《诗品注》）。

不存,但生命的坚持仍然是那样顽强,"努力加餐饭",用绝不退让的生命来表现自身执著的坚守和顽强的力量! 所以《行行重行行》中那最平实而又最精彩的两句:"胡马依北风,越鸟巢南枝",通过比喻,把人的生命情感的坚挺与顽强贯通天地,在宇宙间的事物即胡马、越鸟身上形象地表现出来。只不过**生命意识如此强烈的力量,在《古诗十九首》中常常表现得较为温厚蕴藉,富于美学的风致**。古诗《兰若生春阳》《文选》未录,《玉台新咏》题枚乘《杂诗》则对这种力量的强烈猛厉作直接表现:

> 兰若生春阳,涉冬犹盛滋。兰若:兰花、杜若,两种香草。
>
> 愿言追昔爱,情款感四时。愿言:语助词。追昔爱:思念从前相爱。款:真,恳切。
>
> 美人在云端,天路隔无期。
>
> 夜光照玄阴,长叹恋所思。玄阴:冬月,与前"春阳"相对,一年又去。所思:爱人。
>
> 谁谓我无忧? 积念发狂痴。

对爱人的思念和孤独的难耐,到了如痴如狂的地步! 这种强烈的生命意识及其力量的表现,我们与枚、马的赋,与司马迁的《史记》对读,当中隐然有一种共同的东西,所以说它们都表现了汉人一种特殊的精神与情感。

强烈的人生意识的表现,带给《古诗十九首》一个基本的审美情调:感伤。"徙倚怀感伤,垂涕沾双扉"徙倚:低回。在门口低回眺望,垂涕自然就沾双扉了,第十六首《凛凛岁云暮》直接提出了"感伤"。这种感伤,是在人生的短暂、不如意,在美满生活的不可及或丧失中,敏感与痛感人的生命本质,是因没有而更加憧憬,由失落故益发执著,是一种用否定表现肯定的深刻之美。

《古诗十九首》的杰出价值,还在于它杰出的艺术表现方式。这一点前人有很多很精彩的总结,这些下面来介绍。我由于在讲授这组作品时感到和提出了它强烈的生命意识,因而也发现了它艺术表现上一个杰出的特点,那就是**由生命中种种矛盾冲突、紧张对立所形成的抒情结构**。这与一般诗歌用陈述描写、情景相生形成优美的意境以感人不同,而强烈地使人感到一种深刻的力度美——这种风格与乐府诗是相通的。前人对这一点忽视了,只看到古诗和平温厚、乐府遒深劲绝①。其实古诗与乐府产生的时代多有相同,且当时同入乐府演唱,而所用的音乐也是共同的,风格不可能完全相反而没有相通的一面。《古诗十九首》表现情感是微婉含蓄,还是遒劲直露? 其实不是二居其一,而是两者皆有。说它遒劲直露,因为它与汉乐府是同一种时代风格的表现;说它微婉含蓄,因为它善用比兴托喻的方法详下。许学夷针对王世贞的"微词婉旨"说,认为《十九首》"意亦时露,不得以微婉称之"《诗源辩体》卷三。王、许之论都可为作品印证,但都只看到了一个方面。

在强烈的生命意识里,**生命本身的美好与短暂就构成紧张的冲突**。其中一个最富典型性的情景是:

> 兔丝生有时,夫妇会有宜。……兔丝:蔓生植物,依附、攀援他物而生。会:聚,合。
>
> 思君令人老,轩车来何迟。轩车:有篷的车,古代大夫以上乘,此指丈夫求功名在外。
>
> 伤彼蕙兰花,含英扬光辉。蕙:兰的一种。英:花,比喻青春容颜。
>
> 过时而不采,将随秋草萎。
>
> ——《冉冉孤生竹》

青春年华的男女间相互给予是最为盛美的,而青春年华又是十分短暂的,这本来就包含着紧张。如果美好的青春年华无法给予对方,让她白白流逝,那包含着的紧张冲突就会在心里强烈地呈现出来。其实,拥挤在人生时间轴上的许多东西,如事业、成功、发达等等,都因为生命短暂,没有更多的时间来打拼和等待而构成一种紧张:

> 青春陵上柏,磊磊涧中石。陵:大的土山。磊磊:众石头攒聚。以柏、石之不变起兴。

_____

① 参见萧涤非《乐府诗词论数·乐府的诙谐性》所作的比较及引文,齐鲁书社 1985 年版。

人生天地间,忽如远行客。忽:迅速。"远行客"与"陵上柏"、"涧中石"对照。

斗酒相娱乐,聊厚不为薄。斗:酒器。聊:姑且。厚:醇酒。薄:淡酒。

驱车策驽马,游戏宛与洛。驽马:劣马。宛、洛:皆为东汉都市,偏义复词,指洛阳。

洛中何郁郁,冠带自相索。冠带:官员的衣帽①。索:求,即贵要同气相求,不理别人。

长衢罗夹巷,王侯多第宅。长衢:大街。此句说在大街两旁小巷内有许多王侯宅第。

两宫遥相望,双阙百余尺。两宫:洛阳城内的南北宫,相距7里。阙:宫门前的望楼。

极宴娱心意,戚戚何所迫?极宴:盛宴、欢宴。迫:逼。

——《青青陵上柏》

诗以坟陵的环境开始,让人感到死亡悬临于生命现实的紧张冲突。人们想要以美酒欢宴和游戏观玩来逃避和转移,但观玩中看到冠带、豪第、宫阙,与自己人生尚无出路,还被拒绝于事业、成功与发达的圈子之外形成反衬,反而使心理的紧张冲突更加强烈,所以用"戚戚何所迫"结尾。"迫"是生命时光和生命任务之冲突的紧迫,"戚戚"是这一紧迫冲突所带来的忧惧。从"斗酒相娱乐,聊厚不为薄"来看,抒情主人公是在抖擞精神挣扎,姑且一掷千金,弃薄酒而饮佳酿,让人生也奢豪一刻,但在时间与功业的冲撞挤压之下,这样一种抖擞挣扎的"极宴"之"极",终归不敌"戚戚"之"迫"。"何所迫"问得深沉,它把一种外在的社会地位冲突转化为内在的生命煎迫!所以不是指向现实的抗争,而是指向心理的紧张。《古诗十九首》所写的许多情景,都体现着这种紧张。像《去者日以疏》写的人生去日渐远多而来日渐近少,眼前即是坟墓和风吹白杨"萧萧愁杀人"的景象,勾起游子归家不能将客死异乡的心理紧张。《生年不满百》想要秉烛达旦、夜以继日来争夺时间、加长快乐的行为,只是由于"何能待来兹"的挤迫。

---

① 冠:古代贵族男子的头饰,庶人只能戴巾帻,不许戴冠(《释名·释首饰》:"士冠,庶人巾。")巾,本以拭物(如擦汗),后着之于头。帻(包头发的巾(蔡邕《独断》:"帻者,古之卑贱执事不冠者之所服也。")带:古人衣襟向左掩,在腰间以带束之。丝织的大带又叫"绅",官员上朝时将笏(手板)插在腰间,所以"缙绅"成为官员的代称。

　　《古诗十九首》杰出的艺术表现方式的另一方面,是引起前人无限赞叹的**自然浑成的风格**。对此,谢榛最有体会,他说:"《古诗十九首》格古调高,句平意远,不尚难字,而自然过人矣。"又说:"《古诗十九首》平平道出,且无用工字面,若秀才对朋友说家常话,略不作意。如'客从远方来,寄我双鲤鱼鱼形信函,呼童烹鲤鱼,中有尺素书信'是也。及登甲科,学说官话,便作腔子,昂然非复在家之时,若陈思王'游鱼潜绿水,翔鸟薄迫近天飞。始出严霜结,今来白露晞干'是也。……官话使力,家常话省力;官话勉用力然,家常话自然。"《四溟诗话》自然浑成,可以从多方面理解。从语言层面看:谢榛指出其诗句的"自然过人"自然过人是不容易的,那是无需妆饰的天成之美,是最高的美。叶嘉莹指出它不是以一字一句见长,根本就看不出哪一句是诗眼,而是浑然一体,每一字每一句都有它感发的力量,整首诗里面充溢着一种生命精神和情感①。也可以从创作构思层面看:诗人由生活的事事物物所触发,"随语成韵,随韵成趣"胡应麟《诗薮》,故一片神行,无迹可求②。像《客从远方来》写女子收到男友寄来的一匹罗绮,诗就由此开头,下面说"相去万余里,故人心尚尔",是女子收到礼品直接的感动。"文采双鸳鸯,裁为含欢被",是因罗绮上的图案引发女子动情后对共枕合欢的联想。最后说相思之情像解不开的死结,像胶和漆紧紧粘合。这一切都是那位女子收到远别男友礼品后很自然的情感反应和想象,是不得不如此,是临事当景而发至情、陈至真,没有一点勉力和做作。

　　善于运用形象托喻的方法,也是《古诗十九首》杰出艺术表现的一个方面。陆时雍说:《古诗十九首》一大特点是用"托":"情动于中,郁勃莫已,而势又不能自达,故托为一意、托为一物、托为一境以出之。"《古诗镜》"托"也就是比兴。所以梁启超说:"十九首第一特点,在善用比兴……汉人尚质,西京尤甚,其作品大抵赋多而比兴少;到十九首……专务附物切情,越鸟胡马,随手寄兴,辄增妩媚。至如'迢迢牵牛星'一章,纯借牛女作象征,没有一字实写自己情感,而情感已活跃句下。"③

―――――――――

①　《汉魏六朝诗讲录·古诗十九首》第70页,河北教育出版社1997年版。

②　"《十九首》触物兴怀,未尝先立题而为之,故形象玲珑,无端倪可执。此外因题命词,则渐有形迹可求矣"(许学夷《诗源辩体》卷三)。

③　《中国之美文及其历史》第130页,东方出版社1996年版。

这样就使《古诗十九首》在情感表现上具有婉曲含蓄、兴发无尽的风致。陈祚明推《古诗十九首》为言情之"至极"。他说："言情能尽者，非尽言之之为尽也。尽言之则一览无遗。惟含蓄不尽，故反言之，乃使人足思。盖人情本曲，思心至不能自已之处，徘徊度量，常作万万不然之想。今若决绝一言则已矣，不必再思矣。故彼弃予矣，必曰亮通"谅"，诚不弃也；见无期矣，必曰终相见也。有此不决绝之念，所以有思，所以不能已于言也。**《十九首》善言情，惟是不使情为径直之物，而必取宛曲者以写之，故言不尽而情无不尽**。"《采菽堂古诗选》如《行行重行行》说"游子不顾返"，只说没顾及到，而不说不愿。《冉冉孤生竹》只说"轩车来何迟"，不说不来。《青春河畔草》说"空床难独守"，而不是不守。真的是使情感有无限宛曲，在心理的徘徊度量中愈转愈深。

阅读书目：1.《古诗十九首集释》，隋树森编著，中华书局香港分局1958年版。

2.《朱自清、马茂元说古诗十九首》，上海古籍出版社1999年版。

第九讲　汉代的议论散文

一、汉代议论散文鸟瞰

有个问题需要在此订正一下：一般文学史都讲"秦汉文学"，是缺乏考虑的。秦代不是秦国、秦国属战国时代从公元前221到公元前207，前后共15个年头，历始皇嬴政，二世胡亥、子婴三朝，其中二世不足三年，子婴数月而亡。嬴政取名"始皇"，是要"二世、三世以至万世"，永为人主，不料身后仅传了3年！秦代之功与罪都很煊赫，但它残暴到不能见容于人世，这是历史的结论，谁也不能为之辩解①。它的统一，也给当时带来了难以承受痛苦和流血，所以历史不能容忍它。它"以法为教，以吏为师"，"焚书坑儒"，文化观念极端专制、狭隘。所以，秦代是没有堪与传世的文学的②。《文心雕龙》说秦"颇有杂赋"《诠赋》。按《汉书·艺文志》有秦时杂赋9篇、"亦造仙诗"《明诗》。按《史记·秦始皇本纪》36年"使博士为《仙真人诗》"，但今俱不传。秦代传世的只有李斯为秦始皇巡游封禅③刻石纪功的铭文《史记·秦始皇本纪》录有泰山、琅琊台刻石等，那是严峻浑重的应用文，但不是文学。"政无膏泽，形于篇章"《文心雕龙·奏启》，政治刻薄寡恩，表现在文章上，使文章缺乏文采——刘勰当时已如此论断。有两件作品一般文学史放在秦代讲，其实是错误的。一是《谏逐客书》教材 p.1。李

---

① 鲁迅说秦始皇吃亏在国祚太短，所以大家都骂他。问题是它为什么国祚短？所以这种话代表了鲁迅对待事情和认识问题短的一面，却还有学者引之以论秦嬴，此不足为鲁迅荣，贤者讳之。
② 陈中凡《汉魏六朝文学》："秦人尚法制，根本反对文学（按：见《韩非子·五蠹》等）……所以秦人统一天下后，几乎无文学可言。"（见《中国大文学史》141、142页，上海书店出版社2001年版）游国恩等《中国文学史》："在钳制思想，摧残文化和刑法统治之下，秦代文学没有什么成就。"（102页，人民文学出版社1963年版）
③ "封禅"是祭祀天地。裴骃《史记集解》："积土为封"，即累土筑坛祭天；又"除地为墠……后改'墠'曰'禅'"，即经清除整理造成一块干净平地祭地。

斯上书时在秦王政十年前237,即秦统一前16年。二是《吕氏春秋》。它完成于秦王八年前239,更在秦统一前18年。两者都是战国文学。就文献而论,文学史上秦代是空白,是没有东西可讲的,所以我们正名而径称"两汉文学"。

汉代议论散文,大致可分为三个阶段:

1. 汉初至昭、宣时代,约150年,是直接沿着先秦散文的创作精神而发展。战国时代士人的独立意识和强势精神尚有回响①。作者敢讲话,有个性,肆情放言,无所遮蔽,具有一种淋漓酣畅的风格。这是一个文章最有气势,被作为以气论文的典型的时代。主要作家作品有:

陆贾-240? ——170?:《新语》王利器《新语校注》,中华书局1986年版②。

邹阳-206? ——129:《谏吴王书》见《汉书》本传、姚鼐《古文辞类纂》、《狱中上梁王书》同上。

贾谊-200 ——168:《新书》见王洲明等《贾谊集校注》,人民文学出版社1996年版,文学上最具体表性的为《过秦论》教材p.7 、《治安策》见《古文辞类纂》等。

晁错-200 ——154:《言兵事疏》、《论贵粟疏》教材p.24 等见《古文辞类纂》。《晁错集注释》汇集《汉书》等所录,有人民出版社1976年版。

枚乘? ——140:《说吴王书》、《复说吴王》见《古文辞类纂》。

刘安-179 ——122:《淮南鸿烈》③刘文典《淮南鸿烈集解》、何宁《淮南子集释》,皆中华书局新编诸子集成本;张双棣《淮南子校释》,北大出版社本;许匡一《淮南子全译》,贵州人民出版社本等④。

东方朔-154? ——93:《答客难》、《谏营起上林疏》、《非有先生论》见《汉书》

---

① 如邹阳《上吴王书》:"今臣尽知毕议,易精极虑,则无国而不可奸[通"干",求];饰固陋之心,则何王之门不可曳长裾乎?"

② 陆贾尚著《楚汉春秋》。有辑佚本,清代茆泮林编。王利器《新语校注》附录。

③ 鸿烈:大明道之言;鸿,大;烈,明。按:该书本名《鸿烈》,刘向校称《淮南》,东汉后合称《淮南鸿烈》,《隋书·经籍志》始作《淮南子》。

④ 《淮南子》一书十分重要。张舜徽说:"余平生诱诲新进及所以自励,恒谓读汉人之书,必须精熟数种以为之纲。一曰《太史公记》,二曰《淮南王书》,三曰《汉书艺文志》,四曰王充《论衡》,五曰许慎《说文》。以为不精绎《太史公记》,则无以探学术之源;不详究《淮南王书》,则无以知道论之要;不通《论衡》,则不能广智;不治《说文》,则莫由识字;又必以《汉书艺文志》溯学术之源流,明簿录之体例。精熟此五家之书以立基,可以博涉广营,汇为通学。"(《汉书艺文志通释自序》)文学上,刘勰肯定它"得百氏之文采"(《文心雕龙·诸子》),王世贞说它"其笔甚劲……盖自先秦以后之文,未有过《淮南子》者"。刘熙载称赞它"奇伟宏富"(《艺概》)。多用故事、神话、寓言,语多骈俪、铺张,文多韵语。

本传、萧统《文选》。

　　杨恽? — -56:《报孙会宗书》见《文选》。

　　这个时期最值得注意的是以亡秦为鉴戒的政论。我们在贾谊一节作具体分析。

　　2. 西汉后期至东汉前期,约200年,政治上集权专制日渐严密,思想上守经尊儒的风气越来越盛,文风上也改变了西汉前期声腔气势夺人的格调,而**趋于平和雍容、醇正典雅。行文喜引经典、述故事为根据;不事激壮,但求明达;文气渐杀而思理趋严**。这种情形若打个比方,就像是儒家的孟子之文变为荀子之文。这样的文章,需着意求理解而不是求情感的打动,所以用现代"文学"观点看,其文学性就有所不足,体现了议论文走上与文学分道扬镳的道路,是议论文文学性的退出,也预示了文章情理辞华浑穆不分时代的结束当然在中国古代,这个过程始终没有完成。这时文章经术化的风气,向来以刘向①、匡衡等为代表尚有班固《汉书》,因其系史传散文,故此处不论。刘向《条灾异封事》、《论起昌陵疏》,匡衡《论治性正家疏》等俱见《古文辞类纂》,称古据典,历历陈说,义当辞明,颇见其风格。

　　但是,战国时代的士人精神及文风,在这个时代仍然具有影响。士人并未泯没其胆识,遇事敢讲话,并且话讲得尖锐直接而不是嚅呢吞吐,终不失汉人格调。如刘向《论起昌陵疏》引《易》、《书》、尧、舜一路说下来,并引秦造骊山之灾说:陛下成帝理应弘汉家之德,"而顾与暴秦乱君竞为奢侈,比方丘陇……臣窃为陛下羞之"。又刘向校录群经,而写了一些"叙录"体学术论文,持论虽折中儒家,但也并非一味盲从而无个人见解。例如《战国策叙录》:

　　　　战国之时,君德浅薄。为之谋策者,不得不因势而为资凭借,据时而为政。故其谋扶危持倾,为一切之权权变。虽不可以临教化,兵革救急之势也。

---

　　① 刘向对中国文化有卓越贡献。秦始皇焚书和秦汉之际的战乱,先秦典籍灭失严重(刘歆《移书让太常博士》至谓汉兴时"天下惟有《易》卜,未有他书")。西汉孝武、孝成帝并闵"礼坏乐崩、书缺简脱",敕令"广开献书之路","求遗书于天下"。刘向受诏校经传诸子诗赋,二十余年间孜孜于官私藏书的搜集整理,居功至伟。章炳麟将他与孔子相比,说"**春秋以来,六艺折衷于夫子;西京以降,群书删定于子政。盖异世同符矣**"(《校雠学·原始篇》)。刘向整理的书籍甚多,如《楚辞》、《战国策》等;所编著的则有《说苑》《新序》;其自著文,明张溥辑为《刘子政集》。

皆高才秀士度时君之所能行,出奇策异智,转危为安,运亡为存。亦可喜,皆可观。

下笔是周延持平之论,而不作矫激之言。但对策士们如此高的肯定评价,即非为儒学独尊所囿,而是有自己的真实见地。尤其在朝廷明令贤良对策"勿以苏秦纵横"之后①,更可见士人论事仍有自己独立的尺度。

这一阶段的文章中有一个问题需要说明,就是喜欢谈天人感应和灾异谴告。这是受董仲舒及后来谶纬之学的影响。武帝时,举贤良文学之士前后数百,而董仲舒-179--104以贤良对答策问《天人三策》,为大一统的专制王朝确立主导思想:"诸不在六艺之科、孔子之术者,皆绝其道。"同时推言天人相感:"国家将有失道之败,而天乃先出灾害以谴告之;不知自省,又出怪异以警惧之;尚不知变,而伤败乃至。"《汉书》本传记载:武帝时,辽东高庙、长陵高园殿失火,"仲舒居家推说其意"。推说的内容是:辽东高庙失火,表示地方不法诸侯该杀;长陵高园殿失火,表示在朝不法大臣该杀据《汉书·五行书》。这是一个最好的例子②。这种天人感应的思想进一步发展,就成为谶纬神学。"谶"本来就是一种具有感应、预示功能的神秘隐语或符号;"纬"则是相对"经"而言的、西汉中叶出现的一种解说发挥经书的著作如《易纬》、《诗纬》、《春秋纬》等,主要倾向是把"六经"神秘化,把孔子神圣化,把儒学宗教化。例如《春秋纬》中有一篇《汉含孳》,说孔子作《春秋》是"为汉制法",即孔子知道后来会有个汉朝,就预先为它制定了一套政治、道德的法则。这是纬书中的谶。正因为纬书中每有谶语,后人就将谶、纬合并,通称"谶纬",其实二者本不是一回事③。灾异感应之说在西汉后期至东汉盛行,广泛地影响了议论文的写作。例如刘向《条灾异封事》、《使人上变事书》等,都讲到灾异感应。《使人上变事书》中说:"弘恭等奏望之等决狱三月,地大震;恭移病出,后复视事,天阴雨雪。由是言之,地震殆为恭等。臣愚以为宜退恭、显,以章蔽善之罚;进望之等,以通贤者之路。如此太平之门开,灾异之原塞矣。"这是以灾

---

① 汉武帝策问严助,曰:"其以《春秋》对,勿以苏秦纵横。"

② 董仲舒因此吃了亏。在他还未及上报朝廷时,主父偃来访,"私见,嫉之,窃其书而奏焉。上召视诸儒,仲舒弟子吕步舒不知其师书,以为大愚。于是下仲舒狱,当死,诏赦之。仲舒遂不敢复言灾异。""不敢复言"是指他以后不敢再联系现实政治,而并非放弃"天人感应"学说。

③ 参看冯友兰《中国哲学史新编》第三册第二十七、三十一章,人民出版社1985年版。

异感应来助善除恶除掉宦官弘恭、石显。所以郭预衡说：对灾异感应说"要具体分析"，"在特定的历史环境下，讲灾异谴告的，有时可能是为了正直的目的；而不讲灾异谴告的，倒可能是出于个人的私利"。所以"言者未必非，不言者未必是"①。

当然，灾异感应在思想方法上通向迷信，所以又出现了一些与之作斗争的著述。著名的有：

桓谭-23？——50：《新论》已佚，有朱谦之《新辑本桓谭新论》，中华书局 2009 年版；

王充-27——97？：《论衡》黄晖《论衡校释》，中华书局 1990 年版。

《新论》反对假托谶纬以言政事，不为潮流左右，所以王充说"君山桓谭字君山之论难追"。《论衡》"疾虚妄，归实诚"，对于被纬书神化了的孔子，也敢于讥刺批驳。这也可以说是灾异感应之说反激的影响。另王充主张"文由语也"《论衡·自纪》，行文宁浅明而忌典奥，论事必至透彻曲尽，亦有特色。

3. 东汉后期，约 70 年。远在东汉中期，和帝引用宦官郑众诛杀外戚窦宪，便开始了绵延不断的外戚与宦官的争斗和轮流专权。戚、宦无论哪一方上台，都树立私党，加上皇帝卖官，政治腐败已极。到桓、灵之世桓帝至汉亡计 74 年，地方官员范滂、岑晊惩治豪强，太学生受到激励，也批评朝政。学生首领郭泰、贾彪与名臣李膺、陈蕃等结盟史称"清流"、"清议"，声势更盛。宦官于是借事逮捕李膺等二百余人，称他们为"党人"。后灵帝朝又接连捕杀党人史称"党锢之祸"。被捕的党人终身禁锢，不许仕进，故称"党锢"，把清流士人与宦官等社会腐朽势力的矛盾推向了极致。

清流士人"危正，高言深论，不隐豪强"《后汉书·党锢传》，乃至"匹夫抗愤，处士横议"，"婞刚直之风，于斯行矣"同上《党锢传序》。影响到文风，当然就没有了典雅雍容，而代之以**劲直与激切。挟气以行文，论理不复顾忌持平醇正。**

如仲长统 180—220《昌言》全书已佚中《理乱》教材 p.178 一篇，说富豪之人："琦赂财物宝货，巨室不能容；马牛羊豕，山谷不能受；妖童美妾，填乎绮室；倡讴伎乐，列乎深堂……三牲之肉，臭而不可食；清醇之酎醇酒，败而不可饮。睇盼则人从其目之所视，喜怒则人随其心之所虑。"这样大、这样实在的享乐，"苟能

---

① 《中国散文史》（上）第 265 页，上海古籍出版社 1986 年版。

运智诈者,则得之焉。苟能得之者,人不以为罪焉。源发而横流,路开而四通矣。"似乎只要取得财势,不论你用什么手段,照例一切亨通!既然这样,"苟目能辨色,耳能辨声,口能辨味,体能辨寒温者,将皆以修洁为讳避忌恶厌恶,设智巧以避之焉"。为何竟有这要的恶果呢?**"斯下世人主一切之愆也"**!完全是由统治者一手造成的。前半是愤激之言,后半又归于正论直斥,颇可见其挟气行文的风格。

要说明的是,清流士人意气激扬的文字,传世甚少。就前人评论来推断,少年时曾拜见李膺并受其赏识的孔融153—280,应是最典型的代表《文心雕龙·才略》称其"气盛于为笔",又《章表》称其"气扬采飞",但由于孔融流传下来的文章不足以概见其文风全貌,像那些以清议著称的前辈一样,他特立峻拔的风格主要还是在人生行事上见出,这实是一大遗憾。

二、贾谊

汉代的议论散文,从文学角度看,以贾谊成就最高,影响最大。

贾谊是西汉前期的青年政治家,早年以能诵诗属书闻名乡里,后被推荐,文帝召为博士,仅一年超迁至太中大夫掌议论朝政。遂建议改正朔"正"即一年的第一个月,"朔"是每月的第一天,正朔即正月的朔日。汉初沿用秦历,以亥月即夏历十月为一年起始,至武帝元封七年改用太初历,以寅月即夏历一月为一年起始,即夏正。易服色①秦以水

---

① 这牵涉到"五行"之学。据《史记·封禅书》,秦始皇采用齐人邹衍等"五德终始"说,认为"周为火德,灭火者水,故自谓水德",与四时配合,冬季属水,故以十月为岁首(正月)。按:五行与方位、颜色、乐律、季节等相配,一一对应,在古代文献中常被利用,附注于此:

五行:　木　火　土　金　水
五方:　东　南　中　西　北
五色:　蓝　红　黄　白　黑
五声:　角　徵　宫　商　羽
四季:　春　夏　季夏　秋　冬

五行思想产生于西周,最早见于《尚书》之《甘誓》和《洪范》。《洪范》对五行有具体说明,但它可能是战国五行家伪托的作品。《礼记·月令》讲五行与四季等配合,土之所以放在夏秋之间,因其从夏季的火生出,而转生秋季的金。《管子·四时》、《吕氏春秋·应同》、《淮南子·天文训》、《史记·天官书》及邹衍的著作(已佚)等都有涉及。五行顺序各家有异,《洪范》是:水、火、木、金、土,《吕氏》是:土、木、金、火、水。**五行的"行"是周流运行,故五行相生相克。**木生火(木料燃烧生火),火生土(万物经火成灰),土生金(矿物由土挖出),金生水(金属能变为液体),水生木(水滋养植物生长);木胜土,金胜木,火胜金,水胜火,土胜水。

德王,尚黑;土克水,贾谊认为汉以土德王,尚黄、改制度、定官名、兴礼乐等。这些建议以文帝谦让未能实行。但一些法令的更改及遣列侯就国_{汉初王侯皆住京城,声气联络,难以约束},都是贾谊所提出。勋臣们_{如绛侯周勃、颍阴侯灌婴、东阳侯张相如、御史大夫冯敬等}不满贾谊,以为年轻人生事出风头。文帝因而疏远他,打发他作长沙王吴芮之孙吴差_{汉初存在时间最长的异姓王}太傅。后曾受召晋见,对鬼神之故,文帝为之前席。于是改派为梁怀王_{文帝爱子}太傅。后来梁怀王不幸骑马摔死,贾谊自伤失职,郁郁而亡,年仅 33 岁。贾谊当时到长沙,触景生情,作赋悼屈原;他的经历确与屈原相似,故司马迁将之与屈原合传。

贾谊的政论散文,著名者有《过秦论》_{教材 p.7}、《陈政事疏》_{一名《治安策》}、《论积贮疏》、《请封建子弟》等。这里介绍《陈政事疏》。这篇文章代表了汉初士人干预现实,凭情直书,无所避忌的精神。据《汉书》本传,文章是在贾谊外放改梁怀王太傅时所作,可见汉代士人在遭受打击后仍勇于言事的风格。文章针对的是当时的现实。"是时,匈奴强,侵边。天下初定,制度疏阔。诸侯王僭越,地过古制,淮南、济北王皆为逆诛,谊数上疏陈政事"_{《汉书》本传}。

《陈政事疏》一开始,即发危言耸听之论:

> 臣窃惟事势,可为痛哭者一,可为流涕者二,可为长太息者六。若其它背理而伤道者,难遍以疏列举。

并且认为,当时的形势,决不能认为"天下已安已治矣"。如果那样,就像"抱火厝_{cuò 安放}之积薪之下而寝其上。火未及然,因谓之安"。

当时可为痛哭者是诸侯拥地自重,"制大权以逼天子";

可为流涕者是"匈奴慢侮侵掠……而汉岁致金絮采缯以奉之",且朝廷"不猎猛敌而猎田彘,不搏反寇而搏蓄菟";

可长太息者是"四维"_{礼义廉耻}不张,仁义不行,德教不施。当时的社会,已趋向严重的不平等:"百人之作,不能衣一人。"

在所谓文景盛世开始之时,讲这样的话,确实表现了一种难得的识力与胆力。而针对这种情况提出的建议,像"众建诸侯以少其力"、"以属国之官以主匈奴"、以礼义廉耻化治臣下等,也都实际可行。

这真正是汉初人的文章,见得到,说得出,文气充沛①。这篇长达六千字的大文章是很可贵的。归有光说:"此是千古书疏之冠,何止西汉第一!"宋晶如等《古文辞类纂》注引方孝岳说它"是论说文中一面最大的旗帜"《中国文学八论·中国散文概论》。鲁迅则称《陈政事疏》与《过秦论》及晁错诸文为"西汉鸿文,沾溉后人,其泽甚远"《汉文学史纲要》。

三、讲读《过秦论》

《史记·秦始皇本纪》结末"太史公曰"录贾谊《过秦论》教材 p. 7—23 ,以为:"善哉贾生推言之也"。那是未分离的一整篇文字《陈涉世家》"诸先生曰"又录"秦孝公据殽函之固"至"仁义不施,攻守之势异也",是我们现在最熟悉的一段。后来被分为上、中、下三篇如姚鼐《古文辞类纂》。细读全文,分为三篇是有道理的。如果混作一篇,语意不无重复。作三篇编排的顺序也比较合理,先始皇、次二世、次子婴。

文章总结秦亡的教训:一是不懂得"取与守不同术"——"并兼者尚诈力,安定者贵顺权"。取得天下之后,"牧民之道,务在安之"均见中篇,而始皇与二世却反其道而行之。二是"暴虐"和"贪鄙"。"繁刑严诛,吏治刻深,赏罚无当,赋敛无度"。只顾自己享受,"骊山未毕,复作阿房"均见中篇。人民无法生存,终于揭竿而起。三是钳制舆论,无法接纳正确的意见:

> 当此时也,世非无深虑知化之士也。然所以不敢尽忠拂违,不顺过者,秦俗多忌讳之禁,忠言未卒于口而身为戮没矣。故使天下之士,倾耳而听,重足而立叠足而立,不敢前行,形容恐惧,拑口而不言。是以三主失道,忠臣不敢谏,智士不敢谋,天下已乱,奸不上闻,岂不哀哉! 下篇

这样的文字,是"过秦",也意在警汉。下篇结末直接提出:"前事不忘,后事之师也。是以君子为国,观之上古,验之当世。"

---

① 这是从文学上评论。明代王淑英给方孝孺写信以贾谊等为例说:"凡人有天下之才者固难,能自用其才者尤难。……子房之于高祖,察其可行而后言,言未尝不中,故高祖得以用之;贾谊之于文帝,不察其未能而易言之,且又言之太过,故大臣绛、灌之属得以短之,于是文帝不能获用其言。"(陈建《皇明通纪》309 页,中华书局 2008)王淑英说贾谊"言之太过",实即鲁迅所谓"疏直激切,尽所欲言"(《汉文学史纲要》),不过一做人言,一从文学言耳。

作为总结历史教训，三篇连续才更全面深刻。但作为文学，则上篇最为出色。《文选》、《古文观止》及现代一般文学选本，多只录上篇。下面分项讲解上篇：

1. 出色的对比手法。包括：

a. 秦兴盛之渐与其灭亡之速对比；

b. 秦之一与六国之众对比；

c. 六国抗秦之难与陈涉灭秦之易对比，和六国人才之多与陈涉起事之陋对比；

d. 秦之金城千里与陈涉疲散之卒对比。

前人评点，揭示这些对比十分精彩。如"秦王既没，余威振于殊俗"下，金圣叹《才子古文》评曰："下文'然而陈涉'四字，笔势且作大转。此是带一句。"说的是文章前后过渡，实际又提示了陈涉之众与"关中之固，金城千里"的秦国对比。如"山东豪俊遂并起而亡秦族矣"下，金评："前写诸侯如彼难，此写陈涉如此易，真可发一笑"。如"秦人开关西延敌"下，金评："上写诸侯何等忙，此写秦人何等闲。"贾谊本人在行文中也是明确进行对比的。最后一段的总结，就是把所有的对比汇集起来。如"且夫天下非弱也。雍州之地，殽函之固，自若也"，是秦自己前后对比；"试使山东之国与陈涉度长絜大，比权量力，则不可同年而语"；"六合为家，殽函为宫，一夫作难而七庙堕"等，都是在有意凸显对比。

2. 辞赋的铺张笔法。贾谊本亦赋家，《过秦论》行文敷张扬厉之极，多有辞赋笔法。又战国纵横家游说人主亦多敷张扬厉之辞，前人说汉代散文多策士之风，《过秦论》也是最典型的代表。如"以致天下之士，合纵缔交，相与为一"之下，"当是时，齐有孟尝……廉颇、赵奢之朋制其兵"一段，纯粹是为了铺张山东诸国人才多，势力大，于艺术功能甚有力，于表意功能则不必，所以可径行删去。删去后再来读："合纵缔交，相与为一。常以十信之地，百万之众，叩关而攻秦……"于文意毫无影响，连结构也弥合无间李斯《谏逐客书》中"必秦国之所生然后可……退弹筝而取韶虞，若是者何也"一段亦如此。金圣叹评点觑破此点，他在"常以十倍之地，百万之众，叩关而攻秦"下说："此正接'合从缔交，相与为一'一句成文，只因中间详写天下之十一段夹断耳"。又如指出"极写陈涉既非其人，又无其资"，"不成军旅"，"不成器杖"均金评语，都是说的铺张手法。

3. 充沛的文章气势。以气论文，《过秦论》是最高典范。文章气势表现非一,和多种因素都有关系,如作家主体的情兴、个性,作品的各种修辞方法等。这里只讲作品方面①。上面所讲的各种有关强弱成败的鲜明对比,及敷张扬厉手法,都使文章富于气势读我们认为从表意说可删的"当是时……"一段及结尾一段可知。另外,文章结构上前纵对秦之兴盛和失败、六国、陈涉的铺排描写后收对全部行文及主题作总结,以"然秦以区区之地,千乘之权,招八州而朝同列,百有余年矣",收前半;以"然后以六合为家,殽函为宫。一夫作难而七庙堕,身死人手,为天下笑者",收后半;而以"仁义不施,而攻守之势异也"一句断尽全篇,亦断尽中国第一个集权专制的大一统帝国速亡之大案。真可谓笔力千钧,气势如磐。

文气还从文字语气上见出。如首段用领字格、用排比对偶、及排偶与散句配合,用密集的动词等,把文章气势推到极致。"秦孝公"一词领起一串整散相错的句子到"并吞八荒之心",其中有 4 个对偶,1 个四重排比,包括 8 个动词,读起来一气直下领字格非一气读完,则使文句碎裂,文意也可能出错,而又顿挫跌宕。夏丏尊说:"念诵起来须急忙追赶,不能中途停滞的就是所谓气势旺盛的文章"《文章讲话·所谓文气》。

文言文大量使用虚词,使音节的重复、句调的运行形成一种特殊的相应与转折的旋律,来表现气势。《过秦论》结尾一段用"且夫"、"然而"、"试使"、"则"、"然"、"然后",与"之"、"也"、"矣"、"者"、"而"等,就是表现文气的重要因素。同学可反复念诵,进行体会。

总之,文气的"气",即是朗读时文字与呼吸配合的气语气,又是人活一口气的气生命力,而呼吸又关系心脏的跃动和血液的流动,人活一口气更关系广大的精神世界。因此,

　　　　文字朗读——呼吸——心跳血涌——生命的力量——生命的意义社会道义

这些合起来,构成了文气的艺术表现力。只是,这一切要在朗读中激活。故要知

---

① "文气"问题是学习古典文学必须注意和弄明的重要问题,夏丏尊、叶圣陶《文章讲话·所谓文气》(浙江文艺出版社 1983 年版),郭绍虞《文气的辨析》(见《照隅室古典文学论集》一,上海古籍出版社 1983 年版)所讲都甚为切实通透,笔者《文气的存在根源及文体表现》(见《中国诗学范畴的现代阐释》,上海古籍出版社 2008 年版)对这一问题也有具体阐释,可以参看。

文气，必须朗读①中国戏曲——如京剧声腔尽文句念唱用气之极，常用一口气吐一字而曲尽腔调之转折盘旋，故听之、唱之亦最能体味文气之玄奥。

阅读书目：1.《两汉文举要》，高步瀛选注，中华书局 1990 年版。

---

① 郭绍虞："文而论气，其最初本是指语言说的。""盖古文家之所谓文气，骈文家之所谓声调，实在有同样的性质。"(《照隅室古典文学论集》上 121、120 页) 朱光潜："'气'与声调有关，而声调又与喉舌运动有关……所以想得古人之气，不得不求之于声。求之于声，即不能不朗诵。"(《朱光潜美学文集》522 页)。夏丏尊："对于文章，古代人和近代人所取的手段不同：古代人重在用口念，近代人重在用眼看……所以文气是近代文章上所忽略的一方面。"(《文章讲话》第 80 页，浙江文艺出版社 1983 年版)

第十讲 司马迁与《史记》

一、司马迁与《史记》创作及体例

司马迁-145——-88,字子长,陕西韩城人韩城离龙门不远,故自称"迁生龙门"。他的一生基本是与汉武帝相始终。他与汉武帝,在精神上、魄力上,颇为相似,可以说是"并世双雄"。李长之说:"汉武帝征服天下的雄心,司马迁表现在学术上。'究天人之际,通古今之变,成一家之言',这同样是囊括一切、征服一切的力量!武帝是亚历山大,司马迁是亚里士多德,这是一个时代精神的表现。"①历史所谓的大汉气象,它那种矫健、纵横、雄肆、粗放、奢豪、冲决、深情、悲愤、沉郁、苍凉,都在司马迁及《史记》的创作上体现了出来。因此读《史记》当与读后世一般文章不同,要以了解大汉之为大汉的方式来读。

司马迁的家乡,有滔滔滚滚的黄河,有大禹疏凿过的龙门山,10 岁前,他就在这壮阔而神奇的风光中成长。

10 至 20 岁,他跟父亲住在京城,受父亲教导,并师事大学者孔安国学古文即大篆写的典籍和董仲舒学今文即隶书写的《公羊春秋》,接受了那个时代最好最全面的教育。

20 岁后有十几年时间,司马迁放足游览山河,考察文化遗迹,收集历史传说。"南游江淮,上会稽浙江绍兴会稽山,传说禹南巡在此会诸侯计功;又越王勾践被吴打败退保会稽山,探禹穴传说禹曾进入会稽山洞穴,窥考察九疑湖南道县九嶷山,舜南巡死后葬于此,浮于沅、湘湖南西北和中部两河,屈原流放处,北涉汶、泗山东境内两河,讲业研究古

---

① 李长之:《司马迁之人格与风格》第 18 页,三联书店 1984 年版。

籍,业:大书版**齐鲁之都**齐都临淄,鲁都曲阜,**观孔子之遗风**,**乡射**春秋两季乡民聚宴射箭的仪式**邹**、**峄**山东邹县峄山,邹是孟子故乡;峄山秦始皇曾巡临刻石,**厄困鄱** pó 春秋邾国都城,在今山东滕县、**薛**齐孟尝君田文封邑、**彭城**江苏徐州,项羽都城、**过梁**汉诸侯国,都山东定陶,一说魏国大梁,在今开封、**楚**陈涉为张楚王时都陈县,在今河南淮阳**以归**"。后又曾"**奉使西征巴**汉巴郡在今重庆、**蜀**蜀郡在成都**以南**,**南略**巡视邛越**嶲**郡城、**筰**沈黎郡城、**昆明**归汉后的滇王之都"元鼎六年(前111)春,武帝命驰义侯遗率巴蜀之兵平定西南夷,置五郡,司马迁监军随行考察。见《史记·太史公自序》。概括起来,他由陕西而东,到过湖南、河南、山东、江苏、浙江、重庆、四川、云南等地,华夏文明早期发生重大事件、产生杰出人物的地方,大都留下了他的足迹。这即为他写作《史记》提供了实地考察的机会,同时也是一种意义不可估量的精神洗礼。苏辙曾指出:"太史公行天下,周览四海名山大川,与燕赵间豪俊交游,故其文疏荡疏朗奔放,颇有奇气。"《上枢密韩太尉书》

36 岁时,其父司马谈死,遗命司马迁写《史记》,从此"悉论先人所次编旧闻"。两年后任太史令,又得以"紬 chóu 阅读,缀集史记石室金匮国家宝藏图书档案处之书"。

48 岁时,因为在回答皇帝询问时,发表了对李陵之败的看法,武帝认为他"沮贰师"即诋毁其小舅子李广利,论死。亲故莫救,而受腐刑赎死。因几句话就有杀头之罪;在汉代这样一个最为男性化的时代却被迫去势阉割,两方面对司马迁都是最大的耻辱、最大的荒谬、最大的悲愤!他因为"私恨有所不尽,鄙陋没世而文采不表于后",忍辱苟活,发愤著书,《史记》中凝结着他的全部尊严与生命!

约 50 岁前后从狱中出来,做了武帝的中书令管理文书,起草诏令,此职武帝时用宦官充任,常侍从左右,得以近距离感受帝王政治术,这给了他对政治非一般文人、史家可比的体会与认识。工余全力写《史记》。约在 57 岁左右去世。《史记》凝结了司马家族几代人的心血和司马迁十多年的辛劳,是各种情况机缘凑合,在作者主、客观条件都十分充足的状况下进行的。

《史记》是纪传体史书的开创之作,分为本纪、表、书、世家、列传,共 130 篇,526500 字《太史公自序》。其中本纪 12 篇,是全书的总纲,具有编年纪事的作用。本纪又可分为两类,一类以朝代为主如夏、殷、周本纪;一类以帝王为主如始皇、高祖本纪。表 10 篇,包括:大事年表如《十二诸侯年表》、《六国年表》、《秦楚之际月表》;人物年表《汉兴以来诸侯年表》、《惠景间侯者年表》、《汉兴以来将相名臣年表》。历史人物传不胜传，人物年表是对列传的必要补充。书 8 篇，系统记述典章制度，可以说是分类文化史如礼、乐、律、历、天官、封禅、河渠、平准诸项。世家 30 篇，记诸侯，以其子孙世袭，故称世家。列传 70 篇，主要是各种杰出人物的传记单传、合传、类传、附传，也包括对少数民族的记载南越、东越、韩鲜、西南夷等所谓"四夷传"。通过这五方面的配合与互补，构成了《史记》完整的历史叙述体系，成为后来"二十四史"的通用体例①。

二、司马迁的历史叙述哲学

叙述历史是史学，理解历史是哲学。但叙述历史就必须要理解历史，所以史学无论如何离不开哲学。问题是世界上由各种哲学而形成了不同的理解历史的方式，每一种方式所理解的历史，只是它所能理解到的历史。这样，历史极易成为片面、单薄、甚至肤浅的东西。于是，历史需要哲学，而又需要超越哲学。即：总需要以一种观点来理解历史上的人和事，又不能以固定的观念来看待历史上的人和事因为这样容易为成见所缚，使历史成为"图解"，把历史看作"就是这样子"。进而，既要把历史当做与我们的理性认识相对应的可理解的对象，又要把历史当做并非按理性的方式存在，因而并非可以按理性的方式加以理解的对象。这即是说，真正伟大而超绝的史学，既需要理性，又需要悬置理性，同时还需要尊重和再现历史本身不是按理性方式存在的混沌不可解亦即"非理性"的特性。这三者的结合，为伟大而超绝的史学家提供了一个张力空间。正是在这个张力空间里，真实的历史，历史的本来面目可以得到最多的呈现。

司马迁的《史记》为我们提供的正是这样一个张力空间，及其在这个张力空间里呈现出来的既往的人类活动、人性的真实状态和本来面目。

正因为如此，《史记》不只是简单地记录事件与人物；也不是单纯批判性或歌颂性地看待人物与事件；它的叙述有其确然的道义与道德立场；又能超越道义与

---

①　"二十四史"系从《史记》至《明史》(《史记》《汉书》《后汉书》《三国志》《晋书》《宋书》《南齐书》《梁书》《陈书》《魏书》《北齐书》《周书》《南史》《北史》《隋书》《旧唐书》《新唐书》《旧五代史》《新五代史》《宋史》《辽史》《金史》《元史》《明史》)，不包括"清史"，算《清史稿》则成"二十五史"。

道德而把握生命与历史运动更真实的价值;它是旨在"成一家之言"的著作,又不只是用一种思想来理解历史;司马迁是汉武帝的太史令,却又不是以官方意志或主流意识形态来写历史。人们总习惯于从确定的方面去理解问题,所以常常无法适应或很好地理解司马迁《史记》这样的张力空间。——有时连一些杰出的学者也不能或免。例如梁启超,他在《要籍解题及读法》中说:司马迁"著书最大目的,乃在发表司马氏'一家之言',与荀卿著《荀子》、董生著《春秋繁露》,性质正同。不过其'一家之言',乃借史的形式发表耳。故仅以近世'史'的观念读《史记》,非能知《史记》者也。"这样的见解,非一般学者所能言。但却遗漏了另一半,《史记》是超越史学的,但也是超越哲学的。所以它和《荀子》、《春秋繁露》也有根本区别:它不是只成就"一种"思想观念。章培恒主编的《中国文学史》有司马迁"对历史与社会的理解"一节,非常出色,但其中说"《史记》是一部批判性而非歌颂性的著作",却表述失当。《史记》不是在批判与歌颂两者中走片面路线,是兼用二者而呈现历史的张力空间。

不是简单的是非好坏判断,不只是事实的记录或观念的印证,而是复杂地、既可理解又难以说清地把握历史,这样一种张力空间的开出,才是《史记》的伟大之处。

首先,《史记》绝不只是简单的记录历史事件与人物。从大的体例上说,"本纪"写帝王,项羽只做到消灭秦朝的盟军统帅,但却被写入本纪;"世家"写诸侯,孔子、陈涉却被收入"世家";孝惠帝在位七年,但其母吕后称制,几亡刘氏,刘盈实无作为,故"本纪"不写刘盈而写吕雉。这都不是有事即书,照事实写事实的做法。

从具体的取舍上说,如《吕不韦列传》,写他如何发现子楚,以为"奇货可居",使阴谋让他做太子、当秦王庄襄王,又如何搅入后宫丑秽先是与太后有私,后俱祸,找到大阴人嫪毐,"时纵倡乐,使毐以其阴关桐轮而行,令太后闻之,以啖太后",终被牵连,贬死于道。而对于他担任秦相国凡十二年,有何作为此时是秦对东方六国用兵,实现其吞并计划的时期,却只字未提,只写他效法信陵君等四公子招慕天下士,集论成《吕氏春秋》。这样做主要写出吕不韦的投机与阴暗,与司马迁在别的许多地方以事功取人又不同。扬雄《法言·渊骞篇》以不韦为"穿窬之雄",或许吕氏本为大奸商性情,司马迁借其传而有意彰显并贬斥之? 至于马非百《秦集史》考证说："吕不韦游秦时,子政年已 10 岁,献姬之事不可信,不辨自明。嫪毐与太后本有同乡关系,太后在邯郸时必已识之",故阴进嫪毐之事亦不可信。又"吕不韦之入秦,关系秦之统一者实深且巨……仅以人才一项言之,史称'不韦食客三千',今观其所著《吕氏春秋》,包括儒家、墨家、法家、农家、兵家、阴阳家、道家、名家各派言论,集当代种种专门学者于一门,已无形取得今日所谓'智囊团.'者之用。况不韦乃东方大贾,其食客三千之中自亦必有不少富有之人。知识、金钱兼而有之,故能从事多方面之建设,秦代统一事业之得以完成,吕不韦之功实不在商鞅、张仪、范雎、李斯诸人之下也"。如此言之凿凿,自有其道理,但对于司马迁之所以那样写的用心,我们却更要深入体会《秦始皇本纪》说:"吕不韦为相……招致宾客游士,欲以并天下……王年少,初即位,委事大臣";《吕不韦列传》又说:不韦免相,"岁余,诸侯宾客使者相望于道,请文信侯",可见他的作用及在当时的影响,司马迁是一清二楚的。司马迁所写确乎舍弃了许多重要的历史事实,对一些事实的处理也或许存在传疑传信①,但通过《吕不韦列传》,却表现了历史特别发人深省的一面。

　　其次,《史记》不是单纯批判性或赞扬性地看待历史中的人物与事件。我们举秦始皇这个两千年来聚讼交争的人物为例。对于秦王纳谏齐人茅焦谏处理嫪毐后迁母太后不妥,即迎之于雍,复居甘泉宫、知人善任、"居约困穷易出人下"如"见尉缭亢礼,衣服食饮与缭同",当尉缭要离开时,坚持留下他,"以为秦国尉,卒用其计策"、临事有决断如处理嫪毐事、先后攻灭韩赵魏楚燕齐诸国的功绩《六国年表》:"秦取天下多暴,然世异变,成功大"、一统后"一法度衡石丈尺,车同轨,书同文字"及"治驰道"等措施,是有所肯定的。但对其残暴如攻破邯郸对幼年时的仇怨者"皆坑之",在阿房宫有人泄露了他对李斯"车骑众"不好的看法,即"诏捕诸时在旁者,皆杀之"等、逞淫威渡长江遇到大风,以为湘君所致,"于是大怒,使刑徒三千人皆伐湘山树,赭其山"、迷信派齐人徐市"入海求仙人",又使韩终等"求仙人不死之药"等、刚愎自用,"专任狱吏"、"博士虽七十人,特备员弗用"、士吏莫敢献言尽忠、"丞相诸大臣皆受成事,倚依辨办于上",等等,

　　① 马非百认为:"《史记·吕不韦列传》与《国策》所载内容全异。"并举出六个方面进行比较,说"司马迁记六国事多本《国策》,惟此独据他说,以示新奇,而亦最不可信"。总之是认为吕不韦入秦晚(在秦孝文王世,不在昭王世)。甚至说"《史记》所载全属伪造"。(《秦集史》,中华书局1982年版。)

都是否定和批判的。而对于接受李斯的建议,焚书、坑儒,基本上也是不赞成的,故叙述李斯焚书坑儒的理由强调是要禁私学、禁议政,专崇法教和君主的权威;又叙述长子扶苏谏坑杀 460 儒生即"诸生皆诵法孔子"者"恐使天下不安"。从叙述上看,司马迁对秦始皇的性情为人主要是否定的,但对他作为一代雄主、作为一个统一中国的政治家的作为,却能吹沙拣金地予以认可和表出。《秦始皇本纪》表现的是肯定和否定之间的一个张力场,比简单地肯定或否定都要深刻得多。因为政治家、尤其是雄鸷的大政治家,不可能光做好人或光做坏人。他若都按道义行事或行事都不合道义,是不会成功的此点于刘邦更为清楚。司马迁晚年作为汉武帝近侍,贴近体察政治家的人格、作为多年,比一般书生论事,自是思想张力要大得多。和司马迁相比,后世许多政治家和文人如李贽、郭沫若后期等对秦始皇的评价都显得单薄片面。有些评论除了思想缺乏张力外,还因或出于专制之私计,或由于趋时之阿附,或因受时论影响而不自觉。

　　在上述张力结构中叙写人物的篇章甚多,如《项羽本纪》、《高祖本纪》、《越王勾践世家》、《淮阴侯列传》、《魏其武安侯列传》等。根据传主的实际情况,也有少数篇章以褒扬为主,如《孝文本纪》、《魏公子列传》等;个别篇章以贬斥为主,如《吕太后本纪》。需要专门指出的是,司马迁对统治者,常批判多于褒扬,对他当朝的汉武帝也是如此。这不仅难得,而且其中包含着深刻的道理。对于各方面的杰出人士,则褒扬较多。

　　第三,《史记》通过叙述人物事迹揭示成败规律。将《项羽本纪》教材 p. 31 与《高祖本纪》对读,可以看出由政治见识、策略、措施所形成的成败规律。读《魏其武安侯列传》教材 p. 94 将二人对比,可以见出个性的直与曲、谨与肆、木强与伺变等所形成的成败规律。请同学阅读归纳,然后评析。

　　第四,《史记》对历史过程的偶然因素和不可理解性有深刻的表现。历史学家和我们一般人都可以从历史过程中总结出规律性的东西,但历史并不完全是按我们所认定的规律进行的,所以在面对历史的时候,必须对偶然性和不可理解性给予足够的尊重,才能对其真相获得深刻的把握。

　　刘项相争,刘邦陷入灭亡的危险境地至再至三:一者鸿门宴,一者灵壁东睢水边被围,一者荥阳被围。尤其是第二次,项羽在彭城大败刘邦:

汉军皆走逃跑，相随入谷、泗水二水徐州西北。杀汉卒十余万人。汉卒皆走南山向南逃进山里。楚又追击至灵壁今安徽宿县东睢水上。汉军却，为楚所挤，多杀，汉卒十余万人皆入睢水，睢水为之不流。围汉王三匝。于是当是时大风从西北而起，折木发屋吹掉屋顶，扬沙石，窈冥昼晦白天变成黑夜，逢迎迎头吹向楚军。楚军大乱，坏散，而汉王乃得与数十骑遁去。《项羽本纪》，教材p. 39—40

一阵大风救了刘邦的命，才有了后来与他相关的一切。历史如此吊诡，西楚霸王能如之何？历史学家又有何话说！

历史过程中有许多情况的不可理解性，更让人感到人生莫测，命运窈冥。一是价值倒错让人不可理解，一是机缘凑泊"数"之奇偶，即运气让人不可理解。历史上许许多多**价值倒错**的事实对人类的理性原则构成极大的挑战，司马迁对此感受十分强烈。《伯夷列传》指出："天道无亲，常与善人"，然而，伯夷、叔齐洁身积仁而饿死，颜渊好学乐道而早夭；相反，盗跖日杀无辜竟以寿终。当代"操行不轨，专犯忌讳，而终身逸乐，富厚累世不绝。或择地而蹈之，时合时机然后出言，行不由径不贪便宜抄小路，非公正不发愤，而遇灾害者，不可胜数"。如此倒错，人世究竟是有理则的还是无理则的？面对历史与社会中的这类情形，我们的理性何施即你讲再多再好的道理有何用？**机缘凑泊**如名将李广和卫青。卫青发迹始由其姊卫子夫故，在战场上亦每遇"天幸"如破右贤王。李广则无此幸运，既无后台，好机会轮不着他，上阵又每遇强敌，连汉武帝都留下了他"数奇"的印象。司马迁写李广的感慨："自汉击匈奴而广未尝不在其中，而诸部校尉以下，才能不及中人，然以击胡军功取侯者数十人，而广不为后人，然无尺寸之功以得封邑者，何也？岂吾相不当侯耶？且固命也？"

或许，理性过于清明和科学至上的学者认为这些都可以条分缕析地讲清楚①，并总结出可以把握借鉴的规律，消除人生的一切怀疑论和无可奈何之感，但那将丧失对历史和人生之窈冥、莫测的敬畏，丧失内心对深沉、深刻之境的体验，

---

① 如说李广长于遭遇战而不长于阵地战，故难建大功；或他出名在文景世，其时对匈奴以防卫为主，故他的打法可以制胜，到武帝对匈奴用兵以攻取为主，故其打法难以建功等。这类说法亦甚有理，但仍无法说明李广"数奇"的整个人生。

而流入浅薄的乐观主义、理性主义。司马迁作为伟大的历史学家,恰与是反!《史记》是一部极情深衷之作。司马迁的笔锋,常指向历史的幽玄深隐之处,而不是对各种历史情景给予清晰明白、"就是如此"的理解。这也是它的深刻性与魅力所在。

三、《史记》的文学性

1. 笔下常带情感诗性

历史作为科学,似乎应止于客观冷静的理智。但历史又是一门特殊的科学人文科学,牵涉到善恶悲喜的人生故事,而且在司马迁的时代,本无所谓"历史科学"这种现代学科分类意义上单纯的历史学。司马迁总是把他对历史的认知、研究与体验、情感交织在一起,从而构成客观的事实叙述与主观的价值判断融合为一的史诗诗、史合一。故鲁迅《汉文学史纲要》说它是"史家之绝唱,无韵之《离骚》","不拘于史法,不囿于字句,发于情,肆于心而为文"①。明代大文豪归有光说他"好读司马子长书,见其感慨激烈、愤郁不平之气,勃勃不能自抑"《陶庵记》,亦可见其抒情风格之强烈。

《史记》的文学抒情特性,首先源于是非善恶有道无道的价值褒贬。司马迁对于笔下的人物,有所爱,有所恨,有深情悲悯,有微言寓讽②。对于因为种种原因陷于悲剧境地的人物,常为之唏嘘不已;对于各种正直英勇、公而忘私、以身殉道、发愤有成的人物,则给以倾情赞颂;对于夏代以德相辅的君臣关系,尧舜之间禅让传贤的制度,以及文景时代与民休息的宽松政治司马迁笔下的国君,多是褒贬互见,唯《孝文本纪》通篇褒而不谀,都予以由衷肯定;对于残暴、贪婪的统治者,谄谀苟合,以私进身的文臣武将,毫不客气地加以揭露;对于法家人物和酷吏,则从根本上加以否定。

---

① 《鲁迅全集》第九卷 420 页,人民文学出版社 1981 年版。

② 罗素说:"历史必须是有趣味的……这就首先要求历史学家对他所叙述的事件和所描述的人物应该怀有感情。当然历史学家不应该歪曲事实,这是绝对必要的,但要他不偏袒他著作中所叙述的冲突和斗争的某一方,则并无必要。一个历史学家对一个党并不比对另一个党更偏爱,而且不允许自己所写的人物中有英雄和坏人,从这个意义上说的不偏不倚的历史学家,将是一个枯燥无味的作家……如果这会使一个历史学家变成片面的,那么唯一的补救办法就是去找持有相反意见的另一位历史学家。"(见《现代西方历史哲学译译文集》137 页,上海译文出版社 1984 年版)

《史记》运用一系列的艺术手法,来表现文学的抒情性。有时作者直接出面抒发情感和议论,有时在叙述中暗含深厚情感,有的通过对比、渲染,有的通过引用歌谣谚语。而为各篇人物作总结的"太史公曰",有相当一部分抒情性很强,如《李将军列传》:

> 传曰:"其身正,不令而行;其身不正,虽令不从。"孔子语,见《论语·子路》。汉文帝时《论语》等设博士官传授,称为"五经"之传其李将军之谓也!余睹李将军,悛悛 xún 通恂恂,诚实如鄙人乡野之人,口不能道辞不善于说话。及死之日,天下知与不知,皆为尽哀。彼其忠实心诚信于士大夫也。谚曰:"桃李不言,下自成蹊 小路。"此言虽小,可以谕 通喻 大也。

写得唏嘘动情、令人感动。《孔子世家》、《楚元王世家》及《留侯世家》、《魏公子列传》、《廉蔺列传》、《鲁仲连邹阳列传》等篇中的"太史公曰",都是如此。

更重要的是在叙述中寄寓褒贬美恶之情。如《吕太后本纪》描述吕雉残害戚夫人的情景:

> 太后遂断戚夫人手足,去挖眼,煇 xūn 通熏 耳,饮瘖 yīn 喑,哑药,使居厕中,命曰"人彘"。居数日,乃召孝惠帝观人彘。孝惠见,问,乃知其戚夫人,乃大哭,因病,岁余不能起。使人请太后曰:"此非人所为。臣为太后子,终不能治天下。"

《李斯列传》,写赵高拉拢李斯参与废立阴谋,李斯深知始皇有成命立长 扶苏,不可更议,亦不可辜负以存亡安危相托之恩,更深知废长立幼是逆天理、危社稷,但在赵高"听臣之计,即长有封侯","释此而不从,祸及子孙"的威胁利诱之下,却违心附逆。后又阿二世之意,献督责之术,使"税民深 收重税 者为明吏","杀人众者为忠臣",造成"刑者相半于道,而死人日成、积于市"的残暴统治。对位尊功大斯为秦丞相38 年而人格猥琐卑陋的李斯不值已甚①!

----

① 韩兆琦《史记通论》(广西师范大学出版社 1996 年版)有《史记的抒情性》一节,可以参看。

2. 以小品笔法写大文章 小品文笔法的文学性

钱穆讲中国散文,对于《史记》的文学性有一条绝大发明。他说:

> 庄周与太史公都能以小品拼成为大文,否则在大文章中穿插进小品。即如《管晏列传》,萧曹《世家》等,都把几件小故事穿插其中,而使全篇生动,有声有色。所以读《史记》也要懂得拆开一则则地读。要看其如何由短篇小品再拼成大篇①。

以小品笔法写大文章,或以片断小故事拼成大篇,在《史记》各篇都广泛使用。今举《留侯世家》为例。篇中凡"黄石授书"教材 p.70、"谏封雍齿"教材 p.74、"谏以商山四皓固太子"等教材 p.75—76,拆开单看笔致奇特,颇有小品文以精粹片断悦人的意趣。但融入令刘邦感叹"运筹策惟帐之中,决胜千里外,吾不如子房",和"高帝崩,吕后德留侯"这样一个人物的传记中,越发使这位汉朝开国第一谋士神奇莫测,如云龙雾豹,姿态横生。离开了这些小品故事,张良这位"集兵家、道家、道教智慧于一身的人物",这位后世文学作品中"军事人物模式"的奠定者陈桐生《史记名篇述论稿》,也就无从表现了。《史记》用小品笔法,从小故事着手,所成就的文学塑造之功,至大至伟。

3. 旁见侧出、矛盾逗疑的叙述方法 历史叙述法的文学性

清晰的历史记述应该是秉笔直书。但由于专制政治等情势所逼迫,许多事情历史学家不便"直书",而不得不用一种艺术的叙述,置事情的真相于隐微之间。这类艺术的叙述,《史记》常用的有两种:

一是旁见侧出。《史记》以事系人,同一件事牵涉多人。为避重复,多用"**互见法**"。但对有些人与事,这种方法主要不是为了避免重复,而是避免忌讳。对于统治者、当权者中的人物,在本传中多写表现其正面品格的事迹,而在相关人物的传记中,记述表现其恶劣品性的事实,即以旁见之事,侧出之笔,去其光环,存其真相。

如《高祖本纪》主要写刘邦过人的政治策略和善于用人、纳谏的领袖品格,但

---

① 《中国文学讲演集》第 58 页,巴蜀书社 1987 年版。又见《中国文学论丛》,三联书店 2002 年版。

对他贪财好色的一面,分别在《项羽本纪》、《留侯世家》中表出之;对他心胸狭小、猜忌功臣的一面,则在萧相国与留侯两《世家》中揭露;对他粗野侮慢、流氓无赖的一些行为,《魏豹彭越列传》、《郦生陆贾列传》及《项羽本纪》中都作了记述;《樊郦滕灌列传》及《项羽本纪》中还写到他为了自己的斗狠、为了自己逃命,置父亲和儿女于不顾的荒唐与恶劣。楚、汉相持于荥阳南京、索之间,彭越反于梁,断楚粮道,项羽逼刘邦交战,"为高俎,置太公其上,告汉王曰:'今不急下,吾烹太公。'汉王曰:'吾与项羽俱北面受命怀王,曰约为兄弟,吾翁父即若翁。必欲烹而尔翁,则幸分我一杯羹。'"教材 p. 40—41 这是以自己父亲的性命赌项羽的良心。刘邦彭城大败,被一阵旋风救了命,"乃得与数十骑遁去。欲过沛,收家室而西。楚亦使人追之沛,取汉王家。家皆亡,不与汉王相见。汉王道逢得孝惠、鲁元,乃载行。楚骑追汉王,汉王急,推堕孝惠、鲁元车下。滕公常下收载之。如是者三。曰:'虽急,不可以驱?奈何弃之!'"同上

二是矛盾逗疑。高步瀛说:"太史公遭汉武专制之世,法网严密,故论及汉君臣之事,意所不足,不敢昌正,直言之者,往往以诙诡出之。"《文章源流》他写同一人同一事,此处这样写,彼处又那样写,有意自相矛盾,让读者无所适从而生疑,从而判断和把握真相。

最突出的是《淮阴侯列传》,写韩信曾拉着陈豨的手说:你所在的河北代地,乃天下精兵处。若有人诽谤你不忠,皇上必然要对付你。那时,"吾为公从中起,天下可图也"。汉十年,陈豨果反。韩信"阴使人至豨所曰:'第举兵,吾从此助公。'"并"谋与家臣夜诈诏赦诸官徒奴,欲发以袭吕后、太子。"如此,韩信被杀,是罪有应得。但是,传中写韩信为刘邦打下大半个天下,武涉、蒯通力劝他自立为王,与刘项鼎足而三,他不肯"乡利倍义",断然拒绝。而天下一统之后,他却想依靠一群"诸官徒奴"来"图天下"!所以赵翼说:《史记·淮阴侯传》全载蒯通语,正以见淮阴之心在为汉,虽以通文说喻百端,终确然不变,而他日之诬以反而族之者之冤,痛不可言也。"《陔余丛考·〈史记〉四》而再看《韩王信卢绾列传》所附陈豨传,根本没有韩与陈相约谋反之事。陈豨之反别有原因他青年时即称慕魏公子信陵君,封侯后,乃下士养宾客,遭疑惧祸而反。两传所写,彼此分歧,就是为了留下疑点。前人认为:《淮阴侯列传》写韩信谋反是"阳依成案,阴白其冤"邱逢年《史记阐要·班马优劣》。即韩信一案,文档都是刘邦、吕雉所作,司马迁来写,不能不依

文档所记。但此案既不合情理,又违背事实,种种疑点,司马迁也予以透露①。

4. 富于故事性和传奇性小说文学特性

天底下无奇不有。历史中许多事情的过程本身就富于故事性、戏剧性。所以罗素说:"有大量戏剧性事件并不需要故弄玄虚,虽然只有文学技巧才能够把它们传达给读者。"②而且司马迁也许真有"爱奇"的倾向③,所以一部《史记》,有太多不平凡的奇人奇事,有太多以生命相搏的矛盾冲突,有太多的用鲜血写成的人生大道理,都是极限——极限处的人生道理没有道理,只有血泪凝成的命运。

《史记》所写人物事迹,许多具有较强的故事性,像《项羽本纪》里的"鸿门宴"。刘邦先入咸阳,派军队封锁函谷关。项羽经钜鹿苦战,消灭了章邯的秦军主力,一腔愤怒打进关来,真恨不得一掌拍死刘邦。这时居然有一项伯因与张良有私交而居中周旋,使刘邦径到项羽营中谢罪,占据主动。起头急,但发展却蜿蜒多姿。后范增"举所佩玉玦以示之者三",又召项庄舞剑,又有樊哙带剑拥盾闯入,"项王按剑而跽」古人席地而坐,两膝着地,两股贴两脚跟。跪而挺腰为跽,是准备起身的动作",情节直冲高潮,有千钧一发之危。但项羽终于不忍下手,情节向饮酒吃肉讲口水发展,刘邦得以溜之大吉。故事有惊无险地缓缓结束。像这样有完整情节过程的故事,《史记》中可以说寓目即是。《项羽本纪》中还有项羽杀宋义救钜鹿、楚汉鸿沟相持、项羽垓下突围等。有的《史记》选本,即着眼于故事性的考虑④。

《史记》的一些篇章,具有传奇性。"传奇"一词,含义十分复杂。它可以是一个动宾结构,可以是一个专有名词。作为专有名词,它最早用来称唐宋文言小说如裴铏有《传奇》三卷,指的是不平凡的人物故事。因此它又用来翻译西文 Romance 一词,原指法国以骑士浪漫、勇武事迹为题材的故事,后来也指那种刻画夸张的人物形象、描绘带异域色彩的场景、叙述令人激动的英雄业绩或爱情的作品。我们说《史记》的传奇性,主要指情节离奇,人物超越寻常的描写。

---

① 此问题韩兆琦《史记通论·关于史记的矛盾性》论述较详,可参看,广西师大出版社 1996 年版。
② 《历史作为一种艺术》,见《现代西方历史哲学译文集》第 138 页,上海译文出版社 1984 年版。
③ 扬雄《法言·君子篇》:"多爱不忍,子长也。仲尼多爱,爱义也;子长多爱,爱奇也。"
④ 如王伯祥《史记选》,可参见其"前言",人民文学出版社 1957 年版。

它常常传达出某种深奥的、神秘莫测的、或者超自然的精神怀想。《留侯世家》中张良的故事及商山四皓就颇有这样的传奇意味。这篇作品,通过一些事实把人们引向对一个幽玄莫测的世界的思索,并表现出道家人物的智慧风范,是具有独特意义的。

《史记》所传之奇,有神奇,如项羽之"重瞳子",为大舜苗裔;刘邦的母亲梦中与龙交,所生当然就是龙种;以及殷契是简狄吞玄鸟之卵而生;后稷是姜嫄践巨人之迹而孕,等等。这些或表明了上古历史与神话不分的事实,或表明了司马迁记录民间传说的写作方法。

《史记》所传之奇,更多属奇特、奇异,《项羽本纪》说项羽获得钜鹿之战的胜利,召见诸侯将,"诸侯将入辕门,无不膝行而前"。《李将军列传》写"广出猎,见草中石,以为虎而射之,中石没镞,视之石也。因复更射之,终不能复入石也"。这些大致由于夸张,是写文章的修辞手法。

韩兆琦说:《史记》人物传记三分之一以上约40多篇,"历史性强,小说的因素也强";还有大约10多篇,"小说气很浓,而历史感较差"①。这大大突出了《史记》的文学性,但也带来了不少关于其历史真实性的非议。我们不拟卷入《史记》文学与历史考辨的官司,只是再次指出:《史记》是"史",但司马迁时代写史的观念,与现代学科分类意义上的"史",是有相当大的区别的,不要把两者弄混了。这样,我们欣赏《史记》文学性的同时,就不会为其历史真实性所纠结。

5. 成功的人物形象塑造文学性的集中体现,文学与历史的交汇

司马迁发明纪传体,以事隶人地记录历史,这就为人物描写乃至形象塑造提供了最大的方便,使《史记》成为亦史亦文的伟大著作,并奠定了后世历史记叙与传记文学合一的深远传统②。有人统计,《史记》写了四千多个人物,其中给人以深刻印象的有一百多人。历史上的各色人物,从帝王将相到医卜侠倡等等,都在其中得到了反映。《史记》的人物描写,具有以下特点:

---

① 韩兆琦《史记选注集评·前言》第16页,广西师范大学出版社1995年版。
② 对此西方现代历史学有敏锐的感受,他们指出:"传记著述在中国各时代的历史编撰中占有突出地位。所有断代史的主要篇幅都分给了列传。……在这些传记中,往往**不能在历史和文学之间划出一条严格的界线**。"(《剑桥中国明代史》814页,中国社会科学出版社1992年版)

第一，相当一批人物形象鲜明，具有典型意义。 如韩兆琦归纳说：

> 杜周、张汤是酷吏的典型；见《酷吏列传》、《平准书》等
>
> 郭解、朱家是游侠的典型；见《游侠列传》、《季布列传》
>
> 聂政、荆轲是刺客的典型；见《刺客列传》
>
> 邓通、李延年是佞幸的典型；见《佞幸列传》、《张丞相列传》、《乐书》、《外戚世家》
>
> 淳于髡、优孟是滑稽家的典型；见《滑稽列传》、《孟子荀卿列传》、《田敬仲完世家》
>
> 石奋是恭敬小心的官僚典型；见《万石列传》
>
> 叔孙通、公孙弘是阿谀逢迎的典型；见《叔孙通列传》、《平津侯列传》、《儒林列传》等
>
> 张释之、汲黯是刚直的典型；见《张释之列传》、《汲郑列传》、
>
> 廉颇、韩信是良将的典型；见《廉颇列传》、《赵世家》；《淮阴侯列传》、《高祖本纪》
>
> 樊哙是勇猛的典型；见《樊哙列传》、《项羽本纪》、《高祖本纪》等
>
> 张良是权谋的典型。见《留侯世家》、《项羽本纪》、《高祖本纪》等

此外：

> 项羽贵族军人的豪勇与自矜；见《项羽本纪》、《高祖本纪》
>
> 刘邦市井无赖的豁达与狡诈；见《项羽本纪》、《高祖本纪》等
>
> 吕后的嫉妒、残忍；见《吕太后本纪》
>
> 屈原的耿介孤高；见《屈原列传》、《张仪列传》、《楚世家》
>
> 勾践的卧薪尝胆；见《越王勾践世家》
>
> 伍子胥的忍辱报仇；见《楚世家》、《吴太伯世家》
>
> 范蠡的功成身退；见《越王勾践世家》
>
> 魏公子信陵君，名无忌的礼贤下士；见《魏公子列传》
>
> 鲁仲连的见义勇为，见《鲁仲连列传》

李斯的自私自利。见《李斯列传》、《韩非列传》等等。①

司马迁写出了人物的典型意义,同时也注意写出同类人物的差异和个性。例如同写帝王,汉高祖无赖,汉惠帝软弱,汉文帝仁厚,汉景帝刻薄,汉武帝多欲。西汉前期这五个皇帝,各有风姿。同写谋臣,范增性急暴躁,总在为计谋不用着急;而张良静深沉着,常常不致问不为谋,性情截然相反。卫青、霍去病同以亲贵起家,而善于征战,但一者体恤士卒,谦仁阴柔;一者不恤士卒,豪奢刚猛。注重突出人物个性的方法,使《史记》里许多人物形象鲜明,栩栩如生。

第二,长于表现悲剧人物,尤其是悲剧英雄人物。司马迁因为在李陵案中说了几句话,就被论死,遭受宫刑之辱。李长之说:"大概自从李陵案以后,司马迁特别晓得了人世的艰辛,特别有寒心的地方,也特别有刺心的地方,使他对于人生可以认识得更深一层,使他的精神可以更狷洁、更峻峭、更浓烈、更郁勃!"②于是他对于人生的悲剧,就有一种特别深刻的体验。所以他特别注意人生的悲剧面——全书112篇传记,中心人物是悲剧结局和有悲剧色彩的就有近70篇。他笔下的悲剧人物尤其是悲剧英雄人物,格外出色。朱东润主编的《中国历代文学作品选》所录《项羽本纪》、《廉颇蔺相如列传》、《魏其武安侯列传》、《李将军列传》,即是《史记》中著名的悲剧英雄人物传记。讲读教材 p.89 廉颇传末三段,或介绍魏其侯窦婴一代将才和直臣,因性格瑕疵,竟为奸佞政客田蚡所算,成为政治倾轧的牺牲品,哀哉!

第三,运用多种多样的描写方法,有针对性地表现人物。如典型细节的描写、心理描写、个性化语言的运用如"鸿门宴"中主要人物的语言、在尖锐的冲突场景中写人荆轲刺秦、完璧归赵、鸿门宴等、在对比中描写人物如"鸿门宴"中之刘、项,又传与传对比,如李将军与卫、霍传,四公子传等。此极细碎,且容易理解,故无待详述。

四、讲读《报任少卿书》教材 p.127

《报任少卿书》是汉武帝太始四年前93十一月司马迁给朋友任安的信。因为

---

①　《史记的写人艺术》,见《史记通论》第164页,广西师范大学出版社1996年版。
②　《司马迁之人格与风格》第122页,三联书店1984年版。

之前任安曾来信，要司马迁利用做中书令亲近武帝的机会，"顺于接物，推贤进士"，司马迁未及回复；而这时任安因事下狱，很可能秋后处斩此次被赦，几年后因他事被杀，所以司马迁回信，向或将永诀的朋友表明心迹，其一腔痛苦、委屈、不平、愤懑宣泄而出，写成这篇百代伟作，抒情鸿文！

《报任少卿书》内容十分深刻，我们从四方面加以分析：

一是莫可名状的耻辱感。司马迁因为言李陵事获罪："天汉二年前99秋，贰师将军李广利将三万骑击匈奴右贤王于祁连天山，而使李陵将其射士步兵五千人出居延北可千余里，欲以分匈奴兵，勿令专走贰师也。"李陵受到八万匈奴兵的围击，转斗数日，杀伤匈奴万余，救兵不至，弹尽粮绝，最后被俘投降《史记·李将军列传》。汉武帝得到消息，"惨怆怛悼"，"食不甘味"。一次恰值武帝问及，司马迁认为李陵虽投降，但投降前"所杀过当"，不为无功；且未见得即真投降，或者"欲得其当而报于汉"。他说这番话的目的，是为了"广主上之意，塞睚眦之辞"。不料武帝震怒，以为"沮贰师，而为李陵游说。遂下于理"。本当处以极刑即"伏法受诛"，以《史记》未完，自愿受宫刑赎死汉代腐刑可以赎死罪，张贺当诛，其弟安世为上书，得下蚕室，是其明证，成为"刑余之人"。出狱后任中书令武帝设此官，用宦者充任，联系皇帝与尚书。时人议论：无行之人苟生，"一旦下蚕室，创未愈，宿卫人主，出入宫殿；得由受俸禄，食太官享赐，身以尊荣，妻子获其饶"《盐铁论·周秦篇》。当时司马迁的屈辱之心莫可形容。朋友任安的"顺于接物"之说，如同深海地震引起海啸。所以回信从开头"顾自以为身残处秽"到结末"适足取辱耳"，中间用"辱"、"耻"、"污辱"、"汙"、"垢"、"自点"、"羞"、"丑"、"亏形"、"伤气"、"为天下观笑"等一类词语近40次，反反复复。评论者说"通篇不脱一'辱'字"《古文观止》注，盖"'辱'字一篇之骨"李扶九《古文笔法百篇》。例如：

> 行莫丑于辱先，垢莫大于宫刑。刑余之人，无所比数，非一世也，所从来远矣！昔卫灵公与雍渠同载，孔子适陈；商鞅因景监见，赵良寒心；同子参乘，袁丝变色，自古而耻之。夫中才之人，事有关宦竖按雍渠、景监、同子皆宦者，莫不伤气，而况慷慨之士乎！
>
> 太上不辱先，其次不辱身，其次不辱理色，其次不辱辞令，其次诎体受辱，其次易服受辱，其次关木索、被箠楚受辱，其次剔毛发、婴金铁受辱，其次

毁肌肤、断肢体受辱，最下腐刑极矣！

　　仆以口语遇遭此祸，重为乡党戮笑，汙辱先人，亦何面目复上父母之丘墓乎？虽累百世，垢弥甚耳！是以肠一日而九回，居则忽忽若有所亡，出则不知其所往。每念斯耻，汗未尝不发背沾衣也。身直为闺阁之臣即形同宦官，宁得自引深藏于岩穴邪！

从这些文字语气之重，行文之宣泄发挥不留余地，正是司马迁极度耻辱、痛苦的表现。司马迁之所以受此奇耻大辱，只是因为在武帝询问时说了几句话。一个人只是因为说了几句话、而且还是旨在为人分忧的话，就要杀头，减一等而受宫刑去势，成为不男不女之人，这是天大的荒唐！

　　与此相关的**第二方面：义理是非无法讲、无处讲、无人可讲**，这一内容也是从头至尾、反反复复达十余次之多：

　　　　独郁悒而与谁语。

　　　　谁为为之！孰令听之！

　　　　如仆尚何言哉！尚何言哉！

　　　　且事本末未易明也。

　　　　拳拳之忠，终不能自列。

　　　　谁可告诉者！

　　　　事未易一二为俗人言也。

　　　　世又不与能死节者，特以为智穷罪极，不能自免，卒就死耳。

　　　　此可为智者道，难为俗人言也。

　　　　要之死日然后是非乃定。

　　如果说屈辱的内容主要是一种心理的承受与宣泄，义理是非无法讲则包括心理痛苦、事理辩白和引起哲学思考等多重内涵。

　　在**心理痛苦**层面，如："身残处秽，动而见尤，欲益反损，是以独郁悒而与谁语。谚曰：'谁为为之！孰令听之！'盖钟子期死，伯牙终身不复鼓琴。何则？士为知己者死，女为悦己者容。若仆大质已亏缺矣，虽才怀随、和，行若由、夷，终不可以为荣,适足以见笑而自点耳。"人一旦受刑,污点在身,没有人会信你,你无论做什么,都不能成就荣耀,只足以暴露耻辱。所以引谚语:还能干什么? 还能说什么? 没有人会无偏见地接受你和理解你。你只能孤独地留在阴影里,自己舔自己的伤口。像一只受伤的狼,叫唤只能带来危险的窥视,奔走只会在走过之处留下血污。

在**事理辩白**层面,《报任少卿书》用三分之一的篇幅,分辨言李陵事始末。他说自己在朝工作,别无所求,"务一心营职,以求亲媚于主上";说他本人与李陵"素非能相善,趣舍异路,未尝衔杯酒,接殷勤之欢",并无私心回护之意,所以根本谈不上"为李陵游说";最关键的是说言李陵事旨在"广主上之意,塞睚眦之辞",希望武帝在"事已无可奈何"的情况下,多从积极方面考虑,稍获宽心。这当中所针对的是,"沮贰师"、"为李陵游说"、"诬上"三项罪名。但不管自己本意如何、实情如何,罪名已加在身上,自己已受刑罚,无处辩白。所以这段文字由"且事本末未易明也"领起,最后用"事未易一二为俗人言也"结束,中间凡"事乃有大谬不然者"、"拳拳之忠,终不能自列"、"谁可告诉者"、"仆行事岂不然乎",反反复复,都是无理可说、义理是非无法说;而只能呼天告地喊父母:"悲夫! 悲夫!"

在**哲学思考**的层面,这种无理可说,表现着一种力量,一种把人生、社会撕裂,裂口直指难言幽深处的力量。这一力量对司马迁就是:死。像李广义不对刀笔吏那样死节自裁! 这是一种终极自明:一了百了,以终极的幽暗来收拾义理是非之无可明;以无辩白的终极沉默来颠覆义理是非之无可辩白! 所以司马迁说:"要之死日然后是非乃定!"

这就进入到文章的**第三大内容:死节自裁之辩**。这包括几种情形:**一者**"定计于鲜先","早自裁于绳墨之外";**二者**不能如此,"以稍陵迟,至于鞭箠之间,乃欲引节",已是无益;**三者**"人情莫不贪生恶死,念父母,顾妻子;至激于义理者不然",可以毅然死节;**四者**"怯夫慕义",也可以为名誉尊严而死;**五者**"勇者不必死节"。前四点都容易理解,第五点则不易把握。在《季布栾布列传》中司马迁说:"季布以勇显于楚,身屡通屡典军搴旗者数矣,可谓壮士;然至被刑戮,为人奴而不死,何其下也? 彼必自负其才,故受辱而不羞,欲有所用其未足也,故终为汉名将。贤者诚重其死,夫婢妾贱人感慨而自杀者,非能勇也,其计画无复之耳。"这是保全生命比死节有更高的价值。面临死节抉择的时候,司马迁也选择了"勇者不必死节"。当时他受到未能死节指责的巨大压力。《盐铁论·周秦篇》所谓"下蚕室,创未愈,宿卫人主……身以尊荣,妻子获其饶","蒙戮辱而捐礼义,恒于苟生"云云,就是针对他的。他借给任安回信,辩白说:自己不是"贪生恶死,念父母,顾妻子"之人,因为自己"不幸早失父母,无兄弟之亲",也不会视妻子高于名节大义。他深知"贤者诚重其死",但更重的是有更高的"计画":

> 仆虽怯懦,欲苟活,亦颇识去就之分矣,何至自沉溺缧绁之辱哉?……所以隐忍苟活,幽于粪土之中而不辞者,恨私心有所不尽,鄙陋没世文采不表于后世也。

他保留屈辱的生命是为了完成《史记》的写作。于是自然引发出《报任少卿书》的**第四大内容:忍辱苟活的更高价值:**

> 仆窃不逊,近自托于无能之辞,网罗天下放失旧闻,考之行事,稽其成败兴坏之理……欲以究天人之际,通古今之变,成一家之言。草创未就,适会此祸,惜其不成,是以就极刑而无愠色。仆诚以著此书,藏之名山,传之其人,通邑大都,则仆偿前辱之责债,虽万被戮,岂有悔哉!

对比前面的屈辱深痛,这里说得多么自豪,多么有信心、有尊严、有成就感! 语气坚定而明朗,充满着自信的力量。屈辱也罢,无理可说也罢,苟生不能死节的指责也罢,都无所谓了。他站在《史记》创作的充实的境界中,回看就刑蒙羞、无可告诉的经历,就像在高高的云端看混浊的尘世,真正获得了超越感。"仆诚以著此书,藏之名山,传之其人,通邑大都,则仆偿前辱之责,虽万被戮,岂有悔哉"!"是以就极刑而无愠色"!

我们理解司马迁之受宫刑,应着眼于更广阔的背景。

其中主要是"沮贰师"及其相关的用人问题。李广利是汉武帝宠姬李夫人长兄。《史记》匈奴、大宛两传记有其事迹。一是太初元年前104至四年伐大宛,一是天汉二年前99伐匈奴。汉武帝好马,听说"宛有善马在贰师城……使壮士车令等持千金及金马以请",宛人不与。武帝"欲侯宠姬李氏,拜李广利为贰师将军,发属国六千骑，及郡国恶少年数万人，以往伐宛。期至贰师城取善马，故号贰师将军"。李广利到达郁成就被打败，退回敦煌，士卒存者"什一二"。后武帝复增兵至六万，倾全国之力供应前线，"取其善马数十匹，中马以下牝牡三千余匹"，新立宛王与盟而归，"军入玉门者万余人，军马千余匹"增兵时"马三万匹"。"天子为万里而伐宛，不录过，封广利为西海侯"。李广利伐宛，武帝特使李哆以校尉而"制军事"管理军队事务。陈子龙说："贰师于将略，未必长也，故以李哆制军事。"中井说："校尉更称'制军事'，可见将军无所掌也，唯与具往还，取封侯而已。"转引自韩兆琦《史记笺证》6086页战后论功，"赵始成力战，功最多；及上官桀敢深入，李哆为计谋"；这么大的一场战争，于主帅居然无可称述。如果再计算战争之总体得失，李广利更加无善可陈。他本非大将之才。两年后率三万骑出酒泉击匈奴于天山，得胡首虏万余级，后遭围困，"几不脱，汉兵物故什六七"。大概就在李军吃紧之时，武帝使李陵将五千步兵出居延北李广利、李陵两军出师的相关时间，《史》《汉》所言纷然，现姑作此推论，"议分匈奴兵，勿令专走贰师也"。武帝此举之为贰师而不顾李陵出师前武帝曾派路博德接应李陵，路上书抗旨，帝遂不复顾，实为军事上的不智之举参见台湾三军大学《中国历代战争史》，转引自《史记笺证》5450页。

现在我们来看《报任少卿书》中，为什么司马迁一讲李陵的事，"未能尽明，明主不晓，以为仆沮贰师"。这当中汉武帝似乎对自己用人的偏私有意掩盖，很怕有人提及，因而产生过分的敏感。择能而用是吏道之本，但用人者或有偏私，实际上在所难免，本不必为讳。这是就一般情况说，对于任用统率数万、数十万大军的主帅，则另当别论。武帝重用卫青、霍去病、李广利，开始皆因取悦内宠，要为其家人找一条最快捷的立功受封之路。这实为用将帅之大忌。只是卫、霍二人虽"亦以贵戚幸，然颇用发挥其才"《史记·佞幸传》，能"以军功起家"《史记·外戚世家》。便宜起始，最终自己立得住。李广利不同，"欲侯宠姬李氏，拜李广利为贰师将军"，他最终却没能立住，暴露了武帝用人的错误，所以尤为忌讳。钟惺看透这一点：说武帝"以皇后故贵青有之，然其时开边多事，信赏罚，明功罪，使恩泽无故加于外戚，不足以驱策智勇，亦帝之内讳。而青自以边功为大将军，代为帝出脱私外戚之名与迹，尤帝所心醉也。"《史怀》李广利未能代为帝出脱私外戚之名与迹，所以当司马迁言及天汉二年李陵的战事时，触动武帝"内讳"，不由分说，就给他安上"沮贰师，而为李陵游说"的罪名，免死以宫刑裁之！

阅读书目： 1.《史记选注辑评》，韩兆琦著，广西师范大学出版社1995年版。

2.《史记》评注本，上下册，韩兆琦著，岳麓书社2004年版。

3.《史记笺证》九册，韩兆琦编著，江西人民出版社2004年版。

4.《史记全本新注》四册，张大可编著，三秦出版社1990年版。

5.《史记》白文本，附人名索引，极便利，岳麓书社1988年版。

6.《史记菁华录》，姚祖恩节评，上海古籍出版社1988年版；汕头大学出版社2008年版。

7.《史记》十册，裴骃集解、司马贞索引、张守节正义，中华书局1988年版。

8.《史记会注考证》十册，[日]泷川资言，北岳文艺出版社1999年影印版。

9.《历代名家评〈史记〉》，杨燕起等编，北京师范大学出版社1986年版。

10.《司马迁之人格与风格》，李长之著，三联书店1984年版。

魏晋南北朝文学

历史年代

　　魏晋南北朝,从曹操掌握汉献帝,"挟天子以令诸侯"算起,到杨坚在北方篡周,渡江灭陈,建立隋朝,历时近四百年公元 196—589 年。

　　公元 196 年,曹操从洛阳把汉献帝搬到许昌,改元建安。此后又过了 25 年,曹丕废献帝自立,追尊曹操为武皇帝,历五帝文帝曹丕、明帝曹叡、齐王曹芳、高贵乡公曹髦、元帝曹奂,计有 45 年。但自曹芳时,政权实为司马氏控制曹芳为司马师所废,曹髦为司马昭所弑,曹奂为司马炎所篡。曹魏在中国历史上前后 70 年,在文学史上却形成了建安与正始两个时代正始为齐王芳公元 240 年继位改元之年号。

　　公元 265 年,司马炎废魏元帝自立,是为晋武帝。传三代惠帝司马衷、怀帝司马炽、愍帝司马邺凡 51 年,为北方汉国"五胡十六国"之一刘聪所灭先攻破洛阳,杀司马炽,晋在长安立司马邺,又被攻杀。这时在建康今南京的司马睿由王导等人扶助即位元帝,是为东晋。凡十传明帝司马绍、成帝司马衍、康帝司马岳、穆帝司马聃、哀帝司马丕、废帝司马奕、简文帝司马昱、孝武帝司马曜、安帝司马德宗、恭帝司马德文,103 年 317—420。前期绍至丕五帝,最长活 27 岁,且多是幼年继位当儿皇帝。后期孝武昏乱,安帝纯是白痴。所以能延祚百年,全赖王、谢等士族扶持。

　　从西晋惠帝有名的白痴皇帝时五胡匈奴、鲜卑、羯、氐、羌乱华之后,北方有所谓"五胡十六国",大体与南方的东晋相对。

　　公元 420 年,刘裕在剪灭东晋割据镇将,并先后消灭南燕、后秦之后,杀晋安帝,立晋恭帝,至本年终于废帝自立,是为宋武帝。凡六传少帝刘义符、文帝刘义隆、孝武帝刘骏、明帝刘彧、后废帝刘昱、顺帝刘准,60 年 420—479。刘裕出身微贱,以军功致显而终登大位,实权多用寒门,士族势力渐被削弱。

公元 479 年,萧道成废宋顺帝自立,是为齐高帝。传四朝武帝萧赜、明帝萧鸾、东昏侯萧宝卷、和帝萧宝融等,凡 23 年 479—502。

公元 502 年,萧衍废齐和帝自立,是为梁武帝。三传简文帝萧纲、孝元帝萧绎、敬帝萧方智,凡 56 年 502—557。齐、梁萧氏皆兰陵侨居同宗素族。萧衍有鉴于东晋依靠士族维持百有余年,而宋、齐用诸王又监视诸王造成自相残杀,斟酌三朝长短,再崇士族,同时提高诸王权力。萧衍好文学,与沈约等齐名。晚年好佛,曾三次舍身同泰寺。

公元 557 年,陈霸先废齐敬帝自立,是为陈武帝。四传文帝陈蒨、废帝陈宗伯、宣帝陈顼、后主陈叔宝,凡 33 年 557—589。

自公元 317 年晋元帝在建康立国,至 589 年陈国灭亡,前后共 272 年,是为南朝。在这近三百年时间里,随着政治中心和士族的南迁,加上北方遭到战乱更为严重的破坏,使长江流域经济文化发展远远超过当时的黄河流域,也促进了闽江流域福建和珠江流域广东的发展。

与南朝宋、齐、梁、陈同时,北方先后有魏鲜卑拓跋氏、齐鲜卑高氏、周鲜卑宇文氏等几个政权。**北魏**是北朝的第一个朝代,是晋室南迁后逐鹿中原的胡族国家之一,为鲜卑拓跋氏所建。至拓跋珪复兴,改国号为魏公元 386,取“代汉为魏”之义,后来逐步消灭“十六国”中的一些国家后燕、北燕、北凉、西秦、夏等而统一北方。后孝文帝冯后孙子一辈迁都洛阳,至孝明帝,京城贵族与北方六镇矛盾激化,迭经变乱,引起统领六镇的高欢入洛专政。孝武帝逃奔关中依宇文泰,从而形成**东**、**西魏**分立局面。宇文泰子宇文觉篡西魏自立,建立**北周**。随后高洋废东魏建立**北齐**。北周灭北齐,北周外戚杨坚汉人又取代北周建立隋朝,而南北重归一统。魏、齐、周诸国虽有不同程度的汉化,尤其北魏孝文帝汉化措施颇为全面彻底,但难以从总体上一下子改变文化落后面貌,所以文化创造和文学创作并不丰富[1]。

---

① 参见劳干《魏晋南北朝史》,台北,华冈出版部,1975 年增订三版;范文澜《中国通史》(二),人民出版社 1978 年版。

第十一讲　从建安到正始文学

　　建安是汉献帝的年号,从公元 196 到 220 年,共 25 年。这时已是汉末之尾声。自黄巾起义_{公元 184}、董卓作乱洛阳_{公元 190} 以来,社会大乱,皇帝被辗转挟持。196 年曹操将献帝接到许昌_{改元在正月,迎帝在八月},号令百官,建安实际上已是曹氏的天下。220 年曹操死,曹丕废献帝自立,改元黄初,再传而至齐王曹芳的正始_{公元 240}。建安文学前后约三、四十年[①]。

一、文人诗歌创作的第一个高潮

　　建安时代出现了中国文人诗歌创作的第一个高潮。前人有曰:"暨建安之初,五言腾踊。"_{刘勰《文心雕龙·明诗》}"曹公父子_{曹操、曹丕},笃好斯文;平原兄弟_{曹植、曹彪等,曹植曾封平原侯},郁为文栋;刘桢、王粲,为其羽翼。次有攀龙讬凤,自致于属车者,盖将百计。彬彬之盛,大备于时矣!"_{钟嵘《诗品·序》}

　　时有"七子"之名,说见曹丕《典论·论文》。曹丕说的七子是:孔融、陈琳、王粲、徐干、阮瑀、应场、刘桢。

　　后人又有"三曹"之称。曹操、曹丕、曹植确实是建安文学的中心和领袖。操、丕以军政领袖的身份提倡文学,鞍马之间横槊赋诗,政事之余捉笔为文,成为当时文学繁荣的组织者和带动者_{同时开后世君相热衷文学之先河};曹植更以超卓的天才和杰出的创作,成为推动文学发展的关键人物。在他们周围,形成了

_①　徐公持:建安文学与正始文学的划分,"宜以太和六年(232)为界,理由是建安文学最重要的作者曹植于本年病卒,建安其他重要作者在此前基本都已谢世,所以这是建安文学的终结。"(《魏晋文学史》第 3 页,人民文学出版社 1999 年版)

一个邺下曹操封魏王,王都邺,在今河北临漳西南文人集团。刘勰说:"魏武以相王之尊,雅好诗章;文帝以副君之重,妙善辞赋;陈思以公子之豪,下笔琳琅,并体貌犹礼貌,作动词英逸,故俊才云蒸。"《文心雕龙·时序》曹氏父子对他们的作用是有明确的意识的。曹植列举了王、陈、徐、刘及杨修各自擅名一方后说:"吾王曹操于是设天网以该尽之,顿八纮指抖开网脚周围的绳以掩兔取之,今悉集兹国矣。"《与杨德祖书》。如邯郸淳客居荆州,曹操闻其名,召见,甚敬异之。曹丕子曹叡继位,继承了这一传统,"制诗度曲,征篇章之士,置崇文之馆。何晏、刘劭群才,迭相照耀"《文心雕龙·时序》。

建安文人"俊才云蒸"、"盖将百计"。三曹之外,楚王曹彪、高贵乡公曹髦、明帝曹叡均有诗传世见《先秦汉魏晋南北朝诗》。七子之外,繁钦、邯郸淳、吴质、何晏、毌丘俭等亦有诗文传世。此外还有不少曹氏父子提到的文人如路粹和在曹氏父子手下做官的文人如韦诞。当然也有不入曹氏圈子的,如孔融、焦先等。总计建安时代曹氏文学集团诗歌存世之作包括残篇断章,共有三百多篇。周世500年存诗三百余篇,汉代400年文人诗寥寥可数,与之相比,建安时期的诗歌创作确属空前繁荣。文人有了强烈的创作意识,对文学创作高度重视曹丕《典论·论文》:"盖文章,经国之大业,不朽之盛事……寄身于翰墨,见意于篇籍,不假良史之辞,不托飞驰之势,而声名自传于后",彻底改变了汉代作诗不留名即不求以诗名典型是《古诗十九首》、不重视文学的态度。这是文学自觉的一个重要标志。

二、曹植及其父兄

建安文学有两个杰出代表:曹操代表了对社会苦难的深刻反映,对人生功业的慷慨追求和乱世英雄的豪放风格;曹植则除此之外,还代表着一种青春般灿烂的力量与奢华,那是由建安文学的时代精神、才子王孙的特殊身份和对辞藻技巧的驾驭能力所结合而成的奇观。若简单地比较三曹最好的作品,其实是各有所长,互不相掩。但拿到文学史的大视野上看,则代表时代精神曹丕不如曹操、曹植;开启文学史的未来发展趋势,曹操又不如曹植。所以曹植是建安文学的翘楚,也是中国文学发展史上几个具有关键意义的诗人之一。他的作品总量及好作品之多,也是其父兄不能比拟的。

1．曹操

曹操155—220是汉末一代大英雄①。但他出身在一个宦官养子的家庭，为士族所轻。汉末清议势力很大，他很希望得到士族与名士的好评以扩大影响。据说太尉乔玄很赏识他，介绍他结识许子将。曹操固执地要许给他一个评语，许说他是"清平之奸贼，乱世之英雄"②。《人物志》说："聪明秀出谓之英，胆力过人谓之雄。"刘昞注曰："文以英为名，武以雄为号。"真正的英雄是文武兼具、智勇双全。曹操就是这样一个人。当然，这样的英雄与圣贤不同，并不是以高尚的理想与道德为最高原则，而只是以弥乱止纷、建功立业为其专长，是由"善争"而成就，"争"就难免使用不好、甚至恶劣的手段，所以英雄亦可为奸雄。曹操即是如此。

但曹操确实是一代文武全才。这里只说文。曹操在文艺上的天才，不亚于后世李煜。他在诗歌、散文、音乐、书法、围棋等方面水平都很高。张华《博物志》说：汉代崔瑗父子、张芝兄弟善草书，"而太祖亚之"；蔡邕等善音乐，郭凯等善围棋，"太祖皆与埒 liè 相等能"《三国志·魏志·武帝纪》裴注引。鲁迅又说他"是一个改造文章的祖师"《魏晋风度及文章与药及酒之关系》。文章我们放在后面作一综论。这里只说诗歌。

曹操现存诗20余首。他喜欢作乐府③，四言诗作得比五言诗好。他爱好音乐，熟悉经传包括《诗经》，又能自出己意，都是他作诗的得力点。但他最占优势而不易为别人具备的得力点是特殊的身份、特殊的人生。一个人**挟持天子、驾驭群臣、驰骋疆场、剪灭群雄，而又有天生的文才**，他将其经历与情感写成诗，自然是**了不得**，并且还有一份特别可贵的性质。这就是：**题材大，有气势**。《蒿里行》教材 p. 234、《薤露行》、《苦寒行》教材 p. 237 等写的是军事、政治、民生的大题材，很方便地表现了史诗的气魄和英雄的悲慨。"白骨露于野，千里无鸡鸣"这样的景

---

① 汤用彤《读人物志》："英雄者，汉魏间月旦人物所有名目之一也。"（《魏晋玄学论稿》10 页，人民出版社 1957 年版）［魏］刘邵《人物志》有《英雄》篇，曰："夫草之精秀者为英，兽之特群者为雄。故人之文武茂异，取名于此。是故聪明秀出谓之英，胆力过人谓之雄……聪明者英之分……胆力者雄之分……故英可以为相，雄可以为将。若一人之身兼有英雄，则能长世，高祖、项羽是也……徒英而不雄，则雄材不服；徒雄而不英，则智者不归往也……故一人之身兼有英雄，乃能役英雄。能役英雄，故能成大业也。"

② 《世说新语·识鉴》则谓乔玄评其"乱世之英雄，治世之奸贼"。

③ 《三国志·武帝纪》注说他"登高必赋，及造新诗，被之管弦，皆成乐章"，这样自己享受自己的创作成果，足见他的确是一个大有文艺趣味的人。

象，王粲《七哀诗》教材 p.247、蔡琰《悲愤诗》教材 p.252、曹植《送应氏》教材 p.260 都写过王："出门无所见，白骨蔽平原。路有饥妇人，抱子弃草间。"蔡："白骨不知谁，纵横相覆盖。出门无人声，豺狼号且吠。"植："侧足无行经，荒畴不复田……中野何萧条，千里无人烟。"，在艺术上，很难说曹操比他们写得好，勿宁说王、蔡作品中对战乱悲惨的体验，比曹操还要深切。但曹操的《蒿里行》中，有一种政治家的心胸。不仅只是同情百姓、哀时伤乱，而且"看尽乱世群雄情形"，写出他们的丑恶。整首诗起头奠定的是一个"关东有义士，兴兵讨群凶"的框架。这样，行义除凶、忧民戡乱与群雄的自私卑怯，构成强烈反衬的艺术结构，从而显示了作者非凡的气魄与胸襟①。所以钟惺说《蒿里行》表现出作者"看尽 按即看透、瞧不起 乱世群雄情形，本初、公路、景升辈落其目中掌中久矣"。这样，曹操诗比起王、蔡之作来，立意要高大，内容要丰富，气魄要恢弘，因而对社会现实的反映要深刻 不仅是苦难而已。

　　而最能表现曹操特殊身份所形成的胸襟气魄的，还是那几首直抒个人情怀的作品。"青青子衿，悠悠我心。但为君故，沉吟至今"。"山不厌高，水不厌深。周公吐哺，天下归心"。在《短歌行》教材 p.235 中，对于人才的渴求化作了一种深情。"日月之行，若出其中。星汉粲烂，若出其里"。其包容、博大的气势，虽出于东征乌桓后凯旋的意兴，但"秋风萧瑟，洪波涌起"，语带苍凉，使诗的情感反增沉厚，丝毫没有胜利者的骄矜，此非一般政治军事领袖的豪放霸气所能比。"老骥伏枥，志在千里，烈士暮年，壮心不已"。《世说新语·豪爽》谓：东晋大将军王敦每酒后辄咏此四句，以如意打唾壶，壶口尽缺，其中一种戎马数十年的老军人的情怀，非"壮心"二字可尽，所以决不只是表现了老当益壮的奋发精神那样简单，而**同时包涵了一个老英雄的奋发鹰扬与无可奈何，那是几十年奋斗的坚毅与苍茫。**

　　《苦寒行》教材 p.237 艺术上更杰出。《船山古诗评选》推为"绝好"。全诗写建安十一年初春北征高干 袁绍外甥 途中的艰苦。"树林何萧瑟，北风声正悲。熊罴对我蹲，虎豹夹路啼。溪谷少人民，雪落何霏霏"。因事写景，以景托情，事实、环境、心理、情怀融会成诗，颇能动人："延颈长叹息，远行多所怀。我心何怫郁，思欲一东归。……悲彼《东山》诗，悠悠令我哀。"在艰苦的远征中思念家乡，思念

① 当时曹操与袁绍论此次讨伐不成功将如何，袁谓：以黄河为屏障，北据代燕，外引夷狄。操则曰："任天下之智力，以道御之，无所不可。"又当时联军面敌皆驻军不发，曹操引自家所募兵三千人迎战董卓部将徐荣，众寡不敌战败。此可帮助理解《蒿里行》的气魄胸襟。

"秋夏读书,冬春狩猎"《自明本志令》,和"果蠃 luǒ 通蓏,瓜类之实,亦施于宇","之子于归……亲结其缡 lí,女子佩巾,结缡喻出嫁"《诗·豳风·东山》温煦和平之生活。驱遣众生的政治家和军事统帅,能如此真切地说出人之常情,不是以涉险犯难而成功自矜,也是这首诗的过人之处。这可以结合他在《短歌行》其一中引《论语》成句赞扬管仲相齐之功"九合诸侯,一匡天下,一匡天下,不以兵卒"来理解。

如上所述,就是曹操诗歌独特的艺术风格。《敖陶孙诗评》说:"**魏武帝诗如幽燕老将,气韵沉雄。**"方东树说:"武帝诗沉郁……凝重屈蟠。"《昭昧詹言》卷二陈祚明则谓其"跌宕悲凉,独臻超越"《采菽堂古诗选》卷五。风格也是艺术性的表现,但那是主体情感、客体生活和文体修辞的综合,在曹操尤其呈现为一种元气浑涵的气象,整体地撞击你,直接把你带入到强烈的审美情感体验之中,你不须条分缕析地判断如何如何好,已不禁废书低回不已。但教学与批评必须说出个道道。曹操有几首诗,就是从技艺性的艺术分析层面说,也确乎出色。尤其是《短歌行·其一》和《苦寒行》萧统《文选》选曹操,就是取的这二首。

《短歌行》教材 p.235 是曹操最脍炙人口的作品。它的主题复杂丰满,结构凝重蟠曲,却具有直接透彻的感发力。这是一种难得而奇妙的结合通常主题复杂,结构凝重之作多艰涩难入,不易直接感人。同时又情景交融,妙语如珠,题材又十分重大。这一切合起来,我认为它是**整个中国诗歌史上少数最杰出的作品之一**。

> 对酒当歌,人生几何? 魏源:对酒当歌,有风云气!
>
> 譬如朝露,去日苦多。 钟惺:不用来日苦少,句觉尤妙。盖妙在强调年华易逝。
>
> 慨当以慷,忧思难忘。 慨当以慷:指慷慨激昂地唱歌。忧思:内心的情感思念。
>
> 何以解忧? 唯有杜康。 杜康:本为古代最初造酒的人,这里代指酒。
>
> 青青子衿,悠悠我心。 衿:衣领。青衿是周代学子的服装,此代人才。
>
> 但为君故,沉吟至今。 沉吟:低声吟咏,反复思念。热肠余情,直出纸上。

人生如朝露,为君而沉吟,即"一方面是人生的无常,一方面是永恒的追慕"①,二

---

① 林庚《中国文学简史》第 117 页,北京大学出版社 1995 年版。

者合一构成这首诗主题。人生无常关系生命的存在与否,永恒追慕关系生命最高欢乐的实现,这都是人最本己、最深刻的感情。魏源说:"对酒当歌,有风云气。"但以歌、酒消忧,其中却浸透着无可奈何的悲哀——或许还不无放浪与颓废! 这种情感汉代古诗中表现过:"浩浩阴阳移,年命如朝露。……不如饮美酒,被服纨与素"《驱车上东门》。但曹操最终却并不落入放浪与颓废者,因为他有深情的怀想与追慕:他要广纳贤才,成就"天下归心"的大业。主题一下子由人最本己的生命情怀切换到其社会实现——政治事功层面,从而也使那慷慨之忧同时具有了生命和政治的双重内涵。诗在"青青子衿"而下,皆放笔写追慕之情。但四句一转,结构极尽屈蟠,意脉相贯而行笔顿挫。"青青子衿"四句是对青年才俊的企慕,"越陌度阡"四句是对同侪旧识的企慕,中间插入《小雅·鹿鸣》以旨酒大宴群臣宾客四句,又以月明炯炯喻其企慕忧思不可断绝。都是用转折多方的笔法写求才的心绪。"月明星稀"四句再启明月意象,表示对群雄纷争之际人才不知所依的担忧。最后四句用"山不厌高"、"周公吐哺"等再次表明自己的心怀,并从这种心怀获得了"天下归心"的信心。谢榛说:"'沉吟至今'可接'明明如月',何必《小雅》哉!"并说《艺文类聚》所载删去"慨当以慷……鼓瑟吹笙"12句,"尤为简当,意贯而语足"《四溟诗话》卷一。如此,则不仅全诗主题被削弱,乌鹊绕树、周公吐哺失其依据,而且结构的顿挫迭宕、凝重蟠曲也丧失殆尽,除了轻倩的性灵派诗人,是不会如此的故复古派的谢榛作此论殊为特别,盖其尚"悟"之极端欤。其中"但为君故,沉吟至今"、"契阔聚散谈宴,心念旧恩"的深情,穿插进"鼓瑟吹笙"的宴会意象,和明月乌鹊的月夜境界,更使这首诗摇曳多姿,美丽动人。所以诗人林庚说,这首诗"感染力之丰富生动,转折的浑然天成,这些艺术上的高度造诣,都是无与伦比的"。如果结合曹操历下《求贤令》、《求逸才令》,拔于禁、乐进于行伍,取张辽、徐晃于亡虏,不杀陈琳而用为近臣,郭奉孝死而长歌,及其"昼携壮士破坚阵,夜接词人赋华屋",包举文武来看,诗中将生命之情与对人才的渴慕融为一体,是真诚的。谭元春说:"人知曹公惨刻,不知大英雄以厚道为意气"《古诗归》,不为无理。

曹操是个通脱的人,所以诗和文章都有一种自然随性的风度。诗中多用最朴素的乐府语言,极近口语,像《步出夏门行》教材 p. 238:

东临碣石，以观沧海。袁尚投乌桓，曹操于 207 年率军征讨，回师途中登上渤海
边碣石山。

水何澹澹，山岛竦峙。澹澹：波浪闪耀。竦峙：耸立。竦，同耸；峙，直立。

树林丛生，百草丰茂。

秋风萧瑟，洪波涌起。萧瑟：风吹过树木的声音。

日月之行，若出其中。其：大海与岛屿之间。

星汉灿烂，若出其里。星汉：银河。

和汉乐府的言近旨永完全一致，只是比汉乐府更多了诗的精炼和成熟。这首诗
也是中国第一篇通首以写景为主题的作品。

需要说明的是，曹操的诗，艺术水平是极不平衡的。他真正的好诗，也就是
四、五首而已，其中有中国诗歌史上最杰出的诗篇。但其余作品，则大多平庸。
他 66 岁的一生，戎马倥偬，没有多少时间用来创作诗歌，意态又通脱，不为精雕
细刻，故好诗是情景恰至，自然天成；平庸也由于一任自然，无复精思。

另外一点，与他的创作成就同样重要、或许更为重要的是，他是建安文学的
实际组织者和领袖。从文学社会学角度来看，中国文人诗歌创作的第一个高峰、
所谓文学自觉的思潮、文学集团的形成及后世国君尚文的传统，都由他起始。

阅读书目:《曹操集译注》,安徽亳县译注小组,中华书局 1979 年版。

2. 曹丕

曹丕 187—226,为曹彰、曹植同胞兄长。母卞后,出于倡家,善文墨有与杨彪夫
人书一封传世,当为才女。其所生诸子,各秉才具。曹彰勇力过人,曹丕、曹植文才
盖世。曹丕并且有不错的武技。他长于曹植 5 年,定居邺城时已 18 岁,生于战
乱,长于军旅,故少学骑射,颇善艺能。射箭能百步取物,剑术曾击败当时名家邓
展,且自称"弹棋略尽其巧"。他也是一个学问家,"备历五经、四部、史、汉、诸子
百家之言,靡无不毕览"《典论·自序》。曾亲自组织编成我国首部类书《皇览》八
百余万字佚于唐,开《艺文类聚》、《太平御览》等之先河。他自己的论著则有《典
论》五卷,虽宋时已亡,不可知其详,但当是诸子一类成一家之言的著作。从《典

论·自序》看,他在曹操的教导与影响下,也成了像曹操一样文武兼擅的人。作为诗人,他有约 40 首诗传世。

但他的气质,大概只有曹操的深刻,而没有曹操的通脱。这使他作为一个政治家,算得定,做得出,能忍能狠,最后战胜了曹植,得登大位。作为一个文学家,则偏多阴柔风貌。虽然汉末建安诗歌里的主题,他也反反复复地加以表现,像:"高山有崖,林木有枝。忧来无方,人莫知之。人生如寄,多忧何为?今我不乐,岁月如驰。"《善哉行》并且有时也能把这种主题用"慷慨多气"的笔调写出:

> 阳春无不长成。长成即滋生茂盛。
>
> 草木群类,随大风起,零落若何翩翩。
>
> 中心独立一何茕。中心本指草木茎干,亦比喻。茕:孤独。
>
> 四时舍我驱驰,今我隐约欲何为?隐约:地位低、建树少。
>
> 人生居天地间,忽如飞鸟栖枯枝。
>
> 我今隐约欲何为?隐约:忧愁困穷。隐:忧患;约:受屈。
>
> 适君身体所服,何不恣君口腹所尝?"何不"后置,意统适君以下。
>
> 冬被貂鼲温暖,夏当服绮罗轻凉。鼲 hún:灰鼠,皮可制裘。
>
> 行力自苦,我将欲何为?行:且。力自苦:陷在痛苦之中。
>
> 不及君少壮之时,乘坚车策肥马良!
>
> 上有沧浪之天,今我难得久来视;沧浪:本指青绿的水色,此指青苍的天空。
>
> 下有蠕蠕之地,今我难得久来履。蠕蠕:即柔然,北方族名。
>
> 何不恣意遨游,从君所喜!
>
> ——《大墙上蒿行》

但真正代表曹丕诗歌创作成就的,却是爱情主题及其与之相应的婉丽风格。像曹丕这样一个深刻稳练的政治家,居然写出那么多男女间绵绵不尽的情诗,并且多是代言体,如果不是出于他那阴柔的本性,是难以理解的。不过这种阴柔,即是一种"婉如清扬"的女性美,又是老子莫测的道术。曹丕在政治上是后者,在诗歌上是前者,而甄妃一事,则把两者统一起来了。公元 204 年,曹军攻破邺城,曹丕即纳袁熙妻甄夫人二年后生曹叡,18 年后,赐甄氏死①。这件事把曹丕多情和残忍集于一体地表现出来了。

陈祚明说:"子桓笔姿轻俊,能转能藏,是其所优。转则变宕不恒,藏则含蓄无尽,其源出于《十九首》,淡逸处弥佳,乐府雄壮之调,非其本长。"《采菽堂古诗》卷五沈德潜说:"子桓诗有文士气,一变乃父悲壮之习矣。要其便娟轻盈婉转婉约,能移人情。"《古诗源》卷五他的代表风格,还可以用他自己的几句诗来形容:"有美一人,婉如清扬……知音识曲,善为乐方。哀弦微妙,清气含芳……感心动耳,绮丽难忘。"《善哉行》这方面的作品,有《秋胡行》、《善哉行》、《清河作》、《清河见挽船士新婚与妻别作》等,当然最杰出的还是《燕歌行》教材 p. 257 "秋风萧瑟天气凉"。他"正以这一首诗的流传而成为杰出诗人"②。这首诗对于中国诗歌发展史也十分重要,因为它是中国第一首完整而成熟的七言诗,一气流转,琅琅上口。林庚说他"写得如此容易,像是流露出来的,又像是俯拾即得的",并引王船山说:"殆天授,非人力","古今无两"。它一方面是时代生活的真实反映,通过一个思妇的心情写出了离人的感兴;另一方面又结合进了作者"便娟婉约"的阴柔个性;而"秋风萧瑟"、"草木摇落"、"群燕辞归",是自宋玉《九辩》以来直到汉魏诗坛最惊心动魄的形象;"援琴鸣弦"以下,"明月皎皎"、"星汉西流"、"牵牛织女"云云,形象如此丰富生动,成就一幅离人思妇的夜深沉的图画。所以林庚说它是"荟集众美",是乐府诗在文人手里提高而又不失自然韵味的一篇杰作。

生命、爱情主题之外,曹丕也很有几首游子题材的诗篇。《善哉行》堪称《诗经》以后四言诗的名作。《杂诗》二首教材 p. 258、259 则代表了他五言诗的最高水平③。其中"客子常畏人"一句,林庚说是"一针见血,写出游子多少脆弱的心情"。另外为人们忽视的,**曹丕诗常写景,《十五》就是一首写打猎所遇纯粹的写景诗,和曹操《步出夏门行》**"东临碣石"**同为中国写景主题的奠基作。《丹霞蔽日行》、《芙蓉池作》、《于玄武陂作》等虽另有抒怀,但十九文句皆写景。"菱芡覆绿水,芙蓉发丹荣",已经和谢灵运没有多大差别了。

---

① 《三国志·魏志·后妃传》:南郡太守女郭氏入东宫为后,"后有智数,时时有所献纳。文帝定为嗣,后有谋焉……甄后之死,由后之宠也。"一般认为甄氏为郭后谮毁害死。
② 林庚《中国文学简史》第 119 页,北京大学出版社 1995 年版。
③ 钟嵘总结汉至齐梁五言诗的成果,说曹丕"'西北有浮云'十余首,殊美瞻可玩"(《诗品》中)。

有一个文学史的评价问题,在这里得到了一个最方便的说明机会。论三曹的文学地位,常有人为曹丕鸣不平。刘勰说:"魏文之才,洋洋清绮,旧谈抑之,谓去植千里……遂令文帝以位尊减才,思王以势窘益价,未为笃论也。"①《文心雕龙·才略》但经过千年时间的淘洗,明徐祯卿却说:"曹丕资近美媛,远不逮植。"《谈艺录》清·沈德潜也说:曹植"父兄多才,渠尤独步"《古诗源》例言。文学批评离不开主观感受,但衡量一个作家的文学地位,不止是靠主观感受,而是要结合多方面的情况。这至少包括:第一,作品的艺术水平及数量;第二,对文学发展的贡献和推动;第三,对文学史的影响与被接受的情况。第一方面,若拿各人最好的作品来比,可以说三曹各以自己的风格为极致,彼此不能相掩;但曹操、曹丕好作品数量较少,多有平庸之作,"曹植的好诗太多"刘大杰《中国文学发展史》,水平比较均衡。第二方面,曹操以乐府旧题写时事,为乐府诗发展的重大事件,且在文学反映现实重大问题上,甚为突出;曹丕创作出成功的七言诗,为诗体发展增添了新的一笔,但这都不如曹植对文人五言诗发展的贡献。曹植创作了50多首五言诗,并且在五言诗的辞藻、声律和技术上有全面的推进。考虑到五言诗是后世最主要的诗体,曹植的地位就更显得重要。第三方面,曹植开六朝讲究辞藻、对偶、声律、技巧之源。钟嵘已指出谢灵运出于曹植《诗品》上,胡应麟举阮籍、陆机、左思、郭璞等说:"诸子皆六朝巨擘大姆指,巨擘:能手,无能出其范围。"《诗薮》内编卷二连贬低他的王世贞,也不能不承认他"誉冠千古"《艺苑卮言》。论对后世文学发展的影响和被接受的情况,他也是大大超过其父兄的。细玩刘勰评论,似只说曹丕与曹植的差距没有人们说的那样大,而没有驾而上之的意思,且考虑《典论》等著作的情况来提高曹丕的地位,体现了其杂文学观的特色。至于王世贞因为曹植的乐府"才太高,辞太华",而说他"实逊父兄"《艺苑卮言》卷三,完全是出于纯体的文学复古观念,且仅是就乐府一种诗体而论。惟王夫之于子桓、子建兄弟任情褒贬,以为"曹子建铺排整饰,立阶级台阶以赚诓骗人升堂,用此致招揽诸趋赴之客追随者,容易成名……子桓精思逸韵,以绝人攀跻,故人不乐从,反为所掩。子建是以压倒阿兄,夺其名誉"。他认为后世诗的发展,阮、谢、陶、左,都是嗣子桓而兴者,而视子建蔑如矣。而跟着子建走的,像萧梁宫体、大历十子、江西派、竟陵派

---

① 认为曹丕的诗歌成就超过曹植的,还有王世贞、王夫之等,详下文。

等,不过是"一时和哄汉无识见凑热闹者耳"《夕堂永日绪论》内编。他说"子建乐府见于集者四十三篇,所可读者此二首耳按即《当来日大难》、《野田黄雀行》,余皆累重乱用词郎当不成器,如蠹生虫桃苦李",说子建"识趣卑下,往往以流俗语入吟咏","以腐重之辞写鄙秽之情,风雅至此扫地尽矣"。甚至说像《七哀》那样的好诗,是其门客代作。"其父篡祚,其子篡名,天将之诛,当不下于阿瞒曹操小字阿瞒"《古诗评选》卷四。王夫之是哲学家,以有识称;又是集大成的学者,多闻无陋,但他对曹氏兄弟的褒贬,只能令人表示遗憾。此亦见哲学家一旦落入偏执的议论之可怕也!正确的文学批评,尤其是文学史批评,是不能取这种态度的。虽然王夫之有他的理由,即讨厌慷慨任气的建安风骨,反对形成共同趣尚的文学宗派这有激于明人好立门户的时代原因,但从理由到论断都是十分偏执的,连讲话都失去了理性的语气。

阅读书目:《魏文帝集》,见《汉魏六朝百三家集》,江苏古籍出版社 2001 年版。

3. 曹植

曹植 192—232,一生的愿望不在做作家,却成了一个最大的作家①。这有两点最重要又最难及的好处:一是以才华取胜,一是以情实取胜,二者都有自然而然而非刻意强求的精质,是创作达到高境最重要的条件。再加上他长期赋闲和创作的勤奋认真他的侄儿曹叡在他死后仍判他为有错误的人,但还是表扬他"至少至终,篇籍不离手",这一切使他成为继屈原以后中国诗歌史上又一位重要的大诗人。钟嵘总结汉魏至齐梁数百年五言诗的成就,说"陈思之于文章也,譬人伦之有周、孔,鳞羽之有龙凤",推崇他为诗圣。谢灵运恃才傲物,却不能不推曹植以自高:"天下才有一石,曹子建独占八斗,我得一斗,天下共分一斗"《释常谈》引。

在建安三曹七子的队伍中,曹植是一个纯粹的作家。他一辈子是闲人,因而写作了一辈子。加上他经历的变化,使他的作品不同阶段有不同阶段的风貌。

---

① 他对好友述其志向是:"庶几勠力上国,流惠下民,建永世之业,流金石之功,岂徒以翰墨为勋绩,辞赋为君子哉! 若吾志未果,吾道不行,则将采庶官之实录,辩时俗之得失,定仁义之衷,成一家之言。"(《与杨德祖书》)但他后来功业失望,也说:"骋我径寸翰,流藻垂华芬",期望以美丽的文采垂名后世(《薤露行》)。陈寿为其立传后评曰:"陈思文才富艳,足以自通后叶。"人生世事,岂不吊诡!

因而他也是中国第一个有丰富多样的创作面貌的作家——而创作的丰富性，正是一个真正的大作家的必备条件。

曹植的创作，一般依建安 25 年_{公元 220}曹操去世为界，分为前后两个时期。前期_{即建安时期}29 年，他是以才华出众而得宠的贵公子。少时随军，定居邺城时 13 岁，除了北征乌桓、西征关右、东征孙权等几次出征，他过着结宾游宴，高会唱和的豪放生活①。这使**他为中国文学提供了一种他人无可比拟的极品：由豪奢的激情、高大的志向、一掷千金无所顾惜的气度所形成的壮浪飘逸的青春精神**。他的诗句"白日曜青春"_{《侍太子坐》}——青春在阳光的照耀下，典型地表现了其灿烂热烈的风采。代表这种精神的诗作，有《白马篇》、《名都篇》、《箜篌引》、《鰕鳝篇》等②。

《名都篇》_{教材 p.268} 主要写两件事：驰猎与宴饮，同时连带地写到了斗鸡和击鞠壤。驰猎与击鞠壤主要表现青春少年的"巧捷"，"左挽因右发_{左手挽弓右手发箭}，一纵_{放箭}两禽连_{射中}双兔，_{禽字古时对鸟兽通用}"，一抬手又射中了高飞的老鹰。这种青春生命的矫健是一种最根本的美，曹植为我们写出来了。宴饮和斗鸡则表现青春少年的慷慨豪奢，一斗十千的美酒、珍贵的熊掌，排列满几，"鸣俦啸匹侣_{呼朋唤友}，列坐竟长筵"。朋友多，兴致高，放情尽欢，这是青春生命最无吝惜的放浪之美，曹植也为我们写出来了。一群少年携强弓、挎宝剑、穿着华丽的衣服，清早出城，如此酣畅地生活，一天很快就过去了，他们不需要顾惜时间，也还没有生命促迫的忧虑，所以，"云散_{分散回家}还城邑，清晨复来还"。这里诚然没有事业的进取，只是"飘飘放志意"_{《公宴》}地"美遨游"，但谁不能体会这种青春少年无所负担、无所顾惜、单纯地发挥激扬蹈励的生命精神的美好呢？

《白马篇》_{教材 p.267} 写骑着金羁白马的"幽并游侠儿"，"狡捷过猴猿，勇剽若豹螭"，其英俊骁勇令人神往。其下半篇说：

> 长驱蹈匈奴，左顾凌鲜卑。_{凌：压制。匈奴、鲜卑：皆北边游牧民族。}

---

① 他的《娱宾赋》说："遂衍(kàn 乐)宾而高会兮，丹帷晔以四张。办中厨之丰膳兮，作齐郑之妍倡。文人骋其妙说兮，飞轻翰而成章。"他早期诗赋中颇多这类描写，可见其风致。

② 《白马》、《名都》、《箜篌》等徐公持《魏晋文学史》作曹植前期作品，而赵幼文《曹植集校注》作后期(曹叡太和年间)作品，此从徐氏。即使作于后期，曹植在经历了人生的打击厄难之后还写出这样的作品，正见其青春精神之强烈。

弃身锋刃端,性命安可怀? 怀:宝贵、爱惜(藏之于怀)。

父母且不顾,何言子与妻?

名编壮士籍,不得中顾私。 籍:名册。

捐躯赴国难,视死忽如归。 忽:轻视,不在意。

青年人的豪迈与英勇,决绝与干脆,与国家民族的大义伟业结合起来,形成一种特别的劲健之美,这是诗当中还从未表现过的,屈原的《国殇》及曹操的慷慨之作都缺乏其中**青春的勇剽与果决**。这构成了建安风骨的一种特殊品质。《鰕䱇篇》:

鰕䱇游潢潦,不知江海流。 潢潦:积水的小坑小沟。

燕雀戏藩柴,安识鸿鹄游? 藩柴:篱笆。鸿鹄:大雁和天鹅。

世士此诚明,大德固无俦。 此诚明:诚明此,即明白上述比喻所表高尚与低卑的道理。

驾言登五岳,然后小陵丘。 言:语助词。五岳:名山,即泰山,华山,衡山,恒山,嵩山。

俯观上路人,势利唯是谋。 上路人:奔走仕途的人。

高念翼皇家,远怀柔九州。 翼:羽翼,辅佐。柔:安定。

抚剑而雷音,猛气纵横浮。 《庄子·说剑》:诸侯之剑,一用如雷霆之震,四境无不宾服。

泛泊徒嗷嗷,谁知壮士忧? 泛泊:随风逐浪混日子的人。徒:只。嗷嗷:乱叫。

还是同一种格调,不过通过鰕䱇、燕雀、上路人即追求仕宦发达者、漂浮之徒来衬托壮士的豪迈,完全是青春少年似的一味英特挺拔,而不顾蕴籍含蓄,所以钟嵘说是"骨气奇高"。

曹植"生乎难,长乎军",对于战乱的破坏和民生的毁灭有切身的体会,《泰山梁甫行》教材 p.271、《送应氏》其一教材 p.260 等对此有深刻反映,后者写东汉都城经董卓焚烧后的残破,令人触目惊心:"垣墙皆顿倒塌辟分裂,荆棘上参天","中野何萧条,千里无人烟"。这同曹操《蒿里行》等一样,具有深刻的现实主义精神。

曹植的后期创作有 12 年黄初、太和时期,历文帝曹丕、明帝曹叡两朝。曹操死后,曹丕继承了魏王和汉丞相之位,由于在文学才华和立太子问题上两人产生过竞争和矛盾,曹丕当政后对曹植不断施予打击和迫害①。七年后曹丕死,其子曹叡继位,仍然对曹植采取防范和压制的政策②。因而,曹植的后期生活与前期相比发生了翻天覆地的变化,在不平、压抑、恐惧、谨小慎微、战战兢兢中度过了12年。他死后,曹叡给他的谥号是"思"。《谥法》曰:"追悔前过,思"。这从另一方面反映了曹植后期生活和心理状况:他的兄、侄把他当作罪犯并要他经历受惩罚的心理改造。曹植的创作面貌因而也和前期大为不同。清·吴淇说:"陈思入黄初,以忧生之故,诗思更加沉著。故建安之体,如锦绣黼黻 fǔfú 文采,本为古代礼服上绣的花纹,而黄初之体,一味清老也。"《六朝选诗定论》

曹植的后期尤其是黄初年间的诗作,以"忧生之嗟"为主。《杂诗》六句简明地表明了这一点。"悠悠远行客,去家千余里。出亦无所之,入亦无所止。浮云翳日光,悲风动地起"。主要作品有:《七哀》、《赠白马王彪》、《美女篇》、《吁嗟篇》、《野田黄雀行》教材 p. 273 、《七步诗》、《种葛篇》、《浮萍篇》等。这些诗多用比兴寄寓方法。《野田黄雀行》或作于建安末曹丕作太子谋害丁氏兄弟时,借黄雀为网罗所捕,希望有力者能施予援救,隐寄其情。《吁嗟篇》教材 p. 272 借飘蓬感叹身世,"自谓终天路,忽然下沉泉","当南而更北,谓东而反西。宕宕流荡何所依,忽亡而复存",把他前后期命运的变化,一再贬封迁徙几次面临绝境的心情作了形象的透露。《七哀》教材 p. 260 、《美女篇》、《种葛篇》、《浮萍篇》、《杂诗》等则借男女抒写心中的苦闷③。"容华耀朝日,谁不希爱慕令美颜","盛年处房室,中夜起长叹"。"君若清路尘,妾若浊水泥。浮沉各异势,会合何时谐? 愿为西南风,长逝入君怀。君怀良不开,贱妾当何依"?《七步诗》则借"煮豆燃豆萁"来写"本是同根生,相煎何太急"的荒谬。他还有一首小诗《言志》:"庆云未时兴,云

---

① 曹丕迫害曹植,首先剪除其羽翼,杀丁仪、丁廙兄弟。继又派"监国使者"对其进行监视。使者上疏说曹植"醉酒悖慢,劫胁使者",朝庭议其罪,欲免为庶人,或论大辟。卞后从中干预,方获幸免。由原临菑侯降为安乡侯(由万户县侯降为千户乡侯),后改鄄城、雍丘。在鄄城进封为王,但比其他诸王晚进,且诸王是郡王,而曹植是县王,比诸王"事复减半"(《魏志》本传)。

② 曹叡对曹植物质生活有所照顾,上台后改封曹植为东阿王,这是肥饶之土。后又徙封陈王,成为郡王,并增邑五百户(并前为三千五百户)。

③ 假男女写哀怨是曹植创作中的一个重要现象。他所写的女主人公,大都是哀怨的弃妇和不被赏识的美女。继承《离骚》传统,用弃妇作象喻来写君臣关系,从此成为中国古典诗词的基本母题之一。

龙潜作鱼。神鸾失其俦，还从燕雀居。"意旨虽明，手法则婉，假物而言，避免直述。这些作品继承了《诗经》、《楚辞》及《古诗十九首》的比兴寄托传统，艺术地表现了曹植内心的哀怨与忧愤，情感深至，而辞不迫切，是中国诗歌"主文而谲谏"、"温柔敦厚"传统的典范作品。

《赠白马王彪》教材p.263组诗是曹植后期的一篇力作。有文学史家指出：它是"整个建安时代的第一佳篇"，"曹植以及建安文人的任何其它作品都莫能与相比肩"①。宋征璧还说："《离骚》不可学……其《白马王彪》一篇……庶几《骚》之变乎？"整个中国诗歌史，都没有多少诗是能够拿来和《离骚》相比的，此可见这首诗的价值。它写的不是一般的事情和感情，而是一种极致的事情和感情。曹植兄弟回京城参加迎接立秋节令的典礼汉魏有春、夏、秋、冬四季开始前"迎气"制度，他的同胞二哥曹彰被毒死，他想和曹彪归藩封国时同行一段白马、鄄城都在洛阳之东，故可同行，又被"道路宜异宿止"的命令活活分开，加上路上又遇"霖雨"雨三日以上为霖，死别之痛，生离之哀，与一路上步步艰险难行的环境相配合，一气直下，形成了这首七章80行的诗篇。其中事、情、景结合，赋、比、兴兼用。连同小序，全诗直赋其事，从京城死别写到途中生离，和最后"丈夫志四海，万里犹比邻。恩爱苟不亏，在远分日亲。何必同衾被子帱帐子，然后展殷勤情谊"，"王其爱玉体，俱享黄发期长寿，老人头发由白变黄"，作无可奈何的豪言壮语互相勉励。中间大段写景，既是路途环境写实，也是深微的比况寄托，像"鸱枭猫头鹰，叫声悲恐鸣衡车辕前端的横木轭马颈的曲木，豺狼当路衢。苍蝇间白黑，谗巧令亲疏"；和富于感发力的以景兴情，如"秋风发微凉，寒蝉鸣我侧。原野何萧条，白日忽西匿沉没。归鸟赴乔林，翩翩厉振羽翼。孤兽走索群，衔草不遑食"，哀愤激烈，千百年后仍可见作者当时"意毒恨之"，"愤而成篇"的情景。全诗又贯串着一股忠爱缠绵之气，送白马、吊任城、述所怀，孤惶语、伤悲语、旷达语，总是兄弟情厚，依依不舍之诚。组诗在结构上是一个紧密联系的整体。开头写朝见和离京，接着写路途的艰难并结合景物描写，其后吊任城而悲生死，最后归到送白马相勉励的主题②。并且运用顶针

---

① 徐公持《魏晋文学史》第82、83页，人民文学出版社1999年版。
② 游国恩等《中国文学史》："诗人的感情虽然十分悲愤激切，却不是一味的直接倾诉，往往通过叙事、写景，或通过哀悼、劝勉等方式宕开去写，这就把感情表现得沉著从容，丰富深厚。"（219页）体现了很高的结构艺术。

的修辞手法,使意思环环相扣。80 行的一首长诗,因情生意,以气运辞,莽莽苍苍,笔笔紧健,无一语示弱,表明五言诗在曹植手上已达到了这种体裁所能达到的最高成就①。

曹植对于中国诗歌的艺术发展做出了杰出的贡献,这使他成为中国诗歌史上占据重要地位的大诗人。他大量创作五言诗,用五言诗来写各种主题和题材,与《古诗十九首》相比,使这种诗体的范围更为扩大。他重视词藻与修辞,把《美女篇》教材 p.270 与《陌上桑》相比,可清楚看出他借用《陌上桑》的成意而更加词华。"柔条纷冉冉,落叶何翩翩。攘挽袖见素手,皓腕约金环"。"罗衣何飘飘,轻裾随风还。顾盼遗光彩,长啸气若兰"。词藻的讲究和描写的力度都是《陌上桑》所不及的。因此,他的诗中,警句很多:写景的,如"明月照高楼,流光正徘徊"《七哀》、"惊风飘白日,光景驰西流"《箜篌引》;写人的,上举《美女篇》已可见;述志的,如前所举《蝦鳝篇》;抒情的,如"愿为西南风,长逝入君怀","时俗薄朱颜,谁为发皓齿"? 他对对偶句也更加重视,使用得更多,像《名都篇》、《送应氏》、《美女篇》等,都有一半以上的对偶句。只是他使用对偶,在乎意,而不刻意为偶词之工。像《美女篇》前半所用 7 组对偶,有的整齐,有的随意,最后以对偶结尾:

> 佳人慕高义,求贤良独难。高义:义节不凡的人。良:的确,实在。
> 众人徒嗷嗷,安知彼所观。俗人只是看热闹起哄,哪知他们所见的美人之美。
> 盛年处房室,盛年:青春最旺之时。
> 中夜起长叹。中夜:半夜。

总体上讲究对,而局部不刻意于对,雕不离朴,别有风致。而且,双句对与单句对,对句与散句彼此结合,念诵起来形成语气的顺畅与迭宕,及缓急提送的运动力量,很容易表现骨骼气势之美。曹植诗对技巧的运用也更为突出,这包括构思之巧,如前面所讲《七哀》等全篇用比兴寄托法;描写修辞的技巧,如《美女篇》对

---

① 钱基博说它:据事直书,而情景两融,于激昂中出缠绵,于宽譬中见哀愤,淋漓悲壮,遂开盛唐之杜甫一脉焉。(《中国文学史》123 页)像《北征》那样的名篇,亦未必能过之。

形象的铺排描绘和美丽辞藻的大量使用;而开头的技巧,即工于起句,也历来为人称道,沈德潜说:"陈思最工起调。"陈中凡《汉魏六朝文学》就一连举了六首诗的起句,如"九州不足步,愿得凌云翔"《五游咏》、"八方各异气,千里殊风雨"《泰山梁甫行》、"高树多悲风,海水扬其波"《野田黄雀行》、"惊风飘白日,忽然归西山"《赠徐干》等等。沈约肯定曹植的"音律调韵",说是"音韵天成,闇与理合,匪非由思至"《宋书·谢灵运传论》。像《七哀》诗,音调虽不如后来的律诗严格,但上句扬,下句沉,合乎沈约"低昂互节","轻重悉异","前有浮声清音,则后须切响浊音"的精神。像:

> 君行逾十年,孤妾常独栖。常:久,一直。(加点者为仄声)
> 君若清路尘,妾若浊水泥。清路尘:路上飘飞的轻尘。浊水泥:沉在水底的泥巴。

君句声扬去声在后半,妾句声抑去声在前半,从音调上就表现了"浮扬沉抑各异势"的情形。开后人诗歌音律讲求的无限法门。

总之,曹植不仅从多方面表现了慷慨多气的时代风格在这一点上力度或逊乃父,广泛多样则过之,而且辞采焕发,才冠群伦。他以雕章绘采和对技巧的讲求,结束了汉诗的浑成质朴,而为六朝文学作滥觞,成为中国文学自觉时代第一个大诗人。所以钟嵘称赞他"骨气奇高,文采华茂,情兼雅怨,体被文质,粲溢古今,卓尔不群。嗟乎!陈思之于文章,譬人伦之有周孔,鳞羽之有龙凤"。并说晋宋后名列一等的大作家陆机、谢灵运,其源皆出陈思。从改变诗歌的面貌、推动诗歌发展和对后世的影响而论,曹植堪称中国少数几个最重要的人物之一。

阅读书目:《曹植集校注》,赵幼文校注,人民文学出版社 1984 年版。

三、"建安七子"与蔡琰等

曹氏父子之外的文学创作,有的属于邺下文人集团,有的不属于邺下文人集团,七子之名,亦有不同说法,此不复辩。他们这些人,从历史上的评价和今存作品来看,王粲、刘桢、蔡琰等最为重要,故先论之。

1. 刘桢

刘桢? —217,字公干,东平宁阳今属山东人。他是汉宗室之后,为人正直,有傲岸特立的个性。其"以不敬被刑"之事,最为典型。《三国志》裴松之注引《典略》:"太子尝请诸文学①,酒酣,坐欢,命夫人甄氏出拜以礼见。坐中众人咸伏,而桢独平视。太祖闻之,乃收逮捕桢,减死输作以服劳役代替死罪。"从这件事情看,他是一个率性胆大,不谨俗礼的人这件事也似乎表明甄妃是位很有名的美妇人,使人有一睹令颜之想。他也以才辩知名于时,故被曹操辟为丞相掾属掾:属官通称,犹今办公室干部之类。辟:援用、征召人做官,成为邺下文人集团的一员。有《刘公干集》。

刘桢的诗歌,以《赠徐干》《赠从弟》《杂诗》等为代表。《赠从弟》教材 p. 251 三首分咏"懿此出深泽"的蘋藻、"终岁常端正"的山松、"羞与黄雀群"的凤凰,表现清洁、正直、孤高的品格,用比兴体,但诗句简劲,藻采不多。《赠徐干》教材 p. 250 借朋友咫尺阻隔表达一种被拘限,无法展才高举的苦闷,沉郁而深刻,十分独特,表现力也很强,值得引起重视:

> 拘限清切禁,中情无由宣。清切:严明切迫。禁:天子居所,非待臣不得入。
> 思子沉心曲,长叹不能言。沉:隐藏,不能说,即"无由宣"和"不能言"。
> 起坐失次第,一日三四迁。……此句写难受到神智不清,惶惶不安。
> 乖人易感动,涕下与衿连。乖人:不能与亲友亲近的人。
> 仰视白日光,皦皦高且悬。皦皦:明亮。
> 兼烛八纮内,物类无颇偏。八纮:八极(即四正四隅)。颇偏:偏袒。
> 我独抱深憾,不得与比焉。末句即不能与受太阳照耀的物类相比,即困于阴冷之中。

前半苦闷像后来的阮籍,后半不平像后来的左思,其中包涵着一股沉厚的劲力,已不是曹植那样的哀怨、怨愤所能概括,有一种无路可走,乃至绝望的压力。中间有 6 句写景,"轻叶随风转,飞鸟何翻翻",似写春风盛世。但在这样的环境下

---

① 文学:汉代于王国和州郡置文学,或称文学掾、文学史,为后世教官所由来。魏晋以后有文学从事。宋以后废此称。

却充满了钳制，有深重的压抑感。表现了邺下文人在曹操父子统治下的别一种情形，在更为深刻的层次上对那个时代作了艺术反映。钟嵘《诗品》说刘桢"仗气爱奇，动多振绝，真骨凌霜，高风跨俗。但气过其文，雕润恨少。然自陈思之下，桢称独步"。良然。刘桢虽因存诗不多约 20 首，难以见出他被称为建安亚军诗人的风采①，《赠徐干》一首，可略得其概。而钱基博《中国文学史》不满钟嵘所评，至谓其"胸中全无泾渭"，而以己意进退，推陈琳、徐干为七子之最，认为王粲乃可当评刘桢之语，说评刘桢是"誉过其实"，"《赠徐干》一首，气较爽而语多率……《赠从弟》稍紧健而气刚促……以桢之视陈思，何啻跛鳖之与骐骥"②125—126 页。话说得这样重！但我认为：钟嵘看到了刘桢诗的深度与力度，才真正是"胸中有泾渭"！

　　阅读书目：《刘公干集》，见《汉魏六朝百三家集》，江苏古籍出版社 2001 年版。

2. 王粲

　　王粲 177—217，字仲宣，山阳高平今山东邹城人，曾祖及祖位至三公。王粲少享才名，当时蔡邕"才学显著，贵重朝廷，常车骑填巷，宾客盈坐。闻粲到门，倒屣迎之"，称其异才，自叹不如。因董卓之乱，南投刘表，客居荆州凡 16 年，据说因为"貌寝丑陋而体弱通脱"，不受重视。建安十三年208，曹操南征，他说服刘琮归降，曹操辟为丞相掾丞相府僚属，迁军谋祭酒主持军中典礼，魏建国后官拜侍中侍从皇帝的亲近之职。当时创设法令制度，常以王粲为主持。曹氏父子身边的文人，王粲算是最显贵的一个。他确实是个聪明绝顶的人，读道边碑，即能"背而诵之"背对之而诵。看人下棋，局坏，能凭记忆复原。又长于算术。写文章"举笔便成"，使人怀疑他是事先写好了"宿构"默写出来的上据《三国志》卷 21 本传。他的著作多散佚，明·张溥辑有《王侍中集》。

　　他的创作，前期之《七哀诗》、《登楼赋》及后期《从军诗》均甚有名。真正代

---

① 曹丕《与吴质书》说："其五言诗之善者，妙绝时人。"刘桢好诗当有遗落。今存《杂诗》、《斗鸡诗》、《赠五官中郎将》之"秋日多悲怀"、"凉风吹沙砾"，亦笔力不弱。写景之句"华馆寄流波，豁达来风凉"（《公宴诗》）、"玄云起高岳，终朝弥八方"（《北堂书钞》卷 150 引残句），堪称警策。又何义门谓其《杂诗》"释此出西域"六句，"所谓公干有逸气，于此见之"。
② 此说受王渔洋影响。王曰："桢之视植，岂但鹓鹏之与斥鷃。"

表其诗歌成就的是《七哀诗》之一教材 p.247，写他避乱荆州途中的经历。"出门无所见，白骨蔽平原。路有饥妇人，抱子弃草间。"写出了使人触目惊心的惨状。通篇艺术也很成熟，为写乱世民生的名篇。这一主题后期北归后不再写。后期的《从军诗》为歌功颂德和效忠献能。"窃慕负鼎翁伊尹曾背着鼎为人烹调，后佐汤灭夏，愿厉奋，通励朽钝姿"，"虽无铅刀铅做的刀不锋利用，庶几奋薄身"，可见王粲虽天姿过人，却也实在，为人不逞才子气。《从军行》本写军旅之苦，王粲却自写己意，也是建安以旧曲写时事风气的表现。王粲参加邺下文人集团活动，也留有贵游诗，但可略而勿论。

　　阅读书目：《王侍中集》，见《汉魏六朝百三家集》，江苏古籍出版社 2001 年版。

3. 蔡琰

　　蔡琰 177—?，字文姬，陈留圉今河南杞县人。汉末名士蔡邕女，富才学①，精音律②。但她一生命运十分悲苦。嫁卫氏不久即遭夫亡。战乱中为胡兵所虏约十七、八岁，在匈奴 12 年。其父为王允所害。后曹操遣使赎蔡琰，她撇下两个幼儿回到中原。生离死别，遭欺忍辱，她留下的诗歌可以说是以生命写成的，是啼血之吟。

　　她的 108 行的《悲愤诗》五言体教材 p.252，是建安文学的一篇杰作。开头 40 行写遭祸被掳的缘由和被掳入关途中的苦楚；接下来 40 行写在南匈奴的生活和儿女分别的惨痛；最后 28 句写回来所见家园的荒芜和再嫁后的惶恐。全诗一句一泪，字字是血。论写人生悲惨，堪称古今无二。

　　公元 189 年，汉灵帝病死，皇子刘辩继位，何太后临朝，其兄何进执掌朝政。他想消灭宦官集团，遭到何太后的反对她由宦官推荐而取得灵帝宠幸，对宦官很感激，于是调董卓的西北军来洛阳。西北军包括有胡、羌雇佣兵，无军纪可言，进入洛阳后，"淫略掠妇女，剽抢虏物资"《后汉书·董卓传》，无所不为。《悲愤诗》所写"卓

---

① 曹操赎回蔡琰后，曾问及其家藏典籍，蔡琰说：亡父赐书四千卷，流离涂炭，罔有存者，今所诵忆，裁四百篇耳。于是缮书送之，文无遗误。
② 《后汉书·列女传》注引刘昭《幼童传》："邕夜鼓琴，弦绝。琰曰：第二弦。邕曰偶得之耳。故断一弦，琰曰第四弦。并不差谬。"

众来东下……来兵皆胡羌。猎野围城邑,所向悉破亡。斩截无孑遗,尸骸相撑拒。马边悬男头,马后载妇女",完全是历史的写实。史载:"卓尝遣军至阳城即今河南登封,时人会于社下即春天祭祀社神,悉令就斩之,驾其车重,载其妇女,以头系车辕,歌呼而还。"同上就在这次董卓之乱中,蔡琰被胡军所虏。"失意几微间,辄言'毙降虏。要当以亭加,亭通停刃,我曹不活汝!'"被虏的人"欲死不能得,欲生无一可"。她被虏至南匈奴,被迫嫁左贤王,生育二子,受尽边地风寒异俗之苦。曹操念在与蔡邕的情谊,遣使者赎蔡琰。她在自己获得解救的同时,又得忍受与两个幼儿生生分离的痛苦。诗中写下了最悽惨的一幕:

> 儿前抱我颈,问母"欲何之?
> 人言母当去,岂复有还时?
> 阿母常仁恻,今何更不慈? 仁恻:真诚地爱。恻;诚恳。
> 我尚未成人,奈何不顾思?"顾思:顾念。
> 见此崩五内,恍惚生狂痴。五内:五脏。恍惚:失魂落魄。
> 号泣手抚摩,当发复回疑。末句说:当出发时又犹疑不前。

幼儿的四句问语,母亲何堪与闻! 蔡琰却只能经历承担。"马为立踟蹰,车为不转辙",她怀着万分艰难的心情,经"悠悠三千里"回到中原。"既至家人尽,又复无中外。城郭为山林,庭宇生荆艾。白骨不知谁,纵横莫覆盖。出门无人声,豺狼号且吠。茕茕对孤影,怛 dá 悲痛咤 zhà 呼号糜廪烂肝肺。登高远眺望,魂神忽飞逝"。好不容易回来,回来却是这样的情景。这种打击是时代的打击——你被打击到最不堪,却连一个直接打击你的对象都找不到,真是杀人不留伤痕! 蔡琰此时大约30来岁,因为机缘,在曹操安排下,再嫁董祀。已经历了两次婚姻的女子再一次改嫁,心情真是如履薄冰:

> 托命于新人,竭心自勖励。托:依靠。新人:指董祀。勖 xù 励:勉励。
> 流离成鄙贱,常恐复捐弃。捐弃:抛弃。

董祀本身犯过当死,而为饱经忧患的蔡琰说情救下,她还有这样的心情,一代名门闺秀的杰出才女,沦于如此自卑,其为悲惨生活所压的悲惨,在文字之中又远出文字之外! 这样一首诗,有技巧,如叙事、抒情、说理交织,正面描写、侧面描写并用,历史记录、心理倾吐结合,细节与概括恰到好处等等,但真正得力的还是作者的才华与痛苦的经历,是一种人生存在的诗的敞明。它不是用笔写出来的,而是用生命写出来的!

蔡琰名下尚有骚体《悲愤诗》和《胡笳十八拍》各一首,著作权颇有争议,现代学者多认为是后人伪托,此不复详述。但《胡笳十八拍》读来使人荡气回肠,无论作者是谁,都是一篇在艺术上十分出色的作品。蔡琰的三首诗均见逯钦立《先秦汉魏晋南北朝诗》汉诗卷七。

4. 其他作家

建安时期重要的作家还有:

陈琳 ? —217,字孔璋,广陵射阳今江苏淮安人。他以文章知名,避难冀州时,为袁绍写《移豫州檄》,讨伐曹操,被刘勰评为"壮有骨鲠"《文心雕龙·檄移》。袁绍打了败仗,陈琳被抓住,曹操问他:"卿昔为本初移文体名,作动词,写声讨性文章书,但可罪状孤曹操自称而已,恶恶止其身,何乃上及父祖邪?"陈琳谢罪而对,说是"矢在弦上,不得不发"《文选》注引《魏志》。可谓有巧智而善言辞。曹操也居然宥而不杀。曹操喜爱他的文章,据说有次发头风疾,正好陈琳呈上所写的一批书、檄,曹操卧而读之,竟"翕然而起曰:'此愈我病!'"《魏志·王粲传》注引《典略》陈琳的诗歌,有《饮马长城窟行》,写修筑长城兵卒及家属之苦,极具民歌风味,沈德潜以为可与汉乐府"竞爽"《古诗源》,今徐公持怀疑它就是乐府古辞。

阅读书目:《陈记室集》,见《汉魏六朝百三家集》,江苏古籍出版社 2001 年版。

阮瑀 ? —212,字元瑜,陈留尉氏今属河南人。与陈琳同以文章事曹操。据说曹操要他写信给韩遂,又正好外出要他随从,阮瑀"因于马上具草,书成,呈之,太祖揽笔欲有所定,而竟不能增损"《魏志·王粲传》注引《典略》。他的《为曹公作书与孙权》,软硬兼施,而话说得有姿态,不露骨,张溥评为"润泽发扬,善辩若毂如车轮之圆转"《汉魏六朝百三家集·阮元瑜集》题辞。阮瑀体弱多病,常发忧生之嗟,"常恐时岁尽,魂魄忽高飞"《失题诗》。《驾出北郭门行》写孤儿在亲母墓前哭诉后母的虐待,风格质朴,亦近汉乐府。

阅读书目:《阮元瑜集》,见《汉魏六朝百三家集》,江苏古籍出版社 2001 年版。

徐干 170—217,字伟长,北海剧县 今山东昌乐人。他常称病乡居,专心著述。曹丕给他很高评价:"观古今文人,类不护 爱惜细行,鲜少能以名节自立。而伟长独怀文抱质,恬淡寡欲,有箕 jī 山 尧时许由隐居箕山之志,可谓彬彬君子矣。著《中论》二十余篇,成一家之言,辞义典雅,足传于后,此子为不朽矣。"《又与吴质书》他的《室思》六章 教材 p.244,代思妇抒情,虽渐变汉风,但情深辞婉,文不离质,可作汉魏诗风演变的代表作。如其三:

> 浮云何洋洋,愿因通我词。洋洋:广大。
>
> 飘摇不可寄,徙倚徒相思。徙倚:徘徊。
>
> 人离皆复会,君独无返期。
>
> 自君之出矣,明镜暗不治。治:梳妆打扮。
>
> 思君如流水,何有穷已时。

阅读书目:《徐伟长集》,见《汉魏六朝百三家集》,江苏古籍出版社 2001 年版。

繁 pó **钦** ?—218,字伯林,颍川 今河南禹州人。虽名不与七子之列,但也是邺下文人中的活跃分子。其《定情诗》,用民歌排比手法,表现女子的情感经历,心理再现委屈而深入,是一篇极富特色的作品。"我既媚 爱君姿,君亦悦我颜……中情既款款 诚挚貌,然后剋 kè 严守密期 约会。褰衣蹑茂草 提着衣襟到草丛幽会,谓君不我欺"。一见钟情,以身相许,本来可以是最单纯、美好的一种人生享受,但由于男女不平等及其他种种社会情况和文明规则,而成为人生的伤害和情感的悲剧经历,此是最让人遗憾的事情之一。所以《诗经·氓》中就已唱出了"桑之未落,其叶沃若 鲜润,于嗟鸠兮,无食桑葚。吁嗟女兮,无与士耽 沉溺。士之耽兮,犹可说脱也。女之耽兮,不可说也。"

当时的文人,还有**孔融** 153—208、**祢衡** 173—198、**杨修** 175—219 等,这三个人,

才子气重，个性突出，继承了汉末清流名士的婞直之风，以名节自高，抗节侯王，都不能见容于曹操，先后被害。三个人的作品，散佚颇多，除祢衡《鹦赋赋》外，没有特别重要的。但三个人的个性，本身就极具诗学意义和文学史价值。那种人格独立、批判精神、不向权贵低头的风采，永远是世俗人生的亮点。所以《后汉书·孔融传》论曰："若夫文举之高志直情，其足以动义概而忤雄心。故使移鼎_{鼎乃政权的象征}之迹，事_{指移鼎}隔_{受阻于人指孔融}存；代汉朝终之规，启机于身后也。夫严气正性，覆折而已，岂有员园圆滑委屈，可以每久，或贪其生哉！懔懔严峻貌焉，暐暐洁白不污焉，其与琨玉秋霜比质可也。"

阅读书目：1.《建安七子诗文集校注译析》，韩格平编著，吉林文史出版社 1991 年版。

　　　　　2.《建安七子集校注》，吴云主编，天津古籍出版社 2005 年版。

　　　　　3.《建安七子集》，俞绍初编著，中华书局 2005 年版。

　　　　　4.《建安诗三百首详注》，唐满先编著，百花洲文艺出版社 1996 年版。

四、阮籍与正始文学

　　正始为齐王曹芳的年号。此时曹爽、司马懿明争暗斗，是魏、晋易代之前政治环境最险恶的时期。历史上的正始只有十年240—249，正始文学则可上溯至太和六年232，下延至甘露元年265，约 30 余年。其间产生的作家并不多，常被讲到的，不过阮籍、嵇康、何晏、王弼、应璩等数人而已。之所以要把它当作一个独立的文学时代，就是因为它一变建安之体，表现了一种独特的文学精神与风格，而形成自身的面貌。所以在文学史上，建安、正始常相提并论。

　　正始文学独特面貌的形成，有两大重要原因。一是上面所说政治环境险恶的影响。在前一讲中我们知道，曹魏祖孙几代好文重才，身边聚集了几乎全部的知名文士。因此当时文人士子与曹魏一方联系就自然较为紧密。这也是司马氏要摧毁的社会力量。何晏、夏侯玄、李丰、诸葛诞、嵇康这些人都是当时的名士，有的直接出来捍卫曹氏，有的只因与曹氏有关系和不肯趋附司马氏，就都被剪除。《晋书·阮籍传》说："魏晋之际，天下多故，名士少有全者。"这种情形对文人形成极大的压力，所以在文学中表现了空前的苦闷和恐惧。二是玄学思潮兴起的影响。玄学渊源甚早_{汉末清议}，但真正形成一种广泛的社会风气，却是在正始时期,故有"正始玄风"之说。正始玄学的特点,是崇尚自然。有学者说得好:"玄学崇尚自然,也就强调适情、适性,但当人们一旦把个性自由作为重要的甚至根本的生存价值时,就会发现抑制的力量无所不在"①,因而一方面激发人们的超逸 有些人爱用"逃避"的情怀,另一方面激发人们的锐感与沉思,这两方面对文学的影响都很大 玄学与文学问题后面"玄学与玄言诗"及《世说新语》部分还有专论。

　　在险恶的政治环境和玄学风气的影响之下,正始诗歌与建安相比发生了重大变化,这可概括为三方面:一是由进取的豪迈、乐观变为退避的苦闷、恐惧;二是由执着于现实的慷慨多情变为向往自然的玄远超逸;三是由对时代苦难的悲悯与同情变为表现个人的愤懑与反叛。这自然是以阮籍、嵇康为代表。

1. 阮籍

　　阮籍 210—263,字嗣宗,陈留尉氏 今属河南 人,阮瑀之子。正始开始时他 30 岁,随后在司马氏的夺权危机中生活了 24 年。他的人生和作品,在中国文学史上提供了一种极致:**最沉重的压抑、最深刻的恐惧、无路可走的绝望**。前人说"步兵《咏怀》诸作,**寄愁天上,埋忧地下**" 清·郎廷槐《师友诗传录》,似乎整个宇宙都充满了他的忧与愁。

　　阮籍的为人,有三方面可说:

　　一是矛盾的煎熬。《晋书》本传说他"属魏晋之际,天下多故,名士少有全者,籍由是不与世事,遂酣饮以为常"。当时政坛险恶,他本想置身事外,可是做不到。太尉蒋济召他做属官,他推辞说自己"将耕于东皋之阳",不堪为官,但遭逼迫后,不得不"就吏"。辅政大臣曹爽要他做参军,他说自己有病,"屏隐退于田里",算是辞掉了,但曹爽被杀后,他却乖乖地先后在司马懿、司马师手下做从事郎中一类侍卫官。司马昭为长子司马炎求婚于他的女儿,"籍醉六十日,不得言而止",算是混过去了,但司马昭篡位前履行让九赐的程序,要他作《劝进表》,他又借醉酒搪塞,却被追到家里,不得不扶醉据案疾书。有的事,并不是压服他,但恰恰说明了司马氏对收服他的重视。"及文帝 司马昭 辅政,籍尝从容言于帝曰:'籍平生曾游东平,乐其风土。'帝大悦,即拜东平相"。这个世界什么时候都不缺人做官,阮籍愿到东平做官,竟使司马昭"大悦";后来他听说步兵营厨房有好的

---

　　① 骆玉明《简明中国文学史》第 83 页,复旦大学出版社 2009 年版。

酿酒师，贮酒三百斛，求为步兵校尉，亦即得，这都说明司马氏就是不要他不做官，也说明他不能不做官的巨大压力。有人说这是他性格的软弱，他确乎没有不顾生命而抗争的刚强，但作为一个文学家，这种现实行为与心理意志相矛盾构成的痛苦煎熬，却极大的深化了他的人生体验，为他的创作提供了宝贵的资源。

二是痛苦和绝望。《晋书》本传一再写他醉、酣醉、沉醉，他借醉酒"遗落世事"，这是消极的反抗，也是逃避现实、逃避痛苦的方式。但有些痛苦是逃不掉的。阮籍传中，有两件让人惊心动魄的记载。一曰："时时常率意独驾，不由径路，车迹所穷，辄恸哭而反。"这种行为，反映了阮籍心中充满了不可言说的巨大痛苦。"不由径路，车迹所穷"是人生无路可走的象征参前《庄子·人间世》接舆歌："方今之世，仅免刑焉……殆乎殆乎，画地而趋；迷阳迷阳，无伤吾行。"一曰："母终，正与人围棋，对者求止，籍留与决赌。既而饮酒二斗，举声一号，吐血数升。及将葬，食一蒸肫鸡杂，饮二斗酒，然后临决，直言穷矣。举声一号，因又吐血数升。毁瘠骨立，殆致灭性。"这是"至孝"的痛苦所致，但更是平时长期痛苦压抑的总暴发。"直言穷矣"也是人生绝望的象征表达。司马氏压服他，当时想害他的人更不少。"钟会数以时事问之，欲因其可否而致之罪"。"礼法之士疾之若仇，而帝每保护之"。司马昭保护他，是要他降服，参与自己无耻的政治行为。所以阮籍步步是险，无路可走，被困在痛苦绝望的泥沼中。魏元帝景元四年263，被迫作《劝进表》，是他最后一次承受的沉重的一击，不久即郁郁而殁。

三是不拘礼教，外坦荡而内淳至。阮籍作为竹林名士中的主要人物，同时也是玄学士风的主要推动者之一。他写过《通易论》、《通老论》、《达庄论》三玄论文，塑造过"大人先生"这样超脱礼法和世俗、逍遥无羁的形象，平日生活中也多有名士风流的表现。《晋书》本传记载："籍嫂尝归宁，籍相见与别。或讥之，籍曰：'礼岂为我设邪！'邻家少妇有美色，当垆沽酒。籍尝诣饮，醉，便卧其侧。籍既不自嫌，其夫察之，亦不疑也。兵家女有才色，未嫁而死。籍不识其父兄，径往哭之，尽哀而还。"当时裴楷称他为"方外之士，故不崇礼典"，与以轨仪自居的俗中之士是不同的。作为一个诗人，这使他富真情，有远想，并能对俗世的虚伪阴暗予以揭露和批判。

阮籍的文学成就，主要体现在《咏怀诗》82 首。林庚对它作了极其精准的评价："这八十二首，虽然每首各自成篇，而所咏实是同一内容，不过从不同方面，不

同角度来说罢了。用这么大的力量来集中写这么多诗或者说一组诗,就像我们今天
出一个单行本,就使得诗歌进一步离开乐府诗的阶段,而成为更严密集中的诗人之
作了。"《晋书》本传说他作文"初不留思",82 首绝不是事先计划好了——写来,
这么多首能自然地形成一个整体,"从形式到内容就是**苦闷与压抑的象征**"①。
"忧思伤心,便是《咏怀》诗的中心意境"②。这是时代造成的。刘宋颜延年曾
为之作注,说:"阮籍在晋文代,常虑祸患,故发此咏耳。"《文选》注引他用自己的
生命经历和体验了那个时代的本质状况,无需计划,不同时、不同地、不同事自
然而发就成为情调、内容、表现方式基本相同的一个整体,成为形散神不散的
巨作,正说明了其时代感的浑整强烈。前人所谓"正于不伦不类中,见其块磊
发泄处"是也。

> 一日复一夕,一夕复一朝。朝夕轮替,岁月不居。
>
> 颜色改平常,精神自损消。颜色:面容,丰采。
>
> 胸中怀汤火,变化故相招。即招致面容与精神的变化。
>
> 万事无穷极,知谋苦不饶。知谋:智谋。饶:足够,多。
>
> 但恐须臾间,魂气随风飘。
>
> 终身履薄冰,谁知我心焦。履:脚踏,行走。
>
> ——其三十三　教材 p.278

> 嘉树下成蹊,东园桃与李。嘉树:指桃李。《史记·李将军列传》"桃李不言,下
> 自成蹊。"
>
> 秋风吹飞藿,零落从此始。藿:豆叶。
>
> 繁华有憔悴,堂上生荆杞。忧虑动乱和迫害,人亡屋毁,高堂变荒野。
>
> 驱马舍之去,去上西山趾。西山:首阳山,相传伯夷、叔齐隐居处。趾:山脚。
>
> 一生不自保,何况恋妻子。
>
> 凝霜被野草,岁暮亦云已。被:覆盖。以比兴结。
>
> ——其三　教材 p.275

---

① 上引见林庚《中国文学简史》第 131、132 页,北京大学出版社 1995 年版。
② 刘大杰《中国文学发展史》第 217 页,百花文艺出版社 1999 年版。

这是表现时代恐怖和内心隐忧最突出的作品,"秋风吹飞藿"、"凝霜被野草"、"胸中怀汤火"、"终身履薄冰"是其中的典型意象。刘履曰:"严霜被草,岁暮云已,盖见阴凝愈盛,世运垂穷。"陈沆曰:"司马懿尽录魏王公置于邺,嘉树零落,繁华憔悴,皆宗枝剪除之喻也。"虽然我们不必这样执实地来理解,但自司马氏父子专政、阴谋篡权起,遭到不断的反抗如在朝廷有王凌、李丰等,地方有"淮南三叛"等,因而引起了残酷的镇压、株连、夷族,不一而足。所以像阮籍、向秀这样本不愿与司马氏有关系的人,不得不在恐惧的压迫下,被其驱范,但内心深处始终是如汤火煎熬,如身履薄冰! 这在82首诗中,连篇累牍:

> 萧索人所悲,祸衅不可辞。……萧索:萧条,寂寞冷落。祸衅:祸端。衅,事端。
> 嗟嗟涂上士,何用自保持! 涂:通"塗",道路。何用:何以。
>
> ——其二十
>
> 殷忧令志结,怵惕常若惊。殷忧:深忧。殷,盛,多。结:愁肠百结。怵惕:惊惧。
>
> ——其二十四
>
> 但畏工言子,称我三江旁。① ……说我与毌丘俭扬州起兵反司马事有关。
> 世路有穷达,咨嗟安可长! 忧叹中命不可久。三江:长江三段。
>
> ——其二十五
>
> 晷度有昭回,哀哉人命微。日影在日晷上来回转。昭回:太阳光轮回。
> 飘若风尘逝,忽若庆云晞。若空中的游尘飘逝,若彩云随日出消散。晞:日之
> 初升。
>
> ——其四十

《文选》李善注:"嗣宗身仕乱朝,恐惧谤遇,因兹发咏,故每有忧生之嗟。"阮籍忧生之嗟主要是当时恐怖政治造成的,而不是像汉末建安更多是时光和生命的自然规律引起的。

　　与此相关,是他那**强烈而深刻的孤独感**:"独坐空堂上,谁可与欢者? 出门临永路,不见行车马。登高望九州,悠悠分旷野。孤鸟西北飞,离兽东南下。日暮

---

① 三江:即长江夏口之间及其上下,毌丘俭等扬州起兵,钟会随司马景王出征,或有谗阮籍事。《晋书·阮籍传》记钟会数以时事问之,欲因其可否而致之罪。可见其欲害者非一日矣。

思亲友,晤言用自写。"其十七教材 p.276 林庚分析说:"堂内是'空堂',门外是空的路,爬到高处去看吧,又是个空的世界。这时天色已近黄昏,只有想念平日的亲友,聊以自慰而已。"林庚《中国文学简史》p.133 这与屈原《悲回风》"穆静眇眇之无垠兮,莽芒芒之无仪匹"、"登石峦以远望兮,路眇眇之默默。入景、响之无应兮,闻、省、想而不可得"是同一种境界。

《咏怀诗》中有些作品,"志在讥刺,而文多隐避,百代下难以情测",但也有的讥刺内容较为明白:

> 洪生资制度,被服正有常。大儒凭借礼制,穿戴不变的制服。洪:通鸿。
>
> 尊卑设次序,事物齐纪纲。设:安排。齐:统一。
>
> 容饰整颜色,磬折执圭璋。上朝时神色庄重,双手执圭,身体弯曲若磬。
>
> 堂上置玄酒,室中盛稻粱。玄酒:古代祭祀当酒用的水,色黑。稻粱:指祭祀的食物。
>
> 外厉贞素谈,户内灭芬芳。外面表现严肃纯正的谈吐,家中丧失一切善德,净干坏事。
>
> 放口从衷出,复说道义方。敞开口说心里话,都是道义的大话。
>
> 委曲周旋仪,姿态愁我肠! 百般作态装样子,真叫我为他们愁闷。
>
> ——其六十七 教材 p.278

陈寅恪指出:司马氏所代表的是东汉以来形成的儒家豪族,他们标榜名教,但却做出许多为名教所不容许的、丑恶的事情。如标榜君臣名分的司马昭利用贾充等杀高贵乡公曹髦,以捍卫礼法自许的何曾谄事贾充《晋书·何曾传》:"司空贾充权拟人主,曾卑充而附之。"等参见万绳楠《陈寅恪魏晋南北朝史讲录》第一、二、三节。何曾这个人,当时曾被人吹许为"内尽其心以事亲,外崇礼让以接天下",是"君子之宗"。但他死后,"下礼官议谥,博士秦秀谥为'缪丑'"。就是这样一个缪丑之徒,在司马昭面前斥责阮籍:"卿纵情背礼,败俗之人。今忠贤执政,综核名实。若卿之曹,不可长也。"并建议司马昭:"宜摈四裔流放到边远处,无令汙染华夏。"这首诗就是揭露何曾这类人外表道貌岸然,而本质上却极虚伪无耻。他们的做作真叫人心肠发愁,难以忍受! 蒋师爚评此诗说:"洪生资制度,非制度则不成其洪生矣！灭芬芳,说道义,嬉笑何啻怒骂。"

《咏怀》中还有些作品表现了阮籍的高情远慕,即远遁全真性、神仙寄自由的追求。如第三十八、五十七、五十八、七十三、七十四、七十八首。

> 鸿鹄相随飞,飞飞适荒裔。鸿鹄:鸿雁和天鹅。适:往。荒裔:偏远之地。
>
> 双翮凌长风。须臾万里逝。双翮:双翅。翮:本指羽毛根部。
>
> 朝餐琅玕实,夕宿丹山际。琅玕实:玉树结的果。琅玕:美石。丹山:传说中的山。
>
> 抗身青云中,网罗孰能制。抗:通亢,高。
>
> 岂与乡曲士,携手共言誓。乡曲士:孤陋寡闻的礼法之士。言誓:结盟,称兄道弟。
>
> ——其四十三

以鸿鹄、神仙、巢由为挣脱世网的理想,根子其实是全生远害。这在阮籍,不过是逃离政治恐怖的一种表达形式。他的矛盾煎熬与人生恐惧太深切了。所以庄、玄之旨还没有帮助他建立一种玄远超逸的诗歌境界这要靠嵇康。刘勰将他与嵇康并举,以"境玄思淡,而独得乎优闲"《隐秀》,实不确。

阮籍《咏怀》在艺术上具有十分突出的特点,这就是比兴曲折,蕴含深永。

在司马氏的恐怖政治时代,阮籍在现实生活中,为人"至慎"[1]:"发言玄远,口不臧否人物";即使写诗,也不敢放言倾怀,"虽志在讥刺,而文多隐避"李善《文选》注,"言在耳目之内,情寄八荒之表……厥旨渊放,归趣难求"钟嵘《诗品》。他的方法,一是用自然事物,或历史典故、神话游仙等进行比兴、暗示与象征的表达;一是只对情感作浑整的描写,而小心地回避透露真正的原因。"在那时期也只有阮籍因为掌握了这个写诗的技巧,而能够写出有血有泪的诗来……在这个时期因此诗坛是寂寞的,没有阮籍曲折比兴的功夫,不是不能写诗,就是写不出

---

[1] 《世说新语·德行》注引李康《家诫》:司马昭与人论"近世能慎者",或举太尉荀景倩、尚书董仲达、仆射王公仲。司马昭说:"此诸人者温恭,朝夕执事有恪,各克其慎也。然天下之至慎者,其阮嗣宗乎！每与之言,言及玄远,而未尝评论时事,臧否人物,可谓至慎乎!"

诗"①。依靠这种独特的艺术,阮籍才成为唯一一个最深刻,最强烈地反映那个时代本质的伟大诗人,而且因此"给处于黑暗统治下的进步作家开拓了一条抒情述怀的道路,丰富了建安作家的优秀传统"②。我们举两首这样的杰作。

于心怀寸阴,羲阳将欲冥。怀:惜。羲阳:太阳。羲,驾日车的神羲和。冥:天黑。

挥袂抚长剑,仰观浮云征。袂:衣袖。征:行,飘逝。

云间有玄鹤,抗志扬哀声。玄鹤:老鹤。鹤羽黄,传说千岁变苍,再千岁变黑。

一飞冲青天,旷世不再鸣。旷:空也,世上再无它的鸣声。

岂与鹑鷃游,连翩戏中庭? 鹑鷃:高飞不过数丈的小鸟。连翩句:在庭院内飞来飞去。

——其二十一

夜中不能寐,起坐弹鸣琴。夜中:半夜。

薄帷鉴明月,清风吹我襟。鉴:照,透过。在旁曰帷,在上曰幕。

孤鸿号外野,翔鸟鸣北林。鸿雁雌雄不离,曰孤鸿见其伤危。鸟夜飞起见其不安。

徘徊将何见? 忧思独伤心。何见:见危也。

——其一　**教材 p. 274**

前一首,态度那样决绝,情绪那样激扬哀愤,如果不用形象比兴,真不知会说出什么话来。但借鹤而言,那冲天之力,旷世之哀,都寄托给鹤了。这首诗的抒情主人公是有壮志远怀的,但却悲哀地选择了高举长默。阮籍"本有济世志","尝登广武,观楚汉战处,叹曰:时无英雄,使竖子成名"。联系起来看,诗中的抒情主人公,就是阮籍自己。后一首,夜惊失眠,有深深的不安与恐惧,但是因何引起的,是因为司马氏杀人,"名士少有全者"的高压威胁吗? 这原因是不能说的,所以只是借景与物浑整地写出心里的不安、恐惧便罢。

① 林庚《中国文学简史》第 135 页,北京大学出版社 1995 年版。
② 中国社会科学院文学研究所《中国文学史》第 214 页,人民文学出版社 1962 年版。

阅读书目：1.《阮籍集校注》，陈伯君校注，中华书局 1987 年版。

　　　　　2.《阮步兵咏怀诗注》，黄节注，人民文学出版社 1984 年版。

　　　　　3.《阮籍诗解译》，聂文郁，青海人民出版社 1989 年版。

2．嵇康

嵇康 223—263，字叔夜，祖居会稽，本姓奚，后避怨迁谯_{今安徽境内}，其地有嵇山，因改姓嵇_{有人因此主张念嵇为"xī"}。又一说是取会稽的"稽"字上半，加"山"而成"嵇"，变化字形而"志其本"。嵇康的文学成就不如阮籍，但他的人格魅力无论在当时或后世，都远非阮籍可比。叶梦得就《劝进表》一事批评说："籍忍为此，亦何所不可为！籍著论鄙世俗之士，以为犹虱处乎裈中。籍委身于司马氏，独非裈中乎？"宋朝人作批评，因道德水准过高的要求，多严苛偏狭之论。阮籍的悲剧让人伤心扼腕，他因此而为人类精神深拓了一隅。嵇康则贞烈地捍卫了人生存的尊严。《晋书·嵇康传》充满着赞扬的感情，用了许多好词。徐公持《魏晋文学史》"嵇康"一章，特辟"人格魅力与文学"一节，认为"在中国文学史上，嵇康属于最具魅力人物之列"。竹林七贤，山涛、阮籍比他年长、官大，王戎比他富有，向秀的玄学造诣不在他之下，刘伶、阮咸的任诞超过他，但嵇康却是核心人物。"竹林之游"即在嵇康的山阳寓所。他后来的敌人钟会是汉末颍川大名士钟皓之后、当时太尉钟繇之子，聪明过人，又是形名学专家，写成《四本论》_{即才性同、才性异、才性合、才性离}，却很希望得到他的赞扬，又不敢见他，在门外把书扔进他的院子_{见《世说新语·文学》}。当时苏门山_{在今河南辉县}大隐士孙登，阮籍想与他讨论养气长生之术，他不予理睬，嵇康却能从之游。嵇康被害前，"太学生数千人请免，于时豪俊皆随康入狱"_{《世说新语·雅量》注引王隐《晋书》}，可见其人望之高。钟会最后在司马昭面前进置嵇康于死地的谗言，竟然说他是威胁皇权的"卧龙"，这固是阴险之辞，但也说明嵇康确实极非寻常。

嵇康的魅力，是由多方面构成的。他俊美，风度过人，才艺出众，极有见识和个性，性情率真自然，人格高尚正直，甘于淡泊，也富于激情，趣尚高逸，而不乏气骨。这些都在《晋书·嵇康传》及他的作品中可以看出来。魏晋是一个崇尚风度和美的时代，何晏也是美男子，"动静粉白不去手，行步顾影"_{《三国志·魏志》注引《魏略》}，这与"龙章凤姿"而"土木形骸，不自藻饰"的嵇康简直无法相比。嵇康在同时人眼里，是"萧萧肃肃以风声作比，形容潇洒，爽朗清举"《世说新语·容止》；其"为人也，岩岩高峻若孤松之独立；其醉也，傀 kuǐ 俄倾倒若玉山之将崩"同上注引山涛语。到明代王世贞还说："吾每想其人，两腋习习风举。"《艺苑卮言》卷三大约因为同乡的关系，他娶了曹林之女或云孙女为妻曹林为曹丕异母兄弟，曾徙封谯，得了一个中散大夫掌议论，七品，秩六百担的闲职。他本身是一个"弹琴咏诗，自足于怀"，采药打铁就可以得意忘形的人，在那个丑恶政治的时代，无意做官。所以当好友山涛举荐他作吏部尚书郎官六品，负责县以上官员选拔任免。山涛原任，因调"大将军从事郎中"故举嵇康自代，他专门写信拒绝，并责备对方不知己，用"膻腥"、"死鼠"来污染自己，颇能表现其清高自守、不同流合污的风骨。朋友吕安的妻子徐氏被哥哥吕巽奸污，他出面调停。吕巽"以子父交为誓"拿儿子和父亲发誓，不重犯，不报复，但旋以"不孝"告吕安。吕安引嵇康为质证。《世说新语·雅量》注引《文士传》："吕安罹事，康诣狱以明之"，司马昭召集"庭论"，钟会趁机诬诪他曾"欲助毌丘俭反"，攻击他"言论放荡，非毁典谟"。并说他是"卧龙"般的危险人物，"宜因衅除之"，于是与吕安一同被害。这件事既可见嵇康的厚道，又可见他仗义有担当。临刑之日，嵇康神态自若，"顾视日影"，料时将至，"索琴弹之"，曰："《广陵散》于今绝矣！"他在生命的最后时刻，再一次表现了无人可及的光彩！他的文章，常常是见解新颖而大胆。"每非汤武而薄周孔"，为被周、孔视为大逆不道的管叔蔡叔翻案《管蔡论》，替被孔子申斥的"郑声淫"辩护《声无哀乐论》，等等，表现了敢于"违众诡俗"的个性和风采。他的思想敢于"违众诡俗"，蔑视当时礼教的虚伪，但生活作风却淡泊而严肃，"情不系于所欲，矜尚不存乎心"《养生论》，魏晋名士中那种纵欲及腐朽的生活，在他身上是找不到的。

嵇康的文章比阮籍更好。诗今存 53 首，体裁有四言、五言、六言、乐府。四言诗成就最高，与曹操、陶渊明等一起，成为《诗经》以后的巨擘。他最突出的创造是提供了与阮籍《咏怀》不同的另一种独特的美。郑振铎对此有精彩论述："他的《赠秀才入军诗》十九首，很有几首是极为隽妙的……像'春木载荣，布叶垂阴。习习谷风，吹我素琴'；'目送归鸿，手挥五弦。俯仰自得，游心太玄'。如珠的好句，都是未之前见的；此种韶秀清玄的风格，也是未之前见的。在嵇康之后，在思想上固另辟了一条老庄的玄超的大路，一脱汉儒的阴阳五行凡近实践的浅陋；在诗歌上也别有了一条高超清隽的要道，一洗汉诗乃至建安诗中的浅近的厌世享乐的思想。"①概括地说,嵇康为我们开创了一种前所未有、影响深远的诗歌意境。这种意境就是:**韶秀清玄、高超隽妙**。它是由玄风的吹拂和名士风流的浇灌而生成的,也是由当时恐怖政治的反激、文人希望隐逸山林、高蹈避祸的心理造成的。因此它把作者的现实情兴、自然的优美风景、玄学带来的幽玄之思、名士生活的洒脱自得熔于一炉,铸成为"极为隽妙"的诗作。**庄玄的思想与意境进入诗歌领域并获得成功,嵇康是第一功臣**。它没有其后玄言诗枯燥无味的缺点,也没有陶渊明田园诗的成熟与造诣,但它像新生命一样的生活,并且特别灵动和飘逸,这也是连陶渊明也不具备、中国后世诗歌中所罕见的。读嵇康这种好诗,我常觉得它是诗中的《兰亭集序》书法与文章合一和《世说新语》。魏晋时代古琴最为流行,嵇康又是当时最杰出的琴师,他的诗中常有琴声与音乐相伴,读他的诗,仿佛听到崇山环绕的竹林茅舍传出古琴声声。总之,它最足以反映魏晋风流的美丽、深情与悠远。

> 鸳鸯于飞,啸侣命俦。于飞:在飞起时。啸、命:呼唤。侣、俦:同伴。
>
> 朝游高原,夕宿中洲。中洲:洲中。洲,水中陆地。
>
> 交颈振翼,容与清流。容与:悠闲地游荡。
>
> 咀嚼兰蕙,俛仰优游。兰、蕙:两种香草。俛:即俯。
>
> ——《赠秀才入军》其二
>
> 婉彼鸳鸯,戢翼而游。婉:和婉。戢翼:敛翅。
>
> 俯唼绿藻,托身洪流。唼 shà:鱼或水鸟吃食。
>
> 朝翔素濑,夕栖灵洲。素濑:白浪。灵洲:神异的洲渚。
>
> 摇荡清波,与之沉浮。
>
> ——《四言诗十一首》其二

借鸳鸯的"俛仰优游"写出一种天趣自然的自由境界。有同伴交颈振翼,有清流素濑托身,有灵洲可栖、绿藻可唼,无忧而乐,无乐而游。这是受老庄玄学的刺激

---

① 郑振铎《插图本中国文学史》第 144 页。宋范晞文已说:"嵇叔夜'目送归鸿,手挥五弦,俯仰自得,游心太玄',则运思写心迥不同矣。"(《对床夜语》卷一)不同者,受玄风影响,玄学之诗化也。

而生的对于自在、自由的隽妙的构想。其中"俦侣"在当时是一个重要的人生与艺术表现问题,它是孤独的反面和否定,是人觉醒后渴望肯定自身价值的必要形式。竹林七贤和魏晋名士们就是通过命俦啸侣来实现他们的人生风流的。所以在嵇康的诗中,不断地讲到"良朋"、"英贤"、"佳人"、"所钦"、"好仇同伴"。阮籍则从反面反复地讲"无俦"《首阳山赋》和孤独而思亲友《咏怀》其十七。嵇康这两首诗是以鸳鸯作比兴,《四言诗十一首》其一"微啸清风,鼓楫容裔。放棹投竿,优游卒岁",和《送秀才入军》其十六"朝发泰华,夕宿灵洲。弹琴咏诗,聊以忘忧",则是直接写人的艺术化的自由生活境界了。

> 良马既闲,丽服有晖。闲:娴熟。晖:光彩。
>
> 左揽繁若,右接忘归。繁若:良弓名。忘归:良箭名。
>
> 风驰电逝,蹑景追飞。景:影。飞:飞鸟。
>
> 凌厉中原,顾盼生姿。凌厉:迅猛前往。
>
> ——《赠秀才入军》其九

与曹植笔下"仰手接射中飞猱 náo 一种小猿类,轻捷如飞,俯身散射中马蹄 一种箭靶……长驱蹈垮匈奴,左顾陵压倒鲜卑"《白马篇》相比,已经没有了"捐躯赴国难,视死忽如归"的家国事功意识,而更多的是自我实现、自我表现的风采;具体的现实内容减退了,抒情的形象灵动性增强了。"顾盼生姿"的形象不仅仅是个英雄,他有高度的自我意识,并且是英勇和美的合一。这是人的自由的实现的另一种姿态。

> 微风轻扇,云气四除。
>
> 皦皦朗月,丽于高隅。皦皦:洁白明亮。丽:附着,高挂。高隅:高空一角。
>
> 兴命公子,携手同车。兴命:高兴地呼唤。车:古读 jū,故在"鱼部"。
>
> 龙骥翼翼,扬镳踟蹰。龙骥:高大的骏马。《周礼》"马八尺以上为龙"。翼翼:壮盛齐整。扬镳:振动马勒口铁。踟蹰:相连,指马并排。
>
> 肃肃宵征,造我友庐。肃肃:疾行貌。造:访。
>
> 光灯吐辉,华幔长舒。

鸾觞酌醴,神鼎烹鱼。鸾觞:犹羽觞,酒杯两角翘起如鸟翅。醴:美酒。神鼎:神妙的锅。

弦超子野,叹过绵驹。弦:弹琴。子野:师旷,春秋晋国乐师。叹:歌唱。绵驹:春秋齐国歌者。

流咏太素,俯赞玄虚。太素、玄虚:指自然素朴冲虚之道。流咏、俯赞:皆清谈的姿态。

畴克英贤,与尔剖符! 畴:谁,一作"孰"。克:能,为。剖符:喻做官。表示英贤轻仕!

——《四言诗十一首》其十一(戴本作《杂诗》)

这是名士清谈的诗意描写。如果说阮籍《咏怀》的时代性是表现那个时代政治的阴暗和恐怖,嵇康这些诗的时代性就是表现名士的玄学志趣与清谈的风流超逸,它真正把玄学风气与清谈宴乐诗化了。当时没有第二个人用诗的形式做到这一点。诗中美景、豪兴、华筵、琴歌、谈友与妙道玄旨的玩索融为一体。"谁能以英贤之德,与尔剖符而仕乎"《文选》李善注? 真正是"调越风雅,而情趣跃如"许学夷语。

闲夜肃清,朗月照轩。肃:肃静冷清。轩:门窗。

微风动袿,组帐高褰。袿:衣裙,一作"帏"。组帐:有丝带的帐幕。褰:揭、挂。

旨酒盈樽,莫与交欢。旨酒:美酒。莫与交欢:无人共饮,本谓秀才不在身边。

鸣琴在御,谁与鼓弹。御:备用。

仰慕同趣,其馨若兰。同趣:趣味相同的人。《易·系辞》"同心之言,其臭[气味]如兰"。

佳人不在,能不永叹! 佳人:本指秀才[其兄嵇喜]。

——《赠秀才入军》其十五

轻车迅迈,息彼长林。迅迈:疾行。长林:广林。

春木载荣,布叶垂阴。载:始。布:铺。

习习谷风,吹我素琴。习习:柔和貌。素琴:不加装饰的琴。

交交黄鸟,顾俦弄音。交交:鸟鸣和之声。

感悟驰情，思我所钦。所钦：所敬爱的人，指秀才。

心之忧矣，永啸长吟。啸：魏晋人一种高亮的叫声，孙登、阮籍皆善啸。

——《赠秀才入军》其十二

或静夜在家，或游息山林，对"佳人"和"所钦"的思念深长而优美。冯友兰论魏晋风流的美，归纳出四点："有玄心"、"有洞见"、"有妙赏"、"有深情"。①《世说新语》载："卫洗马初欲渡江……云：见此芒芒，不觉百端交集。""桓子野每闻清歌，辄唤奈何。谢公闻之曰：子野可谓一往有深情。"睹物兴情，歌酒动情，但最打动人感情的是对"佳人"和"所钦"的系心。**魏晋玄思与风流本来就是在共同兴趣的心灵撞击中形成的，所以俦侣之好就作为一个重要主题**，在特定的时代背景上被凸显出来了。嵇康作为魏晋风流的代表和竹林七贤的中心人物，在这方面的歌咏因此就特别多。"伊我之劳，有怀佳人。寤言永思，实钟所亲"《赠秀才入军》其五。"思我良朋，如饥如渴，愿言不获，怆矣其悲"同上其十三。"酒中念幽人，守故弥终始。但当体七弦，寄心在知己"《酒会诗》其七。"浮游太清中，更求新相知。比翼翔云汉，饮露餐琼枝"《述志诗》其一。不一而足。

但这是不易得的，所以他每发孤独不偶之叹：

泳彼长川，言息其浒。言：语助词。浒：水边。

陟彼高冈，言刈其楚。陟 zhì：登上。楚：荆类灌木，故人常以赠亲友。

嗟我征迈，独行踽踽。征、迈：皆行也。踽踽：独行貌。

仰彼凯风，涕泣如雨。仰彼凯风：敬受那使万物昌盛的南风[反衬自己孤孑]。

——《赠秀才入军》其三

凌高远眄，俯仰咨嗟。凌：登。眄：望。

怨彼幽絷，邈尔路逡。幽絷：幽系，指身入仕途不得自由。邈、逡：皆远也。

虽有好音，谁与清歌？即好声音唱给谁听呢？

虽有姝颜，谁与发华？虽有美丽如花的容颜向谁开放呢？

仰讯高云，俯托清波。抬头问高天的云彩，低头托清澈的水波传话。《洛神赋》

---

① 《三松堂学术文集·论风流》，北京大学出版社 1984 年版。

"托微波而通辞"。

乘流远遁,抱恨山阿。遁:隐居。恨:遗憾。

——同上其十一

魏晋对个性和自由的追求,其实就是人自身存在的觉醒,真正的觉醒者是"靡无瞻看承靡恃"《赠秀才入军》其四的孤独。这在正始以后20年的恐怖虚伪的统治时期尤其如此。竹林七贤的分化就是典型。山涛、阮籍、王戎、阮咸、刘伶先后入仕,追随嵇康留在山阳的,只剩下一个向秀,真是"嗟我征迈,独行踽踽","虽有好音,谁为清歌"了!

嵇康的好诗,写的是人的自由理想、清谈风流、俦侣佳人之思和存在的孤独感,这些内容本身是和艺术有同一性的,加上嵇康长于用兴,或对事物作兴味深长的描写如"鸳鸯"二首,或写意兴高昂的人生姿态如"良马",或用以景兴情的手法如"微风"、"闲夜"等。他还善于使用最有起兴功能的意象或词语,动词意象像"飞"、"翔"、"游"、"啸"、"容与"、"征迈"、"顾眄"等等,名词意象如"清波"、"洪流"、"微风"、"朗月"、"习习谷风"、"交交黄鸟"等,短语意象就更多,如"交颈振翼"、"顾盼生姿"、"龙骥翼翼"、"组帐高寋"、"布叶垂阴"、"顾俦弄音"、"谁与清歌"、"仰讯高云"等等。他最有名的短语意象"目送归鸿,手挥五弦",真具有兴发无尽的动力。可以说,嵇康和阮籍在当时诗坛各极其致,**阮籍长于用比,嵇康长于用兴;阮籍寄托遥深,嵇康兴象隽妙**。他们是正始文学的双子星座。

嵇康还有另一种诗。钟嵘《诗品》说他"过为峻切,讦jié揭露直露才,伤渊雅之致;然托喻清远,良有鉴裁鉴别判断力,亦未失高流矣"。讦,就是横议是非。陈延杰注:"叔夜拒钟会,与山涛绝交,皆其讦直者。"但这用来论其人与文更好。论诗,还是用"峻切"。嵇康的诗,有"清远"的一面,主要与玄学高致有关,已如前述。其"峻切"的一面,主要和现实险恶有关,不过这一面在他的诗中处于十分次要的地位。这以《幽愤诗》为代表。其它像五言诗《答二郭》其三骂世也是毫不含糊。

《幽愤诗》教材p.282是他遭诬在狱中所作,内容十分痛切,抒发了他"欲寡其过,谤议沸腾;性不伤物,频致怨憎"的委曲与愤慨。何焯说:"天下不平之事,至嵇康、吕安一案,无一加矣!"他的本性"托好老庄……志在守朴",像"嗷嗷鸣雁,奋翼北游,顺时而动,得意忘忧"那样,像伯夷叔齐"采薇山阿,散发岩岫,永啸长吟,颐情养寿"那样,但却是"事与愿违,遘兹淹留",原因何在? 他检讨了自己性格上的一些情况,又叙述了当时政治和人事的险恶。这就把一些粗心的读者弄迷糊了。其实,他检讨自己不过是要表明本性本心:要远离世事是非,"鸾凤避罻 wèi 小网 罗捕鸟的网,远托昆仑墟山丘"《答二郭》其二;在"夷平坦路殖枳棘"的时代,"捐外累"而"养诰然"《与阮德如》。自己这样都要遇害,那就只有一条:这个世界只允许顺从者、叛变者与同流合污者生存。所以对自我的检讨只是一种衬托:表明自己并非敌对者而无理遇害。前面"恃爱肆姐娇"、"冯凭宠自放",是和"抗高心希古,任其所尚"一体的,后面又说不能"奉时恭默",如"万石周慎,安亲保荣汉石奋周密谨慎,父子 5 人皆 2 千石,人称万石君",言下之意,自己不过为吕安做证而已,难道不该为吕安做证吗? 诗中是有回答的。"惟此褊心,显明臧否……欲寡其过,谤议沸腾,性不伤物,频致怨憎。""显明臧否"抽象地说就是"对事物善恶要加以议论",具体说是为吕安"伸张正义,明辨是非"①,这是归咎自身、是后悔么? 又:"咨余不淑,婴绕累多虞忧。匪降自天,实由顽疏,理弊坏患结,卒至图圄。"直接说到自己入狱的原因是"理弊患结","弊",《文选》李善注为"坏也",道理坏了,没理了,所以造成自己入狱的祸患。"曰余不敏,好善闇人。子玉之败,屡增惟尘"。"好善闇人"指什么? 李善"谓与吕安交也",李贽提出了强烈的反对,认为"别有所指"。戴明扬认为:"此指吕巽言之……叔夜与巽友,后又信其许和之言……皆所谓'闇人'也。"戴氏又说:"子玉之败,由子文举之,以比吕巽之恶,由己宽而信之耳。"这几句按照李善的解释,真像是自悔;按照李贽、戴明扬的解释,则实是抒写对小人吕巽的愤慨。李贽说"余谓叔夜何如人也,临终奏《广陵散》,必无此纷纭自责、错谬幸生之贱态。"李贽认为这些话"或好事者增饰于其间耳",亦未看到其作为艺术手法和文体策略的意义②所以,诗中的这些内容,你从全文的形象逻辑和艺术表现手法透过一层看,不是真的悔过,而是要衬托出自己并非敌对者而遇害、罪非其实而遇害,即在一个险恶卑鄙的时代,被小人无道所害。诗中是写到了他检讨自己性格上的一些情况,但作为读者,你真的理解为:阮籍相信他的罪与过一体、

---

① 殷翔等《嵇康集注》第 25 页,黄山书社 1986 年版。
② 戴明扬《嵇康集校注》第 27、28、34 页,人民文学出版社 1962 年版。

从而在认罪思过吗？如果不是,说他悔过有什么根据和意义呢？说他在诗中悔过,又为什么题为《幽愤诗》呢？所以这首诗是不容易读的。很多人把"幽愤"读成了"自责"。甚至有人说："《幽愤诗》格调低沉,字里行间渗透着失败主义的情绪,与其《难自然好学论》、《与山巨源绝交书》的激扬文字相比,若出自二人之手……嵇康虽然没有投降,但其内心的确动摇了,后悔了。"[1]有的学者则说"当时他似未意识到即将被害,因他实无任何罪过",但仍然判定诗中"有自我省视疚悔"[2]。既无过,悔者何？这都是没细心去体会嵇康写自己性格上的一些情况**只是衬托手法**所致。诗中还有很强烈的批判和揭露,除"欲寡其过,谤议沸腾","理弊患结,卒至囹圄"这样的矛盾荒谬之外,"大人含弘,藏垢怀耻。民人之多僻,政不同己"。"大人"指天子。时曹奂为帝,实为傀儡。"左右多邪臣,政不由己"《文选》张铣注"'民之多僻',当指钟会等言之也。"戴明扬注揭露司马氏与钟会、吕巽等,"峻切"极矣！诗中更打动人的是他对所受迫害和侮辱的描写：

> 对答鄙讯,絷此幽阻。鄙讯:卑鄙的审讯。絷:拘囚。幽阻:监狱。
>
> 实耻讼冤,时不我与。实耻讼冤:耻于诉冤获免,即不屑对质,如李广之不肯对刀笔吏。
>
> 虽曰义直,神辱志沮。沮:颓丧。
>
> 澡身沧浪,岂云能补！即被冤受辱,沧浪之水也无法洗刷。

"对答鄙讯……实耻讼冤",即《史记·李将军列传》"大将军卫青使长史急责广之幕府对簿",李广"终不能复对刀笔之吏"。"虽曰义直,神辱志沮",即《史记·绛侯周勃世家》周勃被诬入狱受狱吏"侵辱",既出而叹："吾尝将百万军,然安知狱吏之贵乎！"综合地看,这首诗的"幽愤"内涵至深至重,切不可片面浅解为悔疚自责！

这样说来,嵇康实堪称中国文学史上的一位大诗人。徐公持说："钟嵘列嵇康于'中品',如与'上品'中曹植、阮籍相比,嵇康确应退居于后；然陆机、张协、

---

① 王晓毅《嵇康传》第 156 页,广西教育出版社 1994 年版。
② 徐公持《魏晋文学史》第 213 页,人民文学出版社 1999 年版。

潘岳等人,亦列'上品',则嵇康似有不值。"《魏晋文学史》p.216 从现代文学史的观念来看,他或可比于曹操:两人都代表了某种时代和风格的极至,曹操的代表作影响较大,而嵇康的好作品更多创作总量也更大。两人都有些不好的作品,曹操是过于质实,嵇康是搬弄玄学观念和语汇用兴辞即出好诗,弄概念则不济,都是有损诗美诗味。

　　阅读书目:1.《嵇康集注》,殷翔、郭全芝注,黄山书社 1986 年版。

　　　　　　2.《嵇康集校注》,戴明扬校注,人民文学出版社 1962 年版。

第十二讲　太康及西晋文学

一、潘、陆等与太康体

太康是晋武帝司马炎的第三个年号，前后共十年280—289。此时晋篡魏公元265已历十数年，国家统一，结束了战乱，政治上的危机也暂时平息，州郡罢兵，农桑是务，加之司马炎也还算一个宽仁大度的皇帝，因而出现了太康年间的短暂繁荣①。因之也产生了"文章中兴"。钟嵘《诗品序》说：

> 太康中，三张载、协、亢兄弟（亢一说华，因《诗品》未选亢诗）、二陆机、云兄弟、两潘岳、尼叔侄、一左思，勃尔复兴，踵武前王，风流未沫沫：已。见《离骚》王逸注。沫亦通昧，暗也，亦文章之中兴也。

这是文学史对太康采取重视态度的源头。后严羽提出了"太康体"一名《沧浪诗话·诗体》，下注"左思、潘岳、三张、二陆之诗"，突出左思、潘岳，与钟嵘有所不同。

今天看来，太康体一般指以陆机、潘岳为代表，比较重视艺术形式、讲究辞藻华美和对仗工整的写作风格。好处是诗歌的表达技巧趋于精美，缺点是过于雕琢，辞华、工技有余而情兴不足。所以刘勰说是"采缛于正始，力柔于建安，或析文以为妙，或流靡以自妍"《文心雕龙·明诗》。现代研究者则认为："太康诗人深知自己的任务，在建安'尚气'、'言志'的'风骨'以后，要开辟'重采'、'尚情'的新

---

① 《晋纪·总论》称当时"牛羊被野，余粮栖亩，行旅草舍，外闾不闭……其匮乏者，取资于道路，故于时有天下无穷人之谚"。《晋书·食货志》："是时天下无事，赋税平均，人咸安其业而乐其事。"

格局。建安的色彩,是血与火的喷涌,是时代的剖腹产,凤凰在大火中涅磐;西晋的色彩,则是粉红、嫩绿、和平发展的主题,是园中'木欣欣以向荣,泉涓涓以细流'。……战争用的号角、刀矛,一旦换成丝竹、管弦,生活变了,诗歌风格不得不变。……所以扬弃建安风骨,那是不得不扬弃;缘情绮靡,那是不得不绮靡。……形式美尚如雉鸡,需要太康诗人集体努力地扑上去抓捕。"它们巧用文字,务为妍冶,"对五言诗像对俊俏的媳妇一样从头到脚进行妆点、打扮"①。当然这是就总体情况而言,每个作家还有其独特处,如左思就以情感的力量和质朴的表达胜。

1. 张华 232—300 字茂先,范阳方城今河北涿州人,在西晋作家中年辈较早大陆机30岁。他少年孤贫,做过放羊娃,但博学多通,循礼重义,器识弘广,阮籍见后,叹为"王佐之才"。他的一生,的确才干出众,屡建奇功。武帝伐吴,群臣反对,只有他与羊祜支持,任度支尚书,功成封广武县侯,增邑万户。西晋初年制度设立,张华是主要参加者。后因谗出镇幽州,"抚纳新旧,戎夏怀之……东夷马韩、新弥诸国,依山带海,去州四千余里,历世未附者二十余国,并遣使朝献"。朝议欲征华入朝,亦因谗而止。在楚王玮与汝南王亮的争斗中献策平乱,拜右光禄大夫,开府仪同三司即与司马[太尉]、司徒、司空同其规格。贾后专朝,"以华庶族,儒雅有筹略,进无逼上之嫌,退为众望所依,欲依为朝纲"。史称"尽忠匡辅,弥缝补阙,虽当闇王虐后之朝,而海内晏然,华之功也。"最难得的是:"华惧后族之盛,作《女史箴 zhēn 表达劝诫的一种文体》以为讽。"最后在处理赵王伦与梁王彤的政事上为司马伦及其手下孙秀所忌,终被杀,夷三族。张华立朝有原则,而又宽仁,如保全杨太后与太子等虽皆未果。而且"性好人物,诱进不倦,至于穷贱侯门之士,有一介之善者,便咨嗟称咏,为之延誉"。他的确堪称治国安邦的杰出人才,只可惜生于乱朝,一生为社稷筹谋,而身家不保,哀哉!

张华也是西晋重要的文学家,传诗数十首,钟嵘《诗品》评曰:"其体华艳,兴托不奇。巧用文字,务为妍冶。虽名高曩代,而疏亮之士,犹恨其儿女情多,风云气少。"说他"儿女情多",主要是《情诗》5 首,教材选了"游目四野外"p.290 一首,

---

① 曹旭等《论西晋诗学》,《文学评论》2011 年 5 期。这是一篇概论"建安—太康—元嘉—齐梁—盛唐"诗歌逻辑发展的文章,有宏观视野,表述亦富才华,是曹旭研究《诗品》的结晶,同学可参看。

文研所《文学史》举最后四句"巢居知风寒,穴处识阴雨,不曾远别离,安知慕俦侣",说:"语浅情深,是比较耐人讽咏的。"他还有乐府诗,往往能针砭当时的社会,如《轻薄篇》教材 p.287 写出"末世多轻薄,骄代好浮华。志意既放逸,赀通"资"财亦丰奢"。竞逐于高第珍玩,沉溺于佳酿美色。晋武帝本人姬妾上万,穷奢极欲,还帮助舅父王恺与石崇斗富。当时有人上书:"奢侈之费,甚于天灾。"《傅玄传》引结合张华作《女史箴》讽贾后看,他是具有针对现实进行讽谏的精神的。但只是对偶和用典太多,难免呆板、平弱,缺乏强烈的力量。

张华是比较典型的太康体作者。叶嘉莹讲张华诗,差不多只是批评一通,不见得公允,但也是对那个时代诗风的一种理解:

> 我一直说太康的诗人及作品没有什么特别好的,而且这些诗人和作品都没有自己鲜明、独特的个性,他们只是在文字、辞藻、对偶等方面下功夫,像"居欢惜夜促,在戚怨宵长"、"襟怀拥虚景,轻衾覆空床"等等。这里面真正的感发的生命力是很弱的。太康时期诗歌的一般风气都是如此的。

她还举曹植的《白马篇》与张华的《游侠篇》对比:曹作多么具有力量,而张作只是"写了许多有关游侠的典故",与那些强悍的生命终觉隔着一层。

张华的文章,有《鹪鹩赋》。鹪鹩是一种小鸟,不同于孔雀之绚烂。赋物设喻,同于庄子无用之木不伤斤斧之意。有《女史箴》。箴是一种文体。《文心雕龙·铭箴》:"箴者所以攻疾防患,喻针石也。""**无矜尔荣,天道恶盈;无恃尔贵,隆隆者坠**……**欢不可以黩**dú 滥,贪,**宠不可以专**……**故翼翼**小心**矜矜**恭谨,**所福以兴。靖恭**安平恭谨,见《诗·小雅·小明》**自思。**"对贾后下这样的猛药,算得上艺高人胆大。又有《博物志》,"历载四方奇物异事",叙人事,也记神怪,为杂记体小说。张华是中国小说史上的重要人物,另有《列异传》、《异物评》亦或为其所撰《列异传》新、旧《唐书》署张华,《隋书》署魏文帝。

阅读书目:《张茂先集》,见《汉魏六朝百三家集》,江苏古籍出版社 2001 年版。

2. 陆机 261—303,字士衡,吴郡 今江苏苏州人。他是名门之后,祖父陆逊是夷陵大战打败刘备的名将,官至东吴丞相,父陆抗也官至大司马。陆抗死后,他曾在陆抗原来掌管的军队里做了牙门将。20 岁东吴灭亡,遂"退居田里,闭门勤学,积有十年"《晋书》卷54《陆机传》。太康末,与弟陆云赴洛阳,以文章得张华赏识,张华认为"伐吴之役,利获二俊"指机、云。曾任太子洗马、著作郎、中书郎等职。参与谋杀贾谧 mì 有功。当时司马氏内部权力争夺厉害,"八王之乱"迭起①。成都王司马颖讨伐长沙王司马乂 yì,以陆机为河北大都督,领军 20 万。本来陆机以为"三世为将,道家所忌,又羁旅入宦,顿居群士之右古以右为尊……固辞都督。颖不许。"后果然孟玖、孟超等猛将不听节度,造成大败,孟玖潜 zèn 诬陷机有异志,遂被杀时年 43 岁,株连三族。《晋书》本传说:"机既死非其罪,士卒痛之,莫不流涕。是日昏雾昼合,大风折木,平地尺雪,议者以为陆氏之冤。"之前,与二陆一同入洛的顾荣曾劝陆机避乱还吴,不从。至临死,致书于顾:"华亭陆氏有华亭别墅,吴灭,陆机陆云兄弟游处其间十余年鹤唳鸣,岂可复闻乎!"

　　陆机是太康文学的主要代表。有《陆平原集》曾任平原内史。内史:魏晋王国行政长官,存诗百余首,赋近 50 篇。本传说他"所著文章凡三百余篇",从数量看,他也是那个时代的头号作家。钟嵘《诗品序》:"陆机为太康之英,安仁潘岳、景阳张协为辅"。综合诗赋而言,这个评价是成立的。他对诗歌的形式发展有其贡献。"在中国文学史上大力追求排偶,是从晋以后开始的,一般认为诗人陆机是第一个"②。但陆机也有明显的缺点,就是过于繁缛雕饰。当时张华"见其文章,篇篇称善,犹讥其作文大太冶。谓曰:人之作文患于不才,至子为文,乃患太多也。"《世说新语·文学》刘孝标注引《文章传》沈德潜也说:"士衡诗亦推大家,然意欲逞博……遂开出排偶一家,西京以来空灵矫健之气不复存矣。降至梁、陈,专工对仗,边幅器局风度复狭,令阅者白日欲卧,未必非士衡为之滥觞也。"《古诗源》卷七

　　这时是辞赋重兴、文人可以赋取名的时代。陆机《文赋》、《豪士赋》等皆负

---

① 　自公元 291 年贾后(南风)杀杨骏,至 306 年惠帝回洛阳,前后 16 年间,**汝南王司马亮**(亮辅政,贾后引玮杀之)、**楚王司马玮**(杀杨氏、亮,被贾后杀)、**赵王司马伦**(杀贾后及张华裴頠裴楷王戎,废帝自立)、**齐王司马冏** jiǒng(同颍颙共讨伦,杀之,冏辅政)、**成都王司马颖**、河间王司马颙 yóng(颙乂攻杀冏,乂辅政)、**长沙王司马乂** yì(颖颙攻杀乂)、**东海王司马越**(攻杀颖颙,而后为石勒所败,忧惧而死,妻子皆为石勒军消灭),递相攻杀,祸及洛阳、长安和黄河南北广大地区,并引起匈奴、鲜卑等进入中原,直接导致了西晋灭亡,是谓"八王之乱"(王仲荦《魏晋南北朝史》p. 214—221 叙述颇简明,可参看)。

② 　诸斌杰《中国古代文体概论》第 193 页,北京大学出版社 1984 年版。

重名。他在当时文名那样大,恐怕主要来源于赋。章太炎就说:陆机、潘岳诗不及左思,"他们也只可以说是作赋的能手罢了"①。当然,就赋而论,陆机也不能上希西汉之枚、马,所以虽杰出当代,而亦只为"能手"而已。但《文赋》以赋论文,千古不二,是其独到的业绩。

陆机的诗,描写精致、繁细,讲究对偶。将之与曹植对读,会发觉写诗的工技又进步了,文字讲求又增加了。但由于他的经历,其离乡思旧,与其政坛周旋彷徨的苦闷表现得也颇动人,其中不乏忧生之嗟。

此时诗坛的拟古风气颇盛,陆机《拟古诗》12 首,为拟《十九首》之作。像"**照之有余晖,揽之不盈手**"《拟明月何皎皎》写月光,以白描致巧;"**芳气随风结,哀响馥若兰**"《拟西北有高楼》,用气味形容音乐,以通感动人。《赴洛道中作》教材 p. 295、《猛虎行》教材 p. 296 等,或以景言情:"**顿辔倚嵩岩,侧听悲风响。清露坠素辉,明月一何朗!**"或溶情景为一:"**静言**沉思**幽谷底,长啸高山岑。**"而大部分诗句皆用对偶这在教材所选 6 首诗中都可看到。至于描写之繁缛,袁行霈《文学史》引《猛虎行》古辞与陆作对比,可以清楚看出人生寻求自我实现和发展的艰难这一主题的**繁**、**简**表现,《招隐》一诗写景之繁缛铺陈可以说是导谢灵运之先轨其开篇纪游、接着写景、结尾说理的"三段式"结构也导谢灵运之先。

总体上说,陆机不是一个情思深刻的人,诗不以深刻取胜,艺术上"突出的笔意较少"②。沈德潜说得好:"士衡以名将之后,破国亡家,称情而言,必多哀怨。乃词旨敷浅,但工涂泽!"《古诗源》卷七但沈氏也看到陆机不乏"能运动者"即能打动人,事实上陆机羁旅入宦,在八王之乱后苦于周旋,诗中忧生畏谗、唏嘘动情者也不少。像"人生固已短,出处鲜为谐"《折杨柳行》、"不惜微躯退,但惧苍蝇前"《塘上行》,我们对此也应给予足够重视。

讲读:《猛虎行》教材 p. 296 。以情感深挚胜。钱基博:"不以排偶累其驰骋之势,犹有建安遗韵"③。

《赴洛道中作》其二教材 p. 295 。以艺术的工巧胜。颇似德国电脑取样制作

---

①　《国学概论》第 62 页,上海古籍出版社 1997 年版。
②　林庚《中国文学简史》第 140 页,北京大学出版社 1995 年版。
③　钱基博《中国文学史》第 155 页,中华书局 1993 年版。

的标准美人。钱基博:"偶语十居七八,铺陈整赡富,而以开谢灵运之前茅。"①

阅读书目:《陆平原集》,见《汉魏六朝百三家集》,江苏古籍出版社 2001 年版。

3. 潘岳 274—300 字安仁,荥阳中牟 今属河南人。出身官宦世家,少以才颖见称,乡邑号为奇童,被举为秀才 亦称茂才。他是美男子,仅"貌比潘安"一语就使他留名千古 中国文学讲对偶,故省去一个"仁"字,与"颜如宋玉"相对。他在历史上留有好些故事,《晋书》本传说:"少时常挟弹出洛阳道,妇人遇之者,皆连手萦绕,投之以果,遂满车而归。"后遂有"掷果盈车"一语形容男子受女子青睐 还说当时"张载甚丑,每行,小儿以瓦石掷之"。潘岳人品不高,颇受訾 zǐ 非议。他性格轻躁,露才扬己,为众所疾,十年不升。这使他愤愤不平,便更加趋炎附势。权奸贾谧 mì 出行,他与石崇等常候车在半途,"望尘而拜",可谓谄媚之尤。西汉汲黯的外甥司马安善于攀附而"四至九卿",名为"巧宦",他读《汉书·汲黯传》,"慨然废书而叹",可见企慕之深。他谄事权贵,做了很多坏事,其母责备他:"尔当知足,而乾 gān 干没贪婪、幸进不已乎?"不过他的下场也很惨。早年有个叫孙秀的服侍他,他不喜其狡猾轻浮,"数挞 tà 鞭打辱之"。后来孙秀在司马伦那里发达了,一次在朝堂内潘岳问孙秀:还记得我们从前在一起的时候吗? 答曰:"中心藏之,何日忘之!"后果被孙秀诬以谋反罪,夷三族,连同兄弟、妻家,"无长幼,一时被害"这是一个文人遭劫的时代,二陆、张华、石崇、潘岳等都是被杀的。

潘岳虽然政治人品很不好,但对亲人却很有感情。这帮了他,使他做成了一个出色的文学家。他的岳父和内兄逝世后,一次他经过故地,写了《怀旧赋》,说自己由于在外任州县之官,"不历嵩丘 嵩山,在西晋都城洛阳东之山者,九年于兹矣"!"今九载而一来,空馆阒 阒静其无人,陈荄 gāi 草根被于堂除 台阶,旧圃 圃花圃化而为薪柴 柴草。步庭庑 wǔ 廊以徘徊,涕泫流而沾巾,宵辗转而不寐,骤长叹以达晨"。潘、杨两家是世交 从祖父起就相好,潘岳 12 岁见到东武伯杨肇,杨即将女儿许配给他,所以潘岳对杨家父子颇有情谊。又:他做河阳县令,与妻子分居两地,作《内顾诗》,说"驰情恋朱颜……夜愁极清晨……引领讯归云,沈 沉思不可释"。又说

---

① 　钱基博《中国文学史》第 155 页,中华书局 1993 年版。

"不见山上松,隆冬不易故;不见陵间柏,岁寒守一度。无谓希见疏,在远分弥固"。爱情之深且固,颇为动人。其妻死后,他又作《悼亡诗》_{教材 p.292} 三首,更成为文学史上的不朽之作。虽然叶嘉莹说它不像苏轼《江城子》和陆游《菊枕诗》那样以直接的感发力动人,而是经过思力安排,要人细致地思索体会才能欣赏①,但其情感真挚,描写细腻,堪称那个时代出色的作品,而且恐怕也是中国诗歌史上最早悼念亡妻的杰作,题材本身就具有重要意义。

潘岳善于作赋,《西征赋》、《秋兴赋》是当时最负盛名的大赋,此外《怀旧赋》、《悼亡赋》、《寡妇赋》等抒情赋也能动人。《晋书》本传所引之《闲居赋》,写闲居之乐,虽与其为人不类,但不妨碍其中描写的出色。言与行反,亦能出好文章,文学史常有之。他写道:池沼养鱼,园林植果,畦圃种菜,"席长筵,列子孙……浮杯乐饮,丝竹骈罗,顿足起舞,抗音高歌。人生安乐,孰知其他!"最后归结为:"仰众妙而绝思,终优游以养拙。"颇有后来陶渊明甘于田园的风致,只因为是赋体,把田园之美及享受铺排得十分奢侈_{其中两段可作文选},其序中的嗟叹与赋文同一意境,文简而味长:

> 览止足知分,庶浮云之志富贵如浮云。筑室种树,逍遥自得。池沼足以渔钓,春税田税足以代耕。灌园鬻蔬,供朝夕之膳;牧羊酤酪,俟伏腊_{伏祭、腊祭}之费。孝乎唯孝,友于兄弟,此亦拙者之为政也。

潘岳存诗十余首,赋二十余篇,又有众多的哀诔之文知名于时_{如《哀永逝文》、《马汧 qiàn 督诔》},有《潘太常集》,与陆机并称"潘陆",有"陆才如海,潘才如江"之喻_{钟嵘语}。《文选》选其赋 8、诗 10、哀诔文 5,共 23 篇,虽不如曹植、陆机、谢灵运,但与谢朓相等,超过左思、鲍照。

阅读书目:《潘黄门集》,见《汉魏六朝百三家集》,江苏古籍出版社 2001 年版。

4. 张协_{?—307} 字景阳,安平_{今河北安平县}人。他做了几任官,见天下纷乱,

---

① 叶嘉莹《汉魏六朝诗讲录》第 374 页,河北教育出版社 1997 年版。

"遂弃绝人事,屏退隐居草泽,守道不竞争,以属咏自娱。"《晋书·张载传》附《诗品》列为上品,评价很高,说他"文体华净,少病累。又巧构形似之言……实旷代高手。词采葱蒨盛丽,音韵铿锵,使人味之亹亹wěi长久不倦"。他的诗在太康体作家中,语句偶丽而不失朗畅,语言风格比较突出。《杂诗》十首以忧生为主,亦有忧时如战争、水灾和人才被埋没的不平。由于以丽辞写忧患,颇受推崇,如钱基博说他:"有陆机之举全体华美,而异其芜缛;同左思之仗气卓荦,而出以葱蒨。辞丽而气遒,盖陈王曹植之具体矣。"徐公持也说他"即与左思相比,亦不逊色","为太康、元康浮华风气弥漫之后,西晋文坛出现的清新警策之作,为西晋文风转变信号"①。另外,他是一个颇知进退的人,所以诗中有道家隐退养真的思想。像《杂诗》第九:"结宇穷冈曲,耦耕幽薮阴",体现了玄学的诗化,比后来陶渊明更多一点出世的闲寂。但他的诗传世只十数首,拿他与陆机两人最好的作品,如《杂诗》其二教材 p.314 与《赴洛道中作》其二教材 p.295 相比,他还是要让陆机一头。但这种比较亦可看出张协的丽辞中确实有一种凝重。

阅读书目:《张景阳集》,见《汉魏六朝百三家集》,江苏古籍出版社 2001 年版。

二、左思与西晋其他诗人

1. **傅玄** 217—278 字休奕,北地泥阳今陕西耀县人。他是魏晋之交的作家,只比阮籍小 8 岁,比嵇康还大 7 岁。入晋已 49 岁,又做了 14 年晋朝人才去世。他虽是王、何、阮、嵇一代人,但未受曹魏后期玄虚放达风气的影响,是个正统儒者。为人性情"刚劲亮直",不能容忍不合理的事,常上书皇帝,"或值日暮,捧白简,整簪带,竦踊耸身跳动不寐,坐以待旦。于是贵游慑伏,台阁生风"《晋书》卷 47 本传。所以他死后,朝廷给他一个谥号:"刚"。这样一个刚直的人,却写了不少温柔美丽的情诗。张溥说他"诗篇辛温婉丽,善言儿女。强直之士,怀情正深,赋好色者何必宋玉哉"《汉魏六朝百三家集题辞》)!一般文学史对他重视不够如袁行霈《中国文学史》根本就未论及他。篇幅浩大的《中国文学通史系列·魏晋文学史》只说他"在

---

① 《魏晋文学史》第 415 页,人民文学出版社 1999 年版。钱基博也说"诗以琢炼出警遒,极于鲍照,而萌于张协"。《中国文学史》第 159 页,中华书局 1993 年版。

魏晋诗坛上,也占有一重要地位",“虽不能算很卓特优秀,但足以自成一家"①。
但余冠英《汉魏六朝诗选》选其5首,在晋诗中入选数仅次于陶潜、左思。叶嘉莹
《汉魏六朝诗讲录》给了他足够的重视,真正讲出了他的好处。一是代女子说话,
把那个时代身为女子的心理压力以及辛酸、悲苦都写出来了。她还举许地山“一
定要对女子有了解和同情的人,才可以称为好的哲学家"的话,和她自己、她母亲
的经验,来提示人们认识傅玄在表现人生和人类的心理与精神方面的贡献因为女
人是人类的一半。《豫章行苦相篇》教材p.280确实把女子的不利地位、她们做人的
小心艰难、以及对爱情之无保障的隐忧等,真诚老实地写出来了。她人之心,予
揣度之,确实可以促进人情的进步。二是“小诗非常妙"。她讲《吴楚歌》等三首
骚体,或直抒其情,或寓情于惝恍的形象表达,的确十分精妙。如:

> 燕人美兮赵女佳,其室则迩兮限层崖。借燕赵美女写其所思。迩:近。
> 云为车兮风为马,玉在山兮兰在野。
> 云无期兮风有止,思多端兮谁能理? 思:谐音“丝"。理:理顺。
>
> ——《吴楚歌》

这是“所谓伊人,在水一方"《诗经·蒹葭》、“求之不得,寤寐思服"《关雎》一样的思
念,惝恍中弥见情深摇曳。

> 车遥遥兮马洋洋,追思君兮不可忘。遥遥、洋洋:皆遥远义。
> 君安游兮西入秦,愿为影兮随君身。
> 君在阴兮影不见,君依光兮妾所愿。
>
> ——《车遥遥》
>
> 昔君与我兮形影潜结,今君与我兮云飞雨绝。潜:暗中、私下。
> 昔君与我兮音响相和,今君与我兮落叶去柯。柯:树枝。
> 昔君与我兮金石无亏,今君与我兮星灭光离。亏:毁坏。
>
> ——《昔思君》

---

① 徐公持《魏晋文学史》第278、281页,人民文学出版社1999年版。

另外,他的《秋胡行》语言优美,情节动人,写秋胡故事亦堪称出色。

阅读书目:《傅鹑觚集》,见《汉魏六朝百三家集》,江苏古籍出版社 2001 年版。

2. 左思 252—? 字太冲,齐国临淄今山东淄博人。出身儒学世家。他的先祖,是战国齐国左公子,因而得姓。但到他的时代,已是寒族了。《晋书》本传卷 92 说他"勤学","貌寝短小丑陋,口讷,而辞藻壮丽,不好交游,惟以闲居为事"。所以他这个人并没有多少人生故事,一辈子很多时间大概都待在家中和书房里。太康士人竞进风气很盛,很多人都在权力倾轧中丧命,像潘岳贪图名利,陆机放不下自己的才智,结果都很惨。左思志向很高,也不是全无竞进之心,但他志向高到难以迁就,所以并没有做多少违背人格贪图势利的事情,没有卷入政治漩涡。"八王之乱"前后充满了危机,但也有不少让人心存侥幸的机遇,左思头脑比较清醒,所以能洁身自保。因为文名很大,贾谧请他讲《汉书》,遂列名"二十四友"①之中。贾氏被诛,他就退居家中不出。齐王司马冏命他做记室督,他也"辞疾不就",后来干脆搬往河北冀州,离开洛阳这个权力和是非中心从《诗品》论陶渊明与左思有关看,他以隐居而终对陶不无影响。所以他是那个时代品质比较特出的士人,是一个亮点,历来对他的评价都比较好。陈祚明说:"太冲一代伟人,胸次浩落"。吴淇说:"左太冲若有见于孔、颜用舍行藏用而行舍而藏之意,但其壮志勃勃,急于有为,故气象极似孟子。"叶嘉莹也说他有一种"有大志而勇退的性格"这二者的结合是难的。近年徐公持却作了与此不同的评价:因为他列名"二十四友","则不能不认为他有攀附势要的若干意图……如果仅从他的某些诗文中的自我表白去把握他的性格作风,以为左思品性单纯高洁,倒是容易致误的"。说他虽不像潘岳那样"乾干没不已",但"既不如张翰那样做到'任心自适,不求当世',更不能如嵇绍那样以正道自守、拒交奸佞"。徐氏还分析《咏史》诗(其二)"世胄蹑高位,英俊沉下僚"不完全符合事实,并说"左思的'沉下僚',他自己也要负相当的责任。

---

① "二十四友"是豪戚贵游集团,包括贵戚 5 人,如左思;功臣及名门后裔 6 人,如石崇、陆机、刘琨;名士 5 人,如周恢;与贾谧、石崇有特殊关系的 4 人,如潘岳。但它也是一个文士群体,当时的著名文学家多在其中,如潘岳、陆机、陆云、左思、挚虞、刘琨、欧阳建、石崇等,他们在石崇洛阳郊外的别墅进行的"金谷雅集",重要活动项目就是赋诗。

《咏史诗》中所表现的对于当时朝政及对自身仕途不达原因的看法,并不十分准确"①。不知徐氏何故对左思要作如此苛刻、贬抑的评价,而不顾他在当时环境中毕竟有所操守、高出时辈的事实。

左思存世的诗只有十几首,地位却十分突出。总体上说,他是特立于太康诗风之外,与陶渊明一起,被称为"在六朝而无六朝习气者"张蔚然《西园诗麈·习气》。六朝诗趋于技巧和雕琢,而左太冲独以气骨与质朴胜,继承发扬了建安精神。前人比较说:"太康诗,二陆才不胜情,二潘才情尽灭,情深而才大者,左太冲一人而已。"成书《多岁堂古诗存》卷 4 "昔谓亚于士衡,殆就其词句论耳;若其造诣所得,较士衡则远迈矣。"吴淇《六朝诗选定论》卷 11 他的作品,"似孟德而加流丽,仿子坚阴铿而独能贵简"陈祚明《采菽堂古诗选》卷 11,"陶冶汉魏,自制伟词,故是一代作手,岂潘、陆辈所能比埒 liè 相等"沈德潜《古诗源》卷 7! 日人兴膳宏说"左思并不从美的角度来探索语言能力,而是追求可能使语言的**力量**达到什么程度"。他的诗不是那种"贵在精巧"的作品,所以"我们不大可能从他的诗中发现与当时时代风尚相符的高超的写作技巧",他是将自己与现实的冲突化为激昂慷慨的诗句来打动读者②。总之,很多人认为他是太康时代最杰出的诗人,远超潘、陆。

他最著名的诗,是《咏史》8 首。"咏史"的题材,为史家班固所创。但班固咏缇萦救父故事,直白无文。其后,王粲、阮瑀、曹植、张协等都写过咏史题材的作品,但大都隐括对原内容加以改写史实,加以咏叹,"史"多于"诗"。而左思咏史,不过是借历史典故来抒情,抒情成为主体,史实成为典故一类的材料,"咏古人而己之性情俱见"沈德潜语,"创成一体,垂式千秋"陈祚明语。他的《咏史》,是从阮籍的《咏怀》而来的,名为咏史,实则咏怀。这是他对这一诗体发展的贡献。林庚《中国文学简史》干脆把他放在阮、嵇之后,太康之前论述。

《咏史》的内容为寒士之不平及对世族的蔑视与抗争。表现**寒士不平**的如其二"郁郁涧底松"教材 p.301、其七"主父宦不达"教材 p.306;表现**对世族的蔑视与抗争**的如其五"浩天舒白日"教材 p.304、其六"荆轲饮燕市"教材 p.305。叶嘉莹说:它"是以盛气、大言、壮志和高怀取胜"③。作者在对比中来展示他的不平,一

---

① 徐公持《魏晋文学史》第 387、400 页,人民文学出版社 1999 年版。
② 兴膳宏《左思与咏史诗》,见《六朝文学论稿》第 27—30 页,岳麓书社 1986 年版。
③ 叶嘉莹《汉魏六朝诗讲录》第 432 页,河北教育出版社 1997 年版。

边是"赫赫王侯居",一边是"寂寂扬子扬雄宅";一边是"世胄世家子弟蹑登高位",一边是"英俊沉下僚";一边是"金金日碑张张安世籍倚旧业,七叶七代珥插汉貂",一边是"冯公冯唐岂不伟,白首不见招"《杂诗》中"高志局四海,块然守空堂"亦是强烈的对比。这样的对比不仅表现了一己的不平,而且尖锐批判了门阀制度下"上品无寒门,下品无势族"《晋书·刘毅传》的现实。

更可贵的,在这种对比鲜明的不合理的现实面前,作者始终**站在很高的精神地位**:

> 高眄邈四海,豪右何足陈?陈:说。
> 贵者虽自贵,视之若埃尘;
> 贱者虽自贱,重之若千钧。钧:30斤为一钧。
>
> ——其六

有一种力量来对抗、翻转不合理的现实,而不是承认它、为它所左右。中国志向不凡的士人历来有进退两条人生道路:进则担当干事,取得现实功业;退则不受羁縻mí笼络、控制,成就天地境界绝现实之想者,可与天地同其大。所以能"退",也使士人获得一种巨大的精神力量:

> 峨峨高门内,蔼蔼皆王侯。蔼蔼:众多貌。
> 自非攀龙客,何为歘来游?攀龙客:追随帝王求仕进的人。歘xū:忽。
> 被褐出阊阖,高步追许由。许由:尧时隐士。尧让位给他,他逃到箕jī山下隐居。
> 振衣千仞岗,濯足万里流。振衣:抖掉衣服上的灰尘,表示高洁。
>
> ——其五

叶嘉莹说这是"大话",不对。这是标识士人心目中的天地境界。这种境界,最低条件来自"知足":"饮河期满腹,贵足不愿余。巢林栖一枝,可为达士模。"而最高成就,则是建功立业、取得富贵而仍能葆有独立于功名之外、进而与之峙立抗衡的精神。像鲁连、范蠡那样这是士人始终葆有建设和批判两面的关键,也是士人始终需充当社会良知与批判者的关键：

　　　吾希段干木，偃息藩魏君。秦欲攻魏，以魏尊礼隐居的贤士段干木而罢。偃息：
隐居。

　　　吾慕鲁仲连，谈笑却秦军。秦围赵，齐鲁仲连说服赵人放弃屈服计划，秦为之
退军 50 里。

　　　当世贵不羁，遭难能解纷。不羁：潇洒自由，不受笼络。

　　　功成耻受赏，高节卓不群。赵欲封鲁仲连，再三推辞不受，说士之可贵正在释
难解纷。

　　　临组不肯緤，对珪宁肯分？组：系官印的丝带。緤 xué：悬挂。分圭指接受
官爵。

　　　连玺耀前庭，比之犹浮云。连玺：成串的官印。

——其三

　　左思的这组诗，饱含着一种极度的尊严与豪迈，真是把中国士人的真精神充分表
现，非一般士人所能达到。所以沈德潜说："惟明远、太白能之！"艺术上以简劲的
语言配合强烈的情绪表达，形成一种以抒情力度取胜的风格，被《诗品》称为"左
思风力"。

　　左思还有《招隐诗》2 首，其一教材 p.307 "岩穴无结构"以下 10 句写景兴象俱
佳，是极出色的山水诗，堪为二谢之先轨隐者隐于山林，故"招隐"主题与"山水"主题有
极紧密的亲缘关系。另有《娇女诗》写两个小女儿的天真形象，十分出色，是中国文
学史上难得的儿童诗。"任其孺子意，羞受长者责"，把儿童的精神表现得很好。
"吾家有娇女，皎皎颇白皙……浓朱衍丹唇，黄吻烂漫赤……执书爱绨素古人书籍
常用绢帛书写，诵习矜所获"，语近白话，叶嘉莹说"与后世的白话诗有关系"，并说
杜甫《北征》写从凤翔回到羌村看望妻儿，"一些地方很明显地受到了左思的影
响"①。

　　左思也是以赋取名的人，其《三都赋》曾使"洛阳纸贵"，写作时构思十年，苦

---

① 　叶嘉莹《汉魏六朝诗讲录》第 432、434 页，河北教育出版社 1997 年版。

心琢炼,铺采叠藻,争奇斗巧,实为西晋繁缛文风之冠。《蜀都赋》写西蜀公子夸陈蜀之险峻、富饶等;《吴都赋》写东吴王孙的讥笑和反驳,并夸陈吴之巨丽,以为"西蜀之于东吴,大小之悬绝也";《魏都赋》写魏国先生抹倒二人,以为"魏都之卓荦,六合之枢机……翼翼整伤京室,眈眈 tán 深远帝宇",非吴、蜀可比。最后使吴蜀二客怅然若失,自谢轻狂,归结于"日不双丽,世不两帝。天地经纬,理有大归"。落脚到三家归晋,天下一统。

左思胞妹左棻254—300,字芝兰,18 岁入选晋武帝后宫。元杨皇后主持选政,故意不取美女,左棻竟入选。她是才女。司马炎还算仁厚知人的皇帝,左棻得以才德见重,由"美人"、"修仪"而至"贵嫔"。常受诏作文,如文学侍从。文学上,《离思赋》颇为杰出,是那个时代第一流的作品。其中段:"风骚骚而四起兮,霜皑皑而依庭。日奄遮盖暖昏暗而无光兮,气懰慄凄怆以冽清悲凉。怀愁戚之多感兮,患涕泪之自零。昔伯瑜之婉娈兮,每彩衣以娱亲汉韩伯玉年 70,着彩衣娱亲。悼今日之乖隔兮,奄奄留与家为参 shēn 辰参星在西,辰星在东,出没各不相见。岂相去之云远兮,曾不盈满乎数寻八尺为一寻。何宫禁之清切严密兮,欲瞻睹而莫因。仰行云以晞嘘兮,涕流射而沾巾。"

另附:苏伯玉妻。她虽连姓名都没留下,却留下一首出色的《盘中诗》,真切表现了一位妻子对公干在外的丈夫的深情思念。全诗三言为主,末以五言、七言为结。作者不是诗人,情慧所致,而成创格。录其一节:"吏人妇,会夫希。出门望,见白衣。谓当是,而更非。还入门,中心悲。北上堂,西入阶。急机绞,杼声催。长叹息,当语谁? 君有行,妾念之。出有日,还无期。结中带,长相思。君忘妾,天知之。妾忘君,罪当治。妾有行,宜知之。"

阅读书目:《左太冲集》已佚,有丁福保辑本,《全晋文》《先秦汉魏晋南北朝诗》收录较完备。

3. 刘琨271—318 字越石,中山魏昌今河北无极县人。为汉中山靖王刘胜之后。他生逢西晋末年的动乱时代,48 年的一生颇为不凡。前期为"二十四友"之一,与潘、陆为伍,"文咏颇为当时所许"。在诸王争斗中有所作为,以勋封广武侯。37 岁出任并州刺史。此时北方游牧民族的势力已达到黄河流域,晋阳今太原孤悬虎口,又值荒年,朝廷任命他,但既无钱又无军队,"琨募得千余人,转斗至晋阳。府寺焚毁,僵尸蔽地⋯⋯寇盗互来掩袭,恒以城门为战场"。刘琨招抚百姓,组织他们带着武器耕种,又离间敌部,稍稍得到恢复。愍帝即位,拜为大将军,又升司空,都督并、幽、冀三州军事,在北方支撑危局,保卫边疆。后为石勒所败,投奔幽州刺史、鲜卑酋长段匹磾 dī,为段所害。他是忠臣、烈士、民族英雄。在北方百无一利的条件下,坚守 12 年,屡败不屈,总要想办法兴起。其艰危之斗和悲剧结局尤使人唏嘘动情①。

余冠英在指出曹植、阮籍、左思、陶渊明是魏晋的代表作家时,专门说明:刘琨也很重要,只可惜作品太少《汉魏六朝诗选·前言》。他存世的作品只有 3 首,其中《扶风歌》教材 p. 318 是写出任并州刺史途中的艰苦和苍凉的心情。当时黄河以北已成为匈奴、羯等少数民族征战之场,而"并土饥荒⋯⋯户不满二万,寇贼纵横,道路断塞"《晋书》本传。而且洛阳经诸王几度混战,新立怀帝对朝政实无法控御。所以他这一去,实是内忧、外患两集而无可言之,只有借猎猎悲风、满地猿鹿、资粮尽乏而言,借夫子道穷、李陵获罪而言。他写下了"去家日以远,安知存与亡"的句子,更担心像李陵那样"忠信反获罪",但义无反顾,手持弓箭,顾瞻宫阙,流着泪毅然策马而去。奇特的是,诗中既未直接写自己如何忠心,又未直接写对国家的忧虑,更没有什么抒发壮志、慷慨赴敌的话,写的只是他离京的悲伤和一路的艰辛,但忠愤、忧思与悲壮隐隐透出。刘熙载说:"刘越石诗,定乱扶衰之志",又说:"刘公干、左太冲诗壮而不悲,王仲宣、潘安仁悲而不壮,兼悲壮者,其惟刘越石乎?"《艺概·诗概》成书说:"此诗苍苍莽莽,一气直达,即此便不可及,更不必问其字句工拙。"《多岁堂古诗存》卷 4 章太炎至以此诗与刘邦《大风歌》并举,说:"古代诗若《大风歌》、《扶风歌》全是真性情流出,一首便可传了!"②全诗四句一换韵,《文选》李善注当作 9 首,其结构、风格都直逼曹植《赠白马王彪》。

《重赠卢谌 chén》教材 p. 316 是他被段匹磾囚禁中写给卢谌的,前半用了姜

---

① 从后来桓温的向慕中更能看到刘琨的英姿:"温自以雄姿风气是宣帝(司马懿)、刘琨之俦,有以其比王敦者,意甚不平。及是征(即北伐)还,于北方得一老婢,访之,乃琨伎女也。一见温,便潸然而泣。温问其故,答曰:'公甚似刘司空。'温大悦,出外整理衣冠,又呼婢问。婢云:'面甚似,恨薄;眼甚似,恨小;髯甚似,恨赤;形甚似,恨短;声甚似,恨雌。'温于是褫冠解带,昏然而睡,不怡者数日。"(《晋书·桓温传》)李清照:"南渡衣冠欠王导,北来消息少刘琨。"

② 章太炎《国学概论》第 70 页,上海古籍出版社 1997 年版。

尚、邓禹的典故表明自己和卢谌的关系，又用陈平、张良的典故希望卢谌能有所作为，再用重耳、管仲事表明内辅王室、外攘夷狄的志愿，最后用孔子不复梦见周公来感叹自己的执著却无能为力。后半写自己时运不济的悲剧："时哉不我与，去乎若浮云。朱实陨劲风，繁英落素秋。狭路倾华盖。骇驷 四匹马拉的车 摧双辀 马车的辕。何意百炼钢，化作绕指柔！"刘琨年轻时"以雄豪著名"，与祖逖 tì 二人"闻鸡起舞"，后历经战阵，常"枕戈待旦，志枭 悬首示众逆虏"，这一切都像浮云飘散，自己一世英雄，却只有受人主宰了！出语沉痛之极，"真是一句一泪，一字千金"！其感人力"简直犹如一个伟大悲剧的场面"①。

在西晋雕章琢句、争为巧构的诗学氛围里，刘琨"忠义之气自然形见，非有意为诗也 陈绎曾《诗谱》"。"英雄失路，满衷悲愤，即是佳诗……足使枥马仰喷，城乌俯咽 陈祚明《采菽堂古诗选》卷 12"。元好问《论诗绝句》说："曹刘坐啸虎生风，万古无人角两雄，可惜并州刘越石，不教横槊建安中。"言下之意他的英雄气势，若在建安，可与曹操、刘备鼎足而三。徐公持说他以"其'清刚之气'独标一代，是两晋作家中的'百炼钢'"②。

刘琨的散文，也是忠悫慷慨，以情怀动人。刘勰称《与段匹磾盟文》"精贯霏霜"《文心雕龙·祝盟》。《答卢谌书》述及自己由为时风鼓弄的贵游公子，到担荷国愤家仇的志士的心理历程，可以帮助我们了解刘琨和他的时代：

> 昔在少时，未尝检括遵法纪，远慕老庄之齐物，近嘉阮生之放旷，怪厚薄何从而生，哀乐何由而至。自顷近来辀 zhōu 张惊惧，困于逆乱，国破家亡，亲友凋残。负杖行吟，则百忧俱至；块然孤独貌独坐，则哀愤两集。时复相与相聚，举觞对膝，破涕为笑，排终身之积惨，求数刻之暂欢，譬由疾疢弥年，而欲以一丸销之，其可得乎③？

阅读书目：《刘越石集》，见《汉魏六朝百三家集》，江苏古籍出版社 2001 年版。

---

① 林庚《中国文学简史》第 146 页，北京大学出版社 1995 年版。
② 徐公持《魏晋文学史》第 434 页，人民文学出版社 1999 年版。
③ 刘盼遂、郭预衡《中国历代散文选》（北京出版社 1980 年版）有选注，可以参看。

三、采缛力柔之变

文学发展到西晋,开始了明显的转变。尤其太康,是这一转变的关键。转变的方向刘勰作了很好的概括:"体情之制日疏,逐文之篇愈盛。"《文心雕龙·情采》"采缛于正始,力柔于建安。"《文心雕龙·明诗》即情与文之间的转移,力度美与形式美之间的变化。

对这个变化要辩证地理解,不能绝对地看。建安不是不要采和文,太康也不是不讲情与力。要那样,就没有文学之美了。只是个程度变化:像一个坐标轴,情与文建安是七、三分,太康是三、七分。另一方面,要同时看到这造成了诗歌总体水平的下降,和表现技巧的提高。采和文增加了,形式更美了,表现方法丰富了,技巧更多样、更讲求了。这是文学发展的题中应有之义,是汉魏开始的文学自觉的具体内容。所以文和采的增加本身未必是缺点,只是"采缛"与"力柔"并生,才影响了文学创作的总体水平,即刘勰说的"繁采寡情,味之必厌"《文心雕龙·情采》。当然这也是时代与作家等多重因素造成的,并非只是创作因素的搭配问题。

1. 采缛。采:指辞藻、文采;缛:繁多、繁琐。采缛或缛采指辞藻和形式讲求很突出,感性画面与形象描写大大增强。具体包括:

对偶。陆机等人的诗中,偶句十居七八,教材所选作品可见。

用典。典故是把过去的事当词用,来增加表现力。此时诗中用典虽未至繁密"咏史"除外,但已较为普遍。如张协《杂诗》"昔我资章甫"教材 p. 314 ,就是依靠典故造句的 7 韵至少用了 4 个典故。而教材所选各家的作品,都还不是用典最突出的。这种趋势发展到齐、梁,像庾信几乎离开典故就不动笔,诗文常常无句不典如教材 p. 376 所选《拟咏怀》。

用美丽的辞藻突出描写感性画面及形象。袁行霈《中国文学史》p. 54 将陆机《拟西北有高楼》与古诗原作进行对比,陆作中间一段对"佳人"的描写,辞藻、感性细节和形象等都大大增加。这是晋、汉对比。我们若将张协《杂诗》十首与阮籍《咏怀》82 首对比,就会发现,张诗每首都突出描写一系列感性具体的画面、景物等,如其一教材 p. 313 "房栊无行迹,庭草萋以绿。青苔依空墙,蜘蛛网四屋"。完全是用画面、景象呈现佳人之"茕独"。"感物多所怀",突出感性描写。阮籍

《咏怀》也有一些具体描写,但总体上还是以质朴的抒情为主。

描写趋于铺排繁复。袁行霈《中国文学史》p.54 将陆机《猛虎行》与古辞及曹丕等人的拟作进行对比,陆作描写繁复,而古辞与曹丕描写简单。在对怀才不遇主题的表现上,陆作的描写力度与篇幅都大大增加了。又如《悲哉行》:

> 游客芳春林,春芳伤客心。
>
> 和风飞清响,鲜云垂薄阴。
>
> 蕙草饶淑气,时鸟多好音。饶:多。淑气:佳气。
>
> 翩翩鸣鸠羽,喈喈仓庚吟。鸠:杜鹃、斑鸠一类鸟。仓庚:即黄莺。
>
> 幽兰盈通谷,长秀被高岑。通谷:犹长涧。秀:吐穗开花。被:满,覆盖。岑:
> 小山。
>
> 女萝亦有托,蔓葛亦有寻。女萝:或曰兔丝,或曰松萝,以后者为是。寻:长长地
> 生长。
>
> 伤哉客游士,忧思一何深。
>
> 目感随气草,耳悲咏时禽。气:节气、季节。
>
> 寤寐多远念,缅然若飞沈。缅然若飞沈:怀想之思一会儿飞扬一会儿沉抑。沈,
> 古沉字。
>
> 愿託归风响,寄言遗所钦。託:古托字。所钦:所敬所重之人。

"和风"以下 10 句铺写景物,近似于汉赋手法,是辞采繁缛的鲜明体现。潘岳《金谷集作诗》中段亦颇典型。

2. 力柔。力:指风力、风骨。力柔就是作品的审美感动力弱了,缺少建安时代的风骨之美。像上面《悲哉行》"目感随气草,耳悲咏时禽"的"伤心",就颇为泛泛,没有多少慷慨动人的力量,陆机客游北方、周旋于充满危机的政治漩涡中,本应有的深度却没有写出来。太康前后的作品,普遍缺乏的是力度美,对人生困境与社会危机缺乏深刻表现,其中有几个十分明白的原因:

一是由于以"二十四友"为代表的浮华风气。西晋以司马炎为首奢侈成风,门阀制度的实行又使得豪贵更多地垄断社会资源,有条件穷奢极欲。"二十四友"是以贾谧为中心的豪戚贵游集团,浮华、竞进、热衷权势,是其基本风格。当

时知名的作家大都参与其中,怎么可能产生深刻表现人生、慷慨有力的作品呢?像左思和刘琨都是真正结束了贵游生活,才创作出奇绝不凡的作品来的。刘琨如果不是在太原独立支撑、浴血奋战十几年,他就写不出《扶风歌》、《重赠卢谌》那样莽莽苍苍的悲壮之作。

二是由于作家大都缺乏鲜明强烈的个性。太康在汉末以来长期战乱和政治争斗后出现了短暂的稳定、繁荣,士人们似乎遇到了千载良机,大多汲汲于功名竞逐,很少能有不受这种风气所裹挟的坚挺个性。像陆机,将门之后,但在他身上却看不到多少英豪气度。司马颖要他做河北大都督,他不想做,但还是做了;顾荣劝他避难还吴,他放不下可以干点事的名望与才华,只能在权力争夺中沉浮。个性决定文风。没有矫特有力的个性,就难有英挺不凡的文章。潘岳是一个处处受妇人追捧的俊男,为人又轻躁,如果不是受点爱妻亡故的打击,也难以写出有情感力度的作品来。相反,左思因为"貌寝口讷",性格内向,"不好交游",可以专注于内心的体验,可以十年为一赋,这种性格强力使他能拒绝齐王冏的任命,远离权力是非。他诗中的慷慨力度,不能不说与这点性格强力相关。

此外,浮华、从众的风气,造成了士人批判精神的缺乏,而使文学"风""刺"精神减弱;拟古风气使作家在前代创作的题材、内容框框中周旋,也不利于自身情感的淋漓表达,等等,这些都可以是使文学作品力度不够的原因。

历史学家钱穆先生有一个总体判断:"南朝……人才意气率更不成。"①士气浮靡、低下、苟且,人无英挺,所以文不能振绝。陈子昂说"汉魏风骨,晋宋莫传"《修竹篇序》,风骨是文风,而实关乎士气。

---

① 《国史大纲》上册第 269 页,商务印书馆 1994 年版。

第十三讲　陶渊明及东晋文学

一、玄学与玄言诗

1. 玄学与晋人的美

玄学是魏晋的时代思潮。当时的人,雅集谈论、著述讨论及注疏研究,都离不开三部书:《周易》、《老子》、《庄子》。这三部书所讲的问题,与《论语》《孟子》所讲多人伦日用之道不同,多是天地、有无等一套广大深玄的东西,所以被称为"**三玄**"正好与宋以后"四书"对称。玄学的名称由此而来。玄学的奠定者是王弼、何晏,他们著《老子注》王、《周易注》王、《道德论》何等,建立了玄学的基本理论王、何之玄止于易、老,阮籍作《通易论》、《通老论》、《达庄论》,加入庄子,"三玄"乃成。故陈寅恪谓玄学清谈"成于阮籍"①。

王、何又是当时**清谈**的代表。"晏能清言……天下谈士,多宗尚之"《世说新语·文学》注引《文章叙录》。"何晏为吏部尚书,有位望。时谈客盈坐。王弼未弱冠,往见之。晏闻弼名,因条向者胜理列举刚才辩论中胜出的观点,语弼曰:'此理仆以为极,可得复难反驳不?'弼便作难,一坐便以为屈使对方屈服。于是弼自为主客数番自为甲乙两方辩驳数次,皆一坐所不及"《世说新语·文学》。

正始清谈除谈玄名理外,也继承了汉末以来的**人物品评**。何晏评论与他共事的名士:"唯深也,故能通天下之志心,夏侯泰初玄是也;唯几隐微也,故能成天下之务事,司马子元懿是也;唯神也,不疾而速,不行而至,吾闻其语,未见其人。"《三国志·魏志·何晏传》注引《魏氏春秋》评价的是当时有本事的政治军事人物,他们

---

① 见《魏晋南北朝史讲录》第49页,贵州人民出版社2007年版。

"能通天下之志"、"能成天下之务",但最高境界却不在此。最高境界是"不疾而速,不行而至",无为而无不为,在老庄的虚玄之境有人以为何晏"盖欲以'神'况诸己也"①。这体现了正始清谈品议的时代特征。

玄学从正始到东晋,经过了数十乃至百年以上的发展正始起于240年,东晋317年成立、420年灭亡,影响十分深广。

正始名士除清谈名理外,尤其嵇康、阮籍一派人,"每非汤武而薄周孔","越名教而任自然"或"越名任心",皆嵇康语,放达无羁《世说新语》状刘伶语,任性尚真,给文艺以极重要的影响。嵇康本人"值心而言"、"触情而行"《释私论》,风度、文章都卓绝千古。

入晋,玄学学理方面的代表是郭象有《庄子注》、裴𫖯 wěi 著《崇有论》、欧阳建著《言尽意论》等。西晋清谈风气更盛,除谈玄辩理之外,更注重声调风采和言简旨永。如裴遐,"以辩论为业,善叙名理,辞气清畅,泠然若琴瑟。闻其言者,知与不知,无不叹服"《世说新语·文学》注引《晋纪》。知与不知皆叹服,显然重点不在义理辩论有力,而在辞气泠然清畅。又如以"三语掾"yuàn 掾:属官著名的阮瞻②,"遇理而辩,辞不足而旨有余"《晋书》卷49阮籍传附,辞不足就是言简,旨有余就是旨永。所以罗宗强说,这是"从义理探讨转向艺术情趣","转向审美"③。

到东晋,玄学清谈之风炽盛如故。主持朝政的王、谢等大家族皆多清谈名士,王导更是东晋初的清谈领袖。"王丞相过江,止道'声无哀乐'、'养生'、'言尽意'三理而已——然宛转关生辗转关联生发,无所不入没有涉及不到的"《世说新语·文学》。殷浩从荆州出差到建康,王导亲自为他举办清谈聚会,桓温、王濛、王述、谢尚等都参加了。"既共清言,遂达三更"同上。而且东晋所谈的玄理,除"三玄"外,又加入了佛经,成为"四玄"。

玄风发展到这时,对语言和自然景物等,形成了极其细腻的感受能力,为山水、田园乃至后来宫体诗的发展提供了基础。

历史学家把玄学清谈概括为:"(一)玄理,(二)仪容,(三)声音,(四)风度,

---

① 贺昌群《魏晋清谈思想初论》第37页,商务印书馆民国三十六年上海初版。
② 王戎问"圣人贵名教,老庄明自然,其旨异同",阮瞻曰:"将无同。"时人谓之"三语掾"。"将无同"即莫非同,意以为同而出语和婉。
③ 罗宗强《玄学与魏晋士人心态》第237、234页,浙江人民出版社1991年版。

(五)远于世事。"①这有它很不好的社会影响,但它也培养了美的生活情趣与意致。"一种风流吾最爱,六朝人物晚唐诗"。"东晋时代即使在整个中国历史中也是高尚趣味最发达的时代"②,"魏晋风流"成为一种使人神往的风格。冯友兰把这种"真风流"概括为:"有玄心"自在无我,形超神越、"有洞见"谈言微中,莫逆于心、"有妙赏"相尚于才情,缠绵于仪容、"有深情"对景而哀,尤难为怀。见《三松堂学术文集·论风流》。宗白华对玄风所带来的"晋人的美",也给予了精彩的论述《世说新语与晋人的美》。其中有几点对文学特别重要,如:(一)批评精神和个性主义正始嵇康、刘伶等;(二)淡薄世事与田园山水美的发现陶渊明、谢灵运等;(三)以玄观物造成空灵深远的意境;(四)这一切合起来,促进了放旷超逸、清虚恬淡、言近旨远诗风的形成,尤其是经由陶渊明对玄学精神的扬弃,而达到了中国古典诗歌的一种极境。

2. 孙绰等的玄言诗

玄学在东晋与诗歌创作的结合,造成了玄言诗,钟嵘《诗品序》:

> 永嘉西晋末、怀帝年号时,贵黄老,稍尚虚谈,于时篇什,理过其辞,淡乎寡味。爰及江表长江以南,此指东晋,微波尚传。孙绰、许询、桓温、庾亮诸公诗,皆平典似《道德论》何晏等有作,建安风力尽矣。

沈约《宋书·谢灵运传论》也说:"有晋中兴,玄风独振……虽缀响联辞,波属云委作品之多如波翻云涌,莫不寄言上德老子,有"上德不德,是以有德"句,讬意玄珠道,庄子曾以玄珠喻道,遒丽之辞,无闻焉尔。"《文心雕龙·时序》:"自中朝朝中贵玄,江左东晋称盛,因谈余习清谈玄理的习气,流成文体变成了写诗的风格。"这样说来以玄理玄言入诗,由来甚久,嵇、阮诗中已可见。"咄嗟荣辱事,去来味体味道真。道真信可娱,清洁存精神"《咏怀》74。不过嵇、阮诗别有胜境,玄理玄言未能改变其风貌。玄言诗就不同了,每每直接以玄理入诗,议论太白,说理过实,尚未完全实现向诗歌意境的转化,缺乏令人讽味不尽的诗意。像孙绰《答许询诗》9 章中说:

---

①　劳干《魏晋南北朝史》第 63 页,[台北] 华冈出版部 1975 年版。

②　吉川幸次郎:《中国文学史》第 82 页,四川人民出版社 1987 年版。

"散以玄风，涤以清川。或步崇基，或恬蒙园。道足胸怀，神栖浩然。"情怀未尝不高，作格言看很好，当诗读则未惬人意。即使像《秋日》教材 p.325 那样的诗，写林野山居对自然景物变化的感受，景物排列与情感表达奏合生硬，未能融合为一，做到玄而有境，虽然选入教材，而实非好诗。倒是《答许询诗》另一章中"寂寞委巷偏僻曲折的小巷，寥寥闲扉。凄风夜激起，浩雪晨霏落。隐几凭靠几案独咏，赏音者稀。"形象性得到增强，突出的不是玄理，而是玄境，因而诗意也增加了①。

许询与孙绰同称玄言诗的代表，但只有残篇存世，不足论。论者每举王羲之《兰亭诗》第二首加以称赏，但除了"群籁万物虽参差，适我无非新"意思较好，中间"寥阔大朗明亮无厓观，寓目理自陈"，也是靠玄理出彩。

总之，玄学、清谈对文艺的价值，不在玄言诗，而在它提供的一些精神元素和生活情趣，被诗人吸收后的全新创造。它的价值是经融化而贯注到后世的诗歌境界之中的，尤其是玄境与自然景物融合而深化了诗歌意境的表现。

二、陶渊明及其田园诗

1. 陶渊明其人

陶渊明 365?—427 东晋 420 亡，陶入宋生活了 8 年，字元亮，一说名潜，字渊明。浔阳柴桑今江西九江人。曾祖陶侃做过大司马，为东晋初名臣。祖父做过太守。父早亡。母为东晋名士孟嘉女。

"颜谢非同调，千秋第一人。精深涵道味，烂漫发天真"查慎行《寓楼读陶诗毕敬题其后》。这是诗人的歌咏。文学史家则说：陶渊明"是中国文学史上数一数二的大文学家，他的散文辞赋和诗歌都是第一流的。其作品个性的分明，情感的真实以及人品的高洁，只有一个屈原，可以和他比拟"②。就诗歌而论，苏轼说他的成就"自曹、刘、鲍、谢、李、杜诸人，皆莫及也"《与苏辙书》。王国维则说："屈子之后，文学上之雄者，渊明其尤也。"《文学小言》朱光潜也说："李白不如杜甫，杜甫不如

---

① 由于"成功的玄学言说应该是在具体环境、场景下实现和表达出的超越趣味"，所以"玄言诗往往依托自然景色而寄其趣，成为表现玄境之作"。（李秀花《孙绰的玄言诗及其历史地位》，《复旦学报》2001 第 3 期）说玄言诗的好处是表现玄境，甚是。

② 刘大杰《中国文学发展史》上卷第 227 页，百花文艺出版社 1999 年版（按此为 1939 年中华书局初版重印本，被评为"是本世纪最具才华、最客观冷静、体系完整而又具有浓厚个人色彩的文学史著作之一"——见陈尚君的重印后记）。

陶潜。"①连中国诗歌顶峰上的顶峰李、杜都还不及陶渊明,话说得有点夸张,但因此更见其受推崇的情形。李公焕干脆以陶与《诗经》、《楚辞》并立,说"渊明之作,直自为一篇,以附于《三百篇》、《楚辞》之后,为诗之根本准则"《笺注陶渊明集·总论》。就作为一种诗学范式,养育了王、孟、韦、柳这样的大诗人来说,苏轼、王国维、朱光潜的评价和李公焕的"根本准则"论,都是合乎实际的,不只是一种推崇而已。至少我们可以说:屈、陶、李、杜是中国各臻其极的四大诗人王国维以屈子、渊明、子美、子瞻并列为三代以下无人可及之最大诗人,系从人格之杰出说,若论诗之成就,苏恐不及;朱自清说:"中国诗人里影响最大的似乎是陶渊明、杜甫、苏轼三家。他们的诗集,版本最多,注本也不少。"但"影响"只是估定其价值的一个方面,不能替代其成就的评定。

　　陶渊明生平很简单,而且都表现在他的诗文中。正是极简单的人生成就了一种极不简单的诗歌,从而表现了能以极简单成就极不简单的至理。他 63 岁的一生又有 76、56、52 岁诸说,一般以 41 岁为界分为前后两个时期。那一年他辞去了彭泽令,最终绝意功名,在庐山脚下耕读终老。这之前 13 年里断断续续出仕五次。29 岁出任江州治所在豫章,即今南昌祭酒,不久便辞职;过了两年,入荆州刺史桓玄幕,约三四、年,因母丧辞归;后又出任镇军将军驻建康刘裕的参军,改建威将军、江州刺史刘敬宣的参军,加起来也不过一、二年;后由"家叔陶夔,时任太常卿"之助,任彭泽令,仅 81 日即挂冠去职。其原因,在晋、宋两史及萧统的传里都说是:"郡遣督邮郡守佐吏,掌督察至县,吏白:'应束带打扮整齐见之。'潜叹曰:'我不能为五斗米俸禄折腰向乡里小儿!'即日解印绶去职。"而陶渊明自己《归去来辞·序》说是:"寻程氏妹丧于武昌,情在骏奔,自免去职。"这一去,躬耕自食 22 年,无论火灾后的艰危他辞官后第三年遭火灾,"林室顿烧燔,一宅无遗宇",还是衣食不继的困顿《杂诗》第八:"躬亲未曾替,寒馁常糟糠……御冬足大布,粗绤[chī,绤本为细葛布]以应阳。正尔不能得,哀哉亦可伤!",他都再未出仕谋禄。"代耕做官食禄非所望,所业在田桑"《杂诗》教材 p. 339。"托身已得所,千载不相违"《饮酒》其四。坚定地、脚踏实地地成就了亦士亦农的人生。他的一辈子,主要是读书、种地,做官总共不过四、五年,足迹大约不出今江西、湖北、南京等少数地方,他真是一个能过极简单生活的人。颜延之《陶征士诔》说他"在众不失其寡己,己为少,处言每见其

---

① 《关于王静安的〈人间词话〉的几点意见》,《历代词话续编》第 787 页,大象出版社 2005 年版。

默","简选弃烦促,就成省旷"。洪迈说:"陶渊明高简闲靖安,为晋宋第一人。"
《容斋随笔》卷八

　　但是,他的个性和精神世界又是十分深刻和丰富的。

2. 陶渊明的思想与人格

　　陶渊明是一个最高明的哲学诗人,写出了真正的哲学诗。真正的哲学诗不是在诗中谈哲学,而是把哲学沉浸在诗中,无一语及哲学,而无往不是哲学。其中的关键,**首先**在于人生具有高情远思,本身即呈现着某种永恒的意味。郎瑛曰:"陶公心次浑然,无少渣滓,所以吐词即理,默契道体,高出诗人,有自哉!"《七修类稿》陈寅恪曰:"陶渊明实为吾国中古时代之大思想家,岂仅文学品节居古今之第一流,为世所共知而已哉!"①**其次**在于他将前此的思想文化资源、尤其是魏晋玄学作了一种独特的熔炼,真正将儒道合一、把玄学人生化,呈现出盎然诗意。

　　陶渊明人生和诗中体现出来的哲学意味,历来有不同认识。有人说他是儒家,有人说他是道家,有人说他有佛禅的影响,有人说他诗中无一毫佛禅的影子。事实是,他的人生和诗中,既有儒家,又有道家,同时有佛禅,他把这些融合为一,而又完全出以自己的面貌,简单地用儒、道、禅来看都不稳妥,简单地否定受儒、道、禅某一方面的影响也不稳妥。刘大杰说得好:"在他的思想里,有儒道佛三家的精华而去其恶劣的习气。他有律己严正肯负责任的儒家精神,而不为那种虚伪的礼法与破碎的经文所陷;他爱慕老庄那种清静逍遥的境界,而不与那些颓废荒唐的清谈名士同流;他有佛家的空观与慈爱,而不沾染一点下流的迷信色彩。因此我们在他的作品里,时时发现各家思想的精义,而又不为某家所独占。在这种地方,就正显出他思想背景的丰富和他作品的伟大"②。

　　陶渊明学问修为的入手功夫和思想的基础是儒家。他对孔子重建价值原则和道德信念的肯定③,对"礼乐"与"六籍"的称述,诗文中屡屡言及仁、义、忠、孝、贞、信、气、节等,都可见出他的基本态度。"少年罕人事,游好在六经"《饮酒》其十六,他的儒家基础青少年时代即已打下。

---

① 陈寅恪《陶渊明之思想与清谈之关系》,见《陶渊明资料汇编》第358页,中华书局1962年版。
② 刘大杰《中国文学发展史》上卷第229页,百花文艺出版社1999年版。
③ 《饮酒》第二十首:"羲农去我久,举世少复真。汲汲鲁中叟,弥缝使其淳。凤鸟虽不至,礼乐暂得新?"又《读山海经》其十一:"明明上天鉴,为恶不可履。"

陶渊明接受儒家思想最基本的一点,是树立进取有为的人生意识:"忆我少壮时,无乐自欣豫。猛志逸四海,骞翮思远翥。"《杂诗》其五"先师遗训,余岂之坠。四十无闻,斯不足畏。脂我名车,策我名骥。千里虽遥,孰敢不至"《荣木》! 但进取要受人的个性和社会环境制约,陶渊明的时代是一个政治最为糟糕的时代,"司马道子及其儿子元显当权,招权纳贿,朝政混乱。那一般官僚士子,更是攀龙附凤,无耻已极。后来桓玄篡晋,刘裕起兵,不久东晋就亡了……他对于当日的政治社会,起了激烈的厌恶,逼得他不得不另找寄托生命的天地"①。梁启超说他"近于孟子所说'有所不为'、'不屑不洁'"②。

不能进取有为,于是退守贞亮之节,"原百行之攸所贵,莫为善之可娱。奉上天之成命,师圣人之遗书。发忠孝于君亲,生信义于乡闾。推诚信而获显,不矫然做作而祈誉求名"《感士不遇赋》。就是奉行道德节操做人,与孟子"穷则独善其身"、荀子"穷则独立贵名"完全一致。所以他针对叔孙通对鲁二儒的讥讽说:"易代随时,迷变则愚迷于变迁而忘记节操是愚蠢的。介介耿介若人那二人,特为贞夫!"《读史述九章·鲁二儒》表扬张长公"世路多端,皆为我异。敛辔揭来归去来,揭:去,独养其志"同上《张长公》。自写心志则曰:"总发少年,男女未笄冠时,结发为两角抱孤介,奄忽出四十年……贞刚自有质,玉石乃非坚!"《戊申岁六月中遇火》

坚守节操是不容易的,因为要忍受贫穷和低贱,甘于淡泊。所以陶渊明反复用孔子"君子固穷③"来自励。查陶渊明集,凡三言"固穷"、三言"固穷节",其它言及"固穷"之意者尚多,如"弊襟不掩肘,藜羹常乏斟。岂忘袭轻裘,苟得非所钦!"《咏贫士七首》三"刍藁 gǎo 麦秸等,睡在禾草上有常温,采莒稻,自生稻足朝餐,岂不实辛苦,所惧非饥寒。贫富常交战,道胜无戚颜!"同上五钟秀说"圣贤之淡泊乃乐道,高人之淡泊乃适情④","乐道"是陶渊明不可企及的根基所在。当然,陶渊明是"乐道"与"适情"合一,所以在理解他的时候,不宜把"圣贤"与"高人"两方面对立起来。

---

① 刘大杰《中国文学发展史》上卷第 228 页,百花文艺出版社 1999 年版。
② 梁启超《陶渊明之文艺及其品格》,见《陶渊明资料汇编》上册第 274 页,中华书局 1962 年版。
③ 《论语·卫灵公》:"在陈绝粮,从者病,莫能兴,子路愠,见,曰:'君子亦有穷乎?'子曰:'君子固穷,小人穷斯滥矣。'"
④ 清代钟秀《陶靖节记事诗二十二则》对陶渊明的评价深到精妙,可以参看,见《陶渊明资料汇编》上册第 229—245 页。

陶渊明受儒家思想的陶冶,使他成就了贞刚坚定的人格操守,不为富贵所动,不为贫贱所移,表现了强大的人格力量和崇高的精神境界。所以梁启超说:陶渊明"是一位极严正——道德责任心极重的人"。所以许多学者不是将他看作一般的诗人文士,而是将他看作圣贤。笔者原来对这样的评论不甚以为然。沈德潜说:"不惧饥寒,达天安命,陶公人品,不在季次子路,孔门十哲之一,死于卫乱、原宪在孔门与颜回并称,孔子死后隐居于卫下。"《古诗源》沈德潜的这则评论,帮助笔者认识到将陶渊明划归儒家,或将之当作圣贤,不只是一个对其作品内容的事实判断,而是对其难以企及的人品风格的**价值推崇**,是在一个更深、更高的层次理解和认识陶渊明所得的结果。

陶渊明生活在崇尚自然任真的玄学气氛中,道家的影响在他身上表现得甚为明显。如果说儒家思想是他学问的入手功夫和修为基础,道家思想就是他在经由儒家思想培养的进取有为意识受挫后,感受和实现自身生命价值的主要方式。在人生方式上,他41岁以后,就是一位地地道道的隐士——不是儒家那样"身在江海,心存魏阙"之隐,而是如长沮、桀溺那样亲耕避世之隐;不是佛家那样弃妻子不顾、入山林不返的不近人情之隐,而是远离官场名利,过一份真实的农家生活之隐。在思想观念上,陶渊明诗文中多讲"真"、"淳"、"拙"、"自然"、"澹泊"、"顺化",这些都是道家基本范畴,儒家是不讲的。如"傲然自足,抱朴含真"《劝农》、"天岂去此哉,任真无所先"《连雨独饮》、"自真风告逝,大伪斯兴"《感士不遇赋》序、"久在樊笼里,复得返自然"《归田园居》其一、"纵浪大化自然中,不喜亦不惧。应尽便须尽,无复独多虑"《形影神》。在人生境界上,儒家思想培养了他固穷贞刚的人格,道家思想则培养了他任真旷达的性情。罗宗强说:老庄和玄学所追求的人生境界,"没有人达到过,陶渊明是第一位达到这一境界的人"①。

佛教般若思想在陶渊明诗文中也有一定的表现,这就是讲"空"、"幻"。"空"是佛教最基本的一个观念,指万物缘起性空,并无恒存永久的实体《中论》名句"众因缘生法,我说即是空";"幻"是辅助说明空的,指万物因缘和合,如幻如化,不必执著其有,亦不必执著其无。这两个字道家老庄都不讲。陶渊明生当佛教开始兴盛之时,与庐山慧远及其莲社曾有过从,受一定影响是很自然的。如"吾生

---

①　罗宗强《玄学与魏晋士人心态》第344页,浙江人民出版社1991年版。

梦幻间,何事绝尘羁"《饮酒》其八、"人生似幻化,终当归空无"《归田园居》其四、"民生鲜少常在,矧况伊愁苦缠……穷通靡攸虑,憔悴由化迁"《岁暮和张常侍》。罗宗强说:他"用般若的万有皆空的思想,摆脱了世俗的种种纠结,走向物我泯一的人生境界"①。

陶渊明一方面运用儒、道、佛的思想资源,解决人生中面临的一些问题,如人的德行、操守、性情、兴趣,以及仕隐、贫达、生死等。而更为重要的是,他把儒、道、佛的思想在自己的人生中加以综合,形成一种独特的人生哲学和人生境界,这可以用他的一句诗来概括:

即事多所欣。《癸卯岁始春怀古田舍》教材 p.333

就是说,在生活中,面对事事物物,总是有感情、有兴味,能发现其间的美和真意,在平常生活与事物中建构起一种超逸而有深度的境界。许学夷说:"陶靖节超然物表,**遇境成趣**,不必泉石是娱,烟霞是托。"《诗源辩体》"遇境成趣"即是"即事多所欣"。萧统《陶渊明集序》:"情不在于众事,寄众事以忘情者也。"

生活是多么复杂的事情,面对的事物恐怕是逆意者多,合心者少,"即事多所欣",谈何容易!这其实就是儒家固穷勿贪、道家自然任真、佛家空法随缘融合于自己性情的结果。

儒、佛、道的思想,既帮助他作减法,也帮助他作加法。

作减法是安贫任化,祛除贪求执著、享乐务外之心;作加法是守道尽性,获得本来如此、自由无羁的真心。即是说,心能摆脱尘俗的挂碍羁缚,一片清静灵明,莹然如镜,本身没有一点渣滓,以这样的心与万事万物相对,各种事物的生机与意趣自然能清晰映现,体验与物一体、民胞物与之乐。

作减法容易使人取一种消极的、无可奈何的人生态度:固穷隐居容易是一片枯寂落寞、了无意趣的生活。或者只是出于不得已,有机会是不会放过应世腾达的。陶渊明不是这样,他的减法与加法是一体的:主动放弃违背自己性情的人生形式,是为了建立充分表现自己性情的人生形式,并因而创造自性自足的田园耕

---

① 罗宗强《玄学与魏晋士人心态》第 355 页,浙江人民出版社 1991 年版。

读生活。他用减法去掉了竞逐的功利人生,用加法造就了诗意的田园人生。所以,陶渊明"即事多所欣"的"事",是经过了即减即加思想的澄清后显出的"事",是去除了官场讨好竞逐之事而得到的恬淡自在的田园平常人生之"事"。他说自己"性刚才拙,与物事多忤"《与子俨等疏》,"我实幽居士,无复东西缘"《答庞参军》。颜延之说他"道不偶物,弃官从好"《陶征士诔》,沈约、萧统说他不愿束带见督邮,这些事就是他做减法的地方。他做加法的则是诗酒耕读、邻里往来、田园家居、川阜游观这些最切近、最平凡的寻常人生之事。

真正有意义和创造价值的人生是离不开"事"、必须以"事"而显的,陶渊明的伟大,就在于就这些最切近、最平凡的"事"而发现或创造了不朽的诗意:

> 居止次城邑,逍遥自闲止。次:临时住宿,此可见无刻意经营的任适。闲止:闲静。
>
> 坐止高荫下,步止荜门里。荜门:竹和荆条编成的门。
>
> 好味止园葵,大欢止稚子。六个"止"字,有同有不同:"闲止"的"止"是句末助词,其他"止"随文得义,注意辨析。
>
> ——《止酒》

胡仔分析说:"坐止于树荫之下,则广厦华堂吾何羡焉?步止于荜门之里,则朝市深利吾何趋焉?好味止于啖园葵,则五鼎方丈吾何欲焉?大欢止于戏稚子,则燕歌赵舞吾何乐焉?"《苕溪渔隐丛话》后集卷 3 在这些事情上获得一片真意,就是"即事多所欣"之所在。

钟惺说:陶公"从作息勤厉中,写景观物,讨出一段快乐。高人性情,细民职业,不作二义看"《古诗归》卷九。叶燮说陶潜"吐弃人间一切,故其诗不从人间得,诗家之方外"《原诗》,便是错解陶潜,对陶潜的体会,在这一点上比钟惺差远了。

3. 陶渊明的诗歌创作

在中国文学史上,陶渊明是境界最高的诗人,也是最有创造性的诗人。

首先,在最平凡的农家生活和最辛劳的农业劳动中发现诗意,开创了耕读自足、诗酒自乐的生活道路,首创了"田园诗",堪称存在与诗同一的典型。钟惺:"陶公山水、朋友、诗文之乐,即从田园耕凿中一段忧勤讨出。不别作一幅旷达之语,所以为真旷达也。"《古诗归》卷九王夫之:"陶诗恒有率意一往……斯惟隐者弗获;已而与田舍翁妪相酬答,故习与性成。"《古诗评选》卷四。

(1)写出田园生活之美。田园是他的家,是他的根,所以在这里有其反本归根的意识:"园田日梦想,安得久离析。终怀在壑舟,谅诚哉宜松柏!"《乙巳岁三月为建威参军使都经钱溪》田园是和官场相对的,是抗衡真我丧失、人格分裂"离析"的,被陶渊明赋予了"梦想"一般的美好境界。"仰想东户时①,余粮宿安放中田。鼓腹无所思,朝起暮归眠"《戊申岁六月中遇火》。在田园生活中,日出而作,日入而息,劳动和生活一体,人性淳朴,欲求简单,其中寓含着幸福的至理。他对田园生活之美好的描写无可企及,具有永恒的价值:

　　孟夏草木长,绕屋树扶疏。孟夏:初夏。长 zhǎng:生长。扶疏:枝叶浓茂伸展。

　　众鸟欣有托,吾亦爱吾庐。托:依靠(筑巢与飞翔于其间)。庐:简朴的房屋。

　　既耕亦已种,时还读我书。

　　穷巷隔深辙,颇回故人车。穷巷:偏僻小巷。隔:阻断。深辙:贵人豪车所碾出的车迹。颇:每每。

　　欢然酌春酒,摘我园中蔬。春酒:冬酿春熟的酒。《诗·七月》"十月获稻,为此春酒。"

　　微雨从东来,好风与之俱。

　　泛览周王传,流观山海图。轻松、随意地阅读《穆天子传》和《山海经》图册。

　　俯仰终宇宙,不乐复何如?俯仰句:阅读时低头抬头顷刻之间就能穷尽宇宙的奇异。刘履:"写出幽居自得……隐然有万物各得其所之妙。"

　　　　　　　　　　　　　　　　　　　　　——《读山海经》其一。教材 p.341

　　蔼蔼堂前林,中夏贮清阴。蔼蔼:浓茂一片。贮:储存。

　　凯风因时来,回飙开我襟。凯风:南风。回飙:回旋的阵风。

　　息交游闲业,卧起弄书琴。息交:停止官场的交游。闲业:相对于竞进之忙的读写耕种。

　　园蔬有余滋,旧谷犹储今。

---

　　①　东户:东户季子。传说中远古太平时代的君主。《淮南子·缪称》:"昔东户季子之世,道路不拾遗,耒耜余粮,宿诸陇亩。"

营己良有极,过足非所钦。营己良有极:谋划自己的生活实在有限。钦:慕求。

舂秫作美酒,酒熟吾自斟。舂:捣掉谷物的皮壳。秫:粘高粱,做酒极佳。

弱子戏我侧,学语未成音。

此事真复乐,聊用忘华簪。……聊:姑且。华簪:华贵的发簪,将官帽别在发髻上用。

——《和郭主簿》之一。教材 p.332

闲居三十载,遂与尘事冥。此时陶 37 岁,除去童年和做州祭酒等,近 30 年。冥:远,不明。

诗书敦宿好,林园无世情。……敦:深厚。宿:宿昔,平素,一贯。世情:世俗情态。

商歌非吾事,依依在耦耕。商歌:宁戚为吸引齐桓公注意而唱的商地歌调(饭牛歌)。

投冠旋旧墟,不为好爵萦。投冠:摘掉官帽。旋:回。好爵:权要之位。萦:挂怀,揪心。

养真衡茅下,庶以善自名。衡茅:简陋的木门茅舍。庶:将,愿(表希望、可能)。

——《辛丑岁七月赴假还江陵夜行涂口》

(2) 写出农业劳动之美。口朝黄土背朝天的农业劳动是最辛苦的劳动,所以爱好田园生活的文人不少,而真正能体会和享受农业劳动的文人却十分难得。这是陶渊明诗歌最不可企及之处:他以诗意的笔调写出了使人精力疲惫的劳动过程的美,和劳动就能有所收获的希望,以及劳动就是人生最好的安顿:

种豆南山下,草盛豆苗稀。

晨兴理荒秽,带月荷锄归。兴:起。理:锄。荒秽:杂草。带月:带同戴。荷:扛。

道狭草木长,夕露沾我衣。沾:打湿。

衣沾不足惜,但使愿无违。愿无违:不违背隐居躬耕的心念。

——《归田园居》其三。教材 p.328

贫居依稼穑,戮力东林隈。稼穑:农活。稼,耕种;穑,收获。戮力:全力。隈:弯曲处。

不言春作苦,常恐负所怀。……负所怀:辜负心愿,可指农事收获,可指隐居务农。

姿年逝已老,其事未云乖。逝:语助词,作动词亦通。其事:指稼穑。乖:违背。

遥谢荷蓧翁,聊得从君栖。荷蓧 tiáo 翁:扛着农具的老汉,《论语》中的隐士。蓧,古代耘田(锄草)用具,竹制。君:指荷蓧翁。

——《丙辰岁八月中于下潠田舍获》

相命肆农耕,日入从所憩。相命:相互叫名(呼唤)。肆:尽力。从:任凭。所憩 qì:休息。

桑竹垂余荫,菽稷随时艺。菽稷:各种农作物。菽,豆类;稷,谷类。艺:种植。

——《桃花源诗》。**教材 p.429**

茅茨已就治,新畴复应畬。茨:茅草屋顶。治:修整。新畴:新开的田。畬 shē:烧草肥田。

谷风转凄薄,醽醁解饥劬。谷风:东风。凄:寒。薄:迫。劬 qú:劳累。

弱女虽非男,慰情聊胜无。……弱女:喻薄酒(女酒)。男:喻醇酒①。

耕织称其用,过此奚所须。过此:超过日常需求。奚:哪。

——《和刘柴桑》

(3) 写出田园劳动生活中的乡邻人情之美。这里有农人的相互慰勉、鼓励,有谈论各自作物生长的欢欣,有时一抬脚就互相走动了,有时则隆重地杀鸡请客,也谈论今古,也讨论文章,喝醉时则开怀不羁无所不谈"杂乱言","无为忽去兹"、"疑我与时乖",则可见农人们对陶渊明亲切的关怀,他们之间达到了最自然和谐的一种友情:

昔欲居南村,非为卜其宅。南村:今江西九江南郊。卜其宅:占卜建宅之吉凶。

闻多素心人,乐与数晨夕。……素心人:心地真淳的人。

邻曲时时来,抗言谈在昔。曲:乡曲,乡里。抗言:之言不讳。在昔:过去、往古之事。

---

① 赵泉山注:"以弱女喻之醨薄。"晋·嵇含《南方草木状》:"南人有女数岁,即大酿酒;候冬陂池竭时,以酒罂密封瘗(yì 土埋)陂中,春水满时,亦不复发;女将嫁,乃发陂取酒,谓之女酒,其味绝美。"

奇文共欣赏,疑义相与析。"山居析疑,与悠游笑傲一辈人不同,此渊明最得力处"。

——《移居》其一,教材 p.331

春秋多佳日,登高赋新诗。此句极自然,而极有兴会和韵致。

过门更相呼,有酒斟酌之。斟酌:舀酒,倒酒。

农务各自归,闲暇辄相思。辄:即。

相思则披衣,言笑无厌时。无厌:没有觉得足够和满足。

此理将不胜,无为忽去兹。将:岂。胜:高明。忽:轻易。去兹:离开这种生活。

衣食当须纪,力耕不吾欺。纪:经营。"二诗极平淡,却极着实。上章移居卜邻,得友论文;下章饮酒务农,不虚佳日…根本既固,培养自深"。(清·温汝能语)

——《移居》其二,教材 p.331

时复墟曲中,披草共来往。墟曲:村落,乡里。披草:拨开草丛(道狭草木长)。

相见无杂言,但道桑麻长。但:只。

——《归田园居》其二,教材 p.328

漉我新熟酒,只鸡招近局。漉:过滤,滤掉酒糟。局:邻居。

——《归田园居》其五

清晨闻叩门,倒裳往自开。倒裳:匆忙中穿颠倒了衣裳(用《诗·东方未明》典)。

问子为谁欤? 田父有好怀。子:你,指田父(农夫)。好怀:好意,即下"疑我"云云。

壶浆远见候,疑我与时乖。……疑:怪。乖:背离,即下"一世皆尚同",而我独不能。

——《饮酒》其九,教材 p.336

故人赏我趣,挈壶相与至。赏:赞赏,欣赏。挈壶:提着酒壶。相与:相约,结伴。

班荆坐松下,数斟已复醉。班荆:在地上铺开枝条杂草。

父老杂乱言,觞酌失行次。行 háng 次:行辈次序,或饮酒先后多少的次序。

不觉知有我,安知物为贵。前句忘我,后句忘物,饮酒而得物我两忘境界。

悠悠迷所留,酒中有深味! 悠悠者迷于所留恋,岂知酒中深美的味道。

——《饮酒》其十四

落地为兄弟,何必骨肉亲。《论语·颜渊》"四海之内,皆兄弟也"。

得欢当作乐,斗酒聚比邻。斗:酒器。

——《杂诗》其一,教材 p. 337

这样的美无言可赞,对之实只有呼天而已！美、文学,是拿出心来做碰撞、交合,然后就扎在你心里的东西。让我们反复念诵上面的诗句吧,她会扎根在我们心底里的！

其次,在田园诗中写出了似淡实淳、言近旨远的诗歌意境,创造了"平淡美",为中国文学史提供了一种经典的风格样式①。游国恩:"陶诗佳处全在平淡自然"②。清沈德潜:"清远闲放,是其本色,而其中自有一段渊深朴茂不可几及处。"《古诗源》明代的归有光把陶渊明的作品与司马迁的《史记》相比,说:"余少好读司马子长书,见其感慨激烈、愤郁不平之气,勃勃不能自抑,以为君子处世,轻重之衡,常在于我,绝不当以一时之所遭,而身与之迁徙上下。设不幸而处其穷,则所以平其心志、怡其性情者,亦必有其道……已而观陶子之集,则其平淡冲和,潇洒脱落,悠然势分之外,非独不困于穷,而直以穷为娱。百世之下,讽咏其词,融融然尘渣俗垢与之俱化。"《陶庵记》我们将司马迁的文章、两汉的乐府与五言、建安与正始诗风以曹植、阮籍为代表,和陶渊明对读比较,汉魏至晋审美风尚的变化,及陶渊明平淡风格的创造性贡献,就显得特别清晰而突出。

平淡美的典范之作,在陶集中比比皆是,我们各举一首他写田园生活之美、乡邻人情之美和农事劳动之美的作品为例:

结庐在人境,而无车马喧。即无达官贵人驾车来访。
问君何能尔,心远地自偏。王安石:诗人以来,无此四句。郎瑛:"心境浑融处。"
采菊东篱下,悠然见南山③。洪亮吉评此二句:"忘世之侣,其天机活泼如此！"
山气日夕佳,飞鸟相与还。郎瑛:至和充盈,表里昂然。

---

① 明代胡应麟说他"开千古平淡之宗"(《诗薮》内篇卷二),唐代王、孟、韦、柳是其大宗。
② 游国恩《中国文学史讲义》第 357 页,天津古籍出版社 2005 年版。
③ 梁桥:"'采菊东篱下,悠然望南山',则既采菊又望山,意尽于此,无余蕴矣,非渊明意也。'采菊东篱下,悠然见南山',则本自采菊,无意见山,适举首而见之,悠然高情,趣闲而远。"(《冰川诗式》)

此中有真意，欲辨已忘言。此中句正见"所立卓尔"，忘言才是至境！薛雪："陶征士《饮酒》前无古人，后无来者。"

——《饮酒》其五，教材 p. 335

秉耒欢时务，解颜劝农人。耒 lěi：耜 sì 之柄，耜是翻土的农具（耑）。

平畴交远风，良苗亦怀新。畴：田。沈德潜以陶诗此句最佳[1]。

虽未量岁功，即事多所欣。岁功：一年的收成。

耕种有时息，行者无问津。津：渡口。孔子曾使子路向隐者长沮、桀溺问津。

日入相与归，壶浆劳近邻。劳：慰劳。

长吟掩柴扉，聊为陇亩民！柴扉：用柴火做的简陋的门。陇亩民：农民，侍弄田地的人。

——《癸卯岁始春怀古田舍》其二，教材 p. 333

人生归有道，衣食固其端。陶综合儒道释并自己在耕读生活中证成的人生之道。端：首。

孰是都不营，而以求自安？孰是：哪有此。是：衣食，力耕。

开春理常业，岁功聊可观。常业：按季节而做的农活。岁功：年终的收成。聊：略。

晨出肆微勤，日入相与还。肆：尽力。微勤：天地不欺，人稍尽勤劳，即有收获。

山中饶风露，风气亦先寒。

田家岂不苦？弗获辞此难。难：艰难，辛苦。弗获：不得。获，得。

四体诚乃疲，庶无异患干。四体：四肢，指身体。庶：庶几，大体上。干：干犯，伤害。

盥濯息檐下，斗酒散襟颜。……盥 guàn 濯：洗涤。盥，洗手；濯，洗足。散襟颜：开怀展颜。

——《庚戌岁九月中于西田获早稻》。教材 p. 334

再次，在当时竞尚采丽、刻意为工的创作环境中独树一帜，创造了自然质朴

---

[1] 薛雪："'平畴交远风，良苗亦怀新'，其妙处无从下得著语，非陶靖节能赋之，实此身心与天游耳。坡公云：'非古之耦耕不能道，非余之世农不能识。'正道不著也。"（《一瓢诗话》）薛雪得其深，坡公得其稻浪起伏丰收在望的喜悦心情。

之美,把口语、家常话的艺术表现力发展到顶点。许学夷说:"靖节诗句法天成而语意透彻"《诗源辩体》卷六。林庚说"陶渊明的特点首先在于他的真实朴素","他是历史上最优秀的朴素的白描诗人"①。你看《归田园居》其一教材 p.327:

　　方宅十余亩,草屋八九间。方宅:宅地四周,习惯上包括房宅和周围的园林之地。

　　榆柳荫后簷,桃李罗堂前。罗:排、列。

　　暧暧远人村,依依墟里烟。暧暧:朦胧一片。依依:炊烟缓缓上升貌。墟里:村落。

　　狗吠深巷中,鸡鸣桑树颠。实说农家景象。苏轼:如大匠运斤,无斧凿痕。

　　户庭无尘杂,虚室有余闲。虚室:虚空闲静的居室。一曰:真淳之心。庄子"虚室生白"。

前人评论说:其所写不过田园耳,语又极村朴,但形象生动,"得一幅画意";兴会圆足,"精气入而粗秽除","入于化化即自然"②。宋代惠洪将陶渊明自然质朴的诗句与那些雕琢求奇的诗句进行对比说:"如'日暮巾拉柴车,路暗光已夕。归人望烟火,稚子候檐隙',又'采菊东篱下,悠然见南山',又'暧暧远人村,依依墟里烟。狗吠深巷中,鸡鸣桑树颠',大率才高意远,则所寓得其妙,造语精到之至遂能如此,似大匠运斤,不见斧凿之痕。"《冷斋夜话》于此悟入,不仅对于理解陶渊明,而且对于提高审美趣味,大有益处。

　　魏晋以来,玄学清谈不仅重视思致内容,而且特重言简意长与声音动人。在这种氛围中,文学语言发展出了一种十分独特可贵的风格:**简妙**,并因而登上中国文学史语言风格难以企及的高峰。陶渊明的诗文、《世说新语》、及《兰亭集序》等小品文是其代表,其中尤以陶渊明诗文的成就最为突出。《唐子西文录》称:"唐人有诗云:'山僧不解数甲子,一叶落知天下秋',及观陶元亮诗云'虽无纪历志,四时自成岁',便觉唐人费力。如《桃花源记》言'尚不知有汉,无论魏晋',可见造语之简妙。**盖晋人工造语,而元亮其尤也。**"陶渊明的诗文是晋人简妙语言风格皇冠上的明珠。

---

① 林庚《中国文学简史》第 160 页,北京大学出版社 1995 年版。
② 见《陶渊明资料汇编》(下)第 52—53 页,方东树、杨雍建、潘德舆语,中华书局 1962 年版。

所以极受前人推崇,如钟惺说:"其语言之妙,往往累言说不出处,数字回翔略尽,有一种清和婉约之气在笔墨外,使人心平累消。"《古诗归》卷九

它所靠的当然还是自然质朴。心灵中真趣流露,不用多言,更不用装饰,而是用如口语一样自然的语言,直接点示最得力、最富于激发力的所在。"微雨从东来,好风与之俱"《读山海经》,是夏天眼前的风景;"晨兴理荒秽,带月荷锄归"《归田园居》,是农人一天劳作的真实情景。将这样自然质朴的陶渊明与功力圆足的谢灵运等对照阅读,感受最深。陈师道说得好:"渊明不为诗,写其心中之妙耳。"《后山诗话》。元好问:"此翁岂作诗,直写胸中天。"贺孙贻则说:"彭泽悠然有会,率尔成篇,取适己怀而已……名士与诗人,两不入其胸中"《诗筏》。他是人生与心灵,已臻诗化妙境,所以率意吐属,而自成妙语。施补华说:"陶诗多**微至**语。东坡学陶多超脱语,天分不同也。"《岘佣说诗》这是一个大区别:陶渊明"即事多所欣",多有深入微妙的体会,所以能以诗传达出存在的"微至"与精妙;苏东坡则更多的是超脱人生的不如意与困境,表现一种精神力量。苏轼学陶,天分已高,但陶公之精深微妙,他终有间隔。此是陶诗朴语多妙的关键。

许学夷说:"晋宋间诗,以排偶雕刻为工。靖节则真率自然,倾倒所有,当时人初不知尚也。"又说:"靖节诗直写己怀,自然成文……陈后山云'渊明之诗,切于事情,但不文耳',岂以颜、谢雕刻为文,靖节自然,反为不文耶? 此见远出苏、黄诸子下矣。"《诗源辩体》卷六什么是"文"美? 虽然中国诗歌在晋宋以下经历了一个雕章琢句的时代,陶渊明独出其外,被一些人认为"不文"钟嵘仅列之为中品,但"素朴而天下莫能与之争美"庄子语,陆、谢等人的雕绘之作,当时则荣,在其后的历史中却发生"走电"现象,而陶渊明历久弥新,受到后世普遍的喜爱!

复次,陶渊明的咏怀诗。全面把握陶渊明的创作,不难体会其中包含着十分不同乃至彼此矛盾的两种精神。这很早就有人指出来了,朱熹就说过他"平淡"之外自有"豪放"①,真德秀则说他既有"旷达之风",又多"悲凉感慨,非无意世事

---

①　"陶渊明诗,人皆说是平淡,据某看他自豪放,但豪放得来不觉耳。其露出本相者,是《咏荆轲》一篇,平淡底人,如何说得这样言语出来"(《朱子语类》卷140)。刘仲修发挥朱子意:"陶渊明、李白……皆魁垒奇杰之士,不得志于时,而其胸中超然无穷达之累,故能发其豪迈隽伟之才,高古冲淡之趣,以成一家之言……可知文有豪气者,未有不从旷爽得也。"(《读书乐趣三则》)

者"《真文忠公集》卷36,吴澄说"其泊然冲淡而甘无为者,安命分也;其慨然感发而欲有为者,表志愿也"《詹若麟渊明集补注序》。其后不断有人发表相类似的意见,如方夔、胡祗遹、章懋、黄文焕、陈祚明等①,清代陈沆批评一些人"惟知《归园》、《移居》及田间诗十数首景物堪玩,意趣易明,至若《饮酒》、《贫士》便已罕寻,《拟古》、《杂诗》,意更难测,徒以陶公为田舍之翁,闲适之祖"《诗比兴笺》。直到现代朱光潜用"静穆"说对陶诗作了精彩的解释后②,鲁迅出来补充说渊明"并非浑身是静穆",并强调"'刑天舞干戚,猛志固常在'之类金刚怒目式"的一面③。因此,**"咏怀诗"这样一个范畴在我们全面把握陶渊明创作的时候是需要的**。钟嵘说陶潜"又协左思风力",就是指的这一点。也就是说,陶不仅创作了伟大的田园诗,也创作了杰出的咏怀诗。田园诗主要表现了他的平淡旷达,咏怀诗则表现了他的感慨不平。命名是对存在本身的揭示,田园诗这一名目把平淡旷达的陶渊明凸显出来了,而如果缺了咏怀诗这一名目,感慨不平的陶渊明难以直接凸显出来——从朱熹到鲁迅等,实际的意思都说出来了,但由于认识尚未达到命名的高度,所以并没有为陶渊明立一个与田园诗相辅而行的名目出来。随着研究的深入,钟优民《陶渊明论集》专立一章"陶渊明的咏怀诗"④,龚斌《陶渊明集校笺·前言》也指出"除田园诗外,渊明写过不少感情深沉的咏怀诗"⑤。咏怀诗这一名目为我们全面把握陶渊明提供了极大的方便⑥。

---

① 参见《陶渊明集校笺》第546、551、561、563、567页。如黄文焕说:"古今尊陶,统归平淡。以平淡概陶,陶不得见也。析之以炼字炼章,字字奇奥,分合隐显,险峭多端,斯陶之手眼出矣。钟嵘品陶,徒曰'隐逸之宗',以隐逸蔽陶,陶又不得见也。析之以忧时念乱,思扶晋衰,思抗晋禅,经济热肠,语藏本末,涌若海立,屹若剑飞,斯陶之心胆出矣。……否则摩诘、韦、孟,群附陶派,谁察其霄壤者!"(《陶集析义自序》)陈祚明说:"千秋以陶诗为闲适,乃不知其用意处。朱子亦仅以《咏荆轲》一篇露本旨。自今观之,《饮酒》、《拟古》、《贫士》、《读山海经》,何非此旨?但稍隐耳。"(《采菽堂古诗》)
② 《朱光潜全集》第396页,安徽文艺出版社1993年版。
③ 《且介亭杂文二集》之《题未定草(六)(七)》。按:如此之论作补充是好的,但不可执意相反。不然则堕入歧途,如吴瞻泰说:"举以为隐逸诗人之宗,则尤非知陶者。靖节自以先世宰辅,遭世末流,托讽夷、齐、荆轲,寄怀绮、甪,绝非沉冥无意于世事者比也。"(《陶诗汇注序》)
④ 钟优民《陶渊明论集》,湖南人民出版社1981年版。钟氏此书产生在那个特殊年代,未能平心持论,如讲最能代表诗人真实品格、占其创作主导地位的是咏怀诗而不是田园诗(第82页)。但提出"咏怀诗"概念作专章论述,是该书一个亮点。
⑤ 龚斌《陶渊明集校笺·前言》第8页,上海古籍出版社1996年版。
⑥ 徐公持《魏晋文学史》专节论陶"咏史类诗创作",考虑到左思"咏史"实即咏怀,陶也不例外;且"杂诗十二首"不是咏史,"咏贫士七首"是借题自咏(如第五首开始提出袁安、阮公作话头,下面说"岂不实辛苦,所惧非饥寒。贫富常交战,道胜无戚颜。"),所以与其用"咏史诗"来包括咏怀,不如用"咏怀诗"来包括咏史。

陶渊明的咏怀诗有《饮酒》二十首、《拟古》九首、《杂诗》十二首、《咏贫士》七首、《拟挽歌辞》三首、《形影神》三首、以及四言之《停云》、《荣木》、《命子》等,数量不少。这类诗主要表现了三方面的主题,简述如下:

一是承袭阮籍《咏怀》,抒发人生的苦闷与愤慨。最值得注意的是《杂诗》十二首和《饮酒》二十首中的一些作品。《饮酒》其四前六句"栖栖失群鸟,日暮犹独飞。徘徊无定止,夜夜声转悲。厉响思清晨,远去何所依",与阮籍《咏怀》其一的苦闷及意象完全一致后六句借孤鸟托身于"劲风无荣木,此荫独不衰"的孤松以表高洁坚贞,则可见陶在苦闷中成就的境界非阮所及。《杂诗》十二首以组诗咏怀,更是直接继承了阮籍。明·黄文焕说:"十二首中愁叹万端,第八首专叹贫困,余则慨叹老大,屡复不休,悲愤等于《楚辞》,用复之法即反复参差地表现同一情感亦同之"。如"一日难再晨"、"荣华难久居"、"四时相催迫"、"前途渐就窄"、"转觉日不如"、"百年归丘陇"等等,"其叠言老大之恨,字字泪下……第十二首特殿之以婉娈柔童,与前叹老相应映……结法最工,而其寓意深远,则尤在言外。"①《陶诗析义》卷四其所以慨叹老大,亦为"日月掷人去,有志不获骋"! 所以《杂诗》其五说:

> 忆我少壮时,无乐自欣豫。豫:悦,乐。
>
> 猛志逸四海,骞翮思远翥。逸:超越。骞 qiān:通鶱,飞举。翥 zhù:飞。
>
> 荏苒岁月颓,此心稍已去。荏苒:光阴渐逝。颓:流逝。此心:"思远翥"之心。
>
> 值欢无复娱,每每多忧虑。……"值欢无复娱"与"无乐自欣豫"正相反。

既有壮志,而何以"有志不获骋"? 第十一首透露了其中的原因:

> 我行未云远,回顾惨风惊。惨风:疑喻时局,刘裕攻灭刘毅,杀刘藩、谢混、葛长民等。
>
> 春燕应节起,高翔拂尘梁。春燕:疑喻趋附刘裕诸臣。节:时机。拂:轻轻擦过。
>
> 边雁悲无所,代谢归北乡。雁:疑喻晋室旧臣。代谢:更迭,轮换。

---

① 黄文焕将《杂诗》十二首作为一个整体,考察文本,是成立的,所以我们用其思路展开分析。王瑶、龚斌将后四首析出,似乎只看到表面,且并无实据,故不从。

离鹍鸣清池,涉暑经秋霜。鹍:疑喻赋闲隐居的士人。

愁人难为辞,遥遥春夜长。愁人:诗人自称。难为词:有话难以明说。

清·陈祚明、邱嘉穗及当代郭维森都说此诗有寄托隐喻①,如"惨风"喻时局,即当时争夺杀伐之可怕;"春燕"喻得势的刘裕及其趋附者等;"边雁"、"离鹍"喻旧臣和隐居者。如以"有寄托而入,无寄托而出"之法读之,可以说陶渊明涉足政治虽未深至漩涡,但已觉"惨风惊",看了趋附者的新进和在位者的"代谢"《饮酒》其一"衰荣无定在,彼此更共之。邵生瓜田中,宁似东陵时!寒暑有代谢,人道每如兹"。用秦东陵侯召平(邵通召)秦亡为布衣,种瓜于长安东陵的典故,最清楚地表现了对政治争斗中人事"代谢"的感慨,既无力挽狂澜,再大的志向当然只能销蚀在时光之中,而一无所成。"人皆尽获宜,拙生失其方。理也可奈何,且为陶快乐一觞"其八!最后只有归于酒、归于田园家居其四"亲戚共一处,子孙还相保",但"代耕做官食禄本非望,所业在田桑。躬亲未曾替,寒馁常糟糠。岂期过满腹,但愿饱粳 jīng 稻粮;御冬足大布,粗絺 chī 葛布以应阳。正尔不能得,哀哉亦可伤"其八!怀抱"骞翮思远翥"的"猛志",在霸道横行的时代,却只能在为衣食忙碌的农人生活中老去,其中的苦闷是很深沉的。

二是沿袭《古诗十九首》,抒发对生命、享乐、死亡的感慨。陈祚明说陶诗之"情旨,则十九首之遗也"《采菽堂古诗》。其中对生死主题的表现尤其突出:"日月还复周,我去不复阳。眷眷往昔时,忆此断人肠。"《杂诗》三这种感情在陶诗中反复出现,成为陶诗的基本主题之一。

《形影神》是中国诗歌史上一首很奇特的作品,它通过对话的形式,表现了面对死亡的无奈之忧与解脱之方。"形"向影表示:天地山河长存不改,而人则奄忽即尽。你去了哪会被注意到少一个人呢,不过几个亲旧想到你、看到你的遗物而伤心流泪罢了。人成不了长生不死的神仙,今朝有酒今朝醉吧!"影"回答形说:修炼养生之术不可靠,企图成仙也无路可达,名声就像人的影子,人一死什么都完了,这真令人备受煎熬。努力做善事给世界留下点念想,似乎比以酒自遣要好吧!"神"最后发表解脱之道:人无分老少贤愚,都同归一死,三皇、彭祖也不能例

---

① 见《陶渊明资料汇编》(下)第263页。《陶渊明集全译》第216页,贵州人民出版社1992年版。

外。面对这不可改变的事实，每日醉酒只能更加短命，立善扬名却没有人会不断地称颂你，所以：

> 甚念伤吾生，正宜委运去。甚念：想得太多。委运：任随大自然的运转。
>
> 纵浪大化中，不喜亦不惧。大化：生化不息的大自然。人在其中如同纵身跳入海浪中。
>
> 应尽便须尽，无复独多虑。

生是来于自然，死是归于自然，采取一种顺应自然的态度，而不是违背自然一味执着，也就没有那么多苦恼，可以比较平静地对待了。这首诗三重对话的手法是以前诗歌中没有出现过的，委运顺化以了生死的态度也是以前诗中很少表现的，形式、内容都有创新，所以是文学史必须重视的一首杰作。

《拟挽歌辞》三首，分别写死、奠、葬等，是拟魏晋以来流行的挽歌而自挽，以幽默、旷达的态度，看待死亡这种令人哀伤莫名的事，前人给予极高的评价，认为"旷旨妙意空古今"方东树《昭昧詹言》卷四，"词情俱达，尤为精绝"，可比孔子、曾子圣贤境界李公焕注引祁宽语。其末篇尤称调高响绝：

> 荒草何茫茫，白杨亦萧萧。萧萧：风声。
>
> 严霜九月中，送我出远郊。"送我出远郊"为设想之词。
>
> 四面无人居，高坟正嶣峣。嶣峣：jiāoyáo，高耸。
>
> 马为仰天鸣，风为自萧条。萧条：风吹叶落，凋零的样子。
>
> 幽室一已闭，千年不复朝 zhāo。幽室：墓穴。
>
> 千年不复朝，贤达无奈何。
>
> 向来相送人，各自还其家。向：刚才。
>
> 亲戚或余悲，他人亦已歌。
>
> 死去何所道，托体同山阿。阿 ē：小山冈。

三是关怀现实，表达晋宋易代之际的情思。东晋孝武帝 373—396 在位是个无能的皇帝晋书本纪说他不辨寒暑，不能说话，凡所动止，皆非己出，前期主要靠谢安维持。

385 年谢安死后,其弟司马道子垄断朝政,贪酒色,用私人,贿赂公行,天下大乱。397 年王恭等举兵讨杀道子宠信的王国宝兄弟。399 年孙恩起义攻占会稽,桓玄袭杀荆、雍刺史殷仲堪、杨佺期。402 年桓玄进军入建康,废杀道子父子,挟持安帝到江陵。其后有卢循孙恩妹夫之乱410,刘毅与刘裕之间的攻杀412,418 年刘裕杀安帝,立恭帝,二年后自立,国号宋。谢安死时,陶渊明 20 岁,他初次入仕为江州祭酒是 29 岁,入桓玄幕是 33 岁,最后辞彭泽令是 41 岁,晋亡入宋,他还活了 8 年。他的壮年,正是东晋政治最坏的时候,断续进入官场的 13 年,他真是"乱也看惯了,篡也看惯了",虽然鲁迅说因此他的文章就归于"和平",但现实的感怀乃至不平却也时时出现在笔下。《饮酒》其十八:"有时不肯言,岂不在伐国? 仁者用其心,何尝失显默言默或仕隐皆无过失。"用鲁公以伐齐之事相问而柳下惠不赞同的典故,表明不赞成攻杀篡弑。《读山海经》其十一说:巨猾、钦䲹 pī 神怪名等为害,最后得到应有的惩罚,"明明天上鉴,为恶不可履"! 也是有所隐喻的。赵泉山举例说:"'三季夏商周亡时多此事'《饮酒》六、'慷慨争此场'《拟古》四、'忽值山河改'《拟古》九,其微旨端有在矣。"所举诗句都直接间接地反映了当时的现实。

这当中有一个陶渊明在晋、宋之间的立场问题。我们以《述酒》诗为例来说明。此诗隐曲难解,爱好陶诗的苏轼、黄庭坚等皆不得其旨。经南宋韩子苍、汤汉等考释,始得其大意。韩子苍说:"余反覆之,见'山阳归下国'之句,盖用山阳公事魏降汉献帝为山阳公,而卒杀之,疑是义熙以后有所感而作。"黄文焕《陶诗析义》:"裕之加九锡自为王,与操同;逼恭帝禅位,与丕逼献同。"义熙是晋安帝的年号,义熙以后就是恭帝的元熙。元熙二年,刘裕废恭帝为零陵王。次年,以一坛毒酒叫张祎去毒杀恭帝,张祎不忍,自饮而亡。于是刘裕又派人翻墙以毒酒相逼,恭帝以佛理相拒,遂以被褥闷杀。汤汉说:"此诗所为作。故以《述酒》为名也……决为零陵恭帝哀诗也。"就是说,以《述酒》为题,即是因为恭帝被毒酒逼死。现代注家王瑶、逯钦立、郭维森、龚斌等,皆赞同其说。但韩子苍、汤汉认为《述酒》是表现陶渊明对晋室的"忠义"和对晋恭帝被杀的"忠愤",而王瑶等则仅取诗歌所反映的事实,并不特别强调"忠晋"。胡不归曰:《述酒》不能说就是表示忠晋之情,但也不能说陶渊明对刘裕篡弑、恭帝被杀无动于衷。"渊明所感者,非为一姓之衰。盖尧舜之道不行,有权有势者,视国家为己有,残贼生灵,鲸吞四海;贵为帝王者,一旦失势,求为匹夫而不可得。权力之交易从来就与屠戮并存,此人之生,竟赖于彼人之死",悲哉①!这是对政治黑暗的一面、权力斗争残酷无人道的悲愤,是对生命毁灭的悲悯——当然也包括对晋恭帝的同情。这首诗至少可以看作一种广义的政治人道主义的哀悯之作。近代以来学术界抹煞陶渊明对晋室的感情似乎太过,这是由反封建帝制的时代因素所致。细心考察陶渊明的作品,古人说陶如何忠于晋室固然过甚,但陶对晋主被害有一定同情,对晋宋易代多有感慨,其作品中班班可考,难以抹煞。

咏怀诗还表达了隐居葆真的志愿,这在田园诗中可更清楚地见到,故不赘。

陶渊明有辞赋3篇,记传赞述5篇,疏祭文4篇。《闲情赋》、《归去来辞》并序、《桃花源记》、《五柳先生传》、《与子俨等疏》、《自祭文》等,都是旷古杰作,我们在第十八讲散文、辞赋与骈文中简要讲述。

阅读书目:1. 郭维森《陶渊明集全译》,贵州人民出版社1992年版。

　　　　2. 王　瑶《陶渊明集》,人民文学出版社1956年版。

　　　　3. 逯钦立《陶渊明集》,中华书局1979年版。

　　　　4. 龚　斌《陶渊明集校笺》,上海古籍出版社1996年版。

　　　　5. 胡不归《读陶渊明集札记》华东师范大学出版社2007年版。

　　　　6.《陶渊明资料汇编》(上下),中华书局1962年版。

　　　　7. 朱光潜《陶渊明》,见《诗论》、《朱光潜美学文集》第2卷,上海文艺出版社1982。

---

① 胡不归《读陶渊明集札记》第229页,华东师范大学出版社2007年版。

第十四讲　元嘉体与宋代文学

　　元嘉是南朝宋文帝刘义隆的年号,从公元424到453年,共30年。在朝代更迭频仍,篡弑杀伐不断的南朝,这一段"算是首屈一指的""美政"见吕思勉、傅乐成史著。文帝提倡节俭,澄清吏治,经济文化得到发展,国力渐趋富强。于是兴兵击魏,想收复河南国土,但多以失败告终。450年魏太武帝南侵,所过掠杀殆尽,赤地千里,"燕雀巢于林木"。"元嘉之治"从此衰微。

　　元嘉文学有很好的成就。刘义庆组织编成《世说新语》、《幽明录》,范晔撰《后汉书》,而谢惠连、袁淑、鲍令晖、谢庄、王僧达等皆有集,陆凯在江南《赠范晔诗》"折梅逢驿使,寄与陇头人。江南无所有,聊赠一枝春"则成为最常用的文学典故之一。《沧浪诗话·诗体》更特立"元嘉体",系以"鲍、颜、谢之诗"。

　　"元嘉体"的特色,一是模山范水,标举兴会;二是缉事比类,注重修辞;三是雕藻淫艳,动人心魂。总之是以山水寄情,喜欢用典和对偶,并以艳词丽语动人。谢灵运、颜延之、鲍照分别是其代表当然三人既有共性又各有特点和长短。

一、谢灵运与山水诗

1. 谢灵运其人

　　谢灵运385—433,原籍陈郡阳夏今河南太康,出生于会稽始宁今浙江上虞。幼时寄养于道馆,小名客儿,故人称谢客。他出生在谢氏鼎盛时期,淝水大战公元383,两年后灵运出生的名将谢玄是他的祖父,东晋开国名臣谢安是他的曾叔祖,袭爵康乐公约18岁前后,故又称谢康乐,食邑2千户。他是一个早慧的天才,谢玄曾感叹:"我乃生瑍,瑍那得生灵运!"谢瑍不慧又无寿谢灵运成年进入仕途时,东晋王朝已十分衰微,由谢玄开创的北府兵现任将领之一刘裕的势力日渐壮大,后终于战胜北府兵另一将领刘毅,接着受"禅让"建立刘宋。谢灵运、谢混等不少谢氏子孙都是反对刘裕的,谢混被杀,灵运却被拉拢,但任职旋任旋免,又降公爵为侯,减食邑至5百户。当时他与刘裕的次子庐陵王刘义真比较亲密,长子刘义符即位后,以"构扇异同、非毁执政"的罪名外放他为永嘉_{今浙江温州}太守。谢灵运到永嘉后,肆意遨游,动逾旬朔,不复关怀政事,刚满一年即称病去职,回到会稽始宁,修营别业,想从此隐居。文帝即位,征谢为秘书监,再召不起,直到让光禄大夫范泰写信敦促鼓励,方就职,担任整理图籍和修撰《晋书》工作。这种工作使他不平,常称疾不朝,不是穿池种树,就是出城游玩,并且不报告,也不请假,终被免官。他再次回到始宁别墅,与族弟谢惠连等以文章赏会,共为山泽之游,嶂嵦千里,莫不备尽登蹑,为此还发明了便于登山的"谢公屐"。有一次他带着一群人_{据说是数百人}一路伐木开径,从会稽直到临海,临海太守开始把他们误认为是山贼。他在家乡会稽得罪了太守孟顗 yǐ,孟顗上表诬告他有异志,他急忙赴京辩解,文帝于是要他做临川内史。他在临川游放不异永嘉,又被告,竟以谋反罪流放到广州,终至被杀,年仅49岁。

谢灵运以江东数一数二的贵族出身,并世无二的杰出才华,要在本为他爷爷手下"劲卒"与"老兵"的刘氏门里打一份还不受重视的闲工,情绪十分别扭,加上他狂放傲物的性格,都决定了他的悲剧命运。明代张溥说:

> 夫谢氏在晋,世居公爵,凌忽一代,无其等匹。何如下伍伍同邬,刘裕在晋_{曾为下邳太守}徒步,乃作天子,客儿谢灵运比肩等夷,低头执版,行迹外就,中情实乖……以衣冠世族,公侯才子,欲倔强新朝刘宋,送龄丘壑在游山玩水中老去,势诚难之……予固知其不杀不止。《汉魏六朝百三家集题辞·谢康乐集》

张溥又说他:"涕泣非徐广_{徐在桓玄逐安帝、刘裕逼恭帝逊位后均悲泣动人},隐遁非陶潜,而徘徊去就_{谢诗"进德智所拙,退耕力不任"},自残形骸,孙登所谓抱叹于嵇生也_{谓嵇才高而保身之道不足}。"谢灵运的身上体现了命运悲剧和性格悲剧的合一。他和嵇康有同有异:同者都尚玄淡而不能去骨鲠,异者谢无嵇公义之心与人格魅力,他的倔强主要来自于他的高贵出身与高傲个性。

　　谢灵运是中国文学史上重要的作家,但因为其作品难读,所以争议很大。他改变了传统写诗的方法①,有成功,有失误。失误带来的不足容易感到,成功造成的好处不易了解。虽然无法通过两节课就使大家了解谢诗的好处,但至少要把我所了解到的东西讲出来。"说食不饱,饭要自吃"。了解谢诗的好处要有好的立场与方法,要对一批作品下点精细的功夫。前者老师可以指点,后者要靠自己。

2. 谢灵运的山水诗

　　谢灵运以开创山水诗而奠定了在中国文学史上崇高的地位。他存诗近百首,半数与山水有关。认识他的山水诗,至少要有四个基本思路:

　　一是真正确立了山水诗的艺术主题,挣脱了玄言诗的桎梏。诗中写山水风景,《诗经》《楚辞》不乏其例;整篇诗表现山水主题的,曹操、曹丕都有成功之作。但那或是一般地作为抒情叙事必不可少的因素,或是作家对景偶一为之。谢灵运则是自觉、集中地表现山水主题;而且通过表现山水主题促成了诗歌美学趣味的变革——终结了淡乎寡味的玄言诗。

　　根据钟嵘、刘勰、沈约等人的论述,从西晋末到东晋百余年间,"莫不寄言上德老子,托意玄珠道,遒丽之辞,无闻焉耳"②。又《世说新语·文学篇》注引《续晋阳秋》:"至义熙东晋末安帝年号中,谢混始改。"③谢混在义熙中擅名文坛,"风华为江南第一"《南史》本传,有集5卷,佚不可见,存诗完篇2、断章3见《先秦汉魏晋南北朝诗》晋诗卷14,《游西池诗》18句8句写景。《南史》说他"与族子灵运、瞻、晦、曜

---

① 林庚说:"**从谢灵运起,诗歌就走向新体**。"一者写诗突出用思力而不仅靠兴感,雕章琢句,"而一气呵成的诗篇渐少"。"这就是新体诗与汉魏以来古诗的不同之处。从谢灵运过渡到齐梁,所谓五言古诗的时期事实上便已经成为遥远的过去了。"二者写诗突出词句的雕琢,"走上骈俪铺陈的道路"。"谢灵运就又是正式把诗歌带入骈俪的第一个人。如'千念集日夜,万感盈朝昏'、'苹萍泛沉深,菰蒲冒清浅',诗歌乃无往而不是工丽的字句。"第三声色大开。"这'声色'也即作为布景的山水"(后来是歌宴女人)。"这新体诗因此强调声色的启发,使得日常生活之中,随处都可以唤起丰富的联想,这些也就又类如《国风》中的起兴了。当然文人们最初刻意的追求也就不免过于刻画",谢灵运就是。(《中国文学简史》p. 173)
② 《诗品序》:"永嘉时贵黄老,稍尚虚谈。于时篇什,理过其辞,淡乎寡味。爰及江表,微波尚传,孙绰、许询、桓、庾诸公,诗皆平典似道德论,建安风力尽矣。"《文心雕龙·明诗》:"江左篇制,溺乎玄风,嗤笑徇务之志,崇盛忘机之谈。袁、孙以下,虽各有雕采,而辞趣一揆。"《宋书·谢灵运传论》:"在晋中兴,玄风独扇。为学穷于柱下,博物止乎七篇。驰骋文辞,义殚乎此。自建武至义熙,**历载将百**,虽比响联辞,波属云委,莫不寄言上德,托意玄珠,遒丽之辞,无闻焉耳。"
③ "过江佛理尤盛,故郭璞五言,始合道家之言而韵之。询及太原孙绰,转相祖尚,又加以三世之辞,而诗骚之体尽矣。询、绰并为一时文宗,自此作者悉体之,至义熙中,**谢混始改**"。

以文义赏会……宴饮之余,为韵语以奖励"。

　　诗风之变,非一刻一人所成,谢混是先驱者,谢灵运是杰出的代表。"灵运之兴会标举"《宋书·谢灵运传论》,"驱风雷于江山,变晴昏于洲渚,烟云为之惨淡,景气为之澄霁"于頔《吴兴画公集序》。他名气大,诗写得好,"每有一诗至都邑,贵贱莫不竞写,宿昔早晚之间,士庶皆遍,远近钦慕"《晋书本传》,所以成为转变风气的领军人物。"宋初文咏,体有因革,庄老告退,而山水方滋"《文心雕龙·明诗》的关键人物是谢灵运。谢灵运之后,经过谢朓至唐王、孟、韦、柳等的发展,山水诗成为中国诗歌的基本主题和最有成就的脉流之一,其中谢灵运的贡献是很大的。

　　不过,历史的运动是"因"与"革"、"通"与"变"的合一,故所谓庄老告退,并非当时人写诗就完全脱离了玄学的情思和语言,事实上无论陶、谢与颜、谢,诗中不仅有玄学语言,而且得力于玄学思想者甚多。刘永济说:"及刘宋篡统,颜谢腾声,虽组练之工益精于太康,旷达之情犹规乎正始,而寄玄思于山水,运人巧出天然,殆将合二流而并新之者矣。"①

　　二是对山水景物进行了精彩的刻画,写景颇多名句。如教材所选:

　　　　白云抱幽石,绿水媚清涟。　媚:相戏。涟:波纹

　　　　　　　　　　　　　　　　——《过始宁墅》教材 p. 349

　　　　池塘生春草,园柳变鸣禽。

　　　　　　　　　　　　　　　　——《登池上楼》教材 p. 351

　　　　云日相辉映,空水共澄鲜。

　　　　　　　　　　　　　　　　——《登江中孤屿》教材 p. 352

　　　　林壑敛暝色,云霞收夕霏。　霏:云气。两句皆指阳光落下夜色降临。

　　　　　　　　　　　　　　　　——《石壁精舍还湖中作》教材 p. 353

　　　　岩下云方合,花上露犹泫。　泫:水珠下滴。

　　　　　　　　　　　　　　　　——《从斤竹涧越岭溪行》教材 p. 354

---

① 《十四朝文学史要略》第 160 页,黑龙江人民出版社 1984 年版。

其他还可举：

春晚绿野秀，岩高白云屯。屯：聚集。

——《入彭蠡口》

野旷沙岸净，天高秋月明。

——《初去郡》

石浅水潺湲，日落山照耀。潺湲：水缓缓流动。日落句：只有高山被日光照耀。

——《七里濑》

连障叠巘崿，青翠杳深沉。障：屏障，指山。巘 yǎn：大小重叠的山。崿 è：山崖。杳：暗。

——《晚出西射堂》

密林含余清，远峰隐半规。规：圆，指太阳。

——《游南亭》

崖倾光难留，林深响易奔。倾：倾斜，即超过 90 度角，故日光难以进入。易奔：传得快。

——《石门山新营住所》

千顷带远堤，万里泻长汀。泻：注入。汀 tīng：水边平地。

——《白石岩下径行田》

白芷竞新苕，绿苹齐初叶。白芷：一种香草，又作“茝”。新苕 tiáo：新芽。苹：草名。

——《登上戍石鼓山》

初篁苞绿箨，新蒲含紫茸。篁：竹。箨 tuò：笋壳。蒲：蒲草。紫茸：草出生淡紫色嫩芽。

海鸥戏春岸，天鸡弄和风。天鸡：一种有赤色羽毛的鸟，即山鸡或锦鸡。

——《于南山往北山经湖中瞻眺》

或用拟人手法，或用精准的动词、形容词，或观察细腻体味入微，或两两对比特色相形，或声色并举动静齐写……大都自然灵动。叶笑雪说：“山水这一类诗的题材既是新的，就必须创造数以千百计的‘写物’的新词汇”，谢诗正是创造了“很多的说明样子的形容词、描绘动态的疏刻镂状词和藉以表达形态的比喻，才能‘巧言切状'。"上面这样的诗句，"正因为没有夹杂着陈言烂语，全用新的语言表达新的意象，才使人觉得清新之气扑面而来。"谢灵运的山水诗，丰富了诗的语言①。

《岁暮》一首短诗，情景配合，嵌以名句，十分突出：

> 殷忧不能寐，苦此夜难颓。殷：多，盛。颓：过（本指日月落下）。
>
> 明月照积雪，朔风劲且哀。朔风：北风。哀：北风寒冷嗖嗖的声音令人难过。
>
> 运往无淹物，年逝觉已催。运：春去冬来岁月流转。淹：停留。催：生命被催促。

钱基博不喜谢诗，说他只有《岁暮》一篇"吐言天拔，浩气直落"而已②。这首诗其实并非"吐言天拔"，而也是由雕琢致精炼除"明月"1句，余5句都颇见琢炼之工，"劲且哀"即颇见锻炼凝缩。"明月"一联情景相生，横绝今古，是以不朽。

三是集中进行了诗歌工艺技术的探索，形成了一种特殊的风貌。焦竑说：中国诗到了谢灵运，"又黄初、正始之一大变也"：即事即景"淳白"的写法被放弃，而用"雕刻组缀"、"敷叙点缀"、"俳章偶句"等方法来写《谢康乐集题辞》。这样就使谢灵运的诗，像周邦彦、姜夔的词，本诗情而出之以工巧，影响大却难读。同样借助山水来抒发改朝换代的政治形势造成的压抑感情，借助玄思玄言来表现对现实的委弃和超越，谢灵运与嵇康却完全不同：嵇康如《赠秀才入军》其三、十二等见前，以兴为主，山水景物溶化在情兴中；结构单纯，诗意明畅。谢灵运则对游程叙述、景物刻画、情兴抒写进行分别表现而又结合为一，内容繁多，结构复杂，词采繁奥。两种风貌有天壤之别。

谢灵运诗歌特有的工艺技术，主要包括**营构深覆的结构**、**借鉴赋体繁复的笔法**、**运用雕琢凝缩的字句**三个方面。下面以《从斤竹涧越岭溪行》教材 p. 354 为例对这三方面进行分析：

> 猿鸣诚知曙，谷幽光未显。从听觉写，实未见天光，是未起想象的景象。
>
> 岩下云方合，花上露犹泫。"岩下"是远望，"花上"是近观。露水莹然欲滴宛然

---

① 叶笑雪《谢灵运诗选·前言》第 16 页，古典文学出版社 1957 年版。
② 《中国文学史》第 175 页，中华书局 1993 年版。

晨景。

　　逶迤傍隈隩,迢递陟陉岘。曲折穿行在山回水复间,登山越坳,一路远行。陉岘:断续的山包。

　　过涧既厉急,登栈亦陵缅。仍写行程:过涧、登栈。厉急:挽衣涉急流。陵缅:登高望远。

　　川渚屡径复,乘流玩回转。行程入于溪上。屡径复:时直时曲。径,直。二句因对偶重复。

　　苹萍泛沉深,菰蒲冒清浅。溪中景物。泛:飘荡之状;冒:挺生之状。沉深,清浅:水之形态。

　　企石挹飞泉,攀林摘叶卷。企石:踮脚站石上。挹飞泉:接泉水而饮。摘叶卷:取嫩叶而食。

　　想见山阿人,薜萝若在眼。山阿人:"饮石泉"的山鬼。"若有人兮山之阿,被薜荔兮带女萝"。《楚辞·九歌·山鬼》

　　握兰勤徒结,折麻心莫展。握兰折麻而无法献给意中人,忧心徒结。勤:忧①。折麻:见《楚辞》。

　　情用赏为美,事昧竟谁辨? 情感因观赏景物而得美的享受,有无山鬼似的美人谁能知晓。

　　观此遗物虑,一悟得所遣。观沿途景色遗忘世俗之虑,对大自然的一点领悟可以排忧遣闷。

　　从结构上说,此诗是双线结构:写游程夹写景观是诗的明线,玩物适情而怀所思进而悟世事茫昧、自遣忧闷是暗线。其中"岩下"2 句、"苹萍"2 句是纯写景;"逶迤"下 6 句是游踪而兼景致;而述游、写景中暗含玩物适怀,要努力追寻一份悠然自得的心情"玩";"想见山阿人"4 句写所思如在眼前,但怀抱芳香莫可表达,徒然忧心郁结。刘坦之说:"'女萝'本指山鬼,是时庐陵王已死,故托言之。"黄节《谢康乐诗注》引谢灵运因拥护庐陵王刘义真,刘义符即位后,权臣徐羡之等放谢于永嘉,刚一年谢即辞职,此诗是辞职退居会稽后所作,故因游山自然带出山鬼,以

---

　　① 勤:有人解为"殷勤",句子就生涩得不像话了。应释为"忧苦"。《集韵·稕》:"勤,忧也。"《远游》"哀人生之长勤",王逸注:"多忧患也。"《闲情赋》"徒勤思以自悲",逯钦立注:"勤思:苦思。"盖"勤"本为辛苦,辛苦有身、心两方面,心里辛苦就是"忧",故勤从"力",忧从"心"。

寄寓自己在刘义真身上一番追求之情。但义真被杀，自己被放，世事翻覆，令人茫昧难知，故只有在山水风景之中领赏自然之美，领悟世事不必执著，从而遗忘和排遣心中的苦闷。所以"情用"4 句表面看是玄言，实际上承接"勤忧徒结"、"心莫展"，进而揭示世事茫昧，无需执辨，所以也就无需思虑痛苦，要看开"悟"，打发"遣"心中的忧闷。透过一层，可以获得一个重大发现：谢诗结尾的玄思高逸之语，出世超脱之情，实际都是心理郁闷、挣扎的标杆①；前面的山水美景、怡然游兴是他从心理郁闷与痛苦中挣脱出来的形式——这就是情感的暗线。所以这些玄思之言与高逸之情，不可能像陶渊明那样升华成恬淡透彻的人格与意境，而是标示出一种内在的矛盾。此诗极易看作"想见"以上是记游写景，"想见"以下是想象抒情，这样"玩回转"、"赏为美"与"勤忧徒结"、"遗物虑"就成了两截，诗的内容就被简单化了。事实上玩、赏、忧、遣是互相贯串的：玩、赏为遣忧，所以景物、游兴的主题一点也不单纯，从而使诗的结构与情思深曲复杂，"乔矫连蜷，烟云缭绕"。所以这首诗要看作是双线结构，不能看作是两截组合，是一种"以游程为明线而奇景叠出，以感情变化为伏线而屈曲潜注的格局"。推开来说：谢灵运"变建安诗之以情驭景、景以衬情的单线结构，而为情景双线、明暗交相为用、曲折多层次的复杂结构"②，改变了诗歌的面貌。《游南亭》、《于南山往北山经湖中瞻眺》、《登池上楼》教材 p.351，此诗心理矛盾困惑而求觉悟是一条线，身体卧病渐起而感受春天的生机是一条线，两线相夹而行，内中又暗含自己被放卧病与春景盎然的对比，"祈祈"四句又作一回环等都是如此。这种"用思力安排结构"的方法，与后来周邦彦作词很相似。其作品能给人以深厚雅重的感觉，但要靠思力分析和反复玩味，不易通过直感而获得美的体会。

　　从笔法上说，《从斤竹涧越岭溪行》诗从"猿鸣"到"折麻"18 句都是写景，颇用赋的铺叙手段。"猿鸣"2 句是未起床感知推想之景，"岩下"2 句是出发前远望

---

① 姑举教材所选说明这一点：《过始宁墅》结尾"挥手告乡曲，三载期归旋；且为树枌槚，无令孤愿言"。枌槚：古人造棺用。被放永嘉途经老家发这种誓愿，心中怨愤可知，"白云抱幽石，绿水媚清涟"是玩赏美景那样简单么？《登池上楼》结尾"祈祈伤豳歌，萋萋感楚吟。索居易永久，离群难处心。持操岂独古，无闷征在今"，这样矛盾，能表现出隐居无闷的持操么？所以诗中"初景革绪风，新阳改故阴。池塘生春草，园柳变鸣禽"，也不是简单地看到生意盎然的春天景物的喜悦，或许倒是用春天万物生意盎然的美景，与自己远放海隅（永嘉近海）、又数月卧病作一恰相对比的反衬。所以**诗中描写抒情隐显互包，结构层深复杂**。

② 赵昌平《谢灵运与山水诗起源》，见《中国社会科学》1990 年第四期 92 页。

近察之景，"逶迤" 6 句是一路行进之景，下 2 句顿断写川渚"蘋萍"之景，"企石" 2 句再写行进之景，"想见" 4 句由山行而想象山中仙子的情景。其中有敷叙点缀，也有俳章偶句。这种写法是方方面面、多种多样、灵活变化，虽然尽态极妍，却也层叠繁重。其得与失，均与周邦彦用赋法写词相似。周邦彦的写法是南宋工力派词人的正格，谢灵运的写法则"是山水诗的正格"。吴小如说："大谢之山水诗乃以赋为诗的典型之作"①，这是我们不能忽视的特点。

从字句上说，突出表现了雕琢词采、凝缩语句的特色。像"岩下云方合，花上露犹泫"、"蘋萍泛沉深，菰蒲冒清浅"、"川渚屡径复，乘流玩回转"都不失为写景记游的名句。这是谢灵运在词句上下功夫的收获和对诗歌艺术的贡献。但在这方面谢灵运的失误也很突出。如果说谢灵运借鉴赋法进行繁复的描写，主要是积极意义，提升与发展了对山水景物的诗学表现，而字句的琢炼，虽也带来了一种凝厚的风格，但造成的滞塞生涩之病却更为严重，像：

> 过涧既厉急，登栈亦陵缅。厉：不脱衣服涉水。凌：升，登。缅：邈，高。
>
> 企石挹飞泉，攀林摘叶卷。企石：踮脚站石上。
>
> 握兰勤徒结，折麻心莫展。勤：忧。
>
> 情用赏为美，事昧竟谁辨？ 赏：欣赏山景。事：屈原《山鬼》那样的事。

像"厉急"、"陵缅"、"企石"、"叶卷"这样生硬地组词，拼凑得几乎不像话②，完全是"拉郎配"，破坏和谐；"折麻心莫展"、"情用赏为美，事昧竟谁辨"，其表意的深复，也是由于造句组词过于生硬密实。

谢诗雕琢造成的凝缩句，也常常造成生涩滞塞。上列"过涧" 8 句，每句都包括两个句子元素 两个述语或动宾结构，是两层意思压缩到一个句子里。有人举谢诗"时竟夕澄霁，云归日西驰"与陶渊明"白日沦西阿，素月出东岭"对比，陶是一句

---

① 《汉魏六朝诗鉴赏辞典》第 664 页，上海辞书出版社 1992 年版。

② 汪帅韩《诗学纂闻》"谢诗累句"谓其"不成句法者，殆亦不胜指摘"，列举"情用赏为美"、"骞开暂窥临"、"鼻感改朔气，眼伤变节荣"、"极目睐左阔，回顾眺右狭"等数十句；又举"其诗好用《易》者，而用辄拙劣"；与"好用重句叠字……凡皆噂 zǔn 沓 [玩弄文字]，了无生气"；又为求押韵，"杂凑牵强，尤有不可为训者"。（《清诗话》第 454 页，上海古籍出版社 1978 年版）

一个层次,而谢则是一句两个层次——"时竟;夕澄霁。云归;日西驰"①。这样表意过于密实,甚至硬要把用几句话才说清的意思凝缩到一句之中,必然丧失应有的疏宕明朗,如果词语搭配再显得生涩如"时竟"、"企石"等,对于诗句的美是有损害的。

我们再举《登池上楼》教材 p. 351 头 4 句说明:

潜虬媚幽姿,媚:形容词用为及物动词,新而不免生。潜、虬 2 个词临时组配,不免生涩。

飞鸿响远音。响:形容词用为及物动词,新而不免生。远、音 2 个词临时组配,亦不免生。

薄霄愧云浮,薄霄,愧,云浮,三个句子结构压缩在 5 个字中,义密而多转折,有失舒畅。

栖川怍渊沉。栖川、怍、渊沉也是三个句子结构压缩在 5 个字中。沉:深藏。

谢诗中此类例子俯拾即是,最突出的是少用双音节成词,而多用单音节词临时组配,造成**词语与音步差距过大**。我们将音步划分与词语划分作一对比:

音步划分:	词语划分:
潜虬｜媚｜幽姿｜	潜、虬、媚、幽姿、
飞鸿｜响｜远音｜	飞鸿、响、远、音、
薄霄｜愧｜云浮｜	薄、霄、愧、云、浮、
栖川｜怍｜渊沉｜	栖、川、怍、渊、沉、

只有"飞鸿"是既成词,"幽姿"也可算既成词,其余都是单词的临时组配,念的时候是按音步,理解的时候却需按词语,两者不同、不配合过多,就使得诗句显得滞窒生涩;而且这样还造成了意思过于密集,有失诗歌"俭于意而尽语辞"王夫之语,前讲《诗经》曾说明的舒畅。

---

① 赵昌平文,见《汉魏六朝诗鉴赏辞典》第 641 页,上海辞书出版社 1992 年版。

　　这种情形是诗歌发展过程中一种不成功的探索,与中国诗歌历史演进的大局相关;也与谢灵运更多以意为诗,而非以兴为诗有关①。到唐诗时代,兴高而采烈,语融而辞畅,这种诗歌发展过程中不成功的探索,就彻底克服了。

　　四是表现了谢灵运的人生矛盾和心理寄托,能发人深思。读谢诗,不在其词藻、手法、结构方面下工夫不行,不深入理解其情感表现也不行。如果认为谢诗"着重写景,夹杂一些说理,缺少真实生动的感情"②,或认为谢诗所写"自然景物并未能活起来,如同顾恺之的画《女史箴图》一样,都只是一种概念性的描述,缺乏个性和情感"③,那是难以进入谢诗的。学习谢诗,白居易《读谢灵运诗》是很好的指引,必须重视:"谢公才廓落,与世不相遇。壮士郁不用,须有所泄处。泄为山水诗,逸韵谐奇趣。大必笼天海,细不遗草树。岂惟玩景物,亦欲抒心素。往往即事中,未能忘兴谕。因知康乐作,不独在章句。"《白氏长庆集》卷7

　　谢诗抒写的"心素"和"兴谕"是什么呢? 概括地说就是:通过山水景物消解忧愤,达到对超然隐遁的追求。其中忧愤来源于他的出身、个性与刘宋王朝的矛盾,和受压抑、打击的现实困境。现实的矛盾与困境,使他退居别业、盘桓山水,追求当时流行的玄佛思想所提供的出世高栖的自由境界。他的《山居赋》自注说:"余祖车骑建大功淮肥指谢玄淝水之战,江左得免横流之祸。后及太傅谢安既薨,远图已辍即北伐恢复受阻,于是便求解驾东归,以避君侧之乱。废兴隐显,当是贤达之心。故选神丽之所,以申高栖之意。经始山川,实基于此。"

　　谢氏先祖从谢鲲起就有纵意山水丘壑之好顾恺之曾以山水为背景画谢鲲,并谓"此子宜置丘壑中",谢安也曾隐居东山数十年有"安石不出,如苍生何"的典故,谢玄晚年辞职后也在离东山不远的地方建成"始宁墅",怡情山水间。这种传统情况很复杂,在谢鲲、谢安更多是玄学的放浪高逸情怀,在谢玄却更多地是避祸。谢灵运主要继承的是祖父谢玄。他说谢玄解驾高栖,是为了避君侧之难,其实就是说

---

① 吴小如述俞平伯语并发挥说:古今作家创作诗词,有"写"出来的,有"作"出来的。"写"指自然流露,仿佛从笔下随手挥洒而成;"作"则须精心刻意,字斟句酌。陶渊明的诗仿佛是"写"成的,而谢灵运的诗则十之八九是"作"出来的。盖陶诗平易近人,明白如话;而谢诗则比较浓缩凝炼,精密谨严。陶是以散文为诗,所以冲淡疏朗;而谢是以辞赋为诗,所以工巧雅粹(谢诗多对偶,但不讲平仄)。陶诗是天然美,而谢则巧夺天工,多靠人力。见《汉魏六朝诗鉴赏辞典》第664页,上海辞书出版社1992年版。

② 王运熙《汉魏六朝诗鉴赏辞典·序》第11页。

③ 李泽厚《美的历程》99页,文物出版社1981年版。

自己。不过家族中放浪高逸的情怀在他身上仍然流传,所以他沉溺于山水,也是真性所好;同时用投入山水的恣放态度,来表现他的狂傲与抗争不是消极谨慎畏缩收束的逃避态度。这样他的诗中,常常就包含着一个"复调"抒情结构常是三重复调:玩赏风景的明亮色调,与忧怨避祸的沉郁色调如《游南亭》、《过白岸亭》;或者一面是景物的美丽,一面是情绪的感伤,一面又是淡泊超然的化解①如《登池上楼》。教材 p.351 。如《游南亭》:

时竟夕澄霁,云归日西驰。春末傍晚,雨过气清;天际行云如归,太阳落山。时竟:春尽。

密林含余清,远峰隐半规。含余清承夕澄霁,隐半规承日西驰,时空动静合一,景极清壮。

久痗昏垫苦,旅馆眺郊歧。久厌霖雨之苦,天晴眺望郊外的叉路。痗:厌恶。昏垫:久雨。

泽兰渐被径,芙蓉始发池。水边的兰草已覆盖了道路,夏季的荷花亦已开始绽放。

未厌青春好,已睹朱明移。尚未尽享春天的美好,夏天的太阳已经来到。朱明:夏日之日。

戚戚感物叹,星星白发垂。节物变化,时光催人,点点白发已垂在鬓角,令人忧伤感叹。

乐饵情所止,衰疾忽在斯。对酒当歌豪情已无,忽然衰病已在此身。乐:原误作药。饵:食物。

逝将候秋水,息景偃旧崖。将等候秋水来临,乘流归卧旧日山居处。逝:语词。景:即影,形迹。

我志谁与亮? 赏心惟良知。我隐居之志谁能明了? 只知心朋友才与我一起感到喜悦。亮:信。

---

① 　骆玉明的论述可供参考:"谢诗的意境,大抵具有幽深、明丽、孤峭的特征;尤其是他笔下的山势,极少呈现平远悠渺之状,而多是峥嵘层叠、线条锐利、很有力量的状态。这和他的个性与写作时的心境有关。谢灵运的山水诗,几乎全都是在他政治上失意的时候写作的。他企图通过对山水的欣赏来忘却现实的压迫,但出于高傲和褊躁的个性,一种贤者不能为世所用的孤独和苦闷,总是顽强地冲破超然物外的要求,在诗歌中呈现出来。所以,他的山水诗,常常是外在的平静和内在的不平静的结合。"(章培恒、骆玉明主编:《中国文学史》第 371 页,复旦大学出版社 1996 年版。)

开头 4 句就描绘了一副清澄宏阔的美景,"泽兰"两句是万物生意盎然、欣欣向荣的景象。在久厌霖雨之后,面对这种景象应该是令人心情爽朗明亮的。但事实不然,泽兰荣茂、芙蓉开花,暗含着春天已逝,时令变化。所以对之没有欣赏的喜悦,反增年华徒逝、衰疾已至的伤感。"乐饵"两句话很重,承上而来,说的是良辰美景永远都有,万物生意循环无穷,只有自己一身随时而变,头发由黑变白,精力由盛变衰,身体为病所苦,连食色这种出于本性的豪情都止歇了。在这种自然美景的明亮与主体心情的忧郁之对冲反激作用下,自然就有了敛藏形迹息景、安卧山崖、与三五知己互慰互赏而了此一生的愿望。诗中说"时竟"春尽、"朱明移"、"候秋水",仿佛只是在时间自然规律的压迫下才生出"息景偃旧崖"之想,其实不是这么简单。谢灵运出身以功业发家的名门,自己才高心傲,在与刘义真交好时,又得到过若登大位当用为宰相的许诺,而在刘裕、刘义符的统治下,不受重用,反一再遭受打击,心情充满了郁闷与怨愤,游山觅景本是要消解这种心情,但仍难免有"消磨不得"时,于是感物情、伤时令,实际上仍与那份政治上受压抑和打击的坏心情是一个整体。谪宦又遇霖雨心情的阴郁,就是全诗的情绪背景。政治上的怨愤不宜直说,只能寄于感物伤时,有时也通过用典来表达,如"蛊上贵不事"《登永嘉绿嶂山》,用《易·蛊》上九"不事王侯,高尚其事";"仲连轻齐组"《游赤石进帆海》,用鲁仲连助齐却燕,而不受齐王封赏等,来寄寓他的桀骜不驯、孤高不群,从而表达对"幽人常坦步,高尚邈难匹"、"矜名道不足,适己物可忽"这类超然高栖境界的追求。

　　谢灵运游山觅景有时确能消磨心中的郁闷与怨愤,这时山水景物带给他真心的喜悦。谢鲲、谢安的传统也在他身上延续展现,玄学高蹈远引、高情远想的自由潇洒境界也是他性中所求。从《石壁精舍还湖中作》教材 p. 353 、《石室山诗》可以看到"以玄观物"发现景物的情趣和其中包含的理趣的统一。所以他纵情山水、出世隐遁,既有远祸全身的因素,也有志行高洁的一面,由后一方面而实现了山水景物与玄远情思的直接统一。

　　　　遗情舍尘物,贞观丘壑美。遗:弃。尘物:世俗名位之事。贞观:正见到。

　　　　　　　　　　　　　　　　　　　　　　　　——《述祖德》

　　　　心契九秋干,目玩三春夷。契:投合。九秋干:深秋贞挺的树干(秋有九旬故称九秋）。

——《登石门最高顶》

　　且伸独往意，乘月弄潺湲。伸：继承张大。独往意：庄子那样"独与天地相往来"的胸怀。

——《入华子冈是麻源第三谷》

　　合欢不容言，摘芳弄柔条。摘芳弄条：指与合欢树相赏，据说合欢树可以"使人不忿"。

——《石室山诗》

　　这些形象、情韵、玄思俱备的诗情诗境，也是谢灵运的重要价值所在。没有陶渊明的恬淡、融和，但却别有一种纵情与潇洒。谢灵运确乎没有陶潜的人格高度与人生彻悟，没有那份一切了然的真正的平实，但他在矛盾中挣扎，也有高企远怀，因而显得幽曲峥嵘。因此成就了诗中的一种奇特景观。

3. 关于谢诗评价问题

　　谢诗评价，抑扬悬绝，不仅关乎文学评论的科学标准，而且关乎审美能力的培养，这是学文学不能忽视的大问题，故此略加论述。

　　大约在谢灵运去世后半个世纪，沈约写《宋书》，不设"文苑传"而把对文学的意见放在《谢灵运传论》中，此事可见谢灵运在齐梁时代地位之高。此后，历来给谢诗崇高评价的不少，高到什么程度呢？

　　　　盖诗中之日月也，安可攀援哉！……上蹑追随《风》《骚》，下超魏晋，建安制作，其椎轮原始无辐条的车轮，喻草创乎？皎然《诗式》

　　　　陈思、景阳，都非所屑，至于潘、陆，又何足云！千秋而下，播传扬其余绪余业，未尽之业者，少陵一人而已。陈祚明《采菽堂古诗选》

　　　　谢康乐为能取势，宛转屈伸以求尽其意……夭矫屈伸连蜷蟠曲，烟云缭绕，乃真龙，非画龙也。王夫之《夕堂永日绪论》内编

　　认为谢达到了不屑于曹植和建安诗歌，超过魏晋，只有杜甫可与之相提并论且杜也不过"播其余绪"，是诗中之龙如同钟嵘说曹植"譬人伦之有周孔，鳞羽之有龙凤"，可以

说高到无以复加了。当代学者赵昌平则认为,陶、谢难分高下:

> 陶谢在晋宋之交,正如李杜在盛唐之际,均未可以高下论之。
>
> 陶之归隐是彻悟,加以田园之景多素淡,故宜于静观默照;谢之退居是牢愁,加以山水之景多宏阔,故宜于探胜放浪。陶诗单纯,一气舒展,如风行水上;谢诗深复,乔矫连蜷,似神龙驱云。陶诗之味如清茶,淡而后醇;谢诗之味似陈曲酒,辛而后甘。《谢灵运与山水诗起源》

也有不少人对谢诗给予指责和贬低:

> 大谢之诗,胜于陆士衡之平、颜延之之涩,然视太冲、郭景纯,已逊自然,何以望子建、嗣宗之项背乎!施补华《岘佣说诗》
>
> 灵运名冠宋代,而文章不称,彩乏雕润,气无岸异。诗则气无奇类,殊未俊发。后人好以陶谢并称,然陶情喻渊深,自然倜傥洒脱不群;谢体裁绮细密,动见拘束。谢之视陶,亦何啻跛鳖之于骥足。而《诗品》称'其源出于陈思,杂有景阳之体,故尚巧似,而逸荡过之,颇以繁重为累'。然陈思骨气奇高,而灵运颇平钝;景阳风流调达谐和畅达,而灵运乖秀逸;辞繁不杀,累则有之,而风骨不飞,何逸荡之有焉!钱基博《中国文学史》

谢诗不能"望子建、嗣宗之项背",相差何其远! 钱基博更把谢说得一无是处,与陶潜比是"跛鳖之于骥足",与曹植比只见平钝繁累文中子说"谢灵运小人哉,其文傲",非文学批评,不必论。而余冠英列曹植、阮籍、左思、陶渊明、鲍照、谢朓、庾信7人为魏晋六朝诗的重点,而无一语提及谢灵运,亦可见评价之低《汉魏六朝诗选·前言》。

也有表扬谢诗而说得似是而非的。如汤惠休称谢灵运为"初日芙蓉",叶梦得就指出其称赞得不恰当,因为"初日芙蓉"是"非人力所为而精彩华妙之意。自然见于造化之妙,灵运诸诗,可以当此者亦无几"《石林诗话》。沈德潜也说:"前人评康乐诗谓'东海扬帆,风日流丽',此不甚允。大约经营惨淡,钩深索隐,而一归自然。"按:事实上谢诗是否真的全归自然还是问题大体上称赞谢诗自然华妙、天然清新的,都只是片面之见,而忽视了谢诗雕琢经营的主流。

正确的评价应该从两方面入手:**一是客观认识谢诗的两面性。**《南齐书·文学传论》说谢诗"启心闲绎,托辞华旷"是优点,而结体"迂回","酷不入情"是其缺点。对大谢这样工力派诗人,下功夫深入理解不够,所以缺点说过了一点,但辩证的思路是对的。皎然说谢诗"尚于作用工力。"作用"本为佛教家语,不顾词采而风流自然"《诗式》。虽然后一句说得不准确,但谢诗好句多自然流畅,似不费力;而整首诗却雕章琢句,满是经营之力。即"尚作用"与"自然"集于一身。所以有人说:"随便拈出一首灵运的山水诗来,都很难以繁复芜杂定性,也不能轻易就许为天然清新,但实际却又不出这两种风格范畴。"①不过,经营、繁复始终是谢诗的主导面,只是越深入进去,越能更多地得到谢诗出于天性、不无清新的一面②。

二是注意评价的不同角度。在推动诗歌主流发展的意义上,谢地位甚高,可方驾陈王,陶亦有不及。因为从魏晋至唐,诗歌发展的主流是技术的探索、词藻的追求,而谢是其中最主要的骨干,其影响也很大。而在作品的美学价值上,谢与陶差距较大,或许你还可以认为他不如曹植、阮籍。本来中外都有更多属于文学史及研究文学史的人的作家,和更多属于一般读者的作家,谢显然是前者。明白了这一点,我们就可以避免以轻剽的态度对谢灵运任情褒贬③。

最后谈点读谢诗的建议:谢诗像周邦彦词,由工艺讲求造成了深覆难入。但谢也像周,有比较流畅易入的,可由易入难,按次序阅读其代表作④;同时结合阅读一些论述、欣赏文字,尤其将赵昌平《谢灵运与山水诗起源》同《汉魏六朝诗鉴赏辞典》中他写的 10 篇合看,或可迈过欣赏谢诗的门槛。

阅读书目:1. 叶笑雪《谢灵运诗选》,上海古典文学出版社,1957 年版。

---

① 李雁《谢灵运研究》第 265 页,人民文学出版社 2005 年版。
② 钟惺:"灵运以丽情密藻,发其胸中奇秀,有骨、有韵、有色,时有字句滞累。"(《古诗归》卷 11)
③ 有人说谢"池塘生春草,园柳变鸣禽","反复求之,终不见此语之佳"(《漳南诗话》引李元膺语);又有人说谢诗"有句无篇",此皆自己无见,不关谢诗好坏。
④ 建议依此次序阅读:1《答惠连》;2《酬从弟惠连》;3《岁暮》;4《斋中读书》;5《晚出西射堂》;6《石壁精舍还湖中作》;7《石门岩上宿》;8《登江中孤屿》;9《游南亭》;10《过白岸亭》;11《石室山》;12《于南山往北山经湖中瞻眺》;13《田南树园激流植援》;14《登池上楼》;15《过始宁墅》;16《从斤竹涧越岭西行》;17《入彭蠡湖口》;18《登石门最高顶》。

2. 顾绍柏《谢灵运集校注》,中州古籍出版社 1987 年版。

3. 李运富《谢灵运集》,岳麓书社 1999 年版。

4. 黄　节《谢康乐诗注》,中华书局 2008 年版。

5.《汉魏六朝诗鉴赏辞典》评谢诗 38 首,上海辞书出版社 1992 年版。

二、鲍照与七言乐府、寒士文学

鲍照 约414—466 字明远,世称鲍参军,祖籍上党今山西长治,后迁东海今山东郯 tán 城,但鲍照的出身地是侨郡东海东晋在江南建立,今江苏镇江一带。他的传记资料很少,只有《宋史》《南史》刘义庆附传和虞炎《鲍照集序》的简单记载。虞炎说他"家世贫贱",他自称"孤门贱生"、"负锸下农"[①],那么,他是出身在没落的士族家庭的一介寒士了。所以他开始拜谒临川王刘义庆时,未被重视,后又献诗,才受到赏识,擢为王国侍郎。历任太学博士、中书舍人、海虞令、秣陵令、永嘉令等,后为临海王刘子顼参军,子顼起兵失败,鲍照为乱军所杀,年仅五十余岁。

鲍照与谢灵运、颜延之并称"元嘉三大家",不少文学史认为他是"南北朝时代最杰出的诗人",在我看来他与颜延之并列吃了亏,方驾谢灵运却不见得委曲,难与陶潜比肩。他和太康作家左思的情况很相似,都是在当时风格特异的人,而且他的妹妹鲍令晖也是一位很好的诗人存诗 6 首[②],这与左思、左芬兄妹皆著文名相同鲍照在宋孝武帝面前自谦:"臣妹才自亚于左芬,臣才不及左思"(见《诗品·齐鲍令晖》)。

鲍诗风格特异。钟嵘说他"险俗",现在来看,"险"就是情感强烈,行文奇恣;"俗"则是绮靡华艳,并受民歌影响,总之是和颜、谢"清雅之调"不相同的。梁·萧子显说他"发唱惊挺,操调险急,雕藻淫艳,倾炫心魄。亦犹五色之红紫,八音之郑卫"《南齐书·文学传论》。章培恒、骆玉明《中国文学史》的鲍照部分写得很好,其中说明他的特异风格是源于其特殊的人生气质和遭遇:"鲍照的人生道

---

① 有学者认为他和妹妹鲍令晖都以文章著名,不是一般贫贱之家所能够培养出来的;而他20 余岁即出仕为王国侍郎,也不像全无凭借(张志岳《鲍照及其诗新探》,《文学评论》1979 年第 1 期),也有学者证明许多来自清寒之家的人都受过良好的教育(曹道衡《关于鲍照的家世和籍贯》,《文史》第 7 辑),"宋文世秋当、周纠并出寒门"(《南齐书·幸臣传》),大概他踏上仕途之前过的是贫贱的生活,出身于贫寒的士族。

② 像"形迫杼煎丝,颜落风催电。荣华一朝尽,惟余心不变"。"明志逸秋霜,玉颜掩春红。人生谁不别,恨君早从戎"等诗句,细腻缠绵,而格调不俗(见《先秦汉魏晋南北朝诗·宋诗》卷九)。

路,是向着门阀士族抗争的,同时又是郁郁不得志和悲剧性的。以前左思也曾用诗歌抒写对门阀制度的不满,但他终于'高步追许由',走向了归隐。鲍照却不然。他是一个性格和人生欲望都非常强烈的人,毫不掩饰自己对富贵荣华、及时享乐、建功立业等种种目标的追求,并且认为以自己的才华理应得到这一切。在他向刘义庆献诗时,有人因他身份低卑而加劝阻,他勃然道:'千载上有英才异士沈没而无闻者,安可数哉! 大丈夫岂可遂蕴智能,使兰艾不辨,终日碌碌,与燕雀相随乎?'《南史》本传在《飞蛾赋》里,他又写道:'本轻死以邀得,虽糜烂其何伤? 岂学山南之文豹,避云雾而云藏!'老庄哲学中一切消极遁世,委顺求全的东西,都与他的思想格格不入。他只是不顾一切地要以自己的才能实现个人的价值。而当他的努力受到社会现实的压制、世俗偏见的阻碍时,心灵中就激起冲腾不息的波澜,表现出愤世嫉俗的深沉愤慨。"[1]

最能体现他的特色的是乐府诗,犹以《拟行路难》十八首最为著名[2]。第六首教材 p.362 写才士的不平:

> 对案不能食,拔剑击柱长叹息。
> 丈夫生世会几时,安能蹀躞垂羽翼? 蹀 dié 躞 xiè:小步走路,表恭谨。
> 弃置罢官去,还家自休息。
> 朝出与亲辞,暮还在亲侧。
> 弄儿床前戏,看妇机中织。
> 自古圣贤尽贫贱,何况我辈孤且直! 孤:孤门细族,谓身世寒微。

诗句一泻而出,抒发了强烈的压抑不平之情。作为一名因才华而进入仕途的寒士,鲍照在官场感到重重束缚,要时时收敛自己的才华《南史》本传说宋孝武帝刘骏

---

① 章培恒、骆玉明主编《中国文学史》第 375—376 页,复旦大学出版社 1996 年版。该书是集体编著的文学史中唯一可读性较强者,差堪继刘大杰、林庚史之后。近年编者又出"新著",总体上深化了一步,但可读性差了,一进一退,甚可惜。

② 《乐府解题》:"《行路难》,备言世路艰难及离别悲伤之意,多以'君不见'为首。"按《陈武别传》:"武常牧羊,诸家牧竖有知歌谣者,武遂学《行路难》。"(见《乐府诗集》卷 70)汉魏时是流行中原的民歌,经过鲍照的拟作,才成为后代诗人经常采用的诗题。但鲍照此诗不像其边塞诗那样当时就受到重视,《文选》选鲍照 18 首诗,数量是比较大的,但《拟行路难》一首未录。

"好为文章,自谓人莫能及,照悟其旨,为文章多鄙言累句,咸谓照才尽。",不能展翅高飞,连走路都要小心恭谨——这是一重压抑;而生命短促,在世时光无多,叫人心焦——这是又一重压抑;自己出身寒微,又性情正直,更感到官场是异己的存在——这是第三重压抑。在重重压抑之下,他用"拔剑击柱"这样强烈的意象,表现了冲决而出的愤怒!中间六句犹如后来词学家说的"空际转身"周济语,写愤然辞官后家庭和乐的场面,使之与"拔剑击柱"的爆发性雷霆之怒并列,形成鲜明对比,使压抑和愤怒更趋深沉。而用"自古圣贤尽贫贱"作衬托,使才士被压抑的表现上升到具有典型性和普遍性的高度。这首诗的意思看似简直明了,实际上却包含着三重压抑、一重对比、一种衬托,蟠曲遒劲,是鲍照在艺术世界中冲破现实压抑的冲腾与愤发!

第四首"泻水置平地"教材 p.362 感叹"人生亦有命",贵贱难以改变,寒士只有以酒自宽,唱唱《行路难》,别的则"吞声踯躅不敢言"!愤怒的火焰被闷压着,冲不出来。

《拟行路难》十八首,除表现才士的不平外,还写了年华易逝,生死无常,以及男女离别,闺中哀怨。其中人生苦多乐少,幸福短暂易逝,情感难以依凭,时光倏忽即尽,一死即为孤魂,都写得激扬慷慨,令人惊心动魄。如第三首教材 p.361:

璇闺玉墀上椒阁,文窗绣户垂绮幕。墀 chí:台阶。璇闺玉墀椒阁:皆女子住处的美称。

中有一人字金兰,被服纤罗蕴芳藿。藿:即藿香,芳香的草。

春燕差池风散梅,开帏对景弄春爵。差池:参差。景:影。弄春爵:逗笼中的鸟。爵,雀。

含歌揽涕恒抱愁,人生几时得为乐?

宁作野中之双凫,不愿人间之别鹤!凫:野鸭。鹤:一种羽毛白或灰色的鸟,受珍视。

第十六首:

君不见冰上霜,表里阴且寒。

　　虽蒙朝日照,信得几时安? 信:其实。

　　民生故如此,谁令摧折强相看。民:人。谁令句:谓受重重打击的人生不忍看。

　　年去年来自如削,白发零落不胜冠! 削:谓发落如刀削之快。

第三首末句的情感是冲决的,第十六首"表里阴且寒"等意象是强烈的,这就是鲍照的风格。

　　鲍照乐府诗中,有一类是写军旅戍边的,堪称六朝边塞诗的杰出代表。鲍照在防卫北魏的前线当时宋、魏边界大体在黄河以南、长江以北,今河南南部一线重镇荆州一带军政府任职多年,后来又直接担任"参军"这样的军职,他的边塞诗是源于对前线军旅生活的了解和自己的人生感受写出来的。钟嵘《诗品序》把"鲍照戍边"与"陈思赠弟"《赠白马王彪》、"仲宣七哀"、"阮籍咏怀"、"景纯咏仙"《游仙诗》、"太冲咏史"等相提并论,许为"五言之警策"。他所提到的都是各人的代表作,是"篇章之珠泽、文采之邓林神话中非凡的林木"。《文选》选有 3 首他的军旅戍边之作。江淹《杂诗》30 首模仿 30 位作家,模仿鲍照的就是《戎行》。可见鲍照军旅戍边题材的作品当时就获得了肯定、产生了影响。《代出自蓟北门行》教材 p. 356 中间六句:

　　　　箫鼓流汉思,旌甲被胡霜。

　　　　疾风冲塞起,砂砾自飘扬。砾:小石子。

　　　　马毛缩如猬,角弓不可张。猬:刺猬。

把边塞的荒漠酷寒写得很有气势,后来唐代高适、岑参"轮台九月风夜吼,一川碎石大如斗,随风满地石乱走","将军角弓不得控,都护铁衣冷难着"等写的,与此是同一路径。结尾"时危见臣节……身死为国殇",充满了民族英雄主义的精神。把这种精神安放在紧急的情势和艰苦的环境中,对于突出表现诗的意旨十分有力。这仍然是鲍诗浓笔渲染以成奇观的特色。

　　鲍照写诗很善于立意——确立最具有诗意的描写内容,构成令读者低徊沉思的震撼力。这方面的杰作是《代东武吟》。全诗以第一人称的口吻,写一个农村青年,应征入伍,先后跟随不同的将领张校尉、李轻车征战边疆,"密途亘 gèn 绵延广远万里,宁岁犹七奔。肌力尽鞍甲,心思历凉温"。后来将军去世,部队编制不复存在,"时事一朝异,孤绩不复论",这些功勋突出的勇士的境遇和心情是:

> 少小辞家去,穷老还入门。
>
> 腰镰刈葵藿,倚杖牧鸡豚。
>
> 昔如韝上鹰,今似槛中猿。 韝 gōu:手臂上的皮套,鹰踏在上面待飞。槛:栅栏。
>
> 徒结千载恨,空负百年怨。
>
> 弃席思君帷,疲马恋君轩。弃席:被抛弃的旧席子。
>
> 愿垂晋主惠,不愧田子魂①。愿有晋重耳不弃故旧的恩惠、魏田子方抚恤疲老
> 的精神。

所写很像中缅战役幸存的一些抗战老兵,当年与日寇血肉相搏,但沧海桑田,不仅无人重视他们为国家所做的贡献,甚至还被当敌人对待,很多人在临死前最大的愿望就是能获得对他们作为抗日老兵的肯定,所以抗战胜利 60 周年时,国家给他们发抗日荣誉纪念章,使他们深获感慰。进一步说,这首诗还写出了一种普遍的人生情况:人为了某种事业、某个群体或单位,矻矻努力,奋斗了一辈子,却未得到认可;尽管如此,却无怨无悔,只是希望能得到公正的对待。从艺术上说,诗歌提炼出人生中矛盾最鲜明、事理最吊诡、情景最使人难平的东西来写,所以更突出地表现了鲍照善于立意——确立最具有诗意的描写内容,构成令读者低徊沉思的震撼力的特色。

鲍照的乐府诗中还有一类是模仿当时的吴歌和西曲的。有人称他为"模仿民间歌谣的先锋诗人"②。这大概就是他"俗"的一面最彻底的表现吧。如:

---

① **晋主惠:**承上句"弃席"用晋文公事。重耳逃亡 19 年,即将回国就位,走到黄河边(过了黄河就是晋国)发令说:"笾豆捐之,席蓐捐之,手足胼胝 pián zhī、面目黧黑者后之!"一直陪他逃亡的子犯闻之夜哭,重耳说:你难道不希望我回国就位? 子犯说:"笾豆所以食也,而君捐之;席蓐所以卧也,而君弃之;手足胼胝、面目黧黑,有功劳者也,而君后之。今臣在后中,故哭之。"重耳于是收回成命。　　**田子魂:**承上句"疲马"用田子方事。魏国贤人田子方路见老马,感慨地问为他驾车的人:"此何马也?"回答说:"故公家畜也,罢而不用,故出(野)放之。"田子方说:"少尽其力,而老弃其身,仁者不为也。"用一束帛的代价买回那匹马。
② 苏瑞隆《鲍照诗文研究》第 175、177 页,中华书局 2006 年版。

人言荆江狭，荆江定自阔。在情人看来荆江太宽，无风船不可达。

五两了无闻，风声那得达！五两：古代用鸡毛做的测风向的装置。风：兼指情。

——《吴歌三首》其三

暌阔逢暄新，凄怨值妍华。暌阔：久远的离别。暄：温暖的春天。

秋心不可荡，春思乱如麻。秋心：本指菱秋天花心结实，喻情思坚老、用情不移。

——《采菱歌七首》其三

梅花一时艳，竹叶千年色。

愿君松柏心，采照无穷极。采照：本指光彩照耀，谐音指"采取我鲍照"。

——《中兴歌十首》其十

这样的诗又被称为"古绝句"[①]。鲍照是较早大量写这种古绝句的诗人。这种新诗体齐梁以后被文人广泛采用，唐宋时律绝成为大宗，在中国文学中意义十分重大。绝句的形成有人认为是在律诗上任意截取四句而成故又称"截句"、"断句"；其实它是在乐府小诗的基础上形成的，根子在民歌"曲子"初起时民间多取绝句为词歌唱，有自哉。

鲍照虽以乐府诗知名，但其以五言古体写的山水诗也不少。他还是第一位以大量诗篇描写庐山的诗人。《从登香炉峰》中说：

青冥摇烟树，穹跨负天石。青冥：青天。穹：高。句谓背着天的石头高耸，像要跨向天空。

霜崖灭土膏，金涧测泉脉。灭：全无泥土。金涧：秋天金色的山涧。测：探。泉脉：泉源。

旋渊抱星汉，乳窦通海碧。环形的渊潭倒影星汉，钟乳石溶洞直通碧海。

谷馆驾鸿人，岩栖咀丹客。馆：动词，居。咀：含，服。驾鸿、咀丹：皆指仙人。

殊物藏珍怪，奇心隐仙籍。倒装句：此山藏殊物珍怪，隐奇心仙客。

高世伏华音，绵古遁精魄。仙人音迹隐伏难闻，而其精魄隐没于不绝的历史中。

萧散生哀听，参差远惊觌。萧散：秋后稀疏的丛林。参差：高低不一的山峰。

---

① 南朝·陈·徐陵《玉台新咏》卷十有"古绝句四首"，可见绝句之名唐以前已出现。

觌 dí：见。

刘义庆曾为江州刺史,追随刘义庆的鲍照因之与庐山结缘。本诗就是跟随刘义庆登山所作。仍然是追求奇异的笔法:工笔描写,精雕细琢,用重词、大词、色彩鲜明、情感强烈的词,造句奇拗,造景奇伟。在这样的景象中着以神仙高道,一切都是那样奇特不凡。诗谈不上很好,但却不能不承认其风格强烈。刘翔飞将之与谢灵运对比说:

> 鲍照不像谢灵运诗在自然景物中创造和谐的关系,他以"隔"、"断"、"灭"、"绝"等字来加强那种隔断的印象……谢灵运从小对象的宇宙活力得到乐趣,而鲍照却着迷于巨大、强有力的,甚至是恐怖的大自然的原始风貌。谢灵运从风景中得到道家的哲思,因此使其描述的迷人的细节蒙上一层较高的意义,而鲍照则转向游仙诗的传统……相对地忽视结尾的沉思①。

自然鲍照的山水诗非这一概括所能尽,但就鲍照山水诗的主体风格说,鲍、谢之大别如此,则是不错的。从上述方面看,鲍照的诗诚然有慷慨流美的一面,但也有奇崛瑰玮的一面。前者与后来的岑参、李白等相通,后者则与韩愈、李贺等相通。上引庐山诗与韩愈"风雷战斗鱼龙逃"(《贞女峡》)、李贺"遥望齐州九点烟,一泓海水杯中泻"(《梦天》)语言风格不无相似。

鲍照是中国文学史上第一个七言诗大家,对七言诗的发展做出了重大贡献。很多文学史家对此给予肯定。陆侃如等说:鲍诗约二百首,半为徒诗,半为乐府;乐府半为五言,半为七言,但"他的徒诗不如乐府,乐府中五言不如七言,七言起源很早而成立很迟,中间需要几百年的酝酿,无论就量或质言,鲍照是七言诗酝酿时期中唯一大作家"②。游国恩等在叙述了七言诗漫长曲折的发展过程后,指出鲍照的创作"为七言诗的发展树立了榜样,开拓了广阔的道路。自他以后,七言体就在南北朝文人诗歌中日益繁荣发展起来了"③。林庚说:"如果说陶渊明是

---

① 转见苏瑞隆《鲍照诗文研究》第 197 页,中华书局 2006 年版。
② 《中国史诗》第 375 页,人民文学出版社 1956 年版。
③ 《中国文学史》第 275 页,人民文学出版社 1963 年版。

标志着五言诗发展的顶峰,那么鲍照就标志着七言诗新的开端"①。鲍照变七言逐句押韵为隔句押韵,并且可以自由换韵,句式灵活,也可以穿插三字句、五字句和长句,极大地发挥了七言诗的表现力。通篇七言的如《拟行路难》其一"奉君金卮之美酒"教材 p. 360 、其三"璇闺玉墀 chí 上椒阁"教材 p. 361 ;七言为主的如《代淮南王》,全诗 16 句,字数分别为 3,3,7,7,7 ‖ 3,3,7,7,7,7 ‖ 3,3,7,7,7,三段排列,最后一段:

　　　入君怀,结君佩,怨君恨君恃君爱。
　　　筑城思坚剑思利,同盛同衰莫相弃!

把七言长句的宛转与力量很好地表现出来了,形成了一种特别流畅奔放的音调美。

　　鲍照的诗、赋、文都很出色。《芜城赋》敷写广陵城的繁盛与残破。教材 p. 202 、《舞鹤赋》寄托被笼络束缚之悲为《文选》选录,《登大雷岸与妹书》写赴江州就任途中所历景物与情感、《石帆铭》多方描写武陵石帆山的奇异壮观等是骈文名篇,入选《六朝文絜》。

　　阅读书目:1. 钱仲联《鲍参军集注》,上海古籍出版社 1980 年版。
　　　　　　　2. 黄　节《鲍参军诗注》,中华书局 2008 年版。

_____

① 《中国文学简史》第 171 页,北京大学出版社 1995 年版。

第十五讲　永明体与齐代文学

　　永明是齐武帝萧赜 zé 的年号,从公元 483 到 493 年,共 11 年。齐自 479 年立国,鉴于宋以残暴致亡的教训,注重节俭和稳定,境内十几年没有战事,社会渐趋繁荣,史称"永明之治"。

　　永明体与萧齐统治者有直接关系。最重要的,武帝之子竟陵王萧子良礼才好士,也喜欢写诗,周围聚集了一批文人,著名的有"竟陵八友"_{萧衍、沈约、谢朓、王融、萧琛、范}<small>云、任昉、陆倕等</small>。这些人多数善作诗文,他们常出入萧子良的西邸,彼此唱和,切磋诗艺,沈约、谢朓、王融就是永明体的发明和推动者。更直接的,永明新体诗"和萧子良的'造经呗 bèi <small>歌咏法言为呗</small>新声'显然有密切关系"①。据说永明七年春某日,萧子良梦中咏《维摩经》,"因发声而觉,即起至佛堂,还如梦中法,更咏《古维摩》一契<small>一节</small>,便觉韵声流好<small>流畅好听</small>,有工精美恒<small>平常</small>日"。第二天他就召集僧人到西邸咏经,"造经呗新声"<small>《高僧传》卷十五</small>。本来梵文与汉语声韵差别很大,汉译经文"译文者众,而传响盖寡"<small>同上</small>,晋宋间颇有人探索用汉语声调配合梵经声调,在齐初僧辩"措意斟酌,哀婉折衷"咏经风格的影响下,萧子良至于形之梦寐,说明他对声调的重视。这和当时周颙 yóng 因佛学研究而发明汉语"四声",有共同的意味②。

　　"永明体"一名,最早见于《南齐书·陆厥传》:"永明初,盛为文章……周颙善识声韵,约等皆用宫商,以平上去入为四声,以此制韵……世呼为'永明体'。"

---

①　曹道衡《兰陵萧氏与南朝文学》第 20 页,中华书局 2004 年版。
②　关于周颙、沈约等人研究汉语声律、发明诗歌声病与译佛经时考文审音的关系,前人论之甚夥。沈括《梦溪笔谈》:"音韵之学,自沈约为四声,及天竺梵学入中国,其术渐密。"陈寅恪、饶宗颐、梅维恒、梅祖麟等对此亦有专门论著。章培恒《中国文学史新著》第 339 页对此有概述。

据此,永明体就是专门讲究诗歌声韵的一种诗体。不过这不是永明体的全部内涵。"从沈约提倡的'三易'和谢朓主张的'圆美流转'之说来看,他们除了讲究声调和谐,平仄相间,还要求语言平易流畅,易于理解"。不能用生僻字,用典要使人不觉,长短通常限制在十句八句,以防"繁芜"①这显然与谢灵运的太康体不同。

这种诗体在中国文学史上的意义十分重大,标志着中国诗歌史的重大转变。在沈约、谢朓以后,经过梁、陈至唐初许多诗人的不断实践,成熟为唐代流畅爽健的律诗,在汉魏古体和乐府之外,成为代表文学新发展的新型诗体,也成了中国古典文学中最主要的诗体。

"永明体"可分前后两期:前期有沈约、谢朓、王融、范云、丘迟、江淹等;后期则为何逊、吴均、柳恽等。

一、沈约等与永明声病说

沈约 441—513,字休文,浙江吴兴人。他一生经历了宋、齐、梁三代:**宋**代在荆、郢幕府做记室;由于在郢州结识了萧赜、萧长懋父子,后长懋为**齐**武帝皇太子,沈约开始发达,由东宫步兵校尉做到黄门侍郎、御史中丞,其间成为竟陵王萧子良的"竟陵八友"之一,因而与萧衍结识;后萧衍自雍州起兵攻陷建康,建立**梁**朝,以沈约为尚书左仆射。沈约文才出众,人品可师,地位高,学问大②,在齐梁时代执文坛牛耳数十年,热心揄扬奖掖文士,对当时文学的影响是很大的。

沈约是永明新诗体的倡导者之一。主张写诗"**宫羽相变,低昂互节,若前有浮声,则后须切响。一简之内,音韵尽殊;两句之中,轻重悉异**"《宋书·谢灵运传论》。他和一些学者文人一起,发明"四声八病"③,大力讲求诗文的声律。缺点是

---

① 曹道衡《兰陵萧氏与南朝文学》第 58 页,中华书局 2004 年版。

② 他的史学著作有《晋书》(隋时亡佚)、《宋书》(二十四史之一)、《齐纪》(已佚);音韵学著作有《四声谱》(已佚,部分内容可见日本遍照金刚《文镜秘府论》);同时编有《宋文章志》(已佚)和《子抄》、《迩言》、《杂说》等多种著作(并皆亡佚)。

③ "四声"指平、上、去、入。《南齐书·陆厥传》:"永明末……汝南周颙善识声韵,约等文皆用宫商,以平上去入为四声。"周颙著有《四声切韵》,沈约著有《四声谱》,但两书皆佚。"八病"一词见于唐初王通《中说·天地》,其后皎然《诗式》说"沈休文酷裁八病,碎用四声"。封演《封氏见闻记》说沈约"撰《四声谱》,文章八病",举平头、上尾、蜂腰、鹤膝四种。日僧空海(遍照金刚)《文镜秘府论》中有"文二十八种病",前八种为:平头、上尾、蜂腰、鹤膝、大韵、小韵、傍纽、正纽。"八病"全见。空海说五言诗第五字与第十字同声是"上尾"病,确;说第一二字与第六七字同声是"平头"病,笼统;其余解释多不尽切。韵、纽之病不过是句中某字与韵字同韵及隔字双声等,不一定是非要细致讲究的。启功说:"蜂腰、鹤膝等,原是南朝闾里之间通行的口诀,沈约等人把它提高到理论上,便是'前有浮声,后有切响'等等说法……今天我们研究南朝的声病学说,只要看沈约、钟嵘所举的例句,便可明了其中的道理。"而"八病"的解释,多是后人望文生义作出的揣测,"不必跟着那些揣测的话旋转"(《诗文声律论稿》第 122—123 页,中华书局 1977 年版)。

过重形式而忽视内容,优点是推进了诗歌的音律艺术的发展,为格律诗奠定了技术基础。受江南民歌的影响,他提出"文章当从三易:易见事,一也;易识字,二也;易读诵,三也"。即用事使人不觉,若胸臆语;不用深奥奇僻的字词;声调和谐上口。与传统的宗经、崇古的文学观念相比,沈约强调文学的发展与新变。刘勰有言:《诗经》等之后,"楚艳汉侈,流弊不还"《文心雕龙·宗经》;而沈约却说:"周室既衰,风流弥著,屈平、宋玉导清源于前,贾谊、相如振芳尘于后——英辞润金石,高义薄云天。自兹以降,情志愈广。"《宋书·谢灵运传论》即作家的表现力形式与内容得到了更广阔的发展。他提倡"以情纬文,以文被质",表彰"辞采妍富,事义毕举,句韵之间,光影相照"《梁书·刘杳传》,是齐梁重辞华艺术的推动者。

无论就在文坛的地位影响,还是文学观念的转变,沈约都是齐梁追求形式美文风的关键人物。不过林庚说他"乃是一代的权威,却不是最突出的作者"①。钟嵘早说过:"于时谢朓未遒,江淹才尽,范云名级故微,故约称独步。虽文不至,其工丽亦一时之选也。"《诗品》"一代权威"、"于时独步"说的是沈约在当时的地位。"工丽"是对他的诗歌的一个最简练的评价,其实就是注重音调与修辞;而"文不至"是说缺乏警拔之作,很少能给人以有力的审美情感的撞击②。

平心而论,沈约久居台臣之位,所写的那些郊庙、燕射歌词,以及应制、唱和之作,大都乏善可陈。但写友情、恋情、山水、咏物等,还是有不少佳什。

写友情的像《怀旧诗》九首中的《伤王融》《伤谢朓》《伤王谌》《伤刘沨》,及《送别友人》《饯谢文学离夜》等,都很好,而《别范安成》教材 p.365 是代表作,此诗写老年与朋友别离,与青年分别容易再见不同,"勿言一樽酒,明日难重持",几有永诀之痛。全诗语浅情深,音调和谐,洵为精品。

写爱情的像《六忆诗》仅《玉台新咏》录存 4 首《悼亡》《效古》《织女赠牵牛》等,颇可讽诵。"去年三五月,今秋还照梁。今春兰蕙草,来春复吐芳。悲哉人道异,一谢永销亡。……"造语自然巧妙。

山水和咏物之作像《早发定山》《赤松涧》《休沐寄怀》《行园》《和王中书德充

---

① 《中国文学简史》第 177 页,北京大学出版社 1995 年版。
② 王夫之对沈约极意贬低,说"'明月虽外照,宁知心内伤',休文得年七十三,吟成数万言,唯此十字为有生人之气,其它如败鼓声,如落叶色,庸陋骏滞,遂为千古恶诗宗祖……古来作者心血几许,付之消沉,而梁之沈约,唐之罗隐,传诗充帙,篓蔗盈庭"。文学批评不宜如此任情褒贬。

咏白云》《咏孤桐》《咏芙蓉》《石塘濑听猿》等,其中不乏佳句,如:

"标峰彩虹外,置岭白云间"写山《早发定山》;

"洞彻随深浅,皎镜无冬春"写水《新安江水至清浅深见底贻京邑游好》教材 p. 364;

"野裳开未落,山樱发欲燃"写花《早发定山》;

"因风结复解,沾雾柔且长"写柳《玩庭柳》;

"紫茄纷烂漫,绿芋郁参差"写园《行园》;

"游丝映空转,高杨拂地垂"写春《三月三日率尔成章》;

"不知声远近,惟见山重沓"写猿声《石塘濑听猿》等,都很杰出。

　　沈约诗中难见直接反映现实的作品。他历仕三朝,看了多次篡弑杀伐,在其诗中却缺乏深刻的写照还不能与隐居的陶渊明相比。只是在别的题材中有曲折的表现,如《登北固楼》:"伤时为怀古,垂泪国门前",《伤王融》:"折风落迅羽,流恨满青松",《伤谢朓》:"忽随人事往,尺璧尔何冤"。《八咏诗》沈玉成等以为是对现实不满的代表作,表现萧子良死后沈约前途茫茫、无所归依悲凉抑郁①,后六首或有喻托,而《解佩去朝市》:"天道有盈缺,寒暑递轮替炎凉。一朝卖玉碗汉武帝死后也玉碗不保②,眷眷惜余香曹操临死也挂念那点香料③。曲池长安曲江池,即汉乐游原无复处,桂枝亦销亡。清庙徒肃肃,西陵曹操的陵墓④久茫茫无人祭拜。薄暮余多幸沈约时 54 岁,佳运重来昌。忝谦词:愧稽郡之南尉,典千里之光贵二句借指出守金华⑤。别北芒东汉都城洛阳北芒山于浊河,恋横桥长安北渭水桥名于清渭二句指离开京城。望前轩之早桐,对南阶之初卉。非余情之屡伤,寄兹焉之能慰。倦昔日兮怀哉,日将暮兮归去来!"明显表达了对自己所身处现实的怨怅之情,但整个组诗用对现实的不满却无法概括。沈约诗之所以反映现实不多,可能与他出身江东豪族而曾祖、父亲都在政治倾轧中被杀有关,也与他谨厚的性格有关。

　　《八咏诗》是一组奇构,写情呈才,其成就与价值不止于喻托。沈约有了这组

---

① 曹道衡、沈玉成《南北朝文学史》第 174—175 页,人民文学出版社 1991 年版。

② 《汉武故事》:邺县有人在市场卖玉碗,吏怀疑是御物,欲捕之,而忽不见。县将玉碗上呈,经查乃茂陵中物。霍光招吏详问,说卖碗的人像帝先。

③ 曹操《遗令》:"余香可分与诸夫人。"

④ 曹操《遗令》:在铜雀台设灵帐,初一、十五遣伎乐向灵帐歌舞,"汝等时时登铜雀台,望吾西陵墓田。"

⑤ 司马彪《续汉书》:任诞拜会稽南郡尉,时年十九。晋孙楚《雁门太守牵府君碑》:剖符千里。

诗,可以无愧于所享之大名。这组诗在南朝也堪称鸿篇巨制。其体裁宏伟遒丽,
格调奔放流宕,杂三、五、七言和骚体、赋笔成篇,能令读者兴致勃勃地诵读。词
笔之美,如《登台望秋月》:

> 湛秀质兮似规,委清光兮如素。形容月亮和月色。湛:明澈。委:放送。
>
> 照愁轩之蓬影,映金阶之轻步。
>
> 居人临此笑以歌,别客对之伤且慕。
>
> 经衰圃,映寒丛,
>
> 凝清夜,带秋风。
>
> 随庭雪以偕素,与池荷而共红。
>
> 临玉墀之皎皎,含霜霭之濛濛……濛濛:朦胧混茫。

　　《八咏诗》的标题组合在一起,就是一首不错的五言诗:"登台望秋月,会圃临
春风。岁暮悯衰草,霜来悲落桐。夕行闻夜鹤,晨征听晓鸿。解佩去朝市,被褐
守山东。"这真是一组奇作。《金华志》曰:八咏诗,南齐隆昌元年太守沈约所作,
题于玄畅楼,时号绝唱,后人因更玄畅楼为八咏楼云。李白和崔颢诗中都曾写过
沈约八咏楼,其影响是很大的。
　　沈约受当时民歌吴声、西曲的影响,写了不少歌词,其中有些小诗,虽然讲的
人少,却是可以传世的。如:

> 生在穷绝地,岂与世相亲。世:尘俗之人。
>
> 不顾逢采撷,本欲芳幽人。不顾:不求。芳幽人:高洁幽雅、不随俗的人。
>
> ——《咏杜若》
>
> 梢耸振寒声,青葱标暮色。振:抖动发声并远扬之。标:衬托,显示。
>
> 疏叶望岭齐,乔干临云直。乔:高。
>
> ——《寒松》
>
> 阳台氤氲多异色,巫山高高上无极,云来云去常不息。阳台:传说巫山上的
> 台名。
>
> 常不息,梦来游,极万世,度千秋。咏巫山云雨事,表现人性绵延的主题,意味

深长。

——《朝云曲》

忆来时,灼灼上阶墀。灼灼:形容颜色艳丽。墀 chí:台阶。

勤勤叙别离,慊慊道相思。勤勤:犹苦苦。慊慊:心有所不足,即相思之情说不尽。

相看常不足,相见乃忘饥。

——《六忆诗》其一

阅读书目:《沈隐侯集》,见《汉魏六朝百三家集》,江苏古籍出版社 2001 年版。

二、谢朓的杰出成就

　　谢朓 464—499,字玄晖,祖籍陈郡阳夏今河南太康,为谢安之兄谢据的玄孙、谢灵运的族侄但比灵运小 80 岁。年轻时以好学出名,曾任参军、太子舍人等。竟陵王萧子良开西邸,汇集宾客才士,谢朓、沈约、王融、萧琛、范云、任昉、陆倕、萧衍出入其中,号为"竟陵八友"。在江陵任随王萧子隆参军期间,因萧也擅长文学,谢朓受到特别的赏识和信任,遭嫉被调回京。而这时正碰上朝廷内讧,但因他与萧子良兄弟并非以政治利益相交,被独揽朝纲后又废帝自立的萧鸾任用,由内廷秘书做到宣城太守、南东海太守行南徐州事。他的岳父王敬则看到萧鸾杀害宗室,猜忌旧臣,密谋起兵,联络谢朓响应,谢朓却向朝廷告发,并因功升尚书吏部郎。萧鸾死后,萧遥光觊觎帝位,拉拢谢朓,谢朓感萧鸾齐明帝知遇之恩,态度消极且举措失当,被害死狱中,年仅 36 岁。张溥说:"呜呼!康乐、宣城其死等尔。康乐死于玩世,怜之者犹比之孔北海、嵇中散;宣城死于畏祸,天下疑其反复,即与吕布、许攸同类而共笑也。"《汉魏六朝百三家集题辞》谢朓这个人,确实比较软弱、惧祸,对名位利禄看得比较重。但萧子良死后他成为萧鸾的红人,并非出于钻营;告发自己的岳父,大道理也讲得过去;最后不肯投靠萧遥光,多少有点知恩图报的心理。所以他并不是一个小人,也不是吕布、许攸一类反复无常的人①。他

---

　　① 谢朓为官官声不坏,明万历初重修《宣城郡志》,谢朓列入《良吏传》。他以"好奖人才"著称,如揄扬孔觊jì的文章,在冬雪天脱襦褥割氈与苦学的穷书生江革。他娶王氏女与告发王敬则,都受到当时和后世的讥讽责难。在被擢为吏部尚书后,时人讽刺他:您才能、门第都不辱没此职,遗憾的只是今日"刑于寡妻"(因为他告发岳父后,妻子"常怀刃欲报朓"。"刑于寡妻"语出《诗经》,"刑"本同典型的"型",但也有刑罚的刑一义)! 这是简单的、刻薄的评价,并不足取。

无英挺之操,也无恬淡之性,但这也是南朝不少文人的共性。他的悲剧主要不是由于个性,而是由于争夺不宁的时代政治环境——这也是从魏晋以来,孔融、嵇康、陆机、陆云、张华、潘岳、谢灵运、范晔、袁淑、王僧达、鲍照、王融等许多著名文人被杀共同的根本原因。

　　谢朓是齐梁至唐初最出色的诗人,**是六朝唯美风尚造成的一个杰作**。他的主要贡献在于:通过多种创作特点发展了山水诗。

　　一者其造语平易自然,描写集中精炼,谢灵运式的滞窒生涩大为减少,也不像那样铺展繁复。如《游东田》:

> 戚戚苦无悰,携手共行乐。戚戚:忧伤貌。悰 cōng:乐。
>
> 寻云陟累榭,随山望菌阁。陟 zhì:登高。累榭:重台上的房屋。菌阁:檐如菌芝的楼阁。
>
> 远树暧阡阡,生烟纷漠漠。暧:朦胧。阡阡:同芊芊,树木茂盛。生烟:不断产生的烟岚。
>
> 鱼戏新荷动,鸟散余花落。
>
> 不对芳春酒,还望青山郭。不去饮芳香的春酒,却来郊外漫游看山。郭:外城。

东田是建康今南京郊外的一处风景胜地齐武帝的文惠太子率先在此建馆,沈约、谢朓也都在此建有别墅。全诗写平居无欢,郊游寻乐。山水风景都是即目所见,不用典;造句也很流畅寻云陟累榭一句尚有谢灵运诗中常有的音步和词语不一致的生涩,抓住典型的景物作精炼细致的描写,生动传神,不事铺展,与谢灵运的典型风格区别明显。

　　二者同谢灵运随着游览的进程,移步换景,作铺展的描绘,景物幅度大、项目多,时间有过程和长度的写法相比,谢朓则更多的是定点透视,在作者驻足的一点上,时间仿佛停止了,通过“变焦”,将远景和近景、广角画面和微距特写有机地组合在一起,诗的结构显得精炼紧凑。《游东田》“寻云陟累榭,随山望菌阁”也写诗人游览的脚步,但下面的景物却是定点变焦:“远树”二句是远望的静态画面,“鱼戏”二句是近观的动态特写,“还望”则用广角将“青山”“城郭”收拢一处作概括。《晚登三山还望京邑》教材 p. 369 中间写景的六句也是定点作视角的推拉转动所见。

三者谢朓是对景物作微妙精细的描写的一个代表。如：

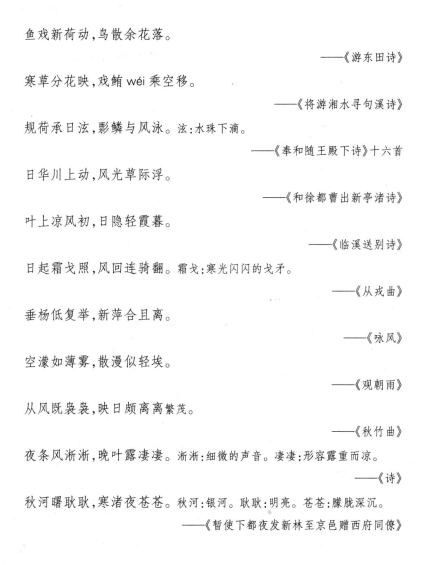

鱼戏新荷动，鸟散余花落。

————《游东田诗》

寒草分花映，戏鲔 wéi 乘空移。

————《将游湘水寻句溪诗》

规荷承日泫，影鳞与风泳。泫：水珠下滴。

————《奉和随王殿下诗》十六首

日华川上动，风光草际浮。

————《和徐都曹出新亭渚诗》

叶上凉风初，日隐轻霞暮。

————《临溪送别诗》

日起霜戈照，风回连骑翻。霜戈：寒光闪闪的戈矛。

————《从戎曲》

垂杨低复举，新萍合且离。

————《咏风》

空濛如薄雾，散漫似轻埃。

————《观朝雨》

从风既袅袅，映日颇离离繁茂。

————《秋竹曲》

夜条风淅淅，晚叶露凄凄。淅淅：细微的声音。凄凄：形容露重而凉。

————《诗》

秋河曙耿耿，寒渚夜苍苍。秋河：银河。耿耿：明亮。苍苍：朦胧深沉。

————《暂使下都夜发新林至京邑赠西府同僚》

这样的诗句，其感受的微妙与用笔的细腻，都很出色。善于抓住动态，以动作来写景，以及运用巧妙的比喻，善用叠音词等其诗中计17联叠音词大都出色，也是其致胜之法。对偶的运用朓诗大量的对偶佳句极可重视，对这种毫发入微的描写起了极大促进作用，因为上下两句相似而又不同，使作者尽力去传达不同事物当下独特的情态与神韵。这些方法使谢朓诗中**佳句络绎，篇多警策**读朓诗此是一快。虽然这种描写方法是齐梁时代的一种风尚，但谢朓堪称其中最杰出的代表。刘勰说："自近代以来，文贵形似，窥情风景之上，钻貌草木之中。吟咏所发，志惟深远；体物为妙，功在密符。故巧言切状……而曲写毫芥。"《文心雕龙·物色》通过"巧言切状……而曲写毫芥"，来传达作者"体物之妙"，是谢朓诗精美的魅力之一①。

第四，谢朓的山水诗，情与景结合得更好，很多作品，写景是为抒情服务，以景物来烘托情感，不是为写景而写景。如《晚登三山还望京邑》的六句景物描写：

> 白日丽飞甍，参差皆可见。丽：附着，此为照在。飞甍：脊尾上翘的屋顶。
> 余霞散成绮，澄江静如练②。绮：锦缎。练：白绸。
> 喧鸟覆春洲，杂英满芳甸。喧鸟：欢叫的鸟。杂英：各种花。芳甸：长满花草的
> 郊野。

当时他出为宣城太守，要离开京城。诗中对城阙和城郊景物的描写，极尽优美之能事，恰恰呈现了他对京城的深情依恋。所以下面紧接"滞淫"狠狠地爱一把、"怀哉"狠狠地爱过怎能不想、"佳期"狠狠地爱故希望不断重复等。可以借用他的另两句诗："非君美无度，孰为劳寸心"《郡内高斋闲望答吕法曹》。这首诗因为是写将去的依恋，而不是羁滞他乡后的苦思，没有太深的感伤，所以前半写景显得明丽优美，而非晦暗苍凉。有学者说"本篇结尾情绪柔弱消沉，与前面所写的壮丽开阔的景色稍觉不称"③，是不对的。但后六句抒情过于敷演，假如只用"佳期怅何许？泪下如流霰"两句，整首诗可能更为精粹。《暂使下都夜发新林至京邑赠西府同僚》

---

① 上二段参考了兴膳宏《谢朓诗的抒情》。这是一篇讲谢朓诗歌艺术很出色的论文，见《六朝文学论稿》(彭恩华译)，岳麓书社 1986 年版。

② 对这两句诗有不同评价：唐释空海认为"假物不如真象，假色不如天然"，所以"池塘生春草，园柳变鸣禽"为"高手"；"余霞"两句只是"中手"(《文镜秘府论·文意》)。葛晓音则说，像谢灵运"云日相辉映，空水共澄鲜"那样，"意思较实"，谢朓这两句"能够利用恰当的比喻进行形容"，"可以看出谢朓在景物描写上的飞跃"(《汉魏六朝诗鉴赏辞典》855 页)，所以更好。应该承认其实两种都很出色，都是诗人常用的方法，不必强加轩轾。　关于这两句诗的典故，除李白"解道澄江静如练，使人长忆谢玄晖"的诗句外，明代谢榛认为"澄"、"静"二字重复，当改为"秋江静如练"，王士祯作诗讽刺："何因点窜澄江练，笑杀谈诗谢茂秦！"

③ 葛晓音语，见《汉魏六朝诗鉴赏辞典》第 855 页，上海辞书出版社 1992 年版。

教材 p.367：

> 大江流日夜，客心悲未央。客：寄居他乡的人。央：尽。二句危唱雄声，昔人谓
> 压全古。
>
> 徒念关山近，终知返路长。徒念：只能想，回不去。
>
> 秋河曙耿耿，寒渚夜苍苍。……河：银河。曙、耿耿：皆明亮貌。渚：水中小块
> 陆地。
>
> 常恐鹰隼击，时菊委严霜。

更直接寄托了他因受随王萧子隆特别赏识而遭谗毁，被招还京时的怆然和恐惧。这首诗整体很出色，开篇情景一体；中间写建康之近"引领"可见，但再回来却无路可通，对随王和同僚的情感含蓄很深。最后以鹰隼、尉 wèi 小网罗捕鸟的网比喻谗毁自己的人和危险的情形。前人认为"极才思情文之壮，纵横跌宕，悲慨淋漓，空绝前后，太白、杜、韩无以尚上之"方植之语，"词实典丽，意亦委折，而气则溢"刘坦之语，是宣城集中"压卷之作"何义门语。"论诗者言体格卑下，动指齐梁，似此诗置之魏人中，岂复能辨"成俾云语？

另外，谢灵运诗结尾的玄学议论，在谢朓诗中基本上也都去掉了。山水诗在谢朓手中已获得了情景交融、浑化无迹的艺术纯粹性。

谢朓后期诗歌常常表现恋禄而又惧祸、不甘脱离仕途而又倾心向往隐逸的矛盾心情，所以他的诗中有很多怀乡归栖之咏，说"日与岁眇邈，归根积蹉跎"《和王长史卧病诗》、"鱼鸟余方玩，缨緌 ruí 官帽的帽带君自縻 mí 系，束"《将游湘水寻句溪诗》，甚至说"怀归欲乘电，瞻言看到宋的诗思解翼"《和宋计室省中》。这除了受玄学老庄思想的影响外志在隐遁是齐梁诗中常见的话，沈约历仕三朝，一生发达，也不少栖隐之咏。这就是刘勰《情采》所谓"志深轩冕，而泛咏皋壤"，和他喜欢写薄暮景色一起，都是当时政治动荡危机的反映。《之宣城郡出新林浦向板桥》教材 p.368 是萧鸾即位次年被派到宣城做太守时所写。萧鸾即位前一年内，废了两个皇帝，换了三个年号，政治斗争十分激烈。谢朓的文友王融被赐死，他追随过的萧子良、萧子隆先后死于非命，这些对他精神的震动是强烈的。但是，权位对他这样一个家道衰落的谢家子弟太重要了。于是他直接写下了"既欢怀禄怀念官爵俸禄情，复协适合沧

州滨水之地,隐士所居趣"的心绪《始之宣城郡》又曰"江海虽未从,山林于此始"。虽然诗的最后以"嚣尘自此隔……终隐南山雾答子治陶无功而富,其妻以南山玄豹隐于雾雨之中谏"自期,但骨子里实没有这样的心情。所以开头写景的句子:"江路西南永,归流东北骛。天际识归舟,云中辨江树",重复对于帝京的"归"字,透露出他心心念念离不开权力的漩涡水本无所谓"归",开到京城去的船并不都是归舟,但在他眼里,却都成了"归";但前四句的深长、邈远之景和接着两句"倦思"、"孤游"的抒写,却又在表现一种漂浮、渺茫、完全没有热情的感觉。他是欲归却舍不下宦禄,不归又怀想归栖的闲逸,心里七上八下,真不知自己究竟要什么、要"归"于何处。《观朝雨》说"戢收翼隐希骧首仕进走在前列,乘流仕畏曝腮死于仕进①;动仕息隐无兼遂,歧路②多徘徊",孙𬭼评论说:"欲退又怀荣,欲进又畏祸,所以无兼遂。"这种心情在中国文学中倒是有特殊的典型意义。兴膳宏说:谢朓短短的三十六年就死于非命,"如果天再假以二三十年之寿,或许是能够遂其隐遁之愿的"③。是欤非欤?就谢朓的个性而论,恐怕还是做不到的。"在现实生活里靠拢当道,而在文学作品中又流露隐栖之愿"这种矛盾,前者对谢朓才是本质,才是谢朓之为谢朓。当然这种矛盾也增加了谢朓诗情感的曲折和心理的层次。

受江南民歌的影响,谢朓有几首小诗写得十分杰出,与李白的五绝几无二致,如冲口而出又极修辞之美,其明快上口千载难逢,最能代表谢朓"好诗圆美流转如弹丸"《南史·王昙首传》附王筠传引的诗学理想,虽无唐人律法之工致,但符合"前有浮声,后需切响"的总则,能够体现他对永明声律论运用的成绩。如《玉阶怨》④教材366、《王孙游》教材366、《同王主簿有所思》教材370。

"介乎古、近体之间的'新体诗',在朓诗中占三分之一"⑤,他是古、近体转变过程中的一个重要诗人,在试作新体诗方面的成就比沈约等人更为突出,诗中多有律句和律句的排列,被认为是永明新体诗的代表⑥。但他永明后期在宣城等地

---

① 《三秦记》:"江海大鱼,薄集龙门下,上则为龙;不得上,曝腮水次也。"
② 《淮南子·说林训》:"杨子见逵路而哭之,谓其可以南,可以北。"
③ 兴膳宏《六朝文学论稿》(彭恩华译)第91页,岳麓书社1986年版。
④ 沈确士说《玉阶怨》"竟是唐人绝句,在唐人中为最上者。"(曹融南《谢宣城集校注》189页)
⑤ 曹融南《谢宣城集校注·前言》12页,上海古籍出版社1991年版。
⑥ 王闿运《八代诗选》收王融、谢朓、沈约、范云等人介于古、近体之间的五言诗,表为"齐以后新体诗"。

的作品多数却非新体,因而他的许多名篇都押仄声韵或平仄通押如教材所选"大江"、"江路"、"灞涘"三首。其中的原因很复杂。曹道衡认为:这与萧鸾篡位后萧子良西邸文士竟陵八友等被分散,不能再在一起切磋诗艺有关;与永明声病说过于苛细,还不能完全适合诗歌创作也有关;①同时还由于诗体律化必有一个亦古亦今的过程,不可能一蹴而就。

　　总之,谢朓对山水风景的描写,与谢灵运相比,笔力稍弱,不够遒劲,长篇逊色一些,但造句更自然,表达更圆融,没有那样繁复的描绘,而常带抒情写意之笔,景物更多细腻微妙,风格趋于清新明丽,离唐诗风致更近。缪钺:"谢朓之天才,闳伟不足,清美有余。"②陈祚明:谢朓诗"篇篇可诵,蔚为大家;首首无奇,未云惊代。希康乐则非伦,在齐梁诚首杰也"《采菽堂古诗选》卷二十。

　　谢诗很早就发生影响。"刘孝绰当时既有重名,无所与让,唯服谢朓,常以谢诗置几案间,动静辄讽味"《颜氏家训·文章》。梁简文帝萧纲称他为"文章之冠冕,述作之楷模"《与湘东王书》。钟嵘则谓其"奇章秀句,往往警遒……为后进士子之所嗟慕"《诗品》中。李白在诗中屡屡称述谢朓,在登上九华落雁峰时说:"恨不携谢朓惊人诗句来,搔首一问青天耳。"《云仙杂记》。清·王士禛甚至说李白"一生低首谢宣城"。杜甫也说"谢朓每篇堪讽诵"《寄岑嘉州》。王、孟诗受谢朓的影响,大历十才子诗中提到谢朓达三四十处,"唐人诗中以平易自然的手法写诗,大多受到陶渊明和谢朓的沾溉……后来宋代葛立方在《韵语阳秋》中,也将谢朓和陶渊明并提,认为是平淡自然的典范"③。焦循指出谢朓"易朴为雕,化奇作偶",又以声律的讲求"开潘陆颜谢之未有……枢纽于古律之间者"《易余籥录》。

阅读书目:曹融南《谢宣城集校注》,上海古籍出版社 1991 年版。

---

①　参见曹道衡《兰陵萧氏与南朝文学》第 25、22 页,中华书局 2004 年版。
②　缪钺《六朝五言诗之流变》,见《诗词散论》第 17 页,上海古籍出版社 1982 年版。
③　曹道衡、沈玉成《南北朝文学史》第 161 页,人民文学出版社 1991 年版。

第十六讲　宫体与梁陈文学

　　齐梁陈三朝，皇室富于文才和学识的不少齐梁萧氏有文集见于记载者即达二三十种，与文学发展关系甚大。

　　齐武帝次子、竟陵王萧子良在鸡笼山西邸聚集文人学士，尤以"竟陵八友"著名，沈约、谢朓等都参与其中。萧子良"造经呗新声"，追求咏经"韵声流好"，与永明声律论在时间和空间上都互相关联。四声的发明者周颙是著名的佛学家，和萧子良及西邸文士如沈约等交往，沈约关于"四声八病"的探讨正是受了周颙的影响。谢朓入西邸时期的诗歌更近"新体"出为宣城太守以后所作却多非新体。沈、谢等人的某些创作都与"宫体"相近《玉台新咏》录二人60多首。这些都说明，萧子良及其西邸对于永明诗歌的发展，是有直接间接关系的。另外，齐高帝之孙萧子显等兄弟五人皆以能文见称。

　　梁武帝萧衍当时也是"竟陵八友"之一。他虽为北府将领子弟，娴于弓马，但在南朝社会普遍重文的风气下，热心文学，颇以文才自矜。称帝后好乐府，"择后宫'吴声'、'西曲'女妓各一部，并华少，赍勉奖赏"《南史·徐勉传》。早年诗作，颇近"宫体"《玉台新咏》录有41首，如《子夜歌》"恃爱如欲进，含羞未肯前。朱口发艳歌，玉指弄娇絃。"，在太子萧统死后，立三子萧纲为储，为宫体诗的发展创造了条件详下。萧纲梁简文帝自称"有诗癖"，诗篇之富居六朝之首，文亦富丽精巧，确有出众之才。萧纲、萧统引纳才学之士，形成团体萧纲集团的诗歌创作最为繁荣，对文学与学术的发展贡献巨大。萧统诗才不如萧纲，但《文选》一书功高盖世，《陶渊明集序》千古不朽"不为五斗米折腰"已为广泛流行的成语。武帝七子萧绎，以平定侯景之乱即帝位梁元帝，虽为人刻狠，而文才杰出，诗赋均不乏佳作如后文所举《采莲赋》等，著述甚多,有《金楼子》残本传世。萧绎与裴子野、刘孝绰等为布衣之交,身边也聚集了一批文士。

陈霸先在位两年而殁,文帝继位,"崇尚儒术,爱乐文艺",权臣武将往往附庸风雅,以接纳文士为荣。侯安都为开国功臣,"招聚文武士,骑驱驰骋,或命以诗笔,第其高下,以差次赏赐之"《南史》卷66。这促成徐伯阳等一群人"为文友之会……游宴赋诗"《梁书·文学传》。后至陈叔宝,虽为皇帝,实不过才艺之雄。以其过人的文艺天赋,寄情诗乐,赏爱美色,用宫人袁大舍等为女学士,与江总、孔范等大臣诗酒作乐,使宫体诗的创作再度繁荣。陈后主作为淫侈的亡国之君,历来集矢已多,无需同情,但他"是一位有天才的诗人"①,同阴铿、江总等文人一起,对推动五七言向律诗过渡起过重要作用,也不应抹煞。

一、萧纲与宫体诗

南朝文坛的一个重要现象是宫体诗的繁荣。"宫体"之名,见于《梁书·徐摛传》。徐摛被派为萧纲侍读,后萧纲为太子,入东宫,徐摛的诗很特别,"春坊尽学之,'宫体'之号,自斯而起"。学术界一般认为,这是宫体诗作为流派的成立。但宫体诗的创作,自半个世纪前沈约、王僧孺等人的艳诗已开其端故也称"齐梁宫体"。简单说,**宫体诗就是齐、梁、陈以宫廷文人为核心所创作的艳诗**。其代表人物主要有:**萧纲**梁简文帝、**萧绎**梁元帝**兄弟**,**徐摛、徐陵父子**,**庾肩吾、庾信父子**,陈后主**陈叔宝**等。

宫体诗的繁盛,原因是多方面的:首先,梁朝近半个世纪的承平宴安,文人习于逸乐;其次,统治者好文,而生活又局限在宫廷宴乐女色之间;再次,民歌的影响,乐府大量采集民歌配乐演唱,文人竞相模仿;加上诗歌本身专注于形式美的发展趋势,共同造成了宫体诗这种内容狭窄、词采美丽的特殊的诗歌形式。

宫体诗主要描写女色和咏物。女人作为男人所爱的对象,其动人就在好看。在男权社会里,女人是有花瓶性质的。宫体诗是把女人作为花瓶来写的,因此宫体诗描写女色与咏物诗在笔法上没有多少区别,都是要穷情极态,妙于形容。如:

---

① 郑振铎《插图本中国文学史》第214页,人民文学出版社1957年版。

北窗聊就枕，南檐日未斜。

攀钩落绮障，插捩举琵琶。钩：帷幕的挂钩。障：帷幕。捩 chè：拨动琵琶的用具。

梦笑开娇靥，眠鬟压落花①。鬟压落花：发髻上插的花被压落了。

簟文生玉腕，香汗浸红纱。簟文：竹席的花纹。生：印在。

夫婿恒相伴，莫误是倡家。

——萧纲《咏内人昼眠》

丽宇芳林对高阁，新妆艳质本倾城。丽宇：美丽的房屋；亦可解作紧靠房屋。

映户凝娇乍不进，出帷含态笑相迎。映户：临门，映形容容光美艳。乍：忽然，娇态。

妖姬脸似花含露，玉树流光照后庭。玉树：形容美女。

——陈叔宝《玉树后庭花》

这样的诗在内容上也不是一点价值都没有，他对女人不仅仅是作女人对待，中间有一种刻意的审美态度，用欣赏的眼光看待女人，可以带给人审美享受；从另一方面说，女人也是需要欣赏的。萧纲的第五六句写睡态的美、陈叔宝的三四句写动态的美，细腻传神。人生中对异性的美如此细心地关注、发现和欣赏当然包括女性关注、发现和欣赏男性的美，对美化生活很有意义。宫体诗的问题是连篇累牍，表现了沉溺于女色美的享乐。沉溺就是不健康而有害的。当然，从现代男女平等的观念来看，这种对女性的**单方面的**玩赏的态度，也是不合理的。

咏物在宫体诗中占很大比重，不无可观之作：

纤条寄乔木，弱影掣风斜。掣 chè：拉，即被风拉斜。

标春抽晓翠，出雾挂悬花。标：表明、展示。晓翠：清晨冒出的嫩芽。

——萧纲《咏藤》

萎蕤映庭树，枝叶凌秋芳，萎蕤：即葳蕤，草木茂盛纷披。

故条杂新实，金翠共含霜。……金翠：指黄和青的橘子。

——萧纲《咏橘》

---

① 这两句描写"虽过于香艳，亦显出刻画之工细为前人所未道"，"可谓真实传神。这样的诗句在过去的论者看来，似失之轻浮，其实亦很难说有什么不健康。"（曹道衡《兰陵萧氏与南朝文学》第111、197 页，中华书局 2004 年版）

写琐细的生活,也有能传达平常人生趣味者:

> 倡女倦春闺,迎风戏玉除。除:台阶。
> 近丛看影密,隔树望钗疏。
> 横枝斜绾袖,嫩叶下牵裾。绾 wǎn:挂、拉。裾:衣襟。
> 墙高举不及,花新摘未舒。墙高句:开在墙上的花举手摘不到。未舒:未开放。
> 莫疑插鬓少,分人犹有余。
>
> ——萧纲《看摘蔷薇》
>
> 欢多情未极,赏至莫停杯。
> 酒中挑喜子,粽里觅杨梅。挑喜子:一作"喜桃子"。
> 帘开风入帐,烛尽炭成灰。烛尽句:夜已深也。
> 勿疑鬓钗重,为待晓光来。勿疑句:头重欲睡也。疑:似觉,怪。
>
> ——徐君倩《共内人夜坐守岁》

宫体诗无与重大题材,写的多是闺阁私情琐事,但这也是人生的一个方面,也有艺术表现的价值。从传统诗学观点出发对之多所非难,而从现代艺术观点来看,是可以接受和肯定的。

宫体诗中有不少杰出的闺怨之作,语浅情深,在中国抒情诗中应予重视:

> 夜夜妾偏栖,百花含露低。偏栖:独宿,像寡妇一样。
> 虫声绕春岸,月色思空闺。
> 传语长安驿,辛苦寄辽西。辽西:泛指北部边远地,本今辽宁西部大凌河以南关内外地。
>
> ——萧子晖《春宵》
>
> 荡子十年别,罗衣双带长。……荡子:游子。双带长:实指身体变瘦。
> 对此归飞燕,衔泥绕曲房。
> 差池入绮幕,上下傍雕梁。差池:错误,差错。
> 故居尤可恋,故人安可忘?
> 相思昏望绝,宿昔梦容光。昏:黄昏,实指从早望到晚。宿昔:亦作"夙昔",

一直。

魂交忽在御,转侧定他乡。御:御女之御,指男女好合;亦可解作侍奉。

徒然居枕席,谁与同衣裳?

空使兰膏夜,炯炯对繁霜。兰膏夜:燃灯不眠之夜。兰膏,加了香料的灯油。

——刘孝绰《古意》

忆别春花飞,飞见秋叶稀。首句回忆分别的时节。

泪粉羞明镜,愁带减宽衣。减:身体消瘦。宽衣:衣服宽大。

得书言未反,梦见道应归。反:同"返",回。道:说。

坐使红颜歇,独掩青楼扉。青楼:豪华的楼房。

——庾成师《远期篇》

传统诗学认为宫体诗格调不高,主要因为它多写私情,时出狎亵。其实现存宫体诗中直接描写床笫之事的并不多。宋词写私情狎亵可以肯定,宫体诗当然也不例外。刘孝威《都县遇见人织率尔寄妇》,说他在他乡看见一美丽织妇,"红衫向后结,金钗临鬓斜","窗疏眉语度,纱轻眼笑来",似乎与自己有情。这使他对自己的妻子更加思念:

直为闺中人,守故不要新。直为:只因。直,仅。闺中人:指妻。要 yāo:同"邀",沾惹。

梦啼渍花枕,觉泪湿罗巾。渍:泪水浸透。

独眠真自难,重衾犹觉寒。重衾:加了几层被褥。

愈忆凝脂暖,弥想横陈欢。……凝脂:形容女子肌肤嫩滑。横陈:女子卧态。

罗襦久应罢,花钗堪更治。襦:短袄。罢:通"疲",指当时的襦已穿破。治:打制。

新妆莫点黛,余还自画眉。黛:古代女子用于画眉的青色颜料。点黛、画眉为互文。

"愈忆"两句涉及肌肤之亲的魅力,写得很厉害了,但这是对妻子忠贞情爱的题中应有之意,所以这样的诗在现代也是具有充足的审美意义的。

宫体诗发展了永明体的音调流畅之美,也是为唐诗准备艺术形式的一个环节。像何逊的《闺怨》,与唐人绝句格律基本相合,几无二致:

> 闺阁行人断,房栊月影斜。律式为:||--|,--||-。
> 谁能北窗下,独对后庭花。　　　　--|-|,|||--。加点字、"|"为仄声。

徐陵、阴铿、江总、张正见、陈叔宝的五七言诗歌,与律体相近的也不少,如张正见的《铜雀台》、江总《怨诗》二首等。所以,宋黄伯思说这些人就五言格律而论"实沈佺期、宋之问之椎轮本为没有辐条的车轮,比喻事物草创",明胡应麟说"近体之合,实阴铿兆端","六朝绝句近唐,无若仲言何逊者,洪景庐误收唐绝中宋洪迈《万首唐人绝句》误把何逊《闺怨》等 14 首作唐绝收入,亦其声调酷类"《诗薮·外编》卷 2。

阅读书目:徐陵编、吴兆宜注、程琰删补《玉台新咏笺注》,中华书局 1985 年版。又吉林人民出版社 1999 年横排版。

二、《玉台新咏》及《文选》

《玉台新咏》、《文选》都是在中国文学史上有重大意义的作品总集①。

1.《玉台新咏》是一部为宫体诗张目的选集。据唐·刘肃《大唐新语》,"梁简文帝萧纲503—551 为太子,好作艳诗……乃令徐陵撰《玉台集》,以大其体"。成书在大通六年525 年前后。其编选宗旨就是"撰录艳歌"徐陵《玉台新咏·序》。"玉台"指朝廷、宫室萧纲《临安公主集序》"出玉台之尊"。徐《序》又有"璧台""金屋"之称。

---

① 《隋书·经籍志》:"总集者,以建安之后,辞赋转繁,众家之集日以滋广,晋代挚虞苦览者之劳倦,于是采摘 tì 孔翠,芟剪繁芜,自诗赋以下各为条贯,合而编之,谓为《流别》。"总集始于晋·挚虞《文章流别集》(30 卷,已佚)。先唐文学著名的总集除上所讲举如:《古诗源》(清沈德潜)、《乐府诗集》(北宋郭茂倩)、《先秦汉魏晋南北朝诗》(逯钦立)、《全上古三代秦汉三国六朝文》(清严可均)、《汉魏六朝百三家集》(明张溥)、《六朝文絜》(清许梿)、《骈体文钞》(清李兆洛)等。与"总集"相对的是**别集**,即单个作家著作的结集。《隋书·经籍志》:"别集之名,盖汉东京之所创也。自灵均以降,属文之士众矣,然其志尚不同,风流殊别,后之君子欲观其体势而见其心灵,故别而聚焉,名之为集。"又列《荀况集》《宋玉集》《汉武帝集》以下 437 部(大多亡佚)。《隋志》谓总集始挚虞《流别》欠妥,刘向编《楚辞》录屈原以下 8 人作品,"为中土有总集之始"(姜亮夫《楚辞书目五种》p.4)。《隋志》谓别集之名为东京所创,指的是其多为东汉人编订,实则《汉书·艺文志·诗赋略》载"屈原赋二十五篇",当为别集之始。

"新咏"表示自为标准、与传统诗歌有所不同。徐陵《序》一开篇大段描写各类倾国倾城的丽人及其妙解文章的才情,她们在宫中寂寞多闲,"无怡神于暇景,惟属意于新诗",但那些"新诗"即宫体散在各处,不便披览学习和模仿,所以他熬灯油编了这部书。言下之意是为宫中女人编的一部诗集。因此"非词关闺闼者不收"清·纪容舒语,所有作品都是写女人和与女人有关的,而尤其注意收录女人所写的诗。在这一点上,它可以和西汉刘向的《列女传》遥相呼应——但《列女传》旨在节烈,而《玉台新咏》旨在情欲,彼此竟又完全搭不上!

《玉台新咏》10 卷,收录汉至梁各体诗歌七、八百首①。它的价值,首先表现在它是一部以妇女生活为题材的诗歌专集,反映了妇女题材的诗歌创作自汉迄梁发展的大致脉络,从中可以了解当时男女生活和情感的某些状况及其艺术表现方式。还在于它表明了萧纲及其宫体的文学观,那就是对传统尤其是儒家文学观的解放,追求"新致英奇"萧纲《答新渝侯和诗书》。萧纲的"立身之道,与文章异:立身先须谨慎,文章且须放荡"《诫当阳公大心书》,讲的是写文章唐前诗亦多称"文章"要放开,而不是行为放纵萧纲死时 49 岁,并无什么荒淫胡闹之举,为人与萧统不无相似。所谓"放荡","荡"是冲决,"放"是解放,实际就是追求"新致英奇"。萧纲之弟萧绎说:"文者,惟须绮縠纷披,宫徵靡曼,唇吻遒会,情灵摇荡。"《金缕子·立言》"绮縠"是绮靡的风格,多与女性有关,所以"情灵摇荡"也就多与男女之情有关。在他们兄弟之前大约一百年的时候,谢惠连说:"未知古人心,且从性所玩。宾至可命觞,朋来当染翰。"《秋怀》"染翰"写诗"从性所玩",还不离晋宋名士的风流潇洒,而"性灵摇荡"或"放荡",就纯然是宫体诗审美追求了。总之,梁代中期的文学较之前已有了进一步的变化,诗歌益趋绮艳、柔靡,文亦更讲求声律对仗和辞藻,突出追求感性形式和感官刺激之美,与宋、齐文风尚慕典雅有别。这与萧纲等人的文学观是分不开的。

《玉台新咏》的另一个价值,是保存了许多名篇,像《陌上桑》、《古诗为焦仲卿妻作》,《文选》均不收,而赖《玉台新咏》得以传世。曹植的《弃妇》、庾信的《七

---

① 清·吴兆宜《玉台新咏笺注·序》说"孝穆所选诗凡八百七十章","宋刻不收者一百七十有九"。据吴注本统计实得 843 首。而吴注本中宋刻所收实为 664 首(笔者按:吴注本把不见于宋刻本而只见于后世刻本的诗篇,放在每卷之末并加注说明)。据此,《玉台新咏》原貌今已难知。宋刻删削近五分之一,是些怎样的作品? 考虑到宋人作批评大都道德感过强,所删是否为较淫靡之作呢? 又:卷九录《越人歌》1 首先秦作品,为例外。

夕》，其本集失载，也因《玉台新咏》得以保存。这部集子也体现了宫体诗的局限，前面有所涉及，此处不赘。

2.《文选》是一部风格与性质和《玉台新咏》完全不同的书它是梁代文学和宫廷文学活动之硕果，故系于此。为梁武帝太子萧统501—531及其身边的文人今可知主要有刘孝绰、王钧等所编①，按赋、诗、骚、诏、册、表、启、笺、书、颂、赞、论、墓志、祭文等37类又有39类说，即加移、难二体文体排列，收录周代至梁近八百年间130位作者的作品700多篇此按一题多篇者计，按标题计为514篇。

《文选序》明确指出：不录经、史、子和辞令，因为经是人伦准则，不可删选；子"以立意为宗，不以能言为本"；史主记事褒贬，与单篇作品不同；辞令虽语流千载而事异篇章。所以，《文选》要选的是单篇的好文章：

> 若其赞论史论之综缉辞采，序述史述赞之错比文华，事出于沉思，义归乎翰藻，故与夫篇什诗赋等，杂而集之。

简单说，就是**选诗赋和辞藻华美的各种好文章**。"事出于沉思，义归乎翰藻"两语，是指诗、赋之外各体文章入选的条件。《文选》选录了《汉书》《后汉书》等的论赞文字，重在有见解的骈俪文体《史记》《三国志》传赞不用骈俪故不录。其他文章亦以讲究辞藻和骈俪为标准，所以像王羲之《兰亭集序》因为辞藻不够华丽虽然写得很美也不选录。当时对文章，有"文""笔"之分，"无韵者文也，有韵者笔也"《文心雕龙·总术》，《文选》所选重在有韵之"文"。总之，《文选》所录的作品，赋、骚、诗就是今天所谓的文学作品，其他文章也多以音韵、辞藻之美为标准，不仅反映了当时重骈俪和形式美的风尚，而且反映了汉魏以后要区分美文与非美文、文学走向审美独立的情况。

《文选》所录作品，从**时代**说：秦以前23篇，两汉、三国各约100篇，西晋171篇，东晋25篇，宋齐梁三代246篇，西晋和南朝入选最多。从**文体**说："赋"类赋、骚、七100多篇，先秦两汉占一半以上；"诗"近400篇两汉35首，三国、西晋与南朝各

---

① 《梁书》《南史》萧统传部分和《隋书·经籍志》都说"《文选》三十卷，梁昭明太子撰"。日僧空海（遍照金刚）《文镜秘府论·南卷·集论》："梁昭明太子萧统与刘孝绰等，撰集《文选》"。近年曹道衡、沈玉成《南北朝文学史》认为被萧统"深爱接之"的刘勰也可能参与编撰工作。

180 多篇;其他文体 140 篇 先秦两汉 34 篇,三国两晋 52 篇,宋齐梁 54 篇,都是近代比古代多。这表明了编者"踵事增华"的文学发展观。从**作家**说,入选 20 篇以上的分别是①:曹植 40、潘岳 23、陆机 110,含《演连珠》50 首、谢灵运 40、颜延之 27、鲍照 20、江淹 35、任昉 21、谢朓 23 等,则又不受时代限制 9 人中只有任昉、谢朓属齐梁。所以,最重要的还是审美**风格和趣味**。

《文选》标准是尚"雅",其实是一种"涂饰了齐梁色彩的儒家"文学思想②,要求"丽而不浮,典而不野,文质彬彬" 萧统《答湘东王求文集及〈诗苑英华〉书》,讲究道德和理性。这使它和《玉台新咏》截然相异。中国古代"雅"的反面,一是"靡",一是"俗"。所以,《玉台》中靡丽的艳诗和咏物诗,《文选》一概不收;而对于两汉以下较为浅俗的乐府、民歌,《文选》也基本不收《陌上桑》《孔雀东南飞》等名篇,《子夜歌》《折杨柳》等时俗歌曲均未入选;中国古代的"雅",又偏于重理轻情,所以《文选》也很少收情诗,张衡《同声》、繁钦《定情》、杨方《合欢》等出色之作无一收录 而《玉台》均录;汉魏六朝的小赋,往往突出个人哀怨的抒写,有时也表现男女之情,所以收录的也很少。

总之,《文选》所反映的是偏于传统的观点和趣味,虽然有些保守,遗漏了一些应选的作品,但所选大都是普遍传诵之作,对于总集的编选来说,这仍然是一种较为平允可行的办法。

《文选》在中国历史上很有影响。前人许为"总集之弁冕"、"文章之渊薮"。它在唐代尤受重视,大概与唐代特别看重以诗赋取士的进士科有关。因为是朝廷选拔人才的考试,行文要典雅,不能浮艳轻薄,又要文辞富赡,表现才华,于是《文选》就是最好的范本。杜甫诗有"续儿读《文选》"、"精熟《文选》理",可见其重视的程度③。宋人又有"《文选》烂,秀才半"的记载 见陆游《老学庵笔记》、《苕溪渔隐丛话》引《雪浪斋日记》等。王安石变法后,科考重策论而轻诗赋,《文选》渐受冷落。清代《选》学复兴,但更多是一种学问似的复兴,即作为小学家训诂考证的宝贵资料而受重视,因为可以借鉴《文选》的字义训诂和李善注所引许多古书佚文。

---

① 《文选》分类编排,统计不易,故各家统计数字颇有出入,实不准确。此处依陈宏天等《昭明文选译注》所附"《文选》著者所引"进行统计,应为准确数字。
② 曹道衡、沈玉成《南北朝文学史》第 227 页,人民文学出版社 1991 年版。
③ 杜甫深受《文选》泽溉,近人李详《杜诗选证》专门研究杜诗和《文选》的关系。

所以屈守元说："清代之治《文选》学者，其术有三，而评议、文法之流不预焉。"①
"五四"新文化运动中，钱玄同等以"选学妖孽，桐城谬种"为靶子，痛加攻击，也
恰恰说明了《文选》在古典文学中的代表意义。《文选》还被译为日文、英文、德
文出版，在国外不断有新的研究成果，是具有世界影响的中国文化典籍。

　　《文选》主要有两种传本：一是唐初李善的《文选注》，引书 1700 多种，注典故
出处极为详博。一是盛唐吕延济等的《五臣注》，因为受到唐玄宗的称赞，一时广
为流传，但疏漏较多，颇受人诟病。其"疏通文义，亦间有可采"《四库提要》，对阅
读《文选》还是有一定帮助的。宋人又合五臣和李善注为《六臣注》刊刻，流行亦
广。另，日本和敦煌石窟都发现有古抄残本。

　　　　阅读书目：1. 陈宏天等主编、阴法鲁审定《昭明文选译注》，吉林文史出版社 2007 年版。

　　　　　　　　2. 宋·尤袤刻本影印本李善注，中华书局 1974 年版。

　　　　　　　　3. 清·胡克家刻本影印本李善注，上海书店 1988 年版。

　　　　　　　　4.《四部丛刊》影印宋刻六臣注本。

三、庾信多方面的文学成就

　　庾信 513—581，字子山，小字兰成，南阳新野今属河南人。出身在一个"七世举
秀才，五代有文集"的家庭，其父庾肩吾是萧纲的"高斋学士"。"父子在东宫，出
入禁闼，恩礼莫与比隆。既有盛才，文并绮艳，故世号为徐庾体焉。当时后进，竞
相模范，每有一文，京都莫不传诵"《周书·庾信传》。他 20 来岁入仕梁朝，33 岁出
使东魏。当时南北关系比较缓和，"大国修聘礼，亲邻自此敦"《将命至邺》。但两
年后东魏司徒侯景降梁，梁武帝不听劝告，封他为河南王，次年侯景反，攻陷金
陵。庾信沿江逃向江陵，一路上吃尽了苦头。他的二儿一女，都在战乱中死去，
父亲庾肩吾也在江陵会面后不久辞世。整个社会在战乱中遭受严重破坏，"都下
户口，百遗一二"。552 年庾信 40 岁平定战乱，梁元帝在江陵即位，庾信为御史中
丞。两年后，他奉命出使西魏，西魏却派大军侵梁，江陵陷落，元帝遇害。魏军除
杀戮外，将 10 万人虏至长安，充为奴隶。庾信妻、母均被虏，因为他是安定公宇

---

　　① 　上引分别见屈守元《名家名著导读·文选》第 91、101 页，巴蜀书社 1996 年版。

文泰的好友,才被放还。君亡国灭,庾信"三日哭于都亭都城内的亭子,三年囚于别馆正馆之外的馆舍。庾信被囚,不能居使者正馆"《哀江南赋序》。后仕魏。北周代魏,庾信官至骠骑大将军,进爵义城县侯。在北方28年,历二朝五帝。他瞧不起寒门出身的陈霸先,因而不愿南归;但在陈、周关系改善,不少羁留北方的士人纷纷南归的情况下,垂老的庾信乡关之思和今昔之感浓重,留下了《哀江南赋》等一系列名作。

庾信早年参与东宫酬唱,又与长沙王萧韶为"断袖之欢",其作难逾宫体浮艳之风。中年后经历战乱,滞留异乡,人生体验非同寻常,作品趋于感慨深沉。杜甫曾以"清新庾开府"相称,又说:"庾信文章老更成","暮年诗赋动江关"。可见其前后期创作风格的变化。由于金陵、江陵两次战乱,他的早期创作留存很少,尤其好作品多是后期所作。其乐府诗受到王夫之等的推崇,《昭君辞》、《怨歌行》、《燕歌行》等可为代表:

敛眉光禄塞,还望夫人城。单于返国时自请愿留居光禄塞下。夫人城此时为汉地。胡汉相争汉军乘胜追北至范夫人城。

片片红颜落,双双泪眼生。

冰河牵马渡,雪路抱鞍行。抱鞍:伏鞍。

胡风入骨冷,夜月照心明。

方调琴上曲,变入胡笳声。笳:箫,起于胡。

——《昭君辞》

古代咏昭君的诗不少,这一首是很出色的。恐怕与作者滞留西魏、北周,不得南归的人生经历有关。

家住金陵县前,嫁得长安少年。金陵:今南京,古名伏龙,东吴曾开矿采金,改名金陵。

回头望乡落泪,不知何处天边。县:古天子所居为县。金陵是吴东晋宋齐梁陈的国都。

胡尘几日应尽,汉月何时更圆。胡、汉二句希望萧梁能恢复山河一统,结束分裂。

为君能歌此曲,不觉心随断弦。断弦:高亢悲哀之声。声高出于急弦,弦急易断。

——《怨歌行》

这种女子远嫁的怨恨中,毫无疑问寓有作者被迫远仕异国,望乡落泪的悲伤。清·倪璠注:"《怨歌行》者,自喻。信本吾人,羁旅长安,同于女子伤嫁。"

他的小诗,已近唐人五、七言绝句,其中有不少出色之作:

玉关道路远,金陵信使疏。玉关:玉门关,故址在今甘肃敦煌西北。此泛指北方。

独下千行泪,开君万里书。

——《寄王琳》。教材 p.380

阳关万里道,不见一人归。阳关:在今甘肃敦煌西南,是通往西域道路上的关口。

唯有河边雁,秋来向南飞。

——《重别周尚书》。教材 p.380

石影横临水,山云半绕峰。

遥想山中店,悬知春酒浓。悬知:犹"遥想",凭意念想象。春酒:酒冬酿春熟,故称。

——《山斋诗》

杂树本惟金谷苑,诸花旧满洛阳城。金谷苑:晋石崇建,在今河南洛阳东北。

正是古来歌舞处,今日看时无地行。古来歌舞处:洛阳是东汉、魏、西晋的首都。

——《代人伤往》

失群寒雁声可怜,夜半单飞在月边。

无奈人心复有忆,今暝将渠俱不眠。今暝:今夜。渠:代词,它,指雁。

——《秋夜望单飞雁》

后两首在当时是难得的七言佳作。林庚说:"七言诗自鲍照奠定了基础,以陌生的姿态在诗坛出现后……直到庾信的作品才正式进一步发展"，他的《燕歌行》也不乏流畅美丽的名句：

> 代北云气昼昏昏，千里飞蓬无复根。代北：泛指汉、晋代郡以北，在今山西忻州东北。
>
> 寒雁邕邕渡辽水，桑叶纷纷落蓟门。……邕邕：和乐貌。辽水：辽河。蓟门：燕都城门。

而其《春赋》首章"新年鸟声千钟啭，二月杨花满路飞……一丛香草足碍人，数尺游丝即横路"，"正是唐人七言歌行的先河"林庚《中国文学简史》192页。

他的五言诗《拟咏怀》27首，标明"拟"阮籍的《咏怀》。其中述思乡伤乱之情，多被推崇。而王夫之谓其"皆汗漫不可以诗论"《古诗评选》，其中确有一些作品或内容汗漫，或"句句用事，巧合成片，雕琢极矣"，但王氏批评太过，因为其中也有难得的佳作：

> 日晚荒城上，苍茫余落晖。
>
> 都护楼兰返，将军疏勒归。都护：汉始置之督护西域诸国官。楼兰：汉西域城国，在今新疆。疏勒：汉西域城国，在今新疆。
>
> 马有风尘气，人多关塞衣。关塞：边疆险要关口。
>
> 阵云平不动，秋蓬卷欲飞。阵云：战地烟云。两句喻战事胶着而激烈。
>
> 闻道楼船战，今年不解围。楼船：用于作战的有楼的大船，此形容战争规模大。
>
> ——《拟咏怀》其十五

像唐代的边塞诗，而比王维的《使至塞上》更为深劲有力。

> 无闷无不闷，有待何可待。《易》："遁（逃）世无闷"，此反言之，谓无闷也闷，实伤仕北。
>
> 昏昏如坐雾，漫漫疑行海。漫漫句：以船在无边的海里摇晃令人昏晕难受形容郁闷。

千年水未清,一代人先改①。

昔日东陵侯,唯见瓜园在。邵平为秦东陵侯,秦亡种瓜青门外,瓜美,谓之"青门瓜"。此言己本梁臣,梁亡留于长安,若东陵侯也。

——《拟咏怀》其二十三

寻思万户侯,中夜忽然愁。"言己不能为国建功勋也。"(倪璠注)

琴声遍屋里,书卷满床头。自己一介书生,只能以琴书遣生。

虽言梦蝴蝶,定自非庄周。自己不是庄周,做不到他那人生如梦而栩栩然的境界。

残月如初月,新秋似旧秋。时间无意义的重复。

露泣连珠下,萤飘碎火流。四句写景,以见岁月流逝,而人生仍凄然如秋露,委琐似萤虫!

乐天乃知命,何时能不忧!反《系辞》"乐天知命故不忧"。"言己功业都捐,琴书何益,光华已晚,瞬息衰秋,思之甚可忧也"。(倪璠注)

——《拟咏怀》其十八

这与阮籍《咏怀》的风格极似可与阮籍"寄愁天上,埋忧地下"的作品对读。苦闷、忧愁,至于绝望!因为从来如此千年水未清、毫无前途有待何可待。像秦东陵侯召平那样的王侯,在亡国后也只能隐居种瓜。追求王侯将相之功业,不得或得之不保使人愁;寄意琴、书也不能使人销忧遣愁;虽说人生如梦却又不能像庄周那样旷达;生命只是时间无意义的重复残月如初月,新秋似旧秋,"昏昏如坐雾,漫漫疑行海",哪能乐天知命就可以不愁不忧啊!对人生沉重之描写真是深刻,笔力千钧!《拟咏怀》中这样的诗句是不少的:"倏忽市朝变,苍茫人事非","怀愁正摇落,中心怆有违","其面虽可热,其心长自寒","其觉乃于于舒缓貌,其忧惟悄悄"……

总体来看,庾信的诗,有魏晋风力,也有齐梁词华,这是由其人生经历和时代的文学风气造成的。

庾信在中国诗歌格律形式的发展上有重要贡献,前人说他"乃六朝而后转为五古、五律之始"李调元《雨村诗话》;"《燕歌行》开唐初七古,《乌夜啼》开唐七律,

---

① 倪璠注:"无闷无不闷,言己不隐不仕也;有待何可待,言欲待梁兴而梁反亡也;昏昏如坐雾,言己之昏聩也;漫漫疑行海,言己无所归也;千年水未清,一代人先改,盖伤梁运之遂终也。"

其古体为唐五绝、五律、五排所本者,尤不可胜举"刘熙载《艺概·诗概》。唐诗形式的准备非一日之功,但庾信差不多是临门一脚的人,关系更为直接。由于大诗人杜甫等的推崇,庾信地位很高,就诗歌的总体美学水准而论,他也确堪殿曹、阮、陶、谢、鲍诸人之后。

庾信的辞赋很著名。前期之作《春赋》《荡子赋》等,绮靡生情;后期诸篇《小园赋》《枯树赋》等,沉郁顿挫。《哀江南赋》一篇其《序》见教材 p.224 ,有"冠绝古今"之誉。

该赋写于 60 多岁在北方仕周时,连同序文四千余字,用双线结构,将"念王室"与"悲身世"两条线索穿插绾合,一面反思梁朝败亡经过,对其政治荒唐、骨肉相残给予沉痛的批判;一面哀叹自己身家沦落,抒发被迫羁留北方的哀怨。

梁武帝萧衍开国执政近五十年,江表无事,"宰衡执政者以干戈为儿戏,缙绅官吏以清谈为庙略朝廷的谋略。乘渍水以胶船乘坐胶粘的船行于积水中,驭奔驹以朽索用腐朽的绳索驾驭飞奔的马",朝政溃散;迨侯景乱起,"晋、郑靡依,鲁、卫不睦",诸王但知自谋,武帝、简文萧纲相继被害。中宗元帝萧绎虽夷凶靖乱,而"沉猜猜忌则方逞其欲,藏疾饰过则自矜于己……既言多于忌刻说话过于刻薄,实志勇而刑戮刚勇至于残忍。但坐观于时变坐视诸王讨伐侯景,本无情于急难兄弟危难却拥兵不救。地惟黑子辖地像人体的黑痣那样小,城犹弹丸江陵城只如弹丸一样大,其怨则黩结怨越来越深[黩 dú:深黑色],其盟则寒盟友越来越少[寒:冷淡,贫乏]",国家就只有灭亡一条路了。

萧詧 chá 元帝侄儿引西魏兵伐江陵,杀元帝,"虽借人之外力,实萧墙官内作屏遮作用的矮墙之内起"。江陵一破,10 万人被虏至长安。此时庾信出使西魏被羁,"逢赴洛之陆机吴亡离乡北上京洛,见离家之王粲董卓乱起南下荆州。莫不闻陇水而掩泣,向关山而长叹"。庾信家人亦在被虏之中。"家有直道,人多全节。训子见于纯深家教纯正严格,事君彰于义烈为官显扬正义与功业"的庾家,自八世祖庾滔从河南新野南迁江陵,庾信的高祖、曾祖、父亲显达。所以他深悲"惜三世而无惭,今七叶而始落"!自己"遭时而北迁:提挈老幼,关河累年;死生契阔,不可问天;况复零落将尽自己流落北方死期不远,灵光岿然只有汉灵光殿在变故中岿然独存"!

庾信在垂暮之年,"追为此赋,聊以记言,不无危苦之辞,惟以悲哀为主"。所谓"记言"即记述家国兴亡,所以《哀江南赋》堪称一代"赋史"——这在御苑、京

都、述行等之外更加拓展了赋的题材范围。还有人认为其叹兴亡、悲身世的主
题,可与《离骚》相比何沛雄《读赋拾零》:"昔屈平被谗,而赋离骚;子山去国,痛哀江南——
岂危苦之词易工,萧瑟之音多感乎!"①洪亮吉《北江诗话》也曾说"庾信《哀江南赋》,无意学
《骚》,亦无一类《骚》,而转似《骚》。"。

该赋在语言形式上则是骈体四六之典范《四库提要》说庾信"骈偶之文则集六朝之大
成,而导四杰之先路,自古迄今,屹然为四六宗匠";用典也十分突出:古典和当朝故事一并
运用,几乎无句不典——这虽然成就了典重厚实的风格,但也增加了阅读的困难②。

   阅读书目:清·倪璠《庾子山集注》,中华书局 1980 年版。

四、何逊、阴铿、江总

   太康体讲究词藻与对仗,元嘉体益之以模山范水的描写艺术,永明体再加上
追求音辞流美,一路下来,形成诗体发展的历史趋势。到齐梁陈隋之际,文人概
被包罗,在其中并展秀才,各呈慧心。虽或情兴飞扬之力不足,而体物精微、妙句
络绎,可以形象美观动人。——后来唐人因此,而表现自身的慷慨气象,就成为
中国古典诗歌的巅峰之作了。时间关系,举例以见。

   1. 何逊?—518,梁代诗人,早慧,官至安成王尚书水部郎、庐陵王计室,故称
何水部、何计室。诗与谢朓、阴铿并称,受到梁元帝和沈约的赞赏,杜甫也曾说
"颇学阴铿何逊苦用心"。其诗长于写景,物色情思互相衬托,而词语清隽,颇多
美致。如《慈姆矶》教材 p. 371。慈姆矶在慈姆山麓,江苏江宁县南、安徽当涂交界之地,积
石临江,故名:

   暮烟起遥岸,斜日照安流。遥:远。遥岸形容江面宽阔。安流:江水平静。

———————————

① 何沛雄编《赋话六种》,第 122 页,香港万有图书公司 1975 年版。
② 王若虚:"庾信《哀江南赋》堆垛故实……荒芜不雅,了不足观。"并举出"不成文"的语句,说"嗤点
   流传赋……未为过也"(《文辨》)。此可见唐时嗤点者不少。按:骈文喜欢用典,为求对偶又常牵
   合成文,文体本身即有所短,虽名家亦不能句句尽妥,长篇语有未安甚或不成话者在所难免。即
   如上面所举"既言多于忌刻,实志勇而刑戮",非偶非散,不伦不类,实非佳语。但因此严责甚至否
   定此赋则非评文之道。全祖望进而由庾信失身异族而否定其作品,更是评文大过。

一同心赏夕,暂解去乡忧。傍晚同友人一起欣赏江景而暂忘背井离乡之忧。

野岸平沙合,连山远雾浮。水合于荒野沙岸,雾浮于连绵远山。

客悲不自已,江上望归舟。自己在客游的船上伫视朋友的归舟。

友人坐船送他到慈姆矶,暂做盘桓,而后返回。江山壮阔之景使分别和客游之情更显得苍茫浑厚。"野岸"一联,杰出而自然。还有小诗如:

柳黄未吐叶,水绿半含苔。

春色边城动,客思故乡来。

——《边城思》

客心已百念,孤游重千里。百念:百感交集。重:更加。百念、孤游、千里三重递进。

江暗雨欲来,浪白风初起。

——《相送》教材 p. 372

两诗都是情景相生,深厚含蓄,言有尽而意无穷的力作。

阅读书目: 1.《何计室集》,见张溥《汉魏六朝百三名家集》,上海古籍出版社 1993 年版;又江苏古籍出版社 2002 年版。

2.《何逊集》,中华书局 1980 年版。

2. 阴铿 生卒年不详,陈代诗人,官至晋陵太守、员外散骑常侍,故称阴常侍。他也是早慧的诗人,尤善于五言,与何逊齐名,风格亦相近。如《五洲夜发》五洲:湖北浠水西之江中:

夜江雾里阔,新月迥中明。迥:远。

溜船惟识火,惊凫但听声。此写夜黑。溜船:顺流而下的船。

劳者时歌榜,愁人数问更。劳者:划船的人。歌榜:唱船歌。榜:桨。数 shuò:屡次。

黑夜的广袤深沉,着以光亮_{月、火}、声响_{鸟叫、船歌},再结以"愁人数问更",点出黑夜盼不到头的感觉。这首诗把黑夜的广袤深沉真写到十分了。又《江津送刘光禄不及》:教材 p.373

> 依然临江渚,长望倚河津。依然:依依难舍的样子。津:渡口。此联主语为诗人自己。
>
> 鼓声随听绝,帆势与云邻。古代以打鼓为开船的信号。鼓声早停,帆已到云边了。
>
> 泊处空余鸟,离亭已散人。江边人已散尽,只有鸟逐浪飞。
>
> 林寒正下叶,钓晚欲收纶。寒风落叶是渲染凄寂,钓晚收纶是怅望之久。纶:钓鱼线。
>
> 如何相背远,江汉与城闉。相背:分离。江汉、城闉指分离的两地。城闉:泛指城池。

写为友人送行,赶到江边船已去远,码头上人已散尽,寒风中树叶飘落,岸上垂钓的人也收纶回家,作者却仍然依依不舍地站在那里,久久地向云水相接处眺望……这样写别情与把酒话别的写法不同,其细腻、深婉、绵长却十分突出。

阅读书目:阴铿文不传,诗《阴常侍集》有明清辑本,不易见。逯钦立《先秦汉魏晋南北朝诗》陈诗卷一收录较完备,中华书局 1983 年版。

3. 江总 519—594,陈代诗人,由梁入陈,官至尚书令,世称"江令"。陪侍后主歌宴游乐,最得优宠,与陈暄等十余人,当时谓之"狎客"—起饮酒作乐的极亲昵之人,因而颇受讥议。其诗虽无深致,却颇见才华。七言诗被称道,有近 20 首,在南北朝是最多的。其音调流畅之极,辞华韵致都很出色,突出体现了南朝美文学的魅力。如:

> 行行春径藤芜绿,织素那复解琴心。行行:此指路远。琴心:司马相如弹琴挑逗卓文君。

乍惬南阶悲绿草，谁堪东陌怨黄金。乍惬：一时惬心。黄金：指柳叶。不堪春意。

红颜素月俱三五，夫婿何在今追虏。明月十五圆，红颜十五红，夫婿却在边疆杀敌。

关山陇月春雪冰，谁见人啼花照户！陇：泛指边疆。末句说春花耀庭人却独悲。

————《杂曲》其一

寂寂青楼大道边，纷纷白雪绮窗前。青楼：涂饰青漆的楼，常指闺阁。绮窗：雕花的窗。

池上鸳鸯不独自，帐中苏合还空然。苏合：香名。然：同燃。以鸳鸯成双衬帐中独眠。

屏风有意障明月，灯火无情照独眠。

辽西水冻春应少，蓟北鸿来路几千。辽西、蓟北：泛指北方边地。

愿君关山及早度，念妾桃李片时妍！妍：美。

————《闺怨篇》

江总的五言诗也不弱，《遇长安使者寄裴尚书》是一首杰出的作品：

传闻合浦叶，远向洛阳飞。《交州记》：粤桂海滨之地合浦的杉叶，飘落到洛阳。

北风尚嘶马，南冠独不归。前句为"马尚嘶北风"的倒装。南冠：此作者自指。

去云目徒送，离琴手自挥。云归人不归，却要弹琴送使者北归。

秋蓬失处所，春草屡芳菲。秋蓬：喻漂泊。两句对比以形在漂泊中年华徒逝。

太息关山月，风尘客子衣。关山月：乐府诗题，多写边塞征人望月怀乡。

江总在梁末侯景之乱时流寓广州，前后近 20 年陈文帝天嘉四年(此时陈建国已七年)才被招还，突然有陈朝使臣前来，江总写这首诗托使者转呈当朝尚书，表达流落思归之悲，情思深沉，用笔老练，语虽偶俪而不乏汉魏风力。

杜甫有"远愧梁江总"之句，韩愈说"久钦江总文才妙"，李商隐说杜牧"前身恐是梁江总"，都对江总不无佩服。宋·黄彻《碧溪诗话》在引述这些材料的同时,说"江总乃败国奸回",不值一提,其称赞者皆"未可与言史"。宋人的文学批评,往往道德要求太过,此又是一例。江总为人并不高明,但其诗才却相当突出,适当分开评价,才是真正科学的态度。

阅读书目:《江令君集》,见张溥《汉魏六朝百三名家集》,上海古籍出版社 1993 年版;又江苏古籍出版社 2002 年版。

第十七讲　南北朝民歌

　　郑振铎说:"六朝文学的最大的光荣者乃是'新乐府辞'。有人说,六朝文学是'儿女情多,风云气少'。新乐府辞确便是'儿女情多'里的产物。有人说,六朝文学是'连篇累牍不出月露之形'。新乐府辞确便是'风花雪月'的结晶。这便是六朝文学之所以为'六朝文学'的最大的特色。这正是六朝文学之最足以傲视建安、正始,踢倒两汉文章,且也有殊于盛唐诸诗人的所在。人类情思的寄托不一端,而少年儿女们口里所发出的恋歌,却永远是最深挚的情绪的表现。……他们的歌声是永久的人类的珠玉。……在中国文学史上,可以说,没有一个时期有六朝那么自由奔放且又那么清新健全的表现过这样的少年男女们的情绪过的。"①他用的不是严整的逻辑语言,而是诗一样的语言,却足以引起我们对六朝乐府民歌的重视。

一、南朝民歌

　　南朝是民歌发达的时代,其作品全部收录于南宋郭茂倩所编的《乐府诗集》中,共约四百首,大部分属于"清商曲辞",少量属于"杂曲歌辞"、"杂歌谣辞"。绝大部分是情歌,主要反映的是城市中下层市民的生活,直接涉及农村的不多。以真挚缠绵、清新绮艳为特色,具有浓郁的生活气息,读之余香满口、动人芳思。很多利用谐音、隐喻、暗示,篇短味长。

　　"清商曲"按地域又分为"吴声"和"西曲"。

---

　　① 郑振铎《插图本中国文学史》第 195—197 页,人民文学出版社 1957 年版。

　　"吴声"繁荣于晋室南渡_{东晋}以后,地域为以建康为中心的长江下游,主要在今江浙一带。"其始皆徒歌,既而被之管弦"。原用篪 chí _{竹制乐器}、箜篌、琵琶,后用笙、筝等伴奏_{《乐府诗集》卷44}。现存歌辞约 330 首。"子夜歌"最多,此外有"欢闻"、"前溪"、"丁督护"、"华山畿"、"碧玉"、"桃叶"、"懊侬"、"读曲"等①。多为五言小诗,精美之作极多:

> 秋风入窗里,罗帐起飘扬。
> 仰头看明月,寄情千里光。

——《子夜四时歌·秋歌》教材 p. 382

> 渊冰厚三尺,素雪覆千里。
> 我心如松柏,君情复何似?

——《子夜四时歌·冬歌》教材 p. 383

> 打杀长鸣鸡,弹去乌臼鸟。_{乌臼:候鸟,天明而啼,又名黎雀。}
> 愿得连冥不复曙,一年都一晓。_{冥:黑夜。}

——《读曲歌》教材 p. 384

> 宿昔不梳头,丝发披两肩。_{宿昔:早晚。}
> 婉伸郎膝上,何处不可怜。_{婉伸:转侧缠绵。可怜:可爱。}

——《子夜歌》

> 夜长不得眠,明月何灼灼。
> 想闻散唤声,虚应空中诺。_{唤、诺:叫名与答应。}

——《子夜歌》

> 春林花多媚,春鸟意多哀。
> 春风复多情,吹我罗裳开。

——《子夜四时歌·春歌》

> 芳萱初生时,知是无忧草。
> 双眉画未成,那能就郎抱。_{双眉句:尚未到开脸打扮之时,即年龄尚小。}

——《读曲歌》

---

① 　这些曲调的产生,多有很感人的故事,可参见《乐府诗集》卷45—47。

日暮风吹,叶落依枝。叶落而对树枝依依不舍。

丹心寸意,愁君未知。丹心:赤心,忠贞之心。

——《青溪小姑歌》

"西曲"时代略晚于吴声,多数产生于宋、齐两代,地域为以江陵为中心的长江中游和汉水流域,约当今湖北及其与之接壤的湖南、江西、河南部分地区古所谓荆、郢、樊、邓。有"乌夜啼"、"莫愁乐"、"襄阳乐"、"采桑度"、"江陵乐"、"青阳度"、"那呵滩"、"孟珠"、"杨叛儿"、"月节折杨柳"等 34 曲,可分为舞曲和倚歌。现存歌辞约 135 首。

蚕生春三月,春桑正含绿。

女儿采春桑,歌吹当春曲。"春"亦春情。

——《采桑度》

青荷盖绿水,芙蓉披红鲜。

下有并根藕,上生并头莲。

——《青阳度》

望欢四五年,实情将懊恼。欢:喜欢的人,爱人。懊恼:烦恼、不如意。

愿得无人处,回身与郎抱。

——《孟珠》

我情与欢情,二情感苍天。

形虽胡越隔,神交中夜间。胡:北方;越:南方。

——《平西乐》

春蚕不应老,昼夜常怀丝。丝:谐音"思"。

何惜微躯尽,缠绵自有时。

——《作茧丝》

女萝自微薄,寄托长松表。

何惜负霜死,贵得相缠绕。

——《襄阳乐》

菰生四五尺,素身为谁珍,盛年将可惜。菰 gū:俗称茭白,水生。

　　折杨柳,作得九子粽,思想劳欢手。

——《月节折杨柳歌·五月歌》

　　上面所举这些吴声、西曲作品,或大胆,或含蓄,或亲昵,或执着,或呈爱的赏玩之欢,或表情之坚贞之愿;手法上或想象,或写实,或用比拟,或借谐音,或借景传情,或直抒胸臆,无一不是优美动人的①。

　　当吴声、西曲流行之时,文人如沈约、鲍照、萧衍梁武帝、萧纲梁简文帝等都加仿作,对宫体诗和绝句诗的产生有重要影响。

二、北朝民歌

　　北朝诗歌,最有代表性的是乐府歌辞。永嘉之乱,晋代一部分乐工连同乐器为刘聪、石勒所获。后北魏已建立正式的乐署,这当然促进了民歌的采集与传播。现在我们见到的北歌,绝大部分保存在《乐府诗集·梁鼓角横吹曲》中。"鼓角横吹曲"大概本来是北方军中之乐,在马上演奏。从东晋至梁,不断传入江南,梁陈以后,为不少南方士大夫和帝王欣赏。这些用汉语记录保存下来的少数民族诗歌,与江南以爱情为主、格调缠绵的吴声、西曲不同,题材不乏北方游牧民族骑射尚武、豪侠慷慨之写照。加之北方战乱多,所以多有写战争及其所造成的流离生活的作品。其恋歌也是坦率直接的粗犷风格。

　　北朝民歌的杰作有《木兰诗》教材 p.391 与《敕勒歌》教材 p.394 。另《琅琊王歌辞》教材 p.388《折杨柳歌辞》其三教材 p.390 、《陇头歌辞》其一教材 p.390 亦有特色。有极精采而为教材未选者如:

　　　　李波小妹字雍容,褰裙逐马似卷蓬。褰 qiān:提起。卷蓬:风卷蓬草。
　　　　左射右射必叠双。妇女尚如此,男子安可逢!

——《李波小妹歌》

　　腹中愁不乐,愿作郎马鞭。

---

① 偶听现代荆门(原西曲故地)民歌,仍有与西曲相似风格。如:"日上三竿正当阳,情姐下河洗衣裳。手拿棒头闪几闪,一洗衣裳二望郎。"

　　出入擐郎臂,蹀坐郎膝边。擐 huàn:套。指在郎臂腕中出入多次。蹀:顿足,撒娇动作。

——《折杨柳歌》

　　侧侧力力,念郎无极。侧侧力力:内心冲动不安。

　　枕郎左臂,随郎转侧。

　　摩拊郎须,看郎颜色。摩:抚摩。颜色:表情、心意。

　　郎不念女,各自努力。即《诗·郑风·褰裳》“子不我思,岂无他人?”

——《地驱乐歌》

三、讲读《木兰诗》、《敕勒歌》

　　1.《木兰诗》是一首杰作,但对它产生的时与地,宋代以来一直聚讼纷纭。萧涤非将其产生的时间,概括为唐以前和唐代两派,而以为“仍属北朝为允”,“断乎非唐人作”①。近来章培恒等认为其“时代和地域还是一个值得研究的问题”,对断为北朝作品提出质疑②。它在总体上比较古朴,不类唐调,但“万里赴戎机,关山度若飞。朔气传金柝,寒光照铁衣。将军百战死,壮士十年归”一节又很难说不类唐风;而“策勋十二转”③、“天子坐明堂”④又明显关乎唐代故事,因而很多人认为它经过了唐人的润色。这样也可以说它是一种起于北方民间流传、后经文人加工而累积形成的作品。有的学者将其中描写的战争看作是北魏与柔然在黑山、燕然山一带的交战,则便于疏讲文本。

　　《木兰诗》塑造了木兰这样一位巾帼英雄。她本是一位勤于织绣的少女,不得已女扮男妆,代父从军,在北朔苦寒之地与敌人长年战斗,以功勋不断升迁,其后不受尚书高位,回归故乡,受到家人的热情欢迎,恢复女儿之身,使当年的战友不胜惊愕! 这样一位女英雄,体现了“中国传统文化与北朝尚武风俗之融合”。

　　《木兰诗》对故事的处理很有特点,写木兰代父从军的起因和准备比较详细,回归家乡景象的描写也比较详细,而对战场的经历、战斗的业绩,则概括略写。

---

　　① 萧涤非《汉魏六朝乐府文学史》第 290—293 页,人民文学出版社 1984 年版。
　　② 章培恒、骆玉明主编《中国文学史新著》上第 390 页,复旦大学、上海文艺出版社 2007 年版。
　　③ 策勋:纪功。十二转:累次升迁(升一等为一转)。唐代武德七年定骑尉到上柱国十二等为勋官。
　　④ 明堂:天子用来祭祀、朝会、教学、选士等的地方,唐武则天始建明堂。

这样写,突出了她的女儿身份,而不是勇士身份,重点落在生活而不是战争上,主题十分高明。同时,这样的写法,还突出了木兰的孝心和对家人的情感;回家的情景又创造了一种特殊的喜剧效果。这是一种热爱生活的幽默感生成的喜剧让你惊奇、爱煞,"与以讽刺为特征的西方喜剧大不相同"①。

因此,《木兰诗》被认为是祖国诗史上罕有的杰作,它与《焦仲卿妻》一起,构成先唐中国叙事诗的双璧。

2.《敕勒歌》是北朝民歌的又一杰作。短短 27 个字,横绝古今。民歌自然天工之绝美,往往是人力莫及的。

> 敕勒川,阴山下,敕勒:族名,时居今山西北部。阴山:起于河套西北穿过内蒙接内兴安岭。
>
> 天似穹庐,笼盖四野。穹庐:游牧民族所居的圆顶帐篷,即蒙古包。
>
> 天苍苍,野茫茫,苍苍:高远;亦解作青色,不佳。茫茫:广远。
>
> 风吹草低见牛羊。见 xiàn:同"现",显现。

我曾坐车沿大青山阴山之一段南麓行进一整天,极喜其苍莽巍峨。山下时有牧场与山势相衬托,景象与江南极不相同。牧民背靠苍莽的青山,住着可以逐草而居毡帐,头上是高远的天空,脚下是苍茫的草原,开口是高扬的调子,真是适合唱《敕勒歌》这样的歌曲的。所以这首诗直接写的是山川草原互相衬托的雄伟景象,而在这景象中生活的人,以天为穹庐,但天这个穹庐,大到笼盖四野,逐草而居的牧民真是以天为家的"天民",唱的是这种响彻天宇的壮丽豪迈的调子。诗歌从山、川、天、野一路唱下来,落到"风吹草低见牛羊"一点上,作"现"不作"见",面对这一切的似乎是超人的自然,但"现"其实还是"见","现"出来而无"见"者又何"现"可言!只不过"见"的主体如同自然一样广阔而豪迈罢了。所以读这首诗,不仅要欣赏景象的壮阔,更要欣赏人性的壮阔!

据说,公元 546 年东、西魏交战,东魏丧师数万,军心涣散,大将斛律金在宴会上唱这首《敕勒歌》,一时士气振奋。这说明了《敕勒歌》风力强健。又据《乐

---

① 参见《汉魏六朝诗鉴赏辞典》第 1573 页,上海辞书出版社 1992 年版。

府广题》,这首诗是鲜卑语的汉译,译得真是出色。

阅读书目:宋·郭茂倩《乐府诗集》,上海古籍出版社 1998 年版。

第十八讲　散文、骈文与抒情小赋

一、"通脱"与文章的发展观念

鲁迅《魏晋风度及文章与药及酒之关系》中讲:汉末士人自命清流笔者按:需要指出这是因为与当时戚、宦之污浊抗争,但讲"清"太过,便成固执,做出许多非常可笑的举动。"深知此弊的曹操要起来反对这种习气,力倡通脱。**通脱即随便之意**。此种提倡影响到文坛,便产生了多量**想说什么便说什么的文章**。"所以,曹操"也是一个改造文章的祖师……他胆子很大,文章从通脱处得力不少,做文章时又没有顾忌,想写的便写出来。"①

例如,他在《求贤令》中明确提出"唯才是举",公然说"若必廉士而后可用,则齐桓其何以霸世齐桓公用管仲而霸,管仲治国有能而非廉士,收取大量租税,生活奢侈,家里陈设、待客有如宫廷与国宴者?"所以只要有本事,像陈平那样"盗嫂受金"与嫂子有私情,并接受贿赂的人也应该被举拔。《敕有司取士勿废偏短令》也说:

> 夫有行之士,未必能进取;进取之士,未必能有行也。陈平岂笃行,苏秦岂守信邪?而陈平定汉业佐刘邦兴汉,吕雉死后又与周勃灭诸吕,苏秦济弱燕以合纵说齐王归还燕国十城。由此言之,士有偏短缺点、短处,庸可废乎?有司主持选官的衙门明思此义,则士无遗滞,官无废业也。

这把用人重德的传统和德才兼备的通理都置之不顾,洵为胆大。

---

① 《而已集》第82—83页,人民文学出版社1973年版。

再如，当时的"遗令"本有一定的格式，曹操死前写遗令不但不依格式，"内容竟讲到遗下的衣服和伎女怎样处置等问题"，如将未用的熏香分给夫人、将无法收藏的衣服分给曹丕兄弟等《遗令》。做文章不为既定格式所囿，亦见魄力。

《让县自明本志令》说自己不是能靠隐居出名的人，所以"欲为一郡守，好作政教以建立名誉"，后以平定袁术、袁绍、刘表等，遂"身为宰相，人臣之贵已极，意望已过矣"。但对于要他交出兵权，归就武平侯国在今河南鹿邑县的要求，他却直接说：为私计，"诚恐己离兵而为人所祸"；为公计，"设使国家无有孤我，不知当几人称帝，几人称王"。而且，事实上自己一身关乎国家定乱，"己身败则国家倾危，是以不得慕虚名，而处实祸"。他自己知道，这样说话，"若为自大"，但"欲人言尽即要人无话可说，故无讳耳"。一篇政令，洋洋洒洒，真挚动情，尽吐肝鬲，政治家这样说话，也十分具有个性。

而且我们还要注意：他的这些文章，都是"公文"，相当于现在的官方"文件"，却写得这样通脱、有个性，不能不令人叹奇。

所以，曹操这样的文章，文章本身的好坏还在其次，主要是这种"想说什么便说什么"，想怎样说便怎样说的写作方法，实际上突破了既定思想观念和文章模式的束缚，突出了真情实意的表达和个性表现，对于散文创作的发展具有重要意义。鲁迅说"曹丕的时代是文学自觉的时代"，其实曹操文尚通脱已然提示出文学自觉的题中要义。

曹操的"通脱"作为汉末儒者讲"清"太过的反动，在其后玄学追求自然放达的风气之下，获得了进一步发展。

阮籍、嵇康、刘伶等人，**由随便而至放达、反叛**。嵇康《与山巨源绝交书》肆性而发，尤其"有必不堪者七，甚不可者二"以下一段教材 p. 414—415，"卧喜晚起"、"性复多虱"、"不喜俗人"等，还是随便、放达，"每非汤武而薄周孔"、"刚肠疾恶，轻肆直言"，则不无愤激与反叛。阮籍《大人先生传》"所言皆胸怀中本趣"，对所谓"君子"的人生原则一一反驳，骂世之深，与《庄子》无异。如：

且汝独不见夫虱之处于裈 kūn，裤裆之中乎？深缝匿乎坏絮，自以为吉宅也；行不敢离缝际，动不敢出裈裆，自以为得绳墨也；饥则啮人，自以为无穷食也。然炎丘火流，焦邑灭都，群虱死于裈中而不能出。汝君子之处区内犹区中、世间，亦何异夫虱之处裈中乎！

刘伶唯一存世的《酒德颂》，也假借"大人先生"不顾"贵介_大公子与搢绅_{高官，本为}_{高官装束}处士_{拒不做官的高士}"之"怒目切齿，陈说礼法"以相难，"纵意所如"，"唯酒是务"，"俯视万物扰扰，如江汉之浮萍"，而自己"静听不闻雷霆之声，熟视不见太山之形，不觉寒暑之切肌，利欲之感情"，"无思无虑，其乐陶陶"。这种放达，其实也是以骇行矫世，是一种独特的叛逆与抗争。

　　而陶渊明则**由通脱随便而臻至性自然**，把玄学带来的脱弃尘羁、率性任真推向了不可企及的高峰境界。因此他的那几篇散文与辞赋，像《桃花源记》、《五柳先生传》、《与子俨等疏》、《自祭文》、《归去来兮辞》、《闲情赋》、《感士不遇赋》等，遂成为中国散文史上空前绝后的杰作。如：

　　　　少学书琴，偶爱闲静，开卷有得，便欣然忘食。见树木交荫，时鸟变声，亦复欣然有喜。尝言："五六月中，北窗下卧，遇凉风暂至，自谓羲皇上人_{伏羲}_{时代以上的人}。"《与子俨等疏》

"这种基于生命的独特体验以及真正悟道之后的平静，使得其平常心与天然语，反而显得有点深不可测、妙不可言"①，难以企及了。"他是纯然的一位承袭了魏晋以来的风度的人物，一位纯然的《世说新语》里的文士"_{郑振铎语}。文学史家如是说或许还是低看了他！陶渊明是魏晋风度的典范，恰恰在于他超越了所有魏晋风度的人物——《世说新语》里的文士无人可以达到他的境界。

二、形式的骈化_{形式}

　　汉魏以后，散文出现了骈体化的趋势，遂造成了一种特殊的文体——骈文或骈俪文。两匹马并驾叫做"骈"，夫妻成双称做"俪"，所以，骈文就是词必相对、语必成双的文章。因为对仗行文，就要调平仄_{使两句音调和谐}、用典故_{增加用词量}，便于对偶，所以骈文是很讲究表达形式的文体，刘大杰等称它为"唯美主义"的文

　　①　陈平原《中国散文小说史》第 71 页，上海人民出版社 2004 年版。

学、美文。但骈体文的"体",不仅具有体裁的意义,还有表现形式的意义:各种体裁的文章中,凡以骈俪的形式来表现,都可以称为骈体文。李兆洛《骈体文钞》就集合了铭刻、诏书、奏事、檄移、书、序、论、杂文等31类——可见骈体文囊括众多的文章体裁,尤其是各种实际应用文、公文。

另外,辞赋本多骈俪,魏晋以后更甚。《骈体文钞》虽不录辞赋,但辞赋为骈文之大宗则毫无疑问。林庚说:骈文"介乎诗与散文之间,乃与赋合流包括了诗以外的一切文体……形成了一个骈文的天下"①。

骈俪是世间万物的存在规律和普遍现象。《文心雕龙·丽辞》:"造化赋形,支肢体必双,神理为用,事不孤立。"《骈体文钞序》:"天地之道,阴阳而已……分阴分阳,迭用柔刚。故《易》六位每卦六爻的位置,又称六虚而成章,相杂而为用。"这种现象也在语言中自然存在着。前代典籍所载谣谚就多有对偶,如"宁为鸡口,无为牛后"《战国策》、"直如弦,死道边;曲如钩,反封侯"《后汉书》。我们现代口语中这种现象也是普遍存在的,如"漫天要价,就地还钱"。古代诗文中的对偶句就更多,如"女也不爽过失,士贰其行"《诗·卫风·氓》、"昔我往矣,杨柳依依;今我来思,雨雪霏霏"《诗·小雅·采薇》、"静如处子,动若脱兔"、"攻其无备,出其不意"《孙子兵法》等。这都是自然的骈俪,骈体文则是刻意的骈俪。

现在一般认为:两汉之际骈体文萌兴发展,到魏晋基本确立,六朝是繁兴期,到唐宋则形成"四六文"的大潮②。魏晋六朝的文章,历史著作以外,不骈者甚少,**颜延之、江淹、任昉、徐陵**等足称大家,而**陆机、刘勰、庾信**尤为出色③。这时的文章之所以刻意为骈俪,与当时创作讲求形式美和辞藻美,与文学的自觉,是互为因果的。下面我们按时代次序略举数例:

> 方今蕤宾十二律中第七律,配阴历五月纪时,景风南风扇物,天气和暖,众果

---

① 林庚《中国文学简史》第180页,北京大学出版社1995年版。
② 参见褚斌杰《中国古代文体概论》第162、156页,北京大学出版社1984年版。
③ 章太炎说:"自陆机出,文体大变:两汉壮美的风气,到了他变成优美了。……晋代文学与汉代文学,有大不同之点。汉代厚重典雅,晋代华妙清妍,差不多可以说一是刚的,一是柔的。东晋好谈论而无以文名者,骈文也自此产生了。南北朝时的傅季友(亮,宋人)骈体殊佳,但不能如陆机一般舒卷自如。后此任昉、沈约辈每况斯下了。到了徐、庾之流,去前人更远,对仗也日求精工,典故也堆叠起来,气象更是不雅淡了。"(《国学概论》p.53—54,上海古籍出版社1997年版)

具繁,时驾而游,北遵顺着河曲。从者鸣笳以启路,文学官名,即五官将文学托乘于后车。节同时异,物是人非前文有"元瑜长逝"语,我劳忧愁何如!

——曹丕《与吴质书》

吾虽德薄,位为藩侯屏卫王室的诸侯,犹庶几勠力上国诸侯指帝室为上国,流惠下民,建永世之业,流金钟鼎石丰碑之功;岂徒以翰墨文章为勋绩,辞赋为君子哉! 若吾志未果,吾道不行,则将采庶众官之实录,辩时俗之得失,定仁义之衷中心意旨,成一家之言。虽未能藏之名山达不到司马迁说的藏之名山传之其人的水平,将以传之同好。

——曹植《与杨德祖书》

(蜀国)其郊境之接:重山积险,陆无长毂之径通车的大路;川阨ê厄的异体字流迅,水有惊波之艰。虽有锐师百万,启行不过千夫以道狭路窄也;轴舻千里,前驱不过百舰以江逼水急也。

——陆机《辨亡论》下

归去来兮,田园将芜胡不归! 既自以自己当初以心为形役,奚为何还惆怅而独悲! 悟以往之不谏,知来者之可追来日尚可改正当初。实迷途其未远,觉今是而昨非。舟遥遥同摇摇,摇晃以轻飏,风飘飘而吹衣。问征夫以前路,恨晨光之熹光明微。乃瞻远远看见衡横木为门宇房屋,载欣载奔。童仆欢迎,稚子候门。三径就荒,松菊犹存。携幼入室,有酒盈樽酒壶。引壶觞以自酌,眄无意而见庭柯以怡颜。倚南窗以寄傲,审确知容膝言其狭也之易安。园日涉以成趣,门虽设而常关。策扶老手杖的别名以流漫步憩,时矫举首而遐观。云无心以出岫峰峦,鸟倦飞而知还。景影,日光翳翳昏暗以将入,抚孤松而盘桓!

——陶渊明《归去来兮辞》

世有周子《文选》吕注为周颙,但颙无先隐后宦事,以为假托人物可也。……虽假容装成隐士的样子于江皋,乃缨情系心于好爵。其始至初到山中也,将欲排巢父尧让天下与巢、许,二人隐居不受、拉排、拉均是抨击、瞧不起许由、傲百氏诸子百家、蔑王侯,风情张日情怀比太阳光还要恢张,霜气横秋气象比秋风还要冷寂。或叹幽人隐士长往遁世不返,或怨王孙贵要之人不游逍遥。谈空空万事皆空,而空亦假名,故曰空空于释部佛典,核考求玄玄玄之又玄,故曰玄玄于道流道家。务光古隐士何足比,涓子古隐士不能俦。及其鸣驺 zōu 入谷帝王骑从喝道入山,鹤书诏书常用鹤头书赴陇，形驰魄散，志变神动，尔乃眉轩席次，袂耸筵上在接待帝王使者的座席之间眉飞色舞，手舞足蹈，焚芰制而裂荷衣，抗标举尘容而走俗状。……使我北山(钟山，在南京东北)拟人自称高霞孤映，明月独举，青松落荫失去荫庇之人，白云谁侣？洞户摧绝无与归出山毁路以示不返，石径荒凉徒延伫山径翘首却盼不回。至于还飙入幕，写雾出楹，蕙帐空兮夜鹤怨，山人去兮晓猿惊。昔闻投簪即挂冠，弃官。簪:将冠别在头发上的一种首饰逸隐逋海岸，今见解兰高洁者所佩缚兰缨世俗的冠带！

　　　　　　　　　　　　　　　　　　——孔稚珪《北山移文》

　　昔人邀游洛汭 ruì，河水弯曲处，出《洛神赋》，会遇阳台男女合欢处，出《高唐赋序》。神女指洛神与巫山之女仿佛，有如今别。虽帐前微笑，涉想犹存；而握里余香，从风且歇。掩屏为疾，引领成劳。镜想分鸾成对的鸾镜分开，琴悲别鹤。心如膏火，独夜自煎；思等流波，终朝不息。始知萋萋茂盛萱草传说此草可使人忘忧，忘忧之言不实；团团轻扇圆形的扇子，象征夫妻好合，合欢之用为虚。路迩人遐，音尘寂绝。一日三秋，不足为喻。弗陈往翰，宁写款恳切怀？迟迟迟不回枉转而用琼瑶，慰其杼轴妻子，本为纺线工具代。

　　　　　　　　　　　　　　　　　　——何逊《为衡山侯与妇书》

　　孙策以天下三分，众才一旅 500 人为一旅；项籍用江东子弟，人唯八千。遂乃分裂山河，宰割天下；岂有百万之师，一朝卷甲，芟 shān 夷除草斩伐，如草木焉！

　　　　　　　　　　　　　　　——庾信《哀江南赋序》教材 p. 225

上面这些例子，从文体上说，包括书信、论说、辞、序等，从表现手法上说，包括描写、叙事、议论、抒情等，但行文都是用骈俪的形式。对偶的词句，有四字的、五字的、六字的，有上四下六两句相对的如"重山积险……"也可以上六下四，也有上五下四如"虽帐前微笑……"、上七下四如"孙策以……"，骈偶当中也有散句穿插，形式不失灵活多样。或押韵，或不押韵，要看作者和文体；平仄的讲求，则齐梁以后开始下功夫——大体上如沈约所说，须两句之中，轻重悉异，低昂互节。如：

　　萋萋萱草，忘忧之言不实；
　　　• •　　　　• •

团团轻扇,合欢之用为虚。带点者为仄声,去声的间隔搭配尤富节奏。

为了对偶的方便,所以用典为骈文所特好。上面所选,为求讲授的方便,多是抒写性灵、文字比较自然疏朗的。骈文的典型面貌则常是积典成句,繁重者多,这给现代读者增加了困难。

但骈文作为一种特别能表现汉语特殊表现力汉语单音节与双音节词为主,古汉语更是单音节词多,极便于对偶的文体,仍可为现代写作所吸取。举如:

> 今日之责任,不在他人,而全在我少年。少年智则国智,少年富则国富,少年强则国强,少年独立则国独立,少年自由则国自由,少年进步则国进步,少年胜于欧洲则国胜于欧洲,少年雄于地球则国雄于地球。红日初升,其道大光。河出伏流,一泻汪洋。潜龙腾渊,鳞爪飞扬。乳虎啸谷,百兽震惶。鹰隼试翼,风尘吸张偏义复词,意在风与张。奇花初胎,矞矞皇皇光明盛大,生气勃勃。干将宝剑名发硎刀刃新磨,有作其芒锋芒。天戴其苍,地履其黄黄土。纵有千古,横有八荒,前途似海,来日方长。美哉我少年中国,与天不老;壮哉我中国少年,与国无疆!
>
> ——梁启超《少年中国说》教材 p.345

梁启超以响亮的骈文音节,表达少年中国的美好前景和无比活力,这不仅用白话文做不到,用古文也做不到,充分展示了骈文独特的表现力和美学质量。又如:

> (阮籍《咏怀·夜中不能寐》等)虽事在讥刺,而文多诡隐,徒以气褊而心危,故意隐而情迫。语与兴驱,势逐情起,全不雕琢,苍茫直吐。骨气高奇似陈王,而辞采不华茂;宗旨玄默同嵇康,而辞气加锋烈。顾言在耳目之内,情寄八荒之表,厥旨渊放,归趣难求;令言之者无罪,会之者得意。
>
> 自古刚健婀娜,而以枭雄擅藻采,父子兄弟,一门卓荦者,前有魏武父子,后有梁武父子。然魏武父子风骨腾骧,气余于形;梁武父子丽采照映,词胜于理。才为之,亦时为之。盖魏武承两汉而后,去古未远;而梁武袭六朝

之盛,大璞已雕矣①。

　　这是钱基博《中国文学史》的文字,无论论时代、作家、作品,都如同陆机《文赋》、刘勰《文心》,以骈俪行文,"编字不只,捶炼句皆双,修短取均,奇偶相配。故应以一言蔽之者,辄足为二言;应以三句成文者,必分为四句。"同上 p.173 这样就为联想、比较提供了方便,将或相似,或相反的作家作品,排比而出,使被评论对象的特点凸显出来。所以,我们不能认为骈俪文在现代已完全没有使用价值。

　　同时,现在碑铭此体东汉蔡邕《郭有道碑》是典范等一些特殊文体也还常常用到,中文专业的学生不可不知。

　　　阅读书目:1. 曹道衡主编《汉魏六朝辞赋与骈文精品》,时代文艺出版社 1995 年版。

　　　　　　　2. 吴　云《历代骈文名篇注析》,天津古籍出版社 2008 年版。

　　　　　　　3. 许梿评选《六朝文絜》,文学古籍刊行社 1955 年版。

　　　　　　　4. 李兆洛《骈体文钞》,岳麓书社 1992 年版。

三、抒情与写景题材

　　抒情成份的增强是魏晋以后散文发展中显著的新特色,也是散文文学化进步的根本内涵所在。汉末魏晋间生命意识的强烈,广泛地渗透到散文创作中,使许多篇章带上浓浓的情感气氛。像曹丕的几封《与吴质书》,追叙与七子之徒交游之欢:

　　　　驰骛北场城北校场,旅众食宴会南馆城南馆舍,浮甘甜瓜于清泉,沉朱红李于寒水。白日既匿没,继以朗月,同乘并载,以游后园。舆轮徐动,宾从无声。清风夜起,悲笳微吟。乐往哀来,怆然伤怀。余顾而言:此乐难常。足下对吴质等的尊称之徒,咸以为然。今果分别,各在一方。元瑜阮瑀长逝,化为

---

　　① 钱基博《中国文学史》第 114、133、209 页,中华书局 1993 年版。按:此书的好处,不在于深刻的理解与见识,而在于多用骈偶方式,囊括前人评论,是现代人吸取古代文学批评话语方式所写成的一部文学史,读之对拓展中文写作的文字表现力有帮助。

异物。每一念至,何时可言何时能对你们当面倾诉!

在游乐的兴头上,就发生"乐往哀来"之感,和"此乐难常"的忧愁,后因瘟疫,"徐、陈、应、刘,一时俱逝",对着当时"酒酣耳热,仰而赋诗"的文友的遗作,"追思昔游,犹在心目,而此诸子,化为粪壤,可复道哉"!情感真是浓厚深长。就连《典论·论文》这样的专门论述,也联系到对生命的情感:"年寿有时而尽,荣乐止乎其身,二者必至之常期,未若文章之无穷。是以古之作者,寄身于翰墨,见意于篇籍,不假良史之辞,不托飞驰豪车之势权势,而声名自传于后。故西伯幽周文王被囚禁在羑里而演《易》,周旦周公姬旦显而制《礼》,不以隐约指文王而弗务,不以康乐指周公而加移思。夫然则古人贱尺璧而重寸阴,惧乎时之过已。而人多不强力,贫贱则慑于饥寒,富贵则流于逸乐,遂营目前之务,而遗千载之功,日月逝于上,体貌衰于下,忽然与万物迁化,斯志士之大痛也!"

诸葛亮的前后《出师表》教材 p.399、曹丕《求通亲亲表》、李密的《陈情表》等,陆机《吊魏武帝文》、刘琨《答卢谌书》、王羲之《兰亭集序》、陶渊明《桃花源记》、《五柳先生传》、《与子俨等疏》、《归去来辞》①、颜延之《陶征士诔》、范晔《遗民传论》、刘峻《广绝交论》等,都是以情动人的名篇。这时哀诔吊祭之文的发达检视严可均《三国六朝文》可知,更使文章抒情性大大增强了。

欣赏自然、迷恋山水是这时人们生活中的大事件,也是文艺表现中的大事件。以文写景和山水诗、山水画是同步发生的。辞赋、书信、游记和其他文体中,写景常常成为必不可少的内容,这大大增强了文章的审美内涵。赋中的《江赋》郭璞、《海赋》木华、《雪赋》谢惠连、《月赋》谢庄,文中的《庐山记》慧远、《桃花源记》陶渊明,教材 p.428、《与朱元思书》吴均,教材 p.459 等,无不倾心景物的描写。所写之景,有些是想象的概括,有些是足迹所至的写实,有些是田园风光,有些是山川奇观。其动人处,在于描写生动,并且情景为一。如:陈伯之本为梁江州刺史,后降北魏,与梁军对垒,丘迟写信劝他回归,用江南景物和乡关之情打动他:

---

① 卢挚曰:"两晋之文,渊明《归去来辞》、李令伯《陈情表》、王逸少《兰亭集叙》而已。"(见陶宗仪《南村辍耕录》卷九)

　　暮春三月，江南草长，杂花生树，群莺乱飞。见故国之旗鼓，感平生于畴日，抚弦弓弦登陴 pǐ，城上女墙，岂不怆恨悲恨！所以廉公之思赵将名将廉颇被撤换，怒而投魏，不获魏王信任，每为秦军所困，赵王复思廉颇，廉颇亦思为赵将，吴子之泣西河吴起守西河，魏王信谗将之召回；吴起知自己去后西河必为秦所得，临行望河而泣，人之情也，将军独无情哉！教材 p. 453

"暮春"四句，是中国散文的写景名句，配合后面的乡国之情，确能动人。所以陈伯之看了这封信，即率众归梁。陶弘景的《答谢中书书》形容江南山水："高峰入云，清流见底……晓雾将歇，猿鸟乱鸣；夕日欲颓坠，沈鳞竞跃"，刘孝标的《送橘启》形容南中橙柑："始霜之旦采之，风味照座，擘之香雾喷向人。皮薄而味珍，脉经脉不黏肤不粘在果实表面，食不留滓渣滓。"都堪称"六朝散文中最高的成就之一"。《与朱元思书》写景更是集中而出色，最后归结为"鸢飞唳叫天者望峰而息心，经纶世务者窥谷而忘返"，在山水中体悟人生智慧，则堪称六朝写景文第一佳篇。

四、出色的抒情小赋体裁

　　赋的典范形态是汉大赋如枚乘《七发》、司马相如《子虚上林》，体事写物，铺张扬厉。也有学者认为，"**辞赋中艺术价值最高、传诵之作最多的当推抒情之作。这类赋继承了屈原作品的传统。早在西汉时期，贾谊《吊屈原赋》《鹏鸟赋》，司马相如《哀秦二世赋》都属于这一类。但最为人们所喜爱的一般还是魏晋以后的作品**"①。魏晋以后，大赋的创作仍在继续，并且也有一定发展如左思《三都赋》等，但成就更高、为现代学习文学者应给予充分重视的，是抒情小赋。在相当意义上，这是向屈原骚辞和汉初骚体赋的回归，是诗性的上升，游国恩谓之"辞赋之诗歌化"或"诗歌式的辞赋"②。尤其是齐梁时，萧绎、庾信的作品中常有整齐的五七言句调，与歌行一样，实际就是诗。重要作品举如：

----

① 曹道衡《汉魏六朝辞赋》第 27—28 页，上海古籍出版社 1989 年版。
② "南朝辞赋……声音渐变而柔婉，颜色益趋于绮丽，而内质复力求空灵。是又与建安正始间之诗歌大致无别。故此后辞赋亦可谓之诗歌化。易言之，即诗歌式辞赋耳。……其转变之动机，已远伏于魏晋……仲宣渊明之赋，皆其明证。"（《中国文学讲义》374 页，天津古籍出版社 2005 年版）像庾信《春赋》，有些段落独立出来，完全可以作七言诗、乐府诗来看（前 341 页已论）。

汉末王粲《**登楼赋**》教材 p.185：

汉末西京扰乱，王粲避乱荆州十数年，不被赏识，登楼 今湖北当阳楼 四望，对景伤情，乱离之感、乡关之思、不遇之恨，和希望建功立业的心情，一起奔涌笔下。"凭轩槛以遥望兮，向北风而开襟。……冀王道之一平兮，假高衢而骋力。惧匏 páo 瓜之徒悬兮①，畏井渫 xiè 陶去污泥 之莫食②。步栖迟 闲居 以徙倚 徘徊兮，白日忽其将匿 沉没……"此赋为开抒情小赋先河的作品之一，也标志着这种体式的成熟，预示了赋体之作将进入一个新阶段，因而在文学史的发展中具有重要意义。

魏·曹植《**洛神赋**》教材 p.189：

黄初四年，曹植入朝后返回封地，路过洛水，借鉴宋玉《神女赋》，利用宓妃 伏羲之女，溺死洛水而为神 的传说，描绘了人神爱恋的情景。"翩若惊鸿，婉若游龙。荣曜秋菊，华茂春松。仿佛兮若轻云之蔽月，飘飖兮若流风之回雪。远而望之，皎若太阳升朝霞，迫而察之，灼若芙蕖出渌波。秾 肥 纤 瘦 得衷，修高短矮 合度。肩若削成 美人肩，要如约素 柔细。延长颈秀项，皓质 白嫩柔滑呈露……明目善睐 lài 传情，靥 酒窝 辅 脸颊 承权 颧。瑰姿艳逸，仪静体闲。柔情绰态，媚于语言。……恨人神之道殊兮，怨盛年而莫当 成双。抗举罗袂以掩涕兮，泪流襟之浪浪。悼良会之永绝兮，哀一逝而异乡。无微情以效爱兮，献江南之明珰 玉耳环。虽潜处于太阴 神界，长寄心于君王"！洛神的婀娜美丽、缠绵情感以及作者的思念都写得十分出色，为文学史难得之杰作。多谓其假男女写君臣。也有"感甄"之说。

魏·刘伶《**酒德颂**》：

司马氏行篡弑，却借礼法宰制天下。《酒德颂》通过"大人先生"与"贵介公子"、"缙绅处士"的对峙，表达了对虚伪者的蔑视，并借醉酒表达对自由的向往。是玄学风流与社会现实相冲突的表现。大人先生"行无辙迹，居无室庐，幕天席地，纵意所如……唯酒是务，焉知其余"，贵介公子、缙绅处士知道后，"奋袂攘襟，怒目切齿，陈说礼法"，并要"拟其所以" 推断为什么。大人先生更加不顾，"兀 浑沌 貌然而醉，豁 透亮貌 尔而醒；静听不闻雷霆之声，熟视不睹泰山之形；不觉寒暑之切饥，利欲之感情；俯视万物，扰扰焉如江汉之载浮萍；二豪侍侧焉，如螺 guǒ 蠃

---

① 《论语·阳货》：子曰"吾岂匏瓜也哉？焉能系而不食！"比喻有学问的人哪不希望被人所用呢？
② 《易》："井渫不食，为我心恻。"即井已淘干净，却无人来饮，令我心痛。比喻才士不被任用。

luǒ 之与螟 míng 蛉 líng"①。"颂"在《诗经》之外,有赞颂也有讽刺。屈原《橘颂》用铺叙,已多赋法。本篇实为赋,故程千帆推荐《古代辞赋》录之。程千帆并说:赋"有不少的变体……如《九歌》称'歌',《九章》称'章',《九辩》称'辩',《橘颂》《酒德颂》称'颂',《钱神论》称'论',《北山移文》称'移'等;或题目中并无文体名称,如《渔父》《招隐士》等,但从实质上看,实在都是赋。"另外"对问"、"七"和"连珠"这三种另立明目的也是"赋的变体"②。

西晋·张华《鹪鹩赋》:

鹪鹩是像黄雀的小鸟,身微处卑,"不怀宝以贾 gǔ 买,招致害,不饰表以招累,静守约而不矜",物莫之害;而珍禽鸷鸟却"无罪而皆毙"。隐喻正始以来公卿名士取祸亡身的现实,体现了道家居卑无为的宗旨。

西晋·陆机《叹逝赋》:

"世阅人而为世,人冉冉而行暮。人何世而弗新,世何人而能故?""嗟人生之短期,孰长年之能执。时飘忽其不再,老晼 wǎn 日将落晚其将及。"当时作者 40 岁,亲友凋亡过半,加之"八王之乱"的倾轧不断,所以借时间无穷,人生有限写出深重的危机和忧患之感。

东晋·陶潜《闲情赋》闲:防闲,略同定、静:

写对一倾城艳色的深情,其中"愿在衣而为领,承华首之余芳,悲罗襟之宵离,怨秋夜之未央;愿在裳而为带,束窈窕之纤身,嗟温凉之异气,或脱故而服新……"的"十愿",将爱慕之情表现得十分真切。"若凭舟之失棹,譬缘崖而无攀……坦万虑以存诚,憩遥情于八遐",情深而高。游国恩认为有效汉张衡《同声歌》者,为"古今辞赋杰构"。

东晋·陶潜《归去来辞》辞、赋同义,教材 p.197:

晋安帝义熙元年,作者摆脱在官场"心为形役"的困境,辞彭泽令归隐,息交绝游,"悦亲戚之情话,乐书琴以消忧。农人告余以春及,将有事于西畴",过充实的耕读生活。辞无雕画而妍,意出肝鬲自高。欧阳修至谓:"晋无文章,惟陶渊明《归去来辞》一篇而已。"元·李公焕《笺注陶渊明集》卷 5 引。

---

① 蜾蠃(蜂)捕捉螟蛉(蛾的幼虫),将卵产在它身上,古代认为这是蜾蠃以螟蛉为子。这里比喻贵介公子与缙绅处士所谓"二豪"在大人先生旁边就像这两种小虫子一样。
② 程千帆《辞赋的特点极其发展变迁》,见《古代辞赋》代序第 3 页,辽宁少儿出版社 1992 版。

宋·谢惠连《雪赋》：

从多角度描写雪的颜色、形状、姿态、神韵，而归结于老庄随遇而安、清净无为。"以高丽见奇"沈约《宋书》，洵为状物名篇。后文有列举。

宋·谢庄《月赋》：

"升清质之悠悠缓缓，降澄辉之蔼蔼柔和；列宿 xiù 星掩缛光彩，长河韬隐藏映；柔祇 qí 地神，地载万物，有柔德雪凝，圆灵 天空水镜；连观楼台霜缟，周除台阶冰净。"文思词采，与月华比美而无愧。

宋·鲍照《芜城赋》教材 p.202：

广陵今扬州西汉为诸王府治政府所在地，后为南北交通枢纽，繁华已久。"车挂轊 wèi，车轴相碰撞，人驾肩肩膀被挤得抬起。廛 chán，市场阓 hàn，巷门扑地遍地，歌吹拂天。孳孳生货盐田，铲采掘利铜山。力才雄富，士马精妍"。北魏太武帝南侵焚之。宋竟陵王刘诞造反被攻灭，城中三千余口男丁被杀，再遭劫难。作者客居登临广陵城楼，"灌莽杳而无际，丛薄纷其相依，通池护城河既已夷，峻隅城市四角的楼观又已颓。直视千里外，唯见起黄埃。凝思寂听，心伤已摧"！林纾说："入手言广陵形胜及其繁盛，后乃写其凋敝衰飒之形，俯仰苍茫，满目悲凉之状，溢于纸上，真足以惊心动魄矣。"钱仲联《鲍参军集注》引。

宋·鲍照《舞鹤赋》：

白鹤"穷天步而高寻"、"振玉羽而临霞"，高举绝尘。一旦见羁，"唳清响于丹墀 chí 官殿前红色的台阶，舞飞容于金阁"，只能"蹀躞徘徊"，"仰天居之崇绝，更惆怅以惊思……守驯养于千龄，结留下长悲于万里"。即物抒怀，可谓善赋。

梁·萧绎《荡妇秋思赋》：

萧绎是梁武帝第七子，因起兵平定侯景之乱继位，西魏陷江陵，梁灭自杀。梁皇室多文，萧绎赋足堪代表。曹道衡就很推崇他的骈文和抒情小赋①。此赋写闺怨，意无新奇而文颇出众，音情顿挫，文而似诗，诵之动人："荡子之别十年，倡妇歌舞妓之居自怜。登楼一望，唯见远树含烟。平原如此，不知道路几千！天与水兮相逼接，山与云兮共色。山则苍苍入汉 银河，水则涓涓不测深。谁复堪见鸟飞，悲鸣只翼孤独！秋何月而不清，月何秋而不明。况乃倡楼荡妇荡子之妇，对此

---

① 曹道衡《兰陵萧氏与南朝文学》第219、222页，中华书局2004年版。

伤情。于是露萎庭蕙，霜封阶彻。坐视带长，转看腰细。重以秋水文波，秋云似罗。日黯黯而将暮，风骚骚而渡河。……秋风起兮秋叶飞，春花落兮春日晖。春日迟迟犹可至，客子行行终不归！"结尾整齐的七言，与隋唐乐府歌行的句调十分相似。徐陵、庾信等也都有主要以五七言句调构成的赋作。这是当时抒情小赋完全走向诗化的表现。

梁·萧绎《采莲赋》：

此赋与《荡妇秋思赋》同为萧绎代表作，150 字短短的篇幅，四言、五言、六言、骚体，参差而下，文颇流畅；状物、写人、运动、情态，笔走形生，韵致宛然："紫茎兮文波，红莲兮芰荷。绿房莲房兮翠盖，素实兮黄螺形容莲子。于时妖俊童媛美女，荡舟心许，鹢大鸟，画于船头以镇水神首徐廻，兼传羽杯羽觞，两边翘起如羽翼。櫂将移而藻挂，船欲动而萍开。尔其这般纤腰束素，迁延欲进不进顾步回顾步态。夏始春余，叶嫩花初……莲花乱脸色，荷叶杂衣香。因持荐君子，愿袭芙蓉裳禀志高洁者所服，《离骚》"集芙蓉以为裳"。"

梁·江淹《恨赋》：

开头以黄土埋人起、末尾以生命大限结，中间写帝王功成即死的秦皇、被灭的赵王、名将李陵、美人王嫱、才士冯衍，嵇康，及困贫难受、荣华不久之恨遗憾，愁怨，"慷慨激昂，读之英雄雪涕"许梿《六朝文絜》评语。如："若夫明妃王昭君，汉元帝时嫁匈奴王去时，仰天太息，紫台紫宫稍远，关山无极。摇风扶摇忽起，白日西匿；陇雁飞沙，代云寡色。望君王兮何期，终芜绝兮异域！至乃敬通东汉冯衍因交外戚免官见抵，罢归田里，闭关却扫，塞门不仕。左对孺人原本指大夫之妻，顾弄稚子；脱略忽略公卿，跌宕纵情文史。赍ḭ怀抱大夫志以殁，长怀不已！"

梁·江淹《**别赋**》教材 p. 207

"黯然销魂者，唯别而已矣"！仕宦饯送、剑客报恩、负羽从军、奉使绝国，以及方外、伉俪、情侣各类离别，结合情与景、行子与居人，写得颇能动人。如写行子路途之感："风萧萧而异响，云漫漫而奇色。舟凝滞停留于水滨，车逶迤徘徊于山侧，櫂椑容与迟缓而讵前，马寒鸣而不息。"又如送别情人："春草碧色，春水渌心清澈波，送君南浦，伤之如何！至乃秋露如珠，秋月如珪圆形玉，明月白露，光阴往来，与子之别，思心徘徊。"不愧为六朝小赋名篇。现代亦多选注此篇。

北周·庾信《**小园赋**》教材 p. 214

"余有数亩敝庐,寂寞人外,聊以拟度伏暑腊寒,聊以避风霜。虽复晏婴齐大夫近市,不求朝夕之利;潘岳西晋文士面城,且适闲居之乐"。小园就是作者羁留长安的家居环境,与一般赋作多出拟想更使人亲切。前半从小园落想:"一寸二寸之鱼,三竿两竿之竹。……燋荞麦两瓮,寒菜一畦";"榆柳两三行,梨桃百余树。……可以疗饥,可以栖迟"。后半写思乡的哀怨:当初父庾肩吾子仕梁,"门有通德,家承赐书",而一旦"山崩川竭,冰碎瓦裂,大盗潜移侯景陷建康,梁武帝被囚饿死,简文被害元帝迁都江陵,西魏下江陵,梁灭,长离星宿,又名朱雀,喻梁永灭……关山则风月凄怆,陇水则肝胆断绝。龟言此地之寒,鹤讶今年之雪。百龄兮倏忽,光华兮已晚。……"全文以小园的清幽闲适,反衬作者内心的躁动不安,透露出身世家国的苍凉。

这些作品,每能体物入微,描写传神,词华美丽,造句惊挺;而且景物情思,相摩相荡,令人感慨低徊,玩怡无尽。如谢惠连《雪赋》:

其为状也,散漫交错,氛氲盛貌萧索纷乱;蔼蔼繁密浮浮飘荡,瀌瀌 biāo 奕奕飘舞洒落;联翩飞洒,徘徊欲下不下委落下积聚集。始缘甍 méng 屋脊而冒覆盖栋,终开帘而入隙;初便娟轻盈回旋于墀台阶庑走廊,末萦盈盘旋于帷席。既因方而为圭方形玉,亦遇圆而成璧圆形玉。盻隰 xí 低洼则万顷同缟白,瞻山则千岩俱白。于是台楼台如重璧,逵大路似连璐;庭列瑶阶,林挺琼树。皓鹤夺鲜,白鹇失素,纨袖惭冶美艳,玉颜掩嫮美好。若乃积素未亏融化,白日朝鲜,烂灿烂兮若烛龙神龙名,人面,赤色,身长千里,目发巨光衔含着耀作名词,火精照昆山昆仑;尔其流滴垂冰,缘霤屋檐滴水之处承隅屋檐角,灿兮若冯 píng 夷水神河伯剖蚌列明珠。至夫缤纷繁骛之貌,皓汗明亮皦洁之仪,回散萦积之势,飞聚凝曜光芒之奇,固展转变幻而无穷,羌难得而备知。……

乱曰:白羽虽白,质以轻兮;白玉虽白,空守贞兮;未若此雪,因时兴灭。玄阴月亮凝隐蔽不昧其洁;太阳曜不固其节日照耀不守节者,知退也。节岂我名,洁岂我贞;凭云升降,从风飘零。值物赋象,任地班铺展形。素因遇立,污随染成;纵心皓然广大无边,何虑何营以道家无适 dí[厚]无莫[薄。此语倒出自《论语》]作结!

雪的潇洒、洁白、无所不被,都用美丽的文辞描写出来,而从中自然生发出老庄随遇而安、委运任命、清净无为的思想。这种思想是在晋宋更迭的多事之际,和玄学思潮的背景下,作者心里很自然发出的感慨作者和他被杀在广州的族兄死于同一年,即宋文帝元嘉十年。

这些赋和骈文一样,是读的,不是讲的。爱文、学文的人,择十数篇讽诵玩怿,烂熟于胸,对于提高中文表达水平,其潜移默化之功非细!

又:笔者改写此节时,偶然应邀参加了一场小型拍卖会,一个小叶紫檀小屏和一件越南黄花梨的根雕都拍到 15 万,一瓶 80 年代的茅台,二饼陈年的古树普洱也拍到 15 万,一瓶 30 年前的法国名酒拍到 35 万。我相信各种收藏都有其兴趣爱好的投入及其所获得的享受。"翩若惊鸿,婉若游龙。荣曜秋菊,华茂春松⋯⋯"我们念着这样文采斐然的句子的时候,那趣味与享受不是和摩挲一件花重金购得藏品有其一致么?然而,文学兴趣爱好的培养投入所带给人的审美愉悦和精神颐养,是无法用高价拍得和计算的。所以,当你在赏爱和陶醉中讽诵一千八百年前的《洛神赋》一过,或许比摩挲一件古瓷器和珍稀工艺品的收获还要高迈吧!一册在案,俯首北窗下,"开卷有得,便欣然忘食",陶渊明的人生就是这样的啊!

阅读书目:1. 程千帆推荐《古代辞赋》,辽宁少年儿童出版社 1992 年版。

2. 曹道衡主编《汉魏六朝辞赋与骈文精品》,时代文艺出版社 1995 年版。

五、三部大书:《水经注》、《洛阳伽蓝记》、《颜氏家训》

1.《水经注》,北魏郦道元 466?—527 撰。《水经》是一部古书,传为汉人桑钦作,但其中有三国时地名,清代学者多疑为三国时佚名者所作。郦道元以《水经》所载水道为纲,文字增加了 20 倍之多,实已另成专著。全书 30 万字,记载大小河流水道 1389 条,逐一说明其源头、流向情况及河道变迁,并对流域内的环境与景物、工程与古迹、传说与风俗等,加以生动描写。"因水以记地,即地以存古",采用古籍多达 340 多种。《水经注》以北方水系最为精详,因为所写大都是作者足迹所至、实地考察过的,有他亲身经验的第一手资料。写南方水系稍弱,因南北分裂,作者足迹不能到,主要依靠第二手资料。

　　魏晋以后,山水风景之作渐兴。山水散文首先萌发于地理著作之中,如《宜都山川记》晋·袁松山、《湘中记》晋·罗舍、《荆州记》宋·盛弘之、《会稽记》宋·刘晔。其他序记书信之中,多有模山范水之笔。《水经注》是这一潮流的产物。其中文如锦绣的段落不少,如《江水注·三峡》教材 p.463 、《河水注·龙门》教材 p.461 等。所以《水经注》虽不是文学著作,却在文学上有重要价值和影响。

阅读书目:王国维《水经注校》,上海人民出版社 1984 年版。

　　2.《洛阳伽蓝记》,东魏杨衒之约生活于公元 500 年后数十年内撰。北魏时期崇佛风气很盛。平城凿窟造像,留存至今,即大同云岗石窟。孝文帝迁都洛阳后,倾几代帝王之力,一方面开凿龙门石窟,一方面在城内造寺,最盛时佛寺多达一千三百多所,占建筑的三分之一。到北魏末年,高欢打败尔朱氏入主洛阳,后又与西魏不断争战,迁都邺城,繁华的洛阳一片残破,寺观塔庙尽为废墟。乱后十余年,杨衒之重返洛阳,不胜黍离麦秀之感,于是写成这部书。

　　伽蓝,梵语音译,意译为寺庙。作者以生动精致的笔墨,描绘了多姿多彩的佛寺建筑,有时连带相关人物和事件,感念兴废,遮拾旧闻,虽入史部地理类,但文学性也很突出。如《永宁寺》教材 p.466 、《洛阳大市》教材 p.472 。

阅读书目:范祥雍《洛阳伽蓝记校注》,古典文学出版社 1958 年版。

　　3.《颜氏家训》,颜之推 531—591 撰。颜氏父子在梁为官;西魏攻克江陵,之推被虏至关中;后逃至北齐,颇得文宣帝高洋信任;齐亡入周,为御史上士;入隋为太子文学。他是一位严谨的儒家学者,不喜老、庄、骚,不近宫体。《颜氏家训》得力于作者历仕梁、魏、齐、周、隋五朝的经历。他不像他祖父颜见远那样在齐梁易代之际不食而死,但也无邀新宠求发达的丑态,人情练达,平顺而不失正,作家训教子孙,讲安分守业、明哲存身之道,恰当其选。所谓"墨翟之徒,世谓热腹;杨朱之侣,世谓冷肠。**肠不可冷,腹不可热**,当以仁义为节文耳"《省事》,可见一斑。

　　因为是家训,对至亲子孙讲话,所以任情说真话,无需饰容作大言;其中也不是一味说教,而多举各种事实;对现实和历史上的人物事件,也能直接批评。这都是《颜氏家训》的好处。

现代大散文家周作人对这部书评价很高,说它思想宽大,有人情味在,平实地说出"立身之要,处世之方,为学之道";说颜氏积其一身数十年患难之经验,"要旨不外慎言检迹",这正是"苟全性命于乱世"的当然之意,比那些"苟全性命于治世"的好得多①。

但也要看到它教的是中庸平易的人生,不是伟岸开创的人生。如说人读书受学,"纵不能增益德行,敦厉风俗,犹为一艺,得以自资。父兄不可常依,乡国不可常保,一旦流离,无人庇荫,当自求诸身耳。谚曰:'积财千万,不如薄伎在身。'伎之易习而可贵者,无过读书也"《勉学》。似乎读书在为稻粱谋。郑振铎说它"多通俗的见解,平庸的议论",并举颜之推说自己在江南受好评论人事风气的影响,到北方后"以此忤人",所以要子弟"必无轻议也",这样的话"充分的可以看出一位谨慎小心,多经验,怕得罪人的老官僚的形象"②。

但颜之推也不是只讲这种最低水准、实际到自完自保的道理,其中也不无极高境界的追求:

> 人见邻里亲戚有佳快江东以名位通显于时者为佳胜、名胜,佳快即佳胜者,使子弟慕而学之,不知使学古人,何其蔽也哉!世人但见跨马披甲,长矟 shuò 即矟,矛长八尺为矟强弓,便云我能为将,不知明乎天道,辩乎地利,比量逆顺,鉴达兴亡之妙也。但知承上接下,积财聚谷,便云我能为相,不知敬鬼事神,移风易俗,调节阴阳,荐举贤圣之至也。但知私财不入,公事夙办,便云我能治民,不知诚己型物,执辔如组以御马喻御民,即以礼义文教治国。辔:马缰,组:丝带,反风灭火指行德政。东汉刘昆为江陵令,常发火灾,昆辄向风叩头,多能降雨止风,光武帝以为德政所致,化鸱为凤陈元不孝,亭长至其家与饮,说人伦孝行,元终为孝子,乡谚以为化鸱为凤之术也。《勉学》

---

① 周作人《夜读抄》第 105、106 页,岳麓书社 1988 年版。
② 《插图本中国文学史》(二)第 264 页,人民文学出版社 1957 年版。

魏晋以后重门第,高门大族崇教育①,"戒子"、"家戒"一类书什篇,卷众多,《颜氏家训》是其中的代表作,是那个时代重视子弟教育所留下的宝贵文献。颜之推的祖先世代擅《周官》、《左氏》之学。颜之推的后人,确实不负家风:其孙颜师古注《汉书》、参与修《五经正义》,是有唐一代硕学;五世孙颜杲卿、颜真卿在唐代安禄山、李希烈叛乱中先后死节,英风豪气震烁千古;颜真卿的书法代表了唐代书学的最高成就,其真书甚至是古今第一。

阅读书目:王利器《颜氏家训集释》,上海古籍出版社 1980 年版。

---

① 如王羲之《与谢万书》:"顷东游还,修植桑果。今盛敷荣,率诸子,抱弱孙,游观其间,有一味之甘,割而分之,以娱目前。虽植德无殊邈,犹欲教养子孙以敦厚退让,戒以轻薄,庶令举策数马,仿佛万石之风。"(《全晋文》上 208 页,商务印书馆 1999 年版)

第十九讲　魏晋南北朝小说

一、"小说"的含义、发展

　　"小说"一词最先见于《庄子·外物》:"饰小说以干县令,其于大达亦远矣。""县"即"悬","古'悬'字多不着'心'"成玄英;"县,高也;令,誉也"陈碧虚。"干县令"就是博取高名。"小说"与"大达"相对,指浅陋的言辞。汉人所谓"小说家",其"小说"的意义与庄子比较一致:

> 小说家合残不完整丛草木杂生小语,近取譬喻,以作短书,治身理家,有可观之辞。桓谭《新论》
>
> 小说家者流,盖出于稗官小官,街谈巷语、道听途说者之所造也。《汉书·艺文志》

总之,小说是一种篇幅短小、语言浅俗、无关宏旨、带有传闻性质的记载。这个意义与我们今天所见到的古代小说作品相符。这些古代作品,有些有完整的故事情节和鲜明的人物形象,合乎现代小说的文体标准;有些只是片段记载,其实是散文、杂记。《搜神记》中可以发现前者;《世说新语》则几乎全属后者;直到清代的《聊斋志异》还是两者相杂。所以中国古代小说,又称"笔记小说","笔记"即信笔而记,随便而芜杂。但唐代兴起"传奇小说",宋代产生"话本小说",以及明清的"白话小说",都是突出故事情节和人物形象的,与"笔记小说"有别,而与现代小说一致。

　　又,中国史官文化发达,"小说"的叙述与历史渊源甚深。在方法上多受历史叙述的影响,题材上常就历史人物加以敷演,语言上也多有史籍的简洁雅丽。所

以纪昀说:"小说与杂史最易相淆。"①《四库简目》

二、志怪小说

"志怪小说"是记述神灵怪异事迹的书。庄子说"《齐谐》者,志怪者也"《逍遥游》,可见先秦即有这样的书。魏晋南北朝时期这类作品特别兴盛,唐·段成式《酉阳杂俎》、明·胡应麟《少室山房笔丛》及现代鲁迅《中国小说的历史变迁》都用"志怪小说"作为概括这一类作品的名称。可考汉魏六朝这类作品集有八九十种,现存完整与不完整者也有三十多种②。重要者如:

著者不详,旧题晋郭璞注**《穆天子传》**:

六卷。晋太康二年汲县盗魏襄王墓所得《汲冢书》之一。前五卷写周穆王驾八骏北征戎族,会西王母于瑶池,东归洛阳,会见诸侯,涉笔描写昆仑黄帝之宫及河伯、长肱事。第六卷写盛姬之死。有华东师范大学 1994《穆天子传校释》本。

著者不详**《燕子丹》**:

一卷。最早著录于《隋书·经籍志》。为现存唯一完整的汉人小说。写燕太子丹反秦事迹,在《战国策》和《史记》的基础上加以想象,虚构了"乌白头"、"马生角"等情节。有程毅中标点本,中华书局 1985 年版。

旧题刘向**《列仙传》**:

二卷。宋·陈振孙疑为汉末方士所作。写赤松子、玄俗等 71 位仙家道人的事迹,仿刘向《列女传》体例,篇首篇尾有赞语。中间写炼丹服药、隐形变化、长生不老、白日飞升等,描绘生动。有《丛书集成初编》本。

旧题东方朔**《十洲记》**:

一卷。一般认为成书在曹魏时。写汉武帝向东方朔问祖洲、瀛洲、玄洲、炎洲、长洲、元洲、流洲、生洲、凤麟洲、聚窟洲,及沧海、蓬莱、扶桑三岛事,作者即假东方朔所言而成书。其中多神仙、灵药、珍怪等事。有《道藏》《百子全书》本。

旧题班固**《汉武故事》**:

---

① 杂史:正史以外的史书。《隋书·经籍志》列《战国策》《楚汉春秋》等 71 种入杂史。是"博达之士各记闻见"之作,所写"大抵皆帝王之事"。"又有委巷之说,迂怪妄诞,真虚莫测……故谓之杂史。"

② 鲁迅《古小说钩沉》辑录上起周秦《青史子》、下迄隋代《旌异记》共 36 种。

二卷。一般认为成书在曹魏时。写汉武帝一生，多传闻琐事如"若得阿娇为妇，当作金屋贮之"等，亦杂糅神话传说和离奇情节，如与西王母会面，迷恋神仙长生不老之术等。有鲁迅《古小说钩沉》本。

旧题班固《汉武内传》—作晋·葛洪：

《隋书·经籍志》著录三卷今传一卷，记汉武帝出生至落葬，与《汉武故事》多有不同。人物增多，描写加细，会见西王母、上元夫人降临汉宫等，文采渲染尤其突出。基本主题是道家的去欲修心，因而借王母之口批评汉武帝"情恣体欲，淫乱过甚，杀伐非法，奢侈其性"；又借上元夫人之口批评汉武帝是"五浊之人，耽湎荣利"，"胎性暴，胎性奢，胎性淫，胎性酷，胎性贼"，因而他虽以"彻"名幼时景帝问"儿乐为天子否？"对曰"由天不由儿。"确乎聪彻，却不可能修仙长生。其中故事多为后世文人称引。有《道藏》本。

旧题曹丕《列异传》—作晋·张华：

原为三卷。今所见佚文有曹丕死后发生的事，多疑非曹丕作，有鲁迅《古小说钩沉》50 则。多怪异荒诞之事，如神仙不死、异人方术、妖物作祟等。"谈生冥婚"、"宋定伯捉鬼"选入教材 p. 478；p. 480。故事生动，文字简洁。

东晋·葛洪《神仙传》：

叙述道教神仙故事，如服食、修炼、度人等。其《壶公传》写壶公入壶而息，及费长房从其学道，收鬼治病称行医为"悬壶"本此。《麻姑传》写麻姑见东海三为桑田，而容颜美妙非常。想象非凡，情节离奇。有《云笈七签》、《旧小说》本等。

东晋·干宝《搜神记》：

此为志怪小说代表作，有"鬼子董狐"之誉。原为三十卷，已佚；今本系从《法苑珠林》、《太平御览》等辑录 454 则，二十卷。博采神怪灵异之事，集魏晋志怪之大成。故事曲折，文笔简重。其中"干将莫邪"《三王墓》p. 485、"韩凭夫妇"《韩凭妻》p. 487、"紫玉韩重"《紫玉》p. 488、"李寄斩蛇"《李寄》p. 491 选入教材。又"董永织女"故事已见曹植《灵芝篇》，宋元以下戏文取之不绝织女变为七仙女。"王祥卧冰"、"东海孝妇"等孝道故事影响很大关汉卿《窦娥冤》脱胎于孝妇周青的故事。有汪绍楹校注本，中华书局 1979 年版。

东晋·陶潜《搜神后记》：

与《搜神记》相近，有陶渊明死后之事，鲁迅说"陶潜旷达，未必拳拳于鬼神，

盖伪托也"《中国小说史略》。但梁·慧皎《高僧传序》已说陶潜作《搜神录》,陶潜
《读山海经》等也对神话传说有兴趣。或陶作而为后人增益。"丁令威化鹤"、
"白水素女"等很有影响。有汪绍楹校注本,中华书局 1981 年版。

宋·刘义庆**《幽明录》:**

记神仙鬼怪、灵异奇人。想象奇特。颇受佛教六道轮回、因果报应影响。原
三十卷,亡于宋,鲁迅《古小说钩沉》辑得 260 余则。"刘晨阮肇"天台山遇仙、
"汤林入柏枕"为赵太尉婿等,皆为后世诗词和小说戏曲所取材。

齐·王琰**《冥祥记》:**

作者是齐时佛徒,自称少时从贤法师所得观音金像常显灵异,遂成此书,旨
在宣扬佛法灵异。多是僧、像之神迹瑞验,及轮回报应之类。鲁迅《古小说钩沉》
辑得 131 则。

梁·吴均**《续齐谐记》:**

庄子"齐谐者,志怪者也"。刘宋东阳无疑又有《齐谐记》。当为梁·吴均书
名所本。内容为志怪传奇,水平较高,《四库总目》称其"亦小说之表杰出者"。现
存 17 则。"屈原"叙 5 月 5 日以粽子祭奠事,及教材所选"阳羡书生"p.506 入鹅
笼、吐女子等事,皆堪代表。

志怪小说,滥觞于先秦《山海经》、《穆天子传》等书,汉魏以后,又受古代神
话、巫术及道教、佛教的影响,故多记各类神灵怪异故事。鲁迅说:"中国本信巫,
秦汉以来,神仙之说盛行,汉末又大畅巫风,而鬼道愈炽;会小乘佛教亦入中土,
渐见流传。凡此,皆张皇张大鬼神,称道灵异,故至晋迄隋,特多鬼神志怪之书。"
《中国小说史略·第五篇》

如《谈生》教材 p.478 写睢阳王之女死后还魂与谈生结合,生育一子;《紫玉》教材
p.488 写吴王夫差之女魂魄邀韩重至其墓穴,"留三日三夜,尽夫妇之体",都体现了
鬼神不诬的思想。《宋定伯》教材 p.480 写鬼被人制服,实际还是认为鬼神实有。

《阳羡书生》教材 p.506 则显然源于佛教故事[①],"释氏《譬喻经》云:昔梵志外

[①] 郑振铎说:六朝文学的两个伟大成就之一,是佛教文学的输入,这立即给予故事与俊语新词以影
响(但在唐以前,别的方面的发酵性作用微之又微。见《插图本中国文学史》p.195,人民文学出版
社 1957 版)。

道^①作术_{法术},吐出一壶,中有女子,与屏处_{私居},_{私合},作家室_{夫妻}。梵志少息_{睡眠},女复作术,吐出一壶,中有男子,复与共卧。梵志觉,次第互吞之,柱杖而去。"_{唐·段成式《酉阳杂俎续集·贬误篇》}

著名的《刘阮入天台》写东汉刘晨、阮肇入天台山于溪边遇二妙龄女子,结为夫妇,留居半年,回家已是东晋中期,后代已至七世孙,这种"山中一日,世上百年"的事迹,明显来自道教神仙思想。

当然,志怪小说的意义,还是在于对现实人生、美好人情和人的各种精神面貌的表现。其中对人物形象的表现,虽不离灵、怪、诡、异一类事迹_{如教材 p.482:翔风"妙别玉声"},但却也塑造了不少生动典型的形象_{翔风就是色衰爱绝的女性典型}。

同时,故事性强,情节奇异,也是其使人发生兴趣、增加艺术魅力的重要方面。志怪小说的小说内涵比较充足,可读性强。如教材所选《三王墓》_{p.485}、《李寄斩蛇》_{p.491}。

志怪小说中有些故事,成为后世常用的文学典故,不可不知。除上所举外,还有:"谢客"《异苑》;"温峤牛渚燃犀照水"《异苑》;"陆机使黄犬传书"《述异记》;"相思树"《搜神记》等等。

阅读书目:1. 汪绍楹校注《搜神记》,中华书局 1979 年版。

2.《古代小说鉴赏辞典》上册,上海辞书出版社 2004 年版。

三、志人小说与《世说新语》

志人小说又称"轶事小说",主要记载汉魏以下名士和各类人物的言行。魏晋六朝有不少作品。鲁迅《中国小说的历史变迁》始用"志人小说"之名。这类作品实录与传闻并存,文笔近于笔记散文,过去列入"杂史";但记事求其特异有趣、传闻不无张皇虚构,故又归入小说故事。

志人小说的数量较志怪小说少,但内容同样芜杂。袁行霈《中国文学史》将之分为"笑话"、"野史"、"轶事"三类,颇明备。今可知者如:

三国·魏·邯郸淳《笑林》:

---

①　梵志:即婆罗门,佛教以为外道之一。相传婆罗门为梵天之苗裔而行梵法,故称梵志。

《文心雕龙·谐隐》说"魏文因俳说而著笑书",《笑林》或为淳奉诏或受启发所撰清·姚振宗《隋书经籍志考证》。其书谐谑讽刺,"举非违,显纰缪,实《世说》之一体"鲁迅《中国小说史略》。"鲁有执长竿入城门者"、"楚人献凤"、"楚人隐形"等,嘲庸讽愚,谐笑而见寓意。鲁迅《古小说钩沉》辑得 29 则。

东晋·裴启《语林》:

记汉魏两晋人物的轶事言谈,盛行一时,多为《世说新语》所取材,如"魏武捉刀"、"石崇王恺争豪"、"王敦如意击唾壶"、"王子猷居山阴"等。鲁迅《古小说钩沉》辑得 180 则。

东晋·葛洪《西京杂记》:

记西汉轶事,其中如王昭君、毛延寿、司马相如、卓文君等颇为著名。鲁迅称其"意绪秀异,文笔可观"《中国小说史略》。有《四部丛刊》本。

东晋·袁宏《名士传》:

写魏晋名士遗闻轶事,以放旷言行为主,以何晏、王弼等为正始名士;阮籍、嵇康等为竹林名士;以裴楷、王衍等为中朝名士。全书已佚。今《世说新语》注等保留佚文 20 余则,但多不完整。

东晋·郭澄之《郭子》:

写魏晋名士言行轶事,尤详于晋。原书已佚。鲁迅《古小说钩沉》辑得 84 则。"许永妇是阮德如妹"写许永妇奇丑,出嫁后许永不愿与之同房,夫妻隔门对话,妻说自己:妇有四德德言容功,所乏唯容,而批评丈夫"好色不好德",使之知惭。颇能表现女子的智慧,且具戏剧意味。

刘宋·虞通《妒记》:

多写妇人忌妒丈夫纳妾的故事,虽旨在提倡妇德,但写人生动,叙事每有趣味。鲁迅《古小说钩沉》辑得 7 则。如桓温平蜀纳李势女,其妻持刀欲斫之,但被其姿容神色慑服,拥抱起来说:我见汝亦怜,何况老奴! 此亦见梁沈约《俗说》

宋·刘义庆《世说新语》:

《世说新语》是刘义庆 403—444 组织门下文士杂采众书编纂而成。刘义庆是宋武帝刘裕的侄儿,封临川王,并曾任荆州、江州刺史。他爱好文学,广招文学之士,当时著名文人如袁淑、鲍照等都先后在其门下。他组织编的书不少,大多散佚,只有《世说新语》比较完整。全书分德行、言语、政事、文学、方正、雅量、识鉴、赏誉、品藻、规箴、捷悟、夙惠、豪爽、容止、自新、企羡、伤逝、栖逸、贤媛、术解、巧艺、宠礼、任诞、简傲、排调、轻诋、假谲、黜免、俭啬、汰侈、忿狷、谗险、尤悔、纰漏、惑溺、仇隙等 36 门，约 1130 则。刘孝标注增加了许多材料，更提高了它的价值。

《世说新语》历来颇受文人推爱。宋代著名诗人陆游、刘辰翁都曾重加刻印；刘辰翁、杨慎、李贽、王世贞、王世懋、凌濛初等都曾加以批点；现代美学家、哲学家宗白华、冯友兰曾专门给予论述①；《傅雷家书》中反复嘱咐傅聪了解中国文化不可不读此书。

《世说新语》被称为魏晋风流的百科全书②，或"中国风流的宝鉴"。我们先以《王子猷居山阴》教材 501 为例，"窥一斑以见全豹"：

> 王子猷王羲之子徽之居山阴今浙江绍兴。《中兴书》："徽之任性放达，弃官东归，居山阴也。"夜大雪，眠觉，开室，命酌酒，四望皎然。因起彷徨，咏左思《招隐诗》"杖策招隐士，荒涂横古今。岩穴无结构，丘中有鸣琴。白云停阴冈，丹葩曜[照]阳林"。忽忆戴安道戴逵，学问广博，通书画音乐，隐居不仕。时戴在剡 shàn 今浙江嵊县，即便时间副词：就夜乘小船就动词：拜访之。经宿方至，造至门不前而返。人问其故。王曰："吾本乘兴而行，兴尽而返，何必见戴？"《任诞》

魏晋风流最主要的特点是任性适情，放达无羁。王子猷的故事把这一方面具体而透彻地表现出来了。所以王世懋说："大是佳境。"凌濛初说："读此每令人飘飘欲飞。"但这样完全听凭兴致地做人做事，既可以是难得的真性情的表现，又可以是矫情、胡闹如《刘伶病酒》教材 p. 500。在魏晋名士那里，这两种情形都有。

冯友兰说："风流是一种人格美。"他把《世说新语》所表现的"真风流"之美概括为四个方面③，概括得很精到，下面借他的概括来讲述：

一、"**有玄心**"。玄心就是超越感：超过自我，达于忘我境界，表现出高致和

---

① 《论〈世说新语〉和晋人的美》，《美学散步》、《艺境》、《美学与意境》、《宗白华全集》（第二卷）均收录。此文把《世说新语》所表现的晋人的美概括为 8 个方面。这是 1940 年代一篇著名的美学、艺术学、文化学论文。

② 鲁迅《中国小说的历史变迁》则称"《世说》这部书，差不多就可以看作一部名士底教科书"《鲁迅全集》第九卷 309 页，人民文学出版社 1981 年版。

③ 《论风流》，《三松堂学术文集》第 609—617 页，北京大学出版社 1984 年版。

胆略,不轻易被得失荣辱所左右。我们来看看这种美的表现:

> 郭景纯璞诗云:"林无静树,川无停流",阮孚云:"泓峥萧瑟,实不可言。每读此文唐以前每以文称诗,辄觉神超形越。"《文学》

欣赏自然美,可以使人形超神越;这也要求欣赏者有高迈的精神。所以,自然美的欣赏和表现,与"**以玄观物**"密切相关。刘宋初宗炳《山水画序》提出"**含道应物,澄怀味象**"说,"旨微于言象之外者,可心取于书策之内","**没有玄微之意,就无法发现和表现自然之美**"。中国山水诗和山水画都产生于晋宋时期,玄学带来的"以玄观物"是一个重要原因。

> 庾小征西尝出未还,妇母阮是刘万安妻,与女上安陵当作安陆,庾翼当时镇守武昌,自主移镇安陆城楼上。俄顷翼归,策良马,盛舆卫。阮语女:"闻庾郎能骑,我何由得见?"妇告翼,翼便为道开卤簿仪仗队,盘马驰马盘旋,始两转,坠马堕地,意色自若。《雅量》

庾翼才能政绩俱高,位至征西将军,在岳母与妻子面前表演马术,竟从马上摔下来,却"意色自若"。在这种不意的打击情形下,毫无窘态,可见超然旷达的风度。

> 桓公桓温,废司马奕,立司马昱。昱死,欲代晋,故欲杀王谢伏甲设馔,广延朝士,因此欲诛谢安、王坦之。王甚遽惶恐,问谢曰:"当作何计?"谢神色不变,谓文度坦字文度曰:"晋祚皇位、国统存亡,在此一行。"王之恐状,转见于色。谢之宽容,愈表于貌,望阶趋席,方作洛生咏洛阳书生吟诵诗文的音调,讽"浩浩洪流"嵇康诗句:"浩浩洪流,带我邦畿。萋萋绿林,奋荣扬晖。"桓惮其旷远,乃趣 cù 促,急忙解兵。《雅量》

在一己之生死、社稷之存亡的紧急关头,谢安从容不迫,胆略过人,因为他有忘我、旷远之怀。这种"每临大事有静气"的美,是魏晋风度最杰出的一个表现!

二、"**有洞见**"。即有直觉洞察力、有头脑,并能片言释要、隽语解颐,辞约义丰,言近旨远,甚至不着一字,尽得风流。

孔融被收,中外惶怖。时融儿大者九岁,小者八岁,二儿故本来琢钉戏玩一种击中钉的游戏,了无遽惊惶容。融谓使者曰:"冀罪止于身,二儿可得全不?"儿徐从容进曰:"大人岂见覆巢之下,复有完卵乎?"寻亦收至。《言语》

张季鹰张翰,与陆机、顾荣同乡辟被征召齐王司马冏东曹掾东署僚属,在洛西晋首都洛阳,见秋风起,因思吴中吴郡,即今苏州一带菰 gū 菜羹、鲈鱼脍肉细切,曰:"人生贵得适意尔,何能羁宦数千里以要通邀,求名爵!"遂命驾便归。俄而齐王败齐王冏攻杀篡位的赵王伦,执掌朝政。后又被长沙王司马乂攻杀,时人皆谓为见机当时张翰曾对同郡顾荣说:天下纷纷,有名者难退,我则无望于时。你要防备眼前,考虑今后。后顾荣劝陆机一同归乡。陆机不听,果在司马颖讨伐司马乂的战争中因兵败被诬杀。《识鉴》

郗超与谢玄不善不好、不合。苻坚前秦皇帝,淝水大战为谢玄打败将问晋鼎谋取东晋。鼎是国家权力的象征,既已狼噬梁在河南、岐在陕西,又虎视淮阴淮河以南。于时朝议遣玄北伐,人间颇有异同之论。唯超曰:"是必济事。吾昔尝与共在桓宣武桓温府,见使才皆尽,虽履屐之间比喻低级职员,亦得其任得到最适合的任务。以此推之,容当必能立勋。"元功头功,大功既举完成,时人咸叹超先觉,又重其不以爱憎匿善。《识鉴》

这不是洞见玄理,而是洞见事机。不到十岁的小儿能了然洞悉和以妙语形容自己面临的危险,动人之极。张翰的洞彻时局、郗超的知人之明,都表现了士人的智慧。

洞见玄理的例子:《文学》篇太尉王衍问阮修,老庄与圣教异同,对曰:"将无同?"王衍喜欢这个回答,就让他做僚属。人们遂称阮修为"三语掾"。虽然混同名教与自然是何晏、王弼之后的时代思潮①,但毕竟要自己真实有见才行。阮修认为老庄、周孔根本上不无相同,但不用武断语气,而出以商榷之辞,的确可见其

---

① 钱穆:"魏晋名士,一面谈自然,一面还遵名教,故曰名教与自然'将勿同'。"(《国史大纲》272 页,商务印书馆 1994 年版。)将无:得无、莫非、殆是,盖意以为是而不敢自主,作商榷之辞。

的智慧洞达。前人解释说："将无"者，犹言"殆是"也，意以为是而不敢自主徐震堮《世说新语校笺》112页。

三、**"有妙赏"**。就是对于美有敏锐而深切的感觉。如：

山公山涛与嵇嵇康阮阮籍一面见一面，契若金兰气味相投《易·系辞》："二人同心，其利断金；同心之言，其臭如兰"。山妻韩氏，觉公与二人异于常交，问公。公曰："我当年可以为友者，唯此二生耳。"妻曰："负羁之妻，亦亲观狐、赵晋大夫狐偃、赵衰追随公子重耳流亡到曹国，曹大夫僖负羁之妻对丈夫说：吾观晋公子之从者，皆足以相国。意欲窥之，可乎？"他日二人来，妻劝公止之宿，具酒肉，夜穿牖或作墉：墙壁以视之，达旦忘反。公入曰："二人何如？"妻曰："君才殊不如，正当以识度见识度量相友耳。"公曰："伊辈亦常以我度为胜。"《贤媛》

支道林东晋高僧支遁常养数匹马。或言道僧人畜马不韵不合和尚的风采。支曰："贫道重其神骏。"《言语》

简文梁简文帝司马昱入华林园在建业城内，顾左右曰："会心处不必在远，翳然林水，便自有濠濮间庄子与惠施游于濠梁之上、庄子钓于濮水想也，觉鸟兽禽鱼自来亲人。"《言语》

对于人物的风采、山水的景象、动物的姿态能有真好、有会心，是风流的题中应有之意。

四、**"有深情"**。即对于万物都有一种深厚的同情，能由物及己、由己及物，哀乐之情油然而生，但所哀乐者绝非一己之事那样简单，能将哀乐之感贯注于整个宇宙。

桓公桓温北征曾几次北伐前秦、前燕等，经金城今江苏句容北，见前为琅邪时咸康7年任琅邪内史，镇金城种柳，皆已十围两手拇指与食指相合为一围，慨然曰："木犹如此，人何以堪！"攀枝执条，泫然流泪。《言语》

王子敬王献之云："从山阴今浙江绍兴道上行，山川自相映发辉映，使人应接不暇。若秋冬之际，尤难为怀。"《言语》

卫洗马卫玠，曾任太子洗 xiān 马初欲渡江，形神惨悴忧伤憔悴，语左右曰：

"见此芒芒指苍茫的大江,不觉百端交集。苟未免有情不能免除情感,亦复谁能遣排遣此。"《言语》

桓子野桓伊每闻清歌清唱,一说挽歌,辄唤"奈何!"谢公谢安闻之,曰:"子野可谓一往有深情。"《任诞》

支公支道林,名遁好鹤,住剡 shàn 今浙江嵊县东岕山。有人遗其双鹤,少时,翅长欲飞。支意惜之,乃铩 shā 剪去其翮 hé 翅上的硬羽。鹤轩翥 zhù 高举翅膀不复能飞,乃反顾翅垂头,视之如有懊丧意。林支道林亦称林公曰:"既有凌霄之姿,何肯为人作耳目近玩?"养令翮成,置使飞去。《言语》

《世说新语》载王戎名言:"圣人忘情,最下不及情,情之所钟,正在我辈。"《伤逝》与物有情,正是风流的魅力所在。

在文学技术上,《世说新语》常常以简炼的笔墨,通过细节生动地描写人物形象。如《华歆王朗》教材 p. 497 、《王蓝田性急》教材 p. 505 、《石崇要客燕集》教材 p. 503。

"晋人工造语"①,《世说新语》和陶渊明诗是晋人语言之妙的典型代表。《过江诸人》教材 p. 498 中周顗 yǐ 说:"风景不殊,正自山河之异!"王导说:"当共勠 lù 力尽力,合力王室,克复神州,何至作楚囚相对?"都极其精炼概括,而具有很强的表现力。《王子猷居山阴》写"夜大雪,眠觉,开室,命酌酒,四望皎然",14 个字表现的内容不少,而且优美异常。

桓公桓温少与殷侯殷浩齐名,常有竞心争胜之心。桓问殷:"卿何如我?"殷曰:"我与我周旋交往,宁作我。"《品藻》

殷浩的一句话,更是妙绝古今!

阅读书目:1. 张㧑之《世说新语译注》,上海古籍出版社 1996 年版。

---

① 《唐子西文录》称赞陶潜诗文句:"虽无纪历志,四时自成岁"、"不知有汉,无论魏晋"等,"造语之简妙",并说:"晋人工造语"。

2. 余嘉锡《世说新语笺疏》,中华书局 1983 年版。

3. 徐震堮《世说新语校笺》,中华书局 1984 年版。

4. 朱铸禹《世说新语汇校集注》,上海古籍出版社 2002 年版。

后　记

　　岁月匆匆，一事无成！在大学教书三十年，教着教着就喜欢上了，实在也因为除了教书，别的无所立足，不好好教书，吃什么呢？我是从农村出来的，深知"衣食为大"。陶渊明说："衣食当须纪，力耕不吾欺"《移居》，"孰是都不营，而以求自安"《庚戌岁九月中于西田获早稻》？一位当代的大人物也曾说"吃饭是第一件大事"。当然，人生吃饭自安实有多途，做官，经商，在企业拼打……都行。即使在学校，也不是定要教书吃饭，而且仅是教书做学问，在现行体制下也不是最好的吃饭方式。但人是有局限的，年龄越大，越觉得人生干不了多少事；而且再好的事，非自己所长，就不一定干得了，而毕竟教书几十年，算是自己干得了，平平淡淡干就行的。教书是良心活，真的是"力耕不吾欺"。讲授先唐文学近二十年，算是细心耕耘的一垄熟地。自己觉得其中还有些特点，还有点舍不得的东西，或许也还有些价值。现在在上海古籍出版社的支持下，把讲义修订改写印出来，方便同学这个词很好，老师教真是"同学"，也就正于读者。

　　记得1980年代中期，在武汉大学听刘纲纪老师每周一次"西方现代美学名著选读"的研究生课程，课间偶然到讲台翻看刘老师的讲稿，看到结尾处写着"结束，阿门"！作为教师，讲课是挣饭碗的平常事，写讲稿却用了面对上帝的心情。当时看过，印象强烈，至今记忆犹新。所谓不管做什么，"人在做，天在看"。借这本小书出版的机会写出来，也表明自己作教师所向往的一种情怀。

　　搁笔之时，正值教师节来临。天佑教师。阿门！

李　旭

2011 年中秋识